SUPERBLUES

Patricia Cornwell

IL NIDO
DEI CALABRONI

Traduzione di Anna Rusconi

MONDADORI

Titolo dell'opera originale:
Hornet's Nest
© 1996 by Cornwell Enterprises, Inc.
© 1997 Arnoldo Mondadori Editore S.p.A., Milano
  I edizione agosto 1997
VI edizione novembre 1997

ISBN 88-04-43339-6

IL NIDO DEI CALABRONI

A tutti i poliziotti

1

L'estate incombeva fosca su Charlotte. Tremuli luccichii balenavano sull'asfalto bollente. Il traffico convulso del mattino premeva verso le lusinghe del futuro, nuovi edifici spuntavano, il passato si arrendeva ai bulldozer. Dal centrocittà si impennavano i sessanta piani dell'USBank Corporate Center, sormontati da una corona di canne d'organo inneggianti al dio denaro. Capitale dell'ambizione e del cambiamento, Charlotte era cresciuta così in fretta da non riuscire più a orientarsi nelle sue stesse strade. Il suo sviluppo non conosceva tregua, spesso era goffo come quello di un adolescente, o troppo pieno di ciò che i suoi primi coloni avevano chiamato orgoglio.

Città e contea dovevano il loro nome alla principessa Charlotte Sophia di Mecklenburg-Strelitz, prima che diventasse la consorte di Giorgio III. I tedeschi, che aspiravano alle stesse libertà degli scozzesi e degli irlandesi, erano una cosa, gli inglesi un'altra. Quando, nel 1780, Lord Cornwallis aveva deciso di occupare quella che sarebbe diventata celebre come la Queen City, la città regina, di fronte alla salda resistenza degli ostinati presbiteriani aveva ribattezzato Charlotte il "nido di calabroni dell'America". Due secoli dopo, l'effigie del calabrone svolazzante era ancora il simbolo della città, della sua squadra di basket e del dipartimento di polizia che proteggeva entrambe.

Era la stessa sagoma bianca in campo blu scuro che vibrava sulle spalle della candida camicia d'uniforme del vicecomandante di polizia Virginia West. In realtà, la maggioranza dei tutori dell'ordine non aveva la più pallida idea di cosa significasse quel simbolo. Alcuni pensavano che fosse un tornado, una civetta delle nevi, o una barba. Altri erano certi che avesse un legame con gli eventi sportivi dell'arena, o dello stadio da duecentotrenta milioni di dollari che dominava il centro come un'astronave aliena appena atterrata. Ma Virginia West era stata punta più di una volta, conosceva bene il nido di quel calabrone. Era ciò che ogni mattina la aspettava quando usciva per recarsi al lavoro e apriva le pagine del *Charlotte Observer*, era la violenza che impazzava e il ronzio di voci che parlavano tutte insieme. Quel lunedì si sentiva di pessimo umore, pronta a ribaltare il mondo intero.

Il dipartimento di polizia si era appena trasferito nel nuovo complesso di lucido cemento noto come Law Enforcement Center, o LEC, situato nella stessa centralissima Trade Street da cui erano transitati gli invasori inglesi. L'intera zona era un costante fiorire di cantieri, come se la trasformazione fosse un virus inarrestabile, e nel parcheggio del LEC regnava il caos. Virginia West non aveva ancora preso pieno possesso del suo ufficio, ma tra pozzanghere di fango e nuvole di polvere era costretta a portare la sua nuova autopattuglia blu al lavaggio almeno un paio di volte la settimana.

Quel mattino le aree riservate di fronte alla centrale le serbavano un'altra sorpresa: il suo posto era occupato da una motocicletta verde pappagallo con rifiniture cromate, una Suzuki da spacciatore di quelle che fanno girare la testa a più di una persona e in più di un modo.

— Maledizione! — Si guardò intorno, sperando di individuare l'autore del reato.

Il parcheggio brulicava di agenti, qualcuno in arrivo, qualcuno in uscita, qualcun altro solo di passaggio per un trasporto detenuti; era un dipartimento da milleseicento membri regolari, a cui si sommava il viavai dei collaboratori esterni. Per un attimo Virginia West rimase seduta a osservare la scena, le narici solleticate dal profumo della tartina uovo e pancetta di Bojangles, probabilmente ormai fredda. Alla fine optò per un quarto d'ora di tregua in un parcheggio a tempo. Scese dalla macchina e cercò di raccattare alla meglio valigetta, portafoglio, cartelline di lavoro, giornali, la colazione e un grosso bicchiere di caffè da asporto.

Mentre chiudeva la portiera con un colpo d'anca, il tizio della moto emerse dall'edificio. Indossava un paio di jeans mollemente calati sui glutei, con i classici quindici centimetri di boxer color pastello in bella mostra: un look da duro che seguiva la moda dei carcerati, a cui veniva confiscata la cintura per evitare impiccagioni indesiderate. La nuova tendenza era dilagata al di là di qualsiasi barriera socioeconomica e razziale, lasciando mezza città in ridicoli bragoni. E lasciando Virginia West alquanto perplessa. Si staccò dalla macchina e mosse qualche passo oberata dal suo pesante carico. Il ragazzo la superò con passo baldanzoso, mormorandole una specie di buongiorno.

— Brewster! — Il richiamo lo bloccò con la stessa efficacia di un mitra spianato. — Ti credi tanto furbo a rubarmi il parcheggio?

Brewster sogghignò. Gli anelli e un Rolex falso balenarono nell'aria mentre spalancava le braccia e la pistola faceva capolino da sotto la giacca. — Guardati intorno e dimmi cosa vedi. Non c'è un fottuto parcheggio in tutta Charlotte.

— È il motivo per cui alle persone importanti come me ne assegnano uno riservato — ribatté la donna all'agente investigativo, che era un suo sottoposto. Quindi gli lanciò le chiavi. — Riportamele appena avrai spostato la macchina.

Virginia West, quarantadue anni, per strada faceva ancora voltare la testa agli uomini. Non aveva mai sposato nessuno tranne ciò che credeva essere la sua unica missione in terra. Aveva capelli rosso scuro non molto curati e un po' troppo lunghi per i suoi gusti, occhi scuri e vivaci e un corpo notevole che non si meritava, visto che non faceva nulla per conservarne le curve intatte e le superfici piatte e levigate. Le altre donne la invidiavano per come portava l'uniforme, ma non era quello il motivo per cui lei la preferiva agli abiti borghesi: Virginia West aveva sotto di sé oltre trecento agenti investigativi del calibro di Ronald Brewster, sbruffoni a cui valeva sempre la pena di ricordare cos'era il rispetto per la legge.

Il suo ingresso al LEC fu accolto dai saluti di numerosi poliziotti. Girò a destra, diretta verso gli uffici in cui il comandante Judy Hammer prendeva le importanti decisioni di ordine pubblico, decisioni destinate a influenzare la vita dei quasi sei milioni di cittadini posti sotto la sua giurisdizione. Virginia West adorava il suo capo ma in quel momento lo disapprovava. Conosceva già lo scopo di quella convocazione, e purtroppo si trattava di qualcosa per cui non poteva fare nulla. Era una situazione assurda. Nell'anticamera il capitano Fred Horgess coprì con una mano la cornetta del telefono e scosse la testa come per dirle *non so che farci*. Virginia West raggiunse la scura porta di legno sui cui spiccava la lucida targhetta in ottone del comandante Hammer.

— Non promette niente di buono — la avvertì il capitano con un'alzata di spalle.

— Chissà perché, ci ero già arrivata da sola — rispose Virginia West in tono irritato.

Tenendo in equilibrio il fardello che le ingombrava le braccia bussò con la punta della scarpa nera e abbassò la maniglia servendosi di un ginocchio, raddrizzando il bicchiere appena in tempo per non rovesciare il caffè. Nel suo ufficio, Judy Hammer sedeva dietro la scrivania somr.ersa di carte, tra fotografie di figli e nipoti; appeso alla parete alle sue spalle, il motto PREVENIRE IL PROSSIMO CRIMINE Il comandante della polizia di Charlotte aveva superato da poco la cinquantina, indossava un elegante completo *pied·de-poule* e il suo telefono suonava in continuazione. In quel momento aveva cose più importanti a cui pensare.

Virginia West depositò il suo carico su una sedia e prese posto su un'altra, accanto alla Vittoria Alata in ottone che l'anno precedente l'International Association of Chiefs of

Police aveva conferito in premio a Judy Hammer. La quale, dal canto suo, non si era mai presa la briga di trovarle un piedistallo adatto o un luogo d'esposizione più degno: il trofeo, alto un metro e venti, continuava a occupare lo stesso riquadro di moquette di fianco alla scrivania, come fosse in attesa di venire trasportato altrove. Se il comandante Hammer vinceva quei premi, era proprio perché non le interessavano.

— So già di che cosa si tratta — esordì Virginia West togliendo il coperchio dal bicchiere del caffè e liberando uno sbuffo di vapore. — E tu sai già che cosa ne penso.

Judy Hammer le fece segno di tacere, quindi si sporse sulla scrivania intrecciando le dita delle mani. — Ascolta, Virginia, finalmente ho l'appoggio del consiglio comunale, del capo dei servizi e del sindaco.

— Be', si sbagliano tutti, te compresa. — La West mescolò lo zucchero e la panna nel caffè. — Non riesco a credere che tu abbia potuto convincerli, ma ti avverto fin da ora che presto troveranno il modo di mandare tutto all'aria perché in realtà non lo vogliono davvero E non dovresti volerlo neanche tu. Per un cronista di nera arruolarsi volontario nella polizia e uscire di ronda con noi rappresenta un maledetto conflitto di interessi, non capisci?

Virginia West scartò rumorosamente la colazione di Bojangles, una tartina unta che il suo capo non avrebbe mai avvicinato alle labbra, nemmeno ai tempi in cui era sottopeso e passava tutto il giorno in piedi, dentro e fuori da carceri e riformatori, impegnata in analisi statistiche e archiviazioni, in ispezioni e controlli di vetture rubate, tutti compiti eccitanti di un'epoca in cui alle donne non era ancora permesso montare di pattuglia. Semplicemente, Judy Hammer non credeva nel valore nutritivo dei grassi.

— Insomma! — esclamò Virginia West dopo il primo boccone. — Mi pare che fosti proprio tu a intentare causa all'*Observer* per colpa di quel cronista, no?

Il comandante Hammer non amava ripensare a Weinstein, una vera delusione, per non dire un vero criminale,

11

uno il cui metodo di lavoro consisteva nell'intrufolarsi non visto nell'ufficio del capitano in servizio o della Divisione Investigativa per rubare rapporti dalle scrivanie, dalle stampanti e dai fax. Tanta collaborazione era culminata in un articolo di prima pagina su un'edizione domenicale: un ritratto del comandante Hammer in cui si dava a intendere che usasse l'elicottero della polizia per fini personali, che impiegasse agenti fuori servizio come autisti privati e tuttofare e che, il giorno in cui sua figlia era stata arrestata per guida in stato di ubriachezza, avesse approfittato della propria autorità per farla rilasciare. Naturalmente, nulla di tutto ciò era vero. Judy Hammer nemmeno aveva una figlia.

Si alzò, frustrata e preoccupata dalla confusione che regnava nel mondo. Si fermò davanti alla finestra, le mani sprofondate nelle tasche della gonna, dando la schiena al vicecomandante West.

— Al *Charlotte Observer*, così come in municipio, si sentono poco capiti e poco considerati — disse, riprendendo la sua opera di evangelizzazione. — E io so che neanche loro ci capiscono. Né peraltro ci considerano.

La West appallottolò con aria disgustata la carta e il bicchiere della colazione, aggiudicandosi due canestri. — L'unica cosa che interessa a quelli dell'*Observer* è vincere un altro premio Pulitzer.

Il comandante si girò, il volto serissimo. — Ieri ho pranzato con il nuovo direttore. È stata la prima volta in almeno dieci anni che un rappresentante delle forze dell'ordine è riuscito ad avere una conversazione civile con un rappresentante della stampa. Non esiterei a definirlo un miracolo. — Prese a camminare avanti e indietro per la stanza, gesticolando appassionatamente, come sempre in quei momenti. Amava la sua missione. — Abbiamo deciso di provarci. Certo, la bomba potrebbe anche esploderci tra le mani. — Fece una pausa. — Ma se invece funzionasse? Andy Brazil...

— Chi? — La West inarcò le sopracciglia.

— Un ragazzo molto, molto determinato — proseguì il

comandante. — Ha frequentato l'accademia per poliziotti volontari riportando i migliori voti in assoluto e impressionando assai favorevolmente gli istruttori. Questo basta forse a metterci al riparo dalle sorprese? Certo che no, Virginia. Ma non intendo permettere a questo giovane reporter di rovinarci un'indagine fornendo un'immagine sbagliata del nostro operato. Quindi non gli mentiremo, non lo ostacoleremo e non ci accaniremo contro di lui.

Con un gemito, la West si prese la testa fra le mani.

Il comandante Hammer tornò a sedersi alla scrivania. — Se le cose funzioneranno — riprese — saranno l'intero dipartimento e la comunità stessa a guadagnarne. Sarà un esempio per tutti e ovunque. *Se solo ogni cittadino potesse trascorrere una notte in servizio con noi...* Quante volte ti ho sentito ripetere questa frase?

— Be', non la dirò mai più.

Il comandante Hammer si sporse sulla scrivania, puntando un dito contro quel vice che tanto ammirava ma altrettanto spesso desiderava scuotere per la sua ristrettezza di vedute. — Ti voglio di nuovo in pista — disse. Era un ordine. — Con Andy Brazil. Regalagli una dose di quelle che non si scordano facilmente.

— Oh, Cristo, Judy! — esclamò la West. — Perché? Perché mi fai questo? Sto già impazzendo abbastanza per decentralizzare le indagini. Le unità stradali sono nella merda, mi mancano due capitani, e tanto per cambiare la Goode e io non riusciamo a metterci d'accordo su niente...

Ma il comandante Hammer non la stava già più ascoltando. Inforcò gli occhiali da lettura e cominciò a sfogliare un promemoria. — A partire da oggi — concluse.

Espirando rumorosamente e controllando i tempi sul Casio da polso, Andy Brazil correva veloce e concentrato sulla pista del Davidson College, nella piccola cittadina omonima situata a nord di Charlotte. Lì era cresciuto e aveva frequentato i corsi accademici e di tennis garantiti dalle borse

13

di studio. In realtà in quel college era sempre vissuto. O meglio, era vissuto in una fatiscente casa di legno in Main Street, dirimpetto a un cimitero che, come la scuola mista recentemente ristrutturata, risaliva a prima della Guerra Civile.

Sua madre aveva lavorato fino a pochi anni addietro nel servizio di ristorazione universitario. Andy era cresciuto nel campus osservando il succedersi di generazioni di ricchi studenti e borsisti Rhodes. Anche quando ormai stava per laurearsi con la lode, alcuni compagni di corso, in particolare i capi della tifoseria sportiva, avevano continuato a trattarlo come un sempliciotto di paese, civettando con lui mentre serviva loro uova e fiocchi d'avena. E quando lo incontravano in corridoio, carico di libri e preoccupato per qualche minuto di ritardo, la loro reazione era sempre di ottusa perplessità.

Andy Brazil non si era mai sentito veramente a casa né lì né da nessun'altra parte. Era come se guardasse tutti attraverso una parete di vetro: per quanto si sforzasse, non riusciva mai a toccare chi stava al di là, né gli altri riuscivano a toccare lui, a meno che non si trattasse di qualche mentore. Aveva passato la vita infatuandosi di insegnanti, allenatori, guardie della sicurezza interna, amministratori, rettori, medici e infermiere. Tutti erano sempre parsi accogliere di buon grado, persino con entusiasmo, le sue insolite riflessioni e gli scritti che timidamente sottoponeva al loro giudizio quando, fuori orario di lavoro, andava a trovarli portando in regalo una bibita comprata da M&M o un sacchetto di biscotti fatti da sua madre. Andy Brazil era, molto semplicemente, un acuto osservatore della realtà. Uno scrittore nato, che aveva accettato la sua vocazione con umiltà e coraggio.

Quel mattino era troppo presto perché ci fosse già in giro qualcuno, a parte una tizia dal corpo irrimediabilmente sformato, la moglie di un docente, e due donne in tuta da ginnastica che si lamentavano a perdifiato dei mariti grazie ai quali adesso erano lì a farsi una corsetta anziché essere in ufficio a lavorare. Brazil indossava maglietta e pantaloncini del *Charlotte Observer* e dimostrava meno dei suoi ventidue anni. Era un ragazzo fiero e di bell'aspetto, con zigomi alti, capelli striati di biondo e un corpo tonico in splendida forma. Sembrava quasi non accorgersi della reazione che la sua presenza suscitava negli altri, o forse la cosa non gli interessava: la sua attenzione era perennemente rivolta altrove.

Scriveva da quando aveva imparato a tenere in mano la penna, e dopo la laurea, cercando lavoro, aveva giurato al direttore dell'*Observer*, Richard Panesa, che se gli avesse dato una sola possibilità non se ne sarebbe pentito. Panesa lo aveva assunto nella redazione di *TV Week*, come responsabile dell'aggiornamento programmi di una cosa che nemmeno guardava. I colleghi gli stavano antipatici. Lo stesso valeva per il caporedattore, un tizio grasso e iperteso. Quel posto non gli riservava alcun futuro, a parte la vaga promessa di una cover story che non arrivava mai. Così Andy Brazil aveva iniziato ad andare in ufficio alle quattro del mattino per smaltire il lavoro di routine entro l'ora di pranzo.

Il resto della giornata lo trascorreva vagando di scrivania in scrivania, a caccia di storie cestinate dai reporter più anziani: di quelle ce n'era sempre in abbondanza. La redazione economica gli aveva passato lo scoop sull'ultimo modello di compressore d'aria della Ingersoll-Rand, e quando c'era stata la sfilata di moda di *Ebony* era stato lui a occuparsene, così come si era occupato delle collezioni di francobolli e dei mondiali di backgammon al Radisson Hotel. Aveva inoltre intervistato il campione di wrestling Rick Flair, con la sua lunga chioma color platino, quando era stato invitato come ospite d'onore all'assemblea dei boy scout. Infine aveva seguito le gare automobilistiche di Coca-Cola 600, chiacchierando con un pubblico di accaniti bevitori di birra.

Per cinque mesi di fila aveva accumulato cento ore di straordinari, scrivendo da solo più articoli del resto dei giornalisti di Panesa. Il direttore aveva indetto una riunione a porte chiuse con il direttore responsabile, il direttore della cronaca e quello dei servizi speciali per discutere la possibilità di promuovere Brazil reporter a tutti gli effetti appena fossero scaduti i primi sei mesi del contratto. Panesa era ansioso di vedere che faccia avrebbe fatto il ragazzo, sicuro com'era che avrebbe reagito con il massimo dell'entusiasmo. Fu molto deluso.

Andy Brazil aveva già fatto domanda all'accademia volontari del dipartimento di polizia di Charlotte, aveva superato l'esame di cultura generale ed era stato ammesso al gruppo che iniziava in primavera. Nel frattempo avrebbe conservato il suo lavoro, noioso ma flessibile negli orari, presso la redazione della guida TV. Una volta diplomato all'accademia, sperava invece che il direttore del giornale gli assegnasse la nera, così avrebbe continuato a fare il giornalista e contemporaneamente a prestare servizio come volontario. Avrebbe scritto le cronache poliziesche più informate e dettagliate che la città avesse mai letto. E, se l'*Observer* non avesse accettato, Andy Brazil non avrebbe avuto difficoltà a trovare un'agenzia interessata ad assumerlo o un posto come poliziotto regolare. Comunque fosse andata, non si sarebbe fermato davanti a un no.

Era un mattino caldo e umido, e all'inizio del decimo chilometro di corsa Brazil sudava ormai copiosamente. Superati gli aggraziati edifici in mattoni tappezzati di edera rampicante, passò di fianco alla cupola del dormitorio e ai campi da tennis coperti dove aveva ingaggiato partite all'ultimo sangue con i suoi compagni di corso. Aveva trascorso la vita lottando per il diritto di avanzare di una trentina di chilometri lungo la I-77, fino a South Tryon Street, nel cuore della città dove avrebbe potuto finalmente guadagnarsi da vivere come scrittore. Ricordava le prime volte in cui si era recato in macchina a Charlotte, a sedici anni, quando lo skyline della città era ancora modesto, e il centro un luogo frequentabile. Ormai sembrava solo un impero di roccia e cristallo in perenne espansione, e Brazil non era più sicuro che gli piacesse. Non era nemmeno più sicuro di piacergli.

Al tredicesimo chilometro si fermò, si sdraiò nell'erba e

iniziò una serie di flessioni. Aveva braccia forti e scolpite, attraversate da vene che delicatamente ne alimentavano il vigore. La peluria risaltava bionda contro la pelle bagnata, il volto era arrossato. Rotolò sulla schiena, respirando a fondo e assaporando l'ultimo residuo di affanno. Lentamente si levò a sedere, stirandosi, recuperando la posizione verticale per una nuova partenza.

A passo sostenuto raggiunse la sua BMW 2002 nera parcheggiata in strada. Era un'auto di venticinque anni, incerata e trattata con Armor All. Lo stemma originale bianco e blu, applicato sul cofano e ormai sbiadito, era stato amorevolmente ritoccato con vernice da modellismo. Il motore aveva quasi duecentomila chilometri. Tutti i mesi si rompeva qualcosa, ma Andy Brazil era un mago delle riparazioni. I sedili erano in cuoio e sotto il cruscotto aveva installato uno scanner per analizzare le frequenze della polizia e una radio ricetrasmittente. Il suo turno cominciava solo alle quattro del pomeriggio, ma a mezzogiorno Brazil era già ai blocchi di partenza. Era il cronista di nera dell'*Observer*, e per ogni emergenza gli avevano assegnato un posto macchina vicino all'ingresso.

Come un predatore che fiuti l'odore del sangue, gli bastò mettere piede nell'atrio per sentire l'odore dell'inchiostro e della stampa fresca. Era un profumo che lo eccitava non meno delle luci e delle sirene della polizia, e con grande soddisfazione superò la guardiola del custode senza più doversi fermare a compilare il registro delle firme. Prese la scala mobile e salì di corsa i gradini di metallo, quasi fosse in ritardo a un appuntamento. Dalla parte opposta scendevano statue che lo fissavano con curiosità. All'*Observer* tutti lo conoscevano, ma Brazil non aveva amici.

La redazione era uno stanzone grigio in cui rimbombavano l'incessante ticchettio dei tasti, lo squillare dei telefoni, il ronzio nervoso e veloce delle stampanti. In quel momento alcuni cronisti passeggiavano, altri stazionavano assorti davanti ai monitor dei computer, sfogliando taccuini con l'intestazione del giornale. La titolare della cronaca politica locale stava uscendo di corsa per inseguire uno scoop. Andy Brazil non si capacitava ancora di essere diventato un protagonista in quel mondo importante ed esaltante, dove le parole potevano cambiare i destini e il modo di pensare della gente. L'intensità drammatica della vita era la linfa che l'aveva nutrito sin dall'infanzia. Ma non sempre in senso positivo.

La sua nuova scrivania si trovava nel settore della cronaca locale, poco oltre l'ufficio con pareti di cristallo di Panesa, uomo che Brazil ammirava e desiderava più che mai impressionare in modo favorevole. Il direttore era un ultraquarantenne decisamente fascinoso: alto, capigliatura biondo argentea, fisico snello e prestante. Usava solo acqua di colonia e prediligeva eleganti completi neri o blu notte. Brazil era convinto che fosse anche un uomo saggio, ma i fatti dovevano ancora dimostrarglielo fino in fondo.

Panesa curava una rubrica sull'edizione domenicale, e gran parte della popolazione femminile del comprensorio di Charlotte gli scriveva lettere ardenti fantasticando segretamente sulle sue arti amatorie, o almeno così pensava Brazil. In quel momento il direttore era in riunione. Il neocronista sedette alla scrivania. Si finse occupato con carte, cassetti e copie di vecchi articoli già pubblicati, e si diede a spiare nel regno trasparente del suo idolo. Il quale, a sua volta, non mancò di notare che il giovane e zelante reporter si era presentato sul lavoro con quattro ore di anticipo. La cosa non lo stupì.

La prima novità di quel primo giorno da cronista era che Tommy Axel gli aveva depositato sulla scrivania un'altra rosa comprata al 7-Eleven. Una rosa che aveva lo stesso aspetto triste e malsano della gente che acquista fiori nei grandi magazzini. Era ancora incartata in un foglio di plastica trasparente, e Axel l'aveva infilata in una bottiglia di Snapple piena d'acqua. Axel era il critico musicale del giornale, e Brazil sapeva per certo che proprio in quel momento lo stava osservando dal non lontano settore della cultura.

Estrasse da sotto la scrivania una scatola di cartone. Non

aveva ancora finito di sistemare tutte le sue cose, ma l'impresa non era immane. Non gli avevano ancora assegnato nulla di preciso da fare, così si era spontaneamente dedicato a un pezzo sul corso di addestramento all'accademia per volontari. Esisteva comunque un limite anche alle aggiunte, ai tagli e alle limature. Andy Brazil già inorridiva all'idea di potersi ritrovare seduto in redazione a rigirarsi i pollici. Oltre all'abitudine di passare in rassegna le sei edizioni del giornale appese nell'angolo degli elenchi telefonici urbani, spesso tornava a controllare gli annunci in bacheca e il contenuto della cassetta della posta. Era stato deliberatamente lento nel trasferire i suoi strumenti di lavoro dalla vecchia scrivania alla nuova, distante non più di una quindicina di metri.

Tra i suoi tesori professionali c'era un Rolodex contenente non più di una manciata di numeri utili: ormai le modalità per contattare i network televisivi e le segreterie di produzione, i collezionisti di francobolli o Rick Flair non avevano più importanza. Brazil possedeva una gran quantità di blocchi, penne, matite, fotocopie di vecchi articoli e piantine della città, e comunque quasi tutto entrava nella cartella acquistata in saldo da Belk il giorno in cui era stato assunto. Era una portadocumenti di cui andava molto orgoglioso, in lucida pelle color borgogna, con due grosse fibbie d'ottone.

Non aveva, invece, foto da piazzare in bella vista sulla scrivania, essendo figlio unico e mancandogli anche la compagnia di un cane o di un gatto. Quel pensiero gli fece venire in mente che forse poteva dare un colpo di telefono a sua madre, per verificare che tutto fosse a posto. Al rientro dalla corsa, quel mattino, l'aveva trovata come al solito addormentata sul divano del soggiorno, la televisione accesa a tutto volume su una telenovela di cui al risveglio non avrebbe ricordato nulla. Ogni giorno la signora Brazil sedeva ore e ore davanti ai programmi di Channel 7, ma non c'era una sola trama che fosse in grado di raccontare. La TV era il suo unico legame con il mondo degli umani, eccezion fatta per il figlio.

Mezz'ora dopo l'arrivo in redazione, il telefono sulla scrivania si mise a squillare. Trasalendo, Andy afferrò la cornetta, il cuore che gli batteva forte mentre si guardava intorno domandandosi chi mai poteva sapere che adesso lavorava lì.

— Andy Brazil — rispose in tono professionale.

Riconobbe subito l'ansimare dall'altra parte del filo e la voce della maniaca che lo importunava da mesi. Sentiva addirittura il cigolio del materasso, del letto o del divano su cui la donna evidentemente portava a termine il suo passatempo preferito.

— Ce l'ho in mano — gli sussurrò in tono basso e sinistro. — Lo tengo stretto e me lo infilo dentro e fuori, dentro e fuori...

Brazil riagganciò e lanciò un'occhiata accusatrice ad Axel, che però sembrava impegnato in una discussione con l'esperto di gastronomia. Era la prima volta nella vita che gli succedeva di ricevere telefonate oscene; l'unica altra situazione vagamente paragonabile si era verificata all'autolavaggio Wash & Shine di Cornelius, dove un giorno era stato avvicinato da un tizio a dir poco strano, su un Maggiolino giallo, che gli aveva chiesto venti dollari in cambio di un lavoretto.

Lì per lì aveva pensato che volesse farsi lavare la macchina, vista la cura con cui lui stava sciacquando la BMW. Ma si sbagliava. Brazil allora aveva rivolto senza indugio il getto della canna in direzione di quel pervertito. Aveva memorizzato il numero di targa e lo aveva trascritto su un foglietto che conservava ancora nel portafoglio, in attesa del giorno in cui lo avrebbe fatto arrestare. Ciò che l'uomo del Maggiolino gli aveva proposto era un crimine contro natura, come recitava la nebulosa definizione di una vecchia legge del North Carolina. Ma la sostanza di ciò che chiedeva in cambio di quei venti dollari era chiarissima, e Brazil non riusciva a immaginarsi per quale motivo una persona avrebbe dovuto desiderare di fare una cosa simile al primo sconosciuto che incontrava per strada. Se fosse dipeso da lui avrebbe anche rinunciato volentieri a bere dalla stessa tazza di un sacco di gente che conosceva.

Andy Brazil non era un ingenuo, ma le sue esperienze sessuali al Davidson College erano state senz'altro più superficiali di quelle del suo compagno di stanza, e lo sapeva. L'ultimo semestre di corso aveva dormito quasi tutte le notti nella sala ricreazione. Per fortuna c'era un divano comodissimo, e mentre il suo compagno divideva il letto con una ragazza, lui si addormentava stringendo un libro. Nessuno si era accorto di quei movimenti tranne i custodi, che regolarmente verso le sei del mattino vedevano Brazil emergere dall'edificio diretto al secondo piano del dormitorio di Main Street. Naturalmente, in mezzo a quella confusione, Brazil conservava sempre un suo spazio privato, ma le pareti erano sottili ed era molto difficile concentrarsi se dall'altra parte c'erano Jennifer e Todd. Andy era costretto ad ascoltare ogni singola parola e ogni singolo rumore che producevano.

Nel periodo del college usciva con Sophie, una studentessa di San Diego, ma non se ne era mai innamorato veramente. Questo aveva scatenato in lei un desiderio così ossessivo da rovinarle la carriera al Davidson. Prima era dimagrita; poi, rendendosi conto che non funzionava, era ingrassata. Aveva cominciato a fumare e poi aveva smesso, si era beccata la mononucleosi e aveva dovuto curarsi. Alla fine si era cercata un analista con cui sfogarsi. Nulla di tutto ciò si era rivelato l'afrodisiaco che Sophie sperava di trovare, così, durante le vacanze di Natale dell'ultimo anno, si era messa il cuore in pace e aveva iniziato una relazione con il suo insegnante di piano. Dopodiché aveva confessato a Andy il suo peccato, e da allora avevano preso a farlo nella Saab di lei, o nella camera di lei al dormitorio. Sophie era molto esperta, ricca e in attesa di entrare alla scuola di specializzazione di medicina. Era anche più che disponibile a spiegargli con pazienza i fatti dell'anatomia, e Andy si mostrava aperto nei confronti di una ricerca di cui in realtà non sentiva affatto il bisogno.

21

All'una del pomeriggio aveva appena acceso il computer e ripreso in mano il pezzo sull'accademia, quando il suo caposervizio gli sedette di fianco. Ed Packer aveva almeno sessant'anni, svolazzanti capelli bianchi e occhi grigi troppo distanziati. Girava con le maniche della camicia arrotolate e sfoggiava brutte cravatte annodate in qualche modo. In passato doveva anche essere stato grasso. Indossava calzoni enormi e per domare le falde ribelli delle camicie aveva sempre una mano sprofondata nella cinta, proprio come adesso. Andy gli rivolse tutta la sua attenzione.

— Stasera è la gran sera, eh? — esordì Packer.

Brazil sapeva esattamente a cosa si riferiva e sollevò un pugno in segno di trionfo, come se avesse appena vinto gli Open americani. — L'hai detto!

Packer non poté fare a meno di sbirciare sullo schermo del computer. Trovò subito qualcosa che catturò la sua attenzione, perciò estrasse gli occhiali dal taschino della camicia.

— È una specie di resoconto in prima persona dell'addestramento all'accademia per volontari. — Brazil era ancora impacciato e quanto mai desideroso di piacere. — Lo so che non mi era stato assegnato, ma...

Effettivamente, Packer apprezzò molto ciò che stava leggendo, e picchiettò sullo schermo con una nocca. — Questo paragrafo è la cosa più azzeccata. Usalo in apertura.

— Giusto. Giusto. — Andy spostò il paragrafo in questione qualche riga più sopra.

Packer avvicinò una sedia e gli mollò un colpetto di gomito per farlo spostare dal video in modo da poter leggere più comodamente. Era un articolo decisamente lungo, adatto per l'edizione domenicale, e si chiese quando diavolo lo avesse scritto. Negli ultimi due mesi Brazil aveva lavorato di giorno e frequentato l'accademia di polizia tutte le sere. Ma dormiva ogni tanto, sì o no? Packer non aveva mai visto niente del genere. In un certo senso Brazil lo metteva anche a disagio, facendolo sentire vecchio e inadeguato. Il vecchio cronista ricordava bene l'entusiasmo che provava alla sua età: a quel tempo, il mondo lo riempiva ancora di meraviglia.

— Ho appena messo giù il telefono con il vicecomandante West — disse al suo protetto, continuando a leggere. — È il capo dell'Investigativa...

— Allora? — lo interruppe Brazil, che non stava nella pelle all'idea di fare la sua prima ronda. — Allora? Con chi uscirò?

— Raggiungerai Virginia West nel suo ufficio alle quattro di oggi pomeriggio, e sarai in servizio con lei fino a mezzanotte.

Andy non poteva crederci: lo stavano fregando. Fissò il suo caposervizio. Packer aveva appena commesso l'unico errore che Brazil non si sarebbe mai aspettato da lui.

— Niente da fare. Non ho nessuna intenzione di farmi censurare subito da qualche grande capo! — esclamò senza curarsi di eventuali orecchie indiscrete. — Non ho frequentato l'accademia per farmi...

Nemmeno Packer si curava di chi potesse sentirli, ma per una ragione diversa. Da trent'anni ormai funzionava come ufficio reclami sia al giornale sia a casa. Aveva imparato a lasciar fluttuare il suo livello di attenzione per spaziare con i pensieri dentro e fuori dalle sue cellule cerebrali, recuperando in qualsiasi momento i brandelli sfilacciati di conversazioni già avvenute. Di colpo gli tornò in mente che quel mattino, a colazione, sua moglie lo aveva pregato di passare a comprare la carne per il cane. Ricordò che alle tre doveva portare il cucciolo dal veterinario, per qualche iniezione, e che dopo quell'impegno anche lui aveva un appuntamento dal dottore.

— Ma non capisci? — insisteva Brazil. — Mi stanno solo manipolando. Stanno cercando di usarmi per le loro pubbliche relazioni!

Pa er si alzò, torreggiando stanco al di sopra del giovane neocronista. Sembrava un vecchio albero dalla chioma fitta e ombrosa. — Che posso dire? — commentò, e la camicia gli era già risciivolata fuori dai pantaloni. — È il primo esperimento del genere. Questo è quanto offrono la polizia e le autorità cittadine. Dovrai firmare un disciplinare. Potrai prendere appunti ma non scattare fotografie o girare videocassette. Comportati come ti dicono e, per favore, cerca di non farti impallinare.

— Be', sarà meglio che torni a casa per cambiarmi — abbozzò Andy.

Mentre Packer si allontanava verso il bagno degli uomini tirandosi su i pantaloni, Brazil si lasciò cadere sulla sedia e levò gli occhi al cielo. L'unico appoggio su cui poteva contare gli era appena venuto meno. Attraverso le pareti di cristallo, Panesa lo osservò con interesse cercando di indovinare quale sarebbe stata la sua prossima mossa, ma in cuor suo era certo che avrebbe saputo cavarsela benissimo. L'analista informatica Brenda Bond lo fissava invece da un computer lì vicino. Brazil non le aveva mai dedicato il più piccolo dei pensieri: magra, pallida, con quei capelli neri e crespi, l'unico sentimento che gli ispirava era la repulsione. E lei lo odiava ed era gelosa, ma si credeva più intelligente di lui perché tali si credono tutti gli scienziati e gli esperti di informatica del mondo. La verità era che Brenda Bond poteva contare solo sulla compagnia delle chat line, perché di persona non la voleva nessuno.

Sospirando, Andy si alzò. Panesa lo vide raccogliere un'orribile rosa rossa infilata in una bottiglia di Snapple. Il direttore sorrise. Lui e sua moglie avevano tanto desiderato un figlio maschio, e dopo cinque femmine avrebbero dovuto scegliere fra un trasloco in una casa più grande, una conversione al cattolicesimo o alla religione dei mormoni, e il sesso sicuro. Invece avevano divorziato. Perciò non riusciva a immaginarsi cosa avrebbe provato se avesse avuto un figlio come Andy Brazil. Un figlio di splendido aspetto, sensibile e, nonostante i risultati dovessero ancora vedersi, sicuramente il cronista più promettente che avesse mai messo piede in redazione.

Tommy Axel stava battendo la recensione di un nuovo album di K.D. Lang, che ascoltava in diretta da una cuffia. Era un vero sfigato, pensò Andy, una specie di Matt Dillon che non sarebbe mai diventato famoso. Raggiunse la sua scrivania e depositò la rosa di fianco alla tastiera, mentre Axel si dimenava a ritmo nella maglietta di Star Trek. Sorpreso, il critico si lasciò scivolare la cuffia intorno al collo. Dagli auricolari proveniva un filo sottilissimo di musica. Lo guardò con occhi innamorati: Andy era il suo Principe Azzurro. Lo aveva sempre saputo, fin da quando, all'età di sei anni, una premonizione gli aveva detto che un giorno i pianeti si sarebbero allineati e l'orbita di una creatura divina si sarebbe magicamente sovrapposta alla sua.

— Per favore, Axel — tuonò la celestiale voce di Brazil. — Basta fiori. — E si girò per andarsene.

Axel rimase a contemplare la sua bella rosa. Era certo che Brazil non facesse sul serio, e il fatto che le loro scrivanie ora si trovassero tanto vicine lo rendeva felice. Accomodandosi meglio sulla sedia, accavallò le gambe e sentì montare un desiderio lancinante per quel dio greco che a passo risoluto stava uscendo dalla sala. Chissà dov'era diretto. Aveva con sé la cartella, come se non intendesse rientrare. In ogni caso aveva cercato sull'elenco telefonico e conosceva il suo numero di casa. Brazil non abitava in città ma da qualche parte nella selvaggia periferia, cosa di cui Axel non riusciva a capacitarsi

D'accordo, probabilmente l'angelo biondo non metteva insieme neanche ventimila dollari l'anno, però lui, Axel, preferiva una macchina scassata a una casa in periferia. La sua Ford Escort non era certo nuova, e la carrozzeria scrostata cominciava a ricordargli la faccia di Keith Richards. Gli mancava persino l'impianto CD, e l'*Observer* non gliene avrebbe mai comprato uno, ma il giorno in cui fosse stato assunto da *Rolling Stone* lo avrebbe rinfacciato a tutti, lì dentro. Axel aveva trentadue anni ed era già stato sposato una volta, per dodici mesi esatti. Durante una cena al lume di candela, lui e sua moglie si erano guardati negli occhi scoprendo di venire da due pianeti troppo diversi.

25

Così i due alieni si eiano separati consensualmente per andare a esplorare nuovi mondi, fino ad arrivare là dove nessun uomo era mai giunto prima. Tutto ciò non aveva nulla a che vedere con l'abitudine di Axel di rimorchiare qualche maschietto dopo i concerti di Meatloaf, Gloria Estefan o Micnael Bolton. Di solito faceva in modo di citare i *groupie* nei suoi articoli, di parlare di quel pubblico di giovani alieni, scarpe tirate a lucido, teste rasate, treccine da rasta, anelli da piercing. E i giovani alieni lo richiamavano entusiasti. Gli chiedevano copie del giornale, ingrandimenti delle foto, nuove interviste, biglietti per i concerti, pass per il backstage. Naturalmente, una cosa tirava l'altra. In tutti i sensi.

Axel pensava a Brazil, ma Brazil non pensava a lui. Sedeva nella sua BMW cercando di calcolare quando gli sarebbe finita la benzina, visto che da almeno sessantacinquemila chilometri non funzionavano più né il galleggiante né il tachimetro. Nella sua testa quei pezzi di ricambio equivalevano a delicati strumenti di volo dal costo inabbordabile. Il che poteva essere un problema, per una persona abituata a una guida veloce ma nient'affatto desiderosa di ritrovarsi sul ciglio di una strada ad aspettare che qualcuno, possibilmente non un serial killer, gli offrisse un passaggio fino al benzinaio più vicino.

Sua madre stava ancora russando davanti alla TV, ma Andy aveva imparato a sopportare la casa fatiscente e la vita famigliare che rappresentava senza più soffermarsi su quei particolari. Puntò dritto in camera e si chiuse la porta alle spalle. Accese l'enorme stereo portatile, regolò il volume e si lasciò avvolgere dalla musica di Joan Osborne. Si diresse all'armadio. Indossare l'uniforme era un rito che non si sarebbe mai stancato di ripetere.

Per prima cosa la stendeva sul letto e si concedeva un momento di muta ammirazione, ancora incapace di credere che qualcuno lo avesse autorizzato a sfoggiare un indumento tanto glorioso. Nuova di zecca, impeccabilmente stirata, la divisa della polizia di Charlotte era blu scuro con due sfolgoranti calabroni bianchi sulle spalle. Brazil iniziava sempre dalle calze di cotone nero, l'unica cosa che non gli veniva fornita dalla polizia. Quindi con grande attenzione infilava i pantaloni, ora quelli estivi ma caldi nonostante la leggerezza del tessuto, percorsi da una sottile riga laterale lungo le gambe.

La camicia era il suo capo preferito, per via delle spalline e di tutte le decorazioni con cui un giorno avrebbe potuto abbellirla. Fece scorrere le braccia nelle maniche corte e iniziò ad abbottonarsi davanti allo specchio. Arrivato al mento agganciò la cravatta a clip, puntò la targhetta identificativa, sistemò il fischietto. Al pesante cinturone di pelle appese la Mag-Lite e il cercapersone, lasciando un po' di spazio per la ricetrasmittente che più tardi avrebbe ritirato al LEC. I morbidi scarponi Hi-Tec non erano di cuoio rigido come quelli militari, ma assomigliavano piuttosto a scarpe da ginnastica alte fin sopra la caviglia, calzature che in caso di necessità permettevano di correre senza fatica. Brazil sperava che l'occasione di provarle non si facesse attendere troppo a lungo. L'unica cosa che gli mancava era il berretto: il comandante Hammer non credeva nei berretti.

Si rimirò nello specchio per controllare che tutto fosse in perfetto ordine, quindi rimontò in macchina diretto in centro, vetri abbassati e tettuccio aperto. A ogni occasione, sporgeva il gomito dal finestrino per godersi la reazione degli automobilisti sull'altra corsia. Di fronte alle sue mostrine rallentavano di colpo, e ai semafori lo lasciavano sempre ripartire per primo. Qualcuno gli chiese delle indicazioni, ma vi fu anche un tizio che quando lo vide sputò, pieno di un risentimento con cui Brazil non aveva niente a che fare. Due ragazzotti su un camioncino accennarono a prenderlo in giro. Andy continuò a guidare, impassibile come se fosse una cosa assolutamente all'ordine del giorno. Era un poliziotto dalla notte dei tempi.

La sede del LEC si trovava ad alcuni isolati di distanza dal giornale, e Brazil ci sarebbe arrivato anche a occhi chiusi. Entrò nel parcheggio coperto dei visitatori e si fermò in un'area riservata ai giornalisti, attento a posteggiare in modo che le auto vicine non gli rovinassero le portiere. Seguì i corridoi lucidi che conducevano all'ufficio del capitano di turno, non sapendo dov'era la Divisione Investigativa, tanto meno se poteva andarci direttamente senza prima chiedere qualche permesso. I corsi dell'accademia si erano svolti entro i confini rigorosi delle aule e della sala radio, o al massimo nelle strade dove gli avevano insegnato a dirigere il traffico e a occuparsi dei piccoli incidenti che non richiedevano rapporto. Non aveva mai imparato a orientarsi in quel complesso di quattro piani. Si fermò sulla soglia della porta, sentendosi improvvisamente a disagio nell'uniforme sprovvista di pistola, sfollagente, spray urticante o altre armi.

— Chiedo scusa — esordì.

Il capitano, un uomo alto e di una certa età, sedeva alla scrivania insieme a un sergente, sfogliando un album di foto segnaletiche. Lo ignorarono entrambi. Per un attimo Andy Brazil fissò il cronista televisivo di Channel 3, Brent Webb, che frugava tra i rapporti e nelle vaschette delle comunicazioni per la stampa impossessandosi di tutto quello che gli interessava. Era incredibile. Quella faccia di bronzo faceva sparire nella sua borsa decine di fogli, là dove nessun altro giornalista avrebbe mai potuto prenderne visione. Pareva che per lui fregare il collega dell'*Observer* o qualunque altro collega fosse una cosa perfettamente legittima e accettabile. Dopo un po' Brazil tornò a posare lo sguardo sul sergente e il capitano i quali, a loro volta, sembravano non prestare alcuna attenzione ai reati commessi sotto i loro occhi.

— Chiedo scusa — ripeté più forte.

Entrò nella stanza, completamente ignorato da agenti che da tempo immemore odiavano il suo giornale.

— Dovrei recarmi nell'ufficio del vicecomandante West. — Andy Brazil non gliel'avrebbe data vinta.

Il capitano sollevò verso la luce l'ennesima pagina plastificata piena di foto di brutti ceffi, mentre il sergente si girava dandogli la schiena. Soltanto Webb smise per un momento di trafficare e guardò il collega dall'alto in basso, con un sorriso divertito, forse addirittura di scherno, dipinto in viso: da dove diavolo sbucava un fighetto così? Brazil invece aveva visto la faccia di Webb abbastanza spesso in TV da poterla riconoscere ovunque. Aveva anche sentito molto parlare di lui. Tra i giornalisti era noto con il soprannome di Scoop, e i motivi erano evidenti.

— Allora, che effetto fa essere arruolati come volontari? — Il tono di Webb era condiscendente.

— Dov'è l'Investigativa? — ribatté Brazil, lo sguardo penetrante come se stesse dando lui un ordine.

Webb fece un cenno con la testa. — Disopra. Non puoi sbagliare.

Poi, tornando a esaminare la tenuta di Andy, scoppiò in una risata, a cui presto si aggiunsero anche il sergente e il capitano. Allora Brazil infilò una mano nella borsa del cronista e ne estrasse una manciata di rapporti appena trafugati. Li lisciò, li sfogliò, ne lesse qualcuno e, sotto lo sguardo dei presenti, li ridepositò ben ordinati e con tutta la calma del mondo nella vaschetta a disposizione della stampa. Brent Webb era visibilmente arrossito.

— Credo che al comandante Hammer farebbe molto piacere vedere mister Scoop in azione — disse Brazil, regalandogli il sorriso della stoccata finale.

Poi uscì, silenzioso nelle sue Hi-Tec nuove di zecca.

2

La Volante era la divisione più grande del dipartimento di polizia di Charlotte, ma l'Investigativa era molto più infida. Di questo il vicecomandante Virginia West era certa. In città tutti seguivano con grande apprensione le cronache di furti, stupri e omicidi. E tutti erano pronti a lamentarsi se i criminali violenti non venivano istantaneamente arrestati come se fosse arrivato il Giudizio Finale. Quel giorno il telefono sulla sua scrivania non aveva smesso di squillare un solo momento.

I problemi erano iniziati tre settimane prima, quando Jay Rule, un uomo d'affari di Orlando, era arrivato nella Queen City per partecipare a un meeting di operatori del settore tessile. Qualche ora dopo essersi allontanato in macchina dall'aeroporto, la Nissan Maxima che aveva preso a noleggio era stata ritrovata abbandonata in un lotto buio e incolto dalle parti di South College Street, nel centro della città. Un piccolo allarme interno protestava perché la portiera del guidatore era aperta e i fanali accesi. Sul sedile posteriore qualcuno aveva rovistato in una ventiquattrore e in una piccola borsa da viaggio: contanti, gioielli, telefono cellulare cercapersone e ogni possibile oggetto di valore erano spariti.

Jay Rule, trentatré anni, era stato ucciso con cinque colpi di pistola calibro 45 alla testa. Le munizioni usate erano Silvertip, proiettili Hollowpoint a punta cava, alta velocità e alta penetrazione. Roba letale. Il cadavere era stato trascinato per cinque metri in mezzo all'edera rampicante, i pantaloni e le mutande abbassati fino alle ginocchia e l'area dei genitali evidenziata con un disegno in vernice spray arancione a forma di grande clessidra Nessuno, nemmeno all'Fbi, aveva mai visto niente di simile. La settimana dopo, l'assassino era tornato a colpire. Il secondo omicidio era avvenuto a meno di due isolati di distanza dal primo, nei pressi di West Trade Street, dietro il Cadillac Grill, generalmente chiuso la sera per paura di furti e rapine. Jeff Calley, quarantadue anni, era un ministro della Chiesa battista giunto a Charlotte da Knoxville, nel Tennessee, per trasferire la madre al Pines, un pensionato per anziani. Durante la permanenza in città avrebbe dovuto alloggiare allo Hyatt. Non ci era mai arrivato. La notte del giorno in cui avrebbe dovuto presentarsi, la sua Volkswagen Jetta a noleggio era stata ritrovata con la portiera del guidatore aperta e l'allarme interno che suonava: il modus operandi era esattamente lo stesso.

L'incubo si era ripetuto per la terza settimana consecutiva con Cary Luby, cinquantadue anni, di Atlanta: altre Silvertip, altra clessidra arancione. Quando Andy Brazil apparve sulla porta dell'ufficio, Virginia West stava appunto discutendo al telefono il caso Luby. Nemmeno si accorse di lui, impegnata com'era a ribattere a un viceprocuratore distrettuale riguardo ad alcuni ingrandimenti di foto scattate sulla scena del delitto. Dettagli da rovesciamento gastrico.

— No, su questo punto si sbaglia, non so chi gliel'abbia detto. Si tratta di ferite multiple alla testa, colpi sparati a bruciapelo. Una calibro 45 caricata con Silvertip... Sì, sì, esatto. Tutti entro un raggio di pochi isolati. — La West stava cominciando a innervosirsi. — Cristo Santo, certo che ho mandato degli agenti in incognito: magnaccia, adescatori, barboni, chi più ne ha più ne metta. Allora, cosa ne pensa?

Si passò la cornetta nell'altra mano, chiedendosi perché mai si ostinava a indossare gli orecchini e irritata dal fatto che qualcuno potesse continuare a dubitare della sua professionalità. Poi lanciò un'occhiata all'orologio e riprese a studiare le fotografie, fermandosi su un primo piano della strana clessidra: in realtà assomigliava più a un grosso otto di colore arancione, che dall'apice del pube si snodava fin sopra l'ombelico. Il viceprocuratore non smetteva di tempestarla di domande sulla scena del delitto, e la pazienza di Virginia West si stava esaurendo. Bella giornata di merda.

— Come negli altri — disse invece con enfasi. — Tutto. Portafoglio, orologio, fede matrimoniale. — Fece una pausa. — No, niente carte di credito né documenti intestati alla vittima... Perché? Perché l'assassino sa il fatto suo, ecco perché. — Emise un sospiro. Le stava anche venendo il mal di testa. — Ma sì, Cristo, è quello che cercavo di dirle, John. Se fosse un tentativo di furto d'auto, allora perché la Thunderbird era ancora lì? *Non è stata rubata neanche una macchina.*

La West ruotò sulla sedia girevole. Fu a questo punto che vide il giovane volontario fermo sulla porta intento a scrivere su un taccuino, e ci mancò poco che le scivolasse la cornetta di mano. Quel figlio di puttana era venuto a ficcare il naso nell'ufficio del vicecomandante e ora stava prendendo nota di informazioni riservate sui casi di omicidio più sensazionali che si fossero mai verificati in città. Fino a quel momento erano riusciti a tenere i giornalisti all'oscuro di dettagli delicati, ma la pressione da parte di politici si faceva ogni ora più forte e minacciosa.

— Devo lasciarla — si interruppe bruscamente la West.

Buttò giù la cornetta, fulminando Brazil con lo sguardo.

— Chiuda la porta — glielo ordinò con una tranquillità feroce, una calma che avrebbe terrorizzato qualunque assistente o criminale in arresto.

Senza battere ciglio, Brazil si avvicinò alla scrivania. Non si sarebbe certo lasciato intimidire da un'alta burocrate che l'aveva tradito in partenza. Le lasciò cadere davanti la manciata di rapporti trafugati.

— Cosa crede di fare? — gli chiese la West.

— Andy Brazil, dell'*Observer* — rispose lui con gelida cortesia. — Webb si diverte a far sparire rapporti dal raccoglitore a disposizione della stampa, nel caso le interessi saperlo. E mi servirà una radio. Mi avevano detto di presentarmi da lei alle quattro.

— Per origliare, immagino. — La West spinse indietro la sedia e si alzò. — Be', mi pare che lei abbia già in mano la sua storia, no?

— Mi servirà una radio — ripeté Brazil, per il quale uscire di ronda senza disporre di un filo di collegamento diretto con il centralino era del tutto inconcepibile.

— No, non le servirà affatto. Mi creda.

Con gesti rabbiosi, la West infilò alcuni dossier nella portadocumenti e la chiuse di scatto. Quindi prese la borsetta e uscì dalla stanza a passo di carica. Brazil la seguì a ruota.

— Certo che ha una bella faccia di tolla — riprese lei, come se avesse passato tutta la vita a litigare con quel giovane in uniforme. — Tale e quale quella di tutti gli altri imbecilli là fuori. Gli dai un dito, e loro si prendono la mano. E poi vatti a fidare di qualcuno!

Il vicecomandante West non era esattamente come Brazil se l'era immaginato. Chissà perché si aspettava un donnone borioso, sovrappeso ma dal seno piatto, con una faccia squadrata e viriloide, e capelli molto acconciati. Invece no. Doveva avere al massimo trentasette anni, sfoggiava una chioma rosso scura che a malapena le sfiorava il colletto e aveva un fisico decisamente accattivante. Era quasi bella, e formosa, senza un filo di grasso addosso. Ma nulla di tutto ciò aveva alcuna importanza per lui, perché Virginia West era scorbutica e corrosiva, quindi ben poco desiderabile.

Il vicecomandante sospinse la porta di cristallo che immetteva nel parcheggio e puntò verso la sua Crown Victoria civile, cominciando a rovistare in borsetta.

— Io l'avevo detto subito che era una cattiva idea. — Prese le chiavi. — Crede forse che qualcuno mi abbia dato retta?

— E lei, dà mai retta a qualcuno? — ribatté Brazil.

Virginia West si bloccò, fissandolo intensamente per un momento. Spalancò la portiera ma lui si interpose, impedendole di entrare.

— Preferirei che mi mettesse onestamente alla prova. —

Le porse il taccuino, voltando in fretta le pagine di appunti presi durante la telefonata. — Stavo solo descrivendo lei e il suo ufficio — dichiarò, in un tono molto simile a quello usato dal viceprocuratore distrettuale.

La West non ci mise molto a capire di essersi effettivamente sbagliata. Sospirando arretrò di un passo, squadrò il volontario Brazil da capo a piedi: com'era possibile che un reporter girasse vestito in quel modo? Come diavolo erano ridotti, in quel dipartimento? Ma la Hammer doveva aver perso la testa. La verità era che Andy Brazil meritava l'arresto per essersi mascherato da agente di polizia, ecco cosa.

— Dove abita?

— Davidson — rispose lui.

Magnifico. Così tra andata e ritorno avrebbero impiegato almeno un'ora e mezzo. Con un po' di fortuna magari anche qualcosa in più, e quanto più fosse riuscita a tenerlo alla larga dal servizio, tanto meglio sarebbe stato. Il vicecomandante West salì in macchina con un piccolo sorriso soddisfatto.

— Allora ci andremo subito, così potrà cambiarsi — gli comunicò in tono duro.

Per un po' viaggiarono senza scambiarsi una parola, mentre sullo scanner brillavano continui punti luminosi e i messaggi di agenti e centralinisti si incrociavano via etere. Emettendo strani bip intermittenti, il Mobile Data Terminal, o MDT, localizzava chiamate ed evidenziava indirizzi e messaggi sul display. La West e Brazil attraversarono la città in pieno orario di punta, sotto un cielo che prometteva pioggia. Brazil guardava fuori dal finestrino. Si tolse la cravatta e sbottonò il colletto della camicia, sentendosi stupido, trattato con i piedi.

— Da quanto tempo lavora per l'*Observer*? — si informò la West, e in quel momento provò una stretta al torace come se il giubbotto antiproiettile le tirasse, solo che non lo indossava affatto. In fondo le dispiaceva per quel giovane fesso.

— Da un anno. — Brazil era pieno di rancore. Chissà se

il vicecomandante avrebbe accettato di uscire ancora in servizio con lui.

— E come mai non avevo mai sentito parlare di lei?

— Perché non mi hanno assegnato il posto finché non ho finito l'accademia. Era nei patti.

— Quali patti?

— I miei. — Brazil continuava a guardare con aria cupa fuori dal finestrino.

La West tentò di cambiare corsia, ma il tizio nella macchina di fianco non aveva nessuna intenzione di collaborare. Gli restituì un gestaccio. — A te, imbecille! — Al primo semaforo rosso, tornò a fissare Brazil. — Cosa intende per *patti*?

— Mi interessava lavorare al fianco della polizia, così gli ho detto che se mi avessero preso non se ne sarebbero pentiti.

— Vale a dire?

— Vale a dire che voglio conoscere dei poliziotti. Per scrivere di loro. Voglio raccontare le cose come stanno.

Virginia West non gli credeva. È tipico dei reporter metter su un'aria da santerellini e dire cose simili mentre in realtà mentono, come del resto fa l'umanità intera. Continuando a guidare, estrasse una sigaretta dal pacchetto e la accese.

— Se le interessiamo tanto, perché non ha scelto direttamente la professione del poliziotto? — lo provocò.

— Perché io sono uno scrittore — dichiarò semplicemente, come se si trattasse di una razza, di una religione, di una casta.

— Ed è noto che i poliziotti invece non sanno scrivere. — Il vicecomandante emise una boccata di fumo. — Anzi, non sanno nemmeno leggere, se non ci sono figure.

— *Se non ci sono figure.*

La West levò le mani al cielo e rise. — Ecco, vede?

Brazil tacque.

— Allora, com'è che vive in quel buco di Davidson?

— È lì che ho studiato.

— Chissà che bravo.

— Me la cavo.

La sfolgorante Crown Victoria girò in Main Street, la via

principale della piccola e graziosa cittadina universitaria. Le case erano eleganti, mattoni a vista e travi di legno bianco, ampie verande, altalene e muri coperti di edera. Anche Virginia West era cresciuta alla periferia di Charlotte, ma da tutt'altra parte, in una zona dove a dominare erano la terra rossa e argillosa e campi sterminati. Non si sarebbe mai potuta permettere un college come il Davidson, e dubitava che il proprio curriculum studi potesse far colpo su chicchessia. Le scuole frequentate da Brazil esercitavano su di lei lo stesso fascino di Princeton e di altri nomi famosi di cui aveva solo letto sui giornali.

— Visto che siamo in argomento — proseguì la West — ora che ci penso non ricordo nemmeno di aver mai letto un suo pezzo di nera.

— Oggi è il mio primo giorno.

Virginia West non riuscì a reprimere un nuovo moto di delusione alla prospettiva del servizio che la aspettava quella sera. Improvvisamente un cane si mise ad abbaiare e a inseguire la macchina, sotto un altrettanto improvviso scroscio di pioggia.

— Quindi nell'ultimo anno che cosa ha fatto?

— Curavo la rubrica dei programmi televisivi — recitò Brazil. — Intanto accumulavo straordinari e pezzi che non interessavano a nessuno. — Indicò con la mano, slacciandosi la cintura di sicurezza. — Ecco, è quella.

— Regola numero uno. — Il vicecomandante imboccò un vialetto sterrato e pieno di buche. — Mai slacciarsi la cintura finché la macchina non è ferma.

— Perché vuole che mi cambi? — Brazil diede finalmente voce ai propri pensieri. — Credo di aver diritto di...

— Perché là fuori chi indossa la divisa rischia di venire ammazzato — lo interruppe la West. — Regola numero due: non esistono diritti. Non con me. Non voglio che nessuno la scambi per un poliziotto. Non voglio che la prendano per il mio secondo in equipaggio. E infine non è mio desiderio giocarmi questa partita con lei, è chiaro? Lo faccio perché devo.

La casa di Brazil non vedeva un pennello da così tanto

tempo che ormai non se ne indovinava più il colore. Forse originariamente era stata di un giallo pallido, o forse color crema. Ma anche bianca, perché no? Adesso comunque era prevalentemente grigia e scrostata e assomigliava a una vecchia affetta da un brutto eczema. Sul vialetto era parcheggiata una Cadillac bianca, un modello antidiluviano. Virginia West decise che chiunque viveva lì non doveva avere il gusto, i soldi o il tempo necessari a dedicarsi a riparazioni o a lavori di giardinaggio. Scocciato, Brazil aprì la portiera e raccolse i suoi effetti personali. Aveva quasi voglia di mandare il vicecomandante all'inferno e di dirle di non farsi mai più rivedere, ma purtroppo la sua BMW era rimasta a Charlotte, e quello era già un piccolo problema. Si chinò a guardare la donna.

— Mio padre era poliziotto. — Richiuse la portiera di schianto.

Virginia West era la quintessenza di un ufficiale, il classico tipo che gode nel far pesare il proprio potere sugli altri. Brazil risalì il vialetto in preda a un'ira funesta. Al vicecomandante non importava affatto di dare una mano a un esordiente. Certe volte le donne sono peggio degli uomini, sembrano non tollerare i successi altrui perché nessuno è stato gentile con loro quando cercavano di emergere. Così fanno apposta per fargliela pagare, nonostante questo significhi penalizzare degli innocenti che nemmeno conoscono. Brazil immaginò Virginia West sotto rete, un pallonetto perfetto in attesa di una schiacciata letale. Gliel'avrebbe fatta vedere lui!

Aprì il portone della casa in cui viveva da sempre. Si sbottonò la camicia lanciando un'occhiata intorno, improvvisamente conscio di quel salottino deprimente, pieno di mobili da quattro soldi e coperto di moquette macchiata. Ovunque erano sparsi portacenere e piatti sporchi. Lo stesso canto gospel riempiva la casa per la milionesima volta: George Beverly Shea che intonava *How Great Thou Art*. Brazil raggiunse il vecchio impianto stereo e lo spense.

— Mamma? — chiamò a voce alta.

Cominciò a riordinare distrattamente, seguendo un sentiero di rovine che conducevano alla cucina vecchia e trasandata: il latte, una bottiglia di succo V8 e della crema di formaggio erano stati lasciati in giro da qualcuno che non si era nemmeno dato la pena di nascondere la fiaschetta ormai vuota di vodka (Bowman da quattro soldi) piantata sul secchio dei rifiuti. Brazil raccolse i piatti e li immerse in un catino di acqua saponata. Poi, frustrato, si strappò fuori la camicia dai pantaloni e slacciò la cintura, guardando con tristezza la lucida targhetta con il suo nome. Mentre accarezzava il fischietto appeso alla catena, per un istante i suoi occhi si colmarono di un'infelicità indescrivibile.

— Mamma? — chiamò ancora. — Ci sei?

Passò nel corridoio. Con una chiave di cui nessun altro possedeva la copia aprì la porta della sua piccola camera. Era un locale pulito e ordinato, un computer su una scrivania dal piano di formica, dozzine di trofei e targhe vinte a tennis, più altri premi conquistati nelle gare di atletica, disposti su ripiani, mobili e pareti. In quel luogo semplice e modesto per un inquilino tanto complicato campeggiavano centinaia di libri. Brazil riappese con cura l'uniforme, scelse un paio di calzoni color kaki e una camicia di jeans. Sul retro della porta era appeso un vecchio giubbotto di pelle segnato dal tempo, taglia extralarge. Lo indossò nonostante il caldo.

— Mamma! — sbraitò per la terza volta.

La spia sulla segreteria telefonica lampeggiava, premette il tasto del riascolto. Il primo messaggio era dell'ufficio bancario interno del giornale. Con un gesto di fastidio schiacciò di nuovo, quindi premette il tasto altre tre volte, saltando i messaggi muti. L'ultimo invece era di Axel: suonava la chitarra e cantava alla Hootie & The Blowfish.

«Voglio solo stare con te... con te! Andy, sono Axel, non riappendere per favore... Che ne dici di una cenetta da Jack Straw's?...»

Ancora più scocciato, Brazil spense la segreteria proprio mentre il telefono si metteva a squillare. Questa volta l'interlocutore gli parlò dal vivo: l'ennesima telefonata oscena e sinistra in cui quella pervertita faceva del sesso con lui senza nemmeno interpellarlo.

— Ti sto stringendo, sei così duro, duuuro... mentre tu mi lecchi con la tua lingua scivolosa... — ansimò la donna nel tipico tono degli psicopatici dei film che guardava da ragazzo.

— Sei una povera malata — sbottò lui, scaraventando giù la cornetta.

Davanti allo specchio della cassettiera si fermò per pettinarsi. Gli erano cresciuti troppo i capelli, continuando ad andargli negli occhi e a innervosirlo, mentre li aveva sempre portati cortissimi o di media lunghezza. S'infilò una ciocca bionda e ribelle dietro un orecchio, e alle sue spalle prese corpo il riflesso tremolante di una donna obesa, ubriaca e aggressiva. Sua madre.

— Dove sei stato? — gridò subito, attaccandolo con un manrovescio.

Andy sollevò il braccio appena in tempo, parando il colpo. Girò su se stesso, afferrò la madre per i polsi, con fermezza ma senza farle male. Era un copione logoro, la millesima replica di una commedia ormai stantia.

— Calma, calma, calma — la ammansì sospingendola verso il letto e aiutandola a sedersi.

Muriel Brazil cominciò a dondolarsi e a piagnucolare, biascicando la solita litania. — Non andartene. Non lasciarmi. Ti prego, Andy. Ti pregooo...

Lui controllò l'orologio, lanciò un'occhiata furtiva in direzione della finestra, quasi che il vicecomandante West potesse vedere attraverso i muri e indovinare la miseria e il segreto della sua vita.

— Ora vado a prenderti la medicina, d'accordo mamma? Poi guardi un po' di televisione e ti metti a letto. Io tornerò presto. Va bene?

No che non andava bene, ululò la signora Brazil continuando a dondolarsi e a protestare. — Scusami scusami scusami! Non so che cosa mi prende... Andyyyyy!

39

La West non udì i particolari della conversazione. Ma aveva abbassato i finestrini per fumare e non mancò di sentire qualche urlo. Ne dedusse che Brazil viveva con una fidanzata ed era scoppiata una lite. Scosse la testa, facendo volare il mozzicone sul vialetto coperto di buche e di erbacce Come si poteva aver voglia di vivere con qualcuno subito dopo il college, dopo tanti anni di promiscuità forzata con i compagni di studio? E a che scopo? Quando Brazil risalì in macchina, però, evitò di fargli domande. Qualunque spiegazione fosse in grado di fornirle, lei non voleva saperne nulla. Il profilo luminoso della città si stagliava netto contro il cielo, simile a un gigantesco monumento al mondo dell'alta finanza. Un mondo vietato alle donne, come spesso aveva udito lamentarsi Judy Hammer.

In passato, quando la accompagnava per la città alla guida della macchina, il comandante Hammer era solita guardarsi intorno, sollevare un dito per indicarle l'uno o l'altro palazzo. Le raccontava dei grandi uomini d'affari celati dietro quelle pareti di cristallo, individui che decidevano che cosa poteva finire sui giornali, quali crimini dovevano essere risolti e chi sarebbe stato il nuovo sindaco. Le parlava di nomi comparsi su *Fortune 500*, buzzurri riciclati che non abitavano nemmeno da quelle parti, e che stabilivano se la polizia avesse bisogno o meno di una nuova squadra di agenti in bicicletta, di computer portatili o di pistole diverse. Qualche anno prima erano stati proprio loro a voler cambiare le uniformi e a fondere la polizia metropolitana con quella della Contea di Mecklenburg. A sentire Judy Hammer, qualsiasi decisione presa a Charlotte era priva di fantasia e dettata solo da considerazioni di ordine economico.

In quel momento anche Virginia West ne era assolutamente convinta. Stavano superando il nuovo, gigantesco stadio dove David Copperfield si esibiva con il suo spettacolo di magia, attirando migliaia di spettatori e di auto. Brazil aveva un atteggiamento stranamente sottomesso ed evitava di prendere alcun appunto. Il vicecomandante gli lanciò un'occhiata incuriosita, mentre lo scanner segnalava imperterrito i reati primitivi commessi in quella città moderna, e con la radio che diffondeva in sottofondo una canzone di Elton John.

— A tutte le unità in zona — annunciò all'improvviso un operatore. — Tentativo di furto con scasso, East Trade Street, isolato quattrocento.

Virginia West accese i lampeggianti sul tetto e superò a sirena spiegata una fila di macchine. — Ci stiamo dirigendo sul posto — disse sganciando il microfono.

Brazil si fece attento.

— Unità Settecento — comunicò ancora alla radio.

Non aspettandosi di ricevere risposta da un vicecomandante, l'operatore si fece subito agitato e confuso.

— Che numero di unità? — richiese.

— Settecento. Siamo all'altezza dell'isolato novecento, prendiamo noi il furto con scasso.

— Dieci-quattro, Settecento!

La chiamata, diffusa via etere, sollecitò risposte da parte di altre pattuglie. La West fece uno slalom in mezzo al traffico, e Brazil la osservò con rinnovato interesse. Forse quella giornata non era destinata a concludersi a vuoto.

— Da quando in qua un vicecomandante risponde alle chiamate?

— Da quando mi hanno incastrato con lei.

I quartieri popolari di East Trade erano distese di casermoni di cemento sovvenzionate dal governo e sfruttate da criminali che gestivano i loro traffici nell'oscurità, obbligando le proprie donne a mentire ogniqualvolta gli agenti si presentavano alla porta di casa. La West sapeva per esperienza che da quelle parti una segnalazione di furto con scasso significava quasi sempre che qualcuno ne aveva le scatole piene: in genere era una fidanzata che denunciava il nascondiglio di un uomo sulle cui spalle gravavano già abbastanza avvisi di reato per schiaffarlo venti volte in prigione.

— Lei resti qui — ordinò la West a Brazil, parcheggiando dietro altre due volanti.

— Neanche per sogno. — Il giovane cronista afferrò la maniglia. — Non ho certo faticato tanto per restare seduto in macchina ogni volta che succede qualcosa. E rimanere da solo qui fuori non mi sembra più sicuro.

Lei non replicò. Stava osservando gli edifici, le finestre ora buie, ora illuminate, i parcheggi pieni di macchine di spacciatori. Nessuno in vista, da nessuna parte.

— Allora resti dietro di me, tenga la bocca chiusa e faccia come le dico — gli intimò scendendo.

Il piano era semplice. Due agenti si sarebbero occupati dell'appartamento in questione avvicinandosi dal davanti, la West e Brazil sarebbero passati dal retro per impedire possibili fughe. Il neocronista sentiva il cuore martellargli nel petto, e sotto il giubbotto di pelle grondava di sudore. Tra pali storti e fili per il bucato, attraversarono nella fitta oscurità una delle zone più difficili di Charlotte. Senza smettere di tenere d'occhio le finestre, la West aprì la fondina e accostò silenziosamente la radio alle labbra.

— Le luci sono spente — sussurrò. — Ci avviciniamo.

Estrasse la pistola. Brazil la seguiva a pochi centimetri di distanza, rammaricato di non essere in prima linea, e intorno a loro altri agenti invisibili procedevano verso un blocco di abitazioni sfigurato dai graffiti. C'erano rifiuti dappertutto, impigliati tra i rami degli alberi, sulle staccionate. In prossimità della porta, i poliziotti impugnarono le armi.

— Siamo all'ingresso — comunicò via radio uno degli agenti al comando dell'operazione.

— Polizia! — gridò in quel momento un altro agente.

Brazil rimase concentrato sulle buche, sui vetri sparsi per terra e sui fili del bucato, a tratti così bassi da poter decapitare un uomo. Temendo che Virginia West si ferisse, accese la Mag-Lite puntandole addosso un enorme cerchio di luce. La sua figura furtiva, con la pistola spianata, sembrava quella di un dio.

— *Spenga quella torcia del cazzo!* — gli sibilò lei, la sua voce come un colpo di frusta.

Ma l'operazione era destinata a concludersi comunque senza successo. Tornati in macchina, la West e Brazil rimasero chiusi in un silenzioso malumore. Soltanto la radio continuava a gracchiare. Il vicecomandante rimuginava sul pericolo appena corso: avrebbero potuto spararle. Fortuna che i suoi agenti si erano persi la brillante mossa di quell'idiota di un reporter. Non vedeva l'ora di scambiare due parole con Judy Hammer, ed era quasi tentata di chiamarla a casa. Aveva più che mai bisogno di un'iniezione di energia, così svoltò nel parcheggio dello Starvin Marvin, in South Tryon Street. Prima ancora che la macchina fosse ferma, Brazil stava già aprendo la portiera.

— Lei si butta sempre senza guardare? — lo rimproverò la West, come un'insegnante severa.

Slacciandosi la cintura, lui le lanciò un'occhiata piena di indignazione e disgusto. — Ho una gran voglia di scrivere un pezzo su di lei — le rispose in tono minaccioso.

— Bene. — Virginia West indicò con un cenno della testa il negozio, la vetrata di cristallo, il brulichio di clienti all'interno. — Allora facciamo finta che lei sia un poliziotto. Non dovrebbe riuscirle difficile, giusto? Parcheggia qui e scende subito? Senza controllare? Piomba in un negozio nel bel mezzo di una rapina a mano armata? Sì? Be', lo sa che cosa succede in un caso del genere? — Uscì dalla macchina e si chinò a guardarlo. — Succede che lei è un uomo morto. — E sbatté la portiera.

Brazil rimase a fissarla mentre lei entrava da Starvin Marvin, quindi estrasse il taccuino per prendere due appunti. Rinunciò subito all'impresa, abbandonandosi contro lo schienale. Non capiva cosa diavolo stesse succedendo. Tra sé e sé faceva il duro, ma il fatto che la West non lo volesse intorno gli bruciava parecchio. Inutile stupirsi che non si fosse mai sposata: chi poteva aver voglia di vivere accanto a una donna simile? Anche al culmine del successo e della carriera, lui non si sarebbe mai comportato in maniera meschina con un esordiente. Era un atteggiamento spietato, e la diceva lunga sulla vera natura del vicecomandante West.

Quando lei tornò alla macchina gli chiese perfino il rimborso di un dollaro e quindici centesimi per il caffè che gli aveva ordinato, senza nemmeno avergli chiesto se lo voleva con o senza latte e se gradiva le venti bustine di zucchero che evidentemente ci aveva versato. Brazil lo bevve a fatica, mentre riprendevano servizio. La West si era accesa un'altra sigaretta. Puntarono verso una via del centro piena di prostitute che stringevano strofinacci e passeggiavano languidamente sul marciapiede, seguendoli con vuoti occhi dalle palpebre luccicanti.

— A cosa servono quegli strofinacci? — chiese Brazil.

— Lei che ne dice? Ad asciugarci i bicchieri? Quello è un lavoro sporco.

Andy Brazil la guardò con aria scocciata.

— Con qualunque macchina mi presenti, sanno sempre che sono io — proseguì la West, scrollando la cenere fuori dal finestrino.

— Davvero? Be', immagino che alcune di loro esercitino da almeno una quindicina d'anni, no? E si ricordano ancora di lei! Mica male — commentò Brazil.

— Sa cosa le dico? Non è così che si guadagnerà dei punti — lo ammonì la West.

Continuando a guardare fuori, Brazil le chiese con aria pensosa: — Non ha nostalgia del passato?

Lei non aveva nessuna voglia di rispondergli. — Saprebbe riconoscere i travestiti lì in mezzo? — domandò invece.

— Quello, forse.

Brazil stava osservando una tizia alta e orribile, minigonna di plastica, top nero aderentissimo scollato su seni teatrali. Aveva un'andatura lenta e provocante, e sculettava fissando con odio l'auto civetta della polizia.

— No. Quella è una donna. — La West non aggiunse che si trattava anche di un'agente in incognito, con tanto di pistola e di collegamento radio, una madre di famiglia. — Gli uomini hanno gambe più belle — proseguì. — E seni perfetti. Bacino stretto. Ma se ti avvicini, cosa non consigliabile, ti accorgi che sono depilati.

Brazil restò in silenzio.

— Immagino che in redazione TV non le abbiano insegnato niente del genere — concluse la West.

Il giovane cronista si sentiva lo sguardo di lei puntato addosso, come se avesse in mente ancora qualcosa.

— Allora, è sua quella Cadillac con pinne da pescecane? — Finalmente era arrivata al punto.

Brazil fissava imperterrito lo spettacolo del marciapiede, sforzandosi di distinguere gli uomini dalle donne.

— Era parcheggiata nel vialetto di casa — riprese il vicecomandante. — Però non mi sembra il suo tipo di macchina.

— Infatti non lo è — confermò Brazil.

— Allora ci ho preso. — La West aspirò un lungo tiro di sigaretta e tornò a scrollare la cenere fuori dal finestrino. — Quindi non vive solo.

Brazil continuava a guardare la strada. — Io ho una vecchia BMW 2002. Era di mio padre. La comprò di seconda mano e se la mise a posto tutta da solo. Sapeva riparare qualunque cosa.

Sorpassarono una Lincoln color argento di un'agenzia di noleggio. Il vicecomandante West la notò perché il tizio seduto a bordo aveva la luce interna accesa e sembrava del tutto smarrito. Stava parlando al cellulare e si guardava intorno come un naufrago venuto ad arenarsi in quel brutto quartiere. Lo vide svoltare in Mint Street. Brazil stava ancora spiando le facce poco raccomandabili che si aggiravano per la via, quando l'attenzione di Virginia fu attirata dalla Toyota che viaggiava proprio davanti a loro. Aveva un finestrino laterale sfondato e la targa che penzolava da un appendiabiti. Dentro c'erano due ragazzi, e quello al volante le lanciava occhiate dallo specchietto retrovisore.

— Scommettiamo che è un'auto rubata?

La West digitò il numero di targa nell'MDT, e il computer si mise subito a ronzare: aveva fatto centro. Ma non appena i lampeggiatori rossi e blu si accesero, la Toyota partì di scatto.

·— Merda!

Doveva lanciarsi immediatamente all'inseguimento e mostrare le sue doti di pilota tenendo in equilibrio la sigaretta, il bicchierino del caffè e il microfono. Lì per lì Brazil non seppe come rendersi utile, ma era la grande avventura che aveva sempre aspettato.

— Qui Settecento! — gridò la West nel microfono. — Sto inseguendo una macchina.

— Le coordinate — rispose l'operatore radio. — Dateci le coordinate.

— Pine Street, direzione nord, giro nella Settima e fra un attimo vi do la descrizione.

Brazil non stava nella pelle. Perché non li sorpassava tagliando la strada alla Toyota? In fondo era solo una V6: a quanto poteva andare?

— Inserisca la sirena! — gli ordinò la West in quel momento, accelerando.

Ma al corso per volontari non gli avevano insegnato come si faceva. Si slacciò la cintura e cominciò a tastare alla cieca sotto il cruscotto, intorno al cambio, vicino alle ginocchia del vicecomandante. Le era ormai in braccio quando finalmente trovò un pulsante che aveva tutta l'aria di essere quello giusto. Lo schiacciò, mentre l'auto sfrecciava sull'asfalto. Il cofano del bagagliaio si sollevò con uno scatto sonoro in corrispondenza di una buca. A un successivo affossamento volarono fuori strumenti di rilevazione scientifica, un impermeabile, una torcia elettrica e alcuni razzi di segnalazione. Dallo specchietto retrovisore, Virginia West fissò incredula i ferri del mestiere disperdersi dietro di lei. Brazil si appoggiò allo schienale senza aprire bocca, mentre i lampeggiatori si spegnevano e l'auto rallentava, accostava, si fermava. La West si voltò a guardare il suo passeggero.

— Mi dispiace — mormorò Andy Brazil.

3

Virginia West non rispose più ad alcuna chiamata per un'ora e venticinque minuti esatti, il tempo per recuperare il carico perduto. Della torcia elettrica non restava che una miriade di schegge di plastica azzurra; i razzi segnalatori erano involucri di cartone rotti da cui fuorusciva una sostanza tossica; la Polaroid normalmente utilizzata sulle scene dei delitti non avrebbe scattato più alcuna foto, e l'impermeabile era finito lontanissimo, impigliato nella marmitta di una station wagon: un miracolo che non avesse ancora preso fuoco.

La West e Brazil salivano in macchina, avanzavano di qualche metro, si fermavano, raccoglievano, risalivano, e via di nuovo. Il tutto senza mai scambiarsi una parola. Il vicecomandante era troppo incavolata con lui per farlo. Nel frattempo erano stati superati da un paio di unità di pattuglia, e ormai lei era sicura che l'intero turno dalle quattro a mezzanotte fosse al corrente dell'episodio. Probabilmente, anzi, avevano pensato che ad aprire il baule in corsa fosse stata proprio lei, sconvolta dall'emozione di un inseguimento che non le capitava da anni. Fino a quella sera era sempre stata rispettata e ammirata dai suoi uomini. Lanciò un'occhiata carica d'odio a Brazil, che aveva appena recuperato una fune da arrampicata e la stava ordinatamente arrotolando, per riporla di fianco alla ruota di scorta, l'unica cosa che grazie alle viti di ancoraggio non era volata fuori dal bagagliaio.

— Senta — disse lui all'improvviso, fissandola da sotto

un lampione. — Non l'ho fatto apposta. Che altro vuole che le dica?

La West rimontò in macchina e per un attimo Brazil temette che volesse lasciarlo lì, a farsi tagliare la gola dagli spacciatori e nelle grinfie di puttane che non erano donne ma uomini. A farle decidere in senso contrario fu forse l'idea delle conseguenze che avrebbe passato anche lei. Brazil salì a sua volta e si allacciò la cintura. Lo scanner non aveva smesso di funzionare un solo momento, e lui sperò che presto gli si presentasse un'occasione per redimersi.

— Non c'è motivo per cui dovrei conoscere tutti i particolari tecnici di questa macchina — disse lui in tono pacato e ragionevole. — La Crown Vic che mi hanno fatto guidare nel periodo di addestramento era più vecchia di questa. Il baule si apriva solo dall'esterno. E non ci lasciavano usare la sirena...

La West ingranò la marcia e partì. — Lo so, naturalmente. Non è colpa sua. Non l'ha fatto apposta. Chiudiamo l'argomento, d'accordo?

Era diretta verso un'altra zona della città, tra Remus Road e il canile municipale: da quelle parti non succedeva mai niente. Tranne quella sera. Una donna, una vecchia ubriaca, aveva deciso di mettersi a gridare sul prato della chiesa battista di Mount Moriah, vicino alla stazione di Greyhound e al Presto Grill. Quando lo scanner diffuse la chiamata, alla West non restò altra alternativa che dirigersi come rinforzo all'unità già impegnata. Purtroppo non distavano più di quattro isolati dal luogo in questione.

— Non dovrebbe essere un problema grave, quindi facciamo in modo che non lo diventi — commentò in tono tagliente, svoltando in Lancaster.

La chiesa era di mattoni gialli, con grandi vetrate illuminate e dai colori sgargianti. Era chiusa. Intorno all'insegna GESÙ VI CHIAMA, sul prato, giacevano sparse numerose lattine di birra vuote; una vecchia urlava e piangeva in preda a un attacco isterico, cercando di liberarsi dalla stretta di due agenti in uniforme. Brazil e la West scesero dalla macchina e si diressero verso di loro, ma la vista del tutto inattesa del vicecomandante disorientò e innervosì oltremodo i due poliziotti.

— Allora? Di cosa si tratta? — chiese la West.

La donna, completamente sdentata, continuava a urlare. Brazil non capiva una parola di quello che diceva.

— Ubriachezza molesta e schiamazzi notturni — recitò l'agente che la targhetta di riconoscimento qualificava come Smith. — Non è la prima volta che la becchiamo.

Brazil non riusciva a staccarle gli occhi di dosso. La donna doveva avere una sessantina d'anni, era ubriaca fradicia e si dimenava convulsamente sotto la fredda luce di un lampione, accanto all'insegna di una chiesa in cui probabilmente non aveva mai messo piede. Indossava una maglietta degli Hornets di un verde sbiadito e un paio di jeans sudici, aveva il ventre gonfio, seni flaccidi come maniche a vento in una giornata di bonaccia, braccia e gambe magre, coperte da una ragnatela di peluria.

Un tempo anche la madre di Andy soffriva di attacchi per strada, ora non più. Una sera di parecchi anni prima l'aveva trovata davanti a casa che gridava e faceva a pezzi lo steccato di legno, mentre un'autopattuglia si fermava nel vialetto... Se ne ricordava ancora. Si era dato da fare per calmarla e toglierle l'ascia di mano. La polizia di Davidson la conosceva, così le era stato risparmiato l'arresto per disturbo della quiete pubblica.

Sotto i flash stroboscopici dei lampeggiatori, la West controllò i polsi ammanettati della donna e subito questa riprese a lamentarsi dal dolore. Il vicecomandante lanciò agli agenti un'occhiata di fuoco.

— Dov'è la chiave? — chiese in tono perentorio. — Non vedete che sono troppo strette?

Smith era in servizio da lunghissimo tempo e assomigliava a quei poliziotti vecchi, esausti e infelici che concludono la loro carriera come guardie di sicurezza private nelle grandi aziende. Depositò una minuscola chiave di metallo sul palmo della mano del capo. Non appena la West fece scattare la serratura delle manette, la donna si calmò e prese a sfregarsi i profondi segni rossi impressi sui polsi.

Il vicecomandante ricominciò a cazziare gli agenti. — Il vostro comportamento non è tollerabile. Non vi siete accorti che le facevate male?

Quindi ordinò alla donna di alzare le braccia per farsi perquisire. Le venne in mente che avrebbe fatto meglio a usare un paio di guanti. Purtroppo, però, non li aveva con sé, visto che in teoria non avrebbe dovuto più aver bisogno di quel genere di equipaggiamento. E poi, per quella sera la vecchia aveva già subìto sufficienti umiliazioni. Perquisire la gente non era mai stata la sua passione. Conservava ancora il ricordo delle volte in cui si era imbattuta in sorprese sgradevoli, escrementi, zampe di uccelli, preservativi usati, addirittura erezioni. Ripensò agli esordi, al giorno in cui aveva pescato dalla tasca di Aluccia di Pollo una poltiglia unta e scivolosa a base di carne in scatola, giusto un attimo prima che lui la stendesse con un pugno del suo unico braccio. La vecchia però non possedeva altro che un pettine nero e una chiave attaccata a una stringa che portava a mo' di collana.

Si chiamava Ella Joneston, e quando la West tornò ad ammanettarla non oppose alcuna resistenza. Questa volta l'acciaio era freddo ma gentile, non crudele come quando l'avevano immobilizzata quei due figli di puttana. Lo sapeva benissimo con che cosa le legavano i polsi dietro la schiena, dove lei non poteva vedere: era una cosa cattiva che mordeva senza pietà, un serpente che le inoculava il suo veleno facendola urlare e tremare in tutto il corpo. Il cuore le si era gonfiato diventando enorme, aveva cominciato a premere contro le costole, e se non fosse arrivata quella bella signora nella macchina blu, presto le sarebbe scoppiato in petto.

Ella Joneston sapeva bene che quando il cuore scoppia si muore. Il suo era stato prossimo a cedere spesso, fin da quando aveva dodici anni e i ragazzini delle case popolari la buttavano a terra ogni volta che si lavava i capelli per farle cose che non si potevano raccontare. E ogni volta lei si spazzava via le foglie e la polvere dalle trecce e andava a sciacquarsi prima che qualcuno le facesse delle domande. La signora della polizia era molto dolce, era venuta con un altro signore in borghese che la aiutava, un bravo ragazzo dall'aria come si deve. Un detective, probabilmente. La presero ciascuno per un braccio, come se la stessero accompagnando alla funzione di Pasqua tutta vestita elegante.

— Com'è che ti trovi qui ridotta in questo stato, eh? — La signora in uniforme aveva un tono professionale ma non minaccioso.

Purtroppo, però, Ella stentava a orientarsi e non era sicura di dove fosse *qui*. Non molto distante dal suo appartamento di Earle Village, probabilmente, dove quella sera, mentre guardava la TV, il telefono si era messo a squillare. Sua figlia le aveva dato l'orribile notizia di Efrim, il nipote di quattordici anni, ricoverato in ospedale. Proprio quella mattina gli avevano sparato diversi colpi. Anche se tutti pensavano che i dottori bianchi avessero fatto del loro meglio, Efrim era sempre stato un tipo ostinato. Il ricordo le colmò di nuovo gli occhi di lacrime.

Raccontò tutta la storia alla signora della polizia e al detective, mentre loro la aiutavano a montare sul sedile posteriore di una macchina dove c'era un vetro divisorio per impedirle di fare del male a qualcuno. Raccontò a quei due signori tutta la breve vita del nipote, tornando indietro fino ai tempi in cui Ella teneva in braccio quel ragazzino appena dato alla luce da sua figlia Lorna. Era sempre stato un problema, come suo padre. A due anni Efrim aveva cominciato a ballare, quindi a dar spettacolo sotto il lampione davanti a casa, insieme a tutti quegli altri ragazzi con tanti soldi.

— Ora le allaccerò la cintura — disse il detective biondo, e mentre lui la agganciava Ella sentì un buon profumo come di mele e di spezie.

La vecchia invece puzzava di alcol e di sudore, e a Brazil quegli odori richiamarono alla mente antichi ricordi. Gli tremavano un po' le mani, insolitamente goffe. Non capiva nulla di ciò che la donna biascicava piagnucolando, ma a ogni respiro gli sembrava di essere finito in un bidone dei rifiuti scaldato dal sole dell'estate. La West lo aveva abbandonato: se ne stava un passo indietro e lo guardava, lasciando che fosse lui a sbrigare il lavoro più ingrato. Per un attimo le sue dita sfiorarono il collo della donna, che si rivelò inaspettatamente caldo e liscio.

— Così starà bene — continuava a ripeterle, ma era una promessa vuota.

Da parte sua, il vicecomandante non aveva certo gli occhi bendati: sapeva perfettamente che le volanti davano spesso problemi. E come altro potevano funzionare le cose con un vicecapo della Sicurezza come la Goode? Che gli agenti di pattuglia fossero rudi e sgarbati o semplicemente poco professionali non era una novità, insomma, ma continuava a non andarle a genio. Raggiunse i due uomini, entrambi anziani e insoddisfatti del loro lavoro. Si piazzò con aria provocatoria davanti a Smith, memore dei tempi in cui lei era solo un sergente e non aveva alcun potere su individui tanto ottusi e meschini. Per quello che la riguardava, Smith si trovava così in basso nella scala evolutiva che non avrebbe nemmeno usato la sua stessa pattumiera.

— Che una cosa del genere non si ripeta *mai più*! — sibilò in un tono che spaventò persino Brazil.

Il vicecomandante West si era talmente avvicinato a Smith da distinguere la finissima carta vetrata della sua barba in ricrescita e il reticolo dei capillari rotti dagli hobby che lui coltivava nel tempo libero. L'agente la fissava con occhi inerti, finestre di un edificio da lungo tempo disabitato.

— Noi siamo qui per aiutare, non per fare del male — continuò la West in un sussurro. — Chiaro? E questo vale anche per lei — aggiunse, rivolta al secondo poliziotto.

Entrambi non avevano idea di chi fosse il giovane che quel la sera accompagnava Virginia West. Tornarono a bordo dell'auto con il nido dei calabroni stampato sulle portiere e rimasero seduti a guardare la Crown Victoria blu notte che si allontanava. Sul sedile posteriore, la prigioniera stava già russando sommessamente.

— Forse il vice si è finalmente trovata un ganzo — com mentò Smith, scartando del chewing gum Big Red.

— Già — fece il suo partner — e quando si sarà rotta di uscire con i lattanti, le farò vedere io che cazzo si è persa nella vita.

I due agenti ripartirono con una grassa risata. Pochi minuti dopo, lo scanner stava già annunciando altre cattive notizie.

— Isolato milletrecento, Beatties Ford Road. Ambulanza presa in ostaggio da un soggetto armato di coltello.

— Fortuna che abbiamo già altro da fare. — Smith gon fiò una bolla di gomma alla cannella

Sfortuna volle invece per Virginia West che Jerome Swan avesse passato una cattiva serata. Tutto era iniziato proprio lì, in quella zona derelitta della città, nell'ora sfuocata che precede il tramonto. La West non aveva motivo di conosce- re il Basin, un locale fetido dalle parti di Tryon Street, mol- to vicino al canile municipale verso cui si stavano dirigen- do. Quando dal centralino partì la chiamata, la West e Brazil erano quindi praticamente già in trappola. Due unità con le insegne li avevano preceduti sul luogo, poi arrivò il capitano Jennings con Hugh Bledsoe, consigliere comunale.

— Oh, merda — sbottò il vicecomandante, vedendoli piombare sulla scena. — Cazzo.

Parcheggiò in una via stretta e buia.

— Vede quel tizio alto che sta scendendo dalla macchina, quello in abiti borghesi? Sa chi è?

Brazil aveva già una mano sulla maniglia della portiera, ma si bloccò.

— Certo che lo so. È Ugoboldo.

La West gli lanciò un'occhiata di sorpresa. Era vero che tra di loro i poliziotti avevano sempre usato quel soprannome, ma in che modo Brazil ne fosse venuto a conoscenza non ne aveva idea.

— Non una parola — lo ammonì aprendo la portiera — non intralci le operazioni. — Scese. — E non tocchi niente.

L'ambulanza era ferma in mezzo alla strada, con il motore acceso e il portellone posteriore spalancato da cui usciva la luce dell'abitacolo. I poliziotti si erano radunati a poca distanza per decidere un piano d'azione. La West girò intorno al veicolo cercando di farsi un'idea concreta della situazione, mentre Brazil la seguiva come un cagnolino ansioso di superarla. Quando la donna poliziotto in camicia bianca entrò nel suo campo visivo, Swan se ne stava ancora rintanato sul fondo dell'ambulanza brandendo un paio di forbici chirurgiche, gli occhi gialli e iniettati di sangue, pieni di furore.

Aveva la testa coperta di bozzi e sanguinava per le ferite riportate durante la rissa scoppiata nel locale dove era andato a bere e a giocare d'azzardo. Lo avevano caricato sull'ambulanza ma lui non aveva nessuna voglia di andare da nessuna parte, e quando gli prendeva così la sua reazione era quella di spaccare tutto. Aveva afferrato l'oggetto più pericoloso a portata di mano, urlando al personale paramedico che aveva l'Aids e che avrebbe tagliato chiunque si fosse avvicinato. I soccorritori erano saltati giù dall'ambulanza e avevano raggiunto i poliziotti, tutti maschi, eccetto la sbirra con le tette grosse che adesso lo guardava come se avesse in mente qualcosa.

La West mise subito a fuoco il problema. Il sequestratore teneva abbassata la sicura del portellone laterale che dava sulla strada. L'unico modo per catturarlo era montare a bordo insieme a lui. Un'azione del genere non richiedeva certo piani macchinosi, ragion per cui si diresse verso il capannello di agenti che stavano ancora confabulando.

— Proverò a distrarlo — disse, mentre Bledsoe la squadrava come se non avesse mai visto una donna in divisa. — Appena toglierà la mano dalla sicura, voi salite e lo prendete.

La West tornò ad avvicinarsi al retro dell'ambulanza, ma subito fece una smorfia e si agitò una mano davanti al viso.

— Chi ha usato lo spray urticante?

— Tanto non è servito neanche quello — rispose un agente.

Prima ancora che Brazil avesse il tempo di accorgersene, la West si era arrampicata a bordo e aveva afferrato una barella di alluminio con cui farsi scudo. Era una donna agile. Le sue labbra si mossero, ma Swan non parve ascoltare ciò che diceva. I suoi occhi erano inchiodati al corpo della donna e le lanciavano sguardi seguiti da frasi inintelligibili, le arterie del collo gli pulsavano furiosamente. Si avventò nel momento esatto in cui lei arrivava al centro dell'ambulanza. In quell'istante la portiera si aprì. Swan partì via come se fosse stato risucchiato dall'apertura di una botola d'aereo. Brazil corse sul lato del veicolo e vide il giovane, faccia a terra, che veniva ammanettato dai poliziotti. Il consigliere municipale Hugh Bledsoe osservava la scena con le mani sprofondate nelle tasche e il suo sguardo seguì Virginia West mentre tornava alla Crown Victoria. Poi si rivolse a Brazil.

— Vieni un po' qui — gli disse.

Andy lanciò un'occhiata furtiva in direzione della West, temendo per la seconda volta nella serata di venire abbandonato in una strada buia e ostile. Non gli aveva forse ordinato di non aprire bocca con nessuno?

— Sei il secondo dell'equipaggio, giusto? — gli domandò Bledsoe.

— Non lo so, cosa sono — fu la risposta di Brazil.

Stava solo cercando di essere modesto, ma il consigliere la prese male e pensò che il ragazzo si desse arie da duro.

— Superwoman ti ha appena fornito uno spunto succulento, eh? — Bledsoe annuì in direzione del vicecomandante West, che proprio in quel mentre stava salendo in macchina.

Brazil non sapeva più da che parte girarsi. — Devo andare — disse.

Bledsoe aveva la barba a pizzetto e usava un gel molto brillante. Era il pastore della chiesa battista di Jeremiah Avenue. Fissò Brazil asciugandosi il collo con un fazzoletto, i riflessi rossi e azzurri dei lampeggiatori della polizia saettavano sulla superficie dei suoi occhiali.

— Lascia che ti dica una cosa, giovanotto — riprese, più viscido di una seppia. — La città di Charlotte non ha bisogno di occhi insensibili che vengano a spiare il dolore, la povertà e il crimine. Persino quest'uomo non merita di essere deriso, o messo in ridicolo.

Intontito, disorientato, Swan veniva trascinato via. Un momento era lì che si faceva i fatti suoi nel locale, un momento dopo cadeva nella rete di quei marziani. Bledsoe parve accarezzare con una mano il profilo della città che si levava alta e scintillante come un impero.

— Perché non scrivi di questo, invece? — Sembrava che stesse invitando Brazil a prendere appunti. E Brazil così fece. — Perché non consideri il lato buono? I successi? Guarda come siamo cresciuti. Siamo stati definiti la città più visibile dello Stato, il terzo centro finanziario del paese e un importante riferimento per le arti. La gente fa la fila per venire ad abitare qui. Ma... no. Oh, no. — Diede una pacca sulla spalla di Brazil. — Domattina aprirò gli occhi e per prima cosa mi toccherà leggere un'altra storia deprimente. La storia di un'ambulanza sequestrata da un uomo armato di coltello. Queste notizie servono solo a insinuare la paura nell'animo dei nostri concittadini.

La West mise in moto e Brazil partì di scatto, come un ragazzino che teme di perdere lo scuolabus. Bledsoe lo guardò sorpreso e infastidito: non aveva ancora finito di parlare, e il vicecomandante sapeva benissimo che non era una coincidenza se la prima sera del nuovo esperimento anche lui si trovava lì. Avrebbe fatto di tutto pur di comparire nell'articolo del giorno dopo e di impressionare i suoi futuri elettori come uomo attivo e partecipe dei problemi della comunità. CONSIGLIERE COMUNALE TROVA IL TEMPO DI AFFIANCARE LA POLIZIA. Anche Virginia West immaginava già il titolone. Aprì lo sportellino nel cruscotto e frugò in cerca delle pastiglie contro l'acidità di stomaco.

Rallentò per dare la possibilità a Brazil di salire, e quan-

do lui fu a bordo si accorse che non aveva neanche un po'
di fiatone nonostante la corsa. Quel genere di osservazioni
le facevano solo venire voglia di fumare. — Le avevo detto
di tenere la bocca chiusa. — Si accese una sigaretta.

— E che cosa avrei dovuto fare? — ribatté Brazil, irritato.
— Lei è montata in macchina e quello mi si è parato di fronte.

Superarono una fila di case in rovina, tutte disabitate,
sprangate con assi di legno. Il giovane cronista fissò il vicecomandante, ripensando a Bledsoe che la chiamava superwoman.

— Peccato che l'abbiano promossa di grado — disse dopo un po'. — È stata una bella azione, la sua, poco fa.

E in passato per Virginia West quelle azioni erano state
anche la norma. Dare gli esami da sergente aveva invece
rappresentato il primo passo in direzione del lavoro d'ufficio e di un impegno di carattere più politico. Se Judy Hammer non fosse arrivata in città, probabilmente lei non si sarebbe ritrovata vicecomandante.

— Allora? — la incalzò Brazil.

— Allora cosa?

— Che cosa gli ha raccontato?

— A chi? — domandò la West emettendo una nuvola di
fumo.

— Lo sa, a chi. Al tizio sull'ambulanza.

— Non posso dirglielo.

— Suvvia, perché? È chiaro che gli deve aver dato parecchio fastidio — insistette Brazil.

— Sbagliato. — Il vicecomandante scrollò la cenere dal
finestrino.

— Me lo dica, la prego.

— Non gli ho raccontato proprio un bel niente.

— Invece sì.

— Gli ho solo dato della fighetta cacasotto — confessò
finalmente. — Vuole pubblicarlo?

— No — rispose Brazil.

4

Il profilo della città era una cornice gigantesca intorno alla brutale scena del delitto. Erano da poco passate le dieci. I poliziotti, nervosi, sudati, stavano ispezionando con le torce elettriche un parcheggio sul retro di un edificio abbandonato e il terreno incolto dove era stata ritrovata la Lincoln. La portiera del guidatore era aperta, i fari accesi, l'allarme nell'abitacolo ormai flebile. Convocato sulla scena, l'investigatore Brewster stava parlando al telefono portatile, fermo accanto alla macchina. Sfoggiava un paio di jeans, una vecchia maglia Izod, il distintivo e una Smith & Wesson .40, più alcuni caricatori assicurati alla cintura.

— Sembra proprio che ne abbiamo un altro sul gobbo — disse al capo.

— Situazione dieci-tredici? — risuonò la voce della West al telefono.

— Ancora tranquilla. — Brewster lanciò un'occhiata intorno. — Ma non per molto, credo. Il vostro dieci-venti?

— Dilworth. Dirigiamo su di voi sulla Quarantanovesima. EOT in dieci-quindici.

In accademia Brazil aveva studiato i codici e il linguaggio radio, e oltre a capire ciò che si erano appena detti sapeva anche per quale motivo Brewster e il vicecomandante West avevano scelto di esprimersi così. Era successo qualcosa di molto grave e non volevano che qualcuno, magari un reporter, capisse il contenuto dei loro messaggi. L'investigatore aveva sostanzialmente comunicato che la scena del delitto era ancora isolata, ma che presto sarebbero arrivati i primi curiosi. La West aveva risposto che si trovava già per strada e che sarebbe arrivata entro un quarto d'ora.

Terminata la conversazione, Virginia West prese il portatile collegato all'accendisigari e compose un numero. Guidava veloce, era in allarme rosso. Il dialogo con il comandante Hammer fu brevissimo.

— Lei stia rigorosamente agli ordini — disse quindi scoccando un'occhiata severa a Brazil. — Questa storia non è uno scherzo.

Come temeva, sulla scena del delitto trovò già diversi giornalisti. Ostentavano tutti una grande calma, e cercavano di avvicinarsi il più possibile al luogo della terribile tragedia. Webb stringeva un microfono e parlava davanti all'obiettivo di una telecamera, la sua bella faccia una lezione di sincerità e contrizione.

— La vittima non è stata ancora identificata, ma come le prime tre, uccise a colpi di pistola non lontano da qui, guidava una macchina presa a noleggio. — Stava registrando per l'edizione del notiziario delle undici.

Calmi e determinati, la West e Brazil si fecero largo tra la folla, scansando microfoni e macchine fotografiche che sbarravano loro la strada. Con il diffondersi della notizia bomba, le domande fioccavano sempre più insistenti. Brazil si ritrovò a sperimentare uno strano senso di paura: si sentiva spiacevolmente consapevole di se stesso, imbarazzato in un modo del tutto inspiegabile.

— Be', adesso sa cosa significa — gli sussurrò Virginia West.

Il nastro di demarcazione giallo andava da un lampione sulla strada ad alcuni cespugli. Lungo tutta la sua lunghezza spiccava la scritta in stampatello nero ATTENZIONE: SCENA DEL DELITTO. NON SUPERARE QUESTA LINEA. Era quanto separava giornalisti e curiosi dalla Lincoln e da quella nuova morte priva di senso avvenuta poco più in là. All'interno del perimetro si trovavano un'ambulanza col motore acceso e un esercito di poliziotti e investigatori armati di torce elettriche. Qualcuno riprendeva la scena, i flash scattavano, tecnici della Scientifica dirigevano le operazioni di rimorchio della vettura che sarebbe stata analizzata presso il quartier generale.

Brazil era talmente impegnato a memorizzare i dettagli e a rispettare i limiti imposti, che non si accorse del comandante Judy Hammer finché non le fu addosso.

— Oh, mi scusi — mormorò impacciato.

Ma la donna si mise subito a parlare con la West. Brazil osservò la sua figura piccola e ordinata e i corti capelli salepepe che le incorniciavano morbidamente il volto grazioso e appuntito. Non aveva mai incontrato di persona il capo della polizia di Charlotte, ma di colpo la riconobbe per averla vista spesso in TV e nelle foto sui giornali. Soggiogato dalla sua presenza, la fissava a occhi sgranati. Per una donna così avrebbe potuto prendersi una cotta terribile. A un tratto la West si girò, sollevò un indice come a un cane.

— Resti qui — gli ordinò.

Se lo aspettava, tuttavia non fu affatto contento di quella decisione. Fece per protestare, ma le sue lamentele non sarebbero interessate a nessuno. I due ufficiali passarono sotto il nastro giallo, mentre uno sbirro lanciava a Brazil un'occhiata molto eloquente. Restò così a guardare la West e la Hammer che si fermavano a esaminare qualcosa sul vecchio selciato pieno di crepe. A pochi centimetri dalla portiera una scia di sangue luccicò sotto la luce della torcia del vicecomandante. La West credette subito di sapere cos'era successo.

— Gli hanno sparato in questo punto — affermò. — È caduto. — Indicò la pozza. — Ha battuto la testa lì. Quindi è stato trascinato via per i piedi.

Il sangue cominciava a rapprendersi. Intorno a sé Judy Hammer sentiva infittire la notte, il calore dei fari e l'orrore. Sentiva l'odore del sangue. Aveva imparato a riconoscerlo subito, fin dal primo anno di carriera nella polizia. Il sangue umano va incontro a un rapido processo degenerativo, scomponendosi in un margine liquido e in un centro spesso e denso, e acquistando un odore perversamente dolce e rivoltante al contempo. La scia conduceva verso un fitto intrico di pini, erbacce e rampicanti.

La vittima era un uomo di mezza età, che indossava un completo color kaki ancora sgualcito dal viaggio. Era stato freddato con alcuni colpi alla testa. Calzoni e slip erano abbassati intorno alle ginocchia carnose, il familiare otto della clessidra spiccava arancione, un impasto di foglie e altri frammenti di origine vegetale si era già depositato sulle tracce di sangue.

Wayne Odom, il medico legale responsabile da oltre vent'anni della grande giurisdizione di Charlotte-Mecklenburg, aveva già stabilito che la clessidra era stata disegnata sul luogo di ritrovamento del cadavere. Tracce di spray arancione trasportate dalla leggera brezza apparivano depositate sulla faccia inferiore di alcune foglie di pioppo cadute lì intorno. Con i guanti macchiati di sangue, stava ricaricando una macchina fotografica ed era ormai certo di avere a che fare con una catena di omicidi a sfondo sessuale. O meglio, omosessuale. Il dottor Odom era diacono presso la chiesa battista di Northside e credeva fermamente che un Dio irato stesse punendo l'America per le sue perversioni.

— Maledizione! — esclamò a bassa voce Judy Hammer mentre quelli della Scientifica battevano la zona circostante in cerca di nuovi indizi.

La West era frustrata ai limiti dello spavento. — Cosa saranno? Cento metri dall'ultimo delitto? Avevo sguinzagliato uomini ovunque, qui intorno. Nessuno ha visto niente. Come diavolo è successo?

— Non possiamo controllare tutto ventiquattr'ore su ventiquattro — replicò la Hammer in tono rabbioso.

Da una certa distanza, Brazil stava seguendo le operazioni di un investigatore che esaminava il contenuto del portafoglio della vittima. Chissà cosa vedevano in quel momento gli occhi di Virginia West e di Judy Hammer? Era tornato nei pressi della macchina e aveva cominciato a prendere appunti. Una delle prime cose imparate al college era che, pur in assenza delle informazioni necessarie, si poteva efficacemente ricostruire un'atmosfera. Osservò il retro dell'edificio in mattoni a vista: prima di cadere in abbandono doveva essere stato un deposito o un magazzino. Dalle finestre sfondate si intravedeva un vuoto buio e sinistro. La scala antincendio era una massa di ruggine tranciata di netto a metà dell'ultima rampa.

La luce dei lampeggiatori delle volanti raggiungeva la macchia di vegetazione dove erano radunati gli inquirenti, creando uno sfondo liquido e azzurrino. Intorno alla Lincoln svolazzavano sciami di lucciole, e Brazil poteva udire un rumore di traffico lontano. Vide passare i paramedici, sudati nelle tute da lavoro, una barella aperta con sopra un sacco mortuario nero ripiegato. Allungò il collo in direzione della scena, continuando a scrivere forsennatamente. I paramedici aprirono le gambe della barella e a quello scatto metallico il comandante Hammer si voltò. La West e l'investigatore Brewster stavano controllando la patente dell'uomo. Andy Brazil ritenne che nessuno fosse intenzionato a rilasciare dichiarazioni.

— Carl Parsons — lesse Brewster sul documento. — Spartanburg, South Carolina. Quarantun anni. Niente contanti. E niente gioielli, ammesso che ne avesse.

— Dove alloggiava? — volle sapere la West.

— A quanto sembra c'era una conferma di prenotazione a suo nome presso lo Hyatt di Southpark.

La West si piegò sulle ginocchia per osservare il morto da un'angolazione diversa. Parsons giaceva sdraiato mezzo di schiena e mezzo sul fianco su un letto di foglie insanguina-

te, gli occhi ridotti a due fessure inerti. Il dottor Odom lo
sottopose a un'ennesima umiliante manipolazione, infilandogli un termometro nel retto per rilevare la temperatura
interna. Ogni volta che sfiorava il cadavere, dai fori nel cranio uscivano nuovi rigagnoli di sangue. Per la West una cosa era ormai chiara: chiunque fosse dietro quella catena di
delitti, non aveva alcuna intenzione di smettere.

Nemmeno Brazil aveva intenzione di smettere, e non gli importava di quanto Virginia West lo avrebbe ostacolato.
Aveva fatto del suo meglio per catturare gli umori e i particolari della scena, e ora sarebbe partito per una nuova caccia. In modo del tutto casuale aveva notato una Mustang
azzurra nuova di zecca parcheggiata vicino a un'auto civile
della polizia. All'interno un ragazzo di neanche vent'anni
sedeva accanto a un investigatore che Brazil aveva già visto
in azione sotto le mentite spoglie di spacciatore di droga.
Prese nota anche di quel particolare, mentre il personale
paramedico richiudeva la cerniera del sacco in cui era stato
trasferito il cadavere. Gli altri cronisti, Webb in testa, scalpitavano come impazziti per fotografare e filmare il bozzolo nero che racchiudeva la salma dell'uomo assassinato.
Nessuno, tranne Brazil, prestò alcuna attenzione al ragazzo
che scendeva dalla macchina dell'agente e rimontava sulla
Mustang in tutta calma.

Il tettuccio era abbassato, e quando Brazil si diresse verso di lui il giovane si sentì di nuovo battere il cuore più in
fretta: quel tizio aveva in mano un taccuino da giornalista.
Jeff Deedrick tirò fuori le chiavi e mise in moto, cercando
di darsi un contegno da duro nonostante gli tremassero le
mani.

— Buonasera, sono del *Charlotte Observer*. — Brazil si
fermò accanto alla portiera. — Vorrei rivolgerle qualche
domanda.

Deedrick sarebbe diventato famoso. Aveva solo diciassette anni, ma se non gli chiedevano i documenti poteva dimostrarne anche ventuno. Finalmente si sarebbe ritrovato ai piedi tutte le ragazze che fino ad allora non lo avevano mai degnato di uno sguardo.

— Be', se proprio deve — rispose in tono riluttante, quasi stanco di tutte quelle attenzioni.

Brazil salì a bordo della Mustang. Per quanto nuova fiammante, non apparteneva certo al ragazzo. Lo si capiva dallo sfizioso portachiavi azzurrino in tinta con la carrozzeria, e forse anche dal fatto che la maggioranza dei ragazzi troppo giovani per bere alcolici non avevano nemmeno il telefonino, a meno che non si trattasse di spacciatori. In poche parole, Brazil era pronto a scommettere che quell'auto apparteneva alla madre di Deedrick.

Innanzitutto si fece dare nome, indirizzo e numero di telefono, ripetendo ogni volta a voce alta per essere sicuro di non sbagliare. Era un'abitudine acquisita a caro prezzo durante il primo mese di attività al giornale, quando aveva dovuto pubblicare tre errata corrige uno in fila all'altro. Erano tutti errori banali: la volta in cui aveva confuso un secondo grado di linea di discendenza con un terzo, sulla pagina degli annunci mortuari era uscito un trafiletto in memoria del figlio invece che del padre. In quel periodo il giovane aveva qualche problema con il fisco, cosicché l'equivoco non gli era affatto dispiaciuto, aveva addirittura chiamato personalmente Brazil per dirgli di non pubblicare rettifiche. Ma al giornale, Packer non aveva voluto saperne.

In realtà l'errore più imbarazzante, quello a cui preferiva proprio non ripensare, poteva averlo commesso in un articolo dedicato a una riunione di un comitato di zona che aveva discusso una controversa ordinanza sugli animali da compagnia. Scambiando un nome di luogo con un nome di persona, aveva più volte citato una fantomatica e ridicola signora *Latta Park*. Il nome di Jeff Deedrick, però, l'aveva capito bene, e questa volta non sarebbero sorti problemi. Brazil lanciò un'occhiata alla scena del delitto: in lontananza vide la salma che veniva caricata sull'ambulanza.

— Insomma, ci avevo dato un po' dentro, ecco, così a un

certo punto mi sono reso conto che non avrei resistito fino a casa — raccontò il ragazzo, nervoso ed eccitato.

— E si è fermato per rimediare al problema? — Brazil girò una pagina, prendendo veloci appunti.

— Ho accostato e ho visto questa macchina con i fari accesi e la portiera aperta, perciò ho creduto che qualcun altro avesse il mio stesso problema. — Deedrick esitò. Si tolse il berretto da baseball e se lo rimise con la visiera girata al contrario. — Son lì che aspetto, ma il tempo passa e non vedo nessuno. Alla fine ero davvero curioso, così sono sceso e l'ho trovato! Fortuna che ho un telefonino.

Gli occhi sgranati del giovane fissavano un punto imprecisato dello spazio, gocce di sudore gli imperlavano la fronte e gli rotolavano giù dall'apice delle ascelle. Lì per lì aveva pensato che l'uomo avesse una sbronza, si fosse calato i pantaloni per pisciare e fosse svenuto. Poi aveva visto la vernice arancione, e il sangue. In vita sua non aveva mai provato una paura simile. Era tornato di corsa alla macchina, aveva messo in moto ed era schizzato via, per fermarsi infine sotto una sopraelevata e tirare finalmente il fiato. Poi aveva chiamato il 911.

— Il mio primo pensiero? — continuò Deedrick, leggermente più rilassato. — Che non era vero. Voglio dire, sono lì e sento questo piccolo allarme che suona e suona e suona, e davanti a me tutto quel sangue, e i pantaloni abbassati e... va be', insomma, lo sapete già, no? Le sue parti intime...

Brazil sollevò la testa a guardarlo. Deedrick stava balbettando. — Vale a dire? — indagò.

— Ci avevano spruzzato su della vernice arancione tipo quella dei coni stradali, con una forma così. — Arrossendo, Deedrick tracciò nell'aria una specie di otto.

Brazil gli porse il blocco. — Perché non mi fa vedere sulla carta?

Con mano incerta, il ragazzo disegnò una clessidra.

Brazil ne fu sorpreso. — Sembra il corpo di una vedova nera — mormorò, e scorse la West e la Hammer uscire dal perimetro delimitato dal nastro giallo.

Colto dall'ormai nota paura dell'abbandono, concluse in fretta e furia l'intervista e saltò giù dalla macchina. Aveva giusto una domanda da porre ai due ufficiali di polizia. Per rispetto, si rivolse prima al comandante Hammer.

— L'assassino ha disegnato una clessidra anche sui cadaveri delle altre vittime? — chiese in tono serio e di circostanza.

La West ammutolì all'istante, cosa assai rara per lei, e allo stesso tempo si bloccò. Brazil aveva la sensazione che Judy Hammer fosse la persona dotata del carisma più forte che avesse mai conosciuto. Invece si ritrovò liquidato da un gesto stile *no comment*.

— Occupatene tu — disse il comandante alla West allontanandosi verso la sua macchina, e le tenebre la inghiottirono.

Senza aprire bocca, la West raggiunse la sua Ford. Dopo che Brazil fu salito e si fu allacciato la cintura nessuno dei due aveva alcunché da dire all'altro. Soltanto lo scanner continuava a blaterare, ma ormai si era fatto molto tardi ed era tempo di riportare il giornalista al parcheggio della centrale. Così finalmente se lo sarebbe levato di torno una volta per tutte, pensò il vicecomandante West. Che serata era stata!

Sul fare della mezzanotte tornavano verso il LEC, entrambi nervosi e pronti a scattare. Virginia West non riusciva ancora a capacitarsi di avere personalmente condotto un reporter sulla scena di un delitto. Era un'idea assurda, pazzesca. Quella non poteva essere lei. Forse stava vivendo la vita di qualcun altro ed era finita in una dimensione parallela su cui non aveva alcun controllo. Le tornò in mente un'epoca di cui non aveva mai parlato con nessuno, quando frequentava il secondo anno di una piccolissima scuola religiosa di Bristol, nel Tennessee. Tutto era cominciato con Mildred.

Mildred era una ragazzona grande e grossa, temuta da tutte le compagne che alloggiavano sul suo piano. Meno che da Virginia West. Per lei Mildred era solo un'occasione: un'occasione che veniva da Miami. I suoi genitori l'avevano mandata al King College sperando che lì la raddrizzassero per benino e la salvassero da una brutta fine. A Kingsport Mildred aveva trovato un tipo che a Johnson City conosceva un altro tipo che trattava con un tizio della Eastman Kodak che spacciava fumo. Una sera Virginia e Mildred si erano rollate un joint sui campi da tennis, dove nessuno avrebbe visto nulla tranne una minuscola brace arancione che ardeva nei pressi della rete del campo numero due.

Era stato terribile. Virginia non aveva mai fatto una cosa così immorale, e adesso sapeva anche perché. Aveva perso completamente il controllo, ridendo a crepapelle e raccontando storie assurde, mentre Mildred le confessava di essere sempre stata grassa e di sapere esattamente cosa significa avere la pelle nera ed essere oggetto di discriminazione. Mildred era una ragazza incredibile. Erano rimaste sedute là fuori per ore e ore, e poi si erano sdraiate a guardare le stelle e la luna, che sembrava un luminoso dondolo giallo, gonfio di una tondeggiante e indistinta promessa. Avevano parlato dei figli che forse desideravano. Avevano bevuto Coca-Cola e sgranocchiato gli snack che Mildred si era portata nella borsa.

Snack dolci, come le tavolette di cioccolato Kit Kat, e altre porcherie del genere. Virginia West odiava ripensare a quella disgraziatissima serata. Fortunatamente dopo un po' la marijuana le aveva messo addosso una specie di paranoia. Al terzo joint, dopo un paio di tiri, le era venuta voglia di tornarsene come un razzo in camera sua, di chiudersi dentro a chiave e di nascondersi sotto il letto per uscirne solo debitamente armata e travestita. E Mildred non aveva certo scelto il momento migliore per decidere che Virginia le piaceva.

Virginia aveva sempre pensato che le donne fossero speciali. Aveva amato tutte le sue insegnanti e allenatrici sportive, a patto che si comportassero gentilmente con lei, quindi non aveva affatto considerato la possibilità che l'interesse di

Mildred potesse nascondere un secondo fine nei riguardi della sua famiglia e delle opportunità di emancipazione sociale che rappresentava. Ma Mildred le era saltata addosso esattamente come un uomo, senza nemmeno chiedere. Ed era stato un peccato, perché in quel momento Virginia era armata e travestita, anche se solo nella fantasia. Svoltò nel parcheggio visitatori del LEC.

— Non le servirà a niente — disse a Brazil in tono accusatorio.

— Che cosa non mi servirà a niente? — ribatté lui, sforzandosi di mantenere la calma.

— Lo sa benissimo. E, tanto per cominciare, lei non doveva parlare con un testimone.

— È quello che fanno tutti i giornalisti.

— In secondo luogo, la clessidra è un particolare che per adesso conosce soltanto l'assassino. Mi sono spiegata? Quindi non lo pubblicherà sul giornale. Punto.

— Come fa a essere così sicura che lo conosca solo l'assassino? — Brazil stava per esplodere. — Come fa a sapere che invece non potrebbe stimolare altre confessioni da parte di qualcuno là fuori?

Dio, perché le avevano messo tra i piedi quell'Andy Brazil? — Provi a parlarne, e il prossimo omicidio qui in città sarà lei — rispose il vicecomandante, alzando la voce.

— La prossima *vittima di omicidio* sarò io — la corresse Brazil.

— È quello che intendevo. — Girò nell'area riservata alle forze di polizia. Non avrebbe tollerato che quel verme le correggesse più neanche mezza frase. — Attento a quello che fa, o è un uomo morto.

— Ho come la sensazione che lei mi stia minacciando.

— Non è una minaccia: è una promessa. — Incuneò la macchina nella sua piazzola. — E si trovi un altro compagno di ronda. — Era fuori di sé. — Dove ha parcheggiato?

Brazil fece scattare la maniglia con un colpo violento.

— Sa cosa le dico, signora vicecomandante? — accennò inferocito. — Vattene a fare in culo.

Scese sbattendo la portiera, e a lunghi passi si allontanò nell'oscurità della notte. Riuscì a consegnare i pezzi in tempo per l'edizione del giorno dopo, quindi imboccò la I-77 e sulla strada di casa si fermò a comperare due Miller Lite, che bevve guidando. Aveva l'abitudine inveterata di correre come un pazzo, e visto che il tachimetro era rotto poteva dedurre la sua velocità solo dall'indicatore del numero di giri. Si rendeva conto che adesso stava quasi volando, sicuramente sfiorava i centosessanta all'ora. Certe volte si domandava se non stesse per caso cercando di uccidersi.

Arrivato a casa, per prima cosa controllò sua madre. Era a letto, in stato di apparente incoscienza, russando a bocca spalancata. Andy si lasciò andare contro una parete. Nel buio, la lucina notturna sembrava un occhio triste e appannato. Si sentiva frustrato e depresso. Ripensò a Virginia West e si chiese perché fosse così spietata con lui.

Virginia West entrò in casa e lanciò le chiavi sul piano di lavoro della cucina, mentre Niles, il gatto abissino, faceva la sua comparsa sulla porta e le si piazzava alle calcagna più o meno come aveva fatto Brazil quel giorno. Accese lo stereo, ma Elton John le metteva malinconia, così cambiò canale, sintonizzandosi su Roy Orbison. Tornò in cucina, stappò una bottiglia di birra e, senza sapere perché, si sentì montare le lacrime agli occhi. Allora si trasferì in sala e accese la TV sull'ultimo notiziario della giornata, quasi interamente dedicato all'omicidio. Quando infine si lasciò cadere sul divano, Niles la stava già aspettando. Amava la sua padrona, e mentre sullo schermo passavano le raccapriccianti immagini della serata si raggomitolò in attesa delle consuete coccole.

«Anche questa volta dovrebbe trattarsi di un uomo d'affari arrivato in città nel momento sbagliato» stava dicendo Webb davanti alla telecamera.

Virginia era nervosa, stanca e disgustata. Neanche la presenza di Niles riusciva a consolarla un po'. Mentre lei era fuori si era arrampicato sulla libreria e, come ogni volta, saltando sulle tre mensole aveva fatto cadere i fermalibri e un vaso. Non mostrava alcun rispetto nemmeno per il ritratto del vecchio signor West, immortalato nella fattoria di campagna. Maledetto gatto. Certe volte lo odiava. Certe volte odiava il mondo intero.

— Vieni qui, palla di pelo — gli disse.

Sapendo quanto le piacevano, Niles si mise a fare le fusa. Non era certo uno stupido lui. Con un'abile evoluzione prese a leccarsi le zampe posteriori e, quando tornò a guardarla, lo fece con due occhi azzurrissimi e strabici. Non c'era padrone di gatto al mondo che resistesse a quel muso, così Virginia lo sollevò e cominciò ad accarezzarlo. Adesso sì che era contento. Lo stesso non si poteva dire per lei.

Il giorno seguente, Judy Hammer la stava aspettando nel suo ufficio, e come lei tutti sembravano conoscere già la sorte che la attendeva. La West non toccò nemmeno la colazione di Bojangles. Mise giù borsa e sacchetto ed entrò quasi di corsa nell'anticamera del capo provando la tentazione irresistibile di fare un gestaccio irriverente a Horgess, che naturalmente gongolava nel vederla così tesa.

— Lascia che ti annunci — le disse.

— Ma prego, faccia pure. — Virginia non celò la propria irritazione.

Horgess era giovane e si rasava il cranio. Perché? Nel giro di pochi anni avrebbe sognato di possedere una bella chioma folta. Avrebbe guardato i film e invidiato gli attori con tanti capelli.

— Puoi andare. Ti aspetta — riferì lui, mettendo giù la cornetta.

— Ne sono certa. — Gli rivolse un sorrisetto sarcastico.

— Santo cielo, Virginia! — esordì Judy Hammer, vedendola entrare.

Il comandante aveva in mano l'edizione del mattino dell'*Observer* e la sventolava, camminando avanti e indietro per l'ufficio. Non metteva spesso i pantaloni, ma quel mattino indossava un completo blu scuro con una camicetta a righe bianche e rosse e comodi mocassini di pelle nera. La West doveva ammettere che faceva davvero un figurone: il suo capo poteva permettersi di mostrare o nascondere le gambe senza alcun problema.

— E adesso? — riprese — Quattro uomini d'affari in quattro settimane. Tentativi di furto d'auto in cui l'assassino cambia improvvisamente idea e rinuncia alla macchina? O rapine? Una strana clessidra disegnata sul pube delle vittime? Marca, modello, nomi, professioni: tutto! Manca solo una foto della scena del delitto, e poi c'è tutto!

Il titolo strillava a caratteri cubitali:

VEDOVA NERA UCCIDE LA QUARTA VITTIMA

— E cosa avrei dovuto fare? — chiese Virginia.

— Tenerlo fuori da tutto questo.

— Non sono una babysitter.

— Un businessman di Orlando, un venditore di Atlanta, un banchiere del South Carolina e un pastore battista del Tennessee. Benvenuti nella nostra ridente città. — Judy Hammer lanciò il giornale sul divano. — Ora che facciamo?

— Metterlo di pattuglia non è stata certo un'idea mia — le rammentò la West.

— Ciò che è fatto è fatto. — La Hammer sedette alla scrivania. Prese il telefono e compose un numero. — Adesso non possiamo sbarazzarci di lui. Ti immagini le reazioni? Abbiamo già abbastanza problemi così. — Quando la segretaria del sindaco rispose, gli occhi del comandante brillarono. — Per favore, Ruth, me lo passi immediatamente. Non mi importa se è impegnato. — Cominciò a tamburellare con le unghie laccate sul piano di carta assorbente.

La West uscì dall'ufficio di umore ancora più nero di quando era entrata. Non era giusto. La vita stava diventando impossibile, e anche Judy le sembrava strana. Non che la conoscesse benissimo, del resto. Di fatto sapeva solo che era arrivata lì da Chicago, una città enorme dove per sei mesi all'anno la gente crepa di freddo e i delinquenti hanno un modo tutto loro di trattare con i pubblici ufficiali. La Hammer si era trasferita a Charlotte tirandosi dietro un marito che era una specie di casalinga pantofolaia.

Quel giorno neanche Andy Brazil era soddisfatto della piega presa dagli eventi. Arrancava su e giù per le gradinate vuote dello stadio dove i Davidson Wildcats continuavano ad accumulare sconfitte su sconfitte, fregandosene del cuore che sembrava scoppiargli nel petto e del fatto che la mattina dopo si sarebbe svegliato tutto dolorante. Il vicecomandante West era una specie di cowboy degenerato, insensibile come pochi. E il grande capo Hammer aveva tradito tutte le sue aspettative, evitando persino di rivolgergli uno sguardo o un semplice sorriso di benvenuto. Andy risalì la gradinata, mentre le gocce del suo sudore formavano chiazze grigie e irregolari sul cemento.

La Hammer aveva voglia di riattaccare in faccia al sindaco. Era stufa marcia di quel suo modo piatto e banale di affrontare i problemi.

— Se non ho frainteso, il medico legale ritiene che questi omicidi abbiano un movente di tipo omosessuale — le stava dicendo in quel momento al telefono.

— Non è che una congettura personale — rispose la Hammer. — La verità è che non lo sappiamo. Tutte le vittime erano sposate e con figli.

— Appunto — ribatté il sindaco, in tono viscido.

— Cristo, Chuck, non rendermi la vita difficile già a quest'ora del mattino. — La Hammer guardò fuori dalla finestra. Da quel punto riusciva quasi a vedere nell'ufficio del primo cittadino di Charlotte.

— Sta di fatto che questa congettura può esserci di grande aiuto — continuò lui, con la sua cantilena strascicante di uomo del Sud.

Il sindaco Charles Search era originario di Charleston.

Aveva la stessa età della Hammer e si era ritrovato spesso a fantasticare di portarsela a letto. Se non altro, le avrebbe ricordato un paio di cosette di cui sembrava proprio essersi dimenticata. Qual era il suo posto, tanto per cominciare. Se non fosse stata sposata, lui ci avrebbe giurato che era lesbica.

Search sedeva nella sua imponente poltrona di pelle, con la cuffia telefonica calcata sulle orecchie e un blocco di carta legale gialla su cui scarabocchiava disegni senza senso. — In questo modo la gente, e gli uomini d'affari di fuori non rimarranno così sciccati nel...

— Dimmi dove sei, Chuck, così vengo a spaccarti la faccia — lo interruppe Judy Hammer. — Quand'è che ti hanno lobotomizzato, eh? Se l'avessi saputo, ti avrei mandato dei fiori.

— Judy... — L'ultimo scarabocchio gli era riuscito particolarmente bene. Inforcò gli occhiali per guardarlo meglio. — Calmati, Judy. So esattamente quello che faccio.

— A me sembra tanto il contrario.

Forse era una lesbica, o magari una bisex, ma di sicuro aveva un meraviglioso accento del Midwest. Il sindaco Search prese una penna rossa, tutto infervorato dalla propria arte. Aveva disegnato un atomo circondato da particelle orbitanti che assomigliavano a minuscole uova. La nascita. Un parto creativo.

Tanto per rendere le cose ancora più piacevoli, quel mattino Virginia West dovette recarsi in obitorio. Il sistema del North Carolina non funzionava certo nel migliore dei modi, e se di alcuni casi si occupavano il dottor Odom e i laboratori forensi locali, altri venivano affidati al capo medico legale di Chapel Hill. Probabilmente si trattava di una discriminazione sportiva: i fan degli Hornets restavano a Charlotte, mentre quelli dei Tarheels si beccavano la loro bella incisione a Y nella grande città universitaria.

L'ufficio del medico legale della Contea di Mecklenburg era situato in North College Street, esattamente di fronte alla nuova e premiatissima biblioteca. Il vicecomandante West suonò il citofono a lato delle porte di cristallo. Era un luogo degno del massimo rispetto. L'edificio, già sede del Sears Garden Center, era molto più luminoso e moderno della maggioranza degli obitori del paese, e in occasione dell'ultima sciagura aerea verificatasi da quelle parti, la USAir aveva onorevolmente finanziato la costruzione di una nuova cella frigorifera. Era un peccato che il North Carolina non sembrasse intenzionato ad assumere altri medici legali per *il grande Stato del Mecklenburg*, come alcuni senatori avevano sprezzantemente soprannominato la regione più evoluta e attiva del paese.

A gestire una media di oltre cento omicidi l'anno erano solo due patologi forensi. Quando la West arrivò in obitorio si trovavano entrambi impegnati in sala autopsie. L'uomo d'affari morto la sera prima non aveva un aspetto migliore adesso che il dottor Odom aveva iniziato il lavoro su di lui. Accanto al tavolo operatorio c'era anche Brewster, attrezzato di grembiule in plastica e guanti monouso. La salutò con un cenno della testa, mentre la West indossava a sua volta un camice. Il dottor Odom era coperto di schizzi di sangue e impugnava il bisturi come una penna, staccando e rovesciando grossi lembi di tessuto. Il suo paziente aveva addosso un bello strato di grasso, che visto da dentro era ancora meno grazioso.

L'assistente di sala era un pezzo d'uomo perennemente sudato. Infilò nella presa volante la spina di una sega per autopsie e cominciò a sezionare il cranio, lavoro che la West faceva volentieri a meno di guardare. Il rumore prodotto dalla sega era peggiore di quello di un trapano dentistico, senza contare l'odore di osso surriscaldato che sprigionava. Virginia aveva giurato a se stessa che non sarebbe mai morta ammazzata, né per cause tanto sospette da rendere necessaria la presenza del suo cadavere nudo su un tavolo d'acciaio circondato da persone come Brewster, fotografato e osservato da una quantità di sconosciuti comodamente seduti dietro le loro scrivanie.

— Ferite da contatto, fori d'entrata dietro l'orecchio destro. — Il dottor Odom indicò il punto con un dito rosso di sangue. — Una grosso calibro, stile esecuzione.

— Come tutti gli altri — notò Brewster.

— E i bossoli delle cartucce? — si informò il medico.

— Quarantacinque, Winchester, probabilmente Silvertip — rispose la West, ripensando all'articolo di Andy Brazil e a tutti i particolari che rivelava. — Cinque colpi sparati ogni volta. Strano che non si preoccupi di raccoglierli, però. A questo proposito dovremo sentire il parere dell'Fbi.

— Stampa di merda — bofonchiò Brewster.

Virginia West non aveva mai messo piede a Quantico ma aveva sempre sognato di frequentare l'Accademia dell'Fbi, in pratica la Oxford dei poliziotti. Purtroppo aveva avuto altri impegni, soprattutto come meritarsi sempre nuove promozioni. Così, alla fine, l'unica scusa che avrebbe potuto portarla lassù era partecipare ai corsi di addestramento per ufficiali non operativi. Bell'orrore. Voleva dire ritrovarsi in mezzo a comandanti, vicecomandanti e sceriffi goffi e obesi, incapaci di passare dalle vecchie .38 Special alle semiautomatiche. Sapeva già come funzionava la cosa: tanti bei paroloni, la consegna in pompa magna di un riconoscimento, e tutti a casa. Quando, l'anno prima, Judy Hammer le aveva offerto di andare a Quantico, la sua risposta era stata: *scordatelo*. Ormai non aveva più niente da imparare dall'Fbi.

— Mi piacerebbe sapere che cosa ne pensano i loro esperti di profili psicologici — continuò lei.

— Lasciali perdere, quelli — sentenziò Brewster masticando uno stuzzicadenti e infilandosi lo stick di Vicks Inalante su per il naso.

Il dottor Odom prese una grossa spugna e strizzò un po' d'acqua sugli organi interni del cadavere, quindi afferrò un tubo di gomma marrone e aspirò il sangue dalla cavità toracica.

— Dall'odore doveva aver bevuto — commentò Brewster, anche se in quel momento, probabilmente, l'unico odore che sentiva era quello dei suoi raffreddori infantili.

— Magari in aereo — convenne Odom. — Cos'è che dicevi di quei tizi di Quantico? — chiese poi, lanciandogli un'occhiata come se in realtà a tirare fuori l'argomento non fosse stata Virginia.

— Che sono sempre troppo presi — rispose Brewster. — Possiamo rinunciare in partenza. In quanti sono? Dieci? Undici? E di quanti casi si devono occupare? Un migliaio? Se pensate che il governo abbia intenzione di sganciare anche un solo dollaro per noi, vi sbagliate. Gran peccato, certo, perché quella è gente con le palle.

In passato Brewster aveva fatto domanda all'Fbi, ma anche lui ormai poteva scordarsi il suo sogno. Forse non era periodo di assunzioni, o forse c'entrava il test alla macchina della verità a cui si era rifiutato di sottoporsi. Inalò ancora un po' di Vicks. Dio, come odiava la morte. Era brutta e puzzava. Una presa in giro, come l'uccello di quel tizio adesso: il morto sembrava un palloncino gonfiato chiuso da un piccolo nodo. La West invece aveva un'aria rabbiosa e il viso contratto mentre fissava quel corpo nudo e carnoso aperto dal collo all'ombelico, con uno sfregio di vernice arancione che nulla avrebbe mai potuto cancellare. Stava pensando alla moglie, alla famiglia di quell'uomo. Al mondo nessuno merita di finire in un luogo così macabro per subire un trattamento simile, e il ricordo di Brazil le fece montare il sangue alla testa.

Andò ad aspettarlo davanti al palazzo Knight-Ridder, da dove lo vide uscire di corsa con un bloc-notes in mano, diretto alla macchina. Virginia West, in uniforme, scese dalla Ford priva di insegne e si avviò a passo deciso verso di lui, come se volesse aggredirlo. Le sarebbe tanto piaciuto poter imbottigliare un po' di quell'odore di morte per farlo annusare al naso idealista del ragazzo, spiegandogli che quella era la realtà con cui lei doveva combattere ogni giorno. Brazil andava di fretta, la testa affollata di pensieri. Lo scanner aveva appena dato notizia di una Honda in fiamme nel parcheggio dell'Istituto d'igiene mentale: probabilmente nulla di grave, ma se a bordo ci fosse stato qualcuno? Di colpo si fermò, trasalendo, mentre il vicecomandante West gli si parava dinanzi piantandogli un dito all'altezza dello sterno.

— Ehi! — Le afferrò il polso.

— Tutto bene, signor Vedova Nera? — esordì la West in tono gelido. — Sa, esco or ora dall'obitorio, ha presente, quel posto dove la realtà viene aperta e dissezionata... Scommetto che lei non c'è mai stato. Chissà, forse un giorno le sarà concesso di venire a dare un'occhiatina. Potrebbe scriverci sopra una bella storia, no? Un uomo troppo giovane per essere suo padre. Capelli rossi, ottantanove chili. Provi un po' a indovinare quali erano i suo hobby...

Brazil le lasciò andare il braccio, annaspando in cerca di qualcosa da dire.

— La fotografia e il backgammon. Era il responsabile del bollettino della chiesa. Sua moglie sta morendo di cancro. Due figli: uno già grande, l'altro matricola all'Università del North Carolina. Le interessa sapere di più? O il signor Parsons non è che un articolo, per lei, tante paroline messe in fila sulla carta?

Brazil era visibilmente scosso. Riprese a camminare verso la macchina, mentre la Honda andava in fumo e con essa il suo interesse per quel caso. Ma Virginia West non si sarebbe fatta da parte tanto facilmente. Lo prese per un braccio.

— E tenga giù queste maledette mani! — sbottò lui. Liberandosi, aprì la portiera della BMW e salì.

— Mi hai messo nei casini, Andy.

Brazil accese il motore e partì facendo stridere le gomme sull'asfalto del parcheggio. Il vicecomandante tornò al LEC, ma non andò subito in Investigativa. Prima aveva un paio di cosette da sbrigare per conto proprio. Fece tappa in Archivio, regno incontrastato di un altro esercito di donne in uniforme che, come Virginia ben sapeva, occorreva sempre corteggiare nel modo giusto. Soprattutto Wanda, centotrenta chili di peso e centocinque parole dattilografate al minuto. Per ottenere un verbale o inoltrare una denuncia di scomparsa all'NCIC, il Centro nazionale d'informazione sui crimini, Wanda poteva rivelarsi il massimo dell'aiuto o il peggiore degli incubi, a seconda di quando aveva mangiato l'ultima volta. Virginia faceva in modo di presentarsi tutti i mesi con un secchiello di Kentucky Fried Chicken e con dolcetti alla frutta o pasticcini di Natale a seconda della stagione. Quel giorno si diresse al banco e chiamò Wanda con un fischio. Wanda aveva un debole per lei, e il suo sogno segreto era diventare investigatrice per poter lavorare al fianco del vicecomandante.

— Mi serve il tuo aiuto — disse la West. Come al solito, dopo un po' il cinturone della divisa cominciava a farle venire il mal di schiena.

Wanda lesse, accigliata, il nome che le aveva scritto su un foglietto di carta. — Che il Signore abbia pietà — disse. — Questo me lo ricordo come se fosse ieri.

A guardar bene, Wanda sembrava aver messo su qualche altro chilo. Cristo santo, tra un po' avrebbe viaggiato su due corsie!

— Siediti — disse l'archivista, indicando con un cenno della testa una postazione. — Vado a prendere il microfilm.

Mentre intorno a lei le galoppine di Wanda battevano al computer, dividevano e classificavano, Virginia inforcò gli occhiali e fece scorrere la pellicola. Quando arrivò ai vecchi articoli dedicati al padre di Brazil, ciò che lesse le fece male al cuore. Anche lui si chiamava Andrew, ma per tutti era sempre stato Drew. Era entrato nella polizia di Charlotte molti anni prima di lei, e Virginia ne aveva cancellato il ricordo in maniera radicale e definitiva. Ora che tornava ad affiorarle alla memoria, però, i contorni di quella tragedia la aiutarono a mettere a fuoco anche la vita del figlio.

Drew Brazil, trentasei anni, era investigatore dell'Antirapina quel giorno che, di pattuglia su un'auto civetta, aveva bloccato una vettura sospetta. Gli avevano sparato a bruciapelo al torace, ed era morto sul colpo. Virginia West rilesse con calma un gran numero di articoli, osservando a lungo la sua foto. Quindi salì in Investigativa e riesumò il dossier che

78

nessuno apriva più da dieci anni, essendosi trattato di un caso eccezionalmente chiaro; il criminale che aveva sparato a Drew Brazil era ancora nel braccio della morte. Il povero investigatore era un bell'uomo. In una fotografia indossava un giubbotto di pelle che il vicecomandante aveva l'impressione di aver già visto da qualche parte.

Le foto scattate sulla scena dell'omicidio le provocarono ulteriore sofferenza. Drew Brazil giaceva morto in mezzo alla strada, disteso in posizione supina, gli occhi spalancati sul tiepido sole di una domenica mattina di primavera. Il proiettile calibro 45 gli aveva quasi spaccato il cuore in due. Nelle immagini dell'autopsia Odom era immortalato con due dita dimostrativamente infilate nel foro. Un particolare che Andy Brazil non avrebbe mai dovuto vedere, e Virginia West era fermamente intenzionata a evitare tale eventualità.

5

Anche Brazil stava esaminando alcuni articoli nella biblioteca dell'*Observer*. Era incredibile quanto poco fosse stato scritto negli anni sul conto del vicecomandante West. Lesse minuscoli trafiletti e si soffermò su fotografie in bianco e nero risalenti a un'epoca in cui la West portava i capelli lunghi raccolti sotto il berretto della divisa. Era stata la prima donna poliziotto a essere eletta novellino dell'anno, un fatto che colpì molto Andy Brazil.

Anche la bibliotecaria era molto colpita, e di nascosto continuava a lanciare occhiate al collega giornalista. Ogni volta che lui metteva piede lì dentro, cioè spesso, sentiva il cuore mancarle due o tre colpi. Non aveva mai visto nessuno fare tante ricerche per gli articoli come quel giovanotto: di qualunque cosa scrivesse, Brazil aveva sempre dubbi, domande e fonti bibliografiche da consultare. La cosa più gratificante era quando si rivolgeva direttamente a lei, avvicinandosi alla sua linda scrivania in legno d'acero. Prima di iniziare a lavorare lì, dopo che il marito era andato in pensione, era stata per anni bibliotecaria in una scuola dove la trattavano come uno zerbino da piedi. Si chiamava Booth. Signora Booth. Aveva abbondantemente superato la sessantina ed era convinta che Brazil fosse il miglior essere umano del mondo. Così carino, così a modo, e così riconoscente!

Andy fu sorpreso di scoprire che Virginia West era stata vittima di una sparatoria. Si mise subito all'affannosa ricerca di altri dettagli, ma l'idiota a cui avevano affidato il servizio si era lasciato scappare un'occasione d'oro per scrivere una storia da prima pagina. Maledizione! Tutto quello che riuscì a sapere fu che undici anni addietro, ai tempi in cui era ancora la prima donna investigatore della Omicidi, la West aveva ricevuto una certa soffiata da una talpa.

Il tizio a cui stava dando la caccia si trovava al Presto Grill, ma la West era arrivata nel locale troppo tardi. Aveva quindi risposto a una chiamata partita dallo stesso quartiere: strano ma vero, riguardava la stessa persona. Solo che, a quel punto, il tizio era ormai parecchio nervoso. Aveva aperto il fuoco immediatamente, e nonostante alla fine ci avesse rimesso la vita era riuscito a colpire il vicecomandante a una spalla. Brazil moriva dalla voglia di saperne di più, ma poteva anche mettersi il cuore in pace. Dunque Virginia West era stata ferita alla spalla sinistra, e piuttosto malamente: il proiettile si era scavato una profonda galleria nella carne. Chissà se è vero che le pallottole scottano. Chissà se realmente cuociono i tessuti circostanti. E quanto male fa essere colpiti? Il vicecomandante era stramazzato a terra o aveva eroicamente continuato a sparare, senza accorgersi della ferita finché il sangue non le era colato sulle dita della mano come nei film?

Il giorno seguente Brazil si recò a Shelby. Da provetto giocatore di tennis quale era, conosceva bene la piccola e ricca cittadina della contea di Cleveland che aveva dato i natali a Buck Archer, amico di Bobby Riggs, il campione sconfitto da Billie Jean King nella famosa "Battaglia tra i sessi". La Shelby High School occupava un complesso molto ben curato e sede dei Lions, dove una folla di studenti facoltosi si preparava a fare ingresso nei college di grandi città come Chapel Hill o Raleigh. Tutt'intorno era campagna coltivata e terra di allevatori di bovini. La BMW di Brazil puntò rombando verso i campi da tennis, dove la giovanissima squadra maschile era radunata per gli allenamenti estivi. Vide i ragazzini sudati impegnarsi con smorfie di dolore in potenti servizi, tiri incrociati e schiacciate.

L'allenatore, in pantaloni bianchi Wimbledon, camicia immacolata e cappello sformato, sostava nei pressi della rete con un bloc-notes in mano. Aveva il naso spalmato di ossido di zinco e spiccava per quel look ormai superato.

— Scattare! Scattare! Energia! — gridò a un ragazzino dall'aria decisamente goffa. — Non voglio vedere quei piedi fermarsi neanche un secondo!

Il poveretto era sovrappeso e portava gli occhiali. La sua sofferenza era evidente, e Brazil ripensò alle torture inflitte abitualmente dagli allenatori durante la preparazione in campo. Lui, però, era sempre riuscito in tutto e ora provava pietà per quello sfigato. Gli sarebbe piaciuto aiutarlo e risollevargli un po' il morale.

— Ottimo tiro! — gli gridò quando finalmente riuscì ad alzare la palla quanto bastava per farle superare la rete.

E così, cercando di individuare l'inatteso fan attraverso lo schermo antivento che circondava il campo, il ragazzo mancò il tiro successivo. L'allenatore sospese la partita e osservò il giovane biondo e dal fisico prestante che si stava avvicinando. Probabilmente era in cerca di lavoro, ma per quella stagione non gli serviva alcun aiuto: quei ragazzini erano il raccolto più scarso degli ultimi dieci anni.

— Allenatore Wagon?

— Scusi? — Come mai quello sconosciuto sapeva il suo nome? Forse da adolescente era stato suo allievo, eppure non ricordava proprio la sua faccia. Ultimamente gli capitava sempre più spesso di trovarsi in situazioni simili, ma la colpa non era certo del Johnnie Walker Red.

— Sono un giornalista del *Charlotte Observer* — annunciò Brazil con palese orgoglio. — Sto scrivendo un pezzo su una donna che molto tempo fa giocava nella sua squadra maschile.

Benché la memoria gli avesse già cancellato dal cervello un gran numero di file, Wagon non avrebbe mai dimenticato Virginia West. All'epoca la Shelby High School non aveva una squadra femminile, ma rinunciare a una giocatrice del suo talento sarebbe stato un vero spreco. Certo, erano nati un sacco di problemi. Lì per lì i grandi capi non avevano voluto saperne, così era rimasta esclusa per tutto il primo anno, mentre Wagon dava battaglia al sistema. Ma l'anno dopo era entrata in squadra come seconda riserva, grazie a un servizio di piatto assolutamente unico e a un rovescio tagliato così secco che avrebbe potuto affettare un filone di pane senza nemmeno scoperchiarlo. Non c'era stato ragazzo che non si fosse preso una cotta per lei e che non avesse cercato di prenderla di mira con la palla.

Nei tre anni in cui aveva giocato per l'allenatore Wagon, Virginia West non aveva mai perso un match, né singolo né in doppio. Lo *Shelby Star* e l'*Observer* avevano dedicato più di un articolo alla grande protagonista dei campionati regionali e primaverili. Prima della sconfitta con cui Hap Core le aveva stroncato la carriera di atleta maschile, era arrivata addirittura ai quarti di finale nazionali. A questo proposito, dopo essere rientrato al giornale Brazil trovò i pezzi che gli interessavano. E, in preda a una sorta di possessione, continuò a leggere articoli su articoli e a prendere valanghe di appunti.

Anche la maniaca del telefono era in preda a una sorta di possessione, ma qui si esauriva ogni analogia con Brazil. In quel momento si contorceva nel piccolo e scuro rifugio della casetta in cui viveva sola, a Dilworth, non lontano da dove abitava anche Virginia West. Le due donne non si conoscevano. La prima se ne stava allungata sulla sdraio di vinile marrone modello La-Z-Boy, talloni puntati al poggiapiedi, mutandine abbassate e respiro affannoso. Non era schedata, ma occupandosi di lei l'Fbi avrebbe elaborato il profilo di una femmina bianca tra i quaranta e i settant'anni di età, poiché l'impulso sessuale femminile non sembra declinare con la stessa rapidità di quello maschile. Anzi, gli esperti in profili psicologici hanno notato che proprio quando cessa la produzione di estrogeni tende a manifestarsi un aumento del desiderio femminile.

Per questo motivo l'agente speciale Gil Bird, di Quantico, impegnato in vari casi di omicidi seriali, avrebbe situato l'età della donna tra i quaranta e cinquant'anni, epoca in cui l'orologio biologico può trasformarsi in un fantasma del tempo che ticchetta solo nell'immaginazione della sua vittima. Le sue mestruazioni non erano che ombre. Erano diventate il punto alla fine di una frase, una coda inutile. Il suo desiderio per Brazil non era reale: semplicemente, le *sembrava* di desiderarlo. La sua lussuria, invece, era qualcosa di molto complesso. Se lo avessero ufficialmente invitato a occuparsi di quel caso, Bird sarebbe stato felice di elaborare un possibile scenario.

Probabilmente, e giustamente, avrebbe parlato di bisogno di riscatto. Per tutti quegli anni la donna si era sentita ignorata ed esclusa, rifiutata e non amata. Da ragazza lavorava nella caffetteria del Gardner Webb, dove i giocatori di basket, e in particolar modo Ernie Presley, l'avevano sempre trattata con la rozza indifferenza che riservavano a un piatto di uova strapazzate. E Andy Brazil avrebbe fatto esattamente lo stesso: la maniaca non aveva nessun bisogno di conoscerlo di persona per saperlo. Alla sua età, ormai preferiva scoparselo come e quando voleva lei.

Le imposte erano chiuse, il televisore acceso a basso volume su un film con Spencer Tracy e Katharine Hepburn. Il fiato corto, la maniaca sussurrava nella cornetta del telefono scandendo lentamente le parole.

— Ti ho visto al volante... mentre cambiavi le marce. Su e giù... andavi sempre più veloce...

Il potere che esercitava su di lui era la cosa più eccitante di tutta la sua scialba esistenza, e pensare alla sua umiliazione le dava un senso di vertigine. Lo aveva in pugno come un pesce in un barile, come un cagnolino indifeso, come si possiede una macchina. Udire il suo silenzio confuso le fece battere ancora più forte il cuore, mentre la Hepburn entrava in camera da letto avvolta in una vestaglia di satin. Che ossatura incredibile! La maniaca la odiava e desiderava cambiare canale, ma non le restavano mani libere.

— Fottiti — le rispose la voce di Brazil, ricompensando la sua attesa. — Hai il mio permesso.

Ma lei non aveva bisogno del permesso di nessuno.

Packer esaminò l'ultimo articolo di Brazil, il migliore.

— Ma è fantastico! — Era soddisfatto di ogni singola parola. — Grande lavoro! *Selvaggia, selvaggia West.* Mi piace. Mi piace davvero.

Si alzò dalla sedia sistemandosi la camicia nei pantaloni, che ballonzolarono come quelli di una marionetta. Sfoggiava una cravatta rossa a righe nere, e non era per niente elegante.

— Va subito in stampa. Questa è roba da prima pagina.

— Quando uscirà? — Brazil non stava in sé dalla gioia: non era mai finito in prima pagina.

— Domani — disse Packer.

Quella sera Andy si occupò del primo incidente stradale della sua vita. Indossava l'uniforme e stringeva un blocco contenente i moduli del caso. In realtà si trattava di una faccenda molto più complicata del previsto, nonostante i danni fossero lievi, inferiori ai cinquecento dollari. I due protagonisti del sinistro erano una donna a bordo di una Toyota Camry e un uomo su una Honda Prelude. Entrambi viaggiavano in Queens Road: ma erano due Queens Road diverse che si intersecavano proprio in quel punto sfortunato.

Non distante dalla scena, la maniaca si aggirava nel suo Aerovan intercettando impunemente le comunicazioni della polizia e la voce di Brazil trasmessa dallo scanner. Il giovane volontario gesticolava nella sua impeccabile uniforme blu scuro. Lei osservò la sua preda superando adagio le torce di segnalazione che ardevano arancioni nel buio della sera. Attraversò Queens Road e imboccò Queens Road in direzione ovest.

Due strade con lo stesso nome possono essere un fenomeno imputabile a una crescita ormonale troppo rapida, qualcosa di analogo all'impulso di battezzare un figlio con il proprio nome, a dispetto sia del sesso sia della praticità, o incuranti del fatto che i suoi tre fratelli maggiori si chiamano già nello stesso modo, come nel caso di George Foreman. Queens e Queens, Providence e Providence, Sardis e Sardis: la lista continuava, ma Myra Purvis non era mai riuscita a completarla tutta. Sapeva solo che, voltando da Queens Road West in Queens Road East e seguendo Queens Road fino al Traumatologico, sarebbe arrivata in ospedale da suo fratello.

Era appunto ciò che stava facendo a bordo della Camry quando era arrivata in una zona buia che detestava, dalle parti di Edgehill Park. La signora Purvis gestiva il ristorante messicano La Pez di Fenton Place. Quel sabato sera aveva appena staccato dal lavoro e si sentiva molto stanca. Non era certo colpa sua se Queens Road intersecava Queens Road, e se la Prelude grigia, quasi mimetizzata nell'oscurità, l'aveva centrata in pieno.

— Ma come, non ha visto lo stop? — le chiese l'agente.

Myra Purvis ne aveva abbastanza. Nel mese di febbraio aveva compiuto settant'anni e non intendeva più lasciarsi trattare così da nessuno.

— Per caso è scritto in Braille? — ribatté in tono ironico al giovane castigamatti in divisa, con un tornado bianco ricamato sulla spalla che le ricordava tanto un suo vecchio straccio per i pavimenti. Come si chiamava? Mocio? Inutile sforzarsi, ormai era passato troppo tempo.

— Voglio andare all'ospedale — si lamentava il tizio della Honda. — Mi fa male il collo.

— Tutte balle — disse la signora Purvis all'agente, chiedendosi come mai, a parte il fischietto, non avesse con sé alcun tipo di arma. E se restava coinvolto in una sparatoria?

Il vicecomandante West non usciva spesso per controllare le sue truppe, ma quella sera era proprio dell'umore giusto.

Viaggiava senza fretta lungo strade buie e accidentate nell'area d'intervento David One, ascoltando la voce di Brazil sullo scanner.

— Una richiesta di trasporto al Carolinas Medical Center — stava dicendo in quel momento.

Lo vide da lontano, ma Brazil era troppo indaffarato a stendere il rapporto per accorgersi di lei. Virginia West si avvicinò e superò l'incrocio, dove il giovane trascriveva le dichiarazioni dei protagonisti di quel risibile incidente. Le torce languivano ai lati della strada, e il lampeggiatore irradiava silenziosi bagliori rossi e azzurrini che deformavano il volto dell'agente. Andy sorrideva, intento ad aiutare la vecchia tarma della Toyota Camry. Sollevò la radio, mormorando qualcosa.

Infine Brazil le lasciò scritto in codice che si sarebbero visti alla fine del turno, e se ne andò al giornale.

Il giovane cronista aveva un rituale tutto suo di cui pochi erano a conoscenza. Vi si dedicò dopo aver buttato giù un breve pezzo dedicato ai problemi della viabilità di Charlotte. Salì la scala mobile tre gradini alla volta. Già da mesi i tecnici della tipografia si erano abituati alla sua presenza e non sembravano infastiditi dal fatto che varcasse l'area rumorosa e off-limits delle enormi macchine da stampa. Brazil provava un grande piacere nell'osservare il rapido e delicato volo di tonnellate di carta lungo cassetti e nastri trasportatori: su quei fogli c'era anche il suo articolo.

Rimase impalato nella sua uniforme blu, senza dire una parola, sopraffatto dall'emozione. In passato gli era già capitato di lavorare per mesi alla stesura di relazioni che poi venivano lette da decine di professori, ma ora produceva articoli compiuti nel giro di pochi giorni, a volte addirittura di poche ore, e le sue parole venivano divorate da milioni di occhi impazienti. Non riusciva a capacitarsi di quel miracolo. Prese a camminare intorno alle macchine, aggirando le parti in movimento, le inchiostratrici e i binari in cui avrebbe potuto inciampare. Le sue orecchie erano assediate dal baccano dei motori: era la sesta notte, quella che precedeva il settimo giorno della creazione della sua nuova vita.

Il mattino seguente, domenica, faceva freddo e pioveva. Virginia West stava costruendo un alto steccato di legno intorno al giardino in Elmhurst Road, nel vecchio quartiere di Dilworth. La sua casa era di mattoni a vista con rifiniture bianche, e da quando l'aveva acquistata non aveva smesso di lavorarci un solo giorno. Quello era il suo progetto più ambizioso, in gran parte ispirato dagli idioti che, passando di lì, le lanciavano sul prato lattine di birra e immondizie varie.

Umida di pioggia e appesantita dalla cintura porta-attrezzi, picchiava col martello stringendo alcuni chiodi tra i denti e imprecando. Fu così che la trovò Denny Raines, paramedico in quel momento fuori servizio, quando aprì il cancello nuovo entrando in giardino. Lui indossava un paio di jeans e fischiettava; era un tipo ben piazzato e di bell'aspetto, una vecchia conoscenza di quella donna attiva e industriosa. Virginia non gli prestò alcuna attenzione e misurò invece i centimetri di spazio tra due assi.

— Ti hanno mai detto che sei un tipo anal-ritentivo? — esordì lui.

Il vicecomandante riprese a martellare, ed era la stessa cosa che Denny avrebbe voluto fare a lei il giorno in cui si erano conosciuti. Si erano incontrati sulla scena di un delitto, e Raines aveva avuto l'impressione che Virginia fosse stata convocata da casa in quanto titolare delle indagini. Raines aveva lanciato un'occhiata a quella pupa in divisa, e per lui era stata la fine.

Sotto la pioggia, Virginia continuava a pestare colpi di martello con i chiodi fra le labbra.

— Stavo pensando a un bel brunch — le disse. — Magari a base di chili con carne.

Le si avvicinò da dietro, circondandola con un abbraccio. Le baciò il collo, umido e leggermente salato, ma lei non sorrise, né ricambiò, né accennò a sfilarsi i chiodi dalla bocca. Stava lavorando e non voleva essere disturbata. Dopo un po' Denny rinunciò alle effusioni e si appoggiò a braccia conserte alla staccionata, osservando la pioggia che le sgocciolava dalla visiera del berretto da baseball dei Panthers.

— Immagino tu abbia già letto il giornale — riprese.

Non gli andava di parlarne in maniera più esplicita, e lei non fece commenti. Tornò invece a prendere le misure tra due assi.

— Chi tace acconsente. Be', a quanto pare sono diventato amico di una celebrità. Sta scritto grosso così in prima pagina. — Fece un gesto esagerato con le mani, come se l'edizione del mattino con l'articolo dedicato a Virginia West avesse fogli lunghi tre metri. — Metà superiore, anche — insistette. — Proprio un bel pezzo. Sono molto colpito.

Virginia continuava a misurare. E a pestare.

— La verità è che ho scoperto cose di cui non sapevo nulla. Tipo la parte sulla Shelby High School. Che giocavi nella squadra di tennis maschile per l'allenatore Wagon e che non hai mai perso un match. Ehi, ti sembra poco?

Era più che mai affascinato da quella donna. La divorava con lo sguardo e lei era lì, gratis, tutta per lui. Virginia era consapevole di quella adorazione al punto da sentirsi male, ma non smise di stringere i chiodi tra i denti e di picchiare sullo steccato.

— Di' un po', hai idea di che effetto faccia a un uomo vedere una sventola come te con una cintura porta-attrezzi intorno alla vita? — La sua anima feticista cominciava a venire a galla. — È come quando arrivo su una scena del delitto e ti trovo lì in uniforme. Tu non sai che pensieri mi scateni. Molto fuori luogo, davvero, di fronte a gente che sanguina e soffre. Un po' come adesso, che stanno per saltarmi i jeans.

Virginia sfilò un chiodo dalle labbra e lo guardò. Poi gli guardò la patta dei jeans e riagganciò il martello alla cintura, l'unico attrezzo che quel giorno le avrebbe tenuto compagnia. Ogni domenica, cascasse il mondo, lei e Denny consumavano il brunch insieme, bevevano mimosa, guardavano la TV a letto e lui le raccontava dei casi di cui si era occupato durante il fine settimana. Come se Virginia non ne avesse già abbastanza per conto suo di sangue e sofferenze varie. Raines era un bambolotto, un bambolotto noioso.

— Perché non vai a salvare qualcuno e non mi lasci in pace? — gli suggerì.

Il sorriso e l'allegria di Denny affondarono sotto la pioggia che continuava a cadere fitta dal cielo. — Ehi, ma cosa ti ho fatto? — protestò.

6

Virginia West rimase sola a picchiare, misurare e costruire, come se quello steccato fosse il simbolo di ciò che provava verso il mondo e la vita. Alle tre del pomeriggio il cancello si aprì e si richiuse di nuovo. La West pensò che si trattasse di un secondo tentativo da parte di Raines. Piantò un altro chiodo nel legno, sentendosi in colpa per come l'aveva trattato al mattino. In fondo non voleva farle del male, e se lei era di cattivo umore, lui non ne aveva alcuna responsabilità.

Niles sarebbe stato lieto di dichiararsi d'accordo con Virginia. Era accoccolato sul davanzale della finestra, sopra il lavello della cucina, e da lì osservava la sua padrona china sotto la pioggia che stava maneggiando un oggetto dall'aria assai pericolosa. Ma Niles non aveva intenzione di avvicinarsi. Aveva inaugurato la giornata facendosi gli affari suoi, gironzolando per le stanze e accomodandosi infine nel punto più caldo e confortevole della casa: il torace della sua padrona. Nel giro di qualche secondo si era trasformato in un astronauta, o in un acrobata da circo sparato da un cannone. Fortuna aveva voluto che atterrasse illeso sulle zampe. Stava ancora sbirciando dalla finestra, attraverso la fitta cortina di gocce, quando qualcuno entrò in giardino. Il gatto da guardia Niles non aveva mai visto quell'individuo. Mai. Non una volta nella sua lunga vita di felino.

Mentre varcava il cancello e Virginia West martellava chiamando qualcuno di nome Raines, Andy Brazil notò un gatto piuttosto magro che lo fissava da una finestra.

— Senti, mi dispiace, okay? — diceva la West senza voltarsi. — È che sono di un umore un po' così.

Brazil portava tre grasse edizioni domenicali del quotidiano avvolte nel cellophane di un lavasecco trovato nell'armadio. — Scuse accettate — rispose.

Virginia West si girò inchiodandolo con lo sguardo, il martello sollevato a mezz'aria. — Che diavolo ci fai, qui, tu? — Era sorpresa e infastidita, e ce la mise tutta per apparire antipatica.

— Chi è Raines? — Brazil si avvicinò. Gli si stavano inzuppando le scarpe da tennis.

— Non sono affari tuoi. — La West riprese a vibrar colpi, gareggiando con la velocità del suo battito cardiaco.

Lui avanzò di qualche altro passo, improvvisamente timido e indeciso. — Ti ho portato dei giornali. Pensavo che potessero...

— Te l'ho forse chiesto io? Non mi hai nemmeno avvertita. Come se tu avessi qualche diritto di ficcare il naso nella mia vita privata. — L'ultimo colpo di martello aveva storto un chiodo. Lo estrasse goffamente, con le tenaglie. — Esce come agente di ronda, e intanto fa la spia.

Si interruppe un momento per guardarlo. Era bagnato fradicio e aveva l'aria demoralizzata di chi ha fallito nel compiacere qualcuno. Le aveva soltanto offerto il meglio di quanto sapeva.

— Non hai nessun maledetto diritto, chiaro?

— Ma è un buon articolo — si difese lui. — Ne esci come un eroe.

La rabbia di Virginia era implacabile, e non sapeva perché. — Ma quale eroe? Che cosa vuoi che me ne freghi?

— Te l'avevo detto che avrei scritto un pezzo su di te, sì o no?

— Sì, e infatti mi era parsa una minaccia. — Tornò a girarsi verso lo steccato e riprese a picchiare. — E comunque non credevo che parlassi sul serio.

— Perché no? — Non ci capiva niente, ma di sicuro gli sembrava una reazione ingiusta.

— Perché nessuno l'aveva mai fatto. — Un altro colpo e Virginia si fermò, sforzandosi invano di conservare il senso d'irritazione iniziale. — Non pensavo di essere tanto interessante.

— Il mio era un gesto amichevole, Virginia — disse Andy.

Suo malgrado, si sentiva tremendamente vulnerabile. Continuava a ripetersi che quello che pensava il vicecomandante non aveva nessuna importanza per lui. Virginia si alzò. Fermi sotto la pioggia si guardarono, a loro volta osservati da Niles, la coda fremente sul davanzale della sua finestra preferita.

— So di tuo padre — riprese lei. — So esattamente quello che è successo. È per questo che giochi a fare il poliziotto?

Andy Brazil stava lottando contro emozioni che non desiderava confessare per nessun motivo al mondo, e mentre il vicecomandante West rigirava il coltello dell'interrogatorio nella piaga del suo passato non riusciva a capire se il giovane fosse più in preda alla rabbia o sull'orlo delle lacrime.

— È in borghese e decide di fermare un'auto rubata. Prima violazione del codice. Mai buttarsi in imprese simili a bordo di un mezzo non identificato. Il ladro si rivela un criminale in fuga, e gli spiana la pistola da una distanza ravvicinata. L'ultima cosa che tuo padre disse fu: «Per l'amor di Dio, no» ma quello sparò lo stesso. Un buco dritto nel cuore. Morto sul colpo. Il giornale che ami tanto riuscì a rovinare per bene l'immagine dell'agente Drew Brazil: il danno e la beffa. Ed ecco che, oggi, il figlio decide di seguirne l'esempio.

Andy Brazil sedette sull'aiuola bagnata, rivolgendole un'occhiata intensa. — No, non è cosi. E comunque non è questo il punto. Sei solo crudele.

A Virginia West non capitava spesso di esercitare un effetto tanto potente sugli uomini. Raines non le parlava mai in quei termini, nemmeno quando rompeva con lui, cosa che fino a quel momento era già successa tre volte. Di solito si arrabbiava e se ne andava come una furia, fingendo di ignorarla sino al giorno in cui non sopportava più l'ostinato silenzio del telefono. Brazil invece era una specie di mistero, ma Virginia non aveva mai conosciuto artisti o scrittori. Sedette di fianco a lui nella pozzanghera erbosa e buttò via il martello, ormai inutile, che atterrò sollevando una marea di schizzi. Sospirò in direzione del giovane giornalista e volontario della polizia, il quale osservava le gocce di pioggia in preda a una rabbia e a un rancore che gli irrigidivano tutto il corpo.

— Allora dimmi perché — riprese.

Andy evitava di guardarla. Anzi, non le avrebbe mai più rivolto la parola.

— Voglio sapere — insistette lei. — Potresti diventare un agente in piena regola. O un giornalista a tempo pieno. Invece no. Devi proprio essere tutte e due le cose? Eh? — Gli mollò un pugnetto scherzoso su una spalla, senza ottenere alcuna reazione. — Ho la sensazione che tu viva ancora con tua madre. Come mai? Un giovane di bell'aspetto come te? Non hai neanche la fidanzata o un'amica, correggimi se sbaglio. Sei forse gay? La cosa non mi scandalizzerebbe minimamente, sai?

Andy si rimise in piedi.

— Vivi e lascia vivere. Non mi stanco mai di ripeterlo — proseguì il vicecomandante dalla sua pozzanghera.

Andy Brazil la trapassò con lo sguardo e si incamminò verso il cancello. — Non sono io quello che chiamano gay.

Virginia era tranquilla. Quel genere di frecciate le era ormai familiare. Le donne che scelgono la carriera politica, militare o sportiva sono automaticamente omosessuali. Quelle che eccellono in tali campi o fondano imprese, diventano dottori, avvocati o dirigenti di banca. Non si dipingono le unghie, non si sfidano in partite di tennis nelle ore d'ufficio. Sicuramente sono a loro volta lesbiche. Che importa se una è sposata e con figli? O se esce con un uomo? Sono facciate, semplici coperture, un modo come un altro per gettare fumo negli occhi ad amici e parenti.

L'unica prova assoluta di eterosessualità è non fare mai niente bene come gli uomini e andarne fiere. Dal giorno stesso della sua promozione a sergente, Virginia West era diventata nota come lesbica. Indubbiamente il dipartimento non era privo di un certo numero di donne gay, ma restavano in incognito e protette da un muro di fantomatici fidanzati che nessuno aveva mai avuto il piacere di incontrare. Virginia West sapeva che molti la immaginavano parte di quella schiera. Voci analoghe circolavano persino sul conto del comandante Hammer, ma era una cosa talmente patetica, e lei avrebbe tanto preferito che il mondo potesse girare come voleva, senza che nessuno si impicciasse della sua vita privata.

Da tempo aveva deciso che molti, troppi tabù morali non erano che disperati tentativi di arginare altrettante minacce. Da bambina, per esempio, quando ancora abitava nella fattoria in campagna sentiva spesso parlare delle donne missionarie non sposate che si davano da fare nella chiesa presbiteriana di Shelby, non distante da Cleveland Feeds e dall'ospedale regionale. Alcune di quelle nobili signore avevano lavorato fianco a fianco in posti esotici come il Congo, il Brasile, la Corea e la Bolivia. Una volta tornate a casa, in congedo temporaneo o definitivo, andavano a vivere insieme nella stessa casa. A nessuno dei conoscenti di Virginia era però mai venuto in mente che le fedeli donne di chiesa potessero avere interessi estranei alla preghiera e all'assistenza dei poveri.

All'epoca in cui lei era adolescente, la minaccia peggiore per una ragazza era non riuscire a trovare marito. Minaccia che si era sentita ripetere spesso, quando in molte attività aveva iniziato a primeggiare sui compagni maschi e aveva voluto imparare a guidare il trattore. Così facendo, era un dato statistico, dimostrava solo di essere sulla strada giusta per trasformarsi in una vecchia zitella. I suoi genitori erano tuttora preoccupati per lei, con l'aggiunta del timore ben più moderno che la sua solitudine potesse accompagnarsi a strane inclinazioni sessuali. E a dire il vero, lei non aveva difficoltà a capire che due donne potessero desiderarsi. Ciò che invece non riusciva proprio a immaginare era come potessero litigare.

Era già abbastanza brutto con gli uomini, che scagliano oggetti all'intorno rifiutandosi di comunicare. Ma le donne piangono, strillano e sono permalosissime, soprattutto durante certe tempeste ormonali. Tra due amanti afflitte contemporaneamente da sindrome premestruale può accadere di tutto, e gli episodi di violenza domestica devono essere inevitabili, addirittura a rischio di omicidio qualora si tratti di due poliziotte armate.

Dopo aver consumato una cena solitaria e leggera a base di resti di pizza piccante, Virginia West si piazzò sulla poltrona reclinabile davanti alla TV. Gli Atlanta Braves le stavano suonando ai Florida Marlins, e Niles le si era accoccolato sulle gambe perché così aveva deciso. Il vicecomandante indossava ancora la tuta del dipartimento di polizia, e presto si rilassò con una bottiglia di Miller Genuine Draft in una mano e il giornale nell'altra. Forse aveva esagerato nel bastonare così Brazil prima ancora di aver letto a fondo il suo articolo, ma mentre girava pagina non poté trattenere una risata: dove diavolo si era procurato tutto quel materiale?

Era talmente assorbita dalla lettura, che per ben quattordici minuti e undici secondi si dimenticò di fare le carezze a Niles. Il quale fingeva soltanto di dormire e aspettava in realtà di vedere per quanto tempo ancora sarebbe andata avanti quella storia, pronto ad allungare la già nutrita lista di infrazioni commesse dalla sua padrona. Niente carezze? D'accordo. In cima alla libreria c'era quella bella statuina di porcellana, e se lei si illudeva che lui non potesse raggiungerla con un balzo poderoso, la aspettava un'amara sorpresa. Discendeva da un'antica stirpe egizia, lui, dai faraoni e dalle piramidi, e le sue arti avevano nobili origini benché troppo a lungo trascurate. Un giocatore si lanciò verso la casa base; scoppiando in un'ennesima risata, Virginia West sollevò la cornetta, ignorandolo.

Sulle prime Brazil non sentì il telefono perché stava digitando come un pazzo sulla tastiera del computer e Annie Lennox gli cantava a tutto volume nelle orecchie. Sua madre invece era andata in cucina a prepararsi una fetta di pancarré con burro di arachidi. Quando l'apparecchio a muro squillò, stava trangugiando una sorsata di vodka da un bicchiere di plastica. Barcollando allungò una mano per appoggiarsi al piano della credenza, ma si attaccò invece alla manopola di un cassetto. Strano, c'erano due telefoni blu che suonavano simultaneamente. A far balzare Andy dalla sedia fu un improvviso fragore di argenteria che cadeva sul pavimento. In quel momento sua madre cercò di afferrare la cornetta del secondo telefono, riuscendo solo a farla precipitare dalla forcella e a mandarla a cozzare contro il muro. Nel tentativo di riacciuffare il filo dondolante e arricciolato, rischiò di franare anche lei per terra.

— Chi è? — domandò con voce impastata.

— Vorrei parlare con Andy Brazil, per favore — disse Virginia, dopo una pausa d'incertezza.

— È in camera che scrive. — La signora Brazil batté con una mano su dei tasti invisibili. — Sempre così! Pensa che diventerà come Hemingway. Almeno.

Senza accorgersi che il figlio era comparso sulla soglia della porta, continuò a farfugliare nella cornetta parole mozze e prive di senso. In casa vigeva la regola che lei non dovesse mai rispondere alle chiamate: o ci pensava il figlio, oppure la segreteria telefonica. Andy la guardò, esasperato e impotente, mentre lei gli infliggeva l'ennesima umiliazione della sua vita.

— Ginia West — ripeté finalmente Muriel Brazil, quando vide avvicinarsi due figli invece di uno.

L'intenzione del vicecomandante era solo di confessargli che il suo articolo era meraviglioso, che leggerlo le aveva fatto molto piacere e che forse lei non se lo meritava neanche. Di certo non si aspettava che a risponderle fosse quella donna mezzo handicappata, ma ora almeno sapeva tutto. Così alla fine non gli disse altro che stava arrivando. E niente ma. Nella sua carriera di poliziotto aveva avuto a che fare con ogni genere di individui, e quando lei e Andy misero a letto la signora Brazil, costringendola a bere un enorme quantitativo d'acqua, la sua cattiveria e la sua astiosità non le fecero la minima impressione. Finalmente, cinque minuti dopo averla accompagnata in bagno per orinare, la donna sprofondò in un sonno di piombo.

La West e Brazil uscirono a fare una passeggiata. L'oscurità era rotta solo da qualche lampadina che occasionalmente si accendeva dietro le finestre delle vecchie case di Main Street, e la pioggia cadeva impalpabile come una foschia. Andy non sapeva cosa dire. Si avvicinarono al Davidson, insolitamente tranquillo nonostante molte attività del campus fossero già riprese. Un guardiano su una Cushman osservò la coppia che passava, rallegrandosi del fatto che il giovane Brazil avesse finalmente trovato una ragazza. Certo era parecchio più grande di lui, ma si faceva ancora guardare, e se c'era una persona al mondo che aveva bisogno di una figura materna accanto, quella persona era proprio Andy Brazil.

Il guardiano si chiamava Clyde Briddlewood e dirigeva la modesta squadra di sorveglianza del Davidson College fin dai tempi in cui gli unici problemi di ordine pubblico erano gli scherzi goliardici e le sbronze. Poi la scuola aveva aperto i cancelli alle donne. Era stata una pessima idea, e Clyde non ne aveva certo fatto mistero con nessuno. Anzi, si era impegnato al massimo per allertare tutti i professori, arrivando persino a esternare le sue preoccupazioni davanti a Sam Spencer, il rettore. Niente da fare. Nessuno aveva voluto ascoltarlo. Oggi Briddlewood contava su una squadra di otto uomini, girava armato di ricetrasmittente e di pistola e beveva il caffè insieme ai poliziotti del quartiere.

Mentre Brazil e la sua amica seguivano il vialetto di mattoni verso la chiesa presbiteriana, Briddlewood pizzicò una presa di tabacco da fiuto Copenaghen e sputò in un bicchierino di polistirolo. Quel ragazzo gli era sempre andato a genio, e vederlo diventare irrimediabilmente grande gli era dispiaciuto parecchio. Se lo ricordava ancora bambino, sempre diretto di fretta da qualche parte con la sua racchetta Western Auto e il sacchettino di palle bianche e lisce, pescate dal cesto delle attrezzature da buttare o elemosinate presso qualche allenatore. Ogni volta Brazil gli offriva le caramelle o un pezzo di gomma da masticare, e ogni volta Briddlewood si scioglieva di commozione per quel gesto. Il ragazzo non se la passava troppo bene economicamente, e viveva in un brutto clima famigliare. A quell'epoca Muriel Brazil non si attaccava ancora così spesso alla bottiglia, ma suo figlio subiva comunque un pessimo trattamento, e al Davidson lo sapevano tutti.

Ciò che Brazil invece non sapeva era che per anni un gruppo di residenti del college aveva lavorato dietro le quinte raccogliendo soldi presso gli alunni più facoltosi, e contribuendo di tasca propria, perché quando fosse arrivato il giorno anche lui avesse l'opportunità di emanciparsi dalla sua deprimente situazione. Lo stesso Briddlewood aveva infilato qualche dollaro nella cassetta, pur disponendo di risorse minime e abitando in una casa piccolissima, così distante dal lago Norman che invece dell'acqua riusciva a vedere solo i camion che vi trasportavano le barche lungo la strada polverosa. Tornò a sputare nel bicchierino, procedendo col motore al minimo in direzione della chiesa e tenendo d'occhio con fare protettivo la coppia che passeggiava nell'oscurità.

— Insomma, figliolo, che cosa devo fare con te? — stava dicendo Virginia.

Ma Andy era orgoglioso, e non si sentiva affatto in vena di scherzi. — Tanto per chiarire, non ho bisogno che tu faccia proprio niente per me.

— Invece sì. Mi pare che tu abbia qualche problema, giusto?

— Tu invece no — ribatté Andy. — Nella tua vita c'è solo un gatto un po' eccentrico.

Quella frase sorprese Virginia West. Quali altre informazioni si era procurato sul suo conto? — Come fai a sapere di Niles? — gli chiese.

Il vicecomandante era perfettamente conscio della presenza della guardia alle loro spalle, nonostante Briddlewood si tenesse a distanza di sicurezza convinto che tra il buio, le magnolie e i bossi i due non potessero vederlo. Difficile immaginare la noia di quel lavoro.

— E poi, nella mia vita ci sono un sacco di altre cose — aggiunse lei.

— Bella, questa — commentò Brazil.

— La sai una cosa? Con te sto solo sprecando il mio tempo. — Questa volta anche lei parlava sul serio.

Continuarono a camminare, allontanandosi dal campus e tagliando per viuzze dove, in case ristrutturate circondate da aiuole invidiabili e da alberi centenari, viveva il corpo insegnante del college. Da piccolo, Brazil gironzolava spesso in quei paraggi, fantasticando sugli inquilini di quelle abitazioni sontuose, immaginando le facce degli importanti professori, dei loro mariti e delle loro mogli. Avevano finestre illuminate che allora gli sembravano caldissime, e attraverso qualche tenda occasionalmente scostata gli era capitato di vedere qualcuno muoversi all'interno, attraversare un salone con in mano un drink, sedere in poltrona leggendo o lavorare alla scrivania.

La solitudine di Andy Brazil era cosa antica e irraggiungibile, innominabile. Non sapeva come altro chiamare il dolore sordo che talvolta gli partiva da un punto impreciso del petto per strizzargli il cuore come fra due mani gelide. Quando in passato gli succedeva non piangeva, ma si metteva a tremare convulsamente, come una fiamma disturbata da una corrente d'aria. Gli bastava anche solo il pensiero di perdere una partita a tennis o di non ottenere il massimo dei voti a un esame. Era incapace di guardare i film tristi, e di quando in quando si ritrovava sopraffatto dalla bellezza, specie ai concerti di orchestre sinfoniche e di quartetti d'archi.

Virginia sentiva che la rabbia di Andy aumentava a ogni passo. Mentre superavano abitazioni illuminate e macchie scure d'alberi avvolte in corazze di edera, il silenzio divenne insopportabile. Virginia non riusciva a comprendere quell'uomo, e forse non lo avrebbe compreso mai. Il fatto di essere intervenuta con successo in trattative per il rilascio di ostaggi, di avere risolto casi di omicidio o di aver convinto aspiranti suicidi a rinunciare ai loro propositi non significava affatto che fosse per forza capace di aiutare un tipo strano come Andy Brazil. Anzi, non aveva nemmeno il tempo per aiutarlo.

— Voglio questo assassino, d'accordo? — sbottò lui all'improvviso, più forte di quanto non fosse opportuno o necessario. — Voglio che venga catturato.

Per lui era un'ossessione, come se i delitti che quello stava compiendo fossero una sfida personale. Virginia non aveva alcuna intenzione di confrontarsi con lui su quel terreno. Continuarono a camminare. Dopo un po' Andy sferrò un calcio a un sasso con la sua Nike da tennis viola e nera.

— Quello che fa... — riprese. — Insomma, cosa pensi che si provi? — Alzò ancora di più la voce. — Sei lì che guidi in una città sconosciuta, stanco, lontano da casa, la testa piena di pensieri. Ti perdi. Ti fermi per chiedere indicazioni. — Un'altra pietruzza schizzò via sul pelo dell'asfalto. — E che cosa succede? Succede che ti ritrovi in qualche posto maledetto da Dio, dietro un edificio abbandonato, un magazzino in un terreno invaso dalle erbacce.

Il vicecomandante smise di camminare per guardarlo, Andy avanzò ancora di qualche metro e finalmente si girò.

— Con una fredda canna d'acciaio puntata alla nuca, implorando il tuo assassino di non sparare! — gridò con veemenza, completamente identificato. — Ma quello ti fa saltare le cervella lo stesso!

La West assisteva come paralizzata a quello spettacolo assurdo. Sulle verande delle case vicine si accesero delle luci.

— Dopodiché ti abbassa calzoni e mutande e con uno spray ti disegna sulla pancia uno strano simbolo! *Be', ti piacerebbe finire i tuoi giorni in questo modo?*

Altre luci si accesero. Dei cani si misero ad abbaiare. La West scivolò nel suo ruolo di poliziotto senza nemmeno accorgersene. Raggiunse Brazil e lo afferrò saldamente per un braccio.

— Andy, stai disturbando tutto il vicinato — gli disse in tono calmo. — Vieni, torniamo a casa.

Ma Brazil la guardò con aria di sfida. — Io voglio fare qualcosa di speciale.

Virginia lanciò intorno un'occhiata nervosa. — Credimi, lo stai già facendo.

Qualcuno era uscito in veranda per vedere chi fosse quel pazzo rompiscatole. Briddlewood era tornato indietro pochi minuti prima.

— Ed è per questo che dobbiamo andarcene — aggiunse trascinando con sé Andy nel riprendere la via di casa.

— Ho capito, ho capito, vuoi essere d'aiuto. E va bene. Allora dimmi in che modo pensi di poter contribuire, al di là delle parole.

— Magari potremmo pubblicare una notizia falsa per trarlo in inganno. — Per essere un'idea, era un'idea.

— Mi piacerebbe che fosse così facile — disse lei, ed era vero. — Intanto, tu parti dal presupposto che l'assassino legga il giornale.

— Sono pronto a scommetterci. — Brazil era infastidito dalla ristrettezza di vedute del vicecomandante, e nella sua testa esaminava già le strategie di persuasione occulta che avrebbe potuto mettere in atto dalle pagine del suo quotidiano.

— La risposta è no. Noi non usiamo espedienti del genere.

Andy le saltellò avanti di qualche passo, euforico. — Insieme potremmo farcela! Io lo so!

— Insieme cosa? Tu sei un giornalista, e scusami se te lo ricordo.

— Sono un agente volontario — la corresse lui.

— Ah, già. Il pistolero senza pistola.

— Potresti insegnarmi tu a sparare, no? Una volta mio padre mi portava in una discarica di campagna...

— Avrebbe fatto meglio a lasciarti ci.

— Sparavamo alle lattine con la sua .38.

— Quanti anni avevi? — chiese Virginia. Ormai erano sul vialetto di casa.

— Mi pare che cominciai intorno ai sette. — Si era infilato le mani in tasca e guardava per terra, la luce di un lampione che gli brillava sui capelli. — Sì, dovevo essere in seconda elementare.

— Intendevo dire, quando lui morì — si spiegò meglio Virginia, in tono delicato.

— Dieci. Ne avevo appena compiuti dieci. — Si fermò. Non voleva che lei se ne andasse. Non voleva entrare in quella casa per ritrovarsi davanti alla sua vita. — Non possiedo una pistola — le disse.

— Il Signore sia lodato.

7

I giorni passavano, e Virginia West non aveva più alcuna intenzione di difendere la causa di Brazil. I problemi erano suoi ed era tempo che si decidesse a crescere un po'. Quando, la domenica successiva, Raines si fece vivo per il brunch, lei pensò bene, invece, di telefonare ad Andy: era istruttrice autorizzata di tiro, e se a lui occorreva effettivamente un po' di aiuto le sembrava giusto offrirglielo. Le rispose che sarebbe stato pronto nel giro di dieci minuti. Virginia gli spiegò che, a meno di non volare in Concorde fino a Davidson, non sarebbe riuscita a passare da lui prima di un'ora.

Quel giorno prese la sua automobile privata, una Ford Explorer con doppio airbag. Era una sportiva di colore bianco, una 4x4 perfetta per la neve. Alle tre in punto, quando varcò il vialetto della casa di Brazil, lui si precipitò fuori prima ancora che Virginia potesse aprirgli la portiera. La cosa più facile sarebbe stata andare al poligono dell'accademia di polizia, ma i volontari non erano ammessi, tanto meno i semplici ospiti esterni. Così il vicecomandante scelse il Firing Line di Wilkinson Boulevard, appena dopo il banco dei pegni di Bob's e alcune aree di sosta per case mobili, l'Oakden Motel, il Country City USA e il Coyote Joe's.

Un paio di isolati più in là, pensò la West, sarebbero finiti nel parcheggio del Paper Doll Lounge, un locale fetente dove le era capitato di recarsi per sedare qualche rissa. Donnine in topless, pistole e banchi dei pegni: tutto nello stesso isolato, come se tanga e seni appartenessero per qualche strano motivo alla stessa categoria delle armi e degli oggetti di seconda mano. Si chiese se Brazil fosse mai entrato in un locale del genere e, in caso positivo, se fosse rimasto seduto rigido come un baccalà su una sedia, le mani aggrappate ai braccioli, le nocche bianche per lo sforzo, mentre qualche pupattola nuda lo accarezzava tra le cosce e gli piazzava un capezzolo sotto il naso.

Improbabile, decise infine. Se dava retta alle proprie sensazioni, in quel campo Andy era come un forestiero che non parlava la lingua e non aveva mai ammirato il paesaggio, né assaggiato le specialità locali. Ma come poteva essere? Come credere che, al liceo o al college, non avesse avuto qualche corteggiatrice? O corteggiatore? Per l'ennesima volta pensò che non lo capiva, non lo capiva proprio, e intanto lui stava già facendo incetta di munizioni nel negozio del poligono – Winchester a 95 grani full metal jacket .380, 9 mm Parabellum – e si fermava in contemplazione davanti ai calibri 45 automatic della Federal, agli Hydra-Shok Hollowpoints e ai Super X 50 Centerfire, troppo costosi per delle esercitazioni. Brazil era al settimo cielo: gli sembrava di essere nel paese dei balocchi, e Virginia West era lì a pagare il conto

Nel poligono si combatteva una guerra rumorosa, gremito com'era di membri della National Rifle Association, gente di provincia e di ideali conservatori con un vero e proprio culto della pistola, e di spacciatori in stivaloni di pelle e pieni di contanti che affinavano la loro arte omicida. La West e Brazil erano equipaggiati di cuffie antirumore, occhiali di protezione e scatole di munizioni. Lei era in jeans e stringeva due custodie rigide per pistola. Dei tizi dall'aria poco raccomandabile le rivolsero occhiate ostili, contrariati da quell'intrusione. Guardandosi intorno, Brazil non captava altro che segnali di pericolo.

Neanche lui sembrava andare a genio ad alcuno, là dentro. Improvvisamente si rese conto di indossare una tenuta non proprio adatta al luogo: un completo da tennis del Davidson e una bandanna legata intorno alla fronte per tenere indietro i capelli. Gli altri frequentatori del club avevano la pancia e spalle larghe, come se non facessero altro che scaricare casse di birra dal mattino alla sera. Aveva notato i loro camion nel parcheggio, alcuni addirittura a sei gomme, quasi che le Interstatali 74 e 40 fossero disseminate di montagne e fiumi da attraversare. Brazil non ce la faceva a capire quella tribù di maschioni attorno alla quale era cresciuto nel North Carolina.

Era una faccenda che andava al di là della biologia, dei genitali, degli ormoni o del testosterone. Alcuni di quei tizi incollavano adesivi di pinup girls sui parafanghi dei loro rimorchi, cosa che lasciava Andy francamente orripilato. Ma come: uno vedeva un pezzo di donna che non finiva più e la metteva a proteggere i suoi pneumatici dalla ghiaia? No, no, lui non si sarebbe comportato così. Lui l'avrebbe invitata al cinema, al drive-through, a una cena al lume di candela.

Stava fissando con la pinzatrice un altro bersaglio al supporto rigido in fondo alla corsia di tiro, mentre l'istruttrice Virginia West esaminava la sagoma di carta crivellata dagli ultimi colpi del suo allievo. Quella stretta rosa di fori proprio al centro del petto la lasciò strabiliata. Guardò Brazil, intento a riempire il caricatore di una Sig Sauer .380 in acciaio inossidabile.

— C'è da aver paura di te — gli disse.

Andy afferrò la pistola con entrambe le mani, assumendo la postura insegnatagli da suo padre in una vita di cui ormai non ricordava quasi nulla. Non era in cattiva forma, ma avrebbe anche potuto fare di meglio. Sparò una cartuccia dopo l'altra, sfilando rapidamente il caricatore vuoto per sostituirlo con uno nuovo. Sparò senza sosta, come se il ritmo non fosse mai abbastanza veloce, come se stesse mirando a tutti quelli che nella vita avrebbero potuto fargli ancora del male. Ma così non era. Virginia West conosceva bene la realtà della strada.

Schiacciò un pulsante all'interno della cabina e lo tenne premuto. Il bersaglio di carta si mise in movimento, avanzando rumorosamente lungo i binari della corsia verso Andy, come per aggredirlo. Lui sparava all'impazzata. FUOCO! FUOCO! FUOCO! I proiettili colpivano l'intelaiatura di metallo e rimbalzavano contro la parete di gomma nera. Poi le munizioni finirono. Il bersaglio si fermò stridendo, dondolandogli ormai a un palmo del naso.

— Ehi! Che diavolo stai facendo? — Andy si girò stupito e indignato verso Virginia.

Lei non gli rispose subito. Riempì invece alcuni caricatori di metallo nero, inserendone uno nella torva e imponente semiautomatica Smith & Wesson calibro 40. Quindi rivolse un'occhiata al suo allievo.

— Spari troppo velocemente. — Fece scorrere all'indietro il carrello della pistola e prese la mira sul bersaglio in fondo alla corsia. — Hai dato fondo alle munizioni. — Premette il grilletto. Due volte. — E alla fortuna. — Altri due colpi.

Una pausa, e due colpi ancora. Infine riappoggiò la pistola, si avvicinò a Brazil, gli prese la .380 e aprì il carrello per verificare che fosse effettivamente scarica, e dunque sicura. La puntò verso il fondo della corsia, mani e braccia tese, ginocchia leggermente piegate.

— Uno, due e ti fermi — gli disse, mostrandogli ciò che intendeva. — Uno, due e ti fermi. Così vedi come reagisce il tuo bersaglio e gli rispondi di conseguenza. — Gli restituì la .380, porgendogliela dal calcio. — E non strapazzare il grilletto. Per oggi puoi tenerla, così stasera ti alleni ancora un po'.

Quella sera Brazil rimase chiuso nella sua stanza a sparare con la .380 scarica del vicecomandante West, finché non si procurò una vescica piuttosto dolorosa sul dito indice. Mirava al proprio riflesso nello specchio, per abituarsi alla vista di un'arma rivolta contro di sé, e intanto ascoltava musica e fantasticava, la piccola bocca nera pronta a sputare il suo fuoco mortale. Pensava a suo padre, che non aveva nemmeno avuto il tempo di sfoderare la pistola o di lanciare una richiesta di aiuto via radio. E cominciavano a tremargli le braccia. Non aveva cenato.

Erano passate da poco le nove, ma quando lui aveva proposto a sua madre un hamburger e un'insalata di pomodori e cipolline, lei gli aveva risposto che era ancora troppo presto per mangiare. Più sveglia del solito, in ciabatte e vestaglia di flanella azzurra scolorita, stava guardando una sit-com alla televisione. Andy non si capacitava di come potesse trascorrere il tempo a quel modo, ma ormai aveva rinunciato all'idea di aiutarla a cambiare quella vita che lei stessa odiava. Ai tempi del liceo, lui, figlio unico, era diventato un detective esperto nel frugare la casa e la Cadillac in cerca delle scorte nascoste di pasticche e di liquori. Sua madre era una donna incredibilmente piena di risorse. Una volta era arrivata a seppellire del whisky in giardino, sotto un cespuglio di rose che in passato riempiva di cure amorose.

La paura più grande di Muriel Brazil era restare presente. Non voleva esserci, e l'incubo della riabilitazione e degli incontri con gli Alcolisti Anonimi le oscurava la memoria come l'ombra di un uccello mostruoso che volava sopra la sua testa sguainando gli artigli, pronto a catturarla per mangiarsela viva. Non voleva sentire. Rifiutava di sedere in mezzo a un gruppo di persone identificabili solo con un nome di battesimo, che se ne stavano lì a raccontare dei tempi in cui bevevano, delle sbronze che prendevano e della soddisfazione che avevano provato nel sentirsi di nuovo finalmente sobrie. Parlavano tutti con la sincerità dei peccatori contriti dopo un'esperienza religiosa.

Il loro nuovo dio era la lucidità, che li ricompensava distribuendo a piene mani sigarette e caffè decaffeinato. Era fondamentale praticare sport, bere molta acqua e confessarsi regolarmente con il proprio mentore, per poi compiacere il dio chiedendo scusa a tutte le persone offese fino a quel momento. In altre parole, la signora Brazil avrebbe dovuto dire al figlio e a tutti coloro che conosceva al Davidson che era un'alcolista. In effetti ci aveva già provato, confidandosi con alcuni studenti che lavoravano sotto di lei nella caffetteria della nuova mensa universitaria.

— Sono stata un mese in un centro di cura — aveva rivelato a una studentessa del penultimo anno, di nome Heather, che veniva dal Connecticut. — Io sono un'alcolista, sai.

Poi ci aveva provato con Ron, una matricola di Ashland, in Virginia. Ma della tanto attesa catarsi, nessun segno. Gli studenti non l'avevano presa affatto bene. Al contrario, avevano cominciato a evitarla, a spiarla con timore, mentre la voce si diffondeva per il campus. Qualcosa era arrivato persino alle orecchie di Andy, che, in preda alla vergogna, aveva finito per isolarsi ancora di più. Sapeva di non potersi fare degli amici: appena si fossero avvicinati avrebbero scoperto tutto. La stessa West aveva dovuto fare i conti con quella situazione la prima volta che era venuta a casa sua. E in effetti Andy era perplesso, per non dire strabiliato, dal fatto che il vicecomandante, almeno apparentemente, non si fosse lasciato condizionare nelle sue opinioni su di lui.

— Ma', che ne dici se metto su due uova? — Andy si fermò sulla porta. Il bagliore della televisione frantumava l'oscurità del soggiorno.

— Non ho fame — rispose lei, continuando a fissare lo schermo.

— Che cos'hai mangiato, oggi? Se tutto va bene niente, eh? Lo sai che così non va, mamma.

Puntando il telecomando, Muriel Brazil cambiò canale. Qui la gente rideva e si scambiava battutacce.

— E un formaggio alla piastra? — ritentò lui.

— Hmm, sì, magari. — Altro zapping.

Quando suo figlio era nei paraggi le riusciva difficile stare calma. Guardarlo in faccia e incontrare i suoi occhi era un'impresa, e più lui era gentile con lei, più a lei veniva voglia di trattarlo male, e non capiva perché. Senza Andy non ce l'avrebbe mai fatta. Era lui a fare la spesa e a mandare avanti la casa, e gli unici quattro soldi che lei aveva le arrivavano dall'assistenza e da una piccola pensione della polizia. Ubriacarsi non costava molto, al giorno d'oggi, e sapeva bene ciò che questo significava per il suo povero fegato. Muriel Brazil desiderava continuare così fino alla morte e lavorava quotidianamente al suo progetto; ma nel sentire il figlio che si muoveva in cucina, gli occhi le si riempirono di lacrime e la gola le si chiuse.

L'alcol era stato per lei un nemico fin dal primo incontro, avvenuto a sedici anni la sera in cui Micky Latham l'aveva portata in riva al lago e l'aveva fatta ubriacare con un brandy all'albicocca. Ricordava vagamente di essersi distesa nell'erba e di aver fissato le stelle che sfuocavano e si sdoppiavano in cielo, mentre lui ansimava trafficando intorno alla sua camicetta, come se i bottoni fossero un'invenzione del tutto sconosciuta. Micky aveva diciannove anni e lavorava al Bud's Garage; le sue mani dure e callose sembravano artigli sui suoi seni ancora vergini.

E proprio quella notte Muriel aveva perso la verginità. Ma Micky Latham non c'entrava proprio niente: il vero colpevole era la bottiglia nel sacchetto di carta marrone del negozio ABC. Bevendo, Muriel aveva sentito la sua mente innalzarsi e volare leggera come una canzone. Bevendo, Muriel era felice e trovava il coraggio che le serviva, diventava allegra e riusciva a essere brillante. Il pomeriggio in cui l'agente Drew Brazil l'aveva fermata per eccesso di velocità, lei era al volante della Cadillac di suo padre. Aveva diciassette anni ed era la donna più bella e spigliata che Drew avesse mai conosciuto. Se anche gli parve che avesse il fiato liquoroso, era troppo incantato per considerare la cosa da una corretta prospettiva. Del resto, anche lui faceva un figurone nella sua uniforme, e così la multa finì nel dimenticatoio. In compenso, quando smontò dal servizio andarono insieme al vivaio di pesca di Big Daddy's. Si sposarono quell'anno per la Festa del Ringraziamento, dopo che lei aveva saltato le mestruazioni per due mesi consecutivi.

Suo figlio riapparve con il formaggio alla piastra già disposto su una fetta di pane di frumento, cotto al punto giusto e tagliato a triangolo come piaceva a lei. Dall'altra parte del piatto aveva spremuto un po' di ketchup perché potesse intingervi il pane, e c'era anche un bicchiere d'acqua che però lei non aveva nessuna intenzione di bere. Andy assomigliava a suo padre in modo insopportabile.

— Lo so che detesti l'acqua, mamma — disse lui, appoggiandole il tovagliolo e il piatto sulle ginocchia. — Ma devi berla perché ti fa bene. Sicura di non volere un po' d'insalata?

Muriel Brazil scosse la testa, incapace di ringraziarlo e amareggiata per questo, ma anche infastidita dal fatto che lui si fosse piazzato proprio davanti allo schermo.

— Se hai bisogno di me, sono in camera.

Continuò a sparare finché non gli sanguinarono le dita. Anni di tennis gli avevano rinforzato i muscoli delle mani e degli avambracci, e aveva una presa ferma e ferrea. Il mattino seguente si svegliò pieno di energie. Il sole splendeva, e Virginia gli aveva promesso di riportarlo al poligono quel pomeriggio stesso per continuare gli allenamenti. Era lunedì, il suo giorno libero, e non sapeva come occupare le ore interminabili che lo separavano da quell'appuntamento: Andy Brazil non sopportava il concetto di tempo libero, preferendo tenersi sempre impegnato in qualche attività.

Quando alle sette e mezzo sgusciò fuori di casa, i prati erano ancora coperti di rugiada. Armato di racchette e di un tubo di palle si diresse verso il centro sportivo. Corse per dieci chilometri e fece numerosi piegamenti e flessioni, caricandosi ben bene di endorfina. A quel punto l'erba si era già asciugata e scaldata, così vi si sdraiò e attese che le pulsazioni rallentassero. Ascoltò il ronzio degli insetti tra le piantine di trifoglio e si lasciò solleticare il naso dal profumo dolceamaro della vegetazione e delle cipolle selvatiche. Poi trotterellò giù per la discesa che portava ai campi da tennis, i pantaloncini e la canottiera fradici di sudore.

Trovò alcune signore che giocavano in doppio ed educatamente passò alle loro spalle dirigendosi verso i campi più lontani. Progettava di sparare qualche centinaio di cannonate, e non voleva disturbare nessuno. Provò servizi da destra e da sinistra, raccogliendo le palle dietro di sé dalla speciale sacca gialla, ma si sentiva piuttosto insoddisfatto. Se non ti alleni costantemente, il tennis non perdona, e a lui mancava la consueta precisione. Brutto segno, purtroppo: se non avesse ricominciato a giocare con regolarità avrebbe smesso di eccellere in una delle poche cose in cui era mai riuscito nella vita. Anche le signore del primo campo, però, stavano rendendo meno del solito, distratte dalla vista di quel giovanotto che faceva schizzare via le palle con la forza invidiabile e gli schiocchi di un battitore di baseball.

Dal canto suo, il comandante Hammer non era molto più concentrato: presiedeva una riunione dello staff direttivo nella sua sala riunioni privata, in uno spazioso angolo al terzo piano del LEC. Le finestre si affacciavano su Davidson e Trade Road, e inquadravano il gigantesco USBank Corporate Center con la sua stupida corona di alluminio. Alle otto in punto di quel mattino, mentre Judy Hammer depositava sulla scrivania la prima tazza di caffè della giornata, il direttore generale di quell'erezione da sessanta piani l'aveva raggiunta con una telefonata in ufficio.

Solomon Cahoon era ebreo, e il Vecchio Testamento era stato un fattore determinante per comporre la rosa dei nomi per il primogenito della famiglia: per sua madre, quel figlio doveva diventare un. re capace di prendere decisioni sagge. Saggiamente, Solomon aveva ordinato al capo della polizia di indire una conferenza stampa quel venerdì per far sapere ai cittadini che la catena di omicidi che stava sconvolgendo Charlotte era di matrice omosessuale, e che nessun normale uomo d'affari in visita alla Queen City aveva motivo di sentirsi minacciato. La chiesa battista di Northside avrebbe organizzato una veglia di preghiera per le vittime e le loro famiglie. La polizia stava seguendo una pista promettente.

— Una cosa rassicurante, tutto qui — le aveva detto per telefono.

Judy Hammer e i sei vicecomandanti in carica, insieme ad alcuni membri del settore strategico e della Scientifica, stavano discutendo l'ultimo comandamento piovuto all'improvviso sulle loro teste. Wren Dozier, dell'amministrazione, era particolarmente indignato. Quarant'anni, scapolo, lineamenti delicati e labbra morbide, viveva in un quartiere di Fourth Ward dove tipi come Tommy Axel abitavano in appartamenti dalle porte rosa antico. Era partito sapendo già che non sarebbe mai stato promosso oltre i gradi di capitano, ma un giorno era arrivata in città Judy Hammer, una donna capace di ricompensare chiunque dimostrasse di lavorare sodo. Per lei, Dozier era disposto a tutto.

— Quante stronzate! — esclamò Dozier facendo girare adagio ma con rabbia la tazza di caffè sul tavolo. — E agli altri non pensiamo? — I suoi occhi interrogarono i presenti. — Come si sentiranno le mogli e i figli rimasti a casa, pensando che l'ultima cosa che il loro papi ha fatto è stata comprarsi un incontro omosessuale per le vie di una città sconosciuta?

— Non esistono prove a sostegno di questa tesi — intervenne la West, altrettanto infastidita. — Non possiamo raccontare una cosa del genere.

Il capo della polizia e Cahoon non andavano d'accordo su niente, e Judy Hammer sapeva che prima o poi lui l'avrebbe fatta silurare. Era solo una questione di tempo, e non sarebbe stata né la prima né l'ultima: a quel livello contavano solo i giochi politici. La città eleggeva un nuovo sindaco e lui si portava dietro il suo capo della polizia. Le era già successo ad Atlanta, e le sarebbe successo di nuovo a Chicago se lei non li avesse battuti sul tempo andandosene per prima. Tre volte, però, le sembrava davvero troppo, anche perché a ogni cambio la nuova città diventava sempre più piccola. Di quel passo, un giorno si sarebbe ritrovata dove era partita, in qualche inerte e depressa Little Rock.

— Ovviamente non ho nessuna intenzione di andare a raccontare idiozie simili ai giornalisti — disse la Hammer.

— Sì, be', comunque non faremo alcun male dichiarando almeno che abbiamo una pista e che la stiamo seguendo — considerò la responsabile dell'ufficio stampa.

— E quale sarebbe la pista in questione? — ribatté Virginia West. In qualità di capo dell'Investigativa avrebbe dovuto essere al corrente di certe cose.

— Se ne troveremo una, la seguiremo — la corresse la Hammer. — Il punto è questo.

— Ma non possiamo esprimerci in questi termini — obiettò l'altra. — Niente *se*, capite?

— Certo, certo — la interruppe la Hammer in tono impaziente. — È chiaro. Non parlavo in senso stretto. Ma non perdiamoci per strada. Allora: rilasceremo un comunicato stampa. — Da sopra gli occhiali guardò la responsabile dell'ufficio in questione. — Lo voglio sulla mia scrivania entro le dieci e mezzo e in tutte le agenzie entro metà pomeriggio, così anche i giornalisti avranno il tempo di fare il loro lavoro. Intanto cercherò di incontrare Cahoon e di convincerlo a desistere dal suo proposito.

Il che equivaleva più o meno a chiedere udienza al Papa. Per quasi tutto il giorno la segretaria e un'assistente del comandante tempestarono di telefonate i collaboratori di Cahoon. Alla fine riuscirono a fissare un appuntamento per il tardo pomeriggio, fra le quattro e un quarto e le cinque, a seconda dei buchi che si sarebbero aperti nell'agenda fittissima del direttore. Judy Hammer non aveva altra scelta che presentarsi subito dopo le quattro e sperare in un colpo di fortuna.

Uscì dal dipartimento e attraversò il centro a piedi, accorgendosi per la prima volta che era proprio una bella giornata. Seguì la Trade fino alla Tryon, dove si ergeva il grande complesso con la sua torcia eterna e le numerose sculture. A passo deciso attraversò l'enorme atrio di marmo lucido, le scarpe che ticchettavano tra le pareti foderate di legno prezioso e di famosi affreschi raffiguranti la filoso-

fia Shingon del caos, della creazione e della costruzione
Annuì a una delle guardie, che le restituì il cenno sfiorandosi con le dita la visiera del berretto. Quella signora così importante gli piaceva, gli era sempre parso che camminasse
con l'aria di una che sa il fatto suo. E poi era gentile e non
mancava mai di rispetto a nessuno, anche se loro non erano
dei poliziotti veri e propri.

Judy Hammer salì su un ascensore affollato. Fu l'ultima
a scendere in cima alla corona che, nonostante l'altezza
vertiginosa, era veramente composta da canne di alluminio.
Non era la prima volta che andava a trovare Cahoon, anzi,
raramente passava mese senza che lui la convocasse nella
sua maestosa suite di mogano e cristallo. Come nel castello
di Hampton Court, prima di giungere al cospetto del sovrano i visitatori dovevano attraversare numerose corti e barriere. Se un sicario impazzito avesse deciso di entrare in
azione proprio lì, avrebbe fatto in tempo a sterminare decine di segretari e assistenti senza che, dal suo trono, Cahoon
si accorgesse di nulla.

Dopo aver superato alcuni uffici-barriera, Judy Hammer
entrò in quello della segretaria di direzione, la signora Mullis-Mundi, detta anche M&M da coloro a cui non andava a
genio, cioè praticamente tutti. Solo che, in lei, la copertura
di zucchero fondeva subito per lasciare posto a un guscio
spaccadenti. Il comandante della polizia non poteva soffrire quella fanciulla impettita che si era sposata conservando
il proprio cognome e appropriandosi anche di quello del
marito, Joe Mundi. La signora Mullis-Mundi era bulimica,
aveva i seni rifatti e i capelli ossigenati. Indossava reggipetti di Anne Klein, usava colonia Escada, frequentava tutti i
giorni la Gold's Gym, non portava calzoni con il sottopiede
e stava solo aspettando il momento buono per denunciare
qualcuno per molestie sessuali.

— Judy! Felice di vederti. — La signora Mullis-Mundi si
alzò e le tese la mano. — Fammi dare un'occhiata alla situazione degli appuntamenti.

Mezz'ora dopo, Judy Hammer sedeva ancora sullo stesso

divano di burrosa pelle color avorio. Stava riguardando statistiche e promemoria, cercando di mettere ordine tra le schiere di fogli che marciavano senza sosta nella sua portadocumenti. La signora Mullis-Mundi restò tutto il tempo attaccata al telefono, senza apparentemente stancarsi. Si toglieva un orecchino, quindi toglieva l'altro e passava la cornetta nell'altra mano, quasi a sottolineare la gravosità dei compiti imposti dal suo prestigioso ruolo. Di quando in quando dava un'occhiata al grosso Rado da polso, e lanciando indietro una ciocca di capelli sospirava. Aveva una gran voglia di fumare una delle sue sottili sigarette al mentolo con il filtro incoronato di fiorellini.

Alle cinque e tredici esatte, Cahoon riuscì finalmente a trovare un buco dove inserire il comandante. Come sempre, aveva avuto una giornata troppo lunga e piena di impegni, assediato da individui che insistevano per parlare con lui e nessun altro all'infuori di lui. In realtà non aveva certo scalpitato per ammettere la Hammer nel suo ufficio, anche se era stato lui a convocarla lì. Quella donna era tenace e caparbia, e la prima volta che si erano incontrati lo aveva trattato come un cane rognoso. Per questo motivo, adesso, ogni volta che aveva a che fare con lei si comportava infallibilmente come tale. Uno di questi giorni l'avrebbe sostituita con un uomo, un progressista di quelli che aprono la ventiquattrore su una copia del *Wall Street Journal* e una Browning Hi-Power. Quello sì che sarebbe stato un vero capo, uno che conosce la piazza, che apre il fuoco per ammazzare e mostra rispetto per i leader della comunità.

Judy Hammer, da parte sua, tutte le volte che se lo trovava davanti non poteva trattenersi dal ricordare che quella specie di sovrano aveva in realtà fatto fortuna come avicoltore, e che il suo vero curriculum era stato attribuito a un alter ego fantasma di nome, ne era quasi certa, Frank Purdue. Le Holly Farms non erano che un paravento: Solomon Cahoon aveva guadagnato i suoi milioni grazie a petti e cosce di pollo e a friggitrici e forni impeccabilmente termoregolati. Quell'esperienza e quel denaro erano poi stati tradotti in decorose attività bancarie, essendo lui abbastanza lungimirante da prevedere che, presto o tardi, un passato simile avrebbe potuto rappresentare un problema di credibilità non indifferente. E Judy Hammer non lo biasimava certo per essersi costruito un paio di nomi di copertura, ammesso che così fossero andate le cose.

Solomon Cahoon aveva una scrivania in legno d'acero levigato, non proprio vecchia ma splendida, e soprattutto ben più comoda dei due metri di ripiano impiallicciato, comprensivo di balza pieghevole, che l'amministrazione comunale forniva a lei. Cahoon faceva scricchiolare la pelle di una poltrona inglese color verde mela, con borchie d'ottone e braccioli anch'essi d'acero, e intanto chiacchierava al telefono godendosi il panorama da vetrate perfettamente cristalline. Il comandante Hammer sedette dalla parte opposta del tavolo e si rimise in attesa. In realtà non gliene importava più di tanto, capace com'era di astrarsi da tutto, qualunque cosa la circondasse, per risolvere problemi, prendere decisioni, elencare mentalmente intere liste di indagini da compiere e concepire anche il menù per la serata.

Dal collo in su, Cahoon le aveva sempre dato l'impressione di essere nudo. I suoi capelli erano una specie di aureola ispida e argentata, cortissima, che sulla nuca mutava in una falce di luna, e la pelle era perennemente abbronzata e raggrinzita dalle gite in barca a vela. Quel giorno appariva vitale e molto distinto, indossava un completo nero con camicia bianca e cravatta di seta Fendi picchiettata da un motivo a minuscoli orologi rossi e oro.

— Sol — lo salutò educatamente la Hammer quando finalmente ebbe riagganciato.

— Judy, ti sono veramente grato per aver trovato il modo di vedermi — rispose lui, con la tipica parlata strascicata del Sud. — Allora, a che punto siamo con questi delitti omosessuali? Con questi squallidi adescamenti tra laidi pervertiti nella nostra bella città? Suppongo tu possa immaginare le ripercussioni che episodi simili sortiscono sulle società che hanno in progetto di aprire filiali o trasferirsi qui... Per non parlare degli effetti destabilizzanti sulla normale vita della comunità affaristica locale.

— *Squallidi adescamenti* — ripeté lentamente e pensierosamente il comandante. — *Laidi pervertiti...*

— Esatto. — Cahoon annuì. — Gradisci una Perrier? Qualcosa da bere?

Judy Hammer scosse la testa, sforzandosi di misurare le parole. — Delitti omosessuali: da dove salta fuori questa? — Niente da fare, decisamente venivano da due pianeti diversi.

— Ma andiamo... — Cahoon si sporse verso di lei, appoggiando i gomiti sulla sua sontuosa scrivania. — Sappiamo tutti di cosa si tratta, no? Questi finocchi malati arrivano in città, si scatenano, si abbandonano a ogni perversione e credono che nessuno possa scoprirli. E invece, ecco che l'angelo della morte arriva a far piazza pulita. — Annuì con aria convinta. — Verità, giustizia, valori americani. Il Signore riprende possesso della terra.

— Sinonimi — disse lei.

— Eh? — Cahoon aggrottò le sopracciglia, confuso.

— Vogliono tutti dire la stessa cosa. La verità. La giustizia. I valori americani. Il Signore che riprende possesso della terra.

— Puoi scommetterci, bimba. — Il grande capo sorrise.

— Evita di chiamarmi in quel modo, Sol. — Si batté un dito sul palmo della mano, come faceva riassumendo le questioni importanti a Virginia West quando la scarrozzava in giro in macchina. — Intesi?

Lui si riappoggiò allo schienale della poltrona e scoppiò a ridere. Quella donna lo divertiva. Ragazzi, che pagliacciata! Fortuna che aveva un marito a tenerla in carreggiata e a rimetterla al suo posto. Era pronto a scommettere che anche lui la chiamava bimba e che in realtà lei non aspettava altro, con un bel grembiulino infiocchettato e legato sui glutei... proprio come sua moglie Heidi, che tutti i sabati mattina, quando Cahoon era in città, gli serviva la colazione a letto. Non importa se ormai erano fedelmente sposati da anni, e se, naturalmente, l'effetto non era più lo stesso di una volta. Del resto, cosa accade al corpo femminile superati i trenta? Gli uomini sono pronti e disponibili fino alla morte, continuano a sedere belli ritti in sella, senza risentire della forza di gravità, e questo è il motivo per cui a loro può essere concesso di cercare la compagnia di donne più giovani.

— Lo sai che cosa vuol dire bimba? — tornò all'attacco Judy. — Forse no. Forse è solo un falso complimento per adulare il prossimo. Per comprarlo. È la parolina magica per farsi lucidare le scarpe e attaccare i bottoni alla camicia. Oh, Cristo, perché sono venuta in questa città? — Scosse la testa, seriamente amareggiata.

— Be', Atlanta non era molto meglio — le rammentò lui.

— E nemmeno Chicago, o comunque non lo sarebbe stata a lungo.

— Vero, vero.

— Insomma, e questa conferenza stampa? — Era venuto il momento di passare a cose più importanti. — Mi sembrava di aver fatto una proposta ragionevole. E invece? — Si strinse nelle spalle. — Allora? Quando si terrà? Ho forse chiesto troppo? Questo edificio è come un faro che attira progetti e investimenti nella nostra contea. È quindi indispensabile che seminiamo informazioni positive, tipo la soluzione del centocinque per cento dei crimini violenti dell'ultimo anno...

Lo interruppe, perché era davvero troppo. — Ascoltami, Sol. Qui non si tratta di buttare un po' di fumo negli occhi o di piazzare specchietti per le allodole. Non puoi sempre manipolare i dati e la stampa aspettandoti che nessuno reagisca. Stiamo parlando di fatti reali. Stupri, rapine, furti con scasso, omicidi, vittime in carne e ossa. Mi stai forse chiedendo di convincere la cittadinanza che abbiamo risolto più casi di quanti se ne siano verificati nel concreto?

— Semplicemente sono stati risolti anche casi vecchi, ecco perché i numeri... — e si mise a ripetere quanto gli era stato detto.

Judy Hammer continuava a scuotere la testa, e la proverbiale irascibilità di Cahoon stava montando. Quella donna era l'unica persona che osasse rivolgersi a lui in quel modo, a parte sua moglie e i suoi figli.

— Ma quali vecchi casi? E risalenti a quando? Lo sai a cosa equivale la tua richiesta? È come se qualcuno mi domandasse quanto guadagno come capo della polizia e io rispondessi un milione di dollari perché li conto dalla prospettiva di dieci anni fa.

— È la storia delle mele e delle patate.

— No, Sol. No. — Judy Hammer dissentiva profondamente. — No, niente mele e niente patate, qui. Solo merda.

— Judy. — Cahoon puntò un dito nella sua direzione. — Ma non pensi a tutti gli incontri di lavoro e i congressi che potrebbero saltare se questi...

— Perdio, Solomon! — Lo liquidò con un gesto della mano, alzandosi. — Non sono le convention a decidere, ma le persone, e io sono stufa marcia di questi paraventi. Ti spiace se me ne occupo io e soltanto io? In fondo è quello che sono pagata per fare, no? Se vuoi una persona che vada in giro a raccontare stronzate, be', cercati qualcun altro. — Si avviò alla porta dell'ufficio. Di sicuro era la fine che avrebbe fatto.

— Cercatelo pure al centocinque per cento. — Sollevò le braccia, esasperata. — Ah... Al tuo posto mi guarderei dalla tua segretaria.

— Cosa c'entra la mia segretaria adesso? — Cahoon parve confuso.

— Conosco il tipo — lo avvisò lei. — Quanto vuole?

— Ma per cosa? — Davvero non capiva.

— Presto te lo farà sapere, credimi — concluse Judy Hammer scuotendo la testa. — Tu evita solo di restare solo con lei o di fidarti troppo. Anzi, meglio se te ne sbarazzi.

La signora Mullis-Mundi sapeva già che l'incontro non era andato bene: Cahoon non le aveva ordinato nulla da bere e alla fine non l'aveva nemmeno chiamata con l'interfono per dirle di accompagnare fuori il capo della polizia. Si ritrovò Judy Hammer davanti all'improvviso, mentre si risistemava il trucco e si controllava il sorriso allo specchio del-

120

la trousse Chanel. Il comandante Hammer non era certo il tipo da sbiancarsi i denti o depilarsi le gambe. Le scaricò invece sulla bella scrivania decorata da smalti cinesi un dossier contenente qualcosa di simile a un rapporto.

— Questi sono i dati delle mie statistiche. Quelli veri — disse, uscendo. — Faglieli avere in un momento in cui si sentirà bene.

L'atrio di marmo adesso era invaso da scolaresche in gita, e Judy Hammer lanciò un'occhiata al suo Breitling senza avere la minima idea di che ore fossero. Quel giorno cadeva il ventiseiesimo anniversario di matrimonio con Seth, e insieme intendevano trascorrere una serata tranquilla al Beef & Bottle, l'unica griglieria della città che a lui piaceva e che lei sopportava. Si trovava in South Boulevard, e tutte le volte che ci era andata aveva scoperto di essere la sola rappresentante del sesso femminile in tutto il locale.

Anche quella sera iniziò con un piatto di cosce di rana rosolate in aglio e vino e un'insalata Caesar. Intorno a loro il rumore cresceva. In quel ristorante dalle cupe pareti di legno si erano dati convegno per decenni gli urbanisti e i padri della città, preparando il terreno a più di un infarto. Suo marito Seth amava il cibo più della vita stessa, e quella sera era alle prese con un cocktail di scampi, dei cuori di lattuga in salsa di formaggio piccante, pane, burro e una lombata di manzo per due che, al solito, si sarebbe mangiato da solo. In passato era stato il fascinoso e illuminato assistente del capo dei servizi di Little Rock, e proprio negli uffici del Comune si era imbattuto nel sergente Judy Hammer.

Fin da subito era apparso chiaro chi fosse il motore trainante della relazione, ma ciò faceva parte della magia: Seth era conquistato dal potere di lei, e lei dal fatto che lui lo fosse. Si erano sposati e avevano messo su una famiglia di cui Seth era presto diventato il vero responsabile, mentre la moglie faceva carriera, scattava fuori dal letto in piena notte e veniva trasferita da una città all'altra. Il fatto che avesse mantenuto il cognome Hammer era una cosa perfettamente sensata per coloro che li conoscevano e si prendevano la briga di rifletterci su un momento. Lui era un tipo mite, con un mento sfuggente che ricordava i ritratti dei cavalieri e dei vescovi dagli occhi acquosi appesi nei musei.

— Dovremmo portare a casa un po' di questa salsa di formaggio — disse Seth, spalmandone un bello strato al lume di candela.

— Lo sai che quella roba non ti fa bene — rispose Judy allungando la mano verso il Pinot nero.

— Immagino ci abbiano messo il Porto, anche se dal sapore non si direbbe. Forse c'è anche del cren, e del pepe di Caienna.

Seth studiava legge ed economia per hobby. La sua sfortuna più grande era quella di aver ereditato parecchi soldi dalla famiglia e di non essere mai stato costretto a lavorare. Era un uomo delicato, tranquillo, non-violento e quasi sempre stanco. Ormai assomigliava così tanto a una donnetta flaccida e pettegola che sua moglie si chiedeva come avesse potuto ritrovarsi in una relazione lesbica con un uomo. Quando gli prendeva un attacco di pignoleria nevrotica come quello in cui stava scivolando proprio adesso, Judy Hammer capiva bene come tra le pareti domestiche potessero scatenarsi tanti episodi di violenza, alcuni anche giustificati.

— Seth, per favore, è il nostro anniversario — gli bisbigliò. — Per tutta la sera non mi hai rivolto la parola. Stai dando fondo alle scorte del ristorante, però mi hai guardato in faccia una volta. Ti spiacerebbe dirmi che diavolo c'è che non va? Così magari mi risparmi tante supposizioni inutili, o i soldi per una medium...

Si sentiva lo stomaco appallottolato. Seth era sempre stato la dieta migliore della sua vita, una dieta che non conosceva rivali nel portarla sull'orlo dell'anoressia. Nei rari momenti di tranquillità, quando aveva occasione di passeggiare su una spiaggia, o per un sentiero di montagna, Judy Hammer si rendeva conto di non essere più innamorata di lui da moltissimi anni. Tuttavia Seth era un po' il suo muro portante: se fosse crollato, metà del suo mondo si sarebbe sgretolato con lui. Era quello il potere che esercitava su di

122

lei e, come ogni buona moglie, lo sapeva. I figli, per esempio, avrebbero potuto schierarsi dalla parte del padre e, per quanto improbabile, quell'eventualità la faceva tremare.

— Non parlo perché non ho niente da dire — rispose Seth in tono pacato.

— Bene. — Il comandante Hammer piegò il tovagliolo e lo lasciò cadere sul tavolo, cercando con gli occhi la cameriera.

Alcuni chilometri più in là, oltre il banco dei pegni di Bob's, i parcheggi dei camion e il Coyote Joe's, dalle parti del Paper Doll Lounge, nel poligono di tiro Firing Line imperversava la solita guerra. Andy Brazil sventrava sagome di carta che gli correvano incontro scricchiolando sui binari, mentre i bossoli espulsi schizzavano nell'aria e ricadevano tintinnando sul pavimento. L'allievo di Virginia faceva passi da gigante: una cosa mai vista. Lei ne era fiera.

— Ehi, hai finito i colpi! — gli gridava trattandolo come lo scemo del villaggio. — Metti la sicura. Fuori il caricatore, ricarica, infila! In posizione. Via la sicura e... spara! Spara! Stop!

Era più di un'ora che andavano avanti così, e gli altri frequentatori del poligono li spiavano dalle loro cabine domandandosi che diavolo stesse succedendo là dentro. Chi era la pupa che sbraitava come un sergente a quella specie di bambolotto dall'aria imbranata? Bestione, figlio di Bestione e probabile erede di un'intera stirpe di Bestioni, se ne stava appoggiato alla parete di calcestruzzo, un berretto della Esso calcato sugli occhi. Era grande e grosso, indossava una tuta da lavoro e un giubbotto mimetico. Osservò il bersaglio correre tra mille scricchiolii verso il biondino.

Non gli era certo sfuggita la fitta concentrazione dei colpi che aveva sparato contro il cranio della sagoma. Nient'affatto male. Bestione gocciolò tabacco masticato in una bottiglia e si lanciò un'occhiata alle spalle, verificando che nella sua corsia a nessuno fosse venuto in mente di toccare la 10 millimetri Glock 20 da combattimento, o la Remington XP-100

123

con mirino telescopico Leupold, carica standard di Sierra PSP da 50 grani e 17 grani di polvere IMR 4198. Quest'ultima era una pistola che lavorava molto bene se tenuta appoggiata ai sacchi di sabbia. Del resto non era male neanche la Calico 110 automatica, con caricatore 100 colpi e compensatore di fiamma, o la Browning Hi-Power HP-Practical, completa di impugnatura ad alto impatto di gomma Pachmayr, cane arrotondato e zigrinato e mirino anteriore smontabile.

Poche cose gli piacevano più di mitragliare un paio di sagome in mezzo a un fuoco d'artificio di shrapnel, mentre gli spacciatori gli passeggiavano alle spalle desiderosi solo di evitare qualunque discussione con lui. Bestione guardò la stronzetta che sganciava un bersaglio dall'intelaiatura metallica e lo sollevava lanciando un'occhiata al suo ganzo paraculetto.

— Che cosa ti aveva fatto? — chiese Virginia a Andy.

A passo deciso Bestione si diresse verso di loro, mentre altri colpi esplodevano all'intorno come fuochi d'artificio.

— Ehi, cos'avete messo su qui? Una scuola? — chiese, come se fosse lui il padrone della baracca.

La donna si girò a guardarlo, ma ciò che Bestione vide negli occhi di lei non gli piacque affatto: quella era una che non conosceva la paura. Ovviamente, però, la pupa non era abbastanza intelligente da apprezzare ciò che aveva davanti, così Bestione entrò nella cabina di Virginia e prese la sua Smith & Wesson.

— Alla squinzia piacciono i giocattoli grossi — commentò sogghignando con espressione crudele, e sputacchiò un altro po' di tabacco.

— La rimetta giù, per favore — gli disse la West con calma.

Andy era curioso, ma anche spaventato dalla piega che avrebbero potuto prendere le cose. Quella specie di maiale panciuto vestito da eroe di provincia aveva tutta l'aria di aver già fatto del male a più di una persona, e di andarne molto orgoglioso. Invece di rimettere giù la pistola di Virginia, fece scivolare fuori il caricatore, esaminò il carrello e svuotò la camera dall'ultima cartuccia. In quel modo, si rese improvvisamente conto Andy, Virginia era disarmata e lui non avrebbe potuto esserle di alcun aiuto poiché anche la .380 era scarica.

— La rimetta giù. Subito. — Il tono della West era decisamente ostile. — Quella pistola è di proprietà della polizia di Charlotte. Sono un agente.

— Ma no! — Bestione cominciava a divertirsi sul serio. — La signorina qui è uno sbirro! Bene bene bene.

Virginia era lungi dal voler dichiarare il proprio grado: sarebbero solo finiti in guai peggiori. Si limitò ad avvicinarsi fin quasi a toccare la punta delle scarpe del buzzurro con le sue. Ci mancava poco che gli sfiorasse il panzone con il seno.

— Per l'ultima volta, le chiedo di rimettere la pistola dove l'ha trovata — disse, sollevando gli occhi sulla sua faccia bovina, arrossata dal whisky.

Bestione invece decise di concentrarsi su Brazil: quel ragazzo si meritava una bella lezioncina. Tornato alla corsia di Virginia riappoggiò la pistola, quindi raggiunse Andy e allungò una mano verso la sua .380. Senza esitare un secondo, Brazil lo colpì con un pugno sul naso. Sanguinando sul giubbotto mimetico e sul suo nutrito arsenale, con gesti rabbiosi Bestione rifece la borsa. Prima di uscire, giunto in cima alle scale, si voltò annunciando che presto la signora e il suo amichetto avrebbero avuto sue notizie.

— Scusa — disse Brazil non appena lui e Virginia restarono soli.

— Oh, Cristo santo! Non puoi mettere le mani addosso a gente simile! — In realtà era molto imbarazzata dal fatto di non essere riuscita a risolvere la faccenda da sola.

Andy stava riempiendo i caricatori. Non aveva mai preso a pugni nessuno in tutta la sua vita e non era certo di cosa provava adesso, mentre contemplava con affetto la .380 del vicecomandante West.

— Quanto costerà una di queste? — le chiese, con tutta la soggezione e il rispetto di chi è povero.

— Non te la puoi permettere — rispose semplicemente Virginia.

— E se vendessi l'articolo su di te alla rivista *Parade*? Il mio capo pensa che sarebbero disposti a comprarlo. Potrei racimolare un po' di soldi, magari abbastanza per...

Ecco fatto, era proprio quello che le ci voleva: un altro articolo su un giornale.

— E se invece facessimo un patto? — fu la controproposta di lei. — Niente *Parade*. Ti presto la mia Sig finché potrai comprartene una, e intanto continueremo ad allenarci, magari all'aperto. Simuleremo delle situazioni di combattimento. Vista la facilità con cui ti ficchi nei casini, mi sembra una buona idea. E adesso, da bravo, raccogli i tuoi bossoli.

Centinaia di lucidi bossoli giacevano sparpagliati ai loro piedi. Andy si chinò e iniziò a raccoglierli, depositandoli rumorosamente in un secchio di metallo, mentre Virginia radunava le sue cose. A un tratto le venne un brutto pensiero, e si girò a guardarlo.

— Di' un po', e tua madre?

Senza smettere di raccogliere, Andy sollevò gli occhi appena velati da un'ombra. — Mia madre cosa?

— Niente. Mi chiedevo solo che cosa succederebbe se in casa tua ci fosse una pistola.

— Ho imparato a trovare ottimi nascondigli molto tempo fa — rispose lui, sottolineando quell'ultima frase con un'ennesima scarica di bossoli.

Bestione li stava aspettando nel parcheggio, nascosto nel suo pickup King Cab nero e cromato, tirato a pomice e attrezzato di rastrelliera per fucili, bandierine posteriori dei confederati, roll bar, fari antinebbia KC, adesivo di Ollie North sul paraurti, tubi per le canne da pesca sulla griglia anteriore e luci al neon intorno alla targa. Una maglietta premuta contro il naso sanguinante, osservava la piedipiatti appena emersa dal poligono di tiro insieme a quel coglione del suo amico. I due si muovevano nelle prime ombre della sera. Bestione attese finché la vide estrarre le chiavi della macchina e dirigersi verso un'impeccabile Ford Explorer bianca in un angolo del parcheggio sterrato. La sua auto privata, considerò, e quel pensiero gli fece ancora più piacere. Scese dal furgone con un cric stretto nel pugno carnoso, pronto a contraccambiare il favore appena ricevuto.

Anche Virginia lo stava aspettando. Conosceva bene il modus operandi dei Bestioni: per loro la vendetta era un riflesso automatico, come alzarsi a prendere una birra durante la pubblicità in TV. Aveva già infilato la mano nella borsa per afferrare qualcosa di nero che assomigliava all'impugnatura di una mazza da golf.

— Tu sali in macchina — disse in un soffio a Andy.

— Non ci penso neanche — rifiutò lui bloccandosi, mentre Bestione allungava il passo per raggiungerli, una smorfia minacciosa dipinta sul grugno.

Si trovava ormai a meno di due metri dalla macchina, quando la West si girò andandogli incontro. La sua mossa lo colse impreparato. Non si aspettava certo che quello scricciolo di sbirro passasse al contrattacco. Si batté il cric su una coscia poderosa, in segno di avvertimento, quindi lo sollevò adocchiando il parabrezza intonso della Ford.

— Ehi! — gridò in quel momento Weasel, il gestore, dalla soglia del poligono. — Ehi, cosa credi di fare?

Di colpo lo sfollagente telescopico scattò come una frusta d'acciaio in tutto il suo metro di lunghezza, la testa nodosa puntata verso Bestione. Virginia cominciò a disegnare lenti cerchi nell'aria.

— Metti giù quel cric e levati dai piedi — gli ordinò in tono autoritario.

— 'Fanculo! — Bestione stava perdendo la calma perché gli stava venendo meno anche il coraggio. Aveva già visto armi simili alle fiere specializzate, e sapeva ciò che erano in grado di fare.

— Ehi, tu! Piantala, adesso! — gli urlò di nuovo Weasel. Non amava casini nel suo locale.

Brazil notò che, per quanto contrariato, il gestore del poligono non osava avvicinarsi. Anche lui sarebbe voluto intervenire, ma non gli andava di intromettersi a casaccio per la seconda volta. Se la .380 fosse stata carica avrebbe potuto mirare ai pneumatici di quello sbruffone, o attaccarlo in qualche modo altrettanto efficace. Invece fu Virginia a farlo. Bestione sollevò di nuovo il cric, questa volta realmente intenzionato ad abbatterlo sulla macchina. Ormai aveva deciso, doveva farlo e basta, tanto più che insieme a Weasel si era radunata una piccola folla di curiosi: se non avesse messo in pratica la sua minaccia vendicando il naso ferito, la sua reputazione ne avrebbe risentito in tutta l'area di Charlotte-Mecklenburg.

Ma il vicecomandante West lo colpì per prima sul polso. Urlando di dolore, Bestione sentì il cric volargli via di mano e precipitare fragorosamente per terra. Così terminò il loro incontro.

— Perché non l'hai arrestato? — volle sapere Andy poco più tardi, mentre in macchina superavano il Latta Park di Dilworth, dalle parti della casa di Virginia.

— Perché non ne valeva la pena — rispose lei fumando una sigaretta. — Non ha fatto del male a me e non ha danneggiato la mia auto.

— E se ci denunciasse per aggressione? — Quel pensiero lo solleticava in modo strano.

L'evidente ingenuità di Andy la fece ridere. — Non credo proprio che ci proverà. — Svoltò nel vialetto di casa. — L'ultima cosa che desidera è far sapere al mondo di essere stato battuto da una donna e da un bambino.

— Non sono un bambino.

La casa era come lui l'aveva lasciata, lo steccato fermo allo stesso punto. Senza fare domande, Andy la seguì nel giardinetto posteriore, fino al piccolo laboratorio pieno di utensili ordinatamente appesi a dei ganci e attrezzato con una sega da tavolo. Virginia West di certo costruiva casette per gli uccellini, armadietti, forse interi mobili, pensò Andy. Considerato il numero di problemi pratici che lui stesso aveva dovuto affrontare e risolvere in casa, nutriva grande rispetto per l'abilità del vicecomandante. Per lui montare una libreria del K-Mart era già un'impresa.

— Uau! — fece guardandosi intorno.

— Uau cosa? — Virginia chiuse la porta alle loro spalle e accese la radio.

— Come mai ti dedichi a questi lavori?

— Esigenze di sopravvivenza — rispose lei. Si chinò ad aprire un minifrigorifero provocando un tintinnio di bottiglie, e tirò fuori due Southpaw Light a collo lungo.

Andy non amava la birra, sebbene la bevesse occasionalmente. Aveva un sapore sgradevole, lo faceva sentire subito brillo e gli metteva sonnolenza. Ma piuttosto che ammetterlo di fronte a Virginia sarebbe morto.

— Grazie — mormorò, togliendo il tappo e buttandolo nel cestino.

— All'inizio non potevo permettermi di pagare degli artigiani, così mi sono ingegnata a fare da sola. — Aprì le custodie e ne estrasse le pistole. — E poi, lo sai, sono cresciuta in una fattoria. Ho imparato tutto quello che potevo da mio padre e dai suoi aiutanti.

— E da tua madre, niente?

Con gesti meccanici, Virginia cominciò a smontare le pistole. — Cosa avrei dovuto imparare da lei? — Lo guardò dall'altra parte del tavolo.

— Be', i lavori domestici. Cucinare, pulire, tirar su figlioli.

Lei sorrise, aprendo una scatola piena di prodotti per la manutenzione delle armi. — Cucinare e pulire per me? Per caso vedi una casalinga da qualche parte? — Gli porse uno scovolino e alcune pezzuole.

Andy bevve una sorsata di birra, inghiottendola il più in fretta possibile per non sentirne il sapore. Ora si sentiva rinfrancato e spavaldo, così cercò di non concentrarsi troppo sulla graziosa figura del vicecomandante in jeans e maglietta grigia.

— Be', io è una vita che mi occupo di questa merda, eppure non sono una casalinga — ribatté.

— Ma che ne sai tu — sospirò lei, infilando lo scovolino in una boccetta di solvente.

— Ah, niente — fece lui, con un piccolo broncio di sfida.

— Vedi di non insistere troppo, d'accordo? — Virginia era troppo navigata per quei giochetti.

Brazil infilò una pezzuola nella cruna dello scovolino, quindi la intinse nel flacone di Hoppes. Quell'odore gli piaceva. Decise di non confessarle nient'altro di sé, ma la birra faceva brutti scherzi.

— Forza, spiegami cosa ne sai di *questa merda* — insistette lei.

— Cosa dovrei dirti? — replicò Andy, il maschio.

— Quello che significa. — Virginia non demordeva.

— Be' — esordì, iniziando a pulire la canna della .380, — in teoria non lo so bene. Forse è una questione di ruoli, come il sistema delle caste, o il diritto a cibarsi per primi nel regno animale, come nelle gerarchie, nell'ecosistema.

— Ecosistema? — Il vicecomandante aggrottò le sopracciglia mentre strofinava la canna e altre parti con un batuffolo di Gunk Off.

-— Il fatto è che essere una casalinga non ha nulla a che vedere con quello che fai, ma con il modo in cui ti considerano gli altri. Prendi me, per esempio: adesso sto facendo qualcosa che tu vuoi che io faccia, ma non per questo sono uno schiavo.

— I ruoli non sono leggermente invertiti, qui? Chi ha dato lezioni di tiro a chi? — Prese uno spazzolino da denti. — Tu stai facendo quello che volevi fare, e io quello che tu vuoi che io faccia. In cambio di nulla, così, gratis. Allora, chi è lo schiavo? — Una spruzzata di spray e gli passò la bomboletta.

Andy allungò la mano verso la birra: per quanto limitata, la sua esperienza gli diceva che più si scaldava, peggiori erano gli effetti.

— Dunque, poniamo che domani diventi grande e ti

sposi — proseguì Virginia. — Che cosa ti aspetti da tua moglie?

— Che sia una compagna. — Lanciò la bottiglia nel cestino. — Non mi interessa una moglie, non ho bisogno che nessuno si prenda cura di me, pulisca per me o cucini per me. — Andò a prendere altre due birre, fece saltare i tappi e ne appoggiò una sul tavolo vicino a lei. — E se un domani io fossi troppo impegnato per occuparmi di tutta quella merda, vorrà dire che potrò permettermi una collaboratrice domestica. Di sicuro, però, non ne sposerò una — dichiarò, come se fosse l'idea più ridicola che la società avesse potuto partorire.

— Aha.

Virginia prese la .380 e ispezionò il suo lavoro. I soliti discorsi da maschietti, pensava. L'unica differenza era che questo qui riusciva a mettere insieme le parole meglio degli altri. Ma non gli credeva. Non gli credeva lo stesso.

— Dentro deve brillare come uno specchio. — Gli piazzò la canna sotto il naso. — Strofina. Tanto non le fai male.

Andy riprese la pistola, quindi la bottiglia. — Vedi, io penso che la gente dovrebbe sposarsi per vivere insieme e fare anche cose come questa — sentenziò. Poi intinse lo spazzolino nel solvente e si rimise a grattare. — I ruoli non dovrebbero nemmeno esistere. Il senso pratico sì, invece, bisognerebbe aiutarsi come si fa tra amici. Uno è debole in una cosa dove l'altro riesce bene, ciascuno valorizza le proprie capacità, e poi si cucina insieme, si va a giocare a tennis e magari anche a pescare. Insieme. O a passeggiare sulla spiaggia. Si resta alzati fino a tardi per parlare. Senza egoismi.

— Da come parli si direbbe che hai avuto molto tempo per prepararti — commentò Virginia. — Ottimo copione.

Andy la guardò perplesso. — Quale copione?

Lei bevve a canna. — L'ho già sentito recitare spesso. Niente di nuovo.

Anche la signora Rickman, moglie di Bestione, l'aveva sentito recitare spesso. Il suo nome di battesimo aveva cessato di contare qualcosa ventisei anni prima, il giorno del matrimonio celebrato nella chiesa battista di Mount Mourne. Era lì che lavorava, nel famoso B&B dove si serviva la colazione migliore di tutta la città. Anche gli hot dog e gli hamburger erano molto apprezzati, soprattutto dagli studenti del Davidson, e naturalmente da tutta una serie di Bestioni che vi transitavano, diretti a pescare sul lago Norman.

Terminata la pulizia delle pistole Andy aveva proposto a Virginia di mangiare qualcosa insieme, e così ora si trovavano a loro insaputa di fronte alla moglie di Bestione, una donna grassa, rovinata e stanca.

— 'Sera, signora Rickman — la salutò Brazil.

Le rivolse un sorriso radioso e irresistibile, provando come sempre un senso di pena per lei. Sapeva bene quanto fosse pesante il lavoro di cameriera, e lo deprimeva pensare a ciò che doveva aver passato anche sua madre negli anni in cui era ancora in grado di uscire e muoversi da sola. La signora Rickman fu felice di vederlo: era un ragazzo così dolce.

— Come sta il mio bambino? — cinguettò, apparecchiando con due tovagliette di plastica. Poi lanciò un'occhiata a Virginia. — E chi è la tua graziosa amica?

— Vicecomandante Virginia West, della polizia di Charlotte — rispose. Fu un errore, ma non lo sapeva.

Perché, in quel modo, Bestione scoprì l'identità dei suoi due aggressori.

— Santo cielo — mormorò la signora Rickman, colpita e onorata dalla presenza di quella donna importante al B&B. — Un vicecomandante. Non sapevo che anche le donne potevano arrivare così in alto. Allora, cosa vi porto? Stasera abbiamo dell'ottimo maiale alla griglia. Ve lo consiglio tritato.

— Cheeseburger, patatine e una Miller in bottiglia — ordinò Virginia. — Con doppia maionese e ketchup. E un panino imburrato alla piastra, si può?

— Ma certo, tesoro — annuì la signora Rickman. Non aveva bisogno di prendere nota delle ordinazioni per iscritto, e ora guardò Brazil.

— Il solito — fece lui, con una strizzatina d'occhio.

La signora Rickman si allontanò dal tavolo, l'anca che le doleva.

— Cosa sarebbe, il solito? — si informò Virginia.

— Pane bianco, tonno, lattuga e pomodoro. Niente maionese. Insalata di cavoli e limonata. Voglio uscire di ronda con te. In divisa — aggiunse.

— Tanto per cominciare, non faccio ronde. Dopodiché, qualora non te ne fossi ancora reso conto, ho un lavoro vero. Niente di importante, sai, solo l'intera Divisione Investigativa: omicidi, rapine, stupri, incendi dolosi, truffe, furti d'auto... Devo solo tener d'occhio i miei sottoposti, stare al computer, combattere la malavita organizzata e dirigere la Buoncostume. Senza contare il problema dei minori e la Squadra casi insoliti. Poi ci sarebbe anche un serial killer a piede libero, e naturalmente i titolari delle indagini sono i miei agenti, sai com'è, una cosetta da niente... — Accese una sigaretta e intercettò la bottiglia di birra prima ancora che la signora Rickman potesse posarla sul tavolo. — Insomma, se non ti dispiace preferirei non dover lavorare proprio ventiquattr'ore su ventiquattro. Ho un gatto un po' geloso, poi va a finire che non mi fa più le coccole e mi lascia dormire da sola. Non vado al cinema o al ristorante da parecchie settimane, sai? — Bevve. — E non ho ancora finito lo steccato. A proposito, quand'è stata l'ultima volta che ho fatto un po' di pulizie in casa?

— Devo prenderlo come un no? — la interruppe Brazil.

8

Il vero nome di Bestione era Joshua Rickman, di professione addetto al carrello elevatore presso la Ingersoll-Rand di Cornelius. Il prodotto di punta dell'azienda doveva essere stato un cannone sparaneve utilizzato per le Olimpiadi invernali degli anni Ottanta. Bestione non conosceva i dettagli di quel successo, e nemmeno gli interessavano. In quel momento erano i compressori d'aria a tirare sul serio: li ordinavano in tutto il mondo.

La sua era una carriera internazionale, ma quel lunedì mattina, mentre impilava con cura le casse su un pianale di carico, il suo cervello era invaso dai pensieri. Per puro caso sua moglie gli aveva parlato di quel ragazzo di Davidson che ora usciva con un pezzo grosso della polizia cittadina. Be', non ci aveva messo molto a fare due più due. Il naso gli doleva da morire, ma mai e poi mai si sarebbe fatto vedere da un dottore. E perché, poi? La sua filosofia era che per un naso acciaccato o un orecchio lacerato, per un dente spezzato e certe ferite non mortali al cranio non c'era molto da fare, a meno che uno non fosse un po' checca e non credesse nella chirurgia plastica. Che, inutile dire, non era il suo caso. L'unico fastidio adesso era il dolore, poiché il naso grosso l'aveva sempre avuto. Ogni volta che se lo soffiava gli usciva sangue e gli si riempivano gli occhi di lacrime. E tutto per quello stronzetto del cavolo. Ma Bestione era di memoria lunga.

Per risolvere i suoi problemi sapeva dove andare a cercare. Libri come *Fagliela pagare* o *Giustizia è fatta 1 e 2* erano testi utilissimi in materia di tecniche di vendetta avanzata. L'autore, uno che sapeva il fatto suo, aveva pubblicato privatamente quei manuali fuori dal Colorado. Bestione li aveva scoperti frequentando alcune fiere d'armi. Le bombe potevano già essere un'idea. Un bel tubo catodico che ti esplode in faccia mentre sei lì a guardare la TV, o una palla da ping-pong imbottita di clorato di potassio e polvere nera. O forse no. Bestione stava pensando a qualcosa di veramente devastante, ma non gli andava di ritrovarsi in casa i funamboli dell'HRT, la squadra recupero ostaggi dell'Fbi, o il cortile invaso da agenti federali. Non ci teneva affatto a finire in prigione. Forse era meglio ricorrere a qualcosa tipo le essenze odorose che vendevano nei negozi di caccia, sostanze capaci di attirare nel giardino della vittima un'orda minacciosa di roditori, animali domestici, insetti e rettili. Ingranò la retro, continuando a rimuginare.

Un'altra possibilità era quella di infilare un tubo sotto la porta di casa della signora e pomparle dentro piscio mescolato a birra. Oppure mandarle buste anonime contenenti peli e capelli. Insomma, alla fine si sarebbe agitata un po', no? Ma certo che sì. Magari bastava anche solo un po' di unguento anticontusioni che brucia come napalm nel sospensorio del biondino a cui faceva le seghe, ammesso che non fossero tutti e due gay, e francamente Bestione qualche sospetto ce l'aveva. Un uomo non poteva essere così carino e una donna così potente a meno di non avere tendenze ambigue. Ecco, finalmente c'era! Il ragazzo avrebbe avuto quello che si meritava e lo avrebbe avuto da dietro, da un bel maschione come lui, un vero cultore di film come *Un tranquillo weekend di paura*. Bestione gliel'avrebbe fatta vedere, allo stronzetto, oh, sì che gliel'avrebbe fatta vedere. Eccome. I froci gli stavano così sulle palle che li cercava e scovava in tutti i bar, nei punti di sosta per camionisti e ovunque li incrociasse lungo le strade della vita, uomini politici e artisti compresi.

Virginia West e Andy Brazil non sapevano di essere in pericolo, e quel martedì sera non era certo ai loro problemi personali che pensavano, mentre la luce dei lampeggiatori d'emergenza sfiorava la distesa di schegge di vetro e i resti distrutti della volante che si era schiantata nel quartiere residenziale di Myers Park. Con l'aiuto di mezzi idraulici, Raines e altri soccorritori stavano cercando di liberare i corpi delle vittime da una Mercedes 300E accartocciata contro un albero. La tensione era al massimo. Una sirena ululava in lontananza e gli agenti avevano eretto una barricata per sbarrare l'accesso alla via. Brazil parcheggiò la BMW il più vicino possibile, scese e corse in direzione dei bagliori rossi e azzurrognoli e del rombo dei motori.

Arrivò anche il vicecomandante West, e i poliziotti spostarono i cavalletti per farla passare. La prima persona che vide fu Andy che prendeva appunti. Gli si leggeva in viso tutto l'orrore, mentre Raines e alcuni assistenti estraevano dall'abitacolo della Mercedes un altro cadavere sanguinolento e lo infilavano in un sacco mortuario. La squadra di soccorso depositò la quarta vittima accanto alle prime tre, sul selciato costellato di macchie di sangue e carburante. Virginia fissò la macchina sfasciata della polizia di Charlotte, con il suo emblema del nido dei calabroni sulle portiere. Quindi si girò a guardare un'altra macchina, dove l'agente Michelle Johnson, tremante e sotto shock, stava sdraiata sul sedile posteriore premendosi un fazzoletto insanguinato sulla faccia sfigurata. A passi rapidi si diresse da quella parte, aprì la portiera e montò accanto alla collega.

— Niente paura, andrà tutto bene — disse, passò un braccio intorno alle spalle della giovane donna che ancora non capiva cosa le fosse successo. — Ora ti portiamo in ospedale.

— No! No! — balbettò l'altra coprendosi la testa con le mani, come se fosse su un aereo in picchiata. — Non l'ho vista finché ormai ero in mezzo all'incrocio. Sono passata col verde! Stavo rispondendo a una chiamata dieci-trentatré, ma avevo il verde. Lo giuro. Oh, mio Dio! No, no, per favore. Nooo!

Avvicinandosi alla volante, Brazil ebbe modo di ascoltare le parole disperate dell'agente Johnson. Attraverso il finestrino osservò Virginia West impegnata a rassicurare una donna poliziotto che aveva appena investito una vettura uccidendone tutti i passeggeri. Per un attimo anche il vicecomandante guardò fuori. I loro sguardi si incontrarono, senza abbassarsi. La penna era già posata sulla carta, pronta a trascrivere citazioni che in realtà Andy sapeva di non voler riportare in nessun articolo. Abbassò il taccuino e si allontanò lentamente. Non era più lo stesso giornalista di un tempo. Non era più la stessa persona.

Tornò alla redazione del giornale ma non aveva nessuna fretta, né gioiva all'idea di rivedere la sua scrivania. Prese la sedia e digitò la password per accedere ai dati del computer.

Betty Cutler, la responsabile del turno di notte, era una vecchia strega con la scucchia. Aspettava Brazil passeggiando avanti indietro. Non appena lo vide gli si precipitò addosso e cominciò a parlargli con quel suo fastidioso tic di tirar su col naso. Andy sospettava che avesse qualche problema di cocaina.

— Dobbiamo mandar via questa roba entro tre quarti d'ora — annunciò. — Allora, cosa dice lo sbirro?

Brazil batté il titolo, quindi iniziò a rileggere gli appunti.

— Quale sbirro? — replicò, pur sapendo benissimo a chi si riferiva.

— Quello che ha appena fatto fuori una famiglia di cinque persone, santiddio! — Una tirata su col naso, e il labbro inferiore scoprì i denti.

— Non ci ho parlato.

Betty Cutler non poteva credere alle sue orecchie. Semplicemente, si rifiutava. Gli lanciò un'occhiata penetrante.

— Che diavolo mi stai raccontando, Brazil? Cosa vuol dire che non ci hai parlato, eh? — Alzò la voce in modo che tutti sentissero. — Se eri lì, sul luogo dell'incidente!

— L'hanno caricata su una volante — fece lui, sfogliando le pagine del taccuino.

— E tu non sai bussare a un finestrino? — fu la sarcastica risposta delle redattrice. — Non sai aprire una portiera e fare il tuo lavoro?

Brazil smise di scrivere e guardò quella donna che lo deprimeva irrimediabilmente. Se anche gli avesse letto nel pensiero, non gli importava. — Forse questo è quello che farebbe lei — disse.

Quando, il mattino seguente, il giornale arrotolato atterrò con un tonfo sulla sua veranda, Andy Brazil era già in piedi. Aveva anche già percorso sette chilometri di corsa, si era fatto una doccia e aveva indossato l'uniforme da poliziotto. Aprì la porta, raccolse il giornale e fece scivolare via l'elastico, ansioso di dare un'occhiata al suo lavoro. Poco dopo, i suoi passi rabbiosi attraversavano il triste soggiorno ed entravano nella cucina sciatta e soffocante, dove la madre sedeva bevendo caffè a un tavolo coperto da una tovaglia di plastica. Si era accesa una sigaretta e, a parte il tremore delle mani, per il momento sembrava abbastanza lucida. Brazil lanciò il giornale sul tavolo. In prima pagina, a caratteri cubitali, spiccava il titolo VOLANTE UCCIDE FAMIGLIA DI CINQUE PERSONE. Seguivano alcune fotografie a colori di schegge di vetro e lamiere contorte, nonché dell'agente Michelle Johnson in lacrime nella macchina della polizia.

— Non posso crederci! — esclamò Andy. — Dico, ma guarda! Uno legge il titolo e subito pensa che la colpa sia dell'agente, mentre non sappiamo nemmeno chi è stato a provocare il disastro!

Sua madre non parve minimamente interessata alla storia. Si alzò, avanzando lentamente verso la porta a zanzariera che dava sulla veranda laterale, e mentre suo figlio la guardava inorridito staccò un mazzo di chiavi da un gancio alla parete.

— Dove stai andando?

— Al negozio. — Infilò una mano nella vecchia sporta.

— Ma se ci sono andato io ieri!

— Ho finito le sigarette. — Aprì il borsellino ed esibì un'espressione corrucciata.

— Te ne ho appena comprata una stecca, mamma. — Andy la fissava.

Sapeva benissimo dove voleva andare sua madre, e come sempre provava un intimo senso di sconfitta. Emise un profondo sospiro mentre lei, stringendo la borsa, si metteva a contare le banconote.

— Hai mica dieci dollari? — gli chiese dopo un momento.

— Non ho intenzione di finanziare le tue sbronze.

Muriel Brazil rimase impalata vicino alla porta, osservando a sua volta quel figlio che non aveva mai saputo amare. — E tu dove vai? — gli domandò, una smorfia crudele che le imbruttiva la faccia rendendola irriconoscibile.

— A una festa in costume?

— A una parata — rispose Andy. — Dirigo il traffico.

— Dirigi, dirigi. Tanto non sei un poliziotto e non lo sarai mai. Perché vuoi uscire per farti uccidere? — La tristezza si era impossessata di lei con la stessa rapidità della cattiveria. — Per lasciarmi qui a morire da sola? — Spalancò la porta.

La mattinata non proseguì in modo migliore. Dopo aver girato un quarto d'ora nel parcheggio coperto della centrale Brazil lasciò la BMW in un posto riservato alla stampa, anche se ufficialmente non si trovava lì per lavoro. Nonostante fosse una bella giornata non si sentiva particolarmente socievole, per cui prese il tunnel che dal posteggio conduceva su agli uffici. I confronti diretti con la madre gli provocavano sempre una sorta di ammutolimento interiore, e adesso non aveva voglia di incontrare nessuno, né di rivolgere la parola a chicchessia.

Allo Sportello dotazioni gli vennero consegnate una radio e le chiavi dell'auto civetta con cui si sarebbe recato per l'annuale Freedom Parade nella zona classificata come C-2, fra la Tryon e Independence Boulevard. Era un corteo di modeste dimensioni, sponsorizzato dai membri della confraternita degli Shriner, completi di motorini e copricapi infiocchettati.

Non avrebbero potuto assegnargli macchina peggiore: una Ford Crown Victoria nera e opaca, carrozzeria graffiata e centonovantamila chilometri sul gobbo. C'era il rischio che l'albero di trasmissione cadesse giù da un momento all'altro, ammesso naturalmente che la bagnarola partisse. Infatti non ne sembrava granché intenzionata. Brazil girò di nuovo la chiave d'accensione e premette l'acceleratore, il vecchio motore che ansimava. La batteria alimentava lo scanner e la radio, ma più di questo non c'era verso di ottenere.

— Merda! — sbottò Andy in preda alla frustrazione, picchiando un pugno sul volante e facendo involontariamente risuonare un colpo di clacson. Un paio di agenti si voltarono a guardarlo.

Non molto lontano da lì, nel ristorante Carpe Diem di South Tryon, di fronte all'agenzia Knight-Ridder, anche il comandante Hammer stava vivendo momenti di frustrazione. Con due dei suoi vice, Virginia West e Jeannie Goode, sedeva a un tranquillo tavolo d'angolo e stava consumando il pranzo discutendo di lavoro. La Goode aveva la stessa età di Virginia ed era gelosa di qualunque donna di successo, soprattutto se di bell'aspetto.

— È la cosa più assurda che abbia mai sentito — stava dicendo, mentre raccoglieva forchettate di insalata di pollo. — Tanto per cominciare, non dovrebbe uscire di ronda. Hai visto i titoli di stamattina? Ovviamente il sottinteso è che a provocare l'incidente siamo stati noi, e che la Johnson stava inseguendo la Mercedes. Roba da non credere! Peccato che i segni lasciati dai pneumatici dimostrino che non eravamo noi ad avere il rosso.

— Non è stato Andy Brazil a scrivere quel titolo — disse la West al comandante Judy Hammer, che aveva ordinato un piatto di frutta e formaggio fresco. — Io chiedo solo di poter uscire in servizio con lui per qualcosa come una settimana, tutto qui.

— E hai intenzione di rispondere alle chiamate? Di essere operativa? — Il capo allungò la mano verso un bicchiere di tè freddo.

— Certamente — rispose la West, mentre la Goode la guardava con aria critica.

La Hammer appoggiò la forchetta, fissandola negli occhi. — Perché Brazil non può semplicemente fare la ronda insieme agli altri? Abbiamo ben cinquanta volontari. Perché non con loro?

Virginia West esitò, facendo segno a un cameriere di portarle altro caffè e una porzione supplementare di ketchup e maionese per il tramezzino e le patatine fritte; quindi tornò a guardare il comandante, come se Jeannie Goode non fosse nemmeno presente.

— Nessuno vuole uscire con lui perché è un giornalista. Sai bene cosa pensano i nostri uomini dell'*Observer*. Non è un atteggiamento che si cancella con un colpo di spugna. E poi scatena un sacco di gelosie — concluse, lanciando un'occhiata eloquente alla Goode.

— È solo uno sbruffoncello che si arroga il diritto di occuparsi di qualunque cosa — intervenne la collega.

— Diritto? — Virginia lasciò fluttuare la parola a mezz'aria nell'atmosfera rarefatta del Carpe Diem, abituale luogo d'incontro delle donne di potere. — Dimmi, Jeannie, quand'è stata l'ultima volta che *tu* ti sei occupata dei problemi di viabilità in occasione di un corteo?

Era un lavoraccio schifoso. La gente non prendeva sul serio gli agenti del traffico. In compenso i livelli di monossido di carbonio toccavano punte decisamente pericolose, e la regola cardinale secondo cui non bisogna mai dare le spalle ai veicoli diventava, in un quadrivio, un'idiozia impraticabile. Come si fa a guardare contemporaneamente in quattro direzioni? Andy Brazil si poneva quella domanda fin dai tempi dell'accademia, ma naturalmente quell'assurdità era la conseguenza diretta di una generale mancanza di rispetto per le regole. Cinque o sei ragazzi, qualche signora e persino dei tizi dall'aria apparentemente seria gli avevano già rivolto dei gestacci irrisori che purtroppo lui non era autorizzato a ricambiare. Era quella l'America? Ormai nessuno temeva più gli esponenti delle forze dell'ordine come lui, novellini e pure disarmati. Ne avevano visti troppi. Li prendevano in giro.

— Ehi, Star Trek — gridò una donna di mezza età dal finestrino della macchina. — Fatti dare un disintegratore! — e proseguì come una fucilata in direzione di Enfield Road.

— Bella fatina, lo vuoi un pistolino magico? — gli urlò un ragazzotto a bordo di una jeep verde militare con paraurti rinforzato e portiere da safari.

Con un'occhiata severa e mascelle serrate, Brazil fece segno alla jeep di proseguire, ma in cuor suo si augurava che quella testa di cazzo si fermasse per cercare la rissa. Gli cominciavano giusto a prudere le mani, e sentiva che presto gli si sarebbe presentata l'occasione per fare il bis di nasi rotti.

A volte Judy Hammer ne aveva piene le scatole della dieta, ma poi le tornava in mente l'isterectomia parziale che a trentanove anni aveva subito per colpa di un utero che ormai non ne voleva più sapere di rendersi utile a qualcosa. In tre mesi aveva messo su sette chili e due taglie, e i medici le avevano detto che mangiava troppo. Be', era una stronzata. La vera colpa era degli ormoni, come sempre. Sono loro a fare il bello e il brutto tempo nella vita di una donna. Gravitano intorno al pianeta femminile decretando l'arrivo della bella stagione, del gran caldo o delle tempeste, inondando o prosciugando, guidando verso lune di miele o isolamenti rabbiosi.

— Cosa c'entra adesso il traffico? — si ribellò Jeannie Goode.

— Il punto è che quel ragazzo si dà da fare molto più della maggioranza dei tuoi — fu la risposta della West. — Nonostante sia un volontario e non glielo imponga nessuno. Potrebbe averne sì, di problemi di comportamento, ma non è così.

Il comandante Hammer si chiese se un po' di sale le

avrebbe fatto male. Eh, Signore, quanto le sarebbe piaciuto gustarsi qualcosa di buono senza fare la fine di suo marito.

— Be', la responsabile delle pattuglie sono io, e per adesso dico che lui sta lì — sentenziò la Goode, girando con la forchetta le foglie di lattuga per vedere se sotto era rimasto qualcosa di stuzzicante. Un crostino, magari, o una noce.

Nella casacca arancione dell'uniforme Brazil sudava copiosamente, e si sentiva i piedi in fiamme. Fermo all'altezza di una laterale, dirottava il traffico verso due svolte, bloccava le auto, le faceva tornare indietro, soffiava nel fischietto e si sbracciava nervosamente. Intorno a lui strombettavano i clacson. A un certo punto un automobilista si fermò per chiedergli sgarbatamente delle indicazioni e ripartì senza nemmeno ringraziarlo. Era davvero un lavoraccio schifoso, e lui non sapeva perché lo amava tanto.

— Be', così almeno darà il cambio a qualche agente del traffico troppo logoro — commentò la West, mentre Judy Hammer decideva di ignorare del tutto le altre due donne.

Francamente non reggeva molto quei battibecchi, anche perché non approdavano mai a nulla. Lanciò un'occhiata all'orologio e si immaginò Cahoon seduto in cima alla sua corona d'organo. Quell'idiota. Se nessuno lo ferma, presto trasformerà la città nel luogo più odioso di tutta l'America, un covo di buzzurri ignoranti e armati, con carta d'oro USAir e posti riservati agli incontri tra Panthers e Hornets.

Cahoon era già stato fermato tre volte mentre cercava di raggiungere la sala da pranzo aziendale al sedicesimo piano del grattacielo. Ad attenderlo, tra fini tovaglie e porcellane di Limoges, c'erano un presidente, quattro vicepresidenti, un amministratore delegato, un vicedirettore generale e un alto dirigente della Dominion Tobacco Company, che nel giro di due anni avrebbe chiesto alla USBank prestiti per oltre quattrocento milioni di dollari per finanziare una ricerca sul cancro. Una pila di stampati era stata deposta accanto al piatto di Cahoon. Sul tavolo c'era un mazzo di fiori freschi e a servire erano impeccabili camerieri in smoking.

— Buongiorno. — Il direttore generale annuì in direzione dei presenti, indugiando con lo sguardo sul dirigente della manifattura tabacchi.

Quella donna non gli stava affatto simpatica ma non avrebbe saputo spiegarne il motivo, a parte l'odio rabbioso sviluppato nei confronti del fumo sette anni prima, quando era stato costretto a liberarsi del vizio. Cahoon nutriva seri pregiudizi verso quel prestito. Il progetto aveva un carattere così scientifico e segreto che nessuno riusciva a spiegargli con precisione di cosa si trattasse, e per il momento sapeva solo che la USBank avrebbe contribuito alla realizzazione della prima sigaretta completamente innocua. Aveva già esaminato un'infinità di prospetti e tabelle riguardanti un lungo cilindro con una corona d'oro intorno al filtro. Lo strabiliante prodotto si sarebbe chiamato *USChoice*, Scelta Americana. Tutti avrebbero potuto fumarlo senza conseguenze nocive per la salute. La sigaretta conteneva anzi svariati minerali, vitamine e sostanze calmanti che sarebbero state inalate e assorbite attraverso il sangue. Mentre Cahoon sollevava il bicchiere d'acqua frizzante, provando finalmente un senso di benessere, i suoi ospiti gli rammentarono il significato che la partecipazione della banca al progetto avrebbe avuto per l'umanità intera.

In Eastway Drive la folla in attesa della sfilata era allegra. Si trattava sempre di un evento pieno di energia e speranza, con gli Shriner che zigzagavano in sella ai loro motorini salutando e attirando l'attenzione di tutti sui reparti grandi ustionati e su altre buone cause. Brazil era vagamente preoccupato per il fatto che gli agenti agli altri incroci sembravano annoiati e irrequieti. Non c'erano carri in vista. Osservò l'orizzonte, ma scorse soltanto una volante che puntava verso di lui ad andatura sostenuta. Un altro colpo di clacson e un altro automobilista che gridava, ma stavolta era una donna anziana e inviperita a bordo di una Chevrolet. Per quanto lui fosse disposto ad aiutarla, quella si mostrò determinata a comportarsi in modo antipatico e irragionevole.

— Signora — disse educatamente — deve tornare indietro e prendere Shamrock Drive.

La donna gli mostrò il dito medio e ripartì di scatto, mentre un agente irritato e affannato a bordo della volante raggiungeva l'incrocio di Brazil.

— Non si capisce come sia successo, ma hanno convogliato sulla stessa direttrice la parata e un funerale — gli spiegò in tutta fretta.

— Che cosa? — Brazil era sbigottito. — Che...?

Ma la volante si era già allontanata.

— Non mi interessa a chi dà il cambio — stava ribattendo la Goode, rinunciando al cibo nella speranza che il cibo rinunciasse a lei. — Non lo voglio. È una spia, uno della Cia, un Kgb, comunque vogliate chiamarlo.

— Ma che stupidate tiri fuori? — Virginia West allontanò il piatto. — Cristo benedetto!

Judy Hammer continuava a non parlare. Si guardò invece intorno, alla ricerca di qualche altra faccia nota. C'erano il critico letterario e un editorialista dell'*Observer*, ma seduti a tavoli diversi. La Hammer non si fidava di nessuno dei due. Non aveva ancora dedicato un minuto a Brazil, ma forse era venuto il momento di farlo. Da come ne parlavano, tutto sommato sembrava un tipo interessante.

Quando in lontananza apparvero lentamente, i carri funebri non erano che spennellate di nero brillante con i fari accesi. Brazil osservò la loro imponente marcia di avvicinamento senza smettere di bloccare l'accesso alla laterale e di rimandare indietro le macchine. L'infinita processione gli sfilò accanto, dignitosa e ordinata, sotto gli sguardi delle centinaia di spettatori che ancora attendevano il corteo scolandosi bibite in lattina. Non era esattamente quello che intendevano per divertimento, ma ormai erano lì e qualunque cosa era meglio di niente.

Nella lunghissima Lincoln Continental nera con interni di pelle bianca, televisore e videoregistratore, il fratello e la vedova in lutto sedevano in abiti eleganti sbirciando dai vetri fumé. Erano davvero colpiti dalla folla giunta a manifestare il proprio cordoglio. Molti dei presenti si erano armati di snack e di bibite, avevano portato i bambini e piccole bandiere americane. Li salutavano sventolando la mano e gridando, ed era proprio così che doveva essere: come una festa. Una festa che celebra il passaggio nell'Aldilà, tra le braccia amorevoli di Gesù.

— Non sapevo che Tyvola avesse così tanti amici — si stupì il fratello, ricambiando i saluti.

— E tutti questi agenti della polizia... — Timidamente, anche la vedova sventolò una mano.

Brazil suonò il fischietto e ci mancò poco che un vecchio a bordo di una Dodge Dart lo investisse. Evidentemente non aveva capito che un poliziotto che solleva le braccia mostrando il palmo delle mani può equivalere a un invito ad arrestarsi. La processione di limousine, vetture con autista e carri funebri, tutti neri e con i fari accesi, non sembrava comunicare alcun tipo di messaggio al signor Howie Song. La sua Dodge occupava ormai il centro dell'incrocio bloccando una fila serrata di automobili, e di tornare indietro non se ne parlava, a meno che tutti non decidessero di fare lo stesso.

— Non si muova! — intimò Brazil al vecchio impaziente. Dall'abitacolo si diffondevano le note di un brano country-western.

Brazil gli piazzò davanti tre coni spartitraffico, che rotolarono via come altrettanti birilli nel preciso istante in cui si allontanò per segnalare ad altre macchine di fare dietro-front. Nella sua Dart, il signor Song imboccò il Boulevard, sicuro che il corteo funebre lo avrebbe lasciato passare: doveva assolutamente arrivare dal ferramenta.

Questo è quello che pensi tu, meditava Chad Tilly, direttore della Tilly Family Mortuary, famosa per le sue sale con aria condizionata e le bare di alta qualità. La sua grande inserzione alla pagina 537 delle Pagine Gialle aveva l'unico neo di essere contigua a quella della ditta di Disinfestazione Muffe e Funghi. La segretaria di Tilly non si stancava mai di ripetere a coloro che chiamavano che, nonostante l'impresa funebre si trovasse spesso di fronte a problemi analoghi, non potevano in alcun modo aiutarli a risolvere questioni di umidità nelle cantine o di perdite dalle tubature.

Tilly aveva partecipato a più cortei funebri di quanti riuscisse a ricordarne. Era un abilissimo uomo d'affari che non si era certo fatto un guardaroba elegante o dei gioielli mantenendo la propria coscienza immacolata. Non solo non avrebbe lasciato passare quella merda di Dodge, ma decise anche di attaccarsi alla propria ricetrasmittente.

— Flip — disse al suo braccio destro.

— Ti ricevo, capo.

— Fai funzionare gli stop.

— Sicuro?

— Come sempre.

E così l'intera fila di macchine nere coi fari accesi si fermò. La Dart non aveva nessuna speranza di attraversare, adesso, e Song era in preda a una confusione di portata monumentale. Anche lui si fermò. Quanto bastava perché un agente gli aprisse la portiera e lo trascinasse fuori.

— Flip — tornò a chiamare Tilly via radio. — Possiamo ripartire.

Judy Hammer non era affatto divertita. Terminato il pranzo, si stava rimettendo il rossetto e ascoltava le sue due vice beccarsi come galline.

— La responsabile delle pattuglie sono io — ribadì la Goode. — E quello con noi non esce. Dio solo sa che cosa finirebbe per pubblicare sul giornale. Se sei tanto entusiasta di lui, perché non lo mandi fuori coi tuoi?

Il comandante Hammer estrasse il portacipria e lanciò un'occhiata all'orologio.

— L'Investigativa non dà passaggi a nessuno. Mai — rispose la West. — È sempre stato contro la politica del dipartimento, lo sai.

— E la tua proposta invece no?

— I volontari escono di ronda dal primo giorno che sono venuta a lavorare qui — le ricordò la West in tono asciutto.

Judy Hammer prese il borsellino e studiò il conto.

— Sarei quasi curiosa di sapere se per caso non si tratta di un interesse personale — disse la Goode.

La West sapeva esattamente a cosa alludeva la stronza. L'intero dipartimento non aveva affatto mancato di notare quanto fosse attraente il giovane Andy Brazil, e Virginia West non era una che usciva con tutti. In quel momento la teoria più accreditata era che avesse rimediato all'assenza di un uomo gingillandosi con un ragazzino. Ma lei aveva imparato da molto tempo a ignorare quel genere di illazioni.

— Il punto è — continuò la Goode — che di norma i volontari non escono insieme a un vicecomandante che non esegue un arresto o non firma una multa da almeno cinquant'anni. Probabilmente quel poveraccio non sarebbe neanche al sicuro, là fuori, con una come te.

— Si dà il caso che abbiamo saputo fronteggiare situazioni difficili meglio di quanto avrebbero fatto molti agenti della Sicurezza — rispose l'altra.

La Hammer ne aveva abbastanza. — Faremo così — intervenne. — Autorizzerò io le tue uscite con Brazil, Virginia, perché mi sembra un'idea interessante. Potrebbe essere un'occasione per imparare qualcosa di nuovo. Forse avrei dovuto farlo anch'io, molto tempo fa.

Mise i soldi sul tavolo, subito imitata dalle due colleghe. Quindi inchiodò la Goode con un'occhiata.

— E tu farai di tutto per aiutarli.

La Goode si alzò e si voltò per lanciare un'ultima, gelida frecciata a Virginia West. — Spero che non sorgano problemi. Ricordati che non sei un'intoccabile.

— Lo stesso vale per te — la zittì Judy Hammer. — Posso licenziarti senza nessuna spiegazione. Così. — Fece schioccare le dita, dispiaciuta che Jeannie Goode non si fosse data a un'altra professione. Quella di becchino, magari.

9

In quel preciso istante Chad Tilly avrebbe saputo come impiegare un nuovo becchino. Aveva brillantemente messo fuori gioco la Dodge Dart e il vecchietto kamikaze che si sfondava i timpani con musica country-western. Per ora la vittoria era venuta senza sforzo ma, come l'esperienza gli aveva insegnato, di solito appena si rilassava e abbassava la guardia la fortuna gli si rivoltava contro. Si era rimesso in marcia da un minuto, quando decise di accendersi un sigaro e di cambiare contemporaneamente stazione radio.

In questo modo non vide il giovane agente biondo che all'improvviso bloccava il corteo mentre, meraviglia delle meraviglie, un carro carnascialesco sbucava all'orizzonte mandando fuori strada la limousine in testa alla processione. Cristo santo, ma era incredibile! Tilly pigiò con forza sul freno nel momento esatto in cui il suo assistente gli comunicava l'impossibilità di chiudere del tutto il portello di coda dell'auto con il feretro. La cassa ramata e imbottita di raso sbatté contro un fianco del veicolo e rimbalzò contro l'altro, schizzando fuori come un proiettile in lega leggera e slittando, insieme al suo occupante, sull'asfalto della strada. Dove prese a scivolare e scivolare perché, naturalmente, si trovava in leggera discesa.

Brazil non era stato addestrato per fronteggiare emergenze di quella natura. Afferrò la radio mentre un secondo carro celebrativo si profilava dietro il primo. Tutto ciò era tremendo. E doveva succedere proprio nel suo incrocio! Sicuramente adesso gliene avrebbero dato la colpa. Aveva le ascelle fradice di sudore e il cuore gli batteva all'impazzata mentre cercava di arginare il peggior disastro della storia. Dei tizi in abito scuro, pieni di anelli e di denti d'oro, schizzarono fuori dalle limousine presidenziali e si lanciarono all'inseguimento di una sgargiante bara galvanizzata che fuggiva giù per un boulevard. Oh, Signore. No, no, no. Brazil soffiò nel suo fischietto fermando il traffico, tutto il traffico, carri compresi. Quindi anche lui si mise a correre mentre il feretro proseguiva la sua fuga solitaria. La folla si concentrò su quel nuovo spettacolo, tifando per il poliziotto.

— La fermo io — gridò Brazil ai tizi in abito scuro, ormai lanciato.

Fu un inseguimento breve. Presto l'ordine fu ristabilito, e un tipo azzimato che si presentò come signor Tilly lo ringraziò formalmente davanti a tutti.

— Posso fare nient'altro per aiutarla? — si informò lui, agente Andy Brazil, la comunità prima di tutto.

— Sì — tuonò il direttore dell'impresa funebre. — Togliermi dai coglioni quei carri.

I carri dovettero dunque tirarsi in disparte per fare largo al corteo funebre, e per un'ora non osarono più muoversi di un centimetro. Anche la folla rimase, e altra se ne aggiunse, attirata dalle chiacchiere. Fu la parata del Freedom Day più riuscita di tutta la storia di Charlotte.

Jeannie Goode, capo dei servizi di pattuglia, non condivideva tutto quell'entusiasmo. Anche il controllo del traffico era responsabilità sua, e una bara in fuga non era certo cosa di cui avesse voglia di sentir parlare nei telegiornali della sera. Intendeva dunque risolvere il problema personalmente, ma non prima che fuori facesse buio. Soltanto allora preparò la sua sottile borsa di morbida pelle e si diresse verso il parcheggio al coperto, dove il Comune pagava diciannove dollari al mese per garantirle un posto riservato. Per andare al lavoro usava la sua auto privata, una Miata nera.

Una volta a bordo aprì la borsa, estrasse il flacone di Obsession e si profumò strategicamente. Poi si spazzolò i denti senz'acqua, si sistemò i capelli e ingranò la retro, assaporando il rombo potente del motore. Era diretta a Myers Park, il quartiere più ricco e più vecchio della città, popolato da enormi residenze con i tetti d'ardesia e ampi strascichi di ciottoli che le proteggevano dagli schizzi del marciume del mondo esterno.

La chiesa metodista di Myers Park era di pietra grigia e si levava come un castello all'orizzonte. La Goode non aveva mai assistito a una messa celebrata tra le sue mura, ma il parcheggio lo conosceva molto bene perché spesso si fermava lì per i suoi riti d'adorazione privati. Brent Webb era uscito per la pausa dopo il notiziario delle sei e la sua Porsche stazionava in folle sotto un'imponente magnolia. Già eccitato, spense il motore, scese dalla macchina e, dopo essersi lanciato un'occhiata a destra e a sinistra, sgattaiolò nella Miata di Jeannie.

Raramente parlavano, a meno che lei non avesse qualche scoop da passargli. Le loro labbra si sfioravano, si incollavano, mordevano, sondavano e invadevano, e altrettanto facevano le loro mani e le loro lingue. Insieme si spingevano fin dove non erano mai arrivati con nessun altro, in un'esperienza ogni volta più travolgente, in balia l'uno del potere dell'altro. Webb coltivava fantasie segrete in cui Jeannie Goode gli si presentava in uniforme, sguainando pistola e manette, e lei adorava guardarlo alla TV, quando era sola in casa, e assaporare ogni sua sillaba carica di allusioni intime, ogni parola con cui velatamente lui la citava al mondo intero.

— Immagino abbiate già saputo della storia della bara. — Il solo fatto di dirlo fu una fatica.

— La bara di chi? — chiese Webb, che dal canto suo non

152

sapeva mai nulla a meno che non si trattasse di una soffiata o di un'informazione rubata a qualcun altro.

— Oh, non importa.

Il loro respiro era già affannoso. In sottofondo cantavano le Pointer Sisters. Si distesero sul sedile anteriore, aggirando alla meglio la leva del cambio. Attraverso il parabrezza il profilo illuminato della città sembrava vicinissimo, e il palazzo dell'USBank Corporate Center torreggiava come un simbolo perfetto dell'umore di Webb. Le sganciò il reggiseno, come se quel gesto fosse indispensabile, e immaginandola in cravatta e cinturone la sua eccitazione aumentò ancora.

Anche l'agente Jenny Frankel era eccitata, come al solito, ma nel suo caso si trattava di giovinezza ed entusiasmo per il lavoro. Andava costantemente in cerca di guai, quasi li elemosinava, ragion per cui quando notò i due veicoli fermi in un angolo appartato del parcheggio della chiesa metodista non ci pensò su due volte prima di dare un'occhiata. Sapeva per certo che le prove del coro si erano tenute il giorno prima, e che gli Alcolisti Anonimi non avevano in programma altri incontri fino a giovedì. Gli spacciatori invece erano dappertutto. Ma lei era pronta a gridare no. Lei avrebbe restituito la città all'ordine e alla decenza, e alla gente onesta con un lavoro onesto.

Si fermò nell'ombra, dopo essersi avvicinata abbastanza per notare un certo movimento sul sedile anteriore di una Miata nera vagamente familiare, ma non meglio identificata. Digitò nell'MDT i dati relativi alle targhe e attese con pazienza, mentre i due occupanti continuavano a baciarsi e palparsi. Quando la motorizzazione rispose segnalandole i nominativi del vicecomandante Jeannie Goode e di Brent Webb, l'agente Frankel si allontanò rapidamente dalla zona. Non parlò dell'accaduto con nessuno, tranne che con il sergente con cui spesso durante la settimana usciva a bere qualcosa. Anche il sergente ne parlò solo con una persona, e con la stessa discrezione la catena delle confidenze continuò ad allungarsi.

Nonostante avesse alle spalle una lunga giornata, Andy Brazil non provava alcun desiderio di tornarsene a casa. Dopo il turno di guardia al traffico si era cambiato e aveva regolarmente lavorato otto ore al giornale. Adesso era quasi l'una di notte. Le ore erano passate con grande lentezza. Per un po' aveva gironzolato in tipografia, osservando i fogli correre verso la destinazione finale delle lettiere per gatti e dei sacchi per il riciclo. Era rimasto lì a guardare, come sempre ipnotizzato, ma questa volta senza riuscire a individuare il titolo del suo articolo, anche perché tutto ciò che aveva consegnato era un'unica notiziola locale riguardante l'investimento di un pedone a Mint Hill. La vittima era un noto ubriacone, e la responsabile del turno di notte, Betty Cutler, non aveva considerato opportuno dedicargli più di dieci centimetri di spazio.

Brazil montò sulla BMW e si avviò in direzione di Trade Street. Non era una scelta particolarmente saggia, e lo sapeva. Superò rombando lo stadio e la stazione di Duke Power, fermandosi in fondo a una strada chiusa all'altezza della Terza Ovest, dove il vecchio edificio in rovina si stagliava a quell'ora ancora più minaccioso e sinistro del solito. Se ne restò seduto a guardare, immaginando la scena dell'omicidio, pensando che qualcuno doveva sicuramente aver sentito il rumore degli spari, forse addirittura il sibilo della bomboletta di vernice. Da qualche parte, qualcuno sapeva. Lasciò il motore acceso, la Sig Sauer appoggiata tra i due sedili anteriori, a portata di mano.

Dopo un po' scese e si mise a camminare, illuminando i dintorni con la torcia elettrica, gli occhi nervosi, lo stomaco serrato per il timore che qualcuno lo stesse spiando. Sul selciato risaltavano ancora le macchie nere di sangue rappreso. Un opossum le stava annusando, quando il fascio di luce gli fece brillare le cornee bianche mettendolo in fuga. Tra i cespugli ronzavano gli insetti e lampeggiavano i bagliori intermittenti delle lucciole. In lontananza un treno sferragliò lungo binari arrugginiti. Brazil si sentì ghiacciare il sangue nelle vene. Era più che mai all'erta, il suo sguardo saettava a destra e a sinistra. In quel posto continuava ad aleggiare lo spettro dell'omicidio, come se un'energia sinistra se ne stesse arrotolata e compressa come una molla in attesa di tornare a scattare. Quegli omicidi erano efferati ma comuni, e Brazil avrebbe giurato che il mostro era una figura nota al popolo della notte: a proteggere la sua identità era solo la paura.

Andy era convinto che la prostituzione fosse una cosa ingiusta. Che nessuno dovesse comprarsi un'esperienza del genere, e che nessuno dovesse venderla. Era una faccenda così deprimente. Immaginò di essere un uomo di mezza età rassegnato al fatto che le donne fossero disposte ad andare con lui solo se tirava fuori il portafoglio. Immaginò una donna che accettava un nuovo cliente solo per avere di che sfamarsi, o di che sfamare il proprio figlio, o di che evitare le botte dal suo protettore. Era una forma di schiavitù orrenda, e difficile da concepire. In quel momento Andy nutriva scarse speranze nei riguardi della condizione umana: dalla notte dei tempi la crudeltà aveva regnato senza sosta. Apparentemente l'unica cosa a essere cambiata era il modo in cui la gente viaggiava e comunicava, e la dimensione delle armi che rivolgeva contro il prossimo.

Risalito in auto, sulla Highway 277 vide una di quelle tristi creature che passeggiava languidamente sul bordo della strada, jeans attillati e seno nudo. La giovane puttana era magra e tatuata, e indossava una striminzita casacca bianca lavorata a maglia. Rallentò, incrociando i suoi occhi beffardi e privi di paura. La donna aveva più o meno la sua stessa età, ma le mancavano quasi tutti i denti davanti. Andy cercò di immaginare una conversazione e un incontro con lei, chiedendosi se abbandonarsi a quell'attrazione equivalesse a rubare il fuoco agli dèi, o a qualche altro gesto di portata mitica, se a procurare quel senso di potenza

155

fosse un impulso irresistibile e male indirizzato. Fantasticò di starle sopra, e poi sotto, anche se solo per un brevissimo, oscuro attimo di degradazione. Pensò che forse lei rideva dei suoi clienti, odiandoli almeno tanto quanto odiava se stessa. Continuò a osservare il suo riflesso nello specchietto retrovisore, mentre lei gli restituiva lo sguardo con un sorrisetto di sfida, in attesa che lui si decidesse. Forse in passato era stata bella. Andy accelerò allontanandosi, mentre alle sue spalle un furgone accostava e si fermava al posto suo.

La sera dopo era di nuovo in giro per la città, ma la realtà gli sembrava strana e diversa. In principio credette che fosse solo uno scherzo della sua immaginazione. Da quando aveva messo piede fuori dall'*Observer* non aveva fatto altro che vedere poliziotti ovunque, a bordo di volanti bianche e immacolate. Lo osservavano e lo seguivano, ma continuava a ripetersi che non poteva essere vero, che era solo stanco e che lavorava troppo di fantasia. Era una serata fiacca, nella vaschetta delle notizie per la stampa non c'era nessun rapporto interessante, a meno che non se li fosse già fregati tutti Webb. Anche lo scanner era parco di annunci. Almeno finché non scoppiò un incendio. Brazil non perse tempo. Il rogo era enorme e illuminava il cielo sopra Adam One, dalle parti dell'incrocio tra la Nations Ford e York Road. L'adrenalina gli scorreva nelle vene riempiendolo di carica nervosa. Era tutto concentrato nella sua corsa verso l'incendio, quando di colpo alle sue spalle si mise a suonare una sirena. Lanciò un'occhiata nello specchietto.

— Oh, merda.

Poco dopo si trovava sul sedile del passeggero in una volante della polizia, e gli stavano facendo una multa mentre l'incendio proseguiva senza di lui.

— Ho il tachimetro rotto. — Come scusa era un po' logora.

— Lo faccia riparare. — L'agente era antipatico e non sembrava affatto di premura.

156

— Le spiacerebbe scrivere un po' più in fretta? — chiese allora Brazil, in tono gentile. — Anch'io ho un articolo che mi aspetta.

— Avrebbe dovuto pensarci prima di infrangere la legge.

— Chiaramente maldisposto.

Mezz'ora più tardi, Andy Brazil stava parlando alla rice-trasmittente, allontanandosi dal luogo dell'incendio che ancora divorava un edificio abbandonato. Le fiamme danzavano sul tetto, e dall'alto delle loro scale i pompieri dirigevano potenti getti d'acqua verso le finestre. Nel cielo stazionavano elicotteri della stampa. Andy stava comunicando a un redattore della cronaca cittadina i particolari della scena.

— Un vecchio deposito sgombro. Nessun ferito — disse nel microfono.

Nello specchietto retrovisore, un'altra volante lo stava seguendo. Era pazzesco.

— Metti insieme un paio di paragrafi — gli rispose il collega via etere.

Lo avrebbe fatto, sì. Ma adesso Brazil aveva qualcosa di più importante a cui pensare. Dunque non si era immaginato tutto, la minaccia era reale e lui non poteva permettersi altre multe o segnalazioni sul curriculum. Cominciò a guidare così come giocava a tennis, un servizio di qua, una schiacciata di là, un po' d'effetto e una cannonata di diritto sulla testa dell'avversario. Stronzo, pensava, mentre la volante gli arrancava alle spalle. Anche la pazienza di Brazil aveva un limite.

— Ora basta!

L'auto della polizia lo tallonava nella corsia di destra. Andy proseguì a una velocità costante, quindi voltò di colpo in Runnymede Lane. L'agente gli stava incollato al paraurti. Finalmente, a un semaforo rosso, rallentarono. Brazil non guardò nello specchietto né lasciò in alcun modo intuire di essersi accorto del problema. Sedeva tranquillo sul sedile di pelle, fingendo di voler sintonizzare una radio che in realtà taceva da anni. All'ultimo secondo sterzò portandosi sulla corsia di sinistra e l'agente fece altrettanto, lanciandogli un sorrisetto gelido che Brazil fu lesto a ricambiare. Bene, il messaggio era chiaro: voleva la guerra, e guerra avrebbe avuto. Avevano superato il punto di non ritorno. Brazil pensava in fretta. L'agente Martin, invece, con la sua calibro 40, il fucile e il motore 5 litri a 8 cilindri, non aveva nemmeno bisogno di pensare.

Il semaforo tornò verde. Andy mise in folle e pompò sul pedale dell'acceleratore come se dovesse far decollare un'astronave. Anche l'agente Martin schiacciò a tavoletta, solo che la sua Ford era ancora in marcia, e si trovava già a metà dell'incrocio quando Brazil effettuò una rapida inversione a U schizzando nella direzione opposta di Barclay Downs. Rimbalzò via sulla Morrison, aprendosi un varco in mezzo a un sentiero intricato che sfociava in un passaggio scuro nel cuore di Southpark Mall. La sua corsa terminò di fianco a un cassonetto dei rifiuti.

Il cuore gli batteva all'impazzata. Spense i fari e rimase seduto immobile, spaventato e con il cervello sconvolto dai pensieri. Cercò di immaginare cosa sarebbe successo se l'agente l'avesse trovato. Lo avrebbe arrestato per aver tentato di fuggire e opposto resistenza all'arresto? O si sarebbe ripresentato scortato da qualche collega, pronto a rompergli le ossa in quell'angolo buio e isolato dove nessun cittadino videoamatore avrebbe mai avuto la possibilità di filmare la scena? Stava inghiottendo a fatica, quando all'improvviso la quiete fu rotta da un antifurto che si mise a suonare come una specie di martello pneumatico. Lì per lì Andy pensò che l'allarme avesse in qualche modo a che fare con la sua fuga, ma poi una porta sul retro di un edificio si spalancò sbattendo contro il muro di mattoni. Due giovani ne uscirono di corsa, reggendo scatole di materiale appena rubato da un negozio di Radio Shack.

— 911! — gridò Brazil nel microfono collegato alla redazione. Poi, rivolto a se stesso: — Bella mossa, Andy! Utile, soprattutto.

— Che c'è? — gracchiò una voce dal giornale.

Brazil ripartì con uno stridio di gomme, accendendo i fari. I ladri avevano qualche difficoltà a muoversi, oberati dal peso della refurtiva. Le prime a cadere furono le scatole più piccole, per la maggior parte walkman, riproduttori CD portatili e modem per computer. Ma era chiaro che i due avrebbero tenuto duro almeno con le radio e i minitelevisori. Via radio Andy diede istruzioni a un redattore di chiamare il 911 e di appoggiare la cornetta vicino alla trasmittente, perché anche il centralino del Pronto Intervento potesse udire i messaggi di Brazil.

— Rapina in corso. — Parlava come una macchinetta, senza smettere di inseguire le sue prede. — Southpark Mall. Due maschi di razza bianca corrono in direzione est su Fairview Road. Mandate un'unità mobile sul retro di Radio Shack, prima che qualcun altro recuperi la refurtiva abbandonata.

I due ladri tagliarono per un parcheggio, quindi imboccarono un'altra viuzza scura, con Brazil che riferiva alla radio ogni loro minimo spostamento, tallonandoli come un cane pastore alle calcagna del suo gregge. Erano entrambi ancora troppo giovani per acquistare legalmente alcolici, ma da quando avevano avuto l'età per stare in piedi da soli fumavano hashish, rubavano, mentivano e continuavano a entrare e uscire di galera. Nessuno dei due era particolarmente in forma. Un conto era fare qualche canestro e ballare davanti agli amici agli angoli delle strade, un altro correre a perdifiato per interi isolati. In particolare, Devon era consapevole del fatto che ben presto un polmone, se non tutti e due, gli avrebbe ceduto. Sentiva il sudore bruciargli negli occhi, gli tremavano già le gambe e, se non erano allucinazioni, si vedeva circondato da ogni angolo del pianeta dalle luci rosse e blu degli UFO della sua infanzia.

— Ehi — gemette. — Ehi, molliamo tutto e scappiamo!

— Stiamo già scappando, amico.

In quanto a Ro, di cui tutti ormai si erano dimenticati il

nome per intero, piuttosto che mollare il malloppo sarebbe andato all'inferno. Anche solo il televisore sarebbe bastato a tenerlo a galla per una settimana, o forse avrebbe potuto barattarlo con una pistola nuova, stavolta con la fondina. La Smith & Wesson .357 d'acciaio inossidabile, con i suoi dieci centimetri di canna infilati posteriormente nella cintola dei jeans larghi, non sarebbe infatti rimasta ferma al suo posto ancora a lungo. Mentre il sudore gli offuscava la vista e le sirene ululavano sempre più forte, Ro sentì che il cannone stava irrimediabilmente scivolando verso terra.

— Merda! — inveì.

Ormai la pistola era sprofondata per intero nei pantaloni e aveva iniziato la sua discesa finale. Oh, Signore, pregò Ro, fa che non mi spari in quel posto. Non se lo sarebbe più dimenticato. Il revolver sgusciò attraverso strati di boxer enormi affondandogli tra le cosce, sfiorando un ginocchio e infine riemergendo con la bocca della canna puntata sulla linguetta di una Fila in pelle. A quel punto Ro ne assecondò l'uscita con una scrollata della gamba. Non fu un'impresa semplice da realizzare in piena corsa, con alle calcagna mezzo dipartimento di polizia di Charlotte e un bianco scatenato a bordo di una BMW. La pistola rotolò rumorosamente per terra, mentre il cerchio di auto bianche con i lampeggiatori sul tetto si chiudeva intorno a loro. I due balordi si fermarono.

— Merda — ripeté Ro.

La ricompensa che spettava a Brazil per il suo coraggioso contributo al mantenimento dell'ordine pubblico si sarebbe dovuta concretizzare nell'onore di ammanettare personalmente i due sospetti per poi spingerli sul sedile posteriore di una volante. Ma Andy non aveva tutti i poteri dei colleghi regolari. Anzi, quella sera era in servizio pagato per il giornale e non fu facile spiegare per quale motivo, al momento della rapina, si trovava in una viuzza scura dietro un negozio di Radio Shack. Dovette ripetere più volte la sua storia, seduto dalla parte del passeggero nell'auto dell'agente Weed.

— Allora ricapitoliamo — stava dicendo la Weed in quel momento. — Per quale ragione lei si trovava parcheggiato là dietro a fari spenti?

— Pensavo di essere seguito — spiegò Brazil per l'ennesima volta, in tono paziente.

L'agente lo guardò in faccia, incerta sul da farsi. Sapeva solo che quel giornalista le stava mentendo. Perché tutti i giornalisti mentono, sempre. Era quasi pronta a scommettere che si era imboscato per schiacciare un pisolino sul lavoro, o magari per masturbarsi, o per fumare un po' d'erba, o per tutte e tre le cose insieme.

— Seguito da chi? — La Weed teneva appoggiato in grembo il supporto metallico con la clip per i fogli, e stendeva il suo rapporto.

— Qualcuno su una Ford bianca — rispose Brazil. — Nessuno che io conosca.

Era ormai tardi quando finalmente poté allontanarsi da Southpark, senza peraltro aver ricevuto una parola di ringraziamento dalla polizia. Gli restava circa un'ora prima di tornare in redazione a scrivere le novità dell'ultimo minuto, ma gli sembrava di avere molto poco da raccontare.

La zona di Myers Park in cui era avvenuto il terribile incidente di Michelle Johnson non era distante, e per qualche strano motivo Brazil continuava a ripensare a lei e a quella fatidica sera. Superò adagio le eleganti residenze di Eastover, fantasticando sui ricchi inquilini che le abitavano e sui sentimenti che dovevano provare per la morte dei Rollins, loro vicini di casa. La famiglia Rollins viveva dietro il Mint Museum. Quando Brazil fu davanti a quella che era stata la loro imponente residenza di mattoni bianchi con il tetto di rame, si fermò e rimase a guardare. Le luci accese servivano unicamente a tenere lontani i ladri, perché in casa non c'era nessuno, né ci sarebbe mai più stato. Pensò al padre, alla madre e ai tre figli, tutti morti nel giro di un unico, violentissimo

161

istante, i loro destini casualmente e inesorabilmente incrociati, le loro vite perdute.

Brazil non aveva sentito parlare spesso di incidenti o sparatorie in cui a morire fossero dei ricchi: un aereo privato che di quando in quando precipitava, oppure, come negli anni Ottanta, un violentatore seriale che colpiva solo a Myers Park. Brazil immaginò un giovane incappucciato che bussava alle porte mosso dall'unica ed esclusiva intenzione di stuprare donne in casa da sole. Era forse il rancore a innescare simili crudeltà? Una specie di "in culo a voi, ricchi di merda"? Tornando a muoversi e contemplando nuove finestre illuminate, Brazil cercò di calarsi nello stato mentale di un personaggio così efferato.

Si rese conto che, con tutta probabilità, il violentatore aveva fatto ciò che anche lui stava facendo proprio quella sera: guardarsi intorno e cercare, forse però a piedi. Aveva spiato e architettato, e ciascun atto in sé non doveva essere stato più importante della fantasia che lo aveva preceduto. Brazil non riusciva a concepire violenza peggiore di uno stupro. Nella sua breve vita aveva sopportato le sprezzanti irrisioni di un numero di maschi sufficiente a fargli provare quella che era una paura tipicamente femminile. Non avrebbe mai dimenticato le parole del capo della sicurezza del Davidson, il signor Briddlewood: «Cerca di non finire mai in prigione, ragazzo, perché quelli sanno come farti piegare la schiena».

Il rottame si trovava ancora dove la Selwyin e le varie Queens Road si intersecavano generando non poca confusione, e Brazil riconobbe immediatamente la scena dell'incidente. Ciò che però non si aspettava di vedere era la Nissan parcheggiata sul ciglio della strada. Avvicinatosi, si accorse con un certo sgomento che nell'abitacolo sedeva l'agente Michelle Johnson in persona, in lacrime. Brazil si fermò a sua volta. Scese dalla macchina e si diresse verso l'auto della donna, a passo deciso e sicuro come se a guidarlo fosse una missione divina. Si chinò a guardare attraverso il finestrino, ipnotizzato dalla vista dell'agente che piangeva, il cuore che gli martellava nel petto. Anche lei alzò lo sguardo, e ciò che vide dovette sorprenderla a tal punto che d'istinto afferrò la pistola. Poi riconobbe il giornalista ma, per quanto rassicurata, le montò un senso di rabbia.

— Via di qui! Se ne vada! — gli gridò.

Brazil la fissava, incapace di muoversi. La Johnson mise in moto.

— Avvoltoi! Siete dei maledetti avvoltoi!

Andy era paralizzato. E quella sua reazione era così strana e insolita per un giornalista che la stessa Johnson ne rimase colpita, perdendo ben presto ogni desiderio di fuga. Continuarono a guardarsi senza fare nulla.

— Volevo solo aiutarla — disse lui a un certo punto Brazil.

Un lampione illuminava le schegge di vetro e le macchie nere sul selciato, facendo risaltare il tronco martoriato dell'albero attorno a cui si era accartocciata la Mercedes. Nuove lacrime sgorgarono. La Johnson si asciugò la faccia con le mani, doppiamente umiliata dallo sguardo insistente del giornalista. Sospirava e gemeva come fosse in preda a un attacco incontrollabile, ma sempre consapevole della pistola che avrebbe potuto mettere fine a tutta la sua sofferenza.

— Quando avevo dieci anni — riprese il cronista — mio padre faceva il poliziotto qui. Lo ammazzarono in servizio, doveva avere più o meno la sua età. Anche lei si sente un po' così.

Continuando a piangere, la Johnson sollevò il viso e lo guardò.

— Erano le otto e ventidue di sera del ventinove marzo. Una domenica. Dissero che era stata colpa sua — proseguì Brazil, la voce che gli tremava. — Indossava abiti civili. Seguì un'auto rubata in Adam Two, fuori dal suo distretto. Non avrebbe dovuto cercare di fermarla. I rinforzi non arrivarono. Non in tempo, almeno. Lui stava solo cercando di fare del suo meglio, ma... — Aveva la voce rotta, si schiarì la gola. — Be', lui non poté nemmeno difendersi raccontando la propria versione dei fatti.

Brazil distolse lo sguardo, odiando la strada e la sera che lo avevano privato di quella vita. Della sua stessa vita. Lasciò cadere un pugno sul tetto della macchina.

— Mio padre non era un cattivo poliziotto! — gridò.

L'agente Johnson rimase in silenzio, sentendosi stranamente svuotata. Poi: — Preferirei essere al suo posto — disse. — Preferirei essere morta.

— No. — Andy si chinò a fissarla negli occhi. — No. — Vide la mano sinistra di Michelle appoggiata al volante, vide la sua fede d'oro. Allungò un braccio nell'abitacolo, stringendo quello della donna. — Non abbandoni nessuno — le disse.

— Oggi ho restituito il distintivo — aggiunse lei.

— Sono stati loro a obbligarla? Non mi sembra ci siano prove...

— Non mi ha obbligata nessuno — lo interruppe Michelle. — Ma pensano che io sia un mostro! — E ricominciò a piangere.

Brazil era determinato. — Possiamo fargli cambiare idea. Lasci che l'aiuti.

L'agente Johnson aprì la portiera di destra e lo fece salire.

10

Il mattino seguente Virginia West entrò con il solito bicchierino di caffè e la solita, sanissima colazione di Bojangles,
mentre il comandante Hammer stava annaffiando le piante.
Il telefono suonava, ma Judy irrorava imperterrita le sue or-
chidee. Sollevò lo sguardo senza salutare. Era una donna di
poche parole.

— Dunque dunque — disse poi, continuando a spruzzare
con il vaporizzatore. — Si lancia in un inseguimento che
porta a due arresti, sventando da solo una rapina a Radio
Shack. I due ladri agivano indisturbati in città da otto mesi.

Si fermò un attimo a esaminare un fiore bianco appena
sbocciato. Quel giorno la Hammer indossava un completo
di seta nera a righine sottili e una camicetta, sempre nera e
sempre di seta, con colletto alto e ricami in perle d'onice.
Stava benissimo, e a Virginia West lo stile del suo capo piaceva molto. Era orgogliosa di lavorare per una donna così
bella e decisa, con due splendide gambe e modi tanto civili
sia con gli umani sia con i vegetali, una donna capace di
mettere in riga anche i migliori.

— E, in qualche modo, è anche riuscito a farsi raccontare
la verità dalla Johnson. — Indicò con un cenno della testa il
giornale del mattino, sulla scrivania. — Facendo luce sulla
sua presunta responsabilità nella morte di quei poveretti.
Michelle ritirerà le dimissioni.

Judy Hammer si spostò verso un *Citrus mitis* nei pressi di

una finestra e prese a staccare le foglie morte dai rami arbustivi sempre carichi di frutti. — Ho parlato con lei stamattina. Insomma, Brazil non era nemmeno in servizio... — Fece una pausa, rivolgendo un'occhiata alla sua vice. — Hai ragione, Virginia, non è il caso di lasciarlo girare da solo. Dio solo sa che cosa non combinerebbe se indossasse anche la divisa. Vorrei poterlo trasferire in qualche città a cinquemila chilometri da qui.

Virginia West sorrise, mentre il capo controllava acari e ragnetti e dissetava un fusto di mais con un piccolo innaffiatoio di plastica. — In altre parole — le disse, — vorresti che lavorasse per te. — La carta del sacchetto di Bojangles scricchiolò.

— Tu mangi troppe schifezze — ribatté la Hammer. — A me ne basterebbe la metà per morire.

— Brazil mi ha telefonato — riuscì finalmente ad annunciare il vicecomandante, rimettendo nel sacchetto il contenitore unto della tartina. — Sai perché si trovava dietro il negozio di Radio Shack?

— No. — Prima di occuparsi delle violette africane, Judy Hammer lanciò un'occhiata incuriosita a Virginia West.

Cinque minuti più tardi il comandante percorreva a passo deciso un lungo corridoio al primo piano della centrale. La sua espressione non era affatto amichevole. I colleghi che incrociava la guardavano e annuivano. Raggiunta una certa porta, afferrò la maniglia e aprì. Una folla di agenti in divisa sussultò nel vedere l'elegante capo entrare con quel cipiglio. Il vicecomandante Jeannie Goode stava impartendo istruzioni di servizio a decine di poliziotti.

— Tutte, e dico *tutte* le inchieste vanno riportate al capitano... — La Goode si interruppe alla vista di Judy Hammer che la puntava. Sapeva riconoscere i guai a colpo d'occhio.

— Vicecomandante Goode — la chiamò a gran voce il superiore. — Lei conosce il significato della parola molestie?

Jeannie Goode sbiancò in viso. Sentendosi quasi svenire, si appoggiò alla lavagna sotto gli sguardi dei poliziotti paralizzati. Non poteva credere che il comandante intendesse screditarla davanti a trentatré agenti della 1ª Divisione, due sergenti e un capitano.

— Andiamo di sopra nel mio ufficio — propose con un pallido sorriso.

Ma Judy Hammer rimase ferma davanti alla truppa e incrociò le braccia. — Io credo invece che possa servire a tutti — rispose in tono calmo. — Mi è stato riferito che alcuni agenti hanno pedinato per tutta la città un giornalista dell'*Observer*.

— E chi glielo ha riferito? — ribatté la Goode in tono di sfida. — Lui? Perché lei gli crede?

— Non ho mai detto che è stato lui — la informò il comandante.

Quindi fece una lunga pausa. Il silenzio che regnava nella sala diede i brividi a Jeannie, che si ritrovò a pensare alle pillole rosa di antidiarroico Kaopectate nel cassetto della sua scrivania. Il secondo piano le sembrava lontanissimo.

— Una sola volta — disse la Hammer, guardando tutti i presenti. — Una sola volta ancora, e sarà l'ultima.

La sua uscita fu accompagnata da un secco rumore di tacchi alti. Quando cercò di mettersi in contatto con Andy Brazil, a risponderle fu una donna forse ubriaca o forse sdentata, o forse entrambe le cose. Judy Hammer riagganciò e riprovò con il numero di Panesa.

— Non ho intenzione di permettere che i miei giornalisti vengano minacciati o derisi... — esordì subito lui.

— Lo so, Richard, lo so — rispose lei in tono scoraggiato, osservando dalla finestra il profilo della città. — Ti prego di accettare le mie scuse e la promessa che nulla di simile si ripeterà in futuro. Desidero anzi rivolgere un encomio ufficiale a Andy Brazil per l'aiuto offerto ieri notte alle forze dell'ordine.

— E quando sarebbe?

— Subito.

— Potremmo scriverlo sul giornale.

La Hammer non poté trattenere una risata. Quell'uomo le stava proprio simpatico. — Senti — gli disse — tu scrivi-

167

lo pure sul giornale, ma fammi un favore: evita di raccontare perché Brazil si stava nascondendo.

Panesa dovette pensarci su un momento. In genere le storie di molestie ai cittadini e di abuso di poteri da parte della polizia facevano molto più scalpore delle notizie positive, delle cronache di qualche provvidenziale intervento con cui si ribadivano il senso e il valore della responsabilità collettiva.

— Ascolta — riprese la Hammer. — Se la cosa dovesse ripetersi, ti autorizzerò a sbatterla in prima pagina, d'accordo? Non potrei certo biasimarti. Ma non vorrai far pagare subito a un intero dipartimento di polizia la stronzaggine di un unico individuo, spero.

— La stronzaggine di un unico individuo? — le fece eco Panesa, più che mai interessato. Chissà che a tirare un po' la corda non si potesse ottenere qualche informazione in più.

— Sì, e sono già state prese le contromisure adeguate. — Il comandante non aveva nulla da aggiungere. — Mi daresti l'interno di Brazil, per favore? Vorrei chiamarlo.

Quella richiesta sortì un effetto notevole sul direttore del giornale. Attraverso la parete di cristallo osservò il giovane cronista che, come sempre, era arrivato in anticipo sul lavoro per occuparsi di qualcosa che nessuno gli aveva chiesto di fare. Panesa diede a Judy Hammer l'interno richiesto, quindi rimase a godersi la sua espressione sbalordita dopo che Brazil ebbe sollevato la cornetta trovando all'altro capo del filo la massima autorità della polizia di Charlotte.

— Judy Hammer. — La voce risuonò familiare e amplificata dalla linea.

— Sissignora. — Istintivamente Andy raddrizzò la schiena, urtando il bicchierino del caffè e rovesciandolo, quindi tirò indietro la sedia e sottrasse alla tiepida inondazione alcuni taccuini e fogli sparsi sulla scrivania.

— Ascolti, so tutto di ieri notte. — Il comandante andò subito al punto. — Ci tenevo solo a comunicarle di persona che comportamenti simili non sono affatto tollerati dal dipartimento di polizia di questa città. Non sono tollerati dalla sottoscritta e non si ripeteranno mai più. La prego di accettare le mie scuse, Andy.

Sentirsi chiamare addirittura per nome gli riscaldò il cuore e lo fece arrossire fino alla punta delle orecchie. — Sissignora. — Non sapeva che altro dire.

Si guadagnava da vivere con le parole, ma proprio quando gli servivano di più, sembravano mancargli. Non appena il comandante ebbe riappeso, Brazil si sentì a pezzi. Sicuramente Judy Hammer doveva aver pensato che fosse un povero idiota lobotomizzato, un becero, un pappamolla. Almeno avrebbe potuto ringraziarla, santo Dio! Si mise ad asciugare la macchia di caffè, poi sedette con lo sguardo perso davanti al computer. Se l'avesse richiamata, lei non gli avrebbe certo risposto. Doveva già essere impegnata in cose molto più importanti. Non avrebbe perso altro tempo con lui. Ormai si era scordato completamente dell'articolo che stava componendo, un pezzo sulle perdite minime riportate dalla First Union Bank in un caso di frode. E come al solito Tommy Axel, seduto non distante, non esisteva nemmeno.

Invece Tommy, quel mattino, non aveva perso di vista Brazil un solo secondo, ed era certo che in lui cominciassero finalmente ad agitarsi tenere emozioni. Anche adesso, per esempio, nel vederlo arrossire. Ottimo segno. Axel non riusciva più a concentrarsi sulla recensione dell'ultimo disco di Wynonna Judd, purtroppo per lei. Quello che avrebbe potuto essere un bel pezzo su un album favoloso era destinato a trasformarsi in una relazione in freddo gergo per addetti ai lavori, costandole così qualche milione in meno di dischi venduti. Perché Tommy Axel aveva quel potere. Sospirò, cercando il coraggio necessario per rivolgere a Brazil l'ennesimo invito a cena, a un concerto o a uno spogliarello per gay. Forse sarebbe riuscito a farlo bere un po', o a fargli fumare un po' d'erba, a scioglierlo, insomma, e a fargli provare il vero gusto della vita.

Disperato, Brazil guardò di nuovo il telefono. Al diavolo: che male poteva venirgli dal mostrarsi un po' più coraggioso? Agguantò la cornetta, consultò il Rolodex e compose un numero.

— Ufficio del comandante Hammer — rispose una voce maschile.

Andy si schiarì la gola. — Andy Brazil, del *Charlotte Observer* — disse con voce sicura. — Mi chiedevo se non fosse possibile parlare con il comandante.

— A proposito di cosa?

Non doveva lasciarsi intimorire. Era troppo tardi, ormai, il passo era fatto e non gli restavano possibilità di fuga.

— Volevo solo ricambiare la sua chiamata — riprese sempre con tono saldo, come se uno scambio reciproco di telefonate tra lui e il comandante fosse una cosa all'ordine del giorno.

Il capitano Horgess non seppe cosa rispondere. La Hammer aveva composto direttamente il numero del giornalista? Senza passare dal centralino? Horgess odiava essere scavalcato in quel modo. Accidenti, non sarebbe mai riuscito a controllare quella donna. Premette il pulsante di attesa, senza nemmeno degnarsi di informare Brazil. Due secondi dopo la voce di Judy Hammer tornò a farsi sentire, cogliendo Andy di sorpresa.

— Mi dispiace disturbarla — disse subito.

— Oh, nessun problema. Posso esserle d'aiuto? — rispose lei.

— No, veramente no. Cioè, voglio dire che non si tratta di un articolo. Volevo solo ringraziarla per quello che ha fatto.

La Hammer rimase zitta. Da quando in qua i giornalisti le telefonavano per ringraziarla di qualcosa?

Brazil interpretò il suo silenzio nella maniera sbagliata. Oh, Dio, ecco che lei stava di nuovo pensando che era scemo. — Be', non si preoccupi, non le ruberò altro tempo — riprese, parlando in fretta. Stava scompensando. — Io, ecco, mi sembrava che fosse una cosa grossa. Cioè, è quello che ho pensato. Perché non era obbligata a farlo, no? Una persona nella sua posizione. Al suo posto non si sarebbero sbilanciati in molti.

La Hammer sorrise, tamburellando con le unghie su una risma di documenti. Doveva andare dalla manicure. — Ci rivediamo in dipartimento — gli disse, riagganciando in preda a una vaga sofferenza.

Aveva due figli, che la trattavano sempre male. Questo non le impediva di chiamarli ogni domenica sera, o di mettere da parte un fondo per gli studi dei nipotini, o di offrire biglietti aerei gratis in qualunque momento avessero avuto voglia di andarla a trovare. Ma loro non condividevano tutta quell'espansività, e in cuor suo Judy Hammer ne riteneva responsabili i geni ereditati dal ramo paterno, peraltro molto scarsi. Nessuna meraviglia che ci avesse messo tanto prima di rimanere incinta. Alla fine si era scoperto che gli spermatozoi di Seth si contavano sulle dita di una mano. Randy e Jude erano due single con famiglia, a Venice Beach e a Greenwich Village. Randy voleva diventare attore, Jude suonava come batterista in un gruppo. Entrambi facevano i camerieri. Judy Hammer li adorava. Seth invece no, e quella era una conseguenza diretta del fatto che raramente venivano a trovare i genitori, cosa di cui Judy in segreto si doleva.

Improvvisamente si sentì depressa. Che stesse covando qualche malanno? Chiamò il capitano Horgess all'interfono. — Che impegni ho per l'ora di pranzo? — chiese.

— L'assessore Snider — fu la risposta.

— Cancelli e si metta in contatto con Virginia West. Le dica di venire nel mio ufficio a mezzogiorno.

11

Il Presto Grill, acronimo di *Peppy Rapid Efficient Service Tops Overall*, ovvero Servizio Rapido, Gagliardo, Efficiente Batte Tutti, si trovava in una brutta zona della città. Qualunque poliziotto dell'area di Charlotte-Mecklenburg sapeva però che Judy Hammer e Virginia West si incontravano lì a colazione tutti i venerdì mattina. Quell'appuntamento veniva tenuto d'occhio molto più di quanto si supponeva che le due donne sapessero, visto che nessun agente interessato alla propria carriera avrebbe corso il rischio di lasciare che qualcosa di brutto succedesse al comandante o al vicecomandante durante il proprio turno di servizio.

Il piccolo locale conservava ancora l'aspetto che aveva negli anni Quaranta, quando era stato costruito. Si trovava in West Trade Street, circondato da aree di parcheggio degradate e poco distanti dalla chiesa battista di Mount Moriah. Se il tempo lo permetteva, Judy Hammer preferiva recarsi fin lì a piedi, come quel giorno. La West invece, potendo, sceglieva sempre la macchina. Questa volta non era toccato a lei decidere.

— Bel vestito — le disse il comandante. Virginia aveva optato per ventiquattr'ore di libertà dalla divisa e sfoggiava una camicetta rossa sotto giacca e pantaloni blu. — Perché non metti mai la gonna?

Non era una critica, solo curiosità. Il vicecomandante West aveva un figura molto graziosa e un bel paio di gambe.

— Perché le detesto, le gonne — rispose lei, il fiato un po' corto. Judy Hammer aveva un passo insostenibile. — Credo che i collant e i tacchi alti siano il prodotto di una cospirazione maschile. Come i piedi fasciati dei cinesi. Un modo per menomarci. Per rallentarci.

— Teoria interessante — commentò la Hammer.

L'agente della 1ª Divisione Troy Saunders fu il primo a notarle, e il primo a essere colto da indecisione. Cercò riparo in Cedar Street, domandandosi se fosse il caso di avvertire i colleghi in zona. Era ancora sotto l'effetto dell'impetuosa entrata di Judy Hammer alla riunione di servizio: se aveva ammonito tanto severamente i poliziotti che seguivano, molestavano, spiavano e pedinavano la gente comune, non avrebbe considerato una molestia essere lei stessa spiata o pedinata durante l'ora del pranzo? Cristo! Saunders si fermò in un parcheggio All Right, il cuore che accelerava.

Lanciò un'occhiata negli specchietti retrovisori e controllò le vetture posteggiate, cercando di prendere una decisione. Alla fine gli parve che non fosse il caso di correre il rischio. Soprattutto visto che lui c'era, e che aveva udito ogni singola parola indirizzata dal comandante Hammer a Jeannie Goode. Il capo avrebbe potuto controllare il registro presenze e scoprire che lui era lì, seduto a solo tre sedie di distanza da lei: come minimo lo avrebbe accusato di insubordinazione per disobbedienza a un ordine esplicito. Anzi, era certo che la Hammer avesse guardato proprio lui, mentre diceva: «Una sola volta ancora, e sarà l'ultima». No, non avrebbe allertato alcun collega. Parcheggiò nell'angolo più remoto del parcheggio e si accese una sigaretta.

Alle dodici e venti gli abituali avventori avevano già preso posto sui loro sgabelli preferiti davanti al bancone di formica del Presto Grill. Gin Rummy fu l'ultimo a sedersi, con la solita banana che gli spuntava dalla tasca posteriore e che contava di conservare per l'attacco di fame di metà pomeriggio, quando si sarebbe trovato al volante del suo vecchio taxi Ole Dixie bianco e rosso.

— Potresti farmi un hamburger? — disse a Spike.

— Sì che potrei — gli rispose lui, schiacciando il bacon sulla piastra.

— Lo so che è presto.

— Ehi, no che non è presto. — Spike liberò un angolo della griglia e ci sbatté sopra un hamburger surgelato. — Quand'è stata l'ultima volta che hai guardato l'orologio, Rummy?

Era il nome con cui lo chiamavano tutti. Rummy sorrise, scuotendo timidamente la testa. In genere si presentava all'ora di colazione, ma quel giorno era un po' in ritardo. Anche le due signore di solito vengono al mattino, pensò. Forse è quello il problema. Nel mondo regna una gran confusione. Scosse di nuovo la testa, fece un sorriso e sistemò meglio la banana per non ammaccarla.

— Perché ti porti in giro una banana a quel modo? — gli chiese il vicino, Jefferson Davis, un manovratore di ruspe che non si stancava mai di raccontare di aver contribuito alla costruzione della USBank. — Infilatela nella tasca della camicia, piuttosto, no? — proseguì, battendo un colpetto sulla camicia a scacchi rossi di Rummy. — Così non rischi di sederti sopra.

Altri avventori seduti al banco, per la precisione otto, si unirono alla discussione sulla banana di Rummy e il consiglio dato da Davis. Alcuni avevano davanti puntine di manzo in salsa gravy, altri purè di fegato, cavolo riccio e formaggio alla piastra.

— Già, così poi ce l'ho sotto il naso tutto il giorno — argomentò Rummy sforzandosi di spiegare la sua filosofia. — Mica resisto senza mangiarla. Invece devo tirare fino alle tre o alle quattro.

— E allora lasciala nel cruscotto.

— Non c'è posto.

— Che ne dici del sedile di fianco al tuo? Tanto i clienti li fai salire dietro, no? — Spike depositò sul piatto un hamburger con doppio formaggio, condimento *thousand island* al posto della maionese e cipolle fritte di contorno.

— Naah. A volte ci appoggio le valigie. — Rummy tagliò con precisione l'hamburger a metà. — O magari me ne capitano quattro tutti insieme, come alla stazione dei pullman, e uno devo metterlo davanti. Se vedono una banana sul sedile, poi pensano che mangio mentre guido.

— Be', ma è quello che fai, giusto?

— Eh, sì.

— Vero. Vero.

— Ammettilo, fratello.

— Non se c'è qualcuno a bordo. No. — Rummy scosse la testa, masticando, così la banana rimase dov'era.

Judy Hammer non ricordava il Presto come un locale tanto rumoroso. Lanciò un'occhiata ai tizi seduti al banco, quasi aspettandosi di veder scoppiare una rissa da un momento all'altro. Le era parso che qualcuno avesse detto a qualcun altro di ficcarsi qualcosa da qualche parte, e che gli altri gli stessero dando manforte. Era un bel po' che non le capitava una rissa di quelle vere, escludendo naturalmente i diverbi con Seth. Ma non era neanche stupida. Sapeva benissimo che in quel momento lì intorno c'erano almeno venti autopattuglie che spiavano ogni forchettata di insalata che lei si portava alla bocca. Era una rottura di scatole, ma non se la prendeva con i suoi uomini, anzi, tutto sommato apprezzava le loro attenzioni. Le trovava quasi commoventi, sebbene fosse consapevole che la tenevano d'occhio solo per salvarsi il posto, e non per salvare la sua pelle.

— Forse avrei dovuto parlarle in privato — stava dicendo a Virginia West.

In realtà il vicecomandante avrebbe preferito che l'avesse ripresa davanti all'intero dipartimento di polizia, cioè a milleseicento paia d'occhi, o meglio ancora durante una teleconferenza del Consiglio municipale.

— Non essere troppo dura con te stessa — si limitò invece a rispondere con grande diplomazia, finendo le patatine.

— In questo posto si mangia davvero bene — commentò

la Hammer. — Guarda quel tortino di patate: tutta roba fresca.

La West osservò Spike che cuoceva, saltava, sbatteva, mentre i clienti sui loro sgabelli continuavano a discutere sulla bontà di particolari nascondigli per merci rubate, forse droga. Nel cruscotto. Sotto il sedile. Addosso. Era incredibile fino a che punto arrivava la sfacciataggine dei criminali moderni! Se da un lato era vero che lei e Judy indossavano abiti borghesi, dall'altro tutti sapevano chi erano, e la sua radio portatile, con il suo sfrigolio di sottofondo, era appoggiata bene in vista sul tavolo. Sembrava che a quei tizi non importasse nulla, che non provassero il minimo timore nei confronti della legge.

— Te lo dico io cosa devi farci con quella roba — continuò uno di loro, puntando un dito in direzione dell'uomo con la camicia a scacchi. — Mangiartela. E alla svelta, prima che qualcuno ti veda. Così poi chi ti potrà più dire niente, eh?

— Niente, potranno dirti.

— Zero.

— Hai ragione.

— Starci seduti sopra non è la soluzione giusta, Rummy — intervenne Spike. — Come se anche qui non potessi trovare niente del genere, poi. E di qualità, roba d'importazione, al giusto prezzo. Arrivi giornalieri. — Piegò una omelette prosciutto e formaggio. — Invece no. Ogni giorno che Dio manda in terra, tu entri qui con quella roba infilata in tasca. E che diamine! Credi forse di far colpo sulle donne? Di fargli credere che sei contento di vederle?

Vi fu una risata generale. L'unica a non ridere fu Virginia West, capo dell'Investigativa della polizia cittadina. Era seriamente intenzionata a fare subito i conti con qualcuno lì dentro, a costo di arrivare in Colombia e di chiedere aiuto alla DEA o all'ATF.

— Droga — comunicò a Judy Hammer, muovendo le labbra senza emettere alcun suono.

E la Hammer, ancora così preoccupata e agitata per il caso

Goode, sentì subito montarle il sangue alla testa. Come aveva osato quella specie di cerebrolesa superpromossa attentare alla reputazione dell'intero dipartimento di polizia e delle donne in generale? Erano anni che non le capitava di provare un'ira tanto nefasta. Anche Virginia West era chiaramente indignata, e in un certo senso ciò la consolava. Poche persone capiscono cosa significa portare sulle spalle la responsabilità e lo stress dei gradi, e il vicecomandante West perlomeno era una persona integerrima. Una che sapeva quanto fosse sbagliato abusare dei propri poteri.

— Ma ti sembra possibile? — insistette Virginia. Appallottolò rabbiosamente il tovagliolo di carta e fissò lo spacciatore in camicia a scacchi, con una banana nella tasca posteriore. — Io non la capisco, la gente.

Judy Hammer scosse la testa, ormai sul punto di esplodere. — No — rispose. — Non smette mai di stupirmi.

La conversazione fu interrotta dal sopraggiungere di una chiamata alla radio.

— A tutte le unità in zona, isolato seicento su West Trade. Rapina in corso, un maschio bianco armato sta derubando i passeggeri di un pullman...

Un secondo dopo Virginia West e Judy Hammer erano in piedi e stavano uscendo di corsa in direzione della stazione di Greyhound. Alcune unità della 1ª Divisione stavano già rispondendo, ma a quanto pareva nessuna volante si trovava da quelle parti. Quel fatto stupì parecchio il comandante, che arrancava sui tacchi delle Ferragamo, seguita a distanza ravvicinata da Virginia. Girarono intorno alla stazione e imboccarono un viottolo laterale, dove un pullman da quarantasette posti, pieno zeppo, sostava in folle con le portiere aperte.

— Saliamo come semplici passeggeri — sussurrò la West mentre rallentavano il passo.

Judy Hammer annuì. Sapeva già come agire. — Vado io per prima — disse.

Non era esattamente ciò che la West aveva pensato, ma l'ultima cosa che intendeva fare, adesso e in qualunque altro momento, era mettere in discussione la professionalità del suo capo. Le scarpe nere con tacco a spillo del comandante ticchettarono rumorosamente sui gradini di metallo mentre saliva con aria sorridente e ingenua. I passeggeri erano inchiodati dal terrore ai sedili. Il giovinastro bianco avanzava nel corridoio, raccogliendo portafogli, contanti e gioielli in un sacchetto di plastica per i rifiuti.

— Scusate — esordì in tono educato Judy Hammer, senza rivolgersi a nessuno in particolare.

Magic Man si girò di scatto, posando gli occhi sulla graziosa signora in completo nero proprio mentre questa notava la sua pistola. Il sorriso le si congelò sulle labbra, e insieme a lei anche un'altra tizia sembrò paralizzarsi all'istante. Le cose andavano sempre meglio: quelle due troie avevano l'aria di essere ricche.

— È... è questo il pullman per Kannapolis? — chiese la più anziana, balbettando.

— No, questo è il pullman per i vostri portafogli — rispose Magic, sventolando la sua calibro 22.

— Certo, signore. Non voglio causare alcun problema.

Magic ebbe l'impressione che la donna fosse in stato confusionale, forse stava per svenire o pisciarsi addosso. Incespicando avanzò verso di lui e frugò con una mano nella grossa borsa di pelle nera. Era roba bella, magari poteva strappargliela per regalarla a sua madre. E anche le scarpe. Chissà che numero erano? Qualunque informazione egli desiderasse su quelle scarpe, nel giro di un attimo seppe quanto gli bastava. Senza alcun preavviso, la troia gli sferrò un tale calcio nello stinco da fargli mordere la lingua per non urlare. E altrettanto istantaneamente sfoderò una pistola enorme e gliela puntò contro la testa, mentre la sua arma gli veniva sfilata da dietro. Magic si ritrovò a faccia in giù nel corridoio, con l'altra stronza che gli stritolava i polsi con un paio di manette flessibili.

— Ahia! Ahia, sono troppo strette — fece il delinquente, lo stinco che gli pulsava con violenza. — Mi avete rotto una gamba.

Gli ignari passeggeri osservavano la scena a bocca aperta, in uno stato di muto stupore, mentre le due eleganti signore facevano scendere dal pullman il figlio di puttana. All'improvviso arrivarono delle volanti della polizia, i lampeggiatori accesi e le sirene spiegate, e anche quell'apparizione parve a tutti opera delle due gentildonne.

— Per Dio, grazie! Grazie! — disse qualcuno.

— Il Signore sia lodato.

— È un miracolo.

— Batman e Robin.

— Ridatemi la mia catenina d'oro.

— Voglio il mio anello.

— Restate tutti dove siete e non toccate nulla — ordinò in quel momento un poliziotto appena salito a bordo.

L'agente Saunders si augurò che il comandante non lo notasse mentre scendeva dalla macchina.

— Dove vi eravate cacciati? — gli chiese invece, superandolo a passo deciso. Poi, rivolta alla West: — Non ti sembra strano? Di solito ce n'è uno a ogni angolo di strada!

Nemmeno lei sapeva cosa rispondere, ma il suo rispetto per le gonne e le scarpe con tacco a spillo del capo era decisamente cresciuto. Non solo quell'abbigliamento non l'aveva rallentata nell'azione, ma le scarpe si erano anche dimostrate utili. Mentre rientravano nel Presto Grill per pagare il conto, si sentiva più che mai orgogliosa del comandante. Adesso i tizi al banco stavano fumando, e proseguivano la loro conversazione del tutto ignari di quanto era appena successo a un isolato di distanza, alla stazione di Greyhound. Non che un manipolo di spacciatori potesse provare il minimo interesse nei confronti di una rapina a danno di cinquanta innocenti, pensò la West. Lanciò loro l'ennesima occhiata minacciosa e attese che il capo finisse di bere l'ultimo sorso di tè freddo.

— Bene, credo che sia ora di rientrare — disse la Hammer controllando l'orologio.

Andy Brazil seppe dell'incidente attraverso lo scanner. Interruppe un lungo articolo dedicato ai traumi vissuti dai parenti di vittime morte per atti di violenza e si precipitò giù per la scala mobile. Montò in macchina e partì a tutta velocità in direzione della stazione, ma al suo arrivo tutto si era già consumato e risolto con un arresto.

Stava passando di fronte al Presto Grill quando vide uscire Virginia West e Judy Hammer. Sorpreso, si fermò e rimase a osservare le due donne. Innanzitutto non capiva perché due delle figure più importanti della città andassero a mangiare in un cesso simile. E poi non si spiegava come potessero starsene a riempirsi la pancia quando a meno di cinquanta metri c'erano delle vite in pericolo. E sicuramente dovevano aver sentito la notizia, dato che il vicecomandante West aveva con sé la ricetrasmittente.

— Andy — lo salutò Judy Hammer rivolgendogli un cenno della testa.

Virginia invece gli lanciò un'occhiata con cui chiaramente lo invitava a non fare domande. Brazil notò che entrambe indossavano abiti eleganti e che la borsa di pelle nera del capo conteneva uno scomparto segreto per la pistola. Evidentemente vi nascondeva anche il distintivo. In ogni caso, mentre si allontanava a passo svelto, ebbe modo di apprezzare la tensione dei suoi polpacci. Chissà che aspetto avevano le gambe della West, si chiese tornando verso la stazione dei pullman. Qui gli agenti stavano ancora raccogliendo le deposizioni, e non era certo un'impresa da poco. Brazil contò quarantatré passeggeri, autista escluso, e quest'ultimo si dimostrò un ottimo soggetto da intervistare.

Antony B. Burgess guidava pullman da ventidue anni e ne aveva viste di tutti i colori. Lo avevano aggredito, rapinato, dirottato e accoltellato. Al Twilight Motel di Shreveport gli avevano addirittura sparato quando per errore aveva raccolto una passeggera che, alla luce dei fatti, si era rivelato un passeggero. Raccontò a Brazil tutto questo e molto altro, perché quel biondino gli stava proprio simpatico e lui aveva fiuto per quelli che sapevano scrivere una storia.

— Chi se lo sognava che quelle erano due poliziotte? — ripeté Burgess, grattandosi lo scalpo sotto il berretto. — Io non lo avrei mai immaginato. Sono salite vestite di nero, rosso e blu, come Batman e Robin. Una frazione di secondo, e Batman molla un calcio a quel bastardo e ci manca poco che gli fa schizzare le cervella per tutto l'abitacolo, mentre Robin lo ammanetta. Ragazzi, che spettacolo! — Scosse la testa, come se davanti agli occhi avesse una visione. — Ed era il capo della polizia in persona. Così ho sentito dire. Lei ci crede?

Alle cinque del pomeriggio l'articolo era finito, pronto per essere stampato a grandi caratteri in prima pagina. Brazil aveva già visto il titolo in sala composizione:

CAPO E VICECAPO DELLA POLIZIA SVENTANO SEQUESTRO SUL BUS
BATMAN E ROBIN CON I TACCHI A SPILLO?

Virginia West ebbe modo di leggere poco più tardi l'articolo in anteprima, quando Andy Brazil si presentò in uniforme alla centrale e salì sulla sua macchina per un nuovo turno di ronda notturna con il vicecomandante. Era fiero di sé e il pezzo era il migliore che avesse mai scritto. Inoltre era così esaltato dall'impresa delle due donne che quasi quasi voleva chiedere loro l'autografo, o appendersi in camera un poster con la loro fotografia.

— Cristo santissimo — esclamò Virginia per la seconda volta mentre percorrevano il South Boulevard senza una meta precisa. — Ma dovevi proprio scrivere questa stronzata di Batman?

— Sì — insistette Brazil, l'euforia che gli scivolava sotto le scarpe, e intorno a lui il mondo tornava a farsi cupo e minaccioso. — È una citazione. Mica me lo sono inventato io.

— 'Fanculo. — Il giorno dopo Virginia sarebbe diventata lo zimbello dell'intero dipartimento. — Brutto stronzo di un figlio di puttana. — Si accese una sigaretta, immaginando già le risate di Jeannie Goode.

— Questo è un problema di ego — ribatté Andy, che non amava sentirsi criticare troppo sul lavoro. — Adesso sei ar-

181

rabbiata perché non ti va di fare solo da spalla, di essere Robin invece di Batman, e perché è tutto fin troppo vero: Batman è lei, Judy Hammer.

Virginia West gli scoccò un'occhiata degna di una cannonata. Quella notte Brazil non l'avrebbe passata liscia, e avrebbe fatto meglio a tenere il becco chiuso.

— Volevo solo essere onesto — aggiunse invece. — Ecco tutto.

— Ah, sì? — Altra cannonata. — Bene, allora per un minuto *anch'io* sarò onesta. Non me ne frega un cazzo di quello che ti vengono a raccontare, chiaro? Lo sai come si chiamano queste citazioni nel mondo reale? Si chiamano stronzate. Si chiamano spergiuro, dicerie, impeachment, calunnie, mancanza di rispetto, merda!

— Non ho capito l'ultima parola. — Brazil si sforzò di non ridere e, mentre il vicecomandante gesticolava con la sigaretta rendendosi sempre più ridicola, finse di prendere appunti.

— Il fatto è, caro il mio Sherlock, che non è il caso di prendere, ripetere e stampare come oro colato tutto quello che ti raccontano. Chiaro?

Andy annuì, in una parodia di serietà.

— E comunque io non porto i tacchi a spillo e non voglio che nessuno pensi che lo faccio — aggiunse Virginia.

— Perché?

— Perché cosa?

— Perché non vuoi che la gente lo pensi — ripeté lui.

— Non voglio che la gente pensi che vado in giro coi tacchi a spillo, punto e basta.

— Già, perché non li metti mai? E nemmeno le gonne? — Andy non intendeva mollare l'osso.

— Non sono affari tuoi. — Il vicecomandante lanciò la sigaretta fuori dal finestrino.

In quel momento la radio della polizia diffuse un indirizzo di Wilkinson Boulevard che chiunque non fosse proprio sprovveduto avrebbe subito ricollegato al Paper Doll Lounge. Il locale di striptease esisteva da sempre, da prima ancora che qualcuno inventasse il sesso: vi lavoravano donne che indossavano solo un tanga e si divertivano a tormentare uomini coi jeans imbottiti di dollari. Anche quella sera vagabondi e senzatetto bevevano a canna da bottiglie di birra ben nascoste dentro sacchetti di carta marrone. Non lontano, un giovane dall'aria di minorato scavava allegramente in un cassonetto dei rifiuti.

— Non era molto più vecchia di me — stava raccontando adesso Brazil, riferendosi alla prostituta notata qualche sera prima. — Le mancavano quasi tutti i denti davanti, aveva i capelli lunghi e sporchi ed era piena di tatuaggi. Ma ci scommetterei che in passato era carina. Mi piacerebbe parlarle per scoprire che cosa l'ha ridotta in quello stato.

— A confidare la propria storia, si trova subito qualcuno pronto ad approfittarsene — commentò Virginia, insofferente nei confronti del suo interesse per una prostituta che in passato poteva essere stata carina.

Scesero dalla macchina e il vicecomandante si avvicinò a un ubriaco con un berretto di Chick-Fil-A che barcollava con una bottiglia di birra Colt 45 in mano.

— Vedo che ci stiamo divertendo — gli disse.

All'uomo mancava l'equilibrio ma non certo il buonumore. — Capitaao — biascicò. — Lei è mmoolto bella sstasera... Chi è quello?

— Buttala via o preparati a fare un salto in cella — lo avvisò lei.

— Sissignora! Signorsì, decisione faacile faacile. Non ci penso su due volte.

Svuotò il contenuto della bottiglia per terra, rischiando di finirci dentro lungo disteso e schizzando i pantaloni e le scarpe dell'impeccabile divisa di Brazil. Il quale, benché fosse un tipo atletico, balzò all'indietro con un attimo di ritardo. Subito si chiese dov'era il bagno più vicino: avrebbe pregato Virginia di accompagnarlo lì senza indugi. Il vicecomandante continuò il suo giro, tra ubriachi che rovesciavano la loro linfa vitale sul selciato calcolando mentalmente quanti spiccioli avevano in tasca e quanto in fretta sarebbero potuti tornare a fare scorta da Ray's Cash & Carry, al Texaco Food Mart, o da Snookies'.

Brazil seguì Virginia fino alla macchina. Montarono e si allacciarono le cinture. Il cronista in uniforme era imbarazzato per l'odore acido che si sollevava dai suoi arti inferiori. Se c'era una cosa a cui poteva benissimo rinunciare, era quel genere di intervento: gli alcolizzati lo turbavano nel profondo, e guardandoli attraverso il finestrino provò ora un sentimento di rabbia. Si stavano allontanando a passi barcollanti, e prima che lui e la West si fossero allontanati di un solo chilometro avrebbero ricominciato a bere da qualche altra parte. Quella gente è fatta così: debole, dipendente, rovinata, dei buoni a nulla che fanno solo del male al prossimo.

— Come si fa a cadere così in basso? — mormorò, continuando a guardare fuori.

— È un rischio che corriamo tutti — rispose Virginia. — E questa è la cosa più spaventosa. Una birra alla volta. Tutti.

C'erano stati momenti nella vita in cui anche lei si era ritrovata su quella strada, quando la sera beveva per stordirsi fino a cadere addormentata, e al risveglio trovava le luci accese e non ricordava più qual era stato il suo ultimo pensiero, o l'ultima pagina che aveva letto. Il giovane ritardato stava puntando allegramente verso la loro macchina, e Virginia si chiese per quale scherzo del destino certe persone finivano sedute là dove lei ora sedeva, e altre atterravano invece nei parcheggi o di fianco ai cassonetti dei rifiuti. Non sempre si trattava di una scelta. Certo non lo era stata per quel ragazzo, vecchia conoscenza della polizia e abitatore permanente delle strade.

— Quando era incinta, sua madre cercò di abortire, ma non ci riuscì del tutto — sussurrò a Brazil. — O almeno così si dice. — Abbassò il vetro dalla parte di Andy. — È nato vagabondo. — Quindi si sporse verso il finestrino e a voce alta disse: — Ehilà, come va?

Il giovane non parlava lingue note a Brazil. Gesticolava invece con grande foga, emettendo suoni strani e spaventosi. Andy avrebbe preferito di gran lunga che il vicecomandante si fosse allontanato in fretta dal parcheggio, prima che quella creatura potesse alitargli o sbavargli addosso. Gesù, quel ragazzo puzzava di immondizie e fondi di bottiglia. Si scostò dal finestrino, appoggiandosi contro la spalla di Virginia West.

— Puzzi — le bisbigliò lei, sorridendo al giovane.

— Non sono io — ribatté Brazil.

— Sì che sei tu — insistette lei. E, rivolta al visitatore: — Cosa ci fai qui?

Il ragazzo riprese a gesticolare, infervorandosi tutto mentre raccontava alla simpatica signora della polizia le sue ultime avventure. Lei sorrideva, si vedeva che era contenta di avere sue notizie. Il suo amico invece aveva un'aria scura.

Bimbo, come lo avevano sempre chiamato tutti, sapeva riconoscere un poliziotto novellino. Sapeva riconoscerlo dal suo irrigidimento e dal suo sguardo, e tanto gli bastava per prendersi un po' gioco di lui. Si fermò a osservare Brazil a bocca spalancata, mostrandogli le gengive sdentate, come se fosse di fronte a un extraterrestre. Quando lo toccò con un dito, il novellino trasalì. Quel fatto lo eccitò ancora di più, perciò si mise a ballare e a urlare, tornando a toccarlo di quando in quando con un dito. Virginia West rideva, strizzando l'occhio al suo compagno di ronda.

— Oh oh — fece lei. — Mi sa che si è preso una cotta per te.

Finalmente rialzò il vetro, ma ormai Brazil si sentiva irrimediabilmente insozzato. L'uniforme era sporca di birra ed era stato maltrattato da uno sdentato che passava la vita nei bidoni della spazzatura. Gli veniva da vomitare. Era offeso e indignato dalle risate del vicecomandante, la quale ripartì accendendosi una sigaretta. Non solo non aveva alzato un dito per impedire che lo umiliassero, ma anzi aveva fatto in modo che ciò accadesse e ora assaporava la sua vittoria. Andy continuò a rimuginare in silenzio, mentre filavano su West Boulevard in direzione dell'aeroporto.

Virginia tagliò verso Billy Graham Parkway, domandandosi che cosa avrebbe provato se avessero dedicato a lei una strada così importante. Probabilmente non avrebbe apprezzato il fatto che migliaia di macchine e di camion le corressero addosso giorno e notte disseminandola di segni di frenate e brandelli di pneumatici bruciati, mentre i guidatori si scambiavano frasi oscene, si mostravano il medio e magari tiravano anche fuori la pistola. Più ci pensava, più le sembrava che una strada non avesse nulla di cristiano, a meno che non la si usasse come immagine per analogie a sfondo biblico, tipo la strada che porta all'inferno lastricata di quel-che-ci-va. E più ci pensava, più le dispiaceva per il reverendo Billy Graham, nato a Charlotte in una casa che, suo malgrado, era stata fagocitata da un vicino parco divertimenti a carattere religioso.

Brazil non aveva idea di dove fossero diretti, ma certo non verso qualche zona calda, né verso un luogo dove lui avrebbe potuto lavarsi un po'. Era concentrato sullo scanner, e nella 2ª Divisione sembrava esserci un certo movimento su Central Avenue. Ma perché procedevano nella direzione opposta? Ricordò che sua madre seguiva sempre Billy Graham alla TV, qualunque cosa trasmettessero sugli altri canali o il figlio avesse voglia di guardare. Chissà se un giorno sarebbe riuscito a intervistare il reverendo, magari proprio sul tema della criminalità.

— Dove stiamo andando? — si decise finalmente a chiedere mentre svoltavano sulla Boyer dirigendosi nuovamente verso Wilkinson Boulevard.

Stavano percorrendo il quartiere del vizio per antonomasia, ma Virginia West non vi rimase a lungo. Superò Greenbriar Industrial Park e girò a sinistra in Alleghany Street, varcando la zona di Westerly Hills, dalle parti della Harding High School. In quel quartiere non succedeva mai niente. L'umore di Brazil continuò a peggiorare. Sospettava che il vicecomandante lo stesse imbrogliando come al solito, e questo non solo gli rammentò quanto poco le andasse di trovarsi in servizio con lui ma gli fece anche intendere, in modo piuttosto brutale, che per lei Brazil non doveva partecipare alle azioni di polizia e che da quel momento non avrebbe risposto a molte chiamate.

— A tutte le unità in zona: Westerly Hills Drive, isolato duemilacinquecento — annunciò lo scanner mandando in frantumi la tranquillità di Virginia. — Individui sospetti nel parcheggio della chiesa.

— Oh, merda — sibilò accelerando.

Ma che bel colpo di fortuna del cavolo. Eccoli lì, proprio a Westerly Hills, in Westerly Hills Drive, di fronte alla Prima Chiesa del Dio Vivente. La bianca chiesetta di legno dei pentecostali appariva deserta, il parcheggio vuoto. Però c'era comunque qualcuno che bighellonava: una mezza dozzina di ragazzi, tutti maschi, tutti negri, insieme alla madre che sedeva con aria tronfia ed esuberante su una sedia a rotelle. Il gruppo fissò con aria ostile la volante della polizia. Incerta sull'atteggiamento da tenere, Virginia West ordinò a Brazil di starsene zitto ed entrambi scesero dalla macchina.

— Abbiamo ricevuto una chiamata per... — esordì il vicecomandante, rivolgendosi alla donna.

— Stavamo solo passando — rispose Rudolf, il figlio maggiore.

La donna gli lanciò un'occhiata assassina, catturando il suo sguardo. — Non una parola! — gli disse in tono secco. — Mi hai capito? A nessuno!

Rudolf abbassò gli occhi, i pantaloni in procinto di scivolargli alle caviglie e un paio di boxer rossi che facevano capolino dalla cintura. Era stufo di sentirsi zittire da sua madre e maltrattare dalla polizia. Che cosa aveva fatto? Niente. Stava solo tornando a casa a piedi dallo spaccio E-Z, dove erano andati a comprare le sigarette. L'avevano accompagnata tutti, si erano fatti una bella passeggiata insieme e stavano attraversando il parcheggio della chiesa. Che cosa c'era di male?

— Non abbiamo fatto niente — ripeté ai poliziotti incrociando le braccia.

Brazil intuì subito che stava per scoppiare una rissa. La sentiva avvicinarsi come un temporale. Si irrigidì, osservando la piccola ma violenta e irrequieta congrega assiepata nell'ombra. La donna sulla sedia a rotelle si avvicinò a Virginia. Aveva in mente qualcosa. O meglio, aveva un rospo in gola che forse adesso sarebbe riuscita a tirare fuori. Tutti i suoi figli l'avrebbero sentita, e quei due agenti non avevano l'aria di voler usare la forza a meno che proprio non fosse necessario.

— Siamo appena arrivati — disse. — Siamo appena arrivati, stavamo tornando a casa, passeggiando come chiunque altro. Sono stufa delle vostre persecuzioni.

— Nessuno vi per...

— Oh, sì, invece. Sì che ci perseguitate. — La donna alzò la voce, mentre anche la rabbia cresceva. — Questo è un paese libero! Se eravamo bianchi, credete che qualcuno chiamava la polizia?

— Ottimo argomento — rispose Virginia.

La donna si ritrovò improvvisamente spiazzata. Idem i suoi figli. Che una bella signora bianca ammettesse una cosa del genere era una specie di miracolo senza precedenti.

— Quindi è d'accordo che vi hanno chiamati perché siamo neri? — Voleva essere certa di aver capito bene.

— Immagino di sì, e indubbiamente si tratta di un'ingiustizia. Ma quando è arrivata la chiamata via radio, io non sapevo che eravate neri — continuò il vicecomandante, in tono calmo e al contempo risoluto. — E non abbiamo risposto pensando che foste di colore, o bianchi, o asiatici, o che altro. Abbiamo risposto perché questo è il nostro lavoro, e dovevamo verificare che tutto fosse in ordine.

Girata la sedia a rotelle, la donna tornò verso i figli cercando di non perdere la grinta, ma in realtà le veniva da piangere e non sapeva perché. Gli agenti rimontarono nella loro bella macchina scintillante e se ne andarono.

— Rudolf, figliolo, tirati su quei pantaloni — borbottò. — Un giorno o l'altro ci inciamperai e ti romperai l'osso del collo. La stessa cosa vale per te, Joshua. Vedrete. — E così dicendo continuò il suo faticoso viaggio verso la povera casa che li aspettava.

Tornati in Wilkinson Boulevard, Brazil e Virginia West rimasero per un po' in silenzio. Lui stava ripensando al modo in cui lei aveva parlato alla famiglia. Aveva usato più volte la prima persona plurale, il noi, là dove la maggior parte della gente avrebbe usato il singolare, dicendo *io* e ignorando del tutto la sua presenza. Sentirsi coinvolto gli dava piacere, ed era commosso dalla delicatezza con cui Virginia aveva trattato quella gente ferita e piena di risentimento. Andy aveva voglia di dirle qualcosa, di farle sapere, di manifestarle la sua approvazione. Ma ancora una volta si sentì stranamente impacciato, bloccato come lo era stato con Judy Hammer.

La West continuò a guidare verso la città, domandandosi per quale motivo il suo compagno fosse così taciturno. Forse ce l'aveva con lei perché aveva evitato di rispondere alle chiamate, o almeno ci aveva provato. Si sentiva un po' in colpa. Effettivamente, al posto suo non avrebbe gradito quel trattamento. Non era stata particolarmente gentile, e lui aveva tutto il diritto di restarci male. Virginia si vergognava di se stessa. Alzò il volume dello scanner e prese il microfono.

— Settecento — disse.

— Settecento — rispose l'operatore radio.

— Dieci-otto.

Brazil non credeva alle proprie orecchie. Il capo aveva appena comunicato la propria disponibilità a ricevere chiamate come qualunque altra volante in servizio di ronda. Insomma, adesso anche a loro avrebbero passato le segnalazioni più urgenti. Si sarebbero gettati nella mischia, e non dovettero neanche aspettare molto prima che succedesse. La prima chiamata li portò alla chiesa cattolica di Nostra Signora della Consolazione.

— Richiesta di controllo del volume della musica proveniente dal club nel centro commerciale di fronte — riferì l'operatore dal centralino.

Il suo soprannome era Radar, e non per nulla. Innanzitutto aveva esordito nella Sicurezza Stradale del North Carolina, dove si era guadagnato la fama di cronometrista d'eccezione inchiodando per eccesso di velocità macchine, pedoni, edifici, camion, cartelli, dirigibili, alberi e aerei che volavano a bassa quota. Per lui il radar era un'arma meravigliosa e adorava interpretare il ruolo di Grande Giustiziere, parandosi di fronte ai rei che sfrecciavano inconsapevoli sulle strade dei loro mille impegni. Poi, Radar si era ritirato. Aveva acquistato un camper e, per pagarlo, aveva iniziato una nuova carriera come operatore radio. I colleghi del 911 erano convinti che Radar fosse in grado di fiutare i problemi prima ancora che si verificassero. Quella chiamata alla chiesa, per esempio, era accompagnata da una brutta sensazione. Molto brutta.

Per questo l'aveva passata al vicecomandante West, perché lui, Radar, era dell'opinione che nessuna donna dovesse indossare l'uniforme a meno di non essere nuda sotto e, possibilmente, stampata sulla copertina di una di quelle riviste gialle che tanto gli piacevano. Ma, a parte l'intuizione che sconfinava nel parapsicologico, Radar sapeva che in quel caso l'intervento della polizia avrebbe avuto luogo al Fat Man's Lounge, un locale gestito da un manipolo di bruti che condividevano la sua stessa visione del ruolo sociale delle donne. Colt, il buttafuori che Radar conosceva personalmente, non avrebbe reagito bene trovandosi di fronte la West con i suoi bei distintivi, il suo culo e le sue grandi tette.

Virginia invece non sapeva nulla di tutto ciò, mentre si accendeva una sigaretta e compiva un'inversione a U in Statesville Avenue. Indicò l'MDT con un cenno della testa. — Io ci ho messo quaranta minuti a capire come funziona quest'aggeggio — disse a Brazil. — A te ne concedo dieci.

La chiesa di Nostra Signora della Consolazione stava vivendo una serata del tutto speciale. Il parcheggio era pieno di macchine. Sulle Pagine Gialle di Charlotte i luoghi di culto cattolici erano pochissimi; molto più vasta invece era la scelta di chiese battiste, avventiste, presbiteriane, apostoliche, evangeliche, pentecostali, non-pentecostali, Gospel,

Full Gospel, Foursquare Gospel e via dicendo. Il rapporto era di circa ventotto a uno.

Le chiese cattoliche erano comprese tra l'unico tempio buddista della città e i luoghi di culto delle sette che conversavano con gli spiriti. Vista la situazione, i cattolici non davano mai per scontata l'esistenza della loro chiesa ed erano pronti a vederla criticata sulle colonne dei giornali o incendiata da qualche fanatico travestito. Quella sera la congregazione della Nostra Signora della Consolazione scuoteva i muri di tutto il quartiere. Le vetrate artistiche, illuminate nell'oscurità, disegnavano scene variopinte tratte dalla vita di Gesù e del suo gregge.

— Sei sicura che non sia il bar a lamentarsi della chiesa? — domandò Brazil a voce alta.

Effettivamente anche a Virginia la situazione sembrava parecchio strana. Come diavolo facevano là dentro a sentire cosa veniva da fuori, con quel coro che intonava inni accompagnato da chitarre, organo, tamburi e forse anche un paio di violini? Il vicecomandante svoltò nel centro commerciale sulla parte opposta della strada, infilandosi nel parcheggio. Il Fat Man's Lounge non poteva vantare nemmeno la metà dei clienti della chiesa. Davanti all'entrata stazionavano un paio di ragazzotti dall'aria furbetta: bevevano birra, fumavano e guardavano.

Brazil non sentiva alcun rumore uscire dal locale, non un suono che fosse uno. Probabilmente qualcuno della congregazione aveva protestato al solo scopo di piantare una grana a quel covo di peccatori del Fat Man's. Senza ombra di dubbio i membri di Nostra Signora avrebbero preferito avere dei vicini diversi, magari con un'attività edificante e utile per le famiglie, come uno Shoney's, un Blockbuster Video o anche semplicemente un bar sportivo. I ragazzi seguirono con sguardo ostile la manovra di parcheggio di Virginia West, al termine della quale i due poliziotti scesero e si avvicinarono allo strano comitato di accoglienza.

— Allora, chi è che fa casino? — esordì il vicecomandante. — Abbiamo ricevuto una segnalazione.

— L'unico casino da queste parti lo fanno là dentro — rispose uno dei ragazzi, sporgendo il mento per indicare la chiesa. Quindi, con fare provocatorio, bevve a canna dalla bottiglia di birra. Era già ubriaco.

— Ma la segnalazione parlava di questo locale — insistette la West.

Si avviò verso l'entrata, Brazil al suo fianco, i due tipi che si spostavano per farli passare. Il Fat Man's era un buco deprimente e poco illuminato, pieno di fumo e di musica, ma il volume era tutto sommato discreto. Ai tavoli di legno erano seduti uomini che bevevano e guardavano una tizia che si esibiva sul palco in tanga e coriandoli copricapezzolo, facendo ruotare i seni molli e pesanti. Brazil non voleva fissarla troppo insistentemente, ma era quasi certo che sul seno sinistro, in un giallo vivace, avesse tatuato il pianeta Saturno con tanto di anelli. Erano senza dubbio le tette più grosse che avesse mai visto.

La spogliarellista, il cui nome d'arte era Minx, sentiva il bisogno di un altro Valium. Aveva sete, voleva fumare e, come se non bastasse, adesso era anche arrivata la polizia. Che problema c'era stavolta? Cambiò il senso di rotazione, poi si esibì facendo ruotare contemporaneamente i seni nelle due direzioni opposte. In genere, tanto bastava per eccitare il pubblico, ma quella sera in platea c'erano solo dei pidocchi dall'aria cimiteriale. Minx sorrise. Il giovane agente non riusciva a staccarle gli occhi di dosso.

— Mai visto un paio di tette? — gli chiese mentre lui passava.

Brazil non fece una piega. In compenso Virginia West la fulminò con un'occhiata, pensando, subito dopo, che quell'uovo fritto tatuato sul seno sinistro era una discreta opera d'arte, e soprattutto molto azzeccata. Cristo santo, quella poveretta era piena di smagliature e di cellulite, e i suoi clienti sembravano interessati solo al contenuto dei loro bicchieri. L'unica eccezione era Colt, il buttafuori, che puntava verso i due agenti come un treno merci senza freni. Era un primate in completo nero, con catene d'oro e cravatta di

192

pelle rossa. Sembrava deciso a colpire duro, cominciando da Brazil.

— Abbiamo ricevuto una lamentela per la musica troppo alta — gli disse la West.

— La sentite, forse? — fece Colt, cacciando in fuori la mascella pesante. Il collo taurino era solcato da vene spesse come funi.

Provava un odio smisurato per quei due sbirri bianchi, soprattutto per la troietta. Chi cazzo si credeva di essere per venire al Fat Man's a sbandierare la sua bella uniforme decorata? Quella merda scintillante che sfoggiava sul petto serviva solo a umiliare la gente che lavorava sodo come lui. Lanciò un'occhiata a Minx, controllando che non stesse per mollare il colpo. Ultimamente non passava sera senza che lui dovesse inculcarle un po' di sana energia vitale là dove i lividi si vedevano meno, riuscendo solo così a farle fare il suo dovere. Ma Minx continuava a far ballare le tette. E intanto a nessuno fregava niente. Nessuno sganciava un po' di mancia. Due clienti abituali si stavano addirittura alzando e dirigendo verso l'uscita, verso qualche altro locale. Tutta colpa della polizia.

Colt spalancò la porta laterale che dava su un viottolo e agguantò Brazil con tale foga da strappargli il bavero della camicia.

— *Ehiiii!* — protestò lui.

Colt lo sollevò di peso e lo scaraventò su un mucchio di immondizie, facendo rotolare rumorosamente bidoni e bottiglie. Tanto, ormai, Andy era già sporco. Si rimise in piedi in tempo per vedere Virginia West che estraeva le manette. Colt la prese per la camicia come aveva già fatto con lui, ma lei aveva già sfoderato la radio e stava lanciando il *Mayday.*

12

Senza alcuna ragione, Colt si sentì soffocare. In una lancinante frazione di secondo temette che qualcuno gli avesse
ficcato una stecca da biliardo nell'incavo del collo taurino.
Soltanto dopo, mentre già cominciava a svenire, pensò che
forse la troia gli stava premendo il dito indice sulla bocca
della trachea. Non riusciva a respirare. Aveva la lingua pen-
zoloni. Lei continuava a premere e a lui mancava sempre di
più l'aria. Gli stavano schizzando gli occhi fuori dalle orbite.
Crollò in ginocchio, trovandosi una canna di pistola puntata
davanti al naso. Gli fischiavano le orecchie, il sangue gli
scorreva con un rombo nelle vene, mentre la troia sbraitava
come se volesse farlo a pezzettini per mangiarselo crudo.
    — *Se ti muovi ti faccio saltare le cervella bruttofigliodi-
puttana!*
    Minx faceva roteare i seni. I clienti bevevano. Una squa-
dra di agenti di rinforzo irruppe dall'entrata principale,
dalla parte opposta della sala buia e fumosa. Virginia West
teneva un ginocchio puntato nella schiena bovina di Colt e
gli stava facendo scattare le manette intorno ai polsi. Brazil
la osservava intimidito e ammirato. I poliziotti trascinaro-
no Colt e i due giovani ubriachi in prigione. Minx colse
l'occasione al volo e scese dal palcoscenico, sfilandosi le lu-
ride banconote ripiegate da sotto la giarrettiera; poi si avvolse in una felpa e si accese una sigaretta. Se ne sarebbe
andata da lì, e questa volta per sempre.

— Perché diavolo ho lasciato che tu mi trascinassi in questa avventura? — sbottò Virginia mentre apriva la portiera della macchina. — Mai più. Per nessuna ragione al mondo. — Salì, si allacciò la cintura di sicurezza e mise in moto.

Erano entrambi agitatissimi, ma cercavano di non darlo a vedere. Brazil si teneva insieme la camicia dell'uniforme, a cui ora mancavano metà dei bottoni, e Virginia ebbe modo di notare che, oltre alle spalle, alle braccia e alle gambe, il ragazzo aveva anche un torace molto ben sviluppato. Istantaneamente smise di trasmettere qualunque segnale fatto di linguaggio corporeo, di sguardi, di parole o di eccitazione sessuale. Ma da dove le era arrivato quell'impulso? Dallo spazio siderale. Di certo non partiva da lei. Nossignore. Aprì il cruscotto e frugò fino a trovare la minicucitrice che sapeva di aver nascosto da qualche parte là dentro.

— Stai fermo — gli ordinò.

Si chinò, avvicinandosi perché non esisteva altro modo per rimediare alla situazione, e, sovrapposti i bordi della camicia, cominciò a pinzarli con i punti. A Brazil batteva forte il cuore. Sentiva il profumo dei capelli di Virginia, mentre a lui sembrava di averli tutti ritti in testa. Non si mosse. La sola idea di respirare lo terrorizzava. Era convinto che lei sapesse benissimo ciò che lui provava, e se inavvertitamente l'avesse sfiorata da qualche parte, di sicuro lei non avrebbe mai creduto che fosse successo per caso. Anzi, avrebbe pensato di avere a che fare con l'ennesimo maschio arrapato incapace di tenerselo chiuso nella patta dei pantaloni. Non lo avrebbe mai più considerato in termini umani, come una persona. Sarebbe rimasto una cosa, un oggetto di sesso maschile. Se gli si fosse avvicinata di un altro centimetro, Andy sarebbe morto d'infarto sul sedile della macchina.

— Quand'è stata l'ultima volta che ti è capitata una cosa simile? — riuscì a chiederle.

Virginia gli coprì quella specie di rammendo con la cravatta. Più si sforzava di non lasciarsi coinvolgere, più le si impacciavano le dita ed era costretta ad armeggiare goffamente, a toccarlo. In preda al nervosismo, la cucitrice le scivolò di mano e cadde.

— Di solito la uso per pinzare i fogli dei rapporti — disse, cercando a tentoni sotto il sedile. — Con le camicie è la prima volta. — Finalmente, al terzo tentativo, riuscì a chiudere il cruscotto.

— No — fece Andy, schiarendosi la voce. — Intendevo dire, quand'è stata l'ultima volta che ti è capitata un'avventura simile in un locale. Quel tizio peserà almeno centotrenta chili, eppure l'hai messo KO. Da sola.

Virginia West mise in marcia. — Potresti farcela anche tu — rispose. — Basta solo un po' di allenamento.

— Non è che magari...?

Il vicecomandante sollevò una mano come se volesse bloccare il traffico. — No! Non sono un'accademia privata! — Diede un colpetto all'MDT. — Comunica che ce ne stiamo andando da qui, ragazzo.

Andy allungò una mano incerta verso la tastiera. Cominciò a digitare, e il sistema emise subito qualche bip di simpatia. — Caspita, che emozione — disse.

— Un'emozione del cavolo — fu il commento di Virginia.

— Unità Settecento — chiamò Radar, l'operatore radio. — Denuncia di scomparsa al cinque-cinquantasei di Midland.

— Oh, merda. No! Non adesso! — Il vicecomandante sganciò il microfono e lo lanciò a Andy. — Vediamo cosa vi insegnano a scuola.

— Settecento — rispose lui con voce forte e chiara. — Dieci-diciotto sul cinque-cinquantasei di Midland.

Le denunce di scomparsa comportano una quantità indescrivibile di lavoro burocratico. Si tratta di indagini quasi sempre infruttuose, o perché lo scomparso in realtà non è tale, o perché lo è in quanto morto. Radar avrebbe preferito che la West si fosse beccata un bel calcio nel culo al Fat Man's, ma passandole quella chiamata almeno l'avrebbe

196

costretta a riempire moduli per il resto dei suoi giorni. Midland era un quartieraccio di case popolari, un posto decisamente sconsigliabile per una donna o un volontario alle prime armi.

Luellen Wittiker abitava in un monolocale di Midland Court e il suo numero, 556, era dipinto a caratteri enormi sulla porta. L'iniziativa di scriverli in maniera tanto visibile era stata presa dalla municipalità apposta perché la polizia potesse trovare rapidamente la strada anche in caso di chiamata notturna, quando gli agenti intervengono armati di torce e accompagnati dai cani dell'Unità Cinofila. Luellen Wittiker si era appena trasferita lì da Mint Hill, dove aveva lavorato come impiegata di controllo all'uscita del Wal-Mart fino all'ottavo mese di gravidanza e poi si era stufata di ricevere le visite di Jerald. Quante volte aveva dovuto ripetergli no! Enne-O.

Camminava avanti e indietro, torcendosi le mani, con la figlioletta di quattro anni, Tangine, che la osservava dal letto vicino alla porta. Gli scatoloni erano ancora ammucchiati contro una parete, ma non erano molti: la famiglia Wittiker viaggiava leggera. Luellen continuava a pregare che Jerald non scoprisse il loro nuovo nascondiglio. Prima o poi si sarebbe rifatto vivo. Ne era sicura. Quando cavolo arrivava la polizia? Credevano di poterla mettere in lista e di farla aspettare come se la cosa non avesse alcuna importanza?

Certo. Certo. Prima o poi lui l'avrebbe scovata. Per colpa di quel figlio che le aveva seminato nella pancia. Bel seme di malapianta! In quel momento Wheatie era là fuori, Dio solo sapeva dove, ma probabilmente in cerca di un modo per rintracciare Jerald, che non era il suo padre biologico ma l'ultimo amichetto di sua madre. Wheatie adorava Jerald come un eroe, e proprio quello era il problema. Tangine la guardava dal letto, succhiando un ghiacciolo. Jerald era un tossico che comprava e smerciava roba pesante, e che se la faceva pure.

Coca, crack, fumo, benzina, tutta quella merda lì. Se ne andava in giro nelle Fila e nell'enorme tuta da ginnastica come un campione dell'NBA, aveva un diamantino all'orecchio e una 4x4 nera con rifiniture gialle e rosse. Veniva a casa e Wheatie montava in macchina con lui. Imitava il suo modo di camminare, il suo pessimo vocabolario e le sue arie da duro. Dopo un po' aveva persino iniziato a insultare Luellen e a prenderla a sberle, o a fumarle marijuana sotto il naso. Proprio come Jerald. Finalmente udì dei passi sui gradini, ma per scrupolo chiese chi era.

— Polizia — rispose una voce femminile.

Luellen tolse da dietro la porta un blocco di calcestruzzo e una sbarra di cemento che aveva trovato in un cantiere. Gli stessi mezzi improvvisati sprangavano l'ingresso posteriore. Anche se Jerald o i suoi orribili amici fossero riusciti a entrare, almeno Luellen avrebbe fatto in tempo a sentire il rumore e a tirar fuori la Beretta 92FS con visori notturni fluorescenti, impugnatura di legno e caricatore quindici colpi. Anche quella arrivava da Jerald, ma lui aveva commesso un bell'errore nel mettergliela in mano: se avesse osato bussare di nuovo a quella porta, sarebbe stato il suo ultimo gesto da vivo.

— Entrate — disse ai due agenti in cima ai gradini.

Gli occhi di Brazil dovettero abituarsi all'invadente luminosità di una lampadina chiusa in un tubo di plastica che imitava lo stile di una colonna greca. Anche il piccolo televisore era acceso, sintonizzato su un incontro fra i Braves e i Dodgers. In un angolo della stanza vide un enorme stereo portatile. Le pareti erano spoglie, il letto sfatto e piazzato proprio lì, nel soggiorno, con una bimbetta seduta sopra. Aveva le treccine e due occhi tristi. Là dentro si schiattava dal caldo. I due poliziotti cominciarono a sudare. La West aveva infilato un modulo lunghissimo sotto la clip del supporto di metallo e si preparava a consumare fiumi d'inchiostro. Luellen iniziò raccontando alla signora della polizia la storia di Wheatie, compreso il fatto che era adottato e gelosissimo di Tangine, per non parlare del fratellino o della sorellina in arrivo.

— Dunque l'ha chiamata dopo aver perso l'autobus — ripeté la West, scrivendo.

— Voleva che andassi a prenderlo, ma io gli ho detto che non potevo — continuò Luellen. — L'ultima volta che sono rimasta incinta mi è saltato addosso e ho perso il bambino. Allora aveva quindici anni. È sempre stato pieno di odio per via dell'abbandono e dell'adozione, ve l'ho detto. Un problema fin dal primo giorno.

— Ha una sua foto recente da mostrarci?

— Sì, da qualche parte negli scatoloni. Non so se riuscirò a trovarla.

Lo descrisse come un ragazzo basso e dalla carnagione butterata che indossava un paio di Adidas, jeans flosci, maglietta verde degli Hornets, berretto da baseball e aveva un taglio di capelli sfumato. Poteva essere ovunque, ma Luellen sospettava che frequentasse brutte compagnie e si drogasse. Brazil provò un senso di pietà per Tangine, così trascurata dai grandi discorsi; stava scendendo dal letto, incantata da quel giovane biondo in divisa, con tutte quelle belle rifiniture di cuoio lucido. Andy estrasse la Mag-Lite e fece volteggiare il fascio di luce sul pavimento, giocando con la bimba come si fa con i gatti. Tangine però non sapeva come reagire, e si spaventò. Scoppiò a piangere, e quando i due poliziotti se ne andarono stava ancora urlando tra le braccia di sua madre. Luellen guardò Brazil e la West cercare a tentoni il corrimano della scala nell'oscurità completa.

— Fammi strada — disse il vicecomandante, mentre Tangine strillava.

Brazil mancò un gradino e cadde sul sedere.

— Accenderei la luce, se ne avessi una — disse Luellen dalla soglia di casa.

Trascorsero le due ore successive in archivio. La West doveva compilare un'infinità di moduli ed era stupita del fatto che alle soglie del terzo millennio fosse necessario scrivere ancora così tanto. Oltretutto non aveva confidenza con il personale di turno alla centrale, che la trattava male e non mostrava alcun rispetto per i suoi gradi. Se fosse stata un po' più paranoica avrebbe sentito puzza di cospirazione e pensato che qualcuno aveva ordinato ai funzionari di metterle il più possibile i bastoni tra le ruote. Le davano tutti ostinatamente le spalle, continuando a battere al computer e a sorseggiare lattine di Fresca e di Diet-Coke. Naturalmente, Virginia avrebbe potuto mettere di mezzo il grado, ma preferì inserire personalmente i dati della denuncia di scomparsa nel programma dell'NCIC, il Centro nazionale d'informazione sui crimini.

Alla fine rimontarono in macchina e tornarono verso il quartiere di Midland, nella speranza di individuare il ragazzo adottato con la carnagione butterata e il berretto degli Hornets. A passo d'uomo superarono crocchi di adolescenti riuniti agli angoli delle strade, gli sguardi carichi d'odio. Di Wheatie però nessuna traccia, e mentre la notte si consumava, Brazil sentì di aver stabilito una sorta di relazione emotiva con quel giovane. Immaginava la sua vita distrutta, la sua solitudine, la sua rabbia. Che possibilità aveva uno come lui? Nessuna. Solo cattivi esempi davanti e poliziotti in agguato dietro l'angolo, che come altrettanti cowboy lo aspettavano per prenderlo al lazo.

Nemmeno lui, Andy, aveva avuto un'infanzia perfetta, ma non c'era paragone. Per lui erano esistiti campi da tennis e vicini affettuosi. Le guardie di sicurezza del Davidson lo avevano trattato come uno di famiglia, e nel piccolo quartiere di mattoni era sempre stato il benvenuto se voleva ascoltare le loro storie, un po' di chiacchiere, qualche sbruffonata. Ogni volta che andava a trovarli lo facevano sentire una persona speciale. Lo stesso valeva per la lavanderia, con il suo ingarbuglio di metallo arrugginito al posto del tetto. Per anni gli studenti avevano ritirato i capi lavati e, uscendo, avevano lanciato gli appendini di ferro là sopra, dove erano rimasti. Doris, Bette e Sue avevano sempre un po' di tempo da dedicargli. E così allo snack bar, al chiosco delle bibite M&M, alla libreria e, insomma, ovunque Andy Brazil andasse.

Wheatie invece non aveva mai vissuto niente del genere, e probabilmente non gli sarebbe capitato nemmeno in futuro. Mentre Virginia West redarguiva un automobilista senza cintura di sicurezza, Wheatie bighellonava con i suoi eroi nei vicoli dalle parti di Beatties Ford Road. Era insieme a tre amici, tutti parecchio più grandi di lui. Indossavano pantalonacci larghi e scarpe grosse, giravano con enormi pistole e avevano in tasca grasse mazzette di soldi. Si scambiavano il cinque, ridevano e volavano alti sulle ali del fumo. Sì, perché la notte era stata buona, e per un minuto, per un meraviglioso e dolcissimo minuto, il cuore ferito e dolente di Wheatie si sentì guarito da una sensazione di pienezza.

— Dammi un cannone, e lavorerò per te — disse a Slim.

— Ehi, puffetto — rise Slim scuotendo la testa. — Vuoi che io ti dia un lavoro, così poi ti beccano, ti fanno il culo e tutto finisce in merda?

— Stronzate — ribatté Wheatie cercando di fare la voce grossa. — Nessuno scherza con me.

— Uh, che paura! — esclamò Tote.

— Sì, sì, me la faccio sotto — rincarò Fright dando uno sberlotto in testa a Wheatie.

— Ragazzi, devo mettere qualcosa nello stomaco — intervenne Slim, che quando era su di giri poteva mangiarsi anche un pneumatico. — Che ne dite di un colpetto da Hardee's?

Si trattava di una proposta seria. Erano armati, erano euforici, e una rapina da Hardee's gli sembrava un'idea come un'altra. Montarono tutti sulla Geo Tracker rossa, la radio così alta che anche a cinque macchine di distanza si sentivano pulsare i bassi dagli speakers maggiorati. Durante il viaggio Wheatie pensò a quanto Jerald sarebbe stato orgoglioso di lui in quel momento se lo avesse visto insieme a suoi amici. Gli sarebbe piaciuto da matti presentarlo a Slim, Tote e Fright, e forse finalmente anche loro gli avrebbero mostrato un po' più di rispetto. Guardò i pali del telefono e le macchine che sfrecciavano fuori dal finestrino, mentre il cuore gli martellava nel petto. Sapeva ciò che doveva fare.

— Datemi un cannone e ci penserò io — gridò al di sopra della musica heavy metal.

Slim si mise di nuovo a ridere, e gli lanciò un'occhiata dallo specchietto. — Ah, sì? E hai già qualche colpo in attivo?

— Be', i colpi a mia madre.

Sghignazzata generale.

— I *colpi* a sua madre! Buuu! Buuu! Scemo!

Si stavano strangolando dalle risate e procedevano a zigzag in mezzo al traffico. Fright tirò fuori la sua Ruger .357 Blackhawk in acciaio inossidabile, canna 16 centimetri, guancette in legno di noce, mirini regolabili. Nel tamburo c'erano sei proiettili Hydra-Shok. La porse a Wheatie, che si comportò come il più grande esperto d'armi e, quando finalmente si fermarono davanti a Hardee's, i tre amici lo guardarono.

— Bene, stronzetto spandimerda — gli disse Slim. — Per cena vorrei dodici belle porzioni di carne bianca. — Cacciò un biglietto da venti dollari. — Paga e aspetta. Non muovere un dito finché non ti danno la roba, occhei? Allora pigli il sacchetto, te lo infili sotto il braccio, tiri fuori la pistola, svuoti le casse e scappi a gambe levate.

Wheatie annuì, il cuore che quasi gli perforava la cassa toracica.

— Naturalmente noi non ce ne staremo seduti qui — mise in chiaro Fright indicando con un cenno della testa la vicina area di rifornimento Payless. — Ti aspetteremo là, dietro il cassonetto dei rifiuti. Tu mettici un minuto di troppo e noi ti molliamo, signorino.

Wheatie aveva capito. — Toglietevi dai coglioni — ribatté, duro e invincibile, infilando la pistola nella cinta dei pantaloni e coprendola con la maglietta.

Ciò che però non poteva capire era che quel particolare Hardee's era già stato rapinato, e che Slim, Tote e Fright lo sapevano. Mentre lui si dirigeva all'ingresso, i tre amici stavano già ridendo nell'accendersi un'altra canna. Quella sera il moccioso sarebbe finito col culo al fresco. Lì avrebbe imparato a comportarsi onestamente, con le braghe alle ginocchia perché gli avrebbero sequestrato la cintura, e poi alle caviglie perché di sicuro prima o poi a qualche compagno di cella sarebbe venuta voglia di assaggiare le sue dolci chiappette.

— Dodici porzioni di carne bianca. — La sua voce non era più così salda, ora che si trovava al banco. Anzi, Wheatie tremava dalla testa ai piedi, e temeva che quel donnone grasso e nero con la retina sui capelli conoscesse già le sue intenzioni.

— Che parti preferisci?

Oh, merda, Slim non gli aveva dato istruzioni in merito. Oh, merda! Se sbagliava, quelli lo conciavano per le feste. Lanciò un paio di occhiate furtive oltre la vetrina, senza vedere la Tracker da nessuna parte.

— E poi fagioli, insalata di cavolo e dei cracker. — Stava facendo del suo meglio.

La commessa batté l'importo e prese la banconota da venti. Wheatie lasciò il resto sul banco, temendo di attirare con un gesto un po' goffo l'attenzione sulla pistola nascosta. Quando finalmente ebbe stretto sotto il braccio esile il grosso sacchetto con il pollo e i contorni, estrasse la pistola, non proprio senza intoppi, e la puntò in faccia alla donna sbigottita.

— Voglio tutti i soldi, stronza! — le gridò con la voce più crudele che gli riuscì, mentre la pistola tremava nelle sue manine.

In realtà Wyona era il gestore dell'Hardee's, e se quella sera si trovava a servire dietro il banco era solo perché due dei commessi erano in malattia. L'avevano già rapinata tre volte, e quella specie di polpettina di carne bianca non l'avrebbe certo sbancata per la quarta. Si piantò le mani sulle anche, fissandolo.

— Che cosa pensi di fare, pisellino del cazzo? Vuoi spararmi? — lo aggredì.

Wheatie non se l'aspettava. Non se l'aspettava proprio.

Tirò indietro il cane, le mani che gli tremavano sempre di più, quindi si passò la lingua sulle labbra. Sentiva i bulbi oculari pulsargli nelle orbite. Era il momento della verità. Non avrebbe permesso a quella stronza di fargli fare una figura di merda. Se usciva da lì senza i soldi era la fine della sua carriera. Già non era tanto sicuro di aver comprato la roba giusta: ci mancava solo quest'altro problema! Chiuse gli occhi e premette il grilletto. L'esplosione fu incredibile. La pistola gli si impennò tra le mani, e il proiettile sfondò la scritta PATATINE FRITTE – PORZIONE DOPPIA $1.99 sul tabellone luminoso al di sopra della testa della donna. Fu allora che Wyona gli strappò di mano la Magnum .357, e Wheatie schizzò via come un razzo.

La titolare di Hardee's credeva fermamente nel contributo della comunità alla soluzione dei problemi di ordine pubblico. Partì all'inseguimento di Wheatie, rincorrendolo fino al parcheggio e poi nell'area di rifornimento Payless. Lo inseguì fino a dov'era posteggiata una Tracker con dei ragazzotti che fumavano. I tre si chiusero subito dentro, mentre Wheatie si attaccava a una maniglia e tirava inutilmente, imprecando. Il donnone lo acciuffò per il fondo dei pantaloni abbassandoglieli fino alle Adidas, e Wheatie cadde in un groviglio di jeans e di boxer, mentre Wyona spianava la pistola contro il finestrino, all'altezza della testa di Slim.

Slim sapeva riconoscere uno sguardo determinato. Quella puttana era pronta a sparargli se lui avesse solo battuto ciglio. Lentamente staccò le mani dal volante e le sollevò in un gesto di resa.

— Non spari — la supplicò. — La prego, non spari.

— Prendi il tuo bel telefonino e chiama il 911. Subito! — gli sbraitò Wyona.

E così Slim fece.

— Digli dove siete e cosa avete fatto e che se non vengono entro due minuti ti faccio saltare le cervella. — Nel frattempo aveva piazzato un piede sulla schiena di Wheatie, sdraiato prono e tremante sul piazzale, le mani intrecciate al di sopra della testa.

— Abbiamo rapinato Hardee's e siamo dietro la stazione Payless di Central Avenue — annunciò Slim nel microfono. — Per favore, venite! Fate in fretta!

Non che Selma, l'operatrice che aveva preso la chiamata, avesse capito bene di cosa si trattava, ma d'istinto decise di assegnarle priorità assoluta. Sicuramente stava per succedere qualcosa di sgradevole, e poiché quella sera Radar non aveva ancora finito di accanirsi contro Virginia West, fu a lei che toccò l'emergenza.

— Maledizione! — esclamò il vicecomandante superando la Middle School di Piedmont Open. Stava cercando disperatamente di evitare nuove grane, e l'ultima cosa che voleva era sentire il suo numero di unità chiamato alla radio.

Brazil fu lestissimo ad afferrare il microfono. — Settecento — rispose.

— Un problema non meglio identificato in Central Avenue, isolato quattromila — comunicò Radar sorridendo tra sé e sé.

La West schiacciò a tavoletta, sfrecciando giù per la Decima Strada e buttandosi sulla Central all'altezza dell'isolato mille, per poi proseguire oltre Veterans Park e Saigon Square. Altre unità di rinforzo si unirono alla sua corsa, perché ormai tutti gli agenti in servizio si erano accorti che quella notte il capo stava prendendo un sacco di chiamate senza ricevere alcun aiuto. Quando entrò nell'area di rifornimento Payless, era seguita da sei volanti con i lampeggiatori accesi. Per quanto stupita, Virginia West non fece domande e anzi apprezzò la cosa. Lei e Brazil scesero dalla macchina, e finalmente Wyona abbassò la pistola.

— Hanno cercato di rapinarmi — disse.

— Chi? — volle sapere il vicecomandante.

— Questo pezzetto di merda bianca sotto il mio piede — rispose lei, rivolta a Brazil.

Virginia West notò subito il taglio sfumato, la carnagione butterata, il berretto e la maglietta degli Hornets. I pantaloni del ragazzo erano annodati intorno alle scarpe da basket, e sotto si vedevano boxer gialli. Accanto al piccolo, un sacchetto pieno di pollo e di contorni vari.

— Entra, ordina dodici pezzi di carne bianca e poi tira fuori questa. — Wyona porse la pistola a Brazil, perché lui era l'uomo e lei non aveva mai avuto a che fare con donne poliziotto, e di certo non avrebbe cominciato proprio adesso. — L'ho inseguito fin qui, dove lo aspettavano questi altri figli di puttana. — Fece un gesto furioso in direzione di Slim, Fright e Tote, seduti a testa bassa nella macchina.

Virginia prese la pistola dalle mani di Brazil, quindi si girò a guardare gli altri sei agenti fermi a pochi passi.

— Portateli dentro — ordinò. Poi, a Wyona: — Grazie mille.

I ragazzi furono presi e ammanettati, ma adesso che non rischiavano più di beccarsi una pallottola in testa e avevano riacquisito il loro status ufficiale di cattivacci sembravano tornati improvvisamente spavaldi. Lanciarono sguardi carichi d'odio agli agenti e sputarono per terra. In macchina, Virginia West scoccò un'occhiata perentoria a Brazil, che subito batté sulla tastiera dell'MDT notificando i loro spostamenti.

— Perché ci odiano tanto? — chiese Andy.

— La gente tende a trattare il prossimo nello stesso modo in cui è stata trattata — rispose lei. — Anche tra i poliziotti molti agiscono così.

Viaggiarono in silenzio per un po', attraversando paesaggi squallidi e depressi circondati da una città scintillante e piena di ambizioni.

— E tu? — insistette Brazil. — Perché non odi il prossimo?

— Perché io ho avuto un'infanzia felice.

Quella risposta lo fece arrabbiare. — Be', io no, invece, eppure non odio i miei simili. Quindi, per favore, non chiedermi neanche di provare pietà per loro.

— Cosa ti posso dire? — Virginia tirò fuori una sigaretta. — È una storia vecchia come il mondo. L'Eden, la Guerra Civile, la guerra fredda, la Bosnia. I sei giorni che Dio ci ha messo a creare tutto questo.

— Dovresti smettere di fumare — disse lui, e in quel momento gli tornarono in mente le dita di lei che lo sfioravano aggiustandogli la camicia.

13

Brazil aveva un mucchio di cose a cui pensare. Scrisse i suoi pezzi rapidamente, consegnandoli all'ultimo minuto. Si sentiva stranamente turbato, ma non era stanco. Non voleva andare a casa ed era piombato nella depressione non appena Virginia West l'aveva scaricato davanti alla sua macchina nel parcheggio coperto. Lasciò la redazione a mezzanotte e un quarto e prese le scale mobili per scendere al primo piano.

La tipografia era in piena attività. I nastri Ferag muovevano settantamila pagine all'ora, e quando Brazil aprì la porta si ritrovò subito investito dal frastuono delle macchine. Gli addetti, protetti da cuffie antirumore e da camici macchiati d'inchiostro, gli annuirono in segno di saluto; ancora non capivano bene il motivo dei suoi strani pellegrinaggi nel loro mondo sporco e violento. Per un po' Brazil rimase a contemplare i chilometri di notizie fresche di stampa, si fermò accanto alle macchine piegafoglio e ai nastri trasportatori che convogliavano i giornali verso le macchine contacopie. Il personale di quel luogo poco considerato non aveva mai conosciuto un altro giornalista, che quotidianamente e materialmente portava le sue parole e il suo nome fino ai lettori, così interessato a quel processo produttivo.

Ma qualcosa attirava da sempre Brazil verso quei macchinari potenti, enormi e spaventosi. Vedere un suo articolo di prima pagina frullare migliaia di volte nel balenio indistinto delle procedure di stampa gli incuteva una sorta di soggezione. Era difficile credere che tanta gente là fuori fosse interessata alla sua visione del mondo e alle sue opinioni, e questo lo rendeva in un certo senso più umile. Il titolo di apertura di quella sera riguardava, naturalmente, il salvataggio del pullman per opera di Batman e Robin. Ma nella cronaca cittadina c'erano anche un discreto articolo dedicato al PERCHÉ UN RAGAZZO SCAPPA DI CASA e qualche riga su una rissa sventata al Fat Man's Lounge.

La verità era che Andy Brazil avrebbe potuto scrivere all'infinito sugli accadimenti di quella notte trascorsa al fianco del vicecomandante West. Salì la scala a chiocciola che conduceva in sala posta, ripensando a come era stato trattato da collega e continuando a risentire la sua voce. Gli piaceva molto, profonda ma così calda e femminile. Gli ricordava il legno stagionato e il fumo, una pietraia coperta di muschio, una distesa di fiori gialli in una foresta baciata dal sole.

Non aveva nessuna voglia di ritornare a casa. Uscì e raggiunse la macchina, desideroso solo di vagare senza una meta e di concedersi un po' di riflessione. Si sentiva malinconico e non sapeva perché. La vita gli sorrideva. Il lavoro non poteva andargli meglio. Gli altri agenti di polizia non sembravano nemmeno disprezzarlo troppo. Considerò la possibilità che il suo problema avesse un'origine fisica; ultimamente non faceva molto esercizio e forse non produceva abbastanza endorfine, o forse non si stancava a sufficienza. Si diresse verso la West Trade, osservando il popolo della notte che offriva il proprio corpo in cambio di denaro. I travestiti lo osservavano con occhi lucidi e provati, ed ecco che all'angolo di Cedar Road comparve di nuovo la giovane prostituta.

Camminava con atteggiamento seducente lungo il marciapiede, e quando lui le passò accanto, adagio, lo fissò in modo sfacciato. Indossava un paio di hot pants di jeans aderenti e tagliati cortissimi, che a stento le nascondevano le natiche sode; anche la maglietta era tagliata appena sotto l'attaccatura del seno. Ovviamente non portava reggipetto, e a ogni passo le sue carni si muovevano mentre continuava a guardare il biondino nella sua BMW nera e potente. Si stava chiedendo come fosse il resto della sua persona, il suo corpo. Quel luogo pullulava di ragazzi di Myers Park che arrivavano fin lì con i loro macchinoni per assaggiare il frutto del peccato.

Brazil accelerò, il rombo del motore una sfida al semaforo giallo. Svoltò in Pine Road e si ritrovò nell'esclusivo quartiere di Fourth Ward dove abitavano personalità importanti come il comandante Hammer, la quale da lì poteva comodamente raggiungere a piedi il centro della città che aveva giurato di servire. Brazil era stato spesso da quelle parti, soprattutto per ammirare le grandiose residenze vittoriane dipinte di colori insoliti come il lilla o il turchese pallido, e le ville aggraziate sovrastate da tetti in ardesia dai profili dentellati. C'erano muretti, grandi azalee, alberi che avevano assistito a eventi storici gettando la loro ombra su strade patrizie frequentate da gente ricca e famosa.

Si fermò a quell'angolo di Pine Road dove sorgeva la casa bianca, circondata da una bella veranda e illuminata come se, dentro, qualcuno lo stesse aspettando. Judy Hammer coltivava liriope, pervinche, viole del pensiero, yucca, siepi di ligustro e pachysandra. Nell'oscurità vi fu un tintinnio di pendoli al vento che parvero salutarlo con amichevoli note di diapason. Brazil, il protetto, non avrebbe mai pensato di metter piede nella proprietà del comandante, ma la zona era costellata da numerosi e minuscoli giardini pubblici dove ci si poteva sedere a riposare su una panchina, davanti a una fontana. Uno di quegli accoglienti giardinetti confinava proprio con il terreno di Judy Hammer, e Brazil lo conosceva da tempo. Di quando in quando, nelle notti in cui non riusciva a prendere sonno o non voleva tornare a casa, si recava lì, nel suo angolino segreto.

Andy non era un invasore, né un voyeur, né un cacciatore appostato. Desiderava solo starsene seduto in pace dove nessuno potesse vederlo. Di quanto in quando lanciava un'occhiata verso la finestra della sala, ma le tende erano tirate e al massimo vedeva passare un'ombra, l'ombra di qualcuno che aveva tutto il diritto di camminare liberamente in ogni stanza di quella casa. Se ne stava su una panchina di pietra fredda e dura; indossava ancora i pantaloni sporchi dell'uniforme e si sentiva pervaso da una tristezza indicibile. Guardava e immaginava Judy Hammer tra mobili eleganti, insieme alla sua elegante famiglia e al suo elegante marito. Naturalmente aveva un vestito elegante, e forse stava parlando a un elegante telefono portatile, come tutte le persone importanti e impegnate. Chissà cosa si provava a essere amati da una donna come lei.

Seth lo sapeva perfettamente, cosa si provava, e mentre finiva di sistemare la coppa del gelato nella lavastoviglie covava pensieri piuttosto violenti. Stava guarnendo il suo dessert serale con il caramello caldo e un giro di butterscotch quando la Moglie Comandante era entrata con in mano la solita bottiglia di acqua minerale Evian. E che cosa aveva fatto? Lo aveva cazziato, ricazziato e cazziato ancora. Lo sai quanto pesi, e pensa alle coronarie, alla tua tendenza al diabete, alla vita sedentaria, alla carie... Lui era andato in sala e aveva acceso la TV su *Seinfeld*, cercando di tenerla fuori dalla stanza e chiedendosi cosa l'avesse mai attratto in Judy Hammer.

Quando si erano conosciuti lei era una donna potente che portava l'uniforme: lui non avrebbe mai dimenticato l'effetto che faceva nel blu scuro della divisa. Decisamente eccitante. Non le aveva mai confessato le sue fantasie di sottomissione, il sogno di essere ammanettato, legato, imbavagliato e trascinato via come un prigioniero nel vagone blindato dell'erotismo. Dopo tanti anni, lei ancora non sapeva. Nessuna di quelle fantasie si era trasformata in realtà. Judy Hammer non lo aveva mai sottomesso fisicamente.

Non aveva mai fatto l'amore con lui indossando la divisa, nemmeno adesso che avrebbe avuto abbastanza mostrine e medaglie da impressionare anche il Pentagono. Quando si preparava per andare alle funzioni commemorative della polizia, o a qualche banchetto ufficiale, e gli compariva davanti in alta uniforme, Seth si sentiva mancare il respiro. Era assolutamente travolto, impotente e frustrato. Dopo tutti gli anni passati e le delusioni subite, lei era ancora splendida. Se solo non lo avesse fatto sentire così brutto e inutile. Se solo non lo avesse portato fino a quel punto, senza lasciargli alcuna via di fuga, provocandolo, rovinandolo fino all'abiezione. Era colpa sua se lui era diventato un ciccione fallito. Solamente colpa sua.

Il comandante, sua moglie, non era davvero al corrente di alcuna delle ambizioni o delle fantasie erotiche del marito, ma neppure della sua lunga lista di rancori. E nulla di tutto ciò l'avrebbe lusingata, divertita o fatta sentire in colpa, perché Judy Hammer non era sensibile al fascino della dominazione e del controllo totale, e non dava affatto per scontato che qualcuno potesse innamorarsi o eccitarsi dinanzi al suo potere. Non le sarebbe mai venuto in mente che a quell'ora Seth potesse rimpinzarsi di gelato, di caramello o di ciliegie al maraschino solo perché in realtà avrebbe voluto essere legato mani e piedi al letto o perquisito senza alcuna discrezione, anzi, con violenza, fino alle prime luci dell'alba; desiderava essere arrestato da lei per libidine animalesca, arrestato e segregato per sempre. Desiderava vederla struggersi e illanguidire, dubitare di se stessa e di tutte le sue scelte di vita. L'ultima cosa che avrebbe voluto, invece, era proprio la condanna all'isolamento del loro matrimonio.

In quel momento Judy Hammer non indossava l'uniforme e non stava nemmeno parlando al telefono portatile. Si era messa una vestaglia da casa lunga e pesante, di spugna, ed era in preda a una crisi di insonnia, cosa abbastanza normale. Raramente dormiva a lungo, perché il suo cervello osservava orari autonomi e se ne infischiava delle esigenze di riposo del corpo. Sedeva in salotto e leggeva il *Wall*

Street Journal, senza prestare attenzione al ronzio di sottofondo del *Tonight Show*. Accanto a sé aveva dei fogli pieni di appunti, un'altra lunga lettera della sua vecchia madre e alcune pagine di *Ritorno all'amore*, di Marianne Williamson. Leggeva, e cercava di escludere dal suo campo sonoro i rumori che Seth faceva in cucina.

Si sentiva pesare sulle spalle, come fosse il proprio, il fallimento esistenziale del marito. Qualunque cosa si dicesse o avesse detto agli analisti che l'avevano seguita a Chicago e ad Atlanta, il senso di fallimento personale era ciò che più la faceva soffrire a qualunque ora del giorno e della notte. Di sicuro aveva commesso qualche grave errore, diversamente Seth non avrebbe cercato continuamente di suicidarsi con una forchetta, un cucchiaio o un budino al cioccolato. Se si guardava indietro, si rendeva conto che la donna che lo aveva sposato era un'altra entità: lei, il comandante Judy Hammer, era una reincarnazione di quella manifestazione ormai svanita. In verità non aveva alcun bisogno di un uomo. Non aveva alcun bisogno di Seth. E lo sapevano tutti, lui compreso.

Era un semplice dato di fatto: tutte le donne che avevano seguito con successo la carriera militare, di poliziotto, marine, aviatore, guardia nazionale o vigile del fuoco, non avevano bisogno di rapporti intimi e personali con gli uomini. Lei stessa si era trovata a dirigere molte donne di quel tipo. E ogni volta le sceglieva senza tentennamenti, a condizione che non somigliassero troppo proprio agli uomini di cui potevano fare a meno e che non avessero atteggiamenti o abitudini maschili negative come la propensione a fare a pugni, a pretendere sempre e a prevaricare il prossimo. Dopo tanti anni, Judy Hammer era pervenuta alla conclusione di essersi tirata in casa una moglie grassa, nevrotica, pigra e insopportabilmente lamentosa. Ed era pronta a cambiare.

Per quella ragione, di lì a poco commise un grave errore tattico. Uscì in vestaglia sulla veranda, sedette sul dondolo e, sola con i suoi pensieri, rimase a sorseggiare a lungo un calice di Chardonnay.

Quando la vide emergere, biancore fluttuante, apparizione divina nel bagliore della lampada, Andy fu come ipnotizzato. Il cuore gli partì in una corsa folle e irraggiungibile, lasciandolo immobile sulla fredda panchina di pietra, terrorizzato all'idea di essere a propria volta visto. Osservò ogni suo minimo gesto, il modo in cui si spingeva in avanti per poi dondolare all'indietro, il polso che si piegava sollevando il calice, la testa che si abbandonava contro lo schienale. Ammirò la curva del suo collo mentre si lasciava dondolare a occhi chiusi.

A cosa stava pensando in quel momento? Judy Hammer era una persona come lui, con zone d'ombra e angoli freddi e solitari di cui nessuno era a conoscenza? Si dondolava là fuori, adagio e sola. Andy provò una fitta al petto. Si sentiva attratto da quella donna ma non sapeva perché. Forse perché lui aveva bisogno di un eroe da venerare. Se mai gli si fosse presentata l'occasione di toccarla, però, non era affatto certo di saperne approfittare. Eppure lo desiderava, lo desiderava anche in questo istante. Nonostante l'età, era ancora bella. Non proprio delicata, ma affascinante, potente, travolgente, come un'automobile da collezione, una vecchia BMW ben conservata, con rifiniture cromate anziché di plastica. Aveva sostanza e carattere, e Brazil era sicuro che suo marito fosse un degno compagno, un uomo da *Fortune 500*, un avvocato, un chirurgo, uno capace di intavolare con la moglie conversazioni interessanti anche durante le brevi pause dai reciproci impegni.

Il comandante Hammer si diede un'altra spinta e sorseggiò il vino. Per quanto in alto potesse ancora arrivare, non avrebbe mai perso del tutto la sua sintonia con la vita di strada. E si sarebbe sempre accorta se qualcuno la stava osservando. Si alzò di scatto, i piedi ben piantati sulla veranda, e scrutò con lo sguardo nella notte, individuando quasi subito una sagoma indistinta seduta in quel fastidioso giardinetto di fianco alla casa. Quante volte aveva protestato presso il consiglio di quartiere? Non voleva che il suo terreno confinasse con un'area pubblica, era così difficile da capire? Con orrore, Brazil la vide scendere i gradini della veranda e incamminarsi tra le aiuole di pachysandra, guardando proprio nella sua direzione.

— Chi c'è?

Andy non riuscì a rispondere. In quel momento nemmeno lo scoppio di un incendio gli avrebbe cavato un suono di bocca.

— Chi è seduto lì? — insistette Judy Hammer in tono stanco e irritato. — Sono quasi le due del mattino. La gente normale a quest'ora se ne sta in casa, quindi o lei non è normale, o la casa che le interessa è la mia.

Brazil si chiese che cosa sarebbe successo se si fosse lanciato in una corsa a perdifiato. Da ragazzino credeva che correre a tutta velocità lo avrebbe reso invisibile, ma non era così. Rimase sulla panchina impalato come una statua, guardando il comandante Hammer che si avvicinava. Parte di lui desiderava svelarsi per poterla finalmente fare finita, confessarle il proprio coinvolgimento, vederla sbottare e ridere, e sentirsi cacciare dal dipartimento di polizia. Se lo sarebbe meritato, no?

— Lo chiedo per l'ultima volta — annunciò lei con voce minacciosa.

Soltanto allora gli venne in mente che Judy Hammer poteva anche essere armata. Oh, Cristo santo, come aveva fatto a ficcarsi in quel casino? Si era diretto lì senza nessuna cattiva intenzione. Aveva solo voglia di sedersi a pensare, a riflettere sullo scopo della sua vita e sui propri sentimenti.

— Non spari — disse alzandosi lentamente e portando le mani in alto.

A quella frase il comandante temette di avere a che fare con un matto. *Non spari?* Ma che diavolo di risposta era? Oppure si trattava di qualcuno che la conosceva, se no perché avrebbe dovuto immaginare che fosse armata e pronta a sparare? In cuor suo aveva sempre avuto paura di morire per mano di qualche pazzo esaltato. Assassinata. Ma il suo motto era *buttarsi*, perciò risalì il vialetto di mattoni fiancheggiato dalla pachysandra, mentre il terrore di Brazil aumentava. Andy lanciò un'occhiata verso la macchina, rendendosi subito conto che il comandante avrebbe avuto tutto il tempo di prendere il numero di targa prima che lui potesse salire e mettere in moto. Decise allora di rilassarsi e di assumere un'aria innocente. Si risedette, mentre lei si avvicinava fluttuando nella vestaglia bianca.

— Che cosa ci fa qui? — chiese, ormai a pochissimi metri da lui.

— Non intendevo disturbare nessuno.

La Hammer esitò. Non era certo la risposta che si aspettava. — Ma sono quasi le due del mattino — ripeté.

— In realtà sono le due passate — disse Brazil, il mento in una mano e il viso nascosto nell'ombra. — Un bel posto. A lei non piace? Così tranquillo, perfetto per meditare, pensare, entrare in contatto con la propria dimensione spirituale.

Il comandante Hammer stava cambiando idea sull'intruso. Sedette sulla panchina accanto a lui.

— Chi è lei? — gli chiese, mentre la luce indiretta le impreziosiva il volto come il pennello di un artista amoroso.

— Nessuno di speciale — rispose Brazil.

Oh, sì, invece. Judy Hammer ripensò alla sua vita orribile e al marito che le girava intorno in quella casa. L'uomo seduto accanto a lei sulla panchina, invece, sembrava capire e apprezzarla per ciò che lei era. Rispettava il suo potere e allo stesso tempo la desiderava come donna. Brazil provava vivo interesse per i pensieri del comandante, le sue idee, i suoi ricordi d'infanzia. Le sfiorò la nuca fino al colletto della morbida vestaglia di spugna bianca, adagio, senza fretta. Poi la baciò. Un bacio dapprima timido, poi sempre più coraggioso, mentre lei lo ricambiava e lui le succhiava il labbro inferiore, in attesa che le loro lingue si incontrassero e facessero amicizia.

Quando si svegliò, nella sua stanzetta chiusa a chiave, non era ancora arrivato al dunque e soffriva terribilmente. Che esperienza tremenda. Oh, Signore, perché non poteva essere tutto vero? No. Non lo era. Nel giardinetto c'era ef-

216

fettivamente stato, e aveva osservato la casa di Judy Hammer e lei era uscita a sedersi sul dondolo. Ma il resto non era successo: solo nei suoi sogni, e a più riprese. Il comandante non sapeva che lui era stato lì, nell'oscurità, ad ascoltare la bandiera del North Carolina sbattere piano nel vento, sulla veranda. A Judy Hammer non importava di lui, e lui non aveva mai accostato le proprie labbra alle sue, non aveva mai accarezzato la sua pelle liscia e mai lo avrebbe fatto. Provava un tremendo senso di vergogna, e si sentiva frustrato e confuso. Doveva avere trent'anni meno di lei: roba da malati.

Rincasando alle tre meno un quarto, quella mattina, Andy aveva ascoltato i messaggi sulla segreteria telefonica. Ce n'erano quattro, tutti muti, e quel fatto gli aveva peggiorato l'umore. Non poteva fare a meno di pensare che la maniaca si accaniva contro di lui perché, in fondo, anche lui soffriva di una forma di devianza. Insomma, doveva pur esserci un motivo se una malata provava attrazione nei suoi confronti. Mentre l'alba spuntava, Brazil si infilò rabbiosamente la tuta da corsa, prese la racchetta, le palle e uscì.

Il mondo era ancora coperto di rugiada, ma il sole si faceva già sentire con prepotenza. Andy passò sotto le magnolie dal fogliame fitto e costellato di fiori bianchi e cerosi, profumati di limone. Attraversò il campus del Davidson e imboccò la stradina che costeggiava il Jackson Court e conduceva alla pista di atletica. Corse per dieci chilometri ad andatura sostenuta, e finì di sfogarsi servendo cannonate sui campi da tennis. Poi fece un po' di pesi in palestra, passò al salto in lungo e chiuse con diverse serie di flessioni e piegamenti. Finalmente il suo corpo si decise a produrre un po' di endorfine.

Judy Hammer nutriva qualche preoccupazione per la mattinata andata in fumo. Ecco quello che accadeva a spezzare la solita routine per uscire a pranzo con la West, la quale chiaramente non riusciva a tenersi alla larga dai guai. Quel giorno il comandante indossava la divisa, cosa del tutto insolita. In quindici anni non aveva mai litigato con il procuratore distrettuale nemmeno per accordarsi sulle date delle udienze in tribunale, e certo non avrebbe cominciato a farlo ora. Credeva nella forza del confronto diretto ed era determinata a imporgliene uno per quella stessa giornata. Alle nove si trovava già nel grande Palazzo di Giustizia e attendeva in sala d'aspetto l'arrivo del primo pubblico ministero della città.

Nancy Gorelick era stata rieletta così tante volte che ormai si presentava come se fosse candidato unico, e la maggior parte dell'elettorato avrebbe fatto volentieri a meno di andare fino ai seggi per votare, che ci fossero o no altri candidati. Lei e la Hammer non erano esattamente amiche, ma il procuratore sapeva bene chi era il capo della polizia, e proprio quel mattino aveva letto sui giornali della sua eroica impresa. Batman e Robin. Cristo santissimo! La Gorelick era una repubblicana senza scrupoli, una sostenitrice del *prima impicca e poi chiarisci*. Era stufa marcia di tutti quelli che credevano di poter sempre godere di qualche attenuante speciale ed era quasi certa di conoscere già la ragione dell'improvvisa visita da parte della Hammer.

La fece attendere parecchio, e quando finalmente comunicò via interfono alla segretaria che il capo della polizia poteva entrare, Judy Hammer stava ormai passeggiando nervosamente avanti e indietro per la sala, lo sguardo incollato all'orologio. La segretaria aprì una porta di legno scuro e il comandante entrò.

— Buongiorno, Nancy — salutò.

— Grazie — rispose il procuratore, annuendo con un sorriso. Teneva le mani incrociate sulla scrivania. — Cosa posso fare per te, Judy?

— Immagino saprai dell'incidente di ieri occorso alla stazione di Greyhound...

— Direi che ormai lo sa tutto il mondo — disse la Gorelick.

Il comandante prese una sedia e la spostò su un fianco della scrivania, rifiutando di sedere di fronte al procuratore al di là del pesante monolito di legno. La psicologia del lavoro era una scienza utilissima, e Judy Hammer sapeva come utilizzarla. L'atteggiamento del procuratore distrettuale era stato ostile e prevaricante fin dall'inizio: Nancy Gorelick se ne stava protesa in avanti con le mani appoggiate sul piano di carta assorbente, una postura fisica che comunicava tutto il suo senso di superiorità. Il fatto che la Hammer avesse preso l'iniziativa e sedesse ora davanti a lei senza alcuna barriera a separarle le dava non poco fastidio, e si vedeva.

— Il caso Johnny Martino — disse la Gorelick.

— Esatto — confermò il comandante. — Johnny Martino, noto anche come Magic Man.

— Trentatré imputazioni di rapina a mano armata — proseguì il procuratore. — Chiederà il patteggiamento. Noi lo inchioderemo forse per dieci anni, gli faremo ammettere la colpevolezza per cinque imputazioni. E visto che è due volte recidivo sparirà dalla circolazione finché non sarà ridotto a uno scheletro.

— A che data avevi pensato per il processo, Nancy? — Il comandante non si lasciava impressionare facilmente. Anzi, non credeva a una sola parola di quella donna. Magic Man se la sarebbe cavata con il minimo, come tutti.

— L'ho già stabilita. — Il procuratore prese la grossa agenda nera e si mise a sfogliare. — La corte superiore si riunirà il ventidue luglio.

Judy Hammer l'avrebbe uccisa. — Per tutta la settimana sarò in vacanza. A Parigi. È tutto fissato da un anno, e ho già i biglietti. Andrò via con i miei figli e le rispettive famiglie, Nancy, ecco perché sono venuta qui stamattina. Siamo due persone molto indaffarate, con agende fittissime e grandi responsabilità. Tu sai bene che, normalmente, i capi di polizia non eseguono arresti e tanto meno finiscono in tribunale. Quand'è stata l'ultima volta che hai sentito parlare di un caso del genere? Be', vorrei che mi dessi una mano a risolvere il problema.

A Nancy Gorelick non importava chi aveva di fronte, soprattutto non le importava di quel comandante pieno di fama e di soldi. Nel suo tribunale tutti erano oberati da impegni e scadenze e tutti avevano problemi di tempo, tranne naturalmente gli imputati, gli unici a non sapere come riempire i fogli del calendario se non con qualche guaio. Il procuratore non aveva mai nutrito particolare simpatia nei riguardi di Judy Hammer. La trovava arrogante, competitiva, assetata di potere, maldisposta verso ogni forma di collaborazione e vanitosa. Doveva spendere un capitale in vestiti firmati, gioielli e accessori, e, per farla breve, non soffriva di tutti i problemi che normalmente affliggono le altre donne, tipo eccesso di peso, acne della maturità, calo degli estrogeni e paura del rifiuto.

— Non mi hanno eletta per lavorare con te o con chiunque altro in particolare — riprese. — Il mio compito è fissare date che soddisfino la corte, ed è appunto quello che ho fatto. Le vacanze non sono questioni che interessano un tribunale, perciò dovrai adeguarti. Così come faranno tutti.

Judy Hammer notò che, come al solito, la Gorelick indossava una delle sue tenute provocanti. Aveva una propensione per le gonne corte, i colori sgargianti e le scollature ampie, queste ultime un'istigazione a delinquere ogni volta che si chinava a esaminare documenti, elenchi di cause e dossier. Si truccava troppo, soprattutto eccedeva con il mascara, e girava voce che intrattenesse numerose relazioni con diversi uomini, voce che il comandante aveva considerato infondata fino a quel momento. Tra di loro, gli agenti di polizia la chiamavano Nancy "Whorelick", Nancy la Troia, ed era giudicata come qualcosa di peggio di una puttana da quattro soldi. Ma ora la psicologia del lavoro imponeva a Judy Hammer di alzarsi.

Così fece, e dopo essersi tranquillamente appoggiata alla scrivania dell'avversaria e aver preso tutto il fiato che le serviva, sollevò un fermacarte di cristallo dell'USBank e cominciò a giocherellarci. Si sentiva totalmente a suo agio e padrona della situazione. Parlò in modo razionale, pacato e sincero.

— Naturalmente, i giornalisti mi hanno chiamato per l'incidente di ieri — confessò, mentre la Gorelick non staccava uno sguardo ansioso dal fermacarte. — Stampa nazionale, intendo. *Washington Post, Time, Newsweek,* CBS *This Morning,* Jay Leno, *New York Times,* Don Imus, Howard Sterne. — Cominciò a passeggiare avanti e indietro, battendosi il fermacarte sul palmo della mano. — Sono certa che vorranno coprire il processo. È roba grossa, no? — Intanto passeggiava e batteva, passeggiava e batteva. — Insomma, ricordi forse altre storie del genere? Ah, a proposito di storie — rise. — Ora ricordo: hanno chiamato anche uno studio e un paio di produttori di Hollywood, ma ci pensi?

Adesso Nancy Gorelick si sentiva a disagio. — Mi pare insolito — ammise.

— Un esempio straordinario di gestione dell'ordine pubblico, Nancy. La gente che si comporta nella maniera giusta. — Non la smetteva più di passeggiare, agitando il piccolo palazzo di cristallo sovrastato dalla corona. — Il fatto che tu tratti un comandante e un vicecomandante come tutti gli altri, senza fare differenze... — Annuì. — Be', credo che ai cronisti questo dettaglio piacerà molto, no?

La Gorelick si sarebbe rovinata con le proprie mani, facendo la figura dell'idiota che in realtà era. Qualcuno si sarebbe precipitato a occupare il suo posto e lei avrebbe dovuto accettare la prima degradante offerta di lavoro da parte di qualche studio legale, osteggiata da tutti i soci più anziani.

— Ho intenzione di parlare molto francamente con loro — continuò la Hammer con un sorriso. — E di farlo subito. Penso che indire una conferenza stampa sia la cosa migliore.

La data del processo venne posticipata di una settimana, in un giorno che andava bene a tutti tranne che a Johnny Martino, alias Magic Man, che nel frattempo avrebbe atteso in cella, nell'umiliante tuta arancione con dietro scritto ISTITUTO DI PENA. Era ciò che indossavano tutti, là dentro.

In quei giorni Magic Man ripensava a suo padre, un ex dipendente dell'Amtrak: puliva le carrozze dopo che tutti i passeggeri erano scesi. Lui non avrebbe mai accettato un lavoro di merda come quello, anche se la gamba gli faceva un male cane nel punto dove si era beccato il calcio di quella troia. Era pazzesco con che razza di cannoni girava la gente al giorno d'oggi, soprattutto le donne. Gli avevano puntato alla testa *due fottute semiautomatiche calibro quaranta*. Da dove cavolo erano saltate fuori? Da Marte? Si erano calate sulla terra a bordo di qualche strano raggio? Magic Man era ancora sbigottito, e quel mattino si era tirato a sedere sul tavolaccio pensando che l'episodio del pullman del giorno prima non fosse mai successo.

Poi lo sguardo gli era caduto sulla tazza di metallo dove la sera precedente si era dimenticato di tirare l'acqua. E c'era il suo stinco che pulsava inferocito, con quel bitorzolo grosso come un arancio e la pelle lacerata proprio al centro, come una specie di ombelico, dove si era abbattuto l'affilato tacco di ferro. In effetti, a ripensarci meglio, avrebbe dovuto sospettare subito di quelle due signore dall'aria ricca che però prendevano il pullman. Dalle altre celle sentiva provenire un chiacchierio insistente e delle risate. Lo stavano già sfottendo per essersi fatto fregare da una vecchietta armata di borsa. Mentre estraeva una sigaretta, Martino valutò la possibilità di denunciarli. E, già che c'era, valutò anche la possibilità di sfruttare il suo soggiorno in gabbia per farsi fare un altro tatuaggio.

Non che a Brazil la giornata stesse andando meglio. Insieme a Packer stava ritoccando un altro pezzo scritto di sua iniziativa, dove parlava delle donne sole in un mondo senza uomini. Il fatto era che continuava a sbattere il naso contro righe e spazi vuoti che sapeva di non aver mai composto. Qualcuno era penetrato nella memoria del suo computer e aveva rovistato tra i suoi file. Era ciò che stava spiegando al caposervizio della cronaca cittadina mentre i paragrafi scorrevano sul video svelando l'ennesima violazione.

— Guarda — disse Brazil tutto infervorato. Indossava già

l'uniforme, era pronto per un'altra notte in strada. — Ma è pazzesco. Sono due giorni che succede.

— Sei proprio sicuro che non sia opera tua? Con tutte le correzioni e le revisioni che fai...

Quella che il suo caposervizio aveva avuto modo di ammirare in lui come una produttività straordinaria aveva ormai raggiunto un livello umanamente insostenibile. Quel ragazzo vestito da poliziotto spaventava Packer, che non aveva nemmeno più tanta voglia di sedergli accanto. Brazil non era normale. Riceveva encomi dalla polizia e consegnava in media tre articoli firmati ogni mattina, anche nei teorici giorni di libertà. Senza contare la qualità del suo lavoro, assolutamente ottima considerata la sua inesperienza e la mancanza di un curriculum di studi professionali. Packer aveva idea che Andy si sarebbe aggiudicato un Pulitzer entro i trent'anni, e per quel motivo intendeva continuare a essere il suo caposervizio, anche se si trattava di un lavoro estenuante, intenso e snervante che gli faceva odiare la vita ogni giorno di più.

Quella mattina era un esempio tipico. La sveglia era suonata alle sei, e naturalmente Ed Packer non aveva nessuna voglia di alzarsi, invece lo aveva fatto. Mildred, sua moglie, era allegra come sempre e stava già preparando la farinata d'avena, mentre Dufus, il cucciolo di Boston Terrier purosangue, correva sbandando a destra e a sinistra in cerca di qualcosa da masticare o su cui fare i bisogni. Quando era entrato in cucina trovandosi di fronte quella scenetta di vita domestica, Packer si stava rimboccando la camicia, ancora mezzo addormentato, e si era subito chiesto se sua moglie non si fosse bevuta il cervello.

— Mildred — aveva detto — ma siamo in piena estate. La farinata d'avena non è roba adatta a questo caldo.

— Ma certo che sì — aveva ribattuto lei mescolando tutta contenta. — Fa bene alla tua pressione alta.

Dufus aveva cominciato a saltargli intorno in una specie di balletto, cercando di arrampicarglisi addosso e di afferrargli i polsini della camicia tra i denti aguzzi. Se poteva,

Packer evitava persino di toccarlo e, dopo averlo battezzato, si era sempre rifiutato di riconoscerne l'esistenza. Questo nonostante le obiezioni di Mildred, che invece aveva posto come condizione irrinunciabile al loro matrimonio che lei potesse sempre tenere con sé uno di quegli orribili cagnolini della sua infanzia. Dufus non ci vedeva bene, e dalla sua prospettiva Packer era un albero enorme e minaccioso, o forse un lampione, o il paletto di una staccionata. Ogni volta che entrava nel suo campo olfattivo, si metteva a saltare e poi si accucciava nell'erba, cercando spesso un sollievo fisico che gli sembrava del tutto normale. Quel mattino gli aveva slacciato entrambe le scarpe.

Packer attraversò la redazione come se intorno a lui il mondo intero fosse incolore, o meglio, di un grigio compatto. Risistemò la camicia nei pantaloni e si diresse verso il bagno: lo stimolo c'era, ma sapeva benissimo che non avrebbe fatto una sola goccia, e questo gli rammentò l'appuntamento con l'urologo, fissato per le due del mercoledì successivo.

Brazil stava correndo giù per le scale mobili, deciso ad affrontare il problema in prima persona. Spinse numerose porte, fino agli uffici rarefatti dove Brenda Bond governava il mondo dalla sua poltroncina con rotelle di tessuto verde, progettata secondo rigorosi criteri ergonomici. Le sue estremità riposavano su un poggiapiedi regolabile, e le sue preziose manine erano posate su una tastiera studiata per prevenire la sindrome del tunnel carpale.

La Bond era circondata da mainframe IBM e HP, interfacce multiple, modem, armadietti contenenti enormi bobine di nastro, decodificatori e una connessione satellitare dell'Associated Press. Era la sua cabina di pilotaggio, e Brazil era lì, davanti a lei. Brenda non poteva credere di essere la prescelta, che in quel preciso istante lui desiderasse essere con lei e solo con lei. Lo guardò, le guance arroventate. Signore onnipotente, che corpo! Un corpo di cui Andy era perfettamente consapevole, e infatti le stava già mostrando tutto il suo senso di superiorità.

— Credo che qualcuno entri nel mio computer e frughi nei miei file — annunciò.

— Impossibile — rispose Brenda, il genio, in tono arrogante. — A meno che tu non abbia dato a qualcuno la tua password.

— Voglio cambiarla — dichiarò.

Lei gli stava guardando i pantaloni dell'uniforme e il modo in cui lo fasciavano, specie nella zona della patta, e lui si guardò a propria volta in modo molto teatrale.

— Mi sono rovesciato addosso qualcosa? — domandò uscendo.

Non che fossero poi così aderenti, o provocanti: Brazil non si vestiva mai con la precisa intenzione di fare colpo o di attirare gli sguardi altrui. Anzi, non si comprava mai niente di speciale. Il suo intero guardaroba era comodamente ospitato da due cassetti d'armadio e venti appendiabiti, e per la maggior parte si trattava di uniformi e tute da ginnastica fornite dalla squadra di tennis e dalla Wilson, che aveva deciso di sponsorizzarlo gratis ai tempi in cui figurava tra i primi cinque giocatori juniores dello Stato. Semmai, i pantaloni della divisa gli stavano un po' larghi. Eppure c'era gente che si ostinava a fissare, come Brenda Bond o Tommy Axel.

Quando sfoggiava la sua tenuta blu notte con accessori in pelle nera, Andy non aveva idea di quale effetto sortisse su chi gli stava intorno. Se si fosse fermato un attimo ad analizzare la questione, avrebbe scoperto che le uniformi in generale sono sinonimo di potere, e che il potere è un ottimo afrodisiaco. Axel lo sapeva molto bene. Si alzò dalla sedia e corse all'inseguimento di Brazil. Gli sprint del giovane cronista cittadino erano cosa nota, ma anche Axel si allenava ogni mattina alla Powerhouse Gym, aveva un corpo magnificamente scolpito e quando si metteva in cannottiera e cinturone per i pesi, con la pelle lucida di sudore e le vene prominenti per lo sforzo, erano molti gli sguardi ammirati che si posavano su di lui. C'era gente che sospendeva gli esercizi solo per contemplarlo, e più di una volta era stato seguito fino a casa da altri inquilini del suo condominio. In realtà Tommy Axel poteva avere chiunque di loro, e sicuramente in certi momenti ne approfittava, ma non frequentava la sala di aerobica perché era uno sport con pochi spettatori. E poi aveva poco fiato.

— Uffa! — sbottò stizzito raggiungendo il parcheggio proprio mentre Brazil si allontanava a bordo della sua BMW.

Quella sera il direttore Panesa aveva una cena ufficiale, ragion per cui decise di tornare a casa in anticipo. Stava mettendo in moto la sua superaffidabile Volvo, carrozzeria argentea e doppio airbag, quando assistette alla disgustosa scena dell'arrivo di Axel.

— Oh, Cristo — mormorò scuotendo la testa nell'uscire dallo spazio riservato al centro della fila migliore, a non più di venti passi dai portoni di cristallo del giornale. Abbassò il finestrino, fermandosi davanti al critico musicale.

— Vieni qui, Tommy.

Axel rivolse al suo capo un sorriso sexy e malizioso alla Matt Dillon, avvicinandosi con passo languido. Chi poteva resistergli? — Che succede? — tubò muovendosi in modo da far risaltare al massimo la muscolatura.

— Lascialo in pace — disse semplicemente Panesa.

— Chiedo scusa? — Ferito nella sua purezza e innocenza, Tommy si portò una mano al petto.

— Sai esattamente cosa intendo. — Detto ciò il direttore partì con decisione; si allacciò la cintura di sicurezza, abbassò la sicura delle portiere, lanciò un'occhiata negli specchietti retrovisori e afferrò il microfono della sua radio personale a due vie per comunicare alla domestica che stava arrivando.

Più lavorava nel settore del giornalismo, più diventava paranoico. Come Brazil, aveva iniziato la sua carriera in qualità di cronista di nera, e a ventitré anni conosceva già tutte le brutture che la gente è capace di infliggersi: il dolore, la crudeltà e l'abiezione erano cose all'ordine del giorno per lui. Aveva scritto articoli su omicidi di bambini, sulle vittime di incidenti morte per omissione di soccorso, su mariti che indossavano i guanti neri e accoltellavano mogli e amici, li sgozzavano e poi fuggivano a Chicago. Panesa aveva intervistato affettuose donnine che insaporivano i loro piatti con una punta d'arsenico, si era occupato di disastri aerei, di incidenti a catena, di deragliamenti, di sommozzatori deceduti per asfissia, di ubriachi che si divertivano a saltare dai ponti dimenticando di legarsi prima a una corda, di incendi e di annegamenti. Per non parlare di tutta una serie di orrori che non necessariamente finiscono con la morte. Il suo matrimonio, per esempio.

Schizzava nervoso in mezzo al traffico del centro, zigzagando senza riguardo, strombazzando e inveendo. Era di nuovo in ritardo, come sempre. Quella sera aveva appuntamento con Judy Hammer, che a quanto pareva era sposata a un pantofolaio terribile con cui di solito evitava di uscire in pubblico. Be', se la voce era vera, lui non poteva certo biasimarla. Quella sera si teneva il banchetto dell'USBank Public Service Awards: Panesa e la Hammer erano invitati d'onore, così come il procuratore distrettuale Gorelick, che ultimamente aveva fatto parecchio notizia accusando l'Assemblea Generale del North Carolina di non voler finanziare l'assunzione di altri diciassette assistenti procuratori, quando in realtà era chiaro che ciò di cui la regione Charlotte-Mecklenburg aveva veramente bisogno era un paio di medici legali in più. Il banchetto si sarebbe tenuto al Carillon, con i suoi meravigliosi dipinti e le sue sculture aeree sospese.

L'auto personale della Hammer era una Mercedes, ma non nuova, e con un airbag solo dalla parte del guidatore. Panesa non avrebbe mai messo piede su nulla che non avesse un airbag dalla parte del passeggero, e l'aveva detto subito chiaro e tondo. Anche il comandante stava viaggiando in tutta fretta verso casa, dopo essere uscita in anticipo dalla centrale. Seth era in giardino a sradicare erbacce e a concimare, ma aveva preparato anche dei biscotti e Judy sentì immediatamente l'odore del burro e dello zucchero nel forno. Notò anche le tracce di farina sul tavolo. Quando sbirciò fuori dalla finestra della cucina, lui la salutò sventolandole una manciata di *Allium giganteum*: meglio di niente.

Andò di corsa in camera da letto. Dio, il riflesso che la guardava dallo specchio faceva paura. Si lavò la faccia, quindi spremette un po' di gel nel palmo delle mani e se le passò tra i capelli. Poi si rifece il trucco. Le cene ufficiali sono sempre un problema. Gli uomini possiedono uno smoking che va bene per tutte le occasioni, e se non l'hanno lo affittano. Le donne, invece? Cosa devono fare? Judy Hammer non aveva avuto tempo di pensare a come si sarebbe vestita finché non era entrata in casa, una casa che profumava come una panetteria. Scelse una gonna di satin nera, un giacchino corto nero e oro con perle di giaietto e un top di seta nera con le spalline sottili.

La verità era che dall'ultima volta in cui aveva indossato quel completo, cioè un anno prima a una serata di beneficienza di Jaycee's, aveva messo su due chili. Riuscì ad abbottonare la giacca, ma non era per nulla soddisfatta; il seno sporgeva più del solito, e non le andava di attirare l'attenzione su dei particolari che normalmente teneva per sé. Prese a tirarsi gli orli, borbottando, domandandosi se quel restringimento non fosse responsabilità del lavasecco, e infine concluse la vestizione con un paio di orecchini a diamantino, ma quando era di fretta e di cattivo umore anche infilarsi i perni nei lobi diventava un'impresa.

— Merda — inveì, tappando il buco del lavandino appena in tempo perché un fermaglio d'oro non scivolasse giù per lo scarico.

Panesa non aveva bisogno di qualcuno che lo assistesse negli acquisti, non aveva problemi di peso e poteva mettersi quello che voleva quando voleva. Occupava una posizione prestigiosa alla Knight-Ridder, colosso della stampa, e prediligeva modelli della linea di punta Giorgio Armani che a Charlotte non si trovavano. A quanto pareva i fan degli Hornets avevano priorità diverse dallo sfoggiare abiti stranieri da duemilacinquecento dollari, e nella Queen City comprarsi qualcosa di decente restava un problema. Quando fu pronto, era un uomo affascinante: smoking con risvolti di satin e pantaloni con banda laterale, di seta nera, orologio d'oro opaco e scarpe di lucertola nera.

— Allora — esordì quando Judy Hammer salì in macchina — dimmi un po' qual è il tuo segreto.

— Segreto? — Il comandante non aveva la più pallida idea di cosa intendesse. Allacciò la cintura di sicurezza.

— Sei bellissima.

— Che idiozia.

Panesa uscì in retromarcia dal vialetto, controllando bene negli specchietti e notando il tizio grasso che dal giardino li osservava allontanarsi. Fece finta di nulla e regolò il condizionatore d'aria.

— Tu fai shopping in città? — chiese a Judy.

— Be', certo, è indispensabile — rispose lei con un sospiro, quando mai aveva tempo per le compere?

— Fammi indovinare. Ti servi da Montaldo's.

— Mai. Hai notato come trattano la gente in posti come quello? Cercano di venderti una cosa perché puoi permetterti di comprarla, ma poi ti trattano come un essere inferiore. Se io sono così inferiore, mi domando, loro che stanno a vendere mutande cosa sono?

— Hai assolutamente ragione — replicò Panesa, che non aveva mai messo piede in un negozio che non fosse di abbigliamento maschile. — Stessa cosa in certi ristoranti, e infatti adesso non ci vado più.

— Come Morton's — immaginò la Hammer a voce alta, sebbene non ci fosse mai stata.

— Non se fai parte della lista dei VIP. In quel caso ti danno una tesserina e sei sicuro di trovare sempre un buon tavolo e un buon servizio. — Panesa si portò sull'altra corsia.

— Gli ufficiali di polizia devono stare attenti a certe cose — rammentò il comandante al direttore. Il suo giornale sarebbe stato il primo a rivelare eventuali trattamenti di favore accettati da Judy che potessero far pensare a maggiori garanzie di protezione da parte della polizia.

— La verità è che ormai mangio pochissima carne rossa — aggiunse Panesa.

Erano all'altezza del Traveler's Hotel, poco più avanti di quel Presto Grill recentemente portato alla ribalta proprio da Judy Hammer e Virginia West. Al volante Panesa sorrideva, ripensando al titolo di Batman e Robin trovato da Brazil. Quell'albergo era una fogna, rifletté il comandante. Era situato in Trade Street, proprio di fronte all'ufficio disoccupati e di fianco alla Dirty Laundry. Nell'atrio del Traveler's non era permesso bere né mangiare, e alcuni anni prima proprio lì avevano ammazzato un uomo a colpi d'ascia. O forse era successo all'Uptown Motel? Judy Hammer non ricordava.

— Come fai a essere sempre così in forma? — Panesa era in vena di chiacchiere disimpegnate.

— Vado a piedi tutte le volte che posso. E non mangio grassi — rispose lei, sondando il contenuto della borsa in cerca del rossetto.

— Non è giusto. Conosco donne che passano un'ora al giorno ad allenarsi sul tappeto mobile, eppure le loro gambe non hanno l'aspetto delle tue. Voglio sapere di preciso dove sta la differenza.

— È che in casa mia Seth sbafa tutto quello che trova in giro. — Ecco, l'aveva detto. — Lui non si contiene, io invece attraverso regolarmente periodi di inappetenza. Hai idea di cosa signifìchi rientrare alle otto di sera dopo una giornata infernale e trovare tuo marito parcheggiato davanti alla TV con la terza scodella di chili con manzo e fagioli?

Allora le voci che circolavano erano vere. Di colpo Panesa provò dispiacere per Judy Hammer. Ogni sera il direttore del *Charlotte Observer* tornava in una casa dove l'unica ad aspettarlo era una domestica che cucinava solo petti di pollo e insalate di spinaci. Che brutta esperienza doveva essere per Judy! Le lanciò un'occhiata, e per la prima volta osò sfiorarle una mano.

— Mi sembra un'immagine terribile — solidarizzò.

— In realtà dovrei perdere un paio di chili — confessò il comandante. — Ma anche quando ingrasso, non sono le gambe a risentirne. È il giro vita.

Nei pressi del Carillon, Panesa si mise a cercare un parcheggio. La steak house di Morton's of Chicago stava facendo affari anche senza di loro. — Attenta alla portiera. Scusa, forse mi sono messo un po' troppo attaccato al parchimetro. Cosa dici, dovrò pagare qualcosa?

— Non dopo le sei.

Judy Hammer pensava a come sarebbe stato bello avere un amico come Panesa, e Panesa pensava a come sarebbe stato bello andare in barca a vela con Judy Hammer, o a sciare, o a comperare insieme i regali di Natale e poi a cena, o anche solo restare a chiacchierare con lei davanti al fuoco. Ubriacarsi, magari, e normalmente questo era un pensiero pericoloso per il direttore di una testata nazionale così come per il capo di un enorme dipartimento di polizia. Di quando in quando Judy Hammer ci aveva provato, con Seth, ma era inutile: lui mangiava, e lei si addormentava. Panesa invece si era ubriacato da solo, cosa anche peggiore, soprattutto se uno dimentica di portare prima fuori il cane.

L'ebbrezza alcolica è una sorta di evasione rarefatta, ma per realizzarsi ha bisogno dei tempi giusti. La Hammer non ne aveva mai parlato con nessuno, e neanche Panesa. Nessuno di loro aveva un analista, al momento, e proprio per questo fu una specie di miracolo che dopo tre bicchieri di vino cadessero entrambi sull'argomento, mentre un rappresentante dell'USBank pontificava su incentivi economici, sviluppo, rilocazioni societarie e tasso di criminalità zero a Charlotte. Il direttore del giornale e il comandante di polizia non toccarono quasi il salmone in salsa di aneto, ma passarono direttamente al tacchino. Più tardi non si sarebbero quasi ricordati il momento della consegna dei premi, ma lì per lì tutti i presenti pensarono che Panesa e la Hammer erano particolarmente vivaci, brillanti e simpatici.

Sulla strada del ritorno, Panesa ebbe l'idea ardita di fermare la macchina in un punto riparato nei pressi di Latta Park, a Dilworth, e di restare a chiacchierare con lei e ad ascoltare musica a fari spenti. Neanche Judy aveva voglia di rincasare, e lui sapeva bene che tornare a casa non significava altro che accelerare i tempi del risveglio e dell'inizio di una nuova giornata di lavoro. La sua carriera editoriale non lo entusiasmava più come una volta, ma doveva ancora ammetterlo a se stesso. I suoi figli erano grandi e avevano mille impegni, e lui usciva con una donna, un avvocato, che non trovava niente di meglio da fare che guardare telefilm di processi per dire cos'avrebbe fatto di diverso al posto dei giudici e dei colleghi. Panesa ne aveva piene le tasche.

— Credo che dovremmo andare — disse la Hammer dopo circa un'ora di sosta e di chiacchiere a bordo della Volvo scura.

— Hai ragione — riconobbe Panesa, che si apprestava a rientrare con un trofeo sul sedile posteriore e un gran vuoto nel cuore. — Volevo chiederti una cosa, Judy.

— Di' pure.

— Ecco, tu hai qualche amico con cui uscire e divertirti un po'?

— No.

— Nemmeno io — confessò lui. — Non ti sembra incredibile?

La Hammer ci rifletté su un momento. — No — decise infine. — Io non ho mai avuto *qualche amico*. Neanche alle elementari, quando battevo tutti a kickball. Neanche al liceo, quando eccellevo in matematica ed ero presidente del comitato degli studenti. E non certo all'università, o all'accademia di polizia, ora che ci penso.

— Io ero molto bravo in lettere — disse Panesa. — E a dodgeball, credo. Per un anno fui capo del Bible Club, ma

232

per favore non usare quest'arma contro di me. Un altro anno entrai nella squadra di basket dell'università, ma finì malissimo perché li feci perdere per quaranta punti.

— Dove stai cercando di arrivare, Richard? — gli chiese Judy, che per natura elaborava in fretta e arrivava subito al punto.

Per un istante Panesa tacque. — Credo che quelli come noi abbiano bisogno di amici — disse infine.

Anche Virginia West aveva bisogno di amici, ma non lo avrebbe mai ammesso davanti ad Andy Brazil, che quella notte era più che mai deciso a risolvere tutti i crimini che avvenivano in città. Quando lo scanner si rivolse alle unità nella zona di Dundeen e Redbud annunciando il ritrovamento di un cadavere in un campo, il vicecomandante stava fumando e Brazil sgranocchiava una barretta di Snickers. Sul luogo del delitto, l'oscurità e il silenzio erano spezzati dai fasci di luce delle torce elettriche e dal fruscio dei piedi nell'erba. Brazil si portò davanti a Virginia, in preda a una specie di furore, e lei lo acciuffò per il colletto della camicia e lo rimise al suo posto come un cagnolino disubbidiente.

— Ti spiace se vado avanti io? — gli fece in tono seccato.

Panesa si fermò a Fourth Ward, davanti alla casa di Judy Hammer. Era l'una e venti di notte. — Be', congratulazioni per il premio — le ripeté.

— Anche a te — ricambiò lei afferrando la maniglia della portiera.

— Bene. Spero che uno di questi giorni lo rifaremo, Judy.

— Sicuramente. Con o senza premi. — Il comandante aveva già notato il baluginio della TV accesa dietro le tende. Seth era ancora sveglio. Probabilmente stava mangiando una pizza.

— Ti sono davvero grato per aver permesso a Brazil di uscire con i tuoi uomini. È un'esperienza preziosa, per noi.

233

— Anche per noi.

— Magnifico. Qualunque proposta innovativa tu abbia da fare, ricordati che mi troverai d'accordo — disse Panesa.

— Non sono cose che succedono spesso.

— Al contrario — convenne Judy Hammer.

— Proprio così.

— Sicuro.

Richard Panesa dovette frenare l'impulso di baciarla.

— È proprio tardi — ribadì lei, riuscendo finalmente ad aprire la portiera e a scendere.

Panesa ripartì, più depresso che mai, e Judy Hammer entrò in quella casa dove si sentiva incommensurabilmente sola.

Virginia West e Andy Brazil lavoravano di gran lena, dimentichi del tempo. Si erano appena fermati davanti alle case popolari di Earle Village ed erano entrati nell'appartamento 121, dove c'era qualche giro sporco. Su un tavolino videro un computer e un sacco di contanti, una calcolatrice e un cercapersone. Una donna anziana se ne stava seduta composta sul divano, mentre davanti a lei, con un dito minaccioso sollevato, ballonzolava il suo amichetto, ubriaco e anche lui piuttosto vecchio. Alcuni agenti stavano cercando di mettere a fuoco il problema.

— Mi ha puntato contro una calibro ventidue! — disse l'uomo.

— Signora — intervenne Virginia — lei possiede una pistola?

— Mi minacciava — rispose la donna rivolgendosi a Brazil.

Si chiamava Rosa Tinsley, e non era né ubriaca né agitata. Anzi, le capitava solo una volta alla settimana di sentirsi così al centro dell'attenzione, quando veniva la polizia. E ora se la stava proprio godendo. Billy poteva pure continuare a saltellarle intorno e a minacciarla, cosa che del resto faceva tutte le volte che usciva per giocare a poker e perdeva.

— Viene qui a farsi i suoi traffici di droga — insisteva sempre rivolta a Brazil. — Si ubriaca e dice che mi taglia la gola.

— E la droga è qui? — chiese la West.

Rosa annuì a Andy e indicò con la mano il retro della casa. — Nella scatola da scarpe dentro l'armadio.

14

Nell'armadio di Rosa Tinsley c'erano molte scatole da scarpe, e Virginia West e Andy Brazil le ispezionarono tutte. Senza trovare traccia di droga. All'amico fu comunque ordinato di prendere le sue cose e andarsene dalla casa, procurando a Rosa immediata gratificazione. I due poliziotti tornarono in macchina. Brazil sentiva di avere fatto qualcosa di buono, perché almeno adesso quel vecchiaccio laido, puzzolente e corrotto se ne sarebbe andato e la povera Rosa avrebbe conosciuto un po' di pace.

— Bene, ci siamo liberati di lui — commentò in tono orgoglioso.

— Lei stava solo cercando di mettergli paura, come al solito. Succede tutte le settimane — rispose la West. — Tra mezz'ora saranno di nuovo insieme.

Mise in moto, lanciando un'occhiata al vecchio dallo specchietto retrovisore. Era fermo sul marciapiede, con le sue carabattole, e spiava la Crown Victoria blu notte in attesa che si allontanasse.

— Probabilmente uno di questi giorni la farà fuori davvero — aggiunse Virginia.

Odiava le chiamate per problemi di natura domestica. Insieme alle denunce di aggressione da parte di cani erano i casi dagli sviluppi più imprevedibili e pericolosi. Spesso dopo essersi rivolti alle forze dell'ordine i cittadini si risentivano del loro intervento. Erano cose del tutto irrazionali, ma forse la caratteristica peggiore di quelli come Rosa e il suo amico era la dipendenza reciproca, l'incapacità di stare divisi, a dispetto di tutte le volte in cui erano saltati fuori coltelli e pistole, e a dispetto di tutte le minacce e le percosse già ricevute. La West faceva fatica a trattare con le vittime coatte di relazioni squilibrate e violente, ed era il motivo per cui riteneva che Brazil non dovesse vivere con la madre.

— Perché non ti cerchi un appartamento e vai a vivere per conto tuo? — gli chiese.

— Perché non posso permettermelo — rispose Andy aggiornando l'MDT.

— Sì che puoi.

— Ti dico di no. — Digitò sulla tastiera. — Un monolocale in una zona decente costa almeno cinquecento dollari al mese.

— E allora? — Virginia lo guardò. — La macchina te la pagano, no? Devi ancora qualcosa al Davidson?

Quelli non erano affari suoi.

— Insomma, te la potresti permettere eccome — continuò a predicare Virginia. — Il punto è che vivi una relazione perversa. Se non ti stacchi adesso da lei, invecchierete insieme.

— Ah, sì? — Brazil le lanciò un'occhiata, palesemente contrariato dai suoi commenti. — E tu sai proprio tutto di queste cose, giusto?

— Purtroppo sì. Nel caso tu non l'abbia ancora capito, Andy, non sei certo la prima persona al mondo ad avere una relazione interdipendente con un genitore. La malattia penalizzante e autodistruttiva di tua madre non è che *la sua* scelta, e assolve a un'importante funzione: mantenere il pieno controllo su di te. Lei non vuole che tu te ne vada e, guarda guarda, tu vivi ancora lì.

Era lo stesso problema di Judy Hammer, benché lei stessa dovesse ancora prenderne piena coscienza. Anche Seth era una specie di infermità per lei. Quando, quella notte, la sua potente e bellissima moglie era rientrata alle ore piccole stringendo il trofeo, lui stava navigando tra le centinaia di canali satellitari che ricevevano grazie alla parabolica da diciotto pollici montata sulla veranda posteriore. Seth amava la musica country-western e stava cercando il gruppo migliore. Non era vero che aveva davanti a sé una pizza: quella l'aveva mangiata prima, quando a mezzanotte sua moglie non era ancora comparsa all'orizzonte. Adesso si consolava con una ciotola di popcorn annegati nel burro fuso.

Seth Bridges non era mai stato uno schianto d'uomo, e non era certo la bellezza fisica ad aver attratto Judy Hammer tanto tempo prima, a Little Rock. Si era innamorata di lui per la sua intelligenza e la sua calma, così gentile. Erano partiti come semplici amici, cosa che, se nel mondo ci fosse un po' di buonsenso, tutti dovrebbero fare. Il problema era le *capacità* di Seth. Per i primi dieci anni di matrimonio aveva continuato a crescere insieme alla moglie. Poi aveva raggiunto il massimo delle sue possibilità, e da allora non era stato più capace di espandersi né dal punto di vista intellettuale né spirituale, e non gli era rimasto altro canale che quello della carne. Francamente, la cosa che al momento sapeva fare meglio era proprio mangiare.

Judy Hammer chiuse a chiave la porta e reinserì l'allarme, verificando che i sensori fossero accesi. La casa puzzava come un cinema, e sotto un primo strato di aria burrosa fiutò un aroma di peperoni. Suo marito era stravaccato sul divano che ruminava, le dita lucide di unto che infilavano manciate di popcorn in una bocca mai completamente a riposo. Attraversò la sala senza dire una parola, mentre Seth continuava a cambiare canale come un invasato. In camera da letto, con gesti rabbiosi Judy ripose l'ennesimo trofeo sul fondo di un armadio.

La divorava la furia. Sbatté la porta, si strappò di dosso i vestiti e li lanciò su una sedia. Quindi indossò la camicia da notte preferita, estrasse la pistola dalla borsa e tornò in sala. Basta. Basta. Qualunque essere mortale aveva dei limiti. Nel vedere la moglie sopraggiungere armata e a passo di marcia, Seth si paralizzò con la mano affondata nella ciotola.

— Perché tirarla così per le lunghe? — lo aggredì torreggiando sopra di lui nella veste di cotone a righe bianche e azzurre. — Perché non spararsi e buonanotte? Forza, fallo. Gli tese la pistola, porgendogliela dalla parte del calcio. Seth rimase inchiodato a fissarla. Non l'aveva mai vista così, mai. Si tirò a sedere facendo leva sui gomiti.

— Cos'è successo? — le chiese. — Hai litigato con Panesa?

— Al contrario, mio caro. Senti, se vuoi farla finita è il momento giusto.

— Sei impazzita.

— Esatto, o comunque sono sulla buona strada. Grazie a te. — Abbassò la pistola, facendo scattare la sicura. — Seth, domani tu vai a farti vedere. Il tuo medico e anche uno psichiatra. E ti rimetti in riga. A partire da subito. Sei un maiale. Un sacco di grasso. Una noia mortale. Ti stai suicidando lentamente e io non ho intenzione di restare a guardare un momento di più. — Gli strappò la ciotola dei popcorn dalle mani scivolose. — Se non lo fai, non mi rivedi più. Fine del discorso.

Brazil e la West non stavano soffrendo di meno, dopo il contraddittorio a bordo dell'auto del vicecomandante. Avevano continuato a discutere dello stile di vita di Andy, entrambi ormai agitatissimi, e intanto pattugliavano un'altra brutta zona della città. Brazil guardava la donna, ignaro dei pensieri violenti che il loro passaggio suscitava nella gentaglia di quelle strade. Si stava chiedendo quale demone lo possedesse per avere tanta voglia di trascorrere il suo tempo prezioso con quel vicecomandante così insensibile, sgarbato e scorretto. Oltretutto, Virginia era vecchia e di mentalità arretrata. Una che non capiva niente, ecco.

Evidentemente sulla Queen City gravavano nubi di guerra, perché nel momento preciso in cui Judy Hammer chiudeva a chiave la porta della camera da letto, la West invitava Brazil a crescere e Bestione usciva a caccia sul suo King Cab, anche l'umore di Panesa peggiorava in modo brutale in seguito alla telefonata della sua amica avvocato. Aveva pensato a lui tutta la sera e l'aveva visto all'ultimo telegiornale mentre, elegantissimo nel suo smoking, gli consegnavano un trofeo. Aveva pensato a lui e alla sua chioma argentea e le era venuta voglia di fare un salto a casa sua per trascorrervi il resto della notte, ma Panesa le fece capire chiaramente che non era possibile: né ora né mai più. In quel momento, Bestione parcheggiava nell'oscurità vicino a Latta Park.

Bestione si era travestito e aveva un berretto nero calcato sulla fronte. Non visto, raggiunse la casa di Virginia West e scoprì con piacere che la stronza non c'era. L'unica supposizione era che si stesse facendo scopare dal suo amichetto mezzo frocio, e subito Bestione sorrise al pensiero di come invece se la sarebbe scopata lui. Si avvicinò ulteriormente alla casa di mattoni a vista. Non aveva intenzioni criminose, ma di certo avrebbe rovinato l'umore alla signora quando, rincasando, si sarebbe trovata la serratura della porta incollata da una dose massiccia di Super Glue. L'idea gli era venuta leggendo uno dei suoi famosi manuali, e indubbiamente avrebbe anche funzionato, solo che, mentre faceva scattare il coltello a serramanico per incidere il cappuccio del tubo di colla, il destino gli era contro.

Sentì arrivare una macchina. Immaginando che potesse trattarsi dello sbirro, si buttò in un cespuglio perché ormai era troppo tardi per scappare. Invece era Ned Toms, diretto al mercato del pesce con la sua Chevrolet Cavalier. Di lì a poco sarebbe cominciato il suo turno, a scaricare casse piene di ghiaccio e pesce. Mentre passava notò quello che gli parve un grosso cane nei pressi di un cespuglio, davanti a una casa dove spesso vedeva parcheggiata un'auto della polizia priva di contrassegni. Un attimo, e la Cavalier era già sfrecciato via.

Bestione riemerse dal suo nascondiglio, con le dita appiccicate insieme e la mano sinistra irrimediabilmente incollata all'interno della gamba destra della tuta. Si allontanò in fretta, peraltro dondolando come un gobbo. Per aprire il furgone e guidare doveva almeno liberare una mano, ma ciò significava sfilarsi i pantaloni, cosa che stava appunto facendo quando l'agente Wood passò di lì durante un normale giro di pattuglia. Così Bestione fu arrestato per oltraggio al pudore.

La West e Brazil sentirono la chiamata allo scanner, ma non erano in zona e stavano ancora discutendo animatamente della vita di Andy.

— Che diavolo ne sai di mia madre e del perché ho deciso di occuparmene?

— Purtroppo so un sacco di cose: i servizi di assistenza sociale e i tribunali minorili sono pieni di casi come il tuo — rispose Virginia.

— Io non sono mai stato un caso da assistenza sociale, tanto meno da tribunale.

— Non perdere le speranze — fece lei.

— Perché per una volta tanto non ti fai gli affari tuoi?

— Costruisciti una vita, Andy. Dichiara la tua indipendenza. Esci con una donna.

— Ah, così io non uscirei nemmeno con una donna...

Virginia rise. — E quando lo faresti? Mentre ti lavi i denti, forse? Lavori tutte le sere, e alle nove del mattino, dopo esserti ammazzato con qualche chilometro di corsa e mille palle da tennis, sei già in redazione. Davvero vuoi farmi credere che esci con qualcuna? Ma fammi il piacere!

Fortuna che, in quel momento, Radar li interruppe annunciando un'aggressione in Monroe Road.

— Unità Settecento in arrivo — rispose Brazil al microfono, in tono stizzito.

— Ti chiamano la Voce della Notte — gli disse Virginia.

— E chi sarebbero questi?

— Gli altri agenti. Quando rispondi alla radio sanno bene che non sono io a parlare.

— Perché ho la voce più profonda? O mi esprimo meglio?

Il vicecomandante si stava addentrando in quartieri popolari sempre più degradati e non perdeva di vista un momento lo specchietto. — Dove diavolo sono i rinforzi? — sbottò.

Brazil invece stava guardando qualcos'altro. — Il furgone bianco, EWR-117 — gridò tutto preso, indicando con un dito. — È quello dell'avviso di ricerca!

Il furgone stava lentamente voltando dietro un angolo. Virginia schiacciò l'acceleratore, inserì lampeggiatori e sirena, e venti minuti dopo la polizia stava già portando in prigione un altro criminale. La West e Brazil proseguirono il loro giro.

E anche Radar proseguì nella sua tortura. Con un gran numero di pattuglie che se ne stavano senza far niente, assegnò al vicecomandante una chiamata per tentativo di scasso a una macchina fra la Trade e Tryon.

— Maschio di colore, a torso nudo, in pantaloncini verdi. Potrebbe essere armato — disse.

Giunti sul luogo trovarono una Chevrolet Caprice con il parabrezza sfondato. Il proprietario, tale Ben Martin, era agitatissimo. Aveva la fedina penale immacolata, lui, e ne aveva già subite di tutti i colori. Perché adesso si accanivano anche contro la sua Caprice nuova? Cosa speravano di rubargli? Il blocchetto dei punti regalo di sua moglie appoggiato sul sedile posteriore e vagamente somigliante a un portafogli? Qualche testa di cazzo gli aveva distrutto la macchina pagata col sudore della fronte solo per portarsi via cinquanta centesimi di tonno, di riso o di caffè?

— Ieri sera è successa la stessa cosa al mio vicino, proprio là — spiegò Martin ai due poliziotti. — E la sera prima ancora era toccato ai Bailey.

Perché il mondo era così degenerato? Martin ricordava un'epoca in cui a Rock Hill, nel South Carolina, nessuno chiudeva a chiave la porta di casa e la parola allarme indicava solo ed esclusivamente uno stato d'animo che esprimeva sorpresa. Ai tempi in cui era bambino, un ladro lo spedivi a casa con due sberle. Adesso invece era tutto così arbitrario e incomprensibile, e chiunque era pronto a distruggerti la macchina attirato da un semplice blocchetto di punti regalo con custodia di pelle rossa.

In quel momento Brazil notò un ragazzo di colore in pantaloncini corti verdi che correva a un isolato di distanza, buttandosi dalla parte del vecchio e scuro Settlers Cemetery. — È lui! — gridò.

— Presto, la radio! — gli ordinò la West.

Quindi si lanciò in una rincorsa. Fu un gesto istintivo, che non teneva minimamente in conto la realtà, e cioè che lei non era più tanto giovane e mancava d'esercizio, che fumava e che si riempiva di schifezze di Bojangles. Una trentina di metri la separavano dal delinquente, ed era già a corto di fiato. Sudava e si sentiva impacciata dal cinturone Sam Browne, non certo progettato per favorire gli inseguimenti. Il bastardo invece era a torso nudo, e sotto la lucida pelle d'ebano gli esplodevano muscoli potenti. Era una pantera. Come cavolo poteva sperare di beccarlo? Impossibile. E poi, i malviventi di solito non sono così in forma. Di solito non si allenano in palestra.

Erano gli stessi pensieri che agitavano Brazil mentre superava Virginia senza sforzo, volandole accanto come un atleta olimpionico. Quando varcò l'ingresso del vecchio cimitero, aveva già guadagnato parecchio terreno sul fuggitivo. Puntò dritto verso la sua schiena a V. Quel ragazzo doveva avere addosso non più del cinque per cento di adipe, era coperto di sudore e per scappare con il suo blocchetto dei punti regalo stava usando tutte le sue risorse fisiche. Brazil gli si buttò addosso spingendo con tutte le sue forze, mandandolo lungo disteso in mezzo all'erba, i fogliettini con i punti che svolazzavano tutt'intorno. Quindi gli si inginocchiò sulla schiena, affondando una rotula nella spina dorsale di quel ladruncolo da strapazzo, e contro la nuca gli puntò la Mag-Lite a mo' di pistola.

— *Se ti muovi ti faccio saltare le cervella bruttofigliodiputtana!* — sbraitò.

Quindi sollevò lo sguardo, tutto fiero di sé. Finalmente

anche Virginia l'aveva raggiunto, ansimante e sudata. Temeva di essere prossima all'infarto.

— Questa l'ho rubata al tuo repertorio — le confessò.

Il vicecomandante sganciò le manette dal cinturone, senza ricordare di preciso quand'era stata l'ultima volta che si era trovata in una situazione del genere. Forse ai tempi in cui era un semplice sergente e le era toccato un inseguimento a piedi nella zona di Fourth Ward? O forse da Fat Man's? Le girava la testa, il sangue le pulsava nel collo e nelle orecchie. Il suo declino era iniziato a trentacinque anni, proprio nel periodo in cui Niles aveva deciso di farsi trovare sul suo zerbino nero, un sabato sera. I gatti abissini sono una razza esotica e costosa. Sono anche tipi difficili ed eccentrici, e forse proprio per quello Niles era stato offerto in adozione. Persino Virginia aveva momenti in cui era tentata di spedirlo per sempre con un calcio fuori dalla porta. Il motivo per cui alla fine si era tenuta quel cucciolo magrissimo e strabico con ascendenti egizi restava ancora un mistero.

Lo stress provocato dalla dipendenza di Niles nei confronti della famiglia aveva esasperato in lei una forma di autodistruttività, qualcosa che non aveva nulla a che fare con il crescente isolamento dovuto alle continue promozioni in quel mondo maschile. Il fatto che avesse smesso di fare esercizio fisico e cominciato a fumare di più, a consumare più grassi e a bere più birra non c'entrava con la rottura con Jimmy Dinkins. Jimmy era allergico a Niles e lo odiava a tal punto che una sera, mentre lui e Virginia litigavano e il gatto gli era saltato addosso dall'alto del frigorifero, aveva tirato fuori la pistola e gliel'aveva puntata contro.

Brazil e la West condussero il prigioniero verso la macchina. Il vicecomandante stava ancora sudando e aveva il respiro difficoltoso. Temeva di essere sul punto di vomitare.

— Devi smettere di fumare — le disse Andy.

Virginia fece montare il ragazzo sul sedile posteriore della macchina, Andy salì davanti.

— Hai idea di quanti grassi contengono quelle tartine di

244

Bojangles, e tutte quelle altre schifezze che mangi? — insistette.

Il prigioniero era silenzioso, gli occhi pieni di odio nello specchietto retrovisore. Si chiamava Nate Laney e aveva quattordici anni. Quei due sbirri bianchi li avrebbe fatti fuori. Aspettava solo che si presentasse l'occasione. Laney era cattivo e lo era stato fin dalla nascita, come del resto lo era la sua madre biologica, e prima di lei lo era stata sua nonna. Era un ceppo velenoso le cui radici affondavano in una prigione inglese, dove il seme originario era stato preso e imbarcato per l'America più o meno nello stesso periodo in cui la Queen City stava scacciando Lord Cornwallis.

— Scommetto che non fai nemmeno un po' di ginnastica. — Andy non sapeva quando era il momento di tacere.

Virginia gli lanciò un'occhiata al vetriolo, mentre con un fazzolettino si asciugava la faccia arrossata. Lui, invece, aveva fatto una volata di cento metri e non gli era nemmeno venuto il fiatone. Virginia West si sentiva vecchia e malandata, era stufa marcia di quel ragazzino pieno di boria ingenua e altezzosa. La vita era molto più complicata di quanto non credesse, ma lo avrebbe capito da solo dopo un annetto o due di spuntini forzati a base di pollo fritto. I poliziotti non guadagnavano molto, certo non nei primi tempi, ragion per cui anche quando non erano in servizio si accontentavano delle pizze, dei panini e dei piatti freddi. E quel tipo di cibo in una città come Charlotte, abitata da tifosi del baseball e delle corse automobilistiche, abbondava a ogni angolo di strada.

— Quand'è stata l'ultima volta che hai giocato a tennis? — volle sapere Brazil mentre, sul sedile posteriore, il prigioniero tramava.

— Non me lo ricordo.

— Perché ogni tanto non vai a fare due tiri?

— Tu devi farti visitare il cervello — ribatté lei.

— E dai... Un tempo eri brava, no? E scommetto anche che eri in forma smagliante.

L'imponente carcere di cemento si trovava proprio nel

cuore di Charlotte. Era stato costruito contemporaneamente al nuovo dipartimento di polizia, e questo in una città che, stando a qualcuno, si fregiava di saper risolvere il centocinque per cento dei crimini che vi avvenivano. All'entrata dell'edificio si trovava una prima barriera di sicurezza fornita di armadietti dove gli agenti dovevano depositare le armi. Alcuni ufficiali controllavano tutti coloro che entravano. Brazil si guardò intorno memorizzando i particolari di quel nuovo luogo di sofferenza. In quel momento stavano perquisendo una pakistana vestita di scuro e con il velo, accusata di aver rubato in un negozio. Ubriachi, ladri e i soliti spacciatori entravano e uscivano spinti da agenti di polizia, mentre il dipartimento dello sceriffo teneva d'occhio la situazione.

Nel deposito centrale, la West perquisì a sua volta il ragazzo, trovandogli in tasca un burro di cacao, un dollaro e trenta centesimi e un pacchetto di Kools. Quindi controllò i suoi documenti. Nate il Duro ridacchiò con aria superiore: finalmente si sarebbero accorti di chi era lui.

— Sai leggere? — gli chiese il vicecomandante.

— Voglio la mia cintura. — Indossava tre paia di boxer e due di pantaloncini, ma senza la cintura gli cadevano e la cosa lo rendeva alquanto nervoso.

— Quale cintura? — rispose la West.

Da dietro le sbarre di metallo azzurrino, un altro giovane ormai irrecuperabile osservava la scena con occhi da cui trapelavano tutto il suo rancore e la sua solitudine. Brazil lo guardò, quindi osservò l'area di fermo temporaneo, dove una gabbia pullulava di arrestati in attesa di trasferimento. Se ne stavano tranquilli nelle loro divise arancioni e stringevano le sbarre guardando fuori, come animali allo zoo.

— Era un po' che non mettevo piede qua dentro — annunciò Nate al vicecomandante.

— Quant'è *un po'*? — fece lei, compilando un elenco dei suoi effetti personali.

Nate il Duro si strinse nelle spalle e fece due passi, guardandosi intorno. — Un paio di mesi.

15

La West e Brazil terminarono il loro giro e andarono a fare colazione al Presto Grill. Lui aveva gli occhi spalancati, ancora pronto per l'avventura. Lei era sfinita, un nuovo giorno era appena cominciato; andò a casa e si trattenne abbastanza da notare un tubetto di colla Super Glue abbandonato tra gli arbusti del giardino. Non lontano c'era anche un coltello a serramanico aperto. In effetti ricordava vagamente di aver sentito parlare allo scanner di un individuo arrestato a Latta Park per oltraggio al pudore, e le sembrava che la colla c'entrasse qualcosa. Diede da mangiare a Niles, e alle nove stava già attraversando l'atrio del municipio insieme a Judy Hammer.

— Che diavolo ci fai con un registro dei mandati di comparizione in macchina? — le domandò il comandante continuando a camminare a passo veloce.

Adesso stava esagerando. Il suo vicecomandante aveva passato la notte intera facendo inseguimenti a piedi e mettendo al fresco delinquenti.

— Il fatto che io sia un alto grado non significa che non possa anche essere operativa — rispose la West cercando di starle dietro, senza trascurare di rivolgere un saluto a coloro che incrociavano nel corridoio.

— Non posso credere che tu ti sia messa a rilasciare contravvenzioni. Buongiorno, John. Come va, Ben? A rinchiudere la gente. Ciao, Frank. Finirai di nuovo in tribunale...

Come se io potessi fare a meno di te! Vedi di farmi avere il registro dei mandati di comparizione oggi stesso.

La West rise. Era da tanto che non le capitava di sentire una cosa così assurda. — Non ci penso nemmeno! — esclamò. — Chi è stato a dirmi di farlo, eh? Chi ha avuto l'idea di farmi tornare in strada? — La mancanza di sonno cominciava a farle girare la testa.

Judy Hammer alzò le mani in segno di esasperazione proprio mentre facevano il loro ingresso nella sala in cui il sindaco aveva convocato una riunione straordinaria del Consiglio municipale. C'era già un impressionante affollamento di cittadini, cronisti e troupe televisive. All'entrata dei due ufficiali di polizia i presenti scattarono in piedi con gran trambusto.

— Comandante!

— Comandante Hammer, che cosa intendiamo fare riguardo la criminalità nella zona est?

— La polizia non capisce la comunità nera!

— Rivogliamo i nostri quartieri!

— Stiamo costruendo una nuova prigione ma non insegniamo ai nostri figli a restarne fuori!

— Da quando è iniziata la catena di omicidi in città, il giro d'affari è calato del venti per cento! — sbraitò un altro cittadino.

— Che cosa vogliamo fare in proposito? Mia moglie sta morendo di paura.

Judy Hammer prese il microfono, piazzandosi in modo che tutti potessero vederla. I consiglieri sedevano intorno a un tavolo a ferro di cavallo di legno lucidato; le relative cariche all'interno del governo cittadino erano indicate da una serie di brillanti targhette d'ottone. Gli occhi di tutti erano posati sul primo capo della polizia di Charlotte che fosse riuscito a far sentire importante la gente, di qualunque estrazione e ovunque abitasse. In un certo senso, per alcuni Judy Hammer era stata l'unica madre che avessero mai conosciuto. E il suo vice non era da meno, sempre in mezzo ai cittadini, determinata a capire i problemi con la propria testa.

— Se vogliamo riprenderci i nostri quartieri dobbiamo prevenire il prossimo delitto — tuonò la Hammer. — La polizia non può farcela senza il vostro aiuto. È ora di smettere di tirare dritto e guardare dall'altra parte. — Lei, l'evangelizzatrice, indicò tutti. — Smettete di pensare che quello che succede al vostro vicino di casa sia esclusivamente un problema suo. Siamo un corpo solo. — Si guardò intorno. — Quello che succede a voi, succede anche a me.

Nessuno si mosse. Non le staccarono gli occhi di dosso nemmeno un istante, mentre li fronteggiava dicendo verità che i potenti del passato non avevano mai voluto dichiarare pubblicamente. I cittadini dovevano riprendere possesso delle proprie strade, dei propri quartieri, dei propri Stati, delle proprie nazioni, del proprio mondo. Ciascuno di loro doveva cominciare a guardare fuori dalla propria finestra, a tenere sotto controllo la propria vita, a essere partecipe dei problemi del proprio vicino di casa. Sissignore. Alzati. Sii sempre pronto a intervenire, come un soldato di Cristo.

— Forza — li esortò la Hammer. — Contribuite in prima persona alla gestione dell'ordine pubblico, e non avrete più bisogno di noi.

I presenti erano in delirio. Quella sera la West ripensò con ironia a quella reazione travolgente, mentre lei e Brazil sfrecciavano accanto allo stadio che si stagliava minaccioso e traboccante di fan che acclamavano in estasi Randy Travis. La Crown Victoria di Virginia superò anche il Centro Congressi sovrastato da un enorme videoschermo che proclamava BENVENUTI NELLA QUEEN CITY. In lontananza alcune volanti correvano a tutta velocità, con i lampeggiatori accesi che ululavano contro l'ennesima, terribile violenza. Anche Brazil non poté fare a meno di pensare all'incredibile coincidenza, dopo tutti i discorsi del mattino. Ed era pieno di rabbia.

Il vicecomandante non aveva intenzione di lasciar trapelare la propria paura. Perché era successo di nuovo? Che cosa dire della Phantom Force, la squadra speciale da lei stessa selezionata perché andasse a caccia della Vedova Nera giorno e notte? Non riusciva a non pensare alla conferenza stampa e agli stralci trasmessi via radio e televisione. Era quasi tentata di ritenerla ben più di una semplice coincidenza, come se qualcuno stesse beffandosi della polizia e dell'intera popolazione di Charlotte.

Il delitto era stato compiuto non lontano da Trade Street, sul retro di un edificio in rovina da cui si vedevano lo stadio e la stazione di Duke Power. La West e Brazil si avvicinarono ai flash disorientanti dei lampeggiatori, dirigendosi verso un'area isolata dal nastro giallo della polizia. All'interno c'erano dei binari ferroviari e una Maxima bianca di modello recente, con la portiera del guidatore aperta, le luci interne accese e un allarme che suonava. La West aprì il telefono cellulare e compose il numero del capo. Suonava occupato da dieci minuti, e questo perché la Hammer aveva un figlio in linea e l'altro in attesa. Non appena ebbe riattaccato, il telefono suonò immediatamente per portarle altre pessime notizie. Quattro minuti più tardi lasciava in tutta fretta il quartiere di Fourth Ward.

Richiuso il portatile, la West lo porse a Brazil, che lo mise nella custodia di pelle al cinturone: lo spazio certo non gli mancava, visto che i volontari giravano leggeri. Brazil era tutto contento di appendere al cinturone qualsiasi cosa fosse a "circolazione legale", un modo di dire tipico di Charlotte che si poteva far risalire agli dèi della NASCAR, l'Associazione nazionale delle automobili da corsa, e ai bolidi da loro guidati, ammessi sulle strade normali solo se agganciati a un rimorchio. Brazil invidiava quello di cui la maggioranza dei poliziotti non finiva mai di lagnarsi: mal di schiena, scomodità e carico eccessivo erano problemi che non conosceva nemmeno.

Naturalmente anche lui aveva la radio multicanale con quell'antenna corta che tendeva a infilarsi nelle ascelle degli agenti più bassi. E poi aveva un cercapersone che nessuno chiamava mai, e una Mini Mag-Lite da 2200 candele, con relativa custodia di pelle nera. Il cellulare della West sostituiva quello dell'*Observer*, di cui gli era stato proibito di servirsi quando usciva in uniforme. Per lui niente armi o spray urticanti. Dal suo cinturone di ordinanza non pendevano lo sfollagente telescopico, il gancio per il manganello, i portacaricatori doppi e le manette con relativo astuccio. Gli mancava anche una custodia lunga per la torcia elettrica, una fondina Pro-3 e un portacartucce. Infine non aveva neanche un portachiavi silenzioso con chiusura in velcro avvolgibile.

La West invece aveva di tutto e di più, tanto che Niles la poteva sentire arrivare dagli angoli più remoti della città. Per tutto il giorno il gatto abissino non aspettava altro che di udire l'avvicinarsi degli amati sbatacchiamenti, scricchiolii e passi pesanti, ma il suo senso di delusione stava cronicizzandosi e la sua padrona era davvero imperdonabile. Accoccolato in attesa al suo posto di osservazione sulla finestra della cucina, era quasi ipnotizzato dall'USBCC, l'USBank Corporate Center, il colosso che dominava il cielo di fronte a lui. Nelle sue vite precedenti Niles aveva conosciuto da vicino le massime costruzioni della civiltà intera, le piramidi, le magnifiche tombe dei faraoni.

Niles fantasticava che l'USBCC fosse il gigantesco Re Usbeecee, con la sua corona d'argento, e sapeva bene che di lì a poco sua maestà si sarebbe sciolto dagli ormeggi. Si sarebbe girato prima a destra e poi a sinistra, a guardare i suoi deboli vicini. Lentamente sarebbe avanzato muovendo i suoi primi passi, e con essi facendo tremare la terra. Il re suscitava la timorosa reverenza del gatto perché non sorrideva mai, e i suoi occhi catturavano il riflesso dorato del sole e ti sopraffacevano. Con il suo peso, il potente Re Usbeecee avrebbe potuto calpestare il *Charlotte Observer*, l'intero dipartimento di polizia, il LEC e il municipio e fare a pezzi l'intero corpo di agenti armati, il comandante e i vicecomandanti, il sindaco e il direttore del quotidiano, riducendo tutti in polvere.

Judy Hammer uscì dalla macchina e non perse tempo con gli investigatori e gli agenti in divisa. Passò sotto il nastro giallo che, con il suo messaggio di allarme, non mancava mai di metterle addosso un senso di malessere e paura. Non si sentiva in forma come avrebbe voluto, ed era più preoccupata del solito. Dall'ultimatum a Seth in poi, la qualità della sua vita era andata progressivamente deteriorandosi. Quel mattino suo marito era rimasto a letto, farfugliando qualcosa a proposito del dottor Kevorkian, della voglia di vivere e della Hemlock Society. Seth aveva stigmatizzato aspramente la stupidità di chi dà per scontato che il suicidio sia un atto di egoismo, perché ogni adulto ha il diritto di decidere come e quando andarsene.

— Per l'amor di Dio — aveva commentato lei. — Alzati e vai a farti una passeggiata.

— No. Non mi freghi. Non sono obbligato a restare in vita se non ne ho più voglia.

La conversazione con Seth l'aveva indotta a far sparire tutte le armi da casa. Nel corso degli anni ne aveva raccolte un bel po', disseminandole in giro in modo strategico, ma l'unica ancora in circolazione quando aveva ricevuto la telefonata della West era la sua vecchia e fedele cinque colpi Smith & Wesson .38 d'acciaio inossidabile, con impugnatura di gomma. Judy Hammer era quasi sicura che fosse nel cassetto del mobile da toeletta del suo bagno personale. Le sembrava proprio di averla vista lì l'ultima volta che aveva riunito tutte le armi per chiuderle in cassaforte, prima che i suoi nipotini arrivassero in città.

Il comandante aveva troppi pensieri. Era depressa e faceva del suo meglio per resistere agli attacchi d'ansia provocati dalla conferenza stampa, finita anche sui media nazionali. Più di tutti odiava i politici. Erano loro ad avvelenarle l'esistenza. *Una soluzione del centocinque per cento dei crimini.* Avrebbe voluto vedere Cahoon in quel posto abominevole. Avrebbe voluto farlo assistere a quello spettacolo. I Cahoon di tutto il mondo non erano in grado di affrontare la situazione, sarebbero solo impalliditi e fuggiti. Questo nuovo cadavere insanguinato di un uomo d'affari non c'entrava niente con le apparenze, lo sviluppo economico o l'industria del turismo. Il raccapricciante boschetto incolto invaso dalle lucciole vicino ai binari, l'auto a noleggio con la portiera spalancata e l'allarme che suonava facevano parte della realtà.

La Hammer si avvicinò alla scena del delitto senza rivolgere parola a nessuno, il volto teso e indurito illuminato dalle luci rosse e azzurrognole. Raggiunse la West e Brazil vicino alla Nissan Maxima, mentre il dottor Odom sistemava quel nuovo cadavere in un sacco mortuario. Le mani guantate del medico legale erano sporche di sangue, il sudore gli colava negli occhi, il cuore gli batteva lento e forte. Aveva passato la maggior parte della vita a contatto con la brutalità degli omicidi a sfondo sessuale, ma questa volta era diverso. Il dottor Odom era un uomo saldo oltre che compassionevole, aveva imparato fin da subito a dominare le proprie emozioni e a non farsi coinvolgere troppo da vicino. Triste ma vero, faticava meno a mantenere il distacco clinico quando le vittime erano prostitute o gay manifesti o, in certi casi, stranieri. Categorizzare in quel modo lo aiutava.

In quel momento, però, il dottore era quanto mai turbato dalla teoria dell'omicidio seriale omosessuale. La vittima era il cinquantaquattrenne senatore Ken Butler di Raleigh, e insinuare che l'amatissimo leader nero non fosse più che eterosessuale era l'ultimo dei suoi pensieri. La sua vasta esperienza gli diceva anche che i politici omosessuali non andavano in giro per le vie del centro a caccia di ragazzini, ma preferivano frequentare i parchi pubblici e i bagni per uomini, dove potevano sempre negare strenuamente di essere lì per esibirsi o adescare. Caso mai, erano lì per orinare.

Il dottor Odom chiuse la cerniera del sacco mortuario sul sangue e sulla carne nuda, coprendo la sgargiante clessidra arancione. Guardò la Hammer scuotendo la testa, la schiena che gli doleva da morire. Brazil era intento a scrutare l'interno della Maxima, con le mani in tasca per evitare di toccare accidentalmente qualcosa lasciandoci sopra le proprie impronte digitali. Una mossa del genere avrebbe decretato la fine della sua carriera; anzi, sarebbe addirittura entrato a far parte della rosa dei sospetti. Dopotutto, non era forse vero che lui si trovava nei paraggi ogni volta che saltava fuori uno di quei cadaveri? Si guardò intorno nervosamente, chiedendosi se qualcuno avesse mai lavorato davvero su quella ipotesi. Il dottor Odom stava comunicando le sue impressioni alla Hammer e alla West.

— È un maledetto incubo — stava dicendo. — Cristo santo.

Si strappò i guanti, senza sapere bene cosa farne, poi si guardò intorno alla ricerca di un contenitore per rifiuti ad alto rischio biologico. Intercettò lo sguardo di Denny Raines, gli fece un cenno. Il paramedico, un ragazzo robusto e attraente, si avvicinò con la barella seguito dai colleghi. Passando strizzò l'occhio alla West: gli piaceva, in uniforme, era più sexy. Virginia era qualcosa di straordinario, e la Hammer le faceva degna concorrenza. Gli occhi di Brazil si fissarono su di lui. Osservare quel pezzo d'uomo che faceva gli occhi dolci alla West e alla Hammer gli creava disagio e, pur non sapendo con sicurezza quale fosse il problema, fu colto da un'ansia improvvisa e da un lieve senso di nausea. Aveva voglia di affrontarlo, di mettergli le mani addosso, o quanto meno ordinargli di sparire.

— Be', adesso è tutto vostro — comunicò il dottor Odom alla Hammer, mentre le gambe della barella si aprivano con un suono secco. — Non ho intenzione di aprire bocca con i media. Come sempre. Spetta a lei fare qualunque dichiarazione.

— Non riveleremo la sua identità stanotte — tagliò corto la Hammer. — Non finché non lo avremo identificato con certezza.

Lei di dubbi non ne aveva. La patente della vittima si trovava sul fondo della Maxima, dalla parte del passeggero. Aveva riconosciuto subito l'imponente statura del senatore, i suoi capelli grigi, il suo pizzetto e la sua faccia severa. Non era né gonfio né contuso, non essendo sopravvissuto abbastanza all'aggressione perché i suoi tessuti potessero reagire a quelle spaventose ferite. Butler non sembrava molto diverso da quando l'aveva visto l'ultima volta, a un cocktail party a Myers Park, e Judy Hammer voleva assolutamente evitare che qualcuno si accorgesse del suo profondo sgomento. Si avvicinò a Brazil, che girava furtivo intorno alla macchina prendendo appunti.

— Andy — gli fece sfiorandogli il braccio. — Non occorre che io ti dica che questo è un caso delicatissimo.

Brazil restò immobile, guardandola come se fosse il motivo per cui la gente va in chiesa la domenica. Lei era Dio. Per un attimo il comandante si distrasse a guardare dentro l'automobile, e vide la valigetta di pelle nera con le iniziali d'oro K.O.B. Stava dietro, aperta, insieme a una ventiquattrore e a un sacca porta abiti il cui contenuto era stato rovesciato in giro. Fece un inventario silenzioso: delle chiavi, una calcolatrice, un sacchetto di noccioline e dei biglietti USAir, un cellulare, delle penne, carta, una rubrica, dei Tic Tac, dei preservativi lubrificati Trojan, scarpe, calze e mutande, il tutto sparpagliato all'intorno da una mano crudele e spietata.

— Siamo sicuri che si tratti del senatore? — Brazil articolò a stento.

La Hammer lo guardò di nuovo, con un'espressione scavata dalla tensione. — Non abbastanza perché tu possa già diffondere la notizia.

— D'accordo — rispose lui. — Sempre che la confermiate a me per primo.

— Certo. Se ti comporterai come si deve, lo farò anch'io. — Quindi pronunciò la classica frase di circostanza: — Chiamami domani pomeriggio alle cinque. Ti rilascerò una dichiarazione.

Finalmente si allontanò, ma mentre abbandonava la scena del delitto e si chinava sotto il nastro, camminando veloce nella notte popolata di lampi rossi e bluastri, lui non la abbandonò un istante con lo sguardo. Le troupe televisive, i cronisti della radio e della stampa si avventarono su di lei come barracuda. Lei li liquidò con un gesto della mano e salì in macchina. Brazil continuò ad aggirarsi inosservato, e nel tornare sul punto del delitto si sentì preda di un turbamento inesplicabile. Raines e gli altri paramedici stavano caricando il corpo sull'ambulanza, e il carro attrezzi Ace che avrebbe trasportato la Maxima fino al dipartimento di polizia stava a sua volta facendo manovra.

Le telecamere ripresero ogni particolare possibile, compresa la retromarcia dell'ambulanza che doveva portare il cadavere del senatore all'obitorio. Intanto Brent Webb sorvegliava Brazil con occhi gelosi. Non era giusto che a lui fosse riservato un trattamento speciale e addirittura l'autorizzazione a perlustrare la scena del delitto con una torcia. Webb era sicuro che la posizione di privilegio di Brazil e la sua fortuna smaccata avrebbero avuto vita breve. Il cronista televisivo si lisciò i capelli impeccabili e si ammorbidì le labbra con il burro di cacao, quindi si posizionò con espressione cordiale davanti alla telecamera per raccontare al mondo le ultime tragiche notizie, mentre un treno della linea Norfolk-Southern correva via sferragliando.

16

La torcia elettrica di Brazil era puntata sulle erbacce e sulla ghiaia ai margini dei binari rugginosi, mentre l'ultimo treno filava rumorosamente nel buio della notte afosa. Il raggio di luce fece luccicare il rosso intenso del sangue che si stava già coagulando, poi illuminò uno straccio lercio e delle monete insanguinate, probabilmente cadute dalle tasche del senatore quando i suoi pantaloni erano stati abbassati. Sangue rappreso, frammenti di cranio e di cervello erano rimasti appiccicati all'edera rampicante. Brazil respirò a fondo, lo sguardo che correva lungo i binari scuri verso l'orizzonte immenso e luminoso.

Seth provò a visualizzare il proprio sangue, assaporando con la fantasia la reazione della Moglie Comandante quando fosse entrata in camera e lo avesse trovato sul letto, dove per il momento sedeva bevendo birra, il revolver .38 appoggiato in grembo. Non riusciva a staccare gli occhi dall'arma, caricata con una cartuccia Remington +P. Seth aveva passato la giornata a guardare vecchie repliche di *Friends* e *Mary Tyler Moore*, facendo girare il tamburo dell'arma a intervalli più o meno regolari, tanto per mettere alla prova la fortuna. Non che ne avesse molta. Finora era riuscito a suicidarsi solo un paio di volte su un centinaio di tentativi a pistola non carica. Non era una media un po' troppo bassa? Secondo il calcolo delle probabilità, la cartuccia avrebbe dovuto allinearsi in modo a lui fatale almeno venti volte, dal momento che quello era un revolver cinque colpi e cento diviso cinque fa venti.

Seth non era mai stato un genio in matematica. Ma non solo: si rese conto che in realtà non era mai stato bravo in niente. Tutti sarebbero stati molto più felici senza di lui, compresi quegli antipatici dei suoi due figli e la sua castrante moglie. Soprattutto lei. Nella sua immaginazione la vedeva entrare in quella stanza, trovarlo riverso sul letto in un bagno di sangue dopo che si era sparato un colpo in testa attraverso un cuscino. Chiuso, fine della storia. D'ora in poi non avrebbe più costituito un problema. Alle riunioni mondane, dove gli uomini più giovani la guardavano ancora con interesse, Judy non avrebbe più dovuto vergognarsi di quel ciccione di suo marito. Seth si sarebbe tolto di mezzo e gliel'avrebbe fatta vedere: quell'ultimo capitolo della sua vita l'avrebbe perseguitata per il resto dei suoi giorni di alto papavero.

Non sarebbe mai andato fino in fondo, Judy Hammer ne era più che sicura. Sì, certo, dopo aver aperto il cassetto della toeletta e averlo trovato vuoto, al primo poliziotto di Charlotte era anche venuto in mente che forse il suo depresso e autodistruttivo consorte c'entrasse qualcosa con la sparizione della pistola. Per farne cosa, però? Autodifesa? Figurarsi. Seth si scordava sempre di inserire persino l'allarme antifurto. Non gli piaceva sparare e non era mai andato in giro armato, neppure quando ai tempi di Little Rock si era iscritto all'NRA perché così facevano tutti. Tuttavia queste riflessioni non furono sufficienti ad alleviare la sua preoccupazione.

La Hammer continuò a guidare e continuò a pensare a lui. Che buffone. Non sarebbe forse stata la sua più grande e definitiva vendetta? A parte i casi in cui la morte è comunque inevitabile e la motivazione è quella di porre fine a sofferenze atroci e insostenibili, il suicidio è un atto meschino e rinunciatario. La grande maggioranza di quelli che si uccidono lo fanno a scopo di rappresaglia, e in effetti tra i biglietti più cattivi che le fosse mai capitato di leggere c'erano sicuramente i messaggi di congedo lasciati dai suicidi. Non riusciva a provare alcuna simpatia per persone simili, perché tutti, di quando in quando, attraversano un periodo buio e provano la tentazione di mollare il colpo, di farla finita. Lei compresa. Anche a lei capitavano momenti in cui emergevano le sue peggiori tendenze autodistruttive: cibo, alcol, accidia, disprezzo dei bisogni del corpo. Succedeva, ma lei cercava di tirarsi su e di andare avanti. Aggiustava la rotta e si rimetteva in carreggiata. Morire non era possibile, perché Judy Hammer era una persona responsabile e molta gente aveva bisogno di lei.

Entrò in casa senza sapere che cosa avrebbe trovato, e mentre chiudeva la porta a chiave inserì l'allarme. Dalla cucina sentì la TV accesa a tutto volume in camera di Seth. Per un attimo fu tentata di andare a controllare, ma non ne ebbe il coraggio. Tutt'a un tratto provò paura. Andò in bagno a rinfrescarsi. Sì, era terrorizzata. Pur essendo già tardi, non indossò la camicia da notte e rinunciò a versarsi un Dewar's. Se lui l'aveva fatto veramente, entro pochi minuti la casa sarebbe stata invasa da una marea di persone: forse non era il caso di farsi trovare in pigiama, puzzolente di scotch. Judy Hammer scoppiò in lacrime.

Intento a buttar giù il suo articolo, Brazil ripensò all'accordo preso con il comandante. Ancora in uniforme, si sedette al computer lasciando correre le dita sulla tastiera, interrompendosi ogni tanto per sfogliare gli appunti. Stava descrivendo l'ultimo omicidio della Vedova Nera con incredibile ricchezza di particolari. La sua memoria fotografica complessiva gli consentiva di ricostruire con precisione l'interno dell'auto, i soldi insanguinati, le azioni della polizia e del dottor Odom, la violenta fisicità della morte. Il pezzo venne fuori intenso e commovente, anche se non conteneva

259

accenni all'identità della vittima. Brazil aveva mantenuto la parola.

Ma gli era costato, e anche molto. Il giornalista dentro di lui non smetteva di gridargli che doveva scrivere tutta la verità, per quanto fosse ancora ufficiosa. Brazil però aveva il senso dell'onore: placò l'ansia ripetendosi che il comandante Hammer non era tipo da fregarlo, e nemmeno la West. Brazil avrebbe ottenuto la sua dichiarazione l'indomani alle cinque del pomeriggio, e tutti gli altri, Webb incluso, sarebbero stati battuti sul tempo dall'edizione dell'*Observer* del mattino seguente.

Webb era in onda nell'edizione serale delle undici quando Judy Hammer entrò nella stanza di Seth. Non vedendo sangue, il suo battito cardiaco ebbe un lieve rallentamento. Sembrava tutto normale. Seth giaceva su un fianco, la testa sprofondata nel cuscino. Webb parlava con tono più solenne del normale, dando il massimo rilievo alla notizia dell'assassinio.

«... la scoperta più scioccante di quest'ultima tragedia è che la vittima pare essere il senatore Ken Butler...»

La Hammer si fece di pietra, lo sguardo inchiodato al televisore. Seth si levò a sedere, sconcertato.

— Dio mio — esclamò. — E pensare che solo il mese scorso avevamo bevuto qualcosa insieme.

— Sssst! — lo zittì la moglie.

«... anche in questa occasione il simbolo di una clessidra è stato dipinto sul corpo con una vernice spray. Si ritiene che il senatore Butler sia stato freddato a bruciapelo da pallottole Silvertip, munizioni Hollowpoint a espansione e ad alta velocità...»

La Hammer agguantò il telefono portatile appoggiato sul comodino di Seth insieme a tre lattine Miller Lite e a un bicchiere che conteneva un liquido molto simile al bourbon.

— Dov'è la mia .38? — gli chiese componendo il numero.

— Non ne ho la più pallida idea. — Il revolver era in mezzo alle sue gambe, non certo il nascondiglio ideale per un'arma. Era andato a finire lì dopo che si era addormentato.

«... secondo le fonti, il contenuto della valigetta, della ventiquattrore e della sacca porta abiti era sparpagliato all'interno della Nissan Maxima affittata dal senatore presso gli sportelli Thrifty alle cinque e un quarto di questo pomeriggio. I soldi sono spariti, restano solo alcune monete insanguinate ritrovate sotto il cadavere. Denaro sporco di sangue.» La voce di Webb si abbassò di tono, piena di tragica ironia. «E la Vedova Nera colpisce per la quinta volta...»

Circondato dal tumulto assordante della tipografia, Brazil non poteva sapere che la Hammer lo aveva chiamato al telefono della sua scrivania. Stava guardando le migliaia di copie del quotidiano che gli correvano davanti sul nastro trasportatore e, nonostante la distanza, da quella postazione riusciva a leggere il suo titolo stampato in prima pagina:

DENARO SPORCO DI SANGUE
LA VEDOVA NERA COLPISCE PER LA QUINTA VOLTA

Non riusciva invece a distinguere la propria firma, anche se sapeva dov'era. Gli addetti sonnecchiavano sulle sedie, pronti a intervenire in caso di problemi tecnici. Brazil osservava le bobine di carta da una tonnellata che emergevano dal sotterraneo e scorrevano lentamente sulle rotaie oltrepassando i bidoni colmi di allume liquido e le vasche di inchiostro giallo, rosso, blu e nero. Si sentivano i suoni secchi e metallici dei carrelli che movimentavano le bobine simili a immensi rotoloni di carta igienica. Arrivò fino all'ufficio spedizioni e qui osservò i bancali carichi di pacchi di giornali, sempre accompagnato dal sonoro schioccare della Muller Martini, la macchina che infilava gli inserti prima che un nastro trasportatore guidasse i giornali verso la contacopie. Per qualche motivo l'entusiasmo l'aveva abbandonato. Era irrequieto e turbato in un modo che non riusciva a capire.

Gli sembrava quasi di avere la nausea. Si sentiva il cuore

pesante. Ripensare all'esibizione del muscoloso operatore paramedico che aveva strizzato l'occhio alla West e lumato la Hammer con aria libidinosa gli procurò un fastidioso senso di rabbia. Provava anche una sorta di timore, quel brivido di debolezza che coglie chi ha scampato un incidente per un soffio, o chi ormai sta perdendo una partita a tennis. Possibile che a entrambe piacesse quel bisteccone di Raines? A giudicare dalla quantità di tempo trascorso in palestra, dal punto di vista intellettuale doveva invece essere sottosviluppato. Di recente gli era giunta voce che la Hammer fosse infelicemente sposata con un ciccione disoccupato. Ma una donna dinamica come lei doveva di certo avere una quantità di esigenze e desideri, quindi come si poteva escludere a priori la sua disponibilità a spassarsela con Raines da qualche parte?

Cosicché Brazil, per la propria buona pace mentale e spirituale, decise che doveva accertarsi di persona che la Hammer fosse tornata direttamente a casa. Come avrebbe potuto fidarsi di lei dubitando di fatto che potesse tradire il mondo intero abbassandosi al punto di svignarsela con Danny Raines? Perciò si avviò di corsa verso Fourth Ward, dove rimase tramortito dalla visione dell'ambulanza parcheggiata di fronte a casa Hammer e dell'automobile blu notte della polizia che riluceva nel viale d'accesso. Brazil parcheggiò poco distante, con il cuore che per l'orrore e l'incredulità gli premeva contro la gabbia toracica: in nome di Dio, perché quella donna si comportava in modo così spudorato?

Una sorta di follia sconvolgeva l'abituale equilibrio della sua mente. Scese dalla BMW dirigendosi a grandi passi verso la casa della donna che ancora adorava, ma che sentiva di non poter più rispettare come prima. Non le avrebbe mai più rivolto la parola, non avrebbe più pensato o fatto congetture su di lei. Certo, avrebbe esternato le sue legittime opinioni, ma non sarebbe ricorso alla violenza a meno che Raines non lo avesse fatto per primo. In tal caso gli avrebbe spaccato il naso, l'avrebbe fracassato di botte, l'avrebbe ridotto in brandelli. Cercò di non pensare alla sua stazza e al fatto che

Raines non sembrava incline a farsi intimorire da nessuno, ma quando la porta di casa Hammer si aprì di colpo, Brazil aveva già inaugurato una serie di ripensamenti.

Assistito da un collega della squadra, il robusto soccorritore uscì spingendo una barella con sopra un uomo grasso e non più giovane, seguito dal comandante apparentemente sotto shock. Brazil si ritrovò in mezzo a Pine Street, sbigottito e perplesso. La Hammer osservava sconvolta il marito che veniva caricato in ambulanza da mani esperte.

— Sei sicuro di non volere che salga con te? — gli chiese.

— Sicurissimo. — Il ciccione era sofferente e parlava con voce impastata, forse per via della flebo.

— D'accordo. Come preferisci — rispose la Hammer.

— Non voglio che lei venga — si raccomandò il grassone con Raines.

— Non ti preoccupare — disse il comandante in tono un po' risentito, accingendosi a rientrare in casa.

Si fermò sulla porta, guardando l'ambulanza che si allontanava, e finalmente si accorse della presenza di Brazil nella strada buia, il quale non aveva mai smesso di fissarla. Lo riconobbe e le ritornò in mente ogni cosa. Oh, Cristo! Come se non avesse già abbastanza problemi.

— Ho cercato di chiamarla, prima. Lasci che le spieghi — gli gridò.

Lo sbigottimento di lui si fece assoluto. — Come? — rispose avvicinandosi.

— Venga qui — gli fece stancamente cenno la Hammer.

Brazil si sedette sul dondolo del portico. Lei spense la luce e si accoccolò sui gradini, convinta che il giovane cronista stesse pensando di lei che era il peggiore e il più disonesto burocrate che avesse mai incontrato. Judy Hammer sapeva che quella notte il suo controverso progetto per la gestione dell'ordine pubblico sarebbe andato a farsi benedire insieme a tutto il resto della sua vita.

— Andy — esordì — la prego di credere che non ho detto niente a nessuno. Le giuro che ho mantenuto la promessa fatta.

— Che cosa? — Brazil aveva un brutto presentimento.
— Quale promessa?

E così il comandante si rese conto che lui non sapeva ancora niente. — Oddio — mormorò. — Non ha ascoltato le notizie stasera?

— No, signora. Quali notizie? — Cominciava ad agitarsi, e aveva alzato la voce.

Judy Hammer gli raccontò dello scoop di Webb su Channel 3.

— È impossibile! Sono i miei particolari! — esplose Brazil. — Che ne sapeva lui dei soldi sporchi di sangue, dello straccio e di tutto il resto! Non c'era!

— Per favore Andy, abbassi la voce.

Intorno a loro si erano accese delle luci, si sentivano abbaiare dei cani. Il comandante si alzò in piedi.

— Non è giusto. Io sono stato ai patti. — Ormai per Brazil non aveva più senso continuare a vivere. — Io collaboro con voi, faccio tutto quello che posso per aiutare, e in cambio mi mettete in croce. — Si alzò anche lui. Il dondolo vuoto oscillava lentamente.

— Lei non può smettere di fare quello che è giusto fare solo perché altri agiscono in modo sbagliato. — Riaprendo la porta di casa, Judy Hammer parlò con la calma di chi ha molta esperienza. — Insieme abbiamo fatto delle cose fantastiche, Andy. Spero che non permetterà a questo episodio di rovinare tutto.

Lo guardò, gentile ma addolorata, e lui sentì nuovamente quella spina nel cuore, insieme a uno strano sconvolgimento nello stomaco. Aveva i sudori freddi, la fissava pensando a cosa doveva aver significato per i suoi figli crescere con una madre simile.

— Si sente bene?

— Non so, non capisco cos'ho. — Si asciugò la faccia con le mani. — Probabilmente mi sto ammalando. So che non sono affari miei, ma suo marito è grave?

— Solo una ferita superficiale — replicò la Hammer in tono fiacco e depresso. Alcune falene entrarono in casa dalla porta aperta, ignare dell'insetticida che le aspettava all'interno.

Sparare un colpo accidentale con un revolver a doppia azione è molto difficile, ma il tono perentorio con cui sua moglie gli aveva chiesto di restituire l'arma aveva definitivamente incattivito Seth. Ne aveva abbastanza di farsi tiranneggiare, ci mancava poco che *quella donna* si mettesse a perquisire anche lui e la sua camera da letto. Non gli restavano vie d'uscita. Purtroppo Judy era entrata prima che lui potesse nascondere la pistola in un angolo inaccessibile alla sua carceriera. E, peggio ancora, la posizione in cui si era addormentato sbronzo gli aveva intorpidito la mano destra, quindi infilare quella stessa mano sotto la coperta per recuperare la pistola non era stata una mossa delle più sagge. Senza contare la sua solita sfortuna, per cui quella era stata l'unica volta in cui Seth avrebbe preferito che il percussore non si fosse affatto trovato allineato con la cartuccia.

— La natica sinistra — spiegò il comandante a Brazil, che aveva finito per entrare con lei, visto che non era il caso di lasciare la porta aperta per tutta la notte.

Il giovane cronista ammirò i pavimenti in legno pregiato ricoperti di vivaci tappeti orientali, i notevoli dipinti a olio e i bei mobili con le loro calde stoffe e le preziose pelli. Si trovava lì, nel salone d'ingresso della splendida residenza del comandante Hammer, e in giro non c'era nessuno. Erano soli. Ricominciò a sudare copiosamente. Questa volta, però, se anche se ne accorse, la padrona di casa fece finta di niente.

— Gli faranno delle radiografie — continuò — per vedere se il proiettile ha toccato qualcosa d'importante.

Inutile sottovalutare il lato più terribile degli Hollow-point, pensò la Hammer. Quei proiettili erano stati progettati perché il piombo si espandesse lacerando i tessuti come uno sgorgalavelli. Era molto difficile che pallottole simili potessero trovare una via d'uscita, e addirittura impossibile determinare la quantità di piombo che doveva aver colonizzato la poderosa regione posteriore di Seth. Brazil la stava ad ascoltare, ma non poteva fare a meno di chiedersi se il comandante avrebbe mai trovato il tempo di chiamare la polizia.

— Comandante Hammer — si sentì infine obbligato a intervenire. — Immagino che lei non abbia ancora avvisato nessuno?

— Mio Dio! — Non le era neanche passato per la mente.

— Ha ragione, dovrò fare rapporto. — Cominciò a camminare avanti e indietro, la realtà che all'improvviso tornava a irrompere. — Oh, questa proprio non mi ci voleva! Così mi toccherà ascoltare tutta la storia alla radio e alla TV, nonché leggerla sul suo giornale. È tremendo. Si rende conto del piacere che tutto questo procurerà a certe persone?

— Immaginò Cahoon seduto nella sua corona, a sbellicarsi dalle risa mentre leggeva gli articoli che parlavano di Seth.

MARITO DEL CAPO DELLA POLIZIA SI SPARA E SI FERISCE
UN NUOVO CASO DI ROULETTE RUSSA?

Non ci sarebbe cascato nessuno, nemmeno per un minuto. Un marito depresso, obeso e disoccupato, a letto con la .38 della moglie e con un solo colpo in canna? Tutti i poliziotti che lavoravano con lei avrebbero capito che suo marito stava flirtando con il suicidio. Tutti avrebbero saputo dei suoi gravi problemi domestici. Anzi, qualcuno avrebbe anche sospettato che fosse stata proprio lei a spargargli, visto che sapeva perfettamente come uscirne pulita. Magari non era alla natica sinistra che aveva mirato, ma lui si era girato all'ultimo momento. Judy Hammer andò in cucina e prese in mano il telefono.

Comporre il 911 equivaleva a compiere un'impresa: ogni poliziotto, soccorritore, cronista o persona dotata di scanner sarebbe venuta a conoscenza del fatto. Si fece passare il capitano in servizio. Guarda caso era Horgess, un poliziotto che avrebbe dato l'anima per il suo comandante, ma non particolarmente sveglio o acuto.

— Horgess, manda immediatamente un agente a casa mia a fare un rapporto. C'è stato un incidente.

— Oh, no! — si disperò Horgess. Se fosse successo qualcosa al suo comandante, avrebbe dovuto risponderne direttamente alla Goode. — Si sente bene?

Judy Hammer camminava avanti e indietro. — Mio marito si trova al Carolinas Medical, ha avuto un incidente con una pistola. Ma non è niente di grave.

Horgess non perse tempo e afferrò subito la sua radio portatile. Lanciò un dieci-cinque all'Unità 538 della 1ª Divisione, una recluta ancora troppo impaurita per discutere gli ordini ricevuti. E la decisione non sarebbe stata delle peggiori, solo che Horgess non si era reso conto del motivo per cui la Hammer aveva chiamato direttamente lui, il capitano in servizio.

— Presentati *subito* in loco per un rapporto di sparatoria accidentale — disse Horgess in tono concitato alla radio.

— Affermativo — rispose l'Unità 538. — Ci sono feriti?

— Affermativo. Stanno trasportando la vittima al Carolinas Medical.

Gli agenti di turno, alcuni fuori servizio e tutti coloro che per un motivo qualsiasi erano in possesso di uno scanner, udirono ogni parola di quella conversazione. I più pensarono che la vittima fosse proprio lei, Judy Hammer, il che significava che da quel momento il comando passava in mano a Jeannie Goode, e naturalmente la cosa gettò l'intera forza di polizia nel panico più assoluto. Ma la Hammer aveva sentito tutto da una piccola radio che teneva in cucina.

— Horgess, sei un idiota! — esclamò incredula, parlando a voce alta da sola.

Poi smise di camminare avanti e indietro, fulminata dal ricordo di Andy Brazil nell'ingresso. Non sapeva bene che cosa fosse venuto a fare, ma all'improvviso si rendeva conto che dopo una sparatoria domestica non era opportuno farsi trovare in casa con un giovane e attraente cronista in uniforme da poliziotto. Era anche consapevole che in quel momento l'intero turno di notte stava volando in direzione di casa sua per investigare il fato del suo leader.

Jeannie Goode non teneva mai la radio accesa, né a casa né in macchina. Ma le era giunta una soffiata e si stava accingendo a indossare l'uniforme, pronta ad assumere il comando del dipartimento di polizia di Charlotte, mentre l'Unità 538 sfrecciava verso il quartiere di Fourth Ward. La giovane recluta era in preda al panico e temeva di doversi fermare di lì a poco per vomitare. Svoltò in Pine Street, e con suo sommo stupore si accorse di essere stato bruciato sul tempo da altre cinque volanti che stazionavano di fronte a casa Hammer con i lampeggiatori accesi. Nello specchietto retrovisore vide arrivare altre auto, un numero esagerato, che correvano in aiuto al comandante caduto. Parcheggiò e, tremante, raccolse il supporto metallico per i fogli, chiedendosi se non avrebbe fatto meglio ad andarsene. No, forse non era il caso.

In quel momento il comandante Hammer uscì in veranda per tranquillizzare il suo esercito. — È tutto sotto controllo — disse.

— Ma allora lei non è ferita — saltò su un sergente di cui non ricordava il nome.

— È mio marito che si è fatto male, ma non dovrebbe essere nulla di grave — disse.

— Quindi è tutto a posto.

— Ehi, che strizza.

— Siamo davvero sollevati, comandante Hammer.

— Ci vediamo domattina — concluse lei, congedando tutti con un gesto.

Era quello che volevano sentirsi dire. Ciascun agente prese segretamente il suo microfono per segnalare ai colleghi in ascolto che era tutto a posto. L'unico a non aver ancora finito era l'agente 538, che seguì il capo all'interno della vecchia e sontuosa casa. Sedettero nel salone.

— Prima di qualunque altra cosa — propose subito Judy Hammer — voglio spiegarti come dovrai agire.

— Sissignora.

— È un rapporto di routine e va affrontato come da normali procedure.

— Sissignora.

— Mio marito è colpevole di negligenza pericolosa per aver sparato con un'arma da fuoco entro i limiti urbani — continuò il comandante.

— Sissignora.

Con mano tremante, l'agente 538 iniziò a compilare il rapporto di ferimento accidentale. Era una situazione sorprendente. La Hammer non doveva amare molto suo marito: lo stava inchiodando con il massimo delle imputazioni, lo stava mandando in prigione e si apprestava a gettare via la chiave. La giovane recluta vedeva così confermata la sua teoria secondo cui le donne come la Hammer arrivavano dove arrivavano comportandosi da dure e da aggressive, in pratica come uomini mancati. Il comandante fornì tutte le informazioni necessarie e rispose alle banali domande dell'agente cercando di sbarazzarsene il più in fretta possibile.

Nel frattempo Brazil era rimasto seduto al tavolo della cucina, chiedendosi se qualcuno non avesse per caso riconosciuto la sua inconfondibile BMW parcheggiata di fronte alla casa del comandante. Se gli agenti avessero controllato la targa, che cosa avrebbero pensato? Che cosa era andato lì a fare? Con un tuffo al cuore, ricordò che Tommy Axel e la sua congrega di amichetti vivevano in un condominio proprio dietro l'angolo. La mente sospettosa degli agenti avrebbe potuto supporre che lui aveva parcheggiato apposta nella via dopo, per confondere le acque. Se la cosa fosse giunta all'orecchio di Axel, questi si sarebbe subito convinto che lui lo seguiva furtivamente perché provava un interesse inconfessato nei suoi confronti.

— Direi che possiamo chiudere la cosa, Andy. — La Hammer era entrata in cucina. — Immagino sia troppo tardi per includere questa notizia nell'edizione di domani.

— Sì, comandante, la cronaca cittadina ha già consegnato da tempo — rispose Brazil dando un'occhiata al suo orologio. Era sorpreso che al capo della polizia di Charlotte non desse fastidio l'idea di vedere la storia pubblicata dai giornali.

— Ho bisogno del suo aiuto — riprese lei. — Devo poterci contare, nonostante quello che è successo con Channel 3

Non c'era nessuno al mondo per cui si sarebbe fatto in quattro più volentieri.

Judy Hammer lanciò un'occhiata disperata all'orologio a muro. Erano quasi le tre del mattino. Che Seth lo volesse o no, lei doveva andare in ospedale e alle sei si sarebbe presentata al lavoro. Il suo corpo non apprezzava le notti in bianco, ma avrebbe retto lo stesso. Alla fine reggeva sempre. Il piano a cui stava pensando era il migliore che potesse escogitare date le circostanze sconvolgenti. Sapeva che i notiziari di quel giorno sarebbero stati monopolizzati dalla bizzarra sparatoria di Seth e dalle possibili implicazioni del suo gesto, e se da un lato non poteva certo oscurare tutte le stazioni radiotelevisive, dall'altro poteva almeno fornire a Brazil una versione dei fatti che corrispondesse al vero, e ricca di particolari.

Brazil sedeva silenzioso e sbalordito sul sedile del passeggero dell'impeccabile Crown Victoria, prendendo appunti mentre Judy Hammer parlava. Gli raccontò tutto del suo passato e del perché della scelta di dedicare la sua vita a far rispettare la legge. Gli raccontò anche di Seth, del prezioso sostegno che lui le aveva fornito, permettendole di lottare con tutte le sue forze per salire i gradini di una carriera tipicamente maschile. La Hammer era esausta e vulnerabile, la sua vita personale a rotoli, e da due anni non trovava il tempo di fare un salto dal suo analista. Brazil l'aveva trovata in un momento molto particolare, e la fiducia che lei gli dimostrava lo commuoveva e lo onorava. Non l'avrebbe delusa.

— Questo è un perfetto esempio di come il mondo non accetta che le persone di potere abbiano dei problemi — spiegò Judy Hammer guidando lungo Queens Road West sotto un baldacchino di querce maestose. — Ma la realtà è che tutti ne hanno. Le nostre relazioni attraversano fasi tempestose e tragiche perché non troviamo mai abbastanza tempo da dedicare loro, così poi ci scoraggiamo e proviamo un senso di fallimento.

Brazil pensò che il comandante era la persona più fanta-

stica che avesse mai conosciuto. — Da quanto siete sposati? — le chiese.

— Ventisei anni.

La notte prima del matrimonio si era accorta di stare per
commettere un errore. L'unione con Seth nasceva dal bisogno, non dal desiderio. A Judy faceva paura la solitudine, e
all'epoca Seth le appariva ancora forte e pieno di talento.

Sdraiato sulla pancia nel pronto soccorso, dopo essere già
passato sotto i raggi X ed essere stato manipolato e fatto
rotolare in tutte le posizioni possibili e immaginabili, Seth
si chiese come fosse potuto arrivare a quel punto. Un tempo sua moglie lo ammirava, dava peso alle sue opinioni, rideva dei suoi aneddoti brillanti. Certo, il sesso non era mai
stato nulla di speciale tra loro, forse perché lei aveva molta
più energia e resistenza, e anche con tutta la buona volontà
lui non riusciva a starle dietro. Era come se suonassero due
melodie diverse. Come se lei fosse un libro con il doppio
delle sue pagine. Quando Judy usciva dalla stanza da bagno, tutta disponibile, se lo ritrovava sempre davanti addormentato che russava.

— Ahi! — strillò Seth.

— Cerchi di non muoversi, signore — gli ripeté l'arcigna
infermiera per la centesima volta.

— Datemi qualcosa che mi faccia perdere conoscenza! —
gridò lui, con le lacrime agli occhi e i pugni serrati.

— Signor Hammer, lei è davvero fortunato. — Adesso
era il chirurgo del centro specializzato a parlargli con voce
tagliente. Era una ragazza carina, dai lunghi capelli rossi.
Seth si sentì umiliato: prima il danno, ora la beffa. L'unica
vista che lei avrebbe avuto di lui sarebbe stato il suo culone
flaccido che mai aveva visto il sole.

17

Il Carolinas Medical Center, dove i pazienti venivano trasportati in elisoccorso da tutta la regione, era famoso per il suo *triage,* il sistema di valutazione delle priorità nei casi di emergenza. Quel mattino gli elicotteri erano statiche sagome appollaiate sui tetti al centro di apposite piattaforme marcate da una grande H, e le navette scivolavano lentamente dai parcheggi alle varie aree del massiccio complesso di cemento. La flotta di ambulanze del centro medico era verde e bianca, gli stessi colori degli Hornets e di tutto ciò che riempiva di orgoglio Charlotte.

L'intero staff dell'ospedale sapeva che era arrivato un VIP. Uno così non veniva fatto aspettare: non lo si parcheggiava a dissanguarsi su una sedia, niente minacce, niente trascuratezze, niente scorciatoie. Seth Hammer, come era stato erroneamente chiamato per quasi tutti gli anni del suo matrimonio, era stato portato difilato al pronto soccorso. Lo avevano spinto dentro e fuori da un sacco di stanze. Lui non era sicuro di capire al cento per cento lo strano idioma del suo grazioso chirurgo, ma secondo quanto risultava a lei, il proiettile, pur avendo distrutto i tessuti in modo significativo, non aveva leso arterie o altri vasi principali. Tuttavia la sua condizione di VIP imponeva che non si corressero rischi. Gli fu dunque spiegato che il personale medico avrebbe eseguito una arteriografia iniettandogli un mezzo di contrasto, e che il passo successivo sarebbe stato un clistere al bario per accertare se vi fossero state lesioni intestinali.

Non erano ancora le quattro del mattino quando Judy Hammer parcheggiò in uno spazio riservato alla polizia all'ingresso del pronto soccorso. Brazil era riuscito a riempire venti pagine del suo taccuino, e ormai sapeva più cose di lei di qualunque altro cronista vivente. Prima di uscire dall'auto la Hammer respirò a fondo, stringendo la grande borsa con lo scomparto segreto. Dopo una breve lotta interiore in merito all'opportunità di rivolgerle quella domanda, Brazil decise di buttarsi: in fondo, era anche per il bene di lei.

— Comandante Hammer... — esitò. — Avrebbe qualcosa in contrario se più tardi facessi venire un fotografo per scattarle una foto mentre esce da qui?

Lei lo liquidò con un gesto della mano. — Non mi importa.

Più ci pensava, più Judy Hammer si rendeva conto che non le importava niente nemmeno di quello che avrebbe scritto Brazil. La sua vita era comunque rovinata: un giorno solo era bastato a farle perdere tutto. Un senatore era stato assassinato, il quinto di una serie di brutali omicidi commessi da qualcuno che la polizia era ancora ben lontana dal sapere chi era. Con la USBank, la padrona della città, era ai ferri corti. E per finire suo marito si era sparato nel sedere giocando alla roulette russa. Non avrebbero più smesso di prenderla in giro, e in effetti tutto lasciava supporre che per Seth fosse quello l'organo più vitale. Intanto lei ci avrebbe rimesso il posto. Oh, al diavolo. Brazil aveva appena riagganciato a un telefono pubblico e la stava rincorrendo.

— Pubblicheremo anche la storia della Vedova Nera, se l'identificazione corrisponde — le ricordò nervosamente.

Lei non aveva niente in contrario.

— Mi stavo chiedendo se non potrei magari infilare nel pezzo uno o due particolari per attirare il killer in una trappola.

Lo sguardo di Judy Hammer rimase privo di espressione.

— Insomma, vorrei giocare un po' con lui. A dire il vero nemmeno il vicecomandante West pensava che fosse una buona idea — ammise infine Brazil.

Il grande capo, che era una persona illuminata, capì al volo. — Basta che lasci fuori i dettagli più delicati. — Si diresse verso l'infermeria. Non servivano presentazioni.

— Lo stanno portando in sala operatoria proprio adesso — comunicò subito l'infermiera al comandante. — Desidera aspettarlo?

— Sì — decise la Hammer.

— Se vuole un po' di tranquillità, c'è la stanza privata che usa il cappellano — propose l'infermiera. Judy Hammer era uno dei suoi eroi.

— No, grazie, siederò insieme agli altri. Magari quella stanza potrebbe servire a qualcuno.

La donna sperava proprio di no. Erano ventiquattr'ore che non si verificavano decessi, e si augurava che la situazione potesse protrarsi fino alla fine del suo turno di servizio. Sono sempre le infermiere a gestire il lato più ingrato della faccenda: i dottori si dileguano all'improvviso, tutti protesi verso il prossimo dramma. A loro invece tocca sfilare i tubicini, legare la targhetta di riconoscimento all'alluce, spingere il corpo fino all'obitorio e affrontare i parenti affranti, increduli e bellicosi. Judy Hammer trovò due sedie libere in un angolo dell'area di accettazione, dove una ventina di persone stava già attendendo. La maggior parte era accompagnata da qualcuno che tentava di consolarle, molte stavano discutendo, altre si lamentavano sanguinando e tamponate alla bell'e meglio con asciugamani, si coccolavano arti rotti o premevano impacchi di ghiaccio su brutte scottature. Quasi tutte piangevano e di quando in quando zoppicavano fino al bagno, bevendo acqua da bicchieri di carta e cercando di reprimere l'ennesimo attacco di nausea.

La Hammer si guardò intorno, lo spettacolo la faceva soffrire. Era per questo che aveva scelto la sua professione, o forse viceversa. Il mondo cadeva a pezzi, e lei voleva portargli un po' di aiuto. Si concentrò su un giovane che le ricordava suo figlio Randy, seduto da solo a cinque sedie di distanza. Aveva la febbre alta, sudava, rabbrividiva e respirava a fatica. La Hammer osservò i suoi orecchini, la sua faccia scavata, il suo corpo devastato. Capì che cosa aveva. Teneva gli occhi chiusi umettandosi le labbra screpolate. Sembrava che gli altri facessero di tutto per sedere il più lontano possibile da lui, specialmente quelli dal cui corpo fuoruscivano fluidi corporei. Judy Hammer si alzò in piedi, mentre Brazil non la perdeva di vista neanche un attimo.

L'infermiera del *triage* sorrise al comandante che si avvicinava. — Che cosa posso fare per lei? — chiese.

— Chi è quel giovanotto laggiù?

— Ha una specie di infezione alle vie respiratorie. — L'infermiera assunse un'espressione professionale. — Non sono autorizzata a rilasciare nomi.

— Posso farmelo dire da lui stesso — la rimbeccò la Hammer. — Vorrei un grosso bicchiere d'acqua con molto ghiaccio e una coperta. Quand'è che i suoi colleghi verranno a dargli un'occhiata? Sembra sul punto di perdere conoscenza. Guardi che se succede verrò senz'altro a saperlo.

Poco dopo la Hammer tornò all'area di attesa con l'acqua e una soffice coperta ripiegata. Sedette accanto al giovane e lo coprì bene. Lui allora aprì gli occhi e bevve dal bicchiere che lei gli aveva accostato alle labbra: era roba gelida, bagnata, una sensazione fantastica. Cominciò a sentirsi addosso un po' di tepore, i brividi si placarono mentre i suoi occhi febbricitanti mettevano a fuoco l'immagine di un angelo. Harrel Woods era già morto, e si sentì sollevato nel bere l'acqua della vita.

— Come ti chiami? — la voce dell'angelo gli giunse da molto lontano.

Woods avrebbe voluto sorridere, ma nel provarci gli sanguinarono le labbra.

— Hai con te la patente? — volle sapere l'angelo.

Pensando che ormai persino in Paradiso si entrava solo muniti di un documento di identificazione con foto, il giovane aprì a fatica la cerniera del portafoglio di pelle e porse la patente all'angelo. Judy Hammer copiò i dati, nel caso gli servisse un posto dove andare quando fosse uscito da lì, cosa del resto assai improbabile. Nel frattempo erano arrivate due infermiere per prenderlo in consegna: Harrel Woods fu ammesso al reparto per malati di Aids. La Hammer ritornò a sedersi, chiedendosi dove avrebbe potuto trovare del caffè. Parlò ancora a Brazil di com'era importante per lei aiutare la gente e di come, quando era giovanissima, fosse l'unica cosa che avrebbe voluto fare nella vita.

— Sfortunatamente oggi una parte del problema riguarda questioni di gestione dell'ordine pubblico — gli confidò.

— Ma quanto spesso riusciamo ad aiutare sul serio?

— Be', ora lo ha appena fatto — rispose Brazil.

Lei annuì. — Ma questo non significa gestire l'ordine pubblico, Andy. Questa è semplice umanità. Senza umanità non esiste speranza. Non si tratta di politica, di potere o di segregazione dei trasgressori. Gestire l'ordine pubblico è sempre stato e sempre sarà qualcosa legato al nostro tentativo collettivo di andare d'accordo e di aiutarci l'un l'altro. Siamo un corpo solo.

Seth era in sala operatoria, in pessime condizioni. Il suo arteriogramma andava bene e dalle sue budella non era fuoruscito neanche un po' di bario, ma dal momento che era un VIP non si potevano correre rischi.

Lo avevano coperto con teli sterili e preparato, mettendolo di nuovo a faccia in giù. Le infermiere avevano più volte bucato la sua tenera carne con iniezioni dolorosissime e un catetere Foley. Avevano sospinto nella stanza un serbatoio di azoto collegato a un tubo, quindi avevano sottoposto Seth a ciò che avevano chiamato un'irrigazione Simpulse, in pratica un potente lavaggio con soluzione salina e antibiotici. Quando cominciò a lamentarsi lo stavano aspirando, sbrigliando e bombardando con 3000 cc.

— Anestetizzatemi! — implorò.

Il rischio era troppo alto.

— Datemi qualunque cosa! — piagnucolò.

Fecero un compromesso somministrandogli del Midazo-lam, un amnesico che, a quanto pareva, non alleviava il dolore ma lo faceva dimenticare. Nonostante le radiografie avessero localizzato il proiettile, il chirurgo sapeva che l'eccesso di grasso ne rendeva impossibile la rimozione, se non al prezzo di ridurre Seth in minuscoli dadini degni di un'insalata. Il chirurgo si chiamava White. Era una laureata trentenne di Harvard e del Johns Hopkins, e aveva fatto il suo internato alla Cleveland Clinic. Se il proiettile fosse stato una normale cartuccia a blindatura parziale e a punta arrotondata, il dottor White non si sarebbe preoccupato così tanto a lasciarlo dov'era.

Ma gli Hollowpoint si aprono come fiori, e il missile deformato penetrato nelle carni del marito del comandante si era comportato proprio come previsto dal signor Remington, il suo geniale inventore, e avrebbe potuto continuare ancora a fare danni. Il rischio di infezione era altissimo. Il dottor White fece un'incisione per drenare la ferita, che infine medicò. Quando poi incontrò il comandante Hammer nella sala di risveglio, il sole stava sorgendo. Imbrigliato dai tubicini delle flebo, al riparo di una tenda tirata per offrirgli la privacy che il regolamento non scritto dell'ospedale garantiva ai VIP, Seth giaceva su un fianco, completamente rintronato.

— Dovrebbe essere fuori pericolo — disse il dottor White.

— Grazie al cielo — esclamò sollevata la Hammer.

— Comunque vorrei tenerlo un'altra notte in isolamento e continuare la terapia antibiotica per via endovenosa. Se gli salirà la febbre durante le prime ventiquattr'ore, lo tratterremo più a lungo.

— Ed è probabile che accada? — I timori della Hammer riemersero di colpo.

Al dottor White non sembrava vero di trovarsi lì a rispondere alle domande del capo della polizia, la quale pendeva dalle sue labbra. Aveva letto tutti gli articoli scritti su

277

quella donna impareggiabile, e anche lei avrebbe voluto diventare così quando sarebbe stata più vecchia e potente: forte, attenta, di bell'aspetto, eccitante e con un filo di perle al collo. Nessuno tiranneggiava Judy Hammer, e di sicuro non doveva subire il trattamento che i colleghi maschi riservavano al dottor White. La maggior parte si era laureata alla Duke, al Davidson, a Princeton e all'UVA, e ai concerti sinfonici e ai cocktail party sfoggiava il cravattino a farfalla con i colori della scuola. Nessuno di loro ci pensava su due volte prima di prendersi un giorno di libertà per andare in barca sul lago Norman o a giocare a golf, ma le ore di permesso che ogni tanto il dottor White chiedeva per andare dal ginecologo, visitare la madre malata o curarsi l'influenza venivano immancabilmente considerate altrettanti esempi della sostanziale inadeguatezza femminile nei confronti della professione medica.

— Stia tranquilla, non prevediamo alcun problema, è solo che il danno ai tessuti è molto esteso. — Stava cercando di rassicurarla. Fece una pausa, alla ricerca di una spiegazione diplomatica. — Normalmente un proiettile di simile potenza e velocità sparato così da vicino fuoruscirebbe. In questo caso, però, aveva troppa massa da attraversare.

Alla Hammer vennero in mente solo i test dei collaudatori di armi da fuoco, che sparavano dentro enormi ammassi di gelatina balistica della Knox. Brazil stava ancora prendendo appunti. Nessuno gli badava. Era una presenza talmente rispettosa e servizievole che avrebbe potuto continuare a seguirla per anni senza crearle problemi di alcun genere. Anzi, forse lei non se ne sarebbe neppure accorta. Se la sua fine imminente non fosse stata ineluttabile, avrebbe potuto farlo assegnare al proprio ufficio come assistente.

Judy Hammer passò pochissimo tempo con il marito. Era annebbiato dalla morfina, ma anche se non fosse stato così, non avrebbe avuto niente da dirle. Gli tenne la mano per un attimo, sussurrandogli parole di pacato incoraggiamento, ma in realtà stava malissimo ed era così arrabbiata con lui che avrebbe potuto sparargli lei stessa e finirlo. Uscì dall'ospedale insieme a Brazil all'ora in cui tutti si recavano al lavoro. Andy si fece da parte per permettere al fotografo dell'*Observer* di scattare qualche foto drammatica del comandante che usciva a testa china dal pronto soccorso e si avviava lungo il marciapiede, mentre un elicottero Medvac atterrava su un tetto vicino. Una nuova ambulanza arrivò rombando, e i paramedici si precipitarono a scaricare un altro paziente.

La fotografia di lei che camminava con espressione distrutta accanto all'ambulanza mentre l'elicottero atterrava sullo sfondo era sensazionale, e il mattino dopo occhieggiava da ogni edicola dell'area di Charlotte-Mecklenburg. L'articolo di Brazil era il più notevole ritratto del coraggio che Packer avesse mai letto, e l'intera redazione della cittadina guardava il giovane cronista con timorosa riverenza. Come diavolo aveva fatto a ottenere tutte quelle informazioni? La Hammer, che notoriamente non amava divulgare notizie personali su di sé e sulla sua famiglia, si era davvero confidata con un cronista rampante proprio nel momento in cui la discrezione era per lei più cruciale che mai?

Il sindaco, il capo dei servizi, il consiglio municipale e Cahoon restarono invece molto meno impressionati e rilasciarono alla radio e alla TV parecchie interviste in cui criticavano apertamente il comandante, la quale continuava ad attirare troppa attenzione sulla catena di omicidi e sui problemi sociali della Queen City. Temevano che numerose imprese e una catena di ristoranti mettessero in discussione Charlotte come città ospite delle loro nuove sedi. Gli uomini d'affari cancellavano i loro appuntamenti, e correva voce che nella vicina Virginia fosse in atto la ricerca di siti dove far sorgere uno stabilimento per la produzione di chip per computer e un nuovo parco Disney.

Il sindaco di Charlotte, il capo dei servizi e vari consiglieri cittadini promisero di aprire un'accurata indagine sulla sparatoria accidentale. Cahoon rilasciò una breve dichiarazione in cui si diceva perfettamente d'accordo con l'iniziativa. Gli uomini sentivano odore di sangue, e la cosa li mandava su di giri. Solitamente Panesa preferiva non schierarsi, ma questa volta si rimboccò le maniche e buttò giù un articolo di fondo che uscì sulla pagina speciale dell'edizione domenicale.

Era intitolato *Nel nido dei calabroni*. Il direttore vi descriveva a fondo i mali della città visti con gli occhi di una donna umana e infaticabile, l'amatissimo comandante che, pur assediato da enormi problemi personali, «non ci ha mai deluso o scaricato sulle spalle i suoi guai privati. È ora di offrire al capo della polizia Judy Hammer tutto il nostro sostegno, di mostrarle rispetto e attenzione e di confermare la nostra disponibilità a prendere posizione facendo scelte adeguate». L'articolo continuava citando il pezzo in cui Brazil descriveva il comandante al pronto soccorso che portava l'acqua e la coperta al giovane malato terminale di Aids. «Questo, cittadini di Charlotte, non è solo "mantenimento dell'ordine pubblico nella comunità": questo è spirito cristiano» proseguiva Panesa. «Che il sindaco Search, il consiglio municipale o Solomon Cahoon lancino la prima pietra.»

La cosa andò avanti per giorni, mentre la situazione si complicava con l'aumentare dell'ostilità che partiva dalla corona di canne d'organo di Cahoon e traboccava dalla finestra del sindaco. Le linee telefoniche protette dei grandi nomi della città erano roventi, e i loro titolari cercavano di individuare la maniera più efficace per costringere la Hammer a lasciare Charlotte.

— Dovrà essere una decisione presa pubblicamente — confidò il sindaco al capo dei servizi. — Una decisione che verrà dagli stessi cittadini.

— Non c'è altro modo — approvò Cahoon seduto alla maestosa scrivania dalla quale, con la cornetta stretta in mano, contemplava il suo regno attraverso le canne d'alluminio. — Spetta solo a loro decidere.

L'ultima cosa che Cahoon auspicava era che i suoi clienti, infastiditi, cambiassero banca. Se troppi di loro si fossero rivolti alla First Union, alla CCB, alla BB&T, alla First Citizen Bank o alla Wachovia, lui ne avrebbe risentito moltissimo.

Presto sarebbe diventata un'epidemia che avrebbe infettato i grossi investitori come un virus informatico, come l'Ebola, la salmonellosi o la febbre emorragica.

— Il dannato problema è Panesa — considerò il sindaco.

Una nuova ondata di sdegno assalì Cahoon. Non si sarebbe ripreso tanto in fretta dall'articolo di fondo della domenica precedente, specialmente dalla sfida a lanciare la prima pietra. Anche Panesa doveva andarsene. Passò mentalmente in rassegna la sua formidabile rete di alleanze, che comprendeva anche la Knight-Ridder, il colosso della stampa. Bisognava scomodare qualcuno che stesse molto in alto, magari il presidente o l'amministratore delegato. Cahoon conosceva tutti, ma sapeva che i mass media sono una sorta di maledetto millepiedi: basta stuzzicarlo appena un po' e si chiude a riccio in difesa della corporazione.

— L'unico che può tenere sotto controllo Panesa sei tu — disse il sindaco a Cahoon. — Io ci ho provato. Non vuole ascoltarmi. È come cercare di farsi capire dalla Hammer. Te lo puoi scordare.

Erano entrambi irragionevoli, il capo della polizia e il direttore del giornale. Le loro ambizioni andavano stroncate sul nascere. E anche Andy Brazil stava diventando un problema. Ormai Cahoon sapeva con precisione dove andare a colpire.

— Parla con il ragazzo — suggerì al sindaco. — Immagino che ti starà sempre appiccicato per farsi rilasciare delle dichiarazioni, no?

— Come tutti loro.

— E allora lascia che venga a trovarti, Chuck. Attiralo dalla nostra parte, dove dovrebbe stare. — Cahoon sorrise, lo sguardo fisso sull'appannato cielo estivo.

L'attenzione di Brazil era completamente rivolta agli omicidi della Vedova Nera. Era sicuro che ce ne sarebbero stati altri, e la sua ossessione nasceva dalla convinzione che in un modo o nell'altro sarebbe stato proprio lui a scoprire il particolare importante, a trovare l'indizio o ad avere l'intuizione che avrebbero messo la polizia sulle tracce dello psicopatico responsabile dei delitti. Dopo aver consultato telefonicamente l'esperto di profili psicologici dell'Fbi Bird, aveva scritto un pezzo spietatamente preciso e insieme manipolatorio. La notte prima era tornato ai binari di West Trade Street per esplorare l'edificio abbandonato. La sua torcia aveva illuminato il nastro giallo scosso dal vento. Lui era rimasto immobile a contemplare quella scena spaventosa e desolata, cercando di interpretare l'emozione che la pervadeva, sforzandosi di immaginare come avesse fatto il senatore a finire in un posto simile.

Forse, in mezzo a quella vegetazione densa che lo proteggeva dalla curiosità altrui, l'uomo politico aveva avuto un appuntamento con qualcuno. Andy si era chiesto se l'autopsia non avesse per caso rivelato tracce di sostanze stupefacenti, di un vizio che poteva essere costato la vita al senatore. Quindi aveva fatto un giro in South College Street per dare un'occhiata alle prostitute, ma non riusciva mai a distinguere con certezza quali fossero i travestiti e quali gli agenti della Buoncostume. C'era una ragazza giovane che aveva già notato un sacco di volte, e dal modo sfacciato con cui lo fissava passeggiando languidamente capiva benissimo che ormai anche lei riconosceva lui e la sua BMW.

Quel mattino Brazil si sentiva stanco. Non era quasi riuscito a finire sei chilometri di corsa e aveva rinunciato al tennis. Era un po' che non incontrava sua madre, e le rare volte in cui lei era lucida e sveglia lo puniva evitando di parlargli. Gli lasciava solo dei bigliettini con sopra scritte le incombenze da svolgere, ed era ancora più sciatta del solito. Tossiva e sospirava, facendo di tutto per trasmettergli un senso di infelicità e per riempirlo di rimorsi. Brazil non riusciva ancora a smettere di pensare alla lezione sulle relazioni squilibrate che Virginia West gli aveva impartito. Le parole di lei gli risuonavano continuamente nella testa, martellando a ogni suo passo, e baluginando nella notte quando cercava di dormire.

Erano giorni che non vedeva Virginia e non le parlava. Si chiese come stava. Si chiese come mai non gli telefonava mai per invitarlo a sparare o a uscire di ronda, o anche solo per salutarlo. Andy era introverso e di pessimo umore, e ormai aveva rinunciato a spiegarsi quello che sentiva dentro. E poi, perché la Hammer non lo aveva contattato per ringraziarlo dell'articolo che le aveva dedicato? Conteneva forse qualcosa che l'aveva fatta arrabbiare, o gli era scappato scritto qualcosa di non vero? Eppure in quell'articolo lui ci aveva messo l'anima, correggendolo e ritoccandolo fino allo spasimo. Inoltre, proprio adesso che aveva cominciato a farsi notare, Panesa sembrava ignorarlo. Se un giorno fosse diventato una persona importante, Andy si sarebbe comportato con maggiore delicatezza, non sottovalutando mai i sentimenti dei suoi sottoposti. In fondo, da parte di un capo bastava anche solo un piccolo gesto per risollevare l'umore o la giornata: un biglietto, una telefonata, o dei fiori.

Al momento, gli unici fiori per Virginia West erano quelli che Niles aveva sparpagliato sul tavolo del tinello. Questo dopo aver rovesciato la lettiera in bagno mentre la sua padrona faceva la doccia, senza sapere che quando sarebbe uscita i suoi piedi bagnati avrebbero corso il rischio di calpestare dei disgustosi affarini di dubbia origine ricoperti di sabbia per gatti. L'umore di Virginia era inequivocabilmente esplosivo. Era furiosa per l'uragano di polemiche che aveva investito il suo adorato comandante, e ne temeva le conseguenze. Il giorno in cui Jeannie Goode fosse diventata capo ad interim, lei se ne sarebbe tornata alla fattoria. Virginia West sapeva tutto di Brazil e di come avesse seguito la Hammer all'interno di stanze privatissime in cui a lei non era mai stato consentito di entrare.

Davvero tipico, pensò imprecando contro Niles, mentre si sciacquava i piedi e ripuliva il pavimento del bagno. Brazil l'aveva usata per arrivare fino al suo capo. Si era finto suo amico, dopodiché, non appena era riuscito a ingraziarsi Judy Hammer, non si era più fatto vivo. Così andava il mondo, no? Che figlio di puttana! Non aveva più chiamato per chiederle di andare a sparare, uscire di ronda insieme o anche solo per assicurarsi che fosse ancora viva. Alla vista di Virginia West che scopriva quello che restava dei gigli del suo giardino, Niles si fiondò sotto il divano.

Alle dieci del mattino Judy Hammer si presentò nella stanza d'ospedale di Seth con un mazzo di gigli color magenta. Dopo averli appoggiati su un tavolo avvicinò una sedia al letto, che era stato sollevato per permettere a suo marito di mangiare, leggere, ricevere visite e guardare la TV sdraiato su un fianco. L'invasiva infezione da streptococchi provenienti da colonie sconosciute gli annebbiava lo sguardo. Fluidi e antibiotici in assetto di guerra marciavano senza interruzione lungo stretti tubicini dentro aghi fissati col cerotto a ciascun braccio. La Hammer stava cominciando a spaventarsi: ormai Seth era in ospedale da tre notti.

— Come ti senti, tesoro? — gli chiese massaggiandogli la spalla.

— Di merda — rispose lui, tornando a guardare la TV.

Aveva visto, ascoltato e letto le notizie. Seth sapeva di essersi autoinflitto una cosa terribile, ma più di tutto sapeva di aver fatto del male a lei e alla propria famiglia. In tutta onestà, non ne aveva avuto l'intenzione. Nel pieno possesso delle sue facoltà mentali era una persona che sarebbe morta piuttosto che far soffrire gli altri: Seth amava sua moglie e non poteva vivere senza di lei. Forse le aveva rovinato la carriera, ma con ciò? Judy Hammer sarebbe potuta andare ovunque, e se l'avessero obbligata a trasferirsi, per lei sarebbe stato molto più facile farlo lasciandolo. Era una minaccia che Seth si era già sentito rivolgere in passato.

— Come ti vanno le cose? — borbottò lui, mentre alla TV qualcuno bisticciava con un idraulico transessuale con le tette al silicone.

— Non ti preoccupare per me — rispose con fermezza sua

moglie dandogli un altro colpetto affettuoso. — L'unica cosa importante è che tu ti rimetta. Devi pensare in termini positivi, tesoro. La mente influisce su tutto. Niente negatività.

Era come dire al lato oscuro della luna di rischiararsi un po'. Seth la fissò. Non si ricordava quando era stata l'ultima volta che lei l'aveva chiamato *tesoro*. Forse mai.

— Non so che dire — le rispose.

Ma lei sapeva perfettamente quello che il marito intendeva. Sapeva che era avvelenato dal rimorso, dal senso di colpa e dalla vergogna. Si era prefisso di rovinare la vita di sua moglie e dei suoi figli, e stava riuscendoci piuttosto bene. Per la verità, si meritava proprio di sentirsi di merda.

— Non dire niente — lo rassicurò. — Quel che è fatto è fatto. Adesso dobbiamo andare avanti. Quando uscirai di qui ti cercherò l'aiuto di cui hai bisogno. Nient'altro conta, adesso.

Seth chiuse gli occhi, che si erano riempiti di lacrime. Vide un giovanotto con i pantaloni bianchi sformati, la cravatta a farfalla e un cappello alla moda che sorrideva felice in un mattino di sole, scendendo gli scalini del palazzo del governo dello Stato dell'Arkansas. Un tempo era stato affascinante e sicuro di sé, si divertiva e faceva baldoria con gli amici, raccontava storielle buffe e gli altri ridevano. Gli psichiatri avevano già tentato con il Prozac, lo Zoloft, il Nortriptylene e il litio. Seth aveva seguito delle diete, e una volta aveva anche smesso di bere. Aveva fatto l'ipnosi e frequentato tre incontri dei Bulimici Anonimi. Poi aveva gettato la spugna.

— Non c'è speranza — disse singhiozzando alla moglie. — Non mi resta che morire.

— Non osare dire una cosa simile — gli rispose lei con un tremito nella voce. — Mi ascolti, Seth? Non osare nemmeno!

— Perché il mio amore non è abbastanza per te? — gridò lui.

— Quale amore? — Judy Hammer si alzò in piedi, furibonda suo malgrado. — La tua idea di amore è startene ad

285

aspettare che sia io a renderti felice, senza fare niente per te stesso. Io non sono la tua guardiana. Non sono la custode del tuo zoo. Non sono la tua locandiera. Non sono il tuo secondino, punto e basta. — Camminava furiosamente avanti e indietro nella piccola stanza privata. — Seth, io dovrei essere la tua compagna, la tua amica, la tua amante. Sai una cosa? Se questa fosse una partita di tennis, ci sarei io che gioco un maledetto doppio da sola correndo a destra e a sinistra, mentre tu resti seduto all'ombra a raccattare le palle e tenendo il conto del tuo punteggio personale!

Brazil aveva passato quasi tutta la mattina chiedendosi se era il caso di chiamare Virginia West per invitarla a giocare a tennis. Una mossa perfettamente innocente, no? L'ultima cosa al mondo che voleva era farle pensare che lui ci soffriva perché per tre giorni e mezzo non si era fatta viva. Lasciò la macchina nel parcheggio All Right sulla West Trade, vicino al Presto, entrò e ordinò un caffè. Era affamatissimo, ma non voleva mangiare schifezze. Più tardi avrebbe fatto un salto nell'atrio della First Union, al Just Fresh, il ristorante fast food "Chi mangia bene si sente bene". Erano un po' di giorni che mangiava lì, quando non andava da Wendy a farsi un sandwich di petto di pollo alla griglia senza formaggio né maionese, e infatti era dimagrito. Si chiese discretamente se non stesse diventando un po' anoressico.

Seduto al bancone, mescolò il caffè nero S&D aspettando che Spike finisse di spaccare con una mano sola delle uova in una terrina. Voleva chiacchierare con lui. L'orologio a muro Michelob Dry sopra la testa di Spike faceva le dieci e quarantacinque: aveva un sacco di cose da fare e doveva riuscire a farle tutte entro le quattro del pomeriggio, ora in cui iniziava formalmente a girare per conto del giornale. Per quanto Packer fosse entusiasta dei suoi scoop, non poteva trascurare di occuparsi delle notizie di routine: furti, rapine, stupri, suicidi, risse nei bar sportivi, reati bancari, arresti per droga, morsi di cani, problemi domestici e altre interessanti storie di varia umanità. I relativi rapporti perlopiù li confiscava Webb prima che chiunque altro potesse visionarli, e il clima era di tale esasperazione che il resto del mondo dei media definiva la vaschetta del materiale riservato alla stampa del dipartimento di polizia di Charlotte il "Sito Webb".

Virginia West, memore delle lagnanze di Brazil al riguardo, si era data da fare chiamando Channel 3 per protestare con il direttore. Non era servito a niente. Neppure la Goode si era dimostrata particolarmente sensibile al problema, ma Virginia non si era resa conto di avere a che fare con un'assidua navigatrice del Sito. Nell'ultimo periodo Jeannie e il suo amichetto parcheggiavano la Miata del vicecomandante ovunque in giro per la città, e questo non perché ci fossero dei problemi ad andare da lei, che viveva sola, ma perché si eccitavano oltremodo all'idea di rischiare l'arresto per atti osceni in luogo pubblico. A volte si fermavano addirittura a pochi isolati dalla residenza del giornalista, dove sua moglie aspettava per cenare con lui, e gli lavava i vestiti sporchi e gli appaiava i calzini.

18

Anche la task force che la West aveva costituito per indagare sullo spaccio di droga al Presto Grill aveva molte cose sporche da selezionare e smistare, con la speranza che si intonassero alle altre tendenze criminali della città. Mungo, investigatore in incognito, mangiava ali di pollo alla griglia con salsa. E proprio nello stesso locale si trovava Brazil, che Mungo non conosceva, a bere il suo caffè nero. Il poliziotto aveva scelto quel nome di battaglia per ovvie ragioni: era una specie montagna in jeans e T-shirt dei Panthers, sfoggiava il portafoglio appeso alla cintura con una catenella, aveva una lunga coda di capelli crespi e una bandana legata spiovente sulla fronte. Portava l'orecchino. Fumava una sigaretta e osservava il tipo biondo, seduto vicino alla griglia, intento a sottoporre Spike a un interrogatorio.

— No, amico. — Spike stava preparando un hamburger e un tortino di patate. — Vedi, nessuno è originario di qui, capisci quello che intendo? — Parlava con un forte accento portoghese.

— Non importa da dove vengono, ma quello che gli succede una volta arrivati qui. La fonte della valanga di merda che ci sta ricoprendo è proprio qui, mi capisci? — ribatté Brazil, sforzandosi di adattarsi al gergo e tamburellando con l'indice sul bancone. — Una persona del luogo, ne sono sicuro. Allora, che ne pensi?

Spike non sembrava interessato a proseguire la conversazione, perciò Mungo disattivò il radar. Gli sembrava di conoscere quel ragazzo biondo e carino, e il fatto di averlo già visto da qualche altra parte lo convinse ancora di più dell'opportunità di inserirlo nella lista dei sospetti. Ma era importante agire con calma. Sarebbe rimasto seduto lì ancora un po' a controllare l'andazzo, finendo la colazione.

— Dell'altro pane tostato — ordinò a Spike non appena il biondo se ne fu andato. — Chi è quello? — e indicò con la testa in direzione della porta d'ingresso che si richiudeva.

Spike scrollò le spalle. Da tempo aveva imparato a non rispondere alle domande, senza contare che Mungo era un poliziotto. Lo sapevano tutti. Mentre lui riempiva un portastuzzicadenti, Brazil fece un'altra sosta. Di fianco al Presto Grill c'era il Traveler's Hotel, dove, con un po' di abilità, si poteva convincere il gestore Bink Lydle a cedere una stanza per cinquanta dollari la settimana. Brazil gli rivolse alcune domande e ottenne le stesse informazioni che gli erano state fornite dai vicini della porta accanto.

Lydle, seduto con le braccia conserte sul torace poco sviluppato dietro il malandato banco della reception, con il campanello e il telefono dall'unica linea, non mostrò particolare disponibilità. Si prese la briga di informare il ragazzo bianco che non sapeva niente degli uomini d'affari massacrati e che non credeva proprio che *la fonte della valanga di merda che ci sta ricoprendo* fosse roba locale. Personalmente, lui non aveva notato nessuno di sospetto, di sicuro non nel suo hotel, che era ancora una delle pietre miliari della città, e *il* posto per eccellenza ai tempi della Old Southern Train Station.

Brazil camminò per parecchi isolati fino alla sala biliardi Jazzbone's sulla Quinta. Qualcuno doveva pur parlare con lui, e Andy era disposto a correre dei rischi. Vista l'ora, Jazzbone's era semivuoto. C'erano solo alcuni clienti seduti ai tavoli a bere birra Colt 45, a fumare, a parlare di donne, baldorie e scommesse. I tavoli da biliardo, ricoperti di logoro feltro verde, erano tutti liberi, le palle nei loro triangoli in attesa della sera, che avrebbe visto il locale affollarsi fino alle prime ore del mattino di individui molto ubriachi e molto poco raccomandabili. Se c'era un uomo informato su quanto succedeva in zona, quello era il gestore della sala.

— Sto cercando Jazzbone — disse Brazil ad alcuni tizi che stavano bevendo.

Uno di essi indicò il bar. Jazzbone stava aprendo una cassa di Schlitz e si era già accorto del ragazzo dai capelli d'oro vestito come uno studentello universitario.

— Sì? — gli gridò. — Serve qualcosa?

Brazil si avvicinò, calpestando la moquette piena di bruciature di sigaretta e puzzolente di whisky. Uno scarafaggio gli tagliò la strada. I tavoli erano cosparsi di sale rovesciato e di cenere di sigaretta. A ogni passo Andy notava dettagli nuovi. Jazzbone aveva le dita ricoperte di anelli d'oro con diamanti e monete incastonati. Sulle corone degli incisivi erano intagliati cuori e trifogli; al fianco destro portava una pistola semiautomatica. Stava infilando ordinatamente delle bottiglie di birra nel frigorifero.

— L'unica fresca rimasta è la Pabst Blue Ribbon.

Jazzbone era stanchissimo per il gran daffare della notte precedente. Gli sembrava di capire che il ragazzo non fosse venuto a bersi una birra, anche se non era un poliziotto in incognito come Mungo. Lui aveva un fiuto speciale per poliziotti e agenti federali. Nessuno riusciva a farlo fesso. Jazzbone si lasciava incantare solo da quelli che gli assomigliavano, che entravano nel suo locale addobbati come lui, pistola e tutto il resto.

— Lavoro per il *Charlotte Observer* — lo informò Brazil, che sapeva quando era il caso di dire che era un poliziotto volontario e quando no. — Mi servirebbe il suo aiuto, signore.

— Ah, sì? — Jazzbone smise di sistemare le bottiglie di birra. Lo aveva sempre saputo che la sua vita era ottimo materiale per un articolo. — Che tipo d'aiuto? Per il giornale?

— Sì, signore.

Che educazione, finalmente qualcuno che sapeva mostrare rispetto. Jazzbone lo scrutò con aria attenta, un sopracciglio alzato. Poi, mordicchiando una cannuccia, gli chiese: — Che cosa vorresti sapere? — e girò intorno al banco del bar per prendere uno sgabello.

— Immagino lei sappia che da queste parti si sono verificati degli omicidi.

Per un attimo Jazzbone sembrò non capire. — Non potresti essere un po' più preciso?

— I forestieri. La Vedova Nera. — La voce di Brazil si era abbassata fino a un sussurro.

— Ah, capisco. Quelli. — Al padrone del locale non importava che lo sentissero. — È stata un'unica persona a ucciderli tutti.

— La situazione si mette male anche per lei, no? — Brazil cominciò a recitare la parte del duro, quasi avesse a sua volta una pistola in tasca. — Qua fuori c'è un pazzo criminale che se ne frega di rovinare gli affari degli altri.

— Hai ragione, fratello. Parliamone pure. Il mio è un posto pulito, io non voglio avere fastidi e nemmeno provocarli. — Si accese una Salem. — Sono gli altri a farlo. Così vado in giro con questa. — Diede un colpetto alla pistola.

Brazil la guardò con invidia. — Cazzo, amico. Che cosa nasconde lì sotto?

Jazzbone era molto orgoglioso del suo cannone. L'aveva vinto al tavolo con uno spacciatore, uno di New York che non sapeva che l'altro era titolare di una sala biliardi. Secondo Jazzbone, quando qualcosa gli riusciva particolarmente bene, si trattasse di una donna, di un'automobile o di una partita, tanto valeva che diventasse di sua proprietà. Indubbiamente giocava a biliardo come un dio. Sfilò la pistola dalla fondina per mostrarla a Brazil, senza che questi si avvicinasse troppo.

— Colt Double Eagle .45, dodici centimetri di canna — lo informò.

Brazil aveva già potuto ammirarla in *Guns Illustrated*. Acciaio inossidabile con finitura opaca, mirini regolabili con sistema a tre scatti di alto profil', ampio grilletto d'acciaio e cane zigrinato. Era una pistola che nuova costava settecento dollari. Jazzbone si era accorto che il ragazzo era impressionatissimo e che moriva dalla voglia di prenderla in mano, ma purtroppo non lo conosceva abbastanza da potersi fidare di lui.

— Così, lei pensa che sia sempre la stessa persona a far fuori i bianchi forestieri? — Brazil tornò alla carica.

— Non ho mai detto che erano bianchi — lo corresse l'altro. — L'ultimo, il senatore, non lo era. Però a ucciderli sì, è sempre lo stesso figlio di puttana.

— E ha idea di chi sia? — Brazil non voleva che l'entusiasmo trasparisse troppo dalle sue parole.

Un'idea Jazzbone ce l'aveva, e anche molto precisa, e non voleva rogne del genere nel suo quartiere più di quanto non le avessero volute quei riccastri nelle loro macchine a noleggio. Da ardente sostenitore della libera impresa quale egli era, non si accontentava di guadagnare solo con le sfide a biliardo e la mescita di bevande alcoliche. Jazzbone seguiva anche l'attività "esterna" di un certo numero di ragazze: loro ci guadagnavano qualche dollaro extra, e lui aveva sempre un po' di compagnia. Ma la Vedova Nera stava danneggiando pesantemente i suoi affari, e con tutte quelle notizie in TV e sui giornali gli uomini d'affari che arrivavano in città, la sera si chiudevano in albergo con una cassetta porno. Come dargli torto?

— Se io fossi in te, terrei d'occhio Punkin Head, uno che lavora in strada con le ragazze — spiegò a Brazil, che stava prendendo appunti.

— Punkin Head... testa-di-zucca? Perché si chiama così?

Jazzbone si indicò la testa. — È per via dei capelli. Arancioni come una zucca, tante treccine attaccate al cranio. Un bastardo figlio di puttana.

— Conosce il suo vero nome? — Brazil non smetteva di scrivere.

— No, ma mi basta così.

Virginia West, che pure era la responsabile delle indagini in città, non aveva mai sentito parlare di un certo Punkin Head in relazione agli omicidi della Vedova Nera. Il Brazil che l'aveva chiamata da un telefono a pagamento perché non osava trattare argomenti così delicati al cellulare era assolutamente su di giri. Sembrava il reduce miracolato appena uscito da uno scontro a fuoco. Senza particolare entusiasmo, la West prese nota di tutto quanto le disse. Erano settimane che la sua Phantom Force perlustrava in incognito le vie della città. Un quarto d'ora da Jazzbone's, e Brazil aveva risolto il caso. Molto improbabile. Inoltre, al momento non provava troppa simpatia per lo stile accattivante e opportunista di Brazil.

— Come sta il capo? — le aveva chiesto.

— Perché non me lo dici tu?

— Che cosa?

Poi lei aveva aggiunto sgarbatamente: — Senti, non ho tempo di starmene a chiacchierare con te.

Brazil si trovava sul marciapiede di fronte al tribunale federale, tra passanti dallo sguardo pieno di odio.

— Ma che cosa ti ho fatto, eh? — esplose Andy. — Dimmi quand'è stata l'ultima volta che mi hai chiamato. Non mi pare che tu abbia mai preso il telefono per chiedermi come stavo o se mi andava di fare qualcosa.

Virginia West cadde dalle nuvole. Lei non chiamava mai Raines. Se era per quello, lei non chiamava mai gli uomini, non l'aveva mai fatto. Con l'unica eccezione di Brazil. Ma perché era improvvisamente diventata così paranoica a quel riguardo?

— Pensavo che se avevi qualche idea mi avresti contattato tu — si difese. — Ho avuto troppo da fare. Niles mi sta tirando pazza. Avrei quasi voglia di spedirlo davanti a un giudice minorile. Insomma, non so perché non ti ho chiamato, va bene? Ma non mi sembra il caso che tu mi punisca per così poco.

— Ti andrebbe una partita a tennis? — la interruppe Andy.

Virginia possedeva ancora una racchetta Billie Jean King, ormai non più in produzione. Aveva anche una vetusta scatola di palle Tretorn, quelle che non si consumavano mai pur avendo la stessa propensione delle uova a rompersi. Le sue scarpe da tennis più recenti erano delle semplici Converse basse di tela bianca, ma non ricordava più dove aveva messo tutte queste cose e di certo non possedeva indumenti da tennis. Era uno degli sport che più l'annoiava guardare alla TV: al suo attuale stadio di evoluzione personale si addiceva di più il baseball. Tutte queste ragioni, e altre ancora, la portarono a rispondere: — Scordatelo.

Quindi riattaccò e si recò difilato nell'ufficio della Hammer. Horgess non sembrava amichevole e zelante come al solito, e ciò le dispiacque. Nonostante il capo gli avesse ripetuto più volte di metterci una pietra sopra, lui non ce la faceva proprio: aveva tirato su la radio invece del telefono. Horgess, il servile capitano di turno, aveva fatto sì che tutto il mondo venisse a conoscenza dell'imbarazzante sparatoria in casa del comandante. Ora tutti ne parlavano facendo le più disparate congetture, e Virginia non avrebbe mai voluto che quelle feroci prese in giro arrivassero fino alle orecchie di Judy. Horgess era pallido e depresso. Le rivolse un fiacco cenno di saluto con la testa.

— C'è? — gli chiese la West.

— Direi di sì — rispose lui, affranto.

Il vicecomandante bussò alla porta ed entrò di slancio. La Hammer era al telefono, con una penna picchiettava su un blocchetto di foglietti rosa per i messaggi telefonici. Nel suo completo color tabacco con camicetta a righe gialle e bianche aveva un aspetto sorprendentemente curato e padrone di sé, e la West ebbe un moto di sorpresa non privo di approvazione nel notare che indossava pantaloni e scarpe senza tacco. Si sedette, aspettando che il capo abbassasse la cuffia telefonica.

— Non volevo interromperti.

— Non preoccuparti.

Judy Hammer rivolse al vice la sua completa attenzione,

le mani congiunte con calma sul piano della scrivania che esibiva l'ordine meticoloso tipico di chi rifiuta di farsi travolgere da un'esagerata dose di impegni. Il comandante Hammer non era mai stato colto in fallo, e mai lo sarebbe stato. Più invecchiava, più si stupiva di aver dato importanza a certe questioni nel passato. Negli ultimi tempi aveva decisamente mutato prospettiva, come un ghiacciaio che si scioglie formando nuovi continenti e demolendo vecchi mondi.

— È un po' che non riusciamo a parlarci — esordì la West con delicatezza. — Come reggi la situazione?

Il comandante le rivolse un sorriso lieve, gli occhi velati di tristezza. — Faccio del mio meglio, Virginia. Grazie per avermelo chiesto.

— Tutto quello che è uscito sul giornale, dagli articoli di fondo alle vignette, era eccezionale — proseguì la West. — L'articolo di Brazil mi è parso bellissimo. — Ebbe un'esitazione, perché il nome di Andy Brazil la turbava senza sapere bene il perché.

Judy Hammer invece aveva capito perfettamente. — Senti, Virginia — riprese, e stavolta il suo sorriso era benevolo e un po' divertito. — Devo ammettere che è un ragazzo fantastico. Ma per quanto riguarda me, non hai nulla da temere.

— Come? — la West aggrottò le sopracciglia.

Il sole splendeva luminoso sul marciapiede dove camminava Brazil. Si trovava in una parte della città che era meglio visitare scortati da guardie armate, un nodo nevralgico molto particolare, chiamato Five Points, in cui le grandi vene della State, della Trade, della Quinta, della Beatties Ford e della Rozelles Ferry si ramificavano a partire dalla grande arteria dell'Interstatale 77, accogliendo i viaggiatori che lungo di esse giungevano fino al cuore della Queen City. Incluse le migliaia di uomini d'affari in arrivo dall'aeroporto internazionale di Charlotte-Douglas. E inclusi i criminali in attesa, tra i quali c'era anche il serial killer Punkin Head.

Chi lo aveva visto di persona era convinto che il protettore fosse un deviato sessuale, omo oppure bisex. Di regola Punkin Head stazionava in un furgone Ford blu scuro del 1984, motore 5 litri a 8 cilindri, che lui amava molto perché aveva solo i finestrini davanti. In tal modo le attività della parte posteriore, per esempio dormire, restavano giustamente private. Quel bel mattino il furgone era parcheggiato al solito posto sulla Quinta Strada, in uno dei Preferred Parking il cui custode sapeva rispettare il desiderio di solitudine di Punkin Head, che in cambio gli permetteva di accedere occasionalmente ai servizi forniti dal suo ramo di attività.

Punkin Head stava leggendo il giornale, e intanto divorava il terzo sandwich con uova, pancetta, salsa calda e burro servitogli dal fidato guardiano. A un tratto vide il biondino che si aggirava curiosando, armato di taccuino. La gente di strada lo aveva battezzato Blondie, e Punkin Head sapeva benissimo a chi stava dando la caccia in quel momento. Nient'affatto entusiasta, continuò a guardare e a riflettere, finendo la colazione, stappando una Michelob Dry e lanciando un'altra occhiata all'articolo di prima pagina dell'*Observer*.

Era molto seccato per via degli articoli troppo personali scritti su di lui da un certo Brazil, un cronista sudamericano. Innanzitutto lo provocava dichiarando che quando la gente pensava a lui l'associazione che sorgeva spontanea era quella di un ragno, e poi che tutti credevano che il simbolo arancione che lui dipingeva su ogni corpo fosse una clessidra. Punkin Head lo dipingeva perché l'arancione era il suo colore preferito. Aveva intenzione di massacrare e derubare otto ricchi uomini d'affari, e non uno di più, per poi trasferirsi da qualche altra parte. Non voleva sfidare la sorte rimanendo più a lungo di così nella stessa zona. La figura dell'otto era un semplice monito, un appunto per ricordarsi che di lì a poco lui e Poison sarebbero dovuti partire con il furgone, e chissà, forse sarebbero arrivati fino a Washington.

Nell'articolo di quel mattino, il cronista Brazil citava un

esperto di profili dell'Fbi il quale sosteneva che la Vedova Nera era un fallito dal punto di vista delle relazioni interpersonali, che non si era mai sposato, non resisteva a lungo in nessun posto di lavoro, era inadeguato sessualmente e in tutti gli altri campi e che in quel momento attraversava una crisi d'identità sessuale. Punkin Head, a cui ovviamente l'articolo si riferiva chiamandolo non per nome ma "il killer", a parere dell'esperto aveva sempre letto e guardato moltissima pornografia violenta, veniva da una famiglia con squilibri relazionali e non era riuscito a finire il college, ammesso che si fosse mai iscritto. Inoltre era proprietario di un veicolo, probabilmente vecchio e di marca americana, e viveva ancora con l'odiato padre, o così era stato per la maggior parte della sua vita di adulto. Punkin Head era trasandato, probabilmente grasso e tendenzialmente tossicomane.

Secondo l'agente speciale Bird, proseguiva l'articolo, ben presto Punkin Head avrebbe cominciato a sbandare, a fare sbagli, a fare il passo più lungo della gamba, a disorganizzarsi e infine a perdere il controllo, sorte comune a tutti gli psicopatici.

Con un moto di disgusto, Punkin Head scagliò il giornale in fondo al furgone. Qualcuno lo stava spiando per poi fornire alla stampa particolari che lo riguardavano, e nel pensare questo guardò furioso Blondie che entrava al Cadillac Grill, il bar dove erano stati preparati i suoi sandwich.

Nemmeno la clientela del Cadillac gioì nel veder entrare Blondie. Sapevano che era un cronista e non volevano avere a che fare con lui e con le sue domande. Che cosa si credeva? Che fossero tutti pazzi? Che avrebbero rischiato di mandare in bestia Punkin Head rendendolo ancora più feroce del solito, per poi beccarsi dei Silvertip nella testa? Quel frocio era uno degli esseri più pericolosi e abominevoli che fossero mai esistiti. A dire il vero la comunità d'affari di Five Points avrebbe voluto che se ne andasse o che venisse fatto fuori, ma come spesso succedeva anche nei regimi fascisti, nessuno trovava il tempo o il coraggio per insorgere contro di lui. L'energia e la lucidità mentale non erano certo il piatto forte dei soldati che passavano le loro notti a bere Night Train, a sballare con droghe varie e a giocare a biliardo.

Il capocuoco del Cadillac era un massiccio irlandese tatuato di nome Remus Wheelon. Aveva sentito parlare di Blondie, e non voleva quello spione nel suo locale. Remus, che aveva appena preparato tre sandwich deluxe Rise and Shine per Punkin Head, sapeva benissimo che quel pezzo di merda spietato e assassino se ne stava là fuori seduto nel suo furgone ad aspettare che lui provasse anche solo a servire una tazza di caffè a Blondie, quindi non accennò a muoversi dal banco. Prese tempo mettendosi a raschiare la griglia. Poi preparò dell'altro caffè, fece friggere dell'altra salsiccia e si mise a leggere l'*Observer*.

Brazil si era piazzato in un séparé. Prese il menù unto e scritto a mano, con i suoi prezzi a buon mercato, consapevole dell'ostilità degli sguardi fissi su di lui. Li ricambiò con un sorriso, lasciandoli tutti sbalorditi: rifiutava di farsi distogliere dalla sua missione. A un tratto il suo cercapersone si mise a suonare. Brazil lo afferrò come se l'avesse morso, guardò il display e si stupì di riconoscere il numero. Quindi si guardò intorno e decise che forse non era quella la postazione più indicata per sfoderare il suo cellulare da cronista e chiamare l'ufficio del sindaco.

Stava per alzarsi e andarsene, quando vide aprirsi la porta. L'ingresso nel locale della giovane puttana gli fece accelerare il battito cardiaco. Non riusciva a toglierle gli occhi di dosso, ma non sapeva perché lei lo affascinasse così tanto, e la compassione che provava era accompagnata da altrettanta paura. La ragazza indossava un paio di jeans tagliati cortissimi, sandali con la suola di copertone e una maglietta dei Grateful Dead a cui erano state strappate le maniche. I seni, privi di sostegno, ondeggiavano al ritmo del suo passo. Andò a occupare il séparé accanto al suo, in modo da guardarlo in faccia, gli occhi sfacciatamente fissi nei suoi mentre si scostava dal volto i capelli biondi e sporchi.

Prima ancora che prendesse in mano il menù, Remus le aveva già servito del caffè. La ragazza si mise a studiare con evidente fatica quei geroglifici plastificati, ma le sembrava che le parole si ingarbugliassero come lenze sulla riva del lago Algae; era così che i ricchi di Davidson chiamavano il laghetto tra la Griffith e Main Street, dove suo padre qualche volta l'aveva portata a pescare. Questo accadeva prima che lei diventasse grande e la mamma andasse a servizio al Best Western. Il papà guidava i camion della Southeastern e aveva orari irregolari, e spesso la mamma era fuori quando lui rincasava dopo un lungo viaggio.

Cravon Jones pensava che le sue figlie gli appartenessero, e il modo di esprimere il suo affetto lo decideva lui solo. Senza dubbio la sua preferita era Addie, che portava il nome della madre di sua moglie, donna detestabile. Addie era stata bionda e carina fin dal giorno in cui era nata, una bambina speciale che adorava farsi coccolare dal suo papà, e la cui madre non si era mai mostrata particolarmente affettuosa. La signora Jones era stufa di tornare in una casa dove ogni volta veniva accolta da un ubriacone ripugnante e puzzolente che la riempiva di botte. In un'occasione le aveva addirittura rotto naso e mandibola. L'attrazione che le figlie provavano per lui era dunque comprensibilmente fondata sulla paura.

Quando Addie aveva undici anni, una notte papà si infilò nel suo letto. Puzzava di alcol e di sudore rancido. Le premette contro il suo coso duro, poi lo spinse a forza dentro di lei, mentre il sangue macchiava le lenzuola e lacrime silenziose riempivano gli occhi della bimba. Anche le sue sorelline erano nella stanza, e avevano sentito tutto, ma nessuna fiatò o riconobbe la realtà di quell'avvenimento. La signora Jones finse deliberatamente di esserne all'oscuro, invece lo sapeva benissimo e Addie glielo lesse negli occhi. Fu così che la madre cominciò a bere e a ostentare sempre più indifferenza nei confronti della figlia. Una notte, quando ormai aveva quattordici anni, Addie scappò di casa mentre la mamma era al lavoro e il papà chissà dove. E a

Winston-Salem incontrò il primo uomo che si fosse mai preso cura di lei.

Da quel giorno ne aveva conosciuti molti altri. Le offrivano cocaina e crack, sigarette, pollo fritto e tutto quello che voleva. Quando, alcuni mesi prima, era scesa incespicando alla stazione degli autobus di Greyhound, a Charlotte, Addie aveva ventitré anni. Conservava solo un ricordo confuso di quel momento, mentre ricordava bene il periodo trascorso ad Atlanta, quando si faceva con un tizio ricco che guidava una Lexus e le dava venti dollari extra se lei gli permetteva di orinarle in faccia. Addie era in grado di sopportare qualunque cosa a condizione di non essere presente, e l'unico modo che conosceva per rifugiarsi in una dimensione priva di dolore era affidarsi alle droghe. Una notte che aveva avuto i crampi, l'ultimo uomo con cui stava, Sea, l'aveva picchiata con un appendiabiti perché non aveva guadagnato niente. Per l'ennesima volta era fuggita, scegliendo Charlotte perché sapeva dov'era e perché era l'unico biglietto che poteva permettersi di comprare con i soldi che aveva scippato a una vecchietta.

Addie Jones, che nessuno chiamava mai con il nome di battesimo, teneva le sue poche cose in una sacca da viaggio degli Atlanta Braves rubata a uno dei tanti clienti. L'aveva tenuta stretta con entrambe le mani quando aveva percorso West Trade fino ad arrivare al Presto Grill, dalla parte opposta del parcheggio All-Right dove Punkin se ne stava chiuso nel suo furgone in attesa della prossima preda. Molte delle sue migliori pescate erano scese proprio dai pullman, sospinte fin lì come residui organici sulla spiaggia, le loro storie tutte uguali. Punkin Head lo sapeva bene: lui stesso un tempo era strisciato giù da uno di quei pullman.

Nel giro di un quarto d'ora, Addie si era così ritrovata dentro il furgone blu scuro, preda consenziente di Punkin Head, che si leccava i baffi per l'inattesa fortuna: il corpo tonico, gli occhi ardenti e le labbra turgide della ragazza gli piacevano moltissimo, e avrebbero fatto impazzire di desiderio i futuri clienti. Il protettore aveva segnato l'inizio del loro iniquo rapporto d'affari battezzando la sua nuova creatura "Poison", veleno. Sulle prime gli altri magnaccia non li presero troppo sul serio. Poi iniziarono i delitti, gli agenti erano dappertutto, circolavano racconti di micidiali Hollowpoint, di cose dipinte con la vernice arancione e di un ragno. Adesso se la facevano tutti sotto.

— Che cosa prendi?

Senza smettere di fumare e di guardare fuori in strada, Poison rispose alla domanda di Remus: — Del bacon. — Il suo accento non era più da bianca, e non sembrava neppure americano.

Nel corso della sua carriera Remus aveva spesso osservato che le prostitute finivano per scimmiottare l'accento e i manierismi dei loro protettori. Le puttane nere parlavano come i bianchi e quelle bianche come i neri, i gigolò bianchi assumevano l'andatura molleggiata dei giocatori NBA, quelli neri camminavano tronfi e impettiti alla John Wayne. Ormai Remus ci aveva fatto l'abitudine. Lui si accontentava di cucinare e di gestire il locale, il suo motto era "vivi e lascia vivere". Non voleva problemi, ma con Poison il problema era che lo faceva sempre sentire come se avesse un punteruolo rompighiaccio pericolosamente vicino a un occhio. Il sorriso della ragazza era spaventosamente beffardo, e lui intuiva che un bell'omicidio a sangue freddo, compreso il suo, l'avrebbe molto divertita.

Brazil restò seduto a lungo nel séparé, assistendo al progressivo diradarsi della clientela. Si mise a dare dei colpetti con il menù sul tavolo sgombro, visto che nessuno si prendeva la briga di venire a servirlo. Nel frattempo la giovane puttana aveva finito di fare colazione e, lasciati dei soldi sul tavolo, si era alzata per andarsene. Gli occhi del cronista la seguirono fino all'uscita. Moriva dalla voglia di parlarle, anche se gli faceva paura. Prima di alzarsi a sua volta, attese che il campanello sopra la porta si quietasse nella misteriosa scia della ragazza, quindi lasciò una mancia dimenticandosi di non aver ordinato niente. Uscì dal grill sfoderando il suo taccuino e guardò per il marciapiede in entrambe le direzioni, poi fece il giro dell'isolato e perlustrò il parcheggio dall'altra parte della Quinta, ma non la vide da nessuna parte. Deluso, continuò i suoi vagabondaggi.

Un furgone nero con i vetri fumé lo sorpassò lentamente, Brazil non vi prestò particolare attenzione. Era troppo impegnato a cercare di penetrare dentro qualcosa la cui combinazione era certo di conoscere, anche se per il momento non gli era consentito di accedervi.

Attraverso il parabrezza del furgone, Mungo non perdeva di vista Blondie. Gli sembrava che il caso stesse ingigantendosi sempre più. Osservò l'andatura lenta e languida del giovane, che ogni tanto si fermava per scrutare nel traffico, e la sua impazienza aumentò dopo che lo vide attaccare discorso con Shena, una delle più vecchie baldracche della zona.

La donna era appollaiata sui gradini di una casa di legno molto malandata e beveva Coca-Cola, cercando di rimettersi dalla notte precedente e nel contempo prepararsi per quella che doveva venire. Blondie le era andato incontro come se già la conoscesse. Poi aveva cominciato a parlarle. Shena aveva scrollato le spalle e fatto dei gesti con le mani, per poi scacciarlo rabbiosa come si fa con un piccione troppo invadente. Bene bene, pensò Mungo, ecco che il ragazzino si sta trasformando in un problema territoriale. Forse sta cercando di fregare il posto alle sue colleghe prostitute. Forse adesca gli uomini, magari anche qualche donna, e spaccia roba arricchendosi coi proventi di quei crimini contro natura.

Mungo era quasi certo che se avesse scavato più a fondo sarebbe saltato fuori che Blondie era un pesce grosso del narcotraffico, forse legato a New York. Poteva anche essere coinvolto negli omicidi della Vedova Nera. L'agente prese la videocamera e filmò il puttano maschio più attraente e perbene che avesse mai visto, a parte al cinema. Quindi tornò velocemente alla centrale di polizia.

Virginia West aveva passato la notte in bianco, e le aveva provate tutte per far desistere Niles dall'ululare e dall'importunarla. Lo aveva spinto giù dal letto fino a farsi dolere la spalla dalla fatica. Gli aveva parlato come si fa tra adulti, cercando di metterlo a conoscenza della sua stanchezza e del suo bisogno di dormire. Aveva gridato e minacciato, infine lo aveva chiuso fuori dalla camera. Quel mattino, uscendo di fretta perché era in ritardo, l'aveva sorpreso che si stava schiacciando un piacevole pisolino sul suo davanzale preferito, con l'aria riposatissima. Lei invece aveva esaurito la sua riserva di pazienza. Così non accolse con particolare gentilezza l'entrata di Mungo nella sala riunioni dove aveva convocato la Phantom Force al completo.

— Siamo in riunione — lo fulminò.

— Sono sicuro che quello che devo raccontare le interesserà moltissimo. — Sollevò con fierezza il nastro che aveva in mano. — Questo è di sicuro uno spacciatore, ma forse anche peggio, potrebbe essere il nostro assassino o comunque uno implicato nei delitti. — Mungo, in tenuta da motociclista, aveva il fiato grosso.

La Hammer non aveva ancora lasciato il telefono da quando la West l'aveva vista quella mattina, perciò il vicecomandante fu costretta a rintracciarla via radio e le disse di richiamarla al più presto. — Non vorrei suscitare troppe speranze, ma stavolta la cosa sembra piuttosto promettente — aggiunse.

— Descrivimelo.

— Maschio, bianco, uno e settanta, sessanta chili, biondo, jeans neri aderenti, maglietta polo aderente, Nike. Va a spasso nell'area tra la Quinta e la Trade, guarda le macchine, chiacchiera con le prostitute. Al Presto lo hanno sentito parlare della qualità delle droghe che circolano nel quartiere e delle fonti di approvvigionamento locali, discorsi così. E non solo. C'è una cosa che mi innervosisce non poco: ti ricordi di Poison, alias Addie Jones?

— Vai avanti. — La Hammer non l'aveva mai sentita nominare.

— Hanno trascorso un po' di tempo insieme al Cadillac Grill. Poi lei se n'è andata e lui l'ha seguita a ruota, anche se a quel punto si sono divisi.

— Dov'è il nastro?

— Ce l'ho io.

— E l'hai già visionato?

— No, nelle missioni in incognito usiamo camcorder manuali JVC Grax 900. Mungo è andato a prendere l'adattatore VHS. Dovrebbe tornare a minuti.

— Portalo qui. Lo guarderemo insieme.

19

Nonostante l'impazienza che si sentiva addosso stando seduto su un divano nell'anticamera dell'ufficio del sindaco, Brazil non rinunciò a osservare l'ambiente circostante e la segretaria che rispondeva a una chiamata dopo l'altra. Ruth Lafone era un po' dispiaciuta per il giovane cronista, perché sapeva che stava per essere sistemato a dovere, come molti altri prima di lui. Un altro squillo di telefono. Ruth rispose sorridendo e rivolgendosi con deferenza all'uomo che una maggioranza schiacciante aveva eletto perché si mettesse al servizio dei cittadini. Riagganciò, si alzò dalla sedia e guardò Brazil.

— Ora il sindaco può riceverla — gli comunicò.

Brazil era vagamente disorientato. Non riusciva a ricordare quante volte aveva tentato di ottenere commenti, interviste e opinioni dal sindaco Search. Adesso era il sindaco a chiamare lui, rispondendo evidentemente e finalmente a una sua richiesta. Ma quale richiesta? Quel giorno Brazil avrebbe voluto essere vestito meglio, con qualcosa di più dignitoso dei jeans neri e troppo stretti che indossava. Per fortuna era riuscito a fare un salto nel bagno degli uomini, dove aveva infilato nei pantaloni l'aderente maglietta Head rosso stinto. Essendo dimagrito, i soliti vestiti gli andavano larghi come divise da carcerato, perciò era stato costretto a rispolverare jeans e magliette dei tempi del liceo.

— Se mi permette la domanda — disse alla segretaria, alzandosi dal divano — potrei sapere se questo colloquio ha secondi fini oltre a quello di esaudire le richieste da me fatte fin dagli inizi della mia carriera?

— Purtroppo il sindaco non può sempre rendersi disponibile con tempestività — rispose lei, con il tono di scusa sapientemente elaborato nel corso degli anni.

Per un attimo Brazil la guardò incerto, notando la rapidità con cui Ruth Lafone aveva distolto lo sguardo. — D'accordo, grazie mille.

— Prego, non c'è di che. — La segretaria lo condusse al patibolo perché quel lavoro le serviva.

Il sindaco Search era un uomo distinto e curato che indossava un completo grigio in fresco di lana tagliato all'europea. Portava una camicia bianca e una cravatta blu e nera a motivi astratti uguale alle bretelle. Restò seduto dietro il suo imponente cubo di noce. Dalle numerose finestre si poteva contemplare il profilo della città. Dietro di lui, tagliato a metà, si riconosceva l'USBank Corporate Center. Per riuscire a vederne la corona di alluminio, il sindaco avrebbe dovuto sdraiarsi sul pavimento e guardare da sotto in su.

— La ringrazio di aver trovato il tempo per ricevermi — esordì Brazil, accomodandosi su di una sedia di fronte a Search.

— Mi risulta che lei abbia una posizione piuttosto interessante, qui in città — disse Search.

— Sì, signore. Non posso lamentarmi.

Non sembrava uno di quei cronisti presuntuosi che lo tampinavano mattino, mezzogiorno e sera. Il ragazzo era un incrocio tra Billy Budd e Billy Graham: innocente, educato, rispettoso e impegnato. Search sapeva che uomini così puri sono mine vaganti: pronti a dare la vita per una causa, disposti a tutto per Gesù Cristo, si sentono al servizio di una vocazione superiore, credono nei roveti ardenti e non si lasciano traviare dalla moglie di Putifarre. Il compito del sindaco si prospettava più difficile del previsto.

— Figliolo, lasci che le dica una cosa — riprese in tono grave e autoritario, augurandosi che il fortunato ragazzo stesse apprezzando a dovere il privilegio concessogli. — Nessuno ha più a cuore di me il nostro dipartimento di polizia. Spero però che lei si renda conto che qualunque problema può essere sempre affrontato da due prospettive.

— La mia esperienza mi insegna che di solito ce ne sono più di due, signore — rispose Brazil.

Nell'anticamera del suo ufficio, la Hammer stava scambiando qualche parola con Horgess in attesa che Virginia West tornasse con il prezioso nastro. Dentro di sé pregava che rivelasse tutto ciò che Mungo sembrava convinto che effettivamente contenesse: forse allora, per una volta, la sua fortuna sarebbe virata in positivo.

— Fred, adesso basta — disse il comandante accanto all'angolo della scrivania del capitano, le mani infilate nelle tasche dei pantaloni color tabacco.

— È che mi sento così male. Non mi capacito di aver fatto una cosa simile proprio a lei, che si fidava di me. Io, il suo fedele sottoposto che dovrebbe essere qui per facilitarle le cose. E guardi che cosa ho combinato appena è successo un fatto un po' delicato — ripeté Horgess nel tono mesto di chi si detesta.

Le faceva venire in mente Seth. L'ultima cosa che la Hammer si augurava in quel momento era ritrovarsi in ufficio un marito patetico come quello che aveva lasciato nella stanza 333 del Carolinas Medical Center.

— Fred, che cosa sono per noi gli errori? E mi riferisco alla nostra dichiarazione d'intenti — lo interrogò.

— Lo so. — Non riusciva a guardarla in faccia.

— Primo, noi tolleriamo un errore se, quando viene commesso, chi lo compie sta cercando di fare la cosa giusta e, secondo, se lo si confessa a qualcuno. Terzo, è importante essere disposti a parlare del proprio errore per evitare che altri lo commettano.

— Non ho ancora messo in pratica il secondo e il terzo punto.

— È vero, hai ragione — convenne la Hammer mentre la West arrivava. — Ma il secondo non serve, perché in questo caso tutti lo conoscono già. Entro le cinque voglio una nota per l'*Informer* in cui racconti a tutti del tuo sbaglio. Mi raccomando, sulla mia scrivania. — E gli lanciò un'occhiata da sopra gli occhiali.

Il sindaco Search non conosceva un solo punto della dichiarazione d'intenti del progetto di gestione dell'ordine pubblico nella comunità, e nemmeno di qualunque altra dichiarazione d'intenti che non prevedesse di eliminare le persone solo perché commettono errori, specie se madornali come quello che aveva causato tanto imbarazzo alla Hammer. A lui non sarebbe mai potuta capitare una cosa simile: era molto abile nel manovrare il prossimo, giornalisti compresi.

— Non è assolutamente vero che la città è pericolosa — annunciò a Brazil, e l'ufficio sembrò tutto a un tratto soffocante, afoso, angusto.

— Ma nelle ultime settimane sono stati assassinati ben cinque uomini d'affari — reagì Brazil. — Non capisco come lei possa...

— Pura casualità. Episodi isolati. Incidenti. — Il sindaco stava sudando copiosamente e si sentiva la faccia paonazza.

— Gli hotel e i ristoranti del centro lamentano un calo del giro d'affari di oltre il venti per cento. — Brazil non aveva voglia di discutere. Voleva solo arrivare fino in fondo.

— Quelli come lei non faranno altro che peggiorare le cose. — Search si asciugò la fronte, rimpiangendo di essere stato incaricato da Cahoon di occuparsi di quella faccenda.

— Signor sindaco, io voglio solo raccontare la verità — disse Billy Budd-Graham. — Nasconderla non aiuterà certo a risolvere questa terribile situazione.

Il sindaco divenne sarcastico. Trovava ridicola la logica semplice di quel ragazzo semplice, e sentiva già l'amara secrezione della bile infiltrarglisi nelle vene. La sua faccia era pericolosamente violacea e un furore incandescente gli incendiava la superficie della ragione. Perse il controllo di sé.

— Non ci posso credere! — Rise in faccia a quella nullità di cronista. — *Tu* che fai la predica a *me*. Ascolta! Nulla potrà mai farmi dire che gli affari non sono in crisi. Io stesso non prenderei la macchina per andare a fare un giro in centro, oggi come oggi. — Rise ancora più forte, incapace di fermarsi, ebbro di potere.

Alle sei del pomeriggio, la West e Raines stavano sbronzandosi al Jack Straw's A Tavern of Taste, il locale sulla Settima Est non lontano dal La-dee-da's e dal Two Sisters. La West aveva sostituito l'uniforme con un comodo paio di jeans, un'ampia camicia di cotone e sandali. Stava bevendo la birra del mese, la Sierra Nevada Stout, e non si era ancora ripresa dallo stato di incredulità provocatole dal nastro visionato con il comandante Hammer.

— Hai idea della figura che ha fatto fare a me e a tutta l'Investigativa? — ripeté per la quarta volta. — Cristo! Ti prego, svegliami e dimmi che è solo un incubo. Per favore. Adesso mi sveglio, giusto?

Raines invece aveva ordinato il vino del mese, uno Chardonnay Field Stone. Il suo abbigliamento, pantaloncini da ginnastica, Nike senza calze e canottiera, era tale da far voltare la testa a chiunque, esclusa la persona che gli stava di fronte. Ma che diavolo aveva Virginia? Non parlava altro che di lavoro e di quell'imbecille di un ragazzotto del giornale con cui usciva di ronda. E Niles, certo, non bisognava dimenticarsi di quel fottuto gatto. Quante volte la bestiaccia era riuscita a rovinargli tutto sul più bello? Sembrava sapere sempre con precisione qual era il momento giusto per creare scompiglio. Gli faceva un salto sulla testa o sulla schiena, oppure gli morsicava l'alluce attraverso il calzino. Una volta si era seduto sul telecomando e il volume di Kenny G aveva raggiunto i toni parossistici di un allarme aereo.

— Non è mica colpa tua — le ripeté, dandoci dentro con la crema di spinaci.

La West mangiò un altro sottaceto fritto nella pastella di birra, mentre i Jump Little Children cominciavano a sistemare attrezzature e strumenti. Quella sera il piccolo locale con le tovaglie di plastica blu e i bizzarri quadri dai colori stridenti di un certo Tryke sarebbe stato invaso dalla musica rock, scatenando gli istinti primitivi e la libido dei presenti. Raines contava di riuscire a trattenere lì la West almeno fino alla seconda parte del concerto. In realtà lui aveva trovato divertentissima la storia della videocassetta, ma quello era il massimo che poteva fare per mostrarsi tenero e interessato.

Immaginò Mungo-Jumbo che entrava a passo deciso nel Presto Grill per sbafarsi qualcosa. All'improvviso si accorgeva di un tizio con una banana infilata nella tasca posteriore: il capo del cartello del Geezer Grill. Una task force veniva organizzata su due piedi, e la storia finiva con il videotape di Blondie, re del vizio e principale sospetto degli omicidi a catena della Vedova Nera. E tutto questo perché il biondino perlustrava Five Points in jeans neri aderenti e taccuino da cronista in mano. Raines avrebbe pagato chissà cosa per una cassetta della Hammer che si guardava quella stronzata seduta nella sua pomposa sala riunioni. Cristo! Gli facevano male lo stomaco e la faccia per lo sforzo di non scoppiare a ridere.

— Che hai? Non ci trovo niente di divertente in questa fottuta storia.

— Certo che no — si difese debolmente Raines, prima di esplodere in una risata sguaiata e fragorosa che lo fece piegare in due, con le lacrime agli occhi.

Continuò così mentre i Jump Little Children posizionavano gli amplificatori, provavano le chitarre elettriche Fender, la batteria Pearl con cembali Zildjian medium crash, le tastiere Yamaha. Di quando in quando i componenti del complesso si lanciavano occhiate significative, e scostandosi dal volto i lunghi capelli lasciavano intravedere nella penombra il luccichio degli orecchini. Quel tizio è ubriaco. Ehi, guarda come si lascia andare. Forte. La sua ragazza però non apprezza. I due sono sfasati. Strano che stia bevendo del fottuto Chardonnay.

L'esasperazione della West stava salendo. Aveva voglia di rovesciare il tavolo, come nei film western. Aveva voglia di saltare addosso a Raines per ammanettargli mani e piedi e poi lasciarlo lì come un fesso in mezzo al locale. Ormai era quasi certa che l'unica persona per cui Mungo lavorava sotto copertura fosse la Goode. Magari la Goode era andata da lui e gli aveva promesso dei favori se in cambio lui avesse rovinato la sua credibilità e il suo buon rapporto con il comandante Hammer. Cristo santo! Sulle prime, quando seduti intorno al tavolo di legno lucidato avevano cominciato a guardare il video, Virginia aveva pensato a un errore: Brazil, inconfondibile, passeggiava e prendeva appunti su un sottofondo di rumori di traffico. Quanti serial killer o trafficanti di droga andavano in giro prendendo appunti per strada?

In merito alla descrizione fisica di Brazil, poi, Mungo si era sbagliato di almeno diciotto chili e dodici centimetri, anche se, in effetti, prima di allora la West non aveva mai visto Andy con vestiti così aderenti. Non sapeva proprio che cosa pensare. I jeans neri erano così stretti da lasciar intravedere i muscoli posteriori delle cosce che si flettevano mentre camminava, e la polo rossa sembrava incollata sul suo torace asciutto e scolpito, solcato dalle vene. Forse era un modo di confondersi con l'ambiente, una specie di travestimento.

— Dimmi come ha reagito lei — fece Raines con la voce strozzata, asciugandosi gli occhi.

Virginia fece cenno alla cameriera di portare ancora da bere. — Non mi va di parlarne.

— E dai, ti prego, raccontamelo. Non puoi farmi questo. — Raines raddrizzò un poco la schiena. — Raccontami come ha reagito la Hammer quando ha visto il nastro.

— No.

A dire il vero non aveva reagito in alcun modo. Era rimasta seduta senza fare commenti al suo solito posto a capotavola, gli occhi fissi sul Mitsubishi da ventiquattro pollici. Aveva guardato il nastro per tutti i quarantadue minuti della sua durata, senza perdere nemmeno un secondo della lunga passeggiata e delle conversazioni indistinte di Brazil con i loschi abitanti del centro. Lei e Virginia avevano osservato Brazil che indicava, scrollava le spalle, prendeva appunti e si accovacciava due volte per allacciarsi una scarpa. Infine era tornato al parcheggio All-Right e aveva recuperato la BMW. Dopo un silenzio grondante sottintesi, il comandante si era tolto gli occhiali e si era finalmente pronunciato.

— Che cos'è questa roba? — aveva chiesto al suo vice, incaricato delle indagini.

— Non saprei — aveva risposto la West, provando un odio cupo nei confronti di Mungo.

— Dunque tutto questo sarebbe cominciato il giorno in cui abbiamo pranzato insieme al Presto e tu hai notato un uomo con una banana in tasca. — Il capo aveva voluto farle capire che aveva ben chiari i fatti in questione.

— Non mi sembra corretto collegare le due cose.

A quel punto Judy Hammer si era alzata, e il vicecomandante aveva intuito che non era il caso di muoversi.

— Certo che è corretto — aveva replicato la Hammer rimettendo le mani in tasca. — Non fraintendermi, Virginia, non ti sto dando la colpa di nulla. — Aveva cominciato a camminare avanti e indietro. — Ma com'è possibile che Mungo non abbia riconosciuto Andy Brazil? Mattino, mezzogiorno e sera è sempre qui, per conto nostro o dell'*Observer*.

— Mungo è un superinfiltrato — aveva spiegato la West. — In genere evita di recarsi nei luoghi frequentati dalla polizia o dalla stampa. E non mi risulta che sia un gran lettore.

Judy Hammer aveva annuito. Era irritata, pur avendo compreso l'accaduto. Non era tipo da reagire con violenza all'imbarazzo o agli errori commessi in buona fede dagli altri, che si trattasse di Horgess, di Mungo o della West, e senza contare che, in realtà, a parte la scelta di quel collaboratore inetto, Virginia di errori non ne aveva commessi.

— Vuoi che lo distrugga? — le aveva proposto il vicecomandante, guardandola estrarre il nastro dal videoregistratore. — Io preferirei di no. Contiene immagini di prostitute note: Sugar, Double Fries, Butterfinger, Shooter, Lickety Split, Lemon Drop, Poison.

— Erano tutte là dentro? — aveva chiesto la Hammer, perplessa, nell'aprire la porta della sala riunioni.

— Si armonizzano con lo sfondo. Bisogna sapere dove guardare.

— Allora teniamolo — aveva deciso il comandante.

Raines rideva talmente forte che Virginia si odiò per avergli raccontato com'era andata a finire la storia. Lui aveva appoggiato la testa sul tavolo, con la faccia nascosta tra le mani. Lei si asciugò la fronte con un tovagliolo; era rossa e sudata come se fosse ai tropici. La band stava per iniziare a suonare e il locale cominciava a riempirsi. Virginia vide entrare Tommy Axel, che riconobbe dalla foto pubblicata sui giornali. Era insieme a un altro tizio ed entrambi sfoggiavano una tenuta simile a quella di Raines. Com'era possibile che la maggior parte dei gay sia così avvenente? Non è giusto. Non gli basta essere uomini in un mondo di uomini, con tutti i vantaggi che ne derivano, il loro DNA è anche riuscito a impossessarsi delle migliori prerogative femminili, come la grazia e la bellezza.

Naturalmente devono sopportare anche qualche lato negativo: la vigliaccheria, l'artificiosità, la vanità e la passione per lo shopping. Ma forse, dopotutto, il sesso non c'entra, forse i generi non esistono nemmeno e le persone biologiche non sono che veicoli, come le automobili. Virginia aveva sentito dire che in Australia i volanti erano montati sul lato opposto: generi differenti? Forse no. Forse diverse erano solo le automobili, ciascuna guidata da uno spirito e da un comportamento differente.

— Ne ho abbastanza — sibilò a Raines.

Scolò la sua Sierra Nevada e ne cominciò subito un'altra. Quella sera aveva voglia di ubriacarsi, tanto guidava lui.

— Mi dispiace. — Raines tirò un altro respiro profondo e smise definitivamente di ridere. — Non hai l'aria di sentirti troppo bene — le disse, con espressione partecipe. — Qua dentro fa un po' caldo.

Virginia West si asciugò di nuovo la faccia. I suoi vestiti erano umidi, ma non nel modo che Raines avrebbe potuto sperare. Sentiva la pesantezza della sua natura più bassa. Mese dopo mese, la dea della fertilità le ricordava con sempre maggiore incostanza che il tempo stava esaurendosi, e in effetti il suo ginecologo l'aveva ripetutamente avvertita che i fastidi sarebbero cominciati proprio a quell'età. Il dottor Alice Bourgeois parlava di punizione ogni volta che non c'erano bambini né si prevedeva che arrivassero: mai sottovalutare la biologia, ripeteva.

Ordinarono entrambi cheeseburger, patate fritte e ancora da bere. Lei si asciugò di nuovo il sudore dal viso, ma cominciava a sentire freddo. Non era sicura di riuscire a mangiare alcunché, neppure un ultimo sottaceto fritto. Lasciò vagare l'attenzione dalla band che ultimava i preparativi agli avventori seduti agli altri tavoli. Per un po' restò in silenzio, ascoltando una coppia non distante che parlava in una lingua straniera, forse tedesco. Stava scivolando in una sbornia triste.

— Sembri preoccupata — disse Raines, intuitivo.

— Ricordi quando a Miami hanno ammazzato quei turisti tedeschi? Quali furono le conseguenze per l'industria del turismo?

Per lui era diventato quasi un problema personale: era un maschio come le vittime, e aveva visto coi propri occhi i corpi degli assassinati dalla Vedova Nera. Vedersi puntata contro la testa un'arma che poteva farti saltare le cervella doveva essere un'esperienza inconcepibile, senza contare che nessuno sapeva quali altri infamie fossero state inflitte a quei tizi prima della fine. Chi poteva dire se per prima cosa non gli avevano tirato giù i pantaloni per stuprarli, e solo dopo erano stati dipinti con la vernice spray? Come si faceva a sapere se il killer si era infilato il preservativo oppure no? Ecco che Virginia era riuscita a toccare proprio l'unico argomento in grado di fargli cambiare umore. E come se non bastasse, lui era anche completamente ubriaco.

— Ma guarda... Così adesso il problema è l'industria del turismo — la apostrofò, appoggiandosi al tavolo nel gesticolare. — Chi se ne frega se quegli uomini sono stati obbligati con la forza a uscire dalle loro auto, se gli hanno sparato in testa e gli hanno decorato le palle con graffiti spray!

Per l'ennesima volta Virginia si asciugò la faccia, tirando fuori dal portafoglio una salviettina igienica. — Non si tratta di graffiti. Quello è un simbolo.

Raines accavallò le gambe, in preda a una sensazione di pericolo. Arrivò la cameriera con la cena. Lui si impadronì della bottiglia di ketchup e si ficcò tra le labbra una patatina fritta ripiegata in due.

— Mi fa venire la nausea.

— Dovrebbe farla venire a tutti. — Virginia non riusciva nemmeno a guardare il cibo.

— Chi credi che sia l'assassino? — Raines intinse un bouquet di patatine fritte in una piccola pozza rossa.

— Potrebbe trattarsi di un bisessuale. — Il vicecomandante era in un bagno di sudori freddi e aveva i capelli incollati intorno al viso e sul collo, come se fosse reduce da un inseguimento a piedi.

— Uuuh... — mugugnò Raines lanciandole un'occhiata di sottecchi, sempre alle prese con l'hamburger gocciolante.

— Un bisessuale: donna una notte, uomo la notte dopo, a seconda di come gli gira — rispose lei.

— Oh, come te. — Si avvicinò il piattino della maionese.

— Maledizione. — Virginia allontanò la cena. — Credo che stiano per venirmi.

I primi accordi delle chitarre elettriche sovrastarono il chiasso che imperava nel locale, seguiti dal ritmo frenetico della batteria e dal fragore assordante dei cembali. Axel pensò a Brazil per la milionesima volta quel giorno, e intanto faceva piedino con la caviglia di Jon.

315

Anche Packer aveva in mente Brazil, mentre prendeva in braccio Dufus e usciva dalla porta posteriore. Sembrava una piccola palla animata, tutta ansiosa di raggiungere il solito acero giapponese. Dufus aveva bisogno di andare sempre nello stesso posto per poter riconoscere ogni volta i propri odori, e poco importava che l'albero fosse lontanissimo e che avesse già cominciato a piovere. Packer lasciò andare il cane, affetto da leucoma corneale, non appena ebbe raggiunto il solito punto spelacchiato accanto alla solita radice nodosa. Quindi, con il fiato grosso, assistette allo spettacolo dell'animale che si produceva in una specie di graziosa riverenza da dama di compagnia.

— Ma perché non ti comporti da uomo e non alzi la zampa? — brontolò guardando gli occhi sporgenti che lo osservavano da sopra il naso chiazzato di rosa. — Sei una femminuccia.

Quella sera il vecchio cercapersone del caposervizio si era messo a vibrare mentre lui era intento a falciare il prato, in giornata di riposo. A chiamarlo era Panesa. Il direttore gli comunicava che persino il sindaco aveva ammesso di non essere più disposto a recarsi in centro di sera! Una cosa veramente incredibile. A quel punto era probabile che il giornale vincesse il Pulitzer per la serie di influenti articoli dedicati ai problemi sociali della città, di cui forse avrebbe addirittura cambiato la storia. Ma perché diavolo le cose importanti succedevano sempre quando lui, Packer, non era in redazione? Non si era mosso da lì per trentadue anni, e in quel minuto in cui decideva di mettere le cose nella giusta prospettiva e di prevenire l'infarto già appollaiato alla finestra della sua esistenza, ecco che saltava fuori Andy Brazil.

Adesso era il turno della passeggiatina intorno al cortile finalizzata al sommovimento delle viscere di Dufus, affinché dessero libero sfogo a una produzione umiliante per qualunque creatura, tranne forse per un gattino domestico. Come sempre, Dufus finse che lui non esistesse. Il caposervizio si accasciò sui gradini della veranda sul retro, mentre il cane della moglie si ingozzava di pacciame fino a quando non arrivò il momento di partorire i suoi insignificanti regalini. Allora Packer si levò in piedi e con un sospiro rientrò in casa, Dufus alle calcagna.

— Eccoti qui, bambino mio — tubò Mildred al cagnolino che la leccava scodinzolando, e lo prese in braccio cullandolo amorosamente.

— Prego, eh — sospirò Packer lasciandosi cadere nella sua poltrona reclinabile, e accese la TV.

Alcune ore dopo era ancora lì e stava mangiando dei bocconcini di pollo fritto che intingeva nella salsa barbecue di Roger's, intervallandoli con patatine fritte che pescava da un grosso sacchetto. Un consistente numero di bottiglie di Corona con lime gli aveva già fatto rimuovere dalla mente il pensiero dell'infarto appollaiato alla finestra della sua esistenza. Mildred invece stava guardando *A casa per le vacanze*, perché credeva che parlasse di loro. Impossibile capire il motivo di quella convinzione. Innanzitutto Packer non suonava l'organo, lei non portava la parrucca e non fumava, e non abitavano in una cittadina di provincia. La loro figlia non era stata licenziata, e di sicuro non da un museo perché, essendo daltonica, era improbabile che la assumessero in posti simili. Tanto meno, che Packer sapesse, il loro figlio era gay, e qualunque accenno in tale direzione finiva nel Triangolo delle Bermude del vuoto di comunicazione coniugale. Così il caposervizio non stava ad ascoltare la moglie, e la storia finiva lì. Punto.

Impugnò il telecomando con autorità e alzò il volume. Dal modo in cui l'onnipresente Webb guardava nella telecamera, Packer capì che c'erano guai in vista.

— Merda — imprecò, manovrando una leva per raddrizzare lo schienale della poltrona.

«Oggi, in un raro se non scioccante momento di schiettezza» stava dicendo Webb con la sua espressione sincera «Charles Search, il nostro sindaco, ha dichiarato che a causa della catena di omicidi della Vedova Nera gli hotel e i ristoranti cittadini hanno visto calare il loro giro d'affari di

317

oltre il venti per cento, e che di questi tempi nemmeno lui se la sentirebbe di circolare per le vie del centro la sera. Il sindaco Search ha esortato la comunità di Charlotte ad aiutare la polizia a mettere le mani sullo spietato autore dei cinque assassini...»

Packer era già al telefono. Il sacchetto di patatine era caduto per terra, disseminando il contenuto sul tappeto.

«... un individuo che gli esperti di profili dell'Fbi descrivono come uno psicopatico sessuale, un serial killer che non si fermerà...» continuava Webb.

— Stai ascoltando anche tu questa roba? — esclamò Packer quando Panesa sollevò il ricevitore.

— La sto registrando — rispose il direttore in un tono omicida che Packer non gli aveva quasi mai sentito prima.

— Adesso basta. Questa storia deve finire.

20

Brazil non guardava mai la televisione. Quella di casa era monopolizzata dalla madre e lui non frequentava i numerosi bar sportivi di Charlotte dotati di grandi schermi a ogni angolo. Così quel giovedì sera non aveva visto il notiziario delle undici, e a nessuno era venuto in mente di segnalargliene il contenuto chiamandolo al cercapersone o andandolo a scovare da qualche parte. Mentre correva sulla pista del Davidson, nella fitta oscurità della mezzanotte imminente, il silenzio lo circondava. A fargli compagnia erano solo il ritmo del suo respiro e il calpestio regolare dei suoi piedi sulla terra battuta. Nonostante il senso di gratificazione che la stupefacente e ininterrotta serie di successi giornalistici gli procurava, Andy non poteva dire di sentirsi felice.

In fondo non era l'unico a ottenere quei risultati. Bastava guardare Webb, a cui non importava tanto che l'articolo fosse informativo e rispettoso dei sentimenti altrui, quanto che sfondasse come scoop. Ultimamente, invece, Brazil di scoop non ne faceva più, anche se gli altri pensavano il contrario solo perché tutto quello che lui scriveva veniva regolarmente pubblicato in prima pagina, influendo sull'opinione pubblica e dando fastidio a molti. Sarebbe stato più che felice di continuare a scrivere articoli del genere per il resto dei suoi giorni, in fin dei conti i premi non sono così importanti, ma era anche realistico: se voleva che continuassero a pagarlo per fare il suo lavoro, doveva per forza battere la concorrenza sul tempo.

Certo, se gli fosse andata male come giornalista avrebbe sempre potuto fare il poliziotto. Così gli ritornò in mente Virginia, e quel pensiero lo turbò istantaneamente, gettandolo in un oscuro groviglio di spine nel quale più si agitava, meno trovava il modo di uscire. Corse più forte, aggirando i pali delle porte e superando le gradinate vuote che gli ricordavano partite quasi sempre perse, e le serate autunnali che lui era solito trascorrere studiando o passeggiando al freddo sotto un cielo stellato che avrebbe voluto saper descrivere come nessun altro prima di lui. Allora piegava il mento nel cappuccio della felpa, per non farsi notare dalle coppie che passavano, e si rifugiava in biblioteca o in un angolo nascosto della sala studenti, per lavorare a una dissertazione o scrivere poesie.

Virginia West doveva proprio odiarlo per reagire così sgarbatamente al suo invito a giocare a tennis. *Scordatelo.* Accelerò il passo, inseguito dal suono delle parole senza cuore di lei, e continuò a correre sudando copiosamente, i polmoni che gli bruciavano. Furioso, cercò di creare un distacco incolmabile tra sé e quella voce. All'altezza della linea dei cinquanta metri le gambe presero a tremargli e fu costretto a rallentare, finché non cadde nell'erba fresca e umida. Sdraiato ansimante sulla schiena, con il cuore che gli rimbombava nel petto, ebbe il presentimento di essere vicino alla morte.

Anche Virginia si sentiva vicino alla morte. Era distesa a letto, al buio, con la bottiglia dell'acqua calda a portata di mano, vittima di contrazioni che la preparavano a un parto che non ci sarebbe mai stato. Da quando aveva compiuto quattordici anni entrava in travaglio una volta al mese, e certe volte il dolore era talmente forte da costringerla a tornare a casa da scuola, da un appuntamento o da un impegno di lavoro per stordirsi di Midol. I quattro Motrin che aveva ingerito dopo essere stata accompagnata a casa da un torvo Raines ormai non sarebbero serviti più a niente. Il dottor Bourgeois non le aveva forse raccomandato di prevenire i dolori prendendo duecento milligrammi di ibuprofen quattro volte al giorno *tre giorni prima* del loro inizio? E poi «evita di tagliarti o di farti venire il sangue al naso, Virginia...». Lei invece, come sempre, era stata troppo impegnata per curarsi una cosa così prosaica e irrilevante come la salute. Niles, avendo riconosciuto la ciclica emergenza, aveva reagito acciambellandosi attorno al collo della sua padrona per trasmetterle un po' di calore, felice che lei se ne stesse a casa da sola senza obbligarlo a condividere il loro letto con un estraneo.

Judy Hammer si trovava in stato di shock al capezzale del marito. Dato il continuo peggiorare delle sue condizioni, Seth era stato trasferito al SICU, l'unità chirurgica di terapia intensiva del Carolinas Medical Center. Colta da un brutto presentimento, gli sedeva accanto protetta da camice, mascherina e guanti sterili. Nel tentativo di contrastare l'aggressione della fascite necrotizzante, stavano somministrando al malato dosi elevate di penicillina, clindamicina e globulina immunologica per via endovenosa. Mettendo insieme ciò che aveva osservato di persona con gli appunti presi ogni volta che lo specialista di malattie infettive apriva bocca, Judy era riuscita a capire che la fascite necrotizzante era una rara forma infettiva associata a un'infezione sistemica con decorso fulminante.

Il tutto aveva in qualche modo a che fare con il banale streptococco emolitico del gruppo A e con lo *Staphylococcus aureus:* erano loro i microscopici bastardi che stavano divorandosi vivo suo marito. Come se non bastasse, nel frattempo il tasso di ossigeno nel sangue di Seth era sceso al di sotto dei valori normali, gettando nel panico il centro medico. Tutto il personale era stato incaricato di dare la priorità assoluta a quel VIP. Gli specialisti entravano e uscivano senza sosta dalla sua stanza, senza peraltro che il comandante Hammer riuscisse a fermarli per farsi dire come stavano le cose. La vista della faccia molle e febbricitante di Seth le impediva di pensare, ma attraverso la mascherina poteva già sentire l'odore della morte.

Ai tempi della Guerra Civile, in un caso simile i chirurghi avrebbero diagnosticato una semplice cancrena. I nomi in latino non servivano a nascondere la realtà della carne che intorno alla ferita diventa verdognola, e poi nera, delle membra che a poco a poco si consumano, della persona che va in putrefazione ancora viva. La fascite necrotizzante è curabile solo con gli antibiotici, la chirurgia e l'amputazione. Secondo le ricerche fatte da Judy su America Online, per un terzo delle circa quattrocento persone che ogni anno in America si ammalavano di questa malattia non c'era niente da fare.

Ciò che aveva scoperto non era affatto consolante o rassicurante, dal momento che il letale batterio era salito agli onori delle cronache non molti anni prima per aver ucciso undici persone in Gran Bretagna, tra le quali anche il creatore dei Muppet, Jim Henson. IL MALE ASSASSINO MI HA MANGIATO LA FACCIA, aveva strillato il *Daily Star*. Altri tabloid l'avevano seguito a ruota titolando: I LETALI BATTERI MANGIATORI DI CARNE. Continuando a cercare su Internet, Judy aveva scoperto che probabilmente si trattava di una forma particolarmente virulenta dello streptococco all'origine delle epidemie di scarlattina ottocentesche. Stando alle statistiche esisteva un tipo di fascite necrotizzante che si diffondeva in modo così veloce da impedire agli antibiotici di lavorare, e proprio quello sembrava il caso di Seth. Il problema non stava nell'inadeguatezza della struttura ospedaliera, che data la condizione di VIP del malato gli aveva garantito fin dall'inizio cure appropriate e tempestive, bensì nelle sue condizioni generali.

Avendo alle spalle una storia di cattiva alimentazione, di depressione clinica, di alcolismo e disturbi arteriosclerotici e vascolari, Seth non era riuscito a superare il trauma di quella ferita e del corpo estraneo impossibile da rimuovere.

Secondo il dottor Cabel aveva anche una deficienza immunologica e perdeva circa mezzo chilo di carne all'ora, a cui andavano ad aggiungersi gli strati di tessuto necrotico asportati dai chirurghi nell'inutile tentativo di arrestare l'avanzata della cancrena. Seduta e inerte, Judy riviveva tutte le parole e le azioni sgarbate e ingiuste che aveva inflitto al marito, i cui difetti non ricordava già più.

Era tutta colpa sua. E sue erano state anche la .38 Special e la cartuccia Remington Hollowpoint. Sua l'ingiunzione di cercare la pistola sotto le lenzuola e di consegnargliela *immediatamente*, nonché l'impietoso ultimatum sui chili di troppo. E cominciava a credere che tutti quei disturbi non fossero dovuti al caso ma a una vera e propria malattia funzionale: Seth stava letteralmente smaterializzandosi sotto i suoi occhi e ogni ora si riduceva di tre centimetri, per non parlare delle fette di carne perse nel corso degli interventi chirurgici. Non era certo questa la dieta dimagrante che avrebbe voluto imporgli. Anzi, quella per lei era una punizione, dopo tutti gli anni che Seth aveva vissuto nella sua ombra sostenendola, ispirandola, ammirandola.

— Comandante Hammer?

Lo sguardo di Judy si focalizzò sul dottor Cabel che, in tenuta verde chirurgica, stava cercando di parlarle. Doveva avere la stessa età di Judy. Che Dio mi aiuti, sospirò tra sé e sé alzandosi dalla sedia.

— Vorrei che mi concedesse un minuto da solo con lui — le chiese il dottore.

Lei uscì nel luminoso e asettico corridoio. Intorno a lei infermieri, dottori, famigliari e amici si avvicendavano nelle stanze dove chi soffriva giaceva legato a stretti letti idraulici, con le macchine che tenevano costantemente sotto controllo la forza vitale che lottava per sopravvivere. Restò lì, semistordita, finché il dottore non lasciò la stanza, infilando la scheda di Seth nella busta appesa alla porta.

— Come sta? — si informò, abbassando la mascherina sul collo.

Il dottor Cabel invece lasciò la sua dov'era. Non correva

mai rischi, e persino a casa si faceva la doccia insaponandosi dalla testa ai piedi con sapone antibatterico. Chiuse la porta di Seth con aria preoccupata. Judy Hammer non aveva più voglia di sentirsi raccontare mezze verità condite da eufemismi, circonlocuzioni e scuse. Se questo giovane infettivologo pensava di poterle nascondere la realtà dei fatti, lei era più che pronta a dargli una lezione.

— Stiamo per sottoporlo a un nuovo intervento chirurgico — le comunicò il dottore. — C'era da aspettarselo, al punto in cui siamo.

— E quale sarebbe questo punto, esattamente?

— Il secondo giorno di cancrena streptococcica progressiva e di fascite necrotizzante — rispose lui. — La necrosi è visibile ben oltre i margini dello sbrigliamento originario.

Il dottor Cabel si guardò intorno alla ricerca di un'infermiera perché, pur rispettando il comandante Hammer, non aveva voglia di affrontarlo di persona. Ma purtroppo le infermiere erano già tutte impegnate altrove.

— Devo iniziare l'operazione — disse.

— Non abbia troppa fretta. Che cosa intendete fargli, esattamente?

— Lo sapremo meglio quando saremo dentro.

— Faccia almeno un'ipotesi. — Aveva voglia di prenderlo a schiaffi.

— Generalmente, a questo stadio la ferita viene sbrigliata di nuovo fino al tessuto sano e irrorato di sangue. Faremo un'irrigazione con soluzione salina e medicheremo con Nu-Gauze. Quindi continueremo la somministrazione di ossigeno iperbarico due volte al giorno, e io raccomando la nutrizione per via parenterale totale.

— Un preparato polivitaminico, allora — aggiunse lei.

— Sì, certo. — La sua abilità nel fare collegamenti lo sorprese.

Ma Judy Hammer consumava vitamine da sempre, perciò la raccomandazione del medico non le fece particolarmente effetto, e quando Cabel accennò ad andarsene lo trattenne per una manica della casacca verde.

— Arriviamo al dunque, dottore. Seth ha avuto lo streptococco in gola almeno una dozzina di volte in vita sua. Come ha fatto a trasformarsi in una cosa così mostruosa? E non tiri in ballo il discorso del suo pessimo sistema immunitario.

— Lo streptococco di cui stavo parlando prima non è quello che provoca il comune mal di gola.

— Evidentemente.

La signora non aveva proprio intenzione di desistere. Ora al dottore dispiaceva per Seth anche per un altro motivo: vivere con una donna simile avrebbe estenuato chiunque, non era certo una a cui si poteva chiedere di portarti un caffè la mattina o di credere a tutto quello che dicevi. Il dottor Cabel decise così di ricorrere alla sua arma segreta, il linguaggio per iniziati riservato alla sua razza superiore.

— È molto probabile che lo streptococco abbia acquisito nuove informazioni genetiche selezionando dei geni. Succede nei casi di infezione da batteriofagi — la informò.

Judy non mollò la presa. — Che cos'è un batteriofago?

— È un virus capace di incorporare il suo DNA in un ospite batterico. L'ipotesi è che, approssimativamente nel quaranta per cento delle ultime infezioni dilagate, qualche ceppo M1 dello streptococco del gruppo A abbia acquisito materiale genetico da un fago. Questo secondo l'OMS.

— L'OMS?

— Proprio così. — Si guardò l'orologio da polso per darle il tempo di arrivarci da sola.

— Cosa diavolo è l'OMS?

— L'Organizzazione Mondiale della Sanità. Hanno un laboratorio di ricerca sullo streptococco. Per farla breve, il tutto potrebbe dipendere da un gene che mette in codice una tossina chiamata superantigene, che pensiamo essere collegata alla sindrome da shock tossico.

— Mio marito avrebbe quindi la stessa cosa che si prende da un tampone? — Ora la Hammer aveva alzato la voce.

— Un lontano parente.

— E da quando in qua si amputa per una cosa del genere?

— gli chiese, mentre i passanti guardavano con curiosità i due personaggi in verde che discutevano nel lindo corridoio.

— Stia a sentire, signora. — Impaziente di scappare da quella donna, il dottor Cabel sfoderò lo Shakespeare che aveva studiato al college. — Con quello che si ritrova suo marito, l'unica cura efficace resta l'intervento chirurgico. *Sii sanguinario, fiero e risoluto* — citò. — *Re Lear.*

— *Macbeth* — lo corresse la Hammer, che amava il teatro, mentre il dottor Cabel si allontanava in fretta.

Il comandante si trattenne in ospedale finché non vide entrare il marito in sala operatoria, quindi tornò a casa. Alle nove in punto era già crollata a letto, troppo stanca e disperata per restare ancora sveglia. E fu un sonno alquanto irregolare quello che Judy Hammer e il suo vicecomandante dormirono per il resto della notte nelle rispettive case, una con il suo animale e l'altra senza.

Brazil continuava a strattonare e strapazzare le lenzuola da una parte e dall'altra del letto, le ammucchiava sopra i piedi, sotto, di nuovo sopra, sul fianco, sulla pancia. Infine giacque sulla schiena a fissare il buio, ascoltando attraverso il muro il brusio della TV che la madre aveva lasciato accesa dopo essersi addormentata sul divano per l'ennesima volta.

Non riusciva a smettere di ripensare alle parole di Virginia. Doveva cercarsi un appartamento e traslocare. Il problema era che, ogni volta che si avventurava lungo questo eccitante e terribile sentiero, andava sempre a sbattere contro lo stesso spaventapasseri e tornava indietro di corsa. Che ne sarebbe stato di sua madre? Che cosa le sarebbe successo se l'avesse lasciata sola? Niente gli impediva di tenerla d'occhio lo stesso, di farle la spesa, di provvedere alle piccole riparazioni in casa, di farle le commissioni. Brazil si rigirava nel letto ascoltando l'inquietante colonna sonora di quello che doveva essere un film dell'orrore di serie C. Era molto preoccupato. Poi gli ritornò in mente Virginia, e ritornò a sentirsi anche depresso.

Decise che Virginia non gli piaceva neanche un po': non era certo illuminata e benevola come la Hammer. Un giorno avrebbe incontrato una donna come il comandante e si sarebbero apprezzati e rispettati a vicenda. Avrebbero giocato a tennis, corso, fatto ginnastica con i pesi, cucinato, riparato la macchina. Sarebbero andati al mare e avrebbero letto romanzi e poesie. Insomma, avrebbero fatto tutto insieme, tranne quando avessero avuto bisogno di spazio. Virginia non sapeva niente di queste cose. Lei costruiva steccati e si era comprata una motofalciatrice perché nel suo minuscolo prato era troppo pigra per spingerne una a mano. A ciò andavano poi aggiunte le sue disgustose abitudini alimentari e il vizio del fumo. Infelice come non mai, Brazil si rivoltò ancora una volta, lasciando penzolare le braccia da entrambi i lati del materasso.

Alle cinque rinunciò a stare a letto e andò a correre sulla pista. Dopo dodici chilometri non era ancora stanco, ma in compenso si annoiava e gli era venuta voglia di andare in centro. Era strano che in pochi giorni fosse passato dalla spossatezza totale all'iperattività. Non riusciva a ricordare altri periodi della sua vita in cui la chimica del suo corpo si fosse imbizzarrita fino a quel punto. Un minuto si trascinava a fatica, quello dopo era su di giri ed eccitato senza alcun motivo. Contemplò la possibilità che i suoi ormoni stessero attraversando una fase particolare, cosa probabile data la sua età. A quanto pareva era vero che la biologia punisce i maschi che non si arrendono ai loro istinti sessuali tra i sedici e i vent'anni.

Era stato il suo medico a parlargliene. Il dottor Rush, che aveva lo studio a Cornelius, lo aveva reso edotto del fenomeno quand'era ancora una matricola, in occasione di un check-up sportivo. Accortosi che Brazil, orfano di padre, aveva bisogno di essere guidato, gli aveva detto che molti giovani commettevano errori tragici solo perché i loro corpi entravano in fase procreativa. Secondo il dottore si trattava di una regressione degna dei tempi del colonialismo, quando sedici anni erano più della metà dell'aspettativa di

327

vita media del maschio, sempre che i pellerossa o i suoi vicini non lo facessero fuori prima. Viste da una simile prospettiva, le pulsioni sessuali, ancorché primitive, avevano perfettamente senso; lui invece faceva di tutto per non assecondarle.

Andy avrebbe compiuto ventitré anni il prossimo marzo, e con il tempo gli impulsi non erano certo diminuiti. Tuttavia era stato fedele al dottor Rush che, secondo i pettegolezzi del luogo, non era invece fedele alla moglie e mai lo era stato. Correndo gli ultimi allunghi prima di tornarsene a casa, Andy rifletteva sui problemi della sessualità. Gli sembrava che l'amore e il sesso fossero strettamente connessi, anche se forse non avrebbero dovuto. L'amore lo rendeva dolce e premuroso, lo portava ad accorgersi dei fiori nei prati e gli metteva voglia di coglierli. L'amore gli ispirava le poesie più elevate, mentre il sesso pulsava in potenti pentametri profani da non mostrare a nessuno perché impubblicabili.

Filò a casa, dove si fece una doccia molto più lunga del solito. Alle otto e cinque, in jeans e cercapersone appeso alla cintura, stava avanzando lungo la coda della cafeteria del palazzo Knight-Ridder, sotto gli occhi curiosi dei presenti: il giovane reporter prodigio giocava a fare il poliziotto e stava sempre da solo. Brazil prese una vaschetta di cereali con uvetta e mirtilli, mentre nella sala gli altoparlanti diffondevano la popolarissima e irriverente trasmissione radiofonica *Don't Go Into Morning*, con Dave e Dave.

«Ieri sera abbiamo appreso una notizia sensazionale» disse la voce profonda di Dave. «È saltato fuori che di questi tempi nemmeno il nostro sindaco bazzicherebbe il centro di notte.»

«E la domanda è: che ci andrebbe a fare?» intervenne Dave.

«Peccato che non se lo sia chiesto anche il senatore Butler.»

«Ci andrebbe per dare una controllatina ai suoi elettori. Per dimostrarsi disponibile.»

«Disponibile con il ragno malefico che gli strisciava su per il pluviale...»

«Calma, Dave. Attento a non perdere il controllo.»

«Ehi, a me risulta che in questa trasmissione si può dire di tutto. È scritto nel contratto.» Dave era brillante come al solito, molto meglio di Howard Stern.

«Guarda che dico sul serio. Il sindaco Search chiede a tutti di collaborare alla cattura del killer, della Vedova Nera. Fra un po' toccherà anche a Madonna, Amy Grant e Rod Stewart...»

Raggelato, Brazil si fermò di colpo nel bel mezzo della coda. La radio continuava a trasmettere e gli altri gli passavano davanti. Vide Packer che entrava dirigendosi verso di lui a passo deciso. In quel momento il mondo di Andy assomigliava a quello di Humpty Dumpty, caduto dal muro ricoprendosi di crepe. Pagò la colazione prima di girarsi per affrontare la rovina.

— Che cosa sta succedendo? — disse, prevenendo il caposervizio scuro in volto.

— Vieni disopra. C'è un problema.

Per una volta non corse su per la scala mobile, ma non parlò nemmeno con Packer, che non aveva altro da dirgli ed era assai determinato a restare fuori dalla questione. Meglio evitare esternazioni gratuite. Che ci pensasse pure il grande Richard Panesa a risolvere la cosa; non per nulla la Knight-Ridder lo pagava profumatamente. Brazil era stato convocato in presidenza solo due volte durante i primi anni di scuola: in realtà in entrambi i casi non aveva fatto niente di male. La prima volta perché si era fatto mordere un dito infilandolo nella gabbia dei criceti. La seconda perché se l'era incastrato nella clip del supporto per i fogli.

Il signor Kenny aveva dovuto usare le pinze per liberare l'umiliato e affranto ragazzino, distruggendo il supporto di formica blu con sopra disegnata la cartina degli Stati Uniti. L'aveva gettato nella spazzatura sotto gli occhi coraggiosi di Andy, che si era rifiutato di piangere pur sapendo che la madre non si sarebbe potuta permettere di comprargliene un altro. Perciò aveva umilmente chiesto se poteva restare dopo la scuola per una settimana a pulire i cancellini, in cambio della cifra necessaria a comprare un nuovo supporto su cui appoggiare i fogli e scrivere. La sua proposta era stata accettata all'unanimità.

Brazil si chiese che cosa avrebbe potuto offrire stavolta per riparare a qualunque errore di cui si fosse involontariamente macchiato provocando un problema tanto grave. Nell'ufficio dalle pareti di cristallo trovò Panesa seduto nella poltrona di pelle dietro la scrivania di mogano, elegante nel suo completo italiano. Assorto com'era nella lettura di una stampata dell'articolo di fondo per l'edizione domenicale, contenente un'aspra critica all'incauta dichiarazione del sindaco circa la sua riluttanza a frequentare il centro cittadino dopo il tramonto, il direttore non diede segno di essersi accorto del suo arrivo.

— Ti dispiacerebbe chiudere la porta? — gli disse a bassa voce dopo un po'.

Intimidito, Brazil ubbidì e tornò a sedersi di fronte al grande capo.

— Andy, tu guardi mai la televisione?

— Veramente non ne ho il tempo... — Era sempre più confuso.

— Allora non sai ancora che i tuoi scoop ti vengono regolarmente scippati.

Il drago che sonnecchiava dentro Brazil si risvegliò all'improvviso. — Che cosa significa?

Il direttore vide il fuoco nei suoi occhi. Ottimo. Se il giovane talento brillante e sensibile voleva sopravvivere in quel mondo criminale, doveva diventare un lottatore come lui. Non gli avrebbe lasciato un attimo di tregua. Andy Brazil, benvenuto alla Facoltà dell'Inferno, pensò il direttore prendendo un telecomando appoggiato sulla sua imponente scrivania.

— Significa — schiacciò un tasto e dal soffitto scese uno schermo — che gli ultimi quattro o cinque articoli importanti che hai scritto sono passati in televisione la notte prima di uscire sul giornale, quasi sempre durante il notiziario delle undici. — Premette un secondo tasto per accendere il proiettore. — A questo punto tocca alle radio, che li trasmettono il mattino presto prima dell'inizio dei normali programmi. Il tutto, prima che la maggior parte delle persone abbia l'occasione di leggere quello che noi abbiamo schiaffato sulla prima pagina del nostro giornale.

Brazil inorridì, saltando dalla sedia in preda a una furia omicida. — Non può essere! Non c'è mai nessuno con me quando raccolgo le informazioni! — esplose, i pugni serrati ai lati del corpo.

Panesa puntò il telecomando e schiacciò il terzo tasto: la faccia ingigantita di Webb invase istantaneamente la stanza.

«... nel corso di un'intervista in esclusiva a Channel 3, ha rivelato che la notte torna sul luogo dell'incidente e sta seduta in macchina a piangere. La Johnson, che stamattina ha riconsegnato il distintivo, afferma che preferirebbe essere perita insieme alle altre vittime...»

Panesa guardò Brazil, letteralmente ammutolito. Il furore che provava nei confronti di Webb stava trasformandosi in un odio incontrollato per tutto e per tutti. Gli ci volle qualche secondo per tornare in sé.

— Questo è andato in onda dopo il mio articolo? — Ma conosceva già la risposta.

— Prima — replicò Panesa, scrutandolo attentamente. — La sera prima che venisse pubblicato. Come tutti quelli che lo hanno seguito. Per finire con l'episodio del sindaco, che si è rivelato decisivo. Perché noi sappiamo che si è trattato di un passo falso di Search, di cui Webb sarebbe potuto venire a conoscenza solo se avesse piazzato una cimice nel suo ufficio.

— Non può essere! — Brazil traboccava di indignazione. — Non è colpa mia!

— Il problema, qui, non è di chi sia la colpa — ribatté serio Panesa. — Piuttosto, cerca di andare in fondo alla cosa, perché ci sta danneggiando. E molto.

Il direttore vide il giovane precipitarsi fuori dall'ufficio in preda all'ira e, nonostante fosse atteso a una riunione, preferì trattenersi per dettare promemoria alla segretaria e controllare Brazil attraverso le pareti di cristallo. Il cronista stava rabbiosamente aprendo dei cassetti e frugava nella scatola di cartone che teneva sotto la scrivania, gettando taccuini e altri effetti personali in una borsa. Poi corse fuori dalla redazione con l'aria di chi non aveva intenzione di ritornarci mai più. Panesa prese il telefono.

— Mi chiami Virginia West.

Tommy Axel seguì con lo sguardo la scia di Brazil, chiedendosi che cosa diavolo stava succedendo, anche se a dire il vero nutriva dei sospetti al riguardo. Sapeva già di Webb e della fuga di notizie, ragion per cui non biasimava Brazil per aver reagito così violentemente. Provò a immaginare che la stessa cosa fosse successa a lui, che qualcuno avesse rubato le brillanti analisi musicali contenute nei suoi pezzi. Dio mio, povero Andy!

Tutto quello scompiglio aveva messo in stato di allarme anche Brenda Bond. Il computer sul quale stava lavorando era rimasto bloccato per tre giorni di fila per colpa di quell'idiota dell'esperto di giardinaggio e del talento tutto particolare che aveva nel battere combinazioni di tasti capaci di escludere ogni possibilità d'accesso o di tradurre i file in segnali binari. Mentre entrava in System Manager, la Bond fu assalita da una sensazione strana: si accorse che faceva fatica a concentrarsi.

In piedi dietro la scrivania, Virginia West si arrabattava disperatamente per riempire la portadocumenti, rimettendo il coperchio sul bicchiere di caffè senza dimenticare di reincartare la tartina che non aveva avuto tempo di mangiare. Parlava al telefono con Panesa, il suo volto distorto dalla preoccupazione.

— Ha idea di dove possa essere andato? — indagò lei.

— A casa sua, forse? So che vive con la madre.

Il vicecomandante guardò l'orologio a muro ed ebbe un moto di disperazione. Entro novanta secondi avrebbe dovuto raggiungere l'ufficio della Hammer. Ed era inammissibile mancare un appuntamento con il proprio capo, arrivare in ritardo, non farsi vedere o dimenticarsene. Chiuse la borsa e fece scivolare la radio nella custodia appesa alla cintura. Non sapeva cosa fare.

— Farò il possibile — promise a Panesa. — Sfortunatamente stamattina devo presentarmi in tribunale. Secondo me è andato a sfogarsi da qualche parte. Ritornerà non appena gli sarà sbollita la rabbia. Andy non è certo un rinunciatario.

— Spero che lei abbia ragione.

— Se non si sarà ancora fatto vivo entro il mio ritorno, andrò a cercarlo io.

— Ottima idea.

Virginia West sperava che Johnny Martino si dichiarasse colpevole, Judy Hammer no. Quel mattino si sentiva alquanto bellicosa. Tutto sommato il dottor Cabel le aveva fatto un favore accendendo in lei delle scintille di rabbia che, bruciando, avevano dissipato la nube di malessere e depressione. Virginia non l'aveva mai vista camminare così velocemente, con gli occhiali da sole e sotto il braccio la cartella con cerniera. Nell'afoso mattino pedemontano, il capo e il suo vice si diressero verso il Palazzo di giustizia. Costruito in granito nel 1987, era uno degli edifici più vecchi di Charlotte. Le due donne si unirono alla coda dietro la macchina ai raggi X.

— Smetti di preoccuparti. — Virginia cercò di rassicurare il suo capo mentre avanzavano lentamente seguendo alcuni tra gli abitanti più noti della città. — Vedrai che si dichiarerà colpevole — disse guardando l'orologio.

— Non sono affatto preoccupata — replicò la Hammer.

La West invece lo era: quel giorno l'elenco delle cause a ruolo prevedeva ben cento processi. Era quello il problema più grosso, era invece secondario che Martino si dichiarasse colpevole o tentasse piuttosto la sorte. Notando l'approssimarsi delle due donne, il vicesceriffo Octavius Able si sentì d'un tratto vigile e interessato al suo lavoro. Era dai tempi del vecchio Palazzo di giustizia che la West non passava attraverso la sua macchina ai raggi X. Su Judy Hammer invece non aveva mai esercitato un controllo totale, anzi, non l'aveva neanche mai vista di persona. Raggiunto il telaio della porta, che suonava senza sosta mentre cercapersone, spiccioli, chiavi, amuleti e coltelli a serramanico finivano in una vaschetta. Le due donne aggirarono l'ostacolo avvalendosi delle prerogative della loro posizione.

— Mi scusi, signora! — Able parlò perché tutti lo sentissero. — Deve passare sotto il telaio, signora.

— È il capo della polizia — intervenne sottovoce Virginia, sapendo bene che non era il caso di dirlo troppo forte.

— Mi mostri un documento di identificazione, per favore — insistette il potente vicesceriffo rivolgendosi alla Hammer.

La lunga coda di piedi irrequieti si fermò, gli occhi di tutti fissi sull'elegante signora dal volto familiare. Chi era? L'avevano già vista da qualche parte, forse in TV, al notiziario o magari in un talk show. Poi Tinsley Owens, sesta della fila e convocata per guida pericolosa, ebbe un'illuminazione: la signora con le perle era la moglie di un personaggio famoso, chissà, magari Billy Graham. Ma l'espressione indifferente della Hammer che si frugava nella borsa frustrò abbondantemente l'affermazione di sé del vicesceriffo. Alla fine lei gli sorrise mostrandogli il distintivo.

— Grazie per la puntigliosità dei suoi controlli. — La frase del comandante lo turbò profondamente. — Nel caso qualcuno dubitasse della sicurezza del nostro Palazzo di giustizia. — Poi si avvicinò, e lesse la targhetta con il suo nome. — O.T. Able — ripeté, fissandoselo bene in mente.

A questo punto il vicesceriffo era in coma. Il capo della polizia avrebbe certamente fatto un esposto contro di lui.

— Stavo solo facendo il mio dovere — farfugliò, mentre

la coda continuava ad allungarsi serpeggiando intorno al mondo, la razza umana al completo che assisteva allo spettacolo della sua carriera stroncata.

— Non c'è dubbio — convenne la Hammer. — Farò in modo che lo sceriffo venga a conoscenza dei suoi meriti.

Able si rese conto che il capo della polizia parlava sul serio. Improvvisamente si sentì più alto, più prestante, con l'uniforme kaki che gli stava alla perfezione. Adesso era un bell'uomo, infinitamente più giovane di quando, poche ore prima, nel fare benzina al distributore della BP una macchina di giovinastri gli aveva urlato dietro una sfilza di insulti razziali. Di colpo Able si vergognò di aver tentato di darsi arie con il capo della polizia. Un tempo non lo faceva mai, e non riusciva a capire che cosa gli fosse capitato con il passare degli anni.

21

Raggiunta la Cancelleria, la Hammer e la West firmarono il registro presenze e timbrarono i cartellini orari. Al primo piano percorsero un lungo corridoio affollato di persone in cerca di un telefono a pagamento oppure di un bagno. Non mancavano quelli che dormivano sdraiati su panche di legno d'acero e altri assorti nella lettura dell'*Observer* per vedere se il loro caso veniva citato. Nell'aprire la porta della stanza 2107, Virginia si sentì crescere l'ansia. L'aula di tribunale era gremita di imputati in attesa della sentenza e di poliziotti che avevano contribuito attivamente a metterli in quella situazione. Judy Hammer si diresse verso la zona riservata alla polizia e ai legali. L'assistente del procuratore distrettuale Melvin Pond si accorse immediatamente e con eccitazione della presenza delle due donne di potere: le stava aspettando, ora la sua occasione era finalmente giunta.

Anche Tyler Bovine, il giudice del Quarto Circondario del Venticinquesimo Distretto, le stava aspettando, e insieme a lei i mass media locali e non. Batman e Robin, pensò con soddisfazione il giudice Bovine lasciando il suo ufficio privato, ma rimandò la questione a quando, dall'alto del suo scranno, avrebbe dominato l'aula nella lunga veste nera che ricopriva il suo massiccio *corpus* giuridico. La West era sempre più turbata per un certo numero di ragioni, tra le quali c'erano anche Brazil e il timore di non riuscire a sganciarsi abbastanza in fretta per andare a cercarlo. Come tutti i suoi colleghi, Tyler Bovine rientrava nella categoria dei giudici itineranti. Abitava sull'altro lato del Catawba River, disprezzava Charlotte e tutto quello che di buono conteneva, compresi i suoi abitanti. Era certa che ormai fosse solo questione di tempo prima che Charlotte si annettesse Gastonia, il suo paese natio, oltre a tutto ciò di cui Cornwallis non si era ancora impossessato.

— I presenti si alzino in piedi. Entra il giudice.

Il giudice entrò in aula sorridendo tra sé e sé alla vista della Hammer e della West. Sapeva già che la stampa era stata preavvertita di non sprecare tempo a presentarsi quel giorno: Batman e Robin sarebbero comunque dovute tornare lunedì. Eccome se sarebbero tornate. Sedette inforcando gli occhiali con aria importante, o meglio, divina. L'assistente del procuratore distrettuale Pond teneva gli occhi fissi sull'elenco delle cause a ruolo come se non ne avesse mai visto uno prima di allora. Era determinato a vincere, ma sapeva che avrebbe dovuto lottare.

— La corte chiama il caso dello Stato del North Carolina contro Johnny Martino — proclamò con una sicurezza che non gli apparteneva.

— Non sono ancora pronta per sentire questo caso. — Il giudice Bovine lo liquidò con aria annoiata.

Virginia West richiamò l'attenzione della Hammer, che stava chiedendosi che cosa avrebbe fatto se Seth fosse morto. Non le importava più delle loro litigate e dell'esasperazione reciproca, dimostrazione inequivocabile che uomini e donne non possono essere amici o anime gemelle. L'assistente Pond scambiò tuttavia l'espressione tragica stampata sul volto del comandante per disprezzo nei confronti della sua vocazione e del suo futuro professionale: aveva deluso quella donna meravigliosa ed eroica il cui marito giaceva ferito in ospedale. Secondo lui il comandante Hammer non avrebbe dovuto trovarsi lì in compagnia di tutti quegli imbecilli. Anche il giudice Bovine fraintese l'espressione di Judy, e si indispettì ulteriormente. La Hammer non aveva sostenuto la sua candidatura alle ultime elezioni: adesso il giudice non vedeva l'ora di mettere alla prova il grande e importante personaggio.

— Quando dirò il suo nome, si alzi in piedi. Maury Anthony — annunciò Pond.

L'uomo di legge passò in rassegna una sfilza di volti depressi, mentre con lo sguardo abbracciava il pubblico composto da persone accasciate sulle sedie, arrabbiate o addormentate. Finalmente Maury Anthony e il suo difensore d'ufficio si alzarono vicino al fondo della sala e si fecero avanti fermandosi infine di fronte al tavolo dell'assistente procuratore.

— Signor Anthony, come si dichiara riguardo all'accusa di possesso di cocaina ai fini di spaccio?

— Colpevole — rispose Anthony.

Il giudice fissò l'imputato, uno dei tanti. — Signor Anthony, lei si rende conto che dichiarandosi colpevole perderà il diritto al ricorso in appello? — Più che una domanda era un'affermazione.

Anthony interrogò con lo sguardo il suo difensore, il quale annuì, per poi rivolgersi nuovamente al giudice. — Sì, signore — confermò.

I pochi svegli e attenti si misero a ridere. Anthony, accortosi di aver commesso un errore madornale, fece un sorriso mansueto. — Mi dispiace, *signora*. I mie occhi non sono più quelli di un tempo.

Altre risate.

Il faccione scialbo del giudice si indurì. — Che cosa dice lo Stato? — continuò, sorseggiando Evian da una bottiglia da due litri.

Pond riguardò i suoi appunti, poi lanciò un'occhiata al capo e al vicecapo della polizia, sperando che fossero attente e bendisposte. Aveva finalmente l'occasione di esibire la propria eloquenza, nonostante la meschinità del caso in oggetto.

— Vostro onore — attaccò come di consueto — la notte del ventidue luglio, alle undici e trenta circa, il signor Anthony era intento a bere e a socializzare in un luogo di ritrovo sulla Quarta, nei pressi di Graham...

— La corte esige l'indirizzo preciso — lo interruppe il giudice.

— Certo, vostro onore, solo che non ce n'è uno.

— Non può non essercene uno.

— Vostro onore, nel 1995 un edificio fu raso al suolo proprio in quella zona. L'imputato e i suoi compagni si trovavano all'aperto...

— Qual era l'indirizzo dell'edificio che fu raso al suolo?

— Non lo so — ammise l'assistente procuratore dopo qualche istante.

Anthony sorrise. Il suo difensore d'ufficio sembrava compiaciuto. Alla West stava venendo mal di testa, e si vedeva che la Hammer era sempre più assente. Il giudice continuava a bere acqua.

— La corte esige che lei lo fornisca — disse il giudice avvitando il tappo della bottiglia.

— Sì, Vostro onore. Il problema è che la transazione non si verificò esattamente in corrispondenza del vecchio indirizzo, ma circa trenta metri più indietro e poi un'altra quindicina, fino a formare un angolo di sessanta gradi a nordest dell'Independence Welfare Building, l'edificio abbattuto. Qui si trovava il boschetto dove la notte del ventidue luglio il signor Anthony aveva allestito una specie di accampamento di vagabondi allo scopo di comprare, vendere e fumare cocaina in crack, oltre che mangiare granchi in compagnia.

Pond era finalmente riuscito a catturare, seppure brevemente, l'attenzione della Hammer, della West, della madre di Johnny Martino e della popolazione dell'aula, cui si aggiunsero due messi del tribunale e un addetto alla sorveglianza degli imputati in libertà condizionata. Stavano tutti a fissarlo con un misto di curiosità e di assenza di comprensione.

— La corte necessita di un indirizzo — ripeté il giudice.

Buttando giù l'ennesima sorsata d'acqua, provò un moto di disprezzo per il suo psichiatra e per i maniaco-depressivi in generale. Non pago di obbligare le sue vittime a bere una tinozza d'acqua al giorno, il litio condanna anche a un costante bisogno di urinare. I reni e la vescica di Tyler Bovine erano come una macchina per il caffè di cui il giudice avvertiva tutta l'insopportabile pressione ogni volta che compiva il tragitto di andata e ritorno da Gaston County, o quando era assisa in tribunale, o al cinema, oppure rinchiusa in un aeroplano strapieno. Per non contare le volte in cui, andando a fare jogging sulla pista di atletica, trovava il bagno esterno chiuso a chiave.

Il suo status di giudice della corte d'assise le permetteva di aggiornare le sedute a intervalli di quindici, venti o trenta minuti, a volte anche fino a dopo colazione, in pratica ogniqualvolta il suo bisogno cominciava a crescere. In fin dei conti poteva fare tutto quello che le pareva. Ma l'unica cosa che Tyler Bovine non avrebbe mai e poi mai fatto, a nessun costo, era interrompere un processo già iniziato. Questo perché era una signora beneducata e allevata nel rispetto dei valori d'anteguerra, e perché aveva frequentato il Queens College. Sapeva essere brusca ma non era mai maleducata: dall'alto delle sue maniere impeccabili non tollerava i cretini e la gente priva di classe, perché secondo lei le buone maniere sono la cosa più importante del mondo.

Pond ebbe un'esitazione. Judy Hammer era di nuovo assorta nei suoi pensieri. Virginia West non riusciva a trovare una posizione comoda, seduta sulla panca di legno che le comprimeva il cinturone e le reni. Aspettava tutta sudata che suonasse il cercapersone. Brazil stava perdendo la testa. Se lo sentiva, anche se non sapeva perché e che cosa potesse fare lei per aiutarlo.

— Signor Pond, la prego di continuare — disse il giudice.

— Grazie, Vostro onore. Quella notte del ventidue luglio il signor Anthony vendette cocaina in crack purissima a un agente della polizia di Charlotte in incognito.

— L'agente si trova in sala? — Il giudice guardò di traverso l'accolita di relitti umani stipata sotto di lei.

Mungo si alzò in piedi. Girandosi a guardare, Virginia rimase allibita nel riconoscere il personaggio che stava suscitando tanto trambusto in sala. *Mio Dio, no, non di nuovo!* I cattivi presentimenti aumentarono. Judy Hammer intanto ripensava alla volta in cui Seth, dopo averle portato la colazione a letto, aveva depositato un mazzo di chiavi sul vassoio. La nuova Triumph Spitfire era verde con finiture di legno nodoso, e a quei tempi in cui lei era sergente, con parecchio tempo libero, e lui era il ricco figlio di un ricco proprietario terriero, nulla impediva loro di andare a fare picnic e lunghe gite in macchina. La sera, tornando dal lavoro, lei veniva accolta dal suono della musica che invadeva la casa. In quale momento Seth aveva rinunciato ad ascoltare Beethoven, Mozart, Mahler e Bach per dedicarsi esclusivamente alla TV? In quale momento aveva deciso di morire?

— L'imputato, il signor Anthony — stava raccontando Mungo — era seduto su una coperta nel boschetto citato dal signor Pond. Con lui c'erano altri due individui che bevevano birra Magnum Quarantaquattro e Colt Quarantacinque. E in mezzo a loro c'erano una dozzina di granchi cotti al vapore e un sacchetto di carta marrone.

— Una dozzina? — gli contestò il giudice. — Li ha contati, detective Mungo?

— La maggior parte era già stata mangiata, Vostro onore. Mi è stato detto che inizialmente erano dodici. Quando li vidi io ne erano rimasti solo tre, credo.

— Prosegua. — La pazienza del giudice per le ciance degli esponenti della feccia dell'umanità era inversamente proporzionale al riempirsi della sua vescica. A quel punto, dopo aver bevuto un altro sorso d'acqua, si mise a pensare a cosa avrebbe mangiato a pranzo.

— L'imputato mi propose di comprare una fialetta contenente un cristallo di cocaina in crack, per quindici dollari.

— Stronzate — intervenne Anthony. — Io ti ho offerto una maledettissima Coca-Cola, amico.

— Signor Anthony, se non fa silenzio la faccio incriminare per oltraggio alla corte — minacciò il giudice.

— Era una Coca-Cola. L'unica volta che ho usato la parola *coca* è stato per offrirgliene una.

— Vostro onore, io chiesi all'imputato che cosa c'era nel sacchetto, e lui rispose distintamente *cocaina*.

— Non è vero. — Anthony si avvicinò pericolosamente al seggio, e il difensore d'ufficio lo trattenne per la manica di una giacca che aveva ancora l'etichetta cucita sopra.

— Sì che è vero — disse Mungo.

— No che non lo è!

— Io dico di sì!

— Ordine! — tuonò il giudice. — Signor Anthony, un'altra uscita di questo genere e...

— Lasciatemi raccontare la mia versione dei fatti, per una volta! — insistette lui.

— Signor Anthony, il suo avvocato è qui apposta per assisterla — replicò severamente il giudice, la quale cominciava ad avvertire la pressione nella vescica e a perdere le staffe.

— Ah, sì? Questo pezzo di merda? — Il signor Anthony guardò in cagnesco il suo difensore d'ufficio.

L'assistente procuratore Pond notò in sala un inconsueto risvegliarsi d'interesse e partecipazione generali. Quella mattina sarebbe successo qualcosa che nessuno voleva perdersi, e il pubblico aveva iniziato a darsi di gomito e a scommettere in silenzio. Nella terza fila dal lato dell'imputato, Jake stava puntando sull'incarcerazione del signor Anthony. Shontay, due file più avanti, scommetteva sul detective infiltrato, che le ricordava un buzzurro di campagna col suo vestito gessato tutto sgualcito. Per sentito dire, era convinta che i poliziotti vincessero sempre, anche quando hanno torto marcio. A Quik, molto più indietro, non avrebbe potuto fregargliene di meno, lui pensava solo a giocherellare con il pollice fingendo che fosse la lama di un coltello. Lo stronzo responsabile del mandato di comparizione di Quik gliel'avrebbe pagata quanto prima. Fargli la spia in quel modo, e che cavolo!

— Detective Mungo. — Il giudice ne aveva avuto abbastanza. — Che motivo verosimile aveva di perquisire il sacchetto di carta marrone del signor Anthony?

— Vostro onore, l'ho già detto: gli chiesi che cosa c'era dentro, e lui me lo disse.

— Le disse che c'era della Coca-Cola, e gliene offrì una — ribatté il giudice, che proprio non ce la faceva più e voleva andarsene.

— Be', non saprei. A me sembrava di aver capito cocaina — disse Mungo nell'improvviso tentativo di mostrarsi equo.

Non era nuovo a quel genere di voltafaccia. Fare orecchie da mercante gli era sempre parsa un'ottima scappatoia, e per uno della sua stazza effettivamente funzionava. Il caso venne liquidato, ma prima che il giudice potesse ritirarsi nel suo ufficio privato l'agitatissimo assistente del procuratore chiamò il prossimo imputato, e poi il successivo e quello dopo ancora, e il giudice non osò interromperlo perché non era da lei. Gli arrestati per furto, rapina, stupro, omicidio, più altri spacciatori e relativi protettori si alzarono insieme ai difensori d'ufficio. Pond era consapevole dei segnali di sofferenza inviati dal corpo del giudice e dal suo atteggiamento afflitto. Era abituato alle sue frequenti fughe in ufficio e sapeva che giocare sul suo problema era l'unica speranza che gli restava.

Ogni volta che il giudice accennava ad alzarsi dal seggio, Pond ripartiva alla carica con il caso successivo. In tutta fretta annunciò quindi nuovamente il nome di Johnny Martino, sperando di riuscire a piegare il giudice, di stremarlo fino al punto di non poter più resistere: prima o poi avrebbe ascoltato lo Stato del North Carolina contro Johnny Martino, così Judy Hammer e Virginia West sarebbero potute tornare alle loro incombenze. Pond si augurava che il comandante della polizia si sarebbe ricordato di lui quando, nel giro di tre anni, si sarebbe presentato come candidato procuratore distrettuale,.

— Johnny Martino — ripeté.

— Non sono ancora pronta ad ascoltare questo caso. — Ormai, però, il giudice riusciva a stento a parlare.

— Alex Brown — riprese Pond.

— Sì. — Il signor Brown si alzò, insieme al difensore.

— Il capo d'accusa è aggressione premeditata. Ha qualcosa da dichiarare in merito?

— È stato lui a cominciare — rispose subito l'accusato. — Che cosa dovevo fare, eh? Sono da Church's a comprare dei fegatini di pollo e quello decide che li vuole anche lui, solo che si prende i miei e non vuole pagare.

Judy Hammer si concentrò il minimo indispensabile per una veloce valutazione della sala e dei presenti. La situazione era ancora più demoralizzante di quanto aveva pensato all'inizio. Nessuna meraviglia che i suoi investigatori e agenti di strada finissero per diventare individui cinici, indifferenti e scoraggiati. Un tempo nemmeno lei provava alcuna comprensione per gente come quella, che si buttava via, non aveva alcun contributo da offrire alla società bensì prendeva agli altri. Gente pigra, inaffidabile, autodistruttiva ed egocentrica. Ripensò a Seth, ai suoi soldi, alla sua vita privilegiata, alle occasioni che aveva avuto. Pensò all'amore che tanti gli avevano dimostrato. Pensò a molte persone che lei conosceva e che non erano affatto migliori di quelle che ora affollavano l'aula del tribunale.

Virginia West, invece, concluse che le sarebbe tanto piaciuto far fuori il giudice Bovine. Era scandaloso, costringere un comandante e un vicecomandante di polizia a sorbirsi tutte quelle cause. Ogni due minuti la sua attenzione tornava a Brazil, obbligandola a chiedersi se fosse già rientrato al giornale. Purtroppo il suo presentimento diventava sempre più cupo. Se non la facevano uscire da lì al più presto, rischiava di scatenare un putiferio. Strano ma vero, il suo capo era tornato al presente e sembrava osservare in preda a fascinazione tutto quanto la circondava, come se fosse potuta restare lì a cogitare in eterno.

— Johnny Martino — ritentò Pond.

— Non ora — ribatté prontamente il giudice, alzandosi adagio.

Il che significava un'interruzione di almeno mezz'ora, pensò la West infuriata, così lei e Judy sarebbero dovute andare a sedersi in corridoio ad aspettare. Magnifico. Ed era proprio quello che sarebbe accaduto se in quel momento la madre di Johnny Martino non fosse intervenuta. Come Virginia, la signora Martino era ormai esasperata. Sapeva esattamente cosa stava succedendo, sapeva che le due signore là davanti erano Batman e Robin e che il giudice doveva andare al cesso. Ma prima che Suo onore potesse scendere dal trono, la signora Martino si alzò.

— Ehi, aspetti un minuto — sbottò a voce alta scavalcando parte del pubblico e avvicinandosi al banco. — Sono seduta qui dall'inizio e ho visto bene come vanno le cose.

— Signora! — protestò il giudice, in piena crisi, mentre un reporter di Radio New Country scivolava verso il fondo dell'aula.

— Non mi interrompa! — La signora Martino agitò il dito indice. — Il ragazzo che ha rapinato tutti quegli innocenti è mio figlio. Quindi adesso avrò bene il diritto di dire tutto quello che mi pare, no? E so anche chi sono queste due signore. — Rivolse loro un ampio cenno della testa. — Hanno rischiato la vita per aiutare della gente quando quel disgraziato di mio figlio spianava una pistola comprata da qualche spacciatore là fuori. Be', vi dirò una cosa.

Virginia West, Judy Hammer, l'assistente Pond e la corte ascoltavano la signora Martino con grande interesse. Il giudice decise quindi che era meglio tornare a sedersi e trattenere lo stimolo ancora per un po'. La madre di Johnny aspettava quel giorno da una vita, e cominciò a passeggiare avanti e indietro come un esperto avvocato. Il reporter della radio Tim Nicks prendeva nota di ogni particolare, il sangue che gli cantava una canzone scatenata nelle orecchie. Era tutto troppo bello per essere vero.

— Lasci che le spieghi una cosa, giudice. Quando vedo un trucco, lo so riconoscere. E tutte le volte che lei poteva lasciar andare quelle due signore, continuava invece a saltarle dicendo andiamo avanti, no, adesso no, eccetera eccetera eccetera. — Scosse la testa, continuando a passeggiare e ad agitare le braccia. — Perché tratta così delle persone che la aiutano e che cercano di servire a qualcosa in questa città? È una sfortuna, una vera sfortuna che lei faccia così.

— Signora, per favore, torni al suo posto — riprovò Suo onore.

In quel mentre, divisa arancione e ciabatte infradito del dipartimento carcerario di Mecklenburg, Johnny Martino fece la sua comparsa in aula. Sollevò la mano destra e, per l'ennesima volta in vita sua, giurò di dire tutta la verità e nient'altro che la verità. Judy Hammer sedeva a busto eretto e provava un'ammirazione sconfinata per la signora Martino, la quale non solo non si era lasciata zittire ma, ora che anche il figlio era arrivato, sembrava più che mai intenzionata a proseguire la sua concione. Chissà il giudice come avrebbe affrontato il disastro! Virginia trattenne una risata quasi isterica, mentre l'assistente alla procura Pond sorrideva e il cronista Nicks riempiva di appunti il suo blocco.

— Vuole che mi risieda, giudice? — La signora Martino si avvicinò ulteriormente al banco, piazzandosi le mani sui fianchi poderosi. — Allora sa cosa le dico? Le dico di fare la cosa giusta. Di ascoltare subito il caso di Johnny, di stare a sentire quel bugiardo schifoso e poi lasciare che queste brave signore possano tornarsene là fuori a salvare altre vite e ad aiutare altra gente che non sa difendersi da sola!

— La seduta è già aperta — disse il giudice Bovine. — Sto già ascoltando...

Ma la signora Martino la sapeva più lunga di lei. Si girò e lanciò un'occhiata a Johnny.

— Allora ditemi. — Allargò le braccia indicando tutti i presenti. — C'è ancora qualcuno che vorrebbe passare davanti a queste due brave signore cristiane? — Si guardò intorno, gustando il silenzio generale e la totale assenza di mani alzate. — Ditelo — esortò. — Ditelo ora! Vogliamo sì o no che queste signore tornino libere?

In aula esplose un boato di grida e ovazioni in sostegno di Batman e Robin, che non potevano fare altro che guardare la scena incantate.

— Johnny Martino, si dichiara colpevole di dieci rapine a mano armata? — ne approfittò Pond.

Il giudice Bovine strinse i denti allo spasmo, una manica della toga che ondeggiava inutilmente mentre tratteneva le proprie obiezioni e sedeva a gambe incrociate.

— Colpevole — mormorò l'imputato Martino.

— Lo Stato cosa dice? — mormorò il giudice, in fase preagonica.

— Il giorno undici di luglio, alle ore tredici e undici, il signor Martino saliva su un pullman alla stazione di Greyhound — riassunse l'assistente procuratore — e prima di venire bloccato e arrestato dal comandante Judy Hammer e dal vicecomandante Virginia West rapinava dieci passeggeri minacciandoli con un'arma da fuoco...

— Vai Batman! — esultò qualcuno.

— Robin sei grande! — gridò qualcun altro.

E così ricominciarono le ovazioni. Il giudice Bovine non ce la faceva più. Per ristabilire l'ordine avrebbe potuto chiedere l'intervento dello sceriffo, ma in quel momento aveva problemi ben più urgenti da risolvere. Fino a quel giorno era sempre stata gentile ed educata, adesso aveva perso il controllo della situazione. Un fatto senza precedenti. Bene: qualcuno doveva pagare. Il figlio di puttana che era montato sul pullman dando inizio a tutta la faccenda, per esempio, perché no?

— Lo Stato accetta di accumulare la sentenza sulla base delle dieci imputazioni — dichiarò in tono sbrigativo, senza nemmeno cercare particolari effetti drammatici. — L'accusato è oltre la doppia recidiva e per ciascuna delle dieci imputazioni riceverà minimo settanta mesi, massimo novantatré mesi di condanna, per un totale di minimo settecento e massimo novecentotrenta mesi. La corte si ritira fino alle ore tredici. — Raccolta la toga in una mano, il giudice Bovine si dileguò mentre il signor Martino verificava l'esattezza di quei calcoli.

Il cronista Nicks tornò di corsa in South McDowell Street, dove sui 96.6 trasmettevano *Today's Hot New*

Country and Your All Time Favourites. Raramente la sua stazione disponeva di notizie freschissime o di scoop veri e propri, come a suggerire che un pubblico di ascoltatori di musica country non votava né si interessava ai fatti criminosi o desiderava vedere gli spacciatori in prigione. Il fatto era che nessun funzionario cittadino o Gola Profonda si era mai preso la briga di pensare a Nicks quando succedeva qualcosa di interessante. Perciò quello era il suo gran giorno, e fu tanta la foga con cui uscì dalla sua Chevelle del '67 che dovette tornare indietro due volte per recuperare il taccuino e chiudere a chiave le portiere.

22

Il sensazionale dramma giudiziario delle due paladine della legge sedute in prima fila e tiranneggiate da quel buffone del giudice fece crepitare le onde radio che diffusero ovunque l'episodio, mandandolo a rimbalzare da una torre radio all'altra del Carolina. Persino superstar del microfono a effetto come Don Imus e Paul Harvey si occuparono della vicenda. Intanto Judy Hammer faceva la spola con il SICU senza curarsi di nient'altro e Virginia West perlustrava le strade di Charlotte alla ricerca di Brazil, sparito da giovedì. Ormai era sabato mattina.

Quando arrivò la telefonata del vicecomandante, Packer era di nuovo in giardino con il cane. Andò a rispondere, irascibile e perplesso. Nemmeno lui aveva più avuto notizie di Brazil. Nel frattempo la madre di Andy russava davanti alla tele-messa di Billy Graham, dopo essersi come al solito addormentata davanti alla TV. Il telefono non smetteva di squillare, e sul tavolino di fronte al divano erano appoggiati un portacenere stracolmo e una bottiglia di vodka. Virginia, che stava superando in macchina il palazzo Knight-Ridder, riattaccò il portatile, frustrata.

— Maledizione, Andy! Non puoi fare così! — sbottò.

La signora Brazil socchiuse gli occhi e si tirò su di un paio di centimetri, perché le sembrava di aver sentito qualcosa.

Davanti a lei un coro vestito di blu con stole d'oro invocava il Signore: che fosse quello il rumore? Sollevò il bicchiere con mano tremante e trangugiò il contenuto avanzato dalla notte precedente. Poi ricadde sui cuscini del vecchio divano che puzzava di rancido, sentendo nelle vene il calore della pozione magica capace di trasportarla ogni volta nel nulla. Bevve ancora, fino a rendersi conto che non aveva più alcol in casa. L'unica possibilità era il Quick Mart, dove avrebbe potuto procurarsi vino e birra. Ma Andy dov'era? Era entrato e uscito mentre lei riposava?

Calò la notte. Virginia restò a casa rifiutandosi di vedere chicchessia. Una tensione al petto le impediva di concentrarsi e di stare seduta a lungo nello stesso posto. Raines chiamò più volte e lasciò molti messaggi sulla segreteria telefonica, senza che lei rispondesse. Il pensiero della scomparsa di Brazil la annebbiava. Era assurdo, ma pur sapendo benissimo che lui non avrebbe mai fatto una stupidata irrimediabile, era ossessionata dagli orrori a cui aveva assistito nel corso della sua carriera.

Rivide i morti per overdose, i suicidi che si sparavano e venivano scoperti solo quando i cacciatori tornavano nei boschi. Rievocò le immagini delle auto occultate dalle acque dei laghi e dei fiumi, fino a che i disgeli primaverili e le piogge pesanti non disincagliavano i corpi di coloro che avevano deciso di farla finita.

La Hammer stessa, con tutti i problemi e le angosce che aveva, più di una volta si era premurata di contattare il suo vice per condividerne la preoccupazione per il giovane collaboratore volontario. Il capo della polizia non si era mai mosso dal SICU, dove aveva convocato anche i figli consapevole che il loro padre si stava avvicinando sempre più alla fine. Seth aveva smesso di parlare, e quando la moglie entrava si limitava a fissarla con occhi spenti.

Non ragionava più per pensieri completi, ma per frammenti di ricordi e sentimenti inespressi che avrebbero potuto formare un composto significativo, seppur eterogeneo, solo se fosse stato ancora in grado di articolarli. Durante i rari sprazzi di lucidità all'interno di giornate tutte uguali, il dolore lo crocifiggeva al letto impedendogli di comunicare a Judy quello che le avrebbe consentito di interpretare le sue intenzioni. Seth non poteva che subirlo. Allora si accontentava di guardare tra le lacrime la sola donna che avesse mai amato nella vita. Era così stanco, così dispiaciuto, e aveva avuto il tempo di pensare a tutta la situazione.

Mi dispiace, Judy. Non ho mai potuto farci niente, fin da quando mi hai conosciuto. Leggimi nella mente, io non posso più parlarti. Sono talmente esausto. Continuano ad affettarmi, non so più che cosa resta di me. Ti ho punito perché non potevo ricompensarti, L'ho capito troppo tardi. Volevo che tu ti prendessi cura di me. Adesso guarda. Di chi è la colpa, dopotutto? Non tua. Vorrei che tu mi tenessi la mano.

La Hammer era seduta nella solita sedia e guardava l'uomo con cui era sposata da ventisei anni. Gli avevano assicurato le mani ai lati del letto perché non si strappasse via il tubo conficcato nella trachea. Era sdraiato su un fianco. Il suo colorito sano era dovuto all'ossigeno, non a qualcosa di positivo che lui stava facendo per se stesso: che ironia, era tutto talmente tipico! Sulle prime Seth era stato attratto dalla sua forza e dalla sua indipendenza, poi aveva cominciato a odiarla proprio perché lei era ciò che era. Rinunciò a prendergli la mano anche se lo desiderava, perché lui era così fragile e rigido, e tutto avviluppato nei tubi, nei lacci, nelle medicazioni.

Si chinò sopra di lui appoggiandogli la mano sulla fronte, guardando gli occhi assonnati e acquosi che la fissavano senza espressione. Era sicura che nel suo subconscio Seth fosse consapevole della sua presenza. Oltre a quello, probabilmente non registrava più nulla di quanto veniva dall'esterno. I bisturi e i batteri avevano devastato le sue natiche incidendole e putrefacendole, e non contenti avevano trasferito la loro azione anche sulle cosce. Nella stanza aleggiava un puzzo nauseabondo, ma la Hammer non lo notava quasi più.

— Seth — disse con voce calma, autoritaria. — So che forse non mi puoi sentire, ma vorrei dirti delle cose lo stesso. I tuoi figli arriveranno nel tardo pomeriggio e verranno subito all'ospedale. Stanno bene. Io sono sempre qui. Siamo tutti preoccupatissimi e tristi per te.

Lui sbatté le palpebre, fissando come sempre il vuoto. Immobile, respirava l'ossigeno e i monitor gli registravano il polso e la pressione del sangue.

— Ho sempre tenuto molto a te — riprese. — Ti ho sempre amato, a modo mio. Ma tanto tempo fa mi sono resa conto che tu eri attratto da me perché volevi cambiarmi. E io volevo te perché pensavo che saresti rimasto sempre lo stesso. Piuttosto sciocco, ora che ci ripenso. — Fece una pausa, e il cuore le palpitò più forte quando vide che lui guardava dalla sua parte. — Ci sono cose che avrei potuto fare meglio, o diversamente. Io devo perdonarti, e devo perdonare me stessa. Tu devi perdonarmi e devi perdonare te stesso.

Seth era d'accordo, e desiderò trovare un modo per farle capire ciò che pensava e sentiva. Purtroppo il suo corpo era come un apparecchio rotto, o con la spina staccata, o senza batterie. Cercò di azionare qualche leva nel suo cervello, ma non accadde nulla. E tutto perché aveva bevuto troppo, mentre a letto giocava con una pistola per punirla.

— Adesso ricominceremo da capo — disse la Hammer, ingoiando le lacrime. — Sei d'accordo, Seth? Ci lasciamo tutto questo alle spalle e cerchiamo di imparare la lezione. Ricominceremo da qui. — Faceva fatica a parlare. — Capire perché ci siamo sposati non è più importante. Siamo due amici, due compagni. Non stiamo al mondo per procreare o per perpetuare all'infinito le nostre reciproche fantasie sessuali. Siamo qui per aiutarci a vicenda ad affrontare la vecchiaia senza sentirci soli. Amici. — Gli afferrò un braccio con la mano.

Dagli occhi di Seth sgorgarono delle lacrime. Fu l'unico

segno che riuscì a darle, ma tanto bastò a farla scoppiare in un pianto disperato. Judy Hammer pianse per mezz'ora, mentre i segnali vitali del marito si indebolivano progressivamente. Lo streptococco del gruppo A gli soffocava l'anima con le sue tossine, senza essere minimamente ostacolato dal flusso di antibiotici, immunoglobulina e vitamine pompato ininterrottamente nel corpo lardoso che lo ospitava. Per la sua malattia, Seth non era che un arrosto di culaccio. Una carogna in putrefazione abbandonata sul ciglio del cammino della vita.

Quando, alle sei e un quarto, Randy e Jude entrarono nella stanza, il padre sembrava in stato di incoscienza. Probabilmente non si rendeva nemmeno conto che loro si trovavano al suo capezzale, ma sapere che sarebbero arrivati gli era bastato.

La West oltrepassò il Cadillac Grill e Jazzbone's, poi decise di andare a Davidson perché le era venuto in mente che magari lui si stava nascondendo in casa sua senza rispondere al telefono. Parcheggiò nel vialetto trascurato, notando con disperazione che davanti alla casa stazionava solo la vecchia Cadillac. Scese dalla macchina e camminò fino alla porta d'ingresso sul sentiero di mattoni invaso dalle erbacce. Suonò il campanello ripetutamente, quindi bussò. Alla fine prese il manganello e lo picchiò forte sulla porta.

— Polizia! — disse a voce alta. — Aprite!

Non smise fino a che la porta non si socchiuse, lasciando intravedere lo sguardo vacuo della signora Brazil che si sorreggeva appoggiandosi allo stipite.

— Dov'è Andy?

— Non l'ho visto. — La signora Brazil si premette una mano sulla fronte, strizzando gli occhi come se il mondo là fuori le facesse male alla salute. — Sarà al lavoro — borbottò.

— No, non è al lavoro, e non va al lavoro da giovedì. È sicura che non abbia mai chiamato?

— Stavo dormendo.

— E la segreteria telefonica? Ha controllato?

— La sua stanza è chiusa a chiave, non ci posso entrare.

Ma Virginia West era in grado di entrare quasi dappertutto, con o senza cintura da lavoro, perciò non ci mise molto a rimuovere il pomello della porta e a entrare nella stanza. La signora Brazil ritornò in soggiorno e si sdraiò sul divano, gonfia e intossicata come sempre. Lei non voleva entrarci, nella stanza del figlio. Anzi, a dire il vero era lui a non volerla là dentro da quando, anni prima, l'aveva accusata di avergli rubato i soldi dal portafoglio che teneva nascosto tra i calzini. E l'aveva accusata anche di andare a curiosare nei suoi compiti di scuola, per non parlare di quanto si era arrabbiato la volta in cui lei aveva fatto cadere per terra il suo trofeo del campionato statale di tennis under 18, ammaccandolo malamente e rompendo l'omino che c'era sopra.

Accanto al letto accuratamente rifatto con la coperta verde, la luce rossa della segreteria lampeggiava. La West premette il tasto del riascolto, e intanto osservò le mensole cariche di trofei d'ottone e argento e i premi scolastici che Andy aveva attaccato al muro con le puntine da disegno, senza nemmeno prendersi la briga di incorniciarli. Sotto una sedia erano abbandonate delle Nike da tennis consumate sulla punta, una in piedi e l'altra rovesciata di lato, la cui vista le provocò un forte malessere. Per un attimo Virginia si sentì sconvolta e angosciata, ricordando il modo in cui gli occhi blu di Andy la guardavano quasi non volessero più staccarsi da lei. Le risuonò in testa la sua voce diffusa via radio. Rivide il modo buffo che aveva di assaggiare il caffè con la punta della lingua anche dopo che lei gli aveva fatto più volte notare che non era un sistema particolarmente intelligente per capire se un alimento era troppo caldo oppure no. I primi tre messaggi sulla segreteria erano di persone che avevano riattaccato.

— Ehi, tu — cominciava il quarto. — Sono Axel, ho i biglietti per Bruce Hornsby...

La West mandò avanti il nastro.

— Andy? Sono Packer, chiamami.

Mandò avanti di nuovo fino a sentire la propria voce che lo cercava. I due messaggi successivi erano muti. Aprì l'armadio e vedendo che non c'era dentro niente la sua paura crebbe. Allora il poliziotto Virginia aprì i cassetti: vuoti anche quelli. Andy non si era portato via il computer né i libri, e questo particolare non fece che aumentare la sua confusione. Erano le cose che più amava, non le avrebbe mai abbandonate a meno di non essersi imbarcato in qualche esodo autodistruttivo, in una fuga fatalistica. Poi sollevò il materasso per controllare sotto il letto, esplorando ogni centimetro di quello che era stato lo spazio più privato di Andy. Nessuna traccia della pistola che gli aveva prestato.

Il resto della notte Virginia lo trascorse vagando per la città, asciugandosi la faccia, inghiottendo Motrin, accendendo e spegnendo in continuazione l'aria condizionata, indecisa tra il caldo e il freddo. Sulla South College rallentò per fissare intensamente gli abitanti della strada, come se si aspettasse che Andy si fosse improvvisamente trasformato in uno di loro. A un tratto riconobbe Poison, la giovane puttana della videocassetta di Mungo, che ancheggiava sul marciapiede con una sigaretta in mano per il solo piacere di farsi notare. La ragazza seguì con sguardo spiritato e vitreo la macchina blu notte della polizia e Virginia si voltò per osservarla meglio. Poi le venne in mente Andy, e la sua curiosità triste per i malvagi e le ragioni che li avevano resi tali.

Fanno delle scelte, non aveva mai smesso di ripetere lei a tutti. Ed era vero.

Però invidiava la freschezza di Andy, l'innocente limpidezza della sua visione del mondo. Lui vedeva la vita con una saggezza non inferiore alla sua; la differenza era che in lui la saggezza nasceva dalla vulnerabilità anziché dall'esperienza che a volte interferiva con la compassione di Virginia, soffocando i suoi sentimenti sotto cappe pesanti.

355

Era una condizione da tempo annunciata, e con tutta probabilità irreversibile. Virginia West dava per scontato che quando si entra in contatto con i lati peggiori della vita, prima o poi si arriva a un punto di non ritorno. Lei era stata sconfitta, l'avevano colpita e aveva ucciso, oltrepassando una linea di demarcazione invisibile. Ormai era una specie di missionaria che aveva lasciato agli altri gli aspetti teneri e caldi della vita.

In Tryon Street si fermò al semaforo vicino a Jake's, un altro dei suoi posti preferiti per fare colazione: Thelma preparava ottime bistecche fritte e tartine, innaffiate da un caffè altrettanto buono. Virginia guardò davanti a sé, parecchi isolati più avanti, oltre l'edificio della First Union Bank con il suo gigantesco calabrone dipinto su uno dei muri laterali. Aveva riconosciuto la forma squadrata e il bagliore rosso dei fanali conici posteriori di una macchina scura. Non era ancora abbastanza vicino per riconoscere la targa, ma non per molto.

Non appena il semaforo diventò verde, spinse al massimo il potente motore della Ford e si portò dietro al paraurti della vecchia BMW. Nel riconoscere il numero di targa, il suo cuore ebbe un fremito di gioia. Si attaccò subito al clacson, gesticolando. Andy Brazil non accennava a fermarsi. Sempre suonando, Virginia prese a tallonarlo, ma era evidente che lui non aveva intenzione di riconoscere la persona che stava seguendo il suo lucido paraurti cromato attraverso le strade del centro. In realtà si era accorto della sua presenza, ma non gliene fregava niente e continuava a bere dalla lattina di Budweiser che teneva tra le gambe. Stava infrangendo la legge proprio di fronte al vicecomandante West, senza preoccuparsi di nascondersi.

— Maledetto figlio di puttana — esclamò Virginia accendendo i lampeggiatori.

Brazil accelerò. La West non credeva ai suoi occhi: come faceva a essere così stupido?

— Per amor del cielo! — Azionò la sirena.

Brazil aveva già partecipato a degli inseguimenti, ma mai

nel ruolo di chi stava davanti. Stava dietro, seduto sul sedile anteriore accanto a Virginia. Trangugiò un altro sorso della birra che aveva acquistato all'area di ristoro per camionisti, non lontano dall'uscita di Sunset East. La lattina era finita, perciò decise di raggiungere la I-77 passando per Trade Street e tornare indietro a fare rifornimento. Lanciò la lattina vuota sul sedile posteriore, dove parecchie altre tintinnarono rotolando sul pavimento. Il tachimetro rotto continuava a dichiarare con convinzione che la BMW stava viaggiando a cinquanta chilometri l'ora.

In realtà, quando imboccò l'interstatale stava andando a centoventi. La West lo inseguiva caparbiamente, sempre più arrabbiata e allarmata. Se avesse chiamato rinforzi, per Brazil sarebbe stata la rovina, la fine della sua carriera come volontario e l'inizio di un mare di guai. Senza contare che nulla garantiva che un maggior numero di poliziotti sarebbe riuscito a fermarlo. Per la disperazione, Andy rischiava di deragliare ancora di più. E Virginia sapeva già in cosa si risolve quel tipo di incidenti: grovigli di lamiere taglienti come rasoi, vetri rotti, benzina, sangue, sacchi mortuari neri in viaggio per l'obitorio.

Brazil si era assestato sui centocinquanta all'ora, e lei continuava a stargli alle calcagna, procedendo a sirene spiegate e lampeggiatori accesi. All'improvviso, il pensiero che Virginia non doveva aver chiesto aiuto via radio perforò la coltre di nebbia che gli avvolgeva la mente. Se l'avesse fatto, di sicuro lui se ne sarebbe accorto grazie allo scanner, e le auto di rinforzo a quest'ora sarebbero già comparse all'orizzonte. Andy non capiva se la cosa lo faceva sentire meglio o peggio. Magari significava solo che lei non lo prendeva sul serio. Del resto nessuno lo prendeva sul serio, e non lo avrebbe fatto nemmeno in futuro. Questo per colpa di Webb, ma anche per colpa dell'ingiustizia e della crudeltà della vita.

Imboccò l'uscita di Sunset Road East e iniziò a rallentare. Era finita. A dire il vero, era la benzina che stava finendo; quell'inseguimento aveva comunque dei limiti, perciò a quel punto tanto valeva fermarsi. La depressione lo assalì più forte che mai, schiacciandolo contro il sedile mentre parcheggiava sul margine esterno della carreggiata, il più lontano possibile dai semiarticolati con le loro lucenti cabine coloratissime e cromate. Spense il motore e si appoggiò allo schienale, con gli occhi chiusi, in attesa della punizione. La West non gliel'avrebbe fatta passare liscia. Armata e in uniforme, era innanzitutto un poliziotto, e per di più duro e inflessibile. Non importava che fossero colleghi, che andassero a sparare insieme e che parlassero di tante cose.

— Andy. — Virginia batté forte con la nocca sul finestrino. — Vieni fuori — ordinò al famigerato violatore della legge.

Esausto, Brazil uscì dall'automobile che suo padre aveva tanto amato. Si levò il giubbotto paterno e lo lanciò sul sedile posteriore. Fuori faceva molto caldo, moscerini e falene sciamavano nelle luci ai vapori di sodio. Fradicio di sudore infilò le chiavi in una tasca dei jeans aderenti, quelli che secondo Mungo indicavano la sua propensione al crimine, mentre la West illuminava con la torcia l'interno dell'auto e contava undici lattine di birra da 66 cc.

— Le hai bevute tutte stanotte? — gli chiese, mentre lui chiudeva la portiera.

— No.

— Quante, allora?

— Non ci ho fatto caso. — Gli occhi di lui sfidarono quelli del vicecomandante.

— È una tua abitudine quella di sfuggire alle sirene della polizia? — lo aggredì furiosa. — O questa è una notte tutta speciale?

Lui aprì la portiera posteriore della BMW e rabbiosamente agguantò una T-shirt, si sfilò la maglietta polo bagnata e la sostituì con quella asciutta, senza fare commenti. Alla West non era mai capitato di vederlo mezzo nudo.

— Dovrei rinchiuderti — gli disse con molta meno autorità di prima.

— Fai pure.

Randy e Jude Hammer erano atterrati all'aeroporto internazionale di Charlotte-Douglas a quarantacinque minuti di distanza l'uno dall'altro, accolti dalla madre. Tristi e turbati, si erano recati senza indugi al Carolinas Medical Center. La felicità provata da Judy nel rivedere i suoi ragazzi riportò alla luce i vecchi ricordi della loro infanzia. Dalla madre, Randy e Jude avevano ereditato l'armoniosa ossatura e i denti bianchi e dritti, insieme alla formidabile intelligenza e agli occhi penetranti.

Da Seth, invece, avevano preso i motori a quattro cilindri che nella vita li facevano avanzare lentamente e senza una meta precisa, con una scarsa inclinazione al sorpasso e ancora più scarsa forza propulsiva. Per essere felici gli bastava esistere senza fretta e senza impegno. I sogni costituivano per loro una fonte di gioia e di gratificazione allo stesso modo dei clienti abituali dei ristoranti in cui lavoravano saltuariamente come camerieri. Avevano dei rapporti sentimentali sereni con donne comprensive che li amavano sempre e comunque. Randy era fiero delle sue particine in film che nessuno vedeva. Jude adorava i locali jazz, nei quali, con passione immutabile sia che avesse di fronte un pubblico di dieci persone sia che ce ne fossero ottanta, suonava la batteria in un piccolo complesso.

Stranamente, non era stata quella madre energica e volitiva a non sopportare i risultati assai poco scoppiettanti dei figli, bensì il padre, che ne era disgustato e si vergognava di loro. Seth si era dimostrato talmente carente in termini di comprensione e pazienza da aver costretto i figli a trasferirsi lontano. Naturalmente la Hammer capiva benissimo questa dinamica psicologica. L'odio del padre nei loro confronti era l'odio che lui provava per se stesso: non occorreva certo grande acume per dedurre quella semplice verità. Purtroppo, però, la consapevolezza non era servita a cambiare le cose, e per riunire la famiglia c'era voluta la tragedia di una malattia gravissima.

— Mamma, ce la fai a tenere duro? — Jude, seduto dietro, stava massaggiando le spalle alla madre mentre guidava.

— Ci provo — e deglutì con pena sotto gli occhi preoccupati di Randy, seduto accanto a lei.

— Insomma, io non ho voglia di vederlo — si sfogò questi, cullando i fiori che aveva comprato per il padre all'aeroporto.

— È comprensibile — commentò la madre, cambiando corsia con gli occhi fissi negli specchietti retrovisori. Aveva cominciato a piovere. — Come stanno i piccoli?

— Benissimo — le rispose Jude. — Benji sta imparando a suonare il sax.

— Non vedo l'ora di sentirlo. E Owen come se la passa?

— Non ha ancora l'età per imparare uno strumento, ma è la mia piccola ballerina. Non appena sente un po' di musica si mette a ballare con Spring — continuò Jude, riferendosi alla madre della bimba. — Dio, mamma, ti piacerà da morire quando la vedrai, è esilarante!

Spring era l'artista con cui Jude viveva da otto anni al Greenwich Village. Entrambi i figli della Hammer non erano sposati, pur avendo due bambini ciascuno. Judy adorava ogni singolo capello biondo e delicato che cresceva sulle adorabili testoline dei suoi nipotini, e che stessero crescendo in città lontane, con solo sporadici contatti con la loro leggendaria nonna, era un suo segreto dolore. Judy non voleva trasformarsi in una figura di cui un giorno avrebbero potuto parlare ma che non avevano mai conosciuto di persona.

— Smith e Fen volevano venire con me — disse Randy prendendole la mano. — Andrà tutto bene, mamma — la confortò, e in quel momento provò una fitta d'odio per il padre.

Virginia West non sapeva cosa fare del suo prigioniero. Brazil, sprofondato nel sedile anteriore, le braccia conserte in atteggiamento di sfida, comunicava una totale assenza di rimorso. Per il momento si rifiutava persino di guardarla in faccia, concentrandosi invece sugli insetti e sui pipistrelli che svolazzavano sotto le luci dei lampioni. Osservava i camionisti in jeans e stivali da cowboy ritornare ai loro potenti destrieri, accendersi una sigaretta con le mani a coppa e un piede appoggiato sul predellino della cabina, come il protagonista degli spot della Marlboro.

— Hai sigarette? — chiese alla West.

Lei lo guardò come se fosse impazzito. — Ma fammi il piacere!

— Ne voglio una.

— Certo, come no. Non hai mai fumato in vita tua, e non ho intenzione di essere io il motivo per cui comincerai — lo rimbeccò, anche se ne voleva una anche lei.

— Non vedo come tu possa sapere se ho mai fumato una sigaretta, o dell'erba o qualunque altra cosa — disse lui con il tono alterato degli ubriachi. — Tu credi sempre di sapere tutto e invece non sai niente. I poliziotti hanno vicoli bui e stretti al posto del cervello.

— Dici sul serio? Credevo che anche tu volessi essere un poliziotto. O forse hai rinunciato anche a questo?

Lui guardò fuori dal finestrino, con aria infelice.

Nonostante l'arrabbiatura, Virginia era dispiaciuta. Avrebbe voluto sapere esattamente che cos'era che non andava.

— Andy, cosa ti è preso, eh? — Cambiò tattica.

Lui non reagì.

— Stai cercando di rovinarti la vita? Che cosa sarebbe successo se ti avesse visto per primo un altro agente? — Cercò di essere realistica. — Hai idea del guaio in cui ti saresti ficcato?

— Non m'interessa — disse lui, ma si sentiva che non era vero.

— Sì che ti interessa, maledizione! Guardami in faccia!

Brazil invece guardò fuori, con gli occhi lucidi. Vide le immagini velate delle persone che entravano e uscivano dal posto di ristoro, uomini e donne le cui vite erano molto diverse dalla sua, che non avrebbero mai capito che cosa significa essere come lui. Lo avrebbero solo disprezzato perché era un ragazzo privilegiato e viziato, senza riuscire a comprendere la sua realtà.

Era proprio ciò che pensava Bestione mentre per caso parcheggiava il suo King Cab di fianco alle pompe di benzina. Vide prima la BMW, e subito dopo la macchina della polizia con dentro il nemico. Non poteva credere alla propria fortuna. Scese e andò a fare scorta di birra Pabst Blue Ribbon, tabacco da masticare Red Man e dell'ultimo numero di *Playboy*.

Andy Brazil si sforzava di non perdere il controllo, e la durezza della West era andata a farsi benedire. Non era facile trovare una definizione adatta al sentimento che provava per lui, ma forse era per questo che Andy aveva il potere di confonderla e destabilizzarla così tanto. Lo apprezzava come recluta precoce e piena di talento: un novellino a cui fare da guida e da maestra era un vero piacere. Non aveva mai avuto un fratello, e le sarebbe piaciuto averne uno proprio come lui: intelligente, sensibile, buono. Era un amico, un ragazzo incredibilmente attraente che non sembrava nemmeno sapere di esserlo.

— Per favore, Andy — lo supplicò in tono sommesso — raccontami che cosa è successo.

— Non so come, ma riusciva a penetrare nella memoria del mio computer e nei miei file. La sera prima che uscisse l'articolo sul giornale, dicevano già tutto al notiziario. Lo scoop ero io. — Gli tremò la voce. Non voleva che la West lo vedesse in quello stato.

Lei era attonita. — Lui? — chiese. — Lui chi?

— Webb — si obbligò a pronunciare quel nome. — Lo stesso pezzo di merda che si scopa il tuo vicecomandante!

— Che cosa? — La West non capiva più niente.

— La Goode — sbottò lui. — Lo sanno tutti.

— Io non lo sapevo. — Virginia si meravigliò di essere riuscita a farsi scappare un'informazione riservata e importante come quella.

Avevano spezzato il cuore a Brazil. Per sempre. Virginia si asciugò di nuovo la faccia, senza sapere bene cosa fare.

Coprendosi con un berretto da baseball la grossa faccia dal naso deformato, Bestione tornò furtivamente al suo pick-up. Una volta montato in cabina con i suoi acquisti, rimase seduto a osservare l'auto della polizia attraverso il parabrezza. Cominciò a sfogliare la rivista soffermandosi solo sulle tipe più notevoli, presenti in buon numero, e cercò di non pensare a sua moglie e di non fare paragoni. Dopodiché si dedicò a progettare il modo migliore per sferrare l'attacco.

Quella notte era uscito un po' leggero, solo una pistola Colt calibro 380 a sette colpi in una fondina legata alla caviglia e perciò inadatta all'occasione. Ma doveva pareggiare i conti con i poliziotti. Fortuna che tra i sedili teneva nascosti dei rinforzi: una carabina Quality Parts Shorty E-2, calibro 223 con caricatore trenta colpi, mirini regolabili e canna cromata internamente con finitura opaca in fosfato di manganese. Era un M-16 a tutti gli effetti, l'arma con cui Bestione avrebbe potuto crivellare di pallottole la macchina della West, proprio come Bonnie and Clyde. Girò pagina, massaggiandosi ulteriormente le grandiose idee che gli erano venute nel frattempo in quella suadente oscurità.

A Virginia West non era mai capitato di dover fare da consolatrice a un membro della razza maschile. Era raro che le arrivassero richieste di questo tipo, e non potendosi basare sull'esperienza usò il buonsenso. Brazil teneva il volto nascosto tra le mani. Virginia si sentiva incredibilmente dispiaciuta per lui, era una situazione davvero incresciosa.

— Non è così terribile, vedrai — non smetteva di ripetergli. — D'accordo? — Gli diede dei colpetti sulla spalla. — Troveremo una via d'uscita, ne sono sicura.

Un altro colpetto, che non sortì alcun effetto, e infine cedette. — Vieni qui — lo invitò.

Lo circondò con un braccio, attirandolo a sé. E d'improvviso lui le si rannicchiò in grembo tenendola stretta come un bambino. Ma non era un bambino. Le vampate di calore di Virginia, sempre più bollenti, accompagnarono l'accelerarsi dei pensieri. E il risvegliarsi degli ormoni. Lui si avvolse intorno a lei in un abbraccio strettissimo. La colse di sorpresa, suscitandole un'altrettanto forte risposta a livello del ventre. Identica fu la reazione di Brazil: risalì lungo il corpo di lei fino a raggiungere il collo, a trovarle la bocca. Per alcuni istanti persero completamente il controllo e il senso della realtà. I loro cervelli traumatizzati entrarono in stato di shock, permettendo così ad altri istinti di entrare in azione, proprio come prevede l'antico copione elaborato da Madre Natura per indurre le coppie alla procreazione.

Virginia West e Andy Brazil non erano ancora arrivati al punto in cui ci si deve preoccupare di individuare il tipo di controllo delle nascite più adatto alle proprie anatomie, ai bisogni, ai gusti, ai sistemi di credenze, alle scelte personali, alle fantasie, ai piaceri segreti o alla fiducia nelle indagini per i consumatori. Quello era per loro un modo inedito di comunicare. Si presero tutto il tempo di indugiare in posti per i quali avevano sempre avuto curiosità. Ma poi la realtà tornò ad affermarsi imperiosa, obbligando Virginia a sollevarsi e a guardare fuori dai finestrini: era un agente in servizio, e aveva un uomo abbandonato in grembo.

— Andy — chiamò.

Lui era occupatissimo.

— Andy — ritentò. — Andy, tirati su. Sei sulla mia... pistola.

Il tentativo che fece di spostarlo era privo di qualunque energia o entusiasmo. In realtà non voleva che lui andasse mai più da nessun'altra parte. Ma quello era l'inferno, e lei era già dannata.

— Siediti — gli disse, asciugandosi di nuovo la faccia. La sua vita era rovinata. — Questo è incesto, è pedofilia — mormorò a se stessa, respirando a fondo mentre lui continuava a fare quello che stava facendo.

— Sì, hai ragione, è vero — bisbigliò lui senza convinzione, e riprese a esplorare le meraviglie dell'esistenza di lei in un modo che le sembrò travolgente e inedito.

Era difficile prevedere con esattezza fino a dove sarebbero arrivati se all'improvviso non fosse intervenuto Bestione. Non lontano, sull'I-77, c'era un Holiday Inn Express dotato di piscina coperta, TV via cavo con quarantadue canali, chiamate locali gratuite, quotidiani e prima colazione continentale compresi. Forse Virginia e Andy si sarebbero diretti verso una di quelle stanze per ficcarsi in un guaio ancora più grande a prezzo di liquidazione. Forse avrebbero dormito insieme, cosa che lei di solito si rifiutava di fare perché il sesso era una cosa ma dormire con qualcuno significava esserne innamorata. Infatti lei non dormiva mai con anima viva, tranne Niles.

Tuttavia, riflessioni simili risultano oziose quando senti dei colpi secchi battuti sul tuo finestrino, ti volti e ti trovi di fronte la canna di un fucile a carabina che subito ti fa venire in mente la Bosnia o tutt'al più Miami. Anche senza occhiali, alla West sembrava di aver già visto da qualche parte il rozzo energumeno che stazionava fuori dalla sua auto imbracciando un fucile da combattimento.

— Mettiti a sedere — disse a Brazil.

— Per fare cosa? — Ancora non era pronto.

— Fidati di me — gli consigliò Virginia.

Meno male che si era formata della condensa sui vetri. Bestione non riusciva a vedere con precisione quello che stava succedendo all'interno della Ford Crown Victoria blu notte, ma se lo immaginava benissimo. La cosa, oltre a renderlo sempre più eccitato, non fece che rafforzare la risoluzione già presa: cioè ucciderli, non senza aver prima inflitto loro qualcosa di molto ma molto brutto. Perché, nella vita, due erano le cose veramente aborrite da Bestione: la prima erano gli omosessuali che pomiciano, la seconda gli etero che pomiciano. La vista dei gay che amoreggiano palpandosi gli faceva venire voglia di pestarli a sangue e di abbandonarli in fin di vita in un fossato. Più o meno lo stesso impulso che provava adesso davanti a ciò che credeva di stare osservando in quella macchina della polizia. Le persone ricche, importanti o con una buona vita sessuale, e in modo particolare quelle che hanno tutte e tre le cose, lo facevano diventare pazzo, provocandogli un insopportabile senso di oltraggio. Sentiva con certezza che la sua vocazione era di castigarli in nome dell'America intera.

Il cervello di Virginia, molto meno spaventata da quel fucile a trenta colpi di quanto non lo sarebbe stata la maggior parte delle persone in una situazione analoga, aveva cominciato ad attivarsi. Aveva riconosciuto lo sgradevole personaggio del poligono di tiro, lo stesso idiota che si era fatto arrestare a Latta Park per oltraggio al pudore. Finalmente aveva capito il perché della colla tra gli arbusti. Inoltre rimpiangeva amaramente il pugno che Brazil gli aveva dato sul naso. In ogni caso era pronta ad affrontare la violenza: chiunque fosse a puntarle addosso una pistola, la sua reazione era automatica. Sganciò il microfono appoggiandoselo accanto al fianco, e digitando con la mano destra escluse l'intero traffico radio dalla sua area di intervento, con il risultato che ora gli operatori radio, i poliziotti, i cronisti e i criminali dotati di scanner potevano sentire soltanto lei. Quindi abbassò il finestrino di pochi centimetri.

— Ti prego, non sparare — disse a voce alta.

La sua rapida sottomissione sorprese e gratificò Bestione.
— Togli la sicura dalle portiere — ordinò lui.

— D'accordo, d'accordo — acconsentì Virginia, sempre con voce alta e tesa. — Toglierò la sicura molto lentamente. Per favore non sparare, te ne prego. Possiamo sistemare tutto, va bene? Che cosa ci guadagni a metterti a sparare proprio qui, davanti a tutta la Settantaseiesima area di ristoro per camionisti?

Bestione ci aveva già pensato, aveva ragione lei. — Adesso voi due salite sul mio furgone e noi andiamo a farci un giretto — le comunicò.

— Perché? — insistette la West. — Che cosa vuoi da noi? Non c'è nessun problema, mi pare.

— Ah, davvero? — Strinse ancora più forte la carabina tra le mani, deliziato dal modo che aveva quella cagna in uniforme di strisciare di fronte a lui, il grande Bestione. — E che cosa mi dici dell'altra sera al poligono, quando il frocetto qui presente mi ha colpito?

— Avevi cominciato tu — disse Brazil a lui e a tutti quelli in ascolto sul canale due.

— Possiamo sistemare tutto — ripeté la West. — Ascolta, perché non ritorniamo sulla Sunset e cerchiamo un posto dove parlare della cosa? Qui ci può vedere chiunque. Non credo che tu voglia testimoni, e certamente questo non è un posto adatto a sistemare una faccenda.

Bestione pensava che fossero già ben oltre quello stadio. Lui aveva in mente di sparare loro vicino al lago, zavorrare i corpi con dei blocchi di calcestruzzo e infine gettarli dove nessuno li avrebbe trovati prima che le tartarughe avessero divorato loro buona parte dei lineamenti, come aveva sentito dire che capitava. Anche i granchi non scherzano con i cadaveri, per non parlare degli animali domestici: in particolare i gatti, soprattutto quando restavano rinchiusi con i cadaveri dei loro proprietari senza altra possibilità per mangiare.

Mentre Bestione era occupato a riflettere, otto volanti della polizia di Charlotte con i lampeggiatori accesi percorrevano a tutta velocità la I-77, a pochi minuti dall'area di ristoro. I fucili erano carichi e pronti a sparare. L'elicottero della polizia stava sollevandosi dalla piattaforma posta sopra il LEC, trasportando i tiratori scelti in posizione di tiro. Gli SWAT erano già schierati, inoltre era stato chiamato l'Fbi e numerosi agenti si tenevano a disposizione qualora fosse necessario ricorrere all'intervento estremo di esperti di terrorismo dell'unità per i serial killer e i rapimenti infantili, o della squadra antiostaggio.

— Fuori dalla macchina — intimò Bestione.

Nella sua testa non indossava pantaloncini scozzesi, calze tubolari bianche, scarpe Hush Puppies e una Fruit of the Loom bianca mai lavata in candeggina. Nella sua testa indossava una tuta mimetica, aveva dei segni neri fatti col grasso sotto gli occhi, un cespuglio di capelli selvaggi e muscoli sudati che sporgevano mentre impugnava la sua arma preparandosi a segnare altri due punti per la sua patria e per i ragazzi del club della caccia. Perché lui era Bestione. Aveva già in mente il lotto abbandonato vicino al lago dove avrebbe portato a termine la sua missione, non senza essersela prima spassata con la donna, naturalmente. *Beccati questo,* avrebbe pensato mentre si aggiudicava il punto. *E adesso chi è che ha in mano il potere, brutta stronza?*

Le auto della polizia svoltarono in Sunset East, avanzando in fila indiana con i lampeggiatori accesi e formando un'unica linea di luci intermittenti. All'interno dell'area di ristoro buona parte dei camionisti aveva perso ogni interesse per i nachos cotti al microonde, i cheeseburger e la birra. Tutti seguivano attraverso la vetrina gli sviluppi della situazione ai bordi del parcheggio. Tra gli alberi cominciava a intravedersi il pulsare delle luci rosse e azzurrognole.

— Non esiste che quello è un fucile — stava dicendo Betsy masticando uno Slim Jim.

— Eccome se lo è — rispose Al.

— Ma allora dovremmo uscire per aiutarli.

— Per aiutare chi? — chiese Tex.

E rimasero a valutare questa eventualità abbastanza a lungo da permettere alle pattuglie di avvicinarsi, il rombare dell'elicottero che si faceva sempre più distinto.

— A me sembra che sia stato Bestione a iniziare — decise Pete.

— Bene, allora andiamo a prendere lui.

— Ehi, non hai mai sentito parlare del suo arsenale?

— Bestione non sparerebbe mai contro di noi.

La discussione era puramente accademica. Bestione infatti non mancò di avvertire la presenza di oscuri eserciti che convergevano su di lui, e fu assalito dalla disperazione.

— Uscite subito o faccio fuoco! — gridò, infilando a forza una cartuccia in una camera di sparo che già ne conteneva una.

— Non sparare. — Virginia alzò le mani, sapeva che la doppia carica aveva appena fatto inceppare il fucile. — Sto aprendo la portiera, va bene?

— *Subito!* — sbraitò Bestione, puntando il fucile.

La West prese posizione meglio che poté davanti alla portiera e ci appoggiò sopra un piede. Sollevò la maniglia e scalciò con tutte le sue forze, proprio mentre otto volanti arrivavano rombando accompagnate dal grido delle sirene che laceravano la notte di violenza. La portiera colpì Bestione nello stomaco scaraventandolo all'indietro e facendolo atterrare sulla schiena, il fucile che rotolava sull'asfalto. Virginia si catapultò fuori e gli fu addosso ancora prima di toccare terra con i piedi, senza aspettare i rinforzi. Non gliene fregava niente dei camionisti grossi e tarchiati che dall'area di ristoro stavano accorrendo in aiuto del nemico. Con la collaborazione di Brazil, anch'egli sceso di corsa dall'auto, costrinse Bestione a girarsi sulla grassa pancia e lo ammanettò, cercando di resistere alla tentazione irresistibile di pestarlo a sangue.

— *Bruttobastardoschifosofigliodiputtana!* — muggì Brazil.

— Muoviti e sei spacciato! — rincarò la West, premendo forte la pistola sulla nuca carnosa di Bestione.

La forza pubblica lo rimosse senza alcuna assistenza da parte dei camionisti, che tornarono ai loro acquisti di snack e sigarette per il viaggio. Virginia e Andy restarono per un attimo ancora seduti in silenzio nella macchina di lei.

— Mi cacci sempre nei guai — disse infine il vicecomandante, ingranando la retro.

— Ehi! — protestò lui. — Dove stai andando?

— Ti porto a casa.

— Non abito più a casa.

— Da quando? — Virginia cercò di dissimulare il piacere e la sorpresa.

— Dall'altro ieri. Ho preso un appartamento a Charlotte Woods, sulla Woodlawn.

— Vorrà dire che ti accompagnerò lì.

— Ma la mia macchina è qui.

— E tu hai passato la notte a bere — gli ricordò allacciandosi la cintura di sicurezza. — Torneremo a prendere la tua auto quando sarai di nuovo sobrio.

— Sono già sobrio.

— Rispetto a quali parametri? Domani non ti ricorderai già più niente di tutto questo.

Andy invece ne avrebbe ricordato ogni secondo per il resto della sua vita tormentata. Sbadigliò e si strofinò le tempie. — Sì, forse hai ragione tu — convenne, convinto che per lei quella notte non avesse significato nulla. Non significava nulla neanche per lui.

— Certo che ho ragione — sorrise lei, come se niente fosse.

Si vedeva che lui era indifferente: era l'ennesimo maschio stronzo e opportunista. Anche lei, del resto, non era altro che una donna di mezza età fuori forma, una che non era mai stata in una città più grande o più importante di quella in cui lavorava da quando aveva finito il college. Lui ci aveva provato solo per prendere le misure, come uno che ha la sua prima lezione di guida in una macchina vecchia e antiquata con la quale ci si può permettere di commettere anche degli errori. Fu tentata di inchiodare e di scaricarlo sui due piedi. Quando infine entrò nel parcheggio del suo nuovo condominio, aspettò che lui uscisse senza spiccicare parola, né amichevole né significativa.

Andy si fermò con la portiera aperta, guardando Virginia seduta al volante. — Allora, a che ora domani?

— Alle dieci — lo liquidò lei.

Lui sbatté la portiera e si allontanò in fretta, ferito e dispiaciuto. Le donne sono tutte uguali: un momento calde e meravigliose, eccitate e ansiose di saltarti addosso, subito dopo lunatiche e distaccate e scusa-non-so-che-cosa-mi-è-preso. Brazil trovava incomprensibile che lui e la West, dopo aver condiviso quel momento così speciale nell'area di ristoro, ora si congedassero quasi come due perfetti estranei. Lei lo aveva usato, ecco la verità. Per lei era stata una cosa da niente, una specie di riempitivo. E probabilmente quello non era altro che il modus operandi di una donna con più anni, più potere e più esperienza, per non parlare della sua avvenenza e di quel suo corpo sconvolgente. Virginia West era una che poteva permettersi di giocare con chi le pareva.

E anche Blair Mauney III poteva permetterselo, proprio come temeva la moglie. Polly Mauney non poteva fare a meno di pensare con preoccupazione all'attività cui si sarebbe dedicato il marito l'indomani, recandosi a Charlotte, volo diretto USAir numero 392 da Asheville, dove i Mauney abitavano in una bella casa in stile Tudor nella foresta di Biltmore. Blair Mauney proveniva da un'ottima famiglia. Era appena rincasato dal club, dopo una partita a tennis piuttosto impegnativa, una doccia, un massaggio e un bicchiere con gli amici. La sua era una stirpe di banchieri, a partire da suo nonno Blair, uno dei padri fondatori dell'American Trust Company.

Il padre di Blair Mauney III, Blair Mauney Jr., era stato vicedirettore ai tempi della fusione dell'American Commercial con la First National di Raleigh. In quel periodo cominciava a svilupparsi un sistema bancario a livello statale, che dopo svariate fusioni era culminato nella costituzione della North Carolina National Bank. La situazione era continuata così finché, a causa della crisi finanziaria della fine degli anni Ottanta, non erano state messe in vendita a prezzi di saldo le banche non ancora assorbite. La NCNB era così diventata la quarta banca del paese, e fu ribattezzata USBank. Blair Mauney conosceva per filo e per segno la gloriosa storia della sua rispettatissima banca; era al corrente persino dell'ammontare degli emolumenti dell'amministratore generale, del presidente, del direttore finanziario e del direttore generale.

Mauney era vicedirettore generale dell'USBank per le due Carolina, e la sua carica gli imponeva di recarsi a Charlotte con una certa frequenza. Di sicuro a lui non dispiaceva allontanarsi tutte le volte che poteva dal peso della moglie e dei figli adolescenti. Solo i suoi colleghi nei loro uffici dei piani alti potevano capire le pressioni a cui era sottoposto. Solo i suoi amici potevano comprendere la paura, annidata nel cuore di ogni addetto ai lavori, che un bel giorno l'intollerante Cahoon comunicasse a lavoratori accaniti come lui che erano caduti in disgrazia con la corona. Mauney depose la sua sacca da tennis sul pavimento della cucina appena rifatta e aprì lo sportello del frigorifero, pronto per un'altra Amstel Light.

— Tesoro? — chiamò mentre stappava la bottiglia.

— Sì, caro. — La moglie entrò tutta animata. — Com'è andata la partita?

— Abbiamo vinto.

— Mi fa piacere per voi! — disse lei raggiante.

— Withers ha commesso almeno venti doppi falli. — Mandò giù un sorso. — Più non so quanti di piede, sui quali abbiamo chiuso un occhio. Cosa avete mangiato per cena? — Lo chiese senza quasi guardare Polly Mauney, da vent'anni sua moglie.

— Spaghetti al ragù, insalata, pane ai sette cereali. — E, come sempre faceva e sempre avrebbe fatto, si mise a frugare nella sacca da tennis del marito. Ne estrasse i pantaloncini, le calze, la maglietta e il sospensorio maleodoranti e inzuppati di sudore.

— È avanzata un po' di pasta?

— Tutta quella che vuoi. Te la scaldo subito, tesoro.

— Grazie, magari più tardi. — Si stiracchiò. — Mi sento un tantino rigido. Non sarà mica artrite, che cosa dici?

— Certo che no. Vuoi che ti faccia un massaggio, amore?

Mentre lui si lasciava andare al tocco delle mani di lei, Polly pensò alla risposta del suo chirurgo plastico quando gli aveva chiesto informazioni su un trattamento laser per sbarazzarsi delle sottili rughe che aveva sulla faccia e della macchia bruna sul mento. Sentirsi dire che nessuna fonte luminosa avrebbe potuto sostituire il bisturi l'aveva riempita di terrore. Ecco com'era ridotta.

— Signora Mauney — aveva replicato il chirurgo plastico. — Non credo che lei sarebbe soddisfatta del risultato. Le rughe più fastidiose sono troppo profonde.

Gliele aveva sfiorate con estrema delicatezza. Lei si era rilassata, conquistata da quella tenerezza. La signora Mauney non poteva fare a meno di andare dal dottore. La sua era una specie di dipendenza, le piaceva essere toccata, guardata, analizzata, esaminata e controllata dopo l'operazione o i cambi di medicazione.

— D'accordo — aveva detto al chirurgo plastico. — Se è quello che consiglia lei. Mi sembra di capire che si stia riferendo a un lifting facciale.

— Proprio così. E non dimentichiamoci degli occhi — aggiunse, sollevando uno specchio per farle vedere.

Sopra e sotto i suoi occhi il tessuto cominciava a gonfiarsi e a lasciarsi andare: un processo irreversibile. Lui la informò che nessuno sciacquo con acqua fredda, nessun impacco al cetriolo, nessuna rinuncia al sale o all'alcol avrebbe fatto alcuna differenza.

— E i seni? — aveva continuato lei.

Il chirurgo plastico fece un passo indietro per dare un'occhiata. — Che cosa ne pensa suo marito?

— Credo che gli piacerebbe che fossero più grossi.

Il dottore aveva riso. Era ovvio che fosse così, a nessun uomo che non sia un pedofilo o un frocio piacciono le tette piccole. E le sue pazienti lesbiche la pensavano allo stesso modo, anche se erano più comprensive nel caso la persona amata fosse poco provvista di forme.

— Non si può fare tutto insieme — l'aveva avvertita il medico. — Le protesi al seno e il lifting facciale sono due operazioni molto diverse, sarà necessario distanziarle e darle il tempo di riprendersi.

— Distanziarle di quanto? — aveva chiesto lei.

23

Solo quando fu a casa ed ebbe chiuso la porta a chiave, Virginia pensò che avrebbe dovuto puntare la sveglia. Forse uno dei pochi lussi che poteva permettersi nella vita era proprio il non doversi alzare la domenica mattina finché non glielo suggeriva il corpo, oppure Niles. Allora, con tutta la calma del mondo, si preparava il caffè e leggeva il giornale, pensando ai suoi genitori che in quello stesso momento uscivano per andare alla chiesa battista di Dover, non distante dal Chevon o da Pauline's, dove sua madre si faceva i capelli tutti i sabati mattina alle dieci. In genere li chiamava proprio di domenica, all'ora di pranzo, quando li sapeva seduti intorno al tavolo e dispiaciuti per la sua assenza.

— Magnifico — mormorò tra sé e sé, prendendo una birra e guardando Niles seduto sul davanzale della finestra. — Così adesso devo alzarmi alle otto e mezza. Ti sembra possibile?

Cercò di indovinare cosa stava osservando il gatto. Non fosse stato per gli ultimi trenta piani dell'USBank che si levavano al di sopra dello steccato, da quella zona di Dilworth la West non avrebbe saputo individuare caratteristiche significative della città che proteggeva. Ultimamente Niles era diventato davvero strano. Ogni sera andava a sedersi nello stesso punto e guardava fuori, come ET in preda alla nostalgia di casa.

— Cos'è che ti interessa tanto, eh? — Gli passò le dita lungo la colonna vertebrale setosa e rossastra, un gesto che immancabilmente lo faceva partire con le fusa.

Questa volta invece non reagì, e continuò a guardare fuori come in trance.

— Niles? — Virginia cominciava a preoccuparsi. — Che c'è, piccolo? Non ti senti bene? Una palla di pelo nello stomaco? O sei di nuovo arrabbiato con me? È così, eh? — Sospirò, bevendo una sorsata di birra. — Be', vorrei tanto che tu fossi un po' più comprensivo, Niles. Faccio un lavoro massacrante e mi sforzo di darti una casetta bella e sicura. Lo sai che ti voglio bene, no? Allora cerca di essere un pochino tollerante. Io me ne sto là fuori tutto il sacrosanto giorno — Virginia indicò fuori dalla finestra — e tu, invece? Tu stai qui, questo è il tuo mondo, quindi la tua prospettiva non può essere ampia come la mia. E ti offendi. Ti offendi perché non resto qui con te. Be', non è giusto. Ti prego di pensarci seriamente, per favore. D'accordo?

Le parole della sua padrona non erano che un chiacchierio indistinto, un ronzio d'insetti, un bordone monotono che usciva dalla radio sul comodino accanto al letto. Niles non la ascoltava. Contemplava invece il solitario e triste Re Usbeecee, che gli restituiva lo sguardo. Niles era stato chiamato. Sulla terra degli usbeeceei incombeva il disastro e solo lui poteva aiutarli, perché solo lui sapeva ascoltare. Tutti gli altri guardavano il potente sovrano e lo prendevano in giro, pensando che lui, benigno, non li sentisse. Loro, i cittadini, avevano voluto che Sua Maestà arrivasse. Loro avevano voluto i suoi centri per l'infanzia, i suoi affreschi, le sue opportunità di carriera e la sua ricchezza. Ma poi erano diventati gelosi della sua onniscienza, della sua presenza straordinaria e onnipotente. E adesso, insieme ad altri popoli vicini e lontani, stavano tramando un colpo di stato che solamente Niles poteva impedire.

— In ogni caso — stava dicendo Virginia, mentre faceva saltare il tappo di un'altra bottiglia e quel deficiente del suo gatto continuava a spiare la notte fuori dalla finestra — gli sto alle costole sulla 77 in direzione sud, a centoventi all'ora. Pazzesco. Quello dovrebbe stare solo dietro le sbarre di una cella, ecco cosa.

Bevve un sorso di Miller Genuine Draft, domandandosi se non fosse il caso di mettere anche qualcosa di solido nello stomaco. Per la prima volta da anni, da quando cioè aveva avuto l'influenza, non provava alcun appetito. Si sentiva leggera e strana, ma soprattutto sveglia. Ripensò a quanta caffeina aveva ingurgitato nel corso della giornata: forse era quello il problema. Invece no. Gli ormoni, decise infine, pur sapendo che la belva in lei si era già placata. Per quasi tutto il giorno era rimasta tranquilla e pacifica nella sua caverna, pronta a riscatenarsi solo con la prossima luna.

Re Usbeecee era un potentato di poche parole, e Niles doveva aguzzare bene la vista per riuscire a sentire ciò che gli stava dicendo. I momenti di maggior loquacità coincidevano con l'alba e il tramonto, quando le sue finestre mandavano bagliori bianchi e dorati esplodendo in un'incontenibile girandola di messaggi. Di notte, invece, Niles si concentrava sulla luce rossa che occhieggiava in cima alla corona. Il suo codice intermittente, tre sillabe e una pausa, poi ancora tre sillabe e una pausa, lo invitava da settimane a combattere contro un nemico che proprio in quel momento puntava con il suo esercito sulla Queen City.

— Bene, visto che stasera sei così affabile, io vado a caricare la lavatrice — sentenziò Virginia in tono secco.

Sorpreso, Niles si stiracchiò e la guardò con i suoi occhi strabici. Era molto perplesso, non aveva decifrato il messaggio del Re ma, quel pomeriggio, quando gli aveva mandato segnali di sole, lo schema era stato simile a quello osservato proprio dentro la scatola bianca che Virginia chiamava *lavatrice*: un raggio di luce che girava e girava tutt'intorno all'edificio, avanti e indietro, avanti e indietro. Una coincidenza? Niles non lo credeva. Saltò giù dal davanzale, poi giù dal piano di lavoro e seguì la sua padrona fino alla stanza di servizio. Il pelo gli si drizzò sulla schiena quando la vide infilare una mano nelle tasche dei pantaloni e ritirarne *denaro*, prima di piegare i vestiti e infilarli nel cestello della macchina. Altre illuminazioni fulminarono Niles. Cominciò a strusciarsi freneticamente contro le gambe di Virginia, a mordicchiarla e ad arrotarsi le unghie sulla sua coscia, nel disperato tentativo di comunicare con lei.

— Maledizione! — Virginia lo allontanò bruscamente.
— Si può sapere che diavolo ti prende, eh?

Brazil era sdraiato nel sacco a pelo sul pavimento del suo nuovo monolocale. Aveva mal di testa e una sete inestinguibile di acqua: per due giorni non aveva bevuto che birra, e la cosa lo spaventava. Probabilmente sua madre aveva cominciato così, e lui ora ne avrebbe ricalcato le orme. Ormai la genetica era cosa sufficientemente nota perché anche lui si rendesse conto che forse aveva ereditato le tendenze autodistruttive materne. Cosa che lo deprimeva in maniera tragica. Si vergognava di sé ed era certo che Virginia si fosse solo presa gioco di un ragazzino sbronzo, senza avere alcuna intenzione di ripetere mai più quell'esperienza.

Se ne stava sdraiato immobile, le mani sotto la nuca, a fissare il soffitto a luci spente, con un po' di musica in sottofondo. Al di là della finestra scorgeva la cima dell'USBank Corporate Center sfiorare con la sua luce rossa la luna argentata. E mentre guardava, un pensiero terribile e improvviso gli si affacciò alla mente: l'indomani sarebbero state due settimane dall'ultimo omicidio della Vedova Nera.

— Oh, Cristo. — Si tirò a sedere, sudato e ansimante.

Quindi scalciò via il sacco a pelo, si alzò e cominciò a camminare. Indossava solo i pantaloncini da ginnastica. Bevve altra acqua e si fermò nella cucina spoglia, fissando l'USBank, ragionando, rabbrividendo. Da qualche parte là fuori un altro uomo d'affari stava per essere assassinato! Se solo fosse esistito un modo per impedirlo. Ma dove si trovava il killer in quel momento? A cosa stava pensando mentre caricava la pistola e aspettava sulla sua tela a Five Points che la prossima macchina a noleggio varcasse innocentemente i confini della città?

Niles continuava a seguire Virginia per tutta la casa. Doveva essere impazzito, ma purtroppo quei cortocircuiti cerebrali colpiscono spesso siamesi, abissini e in generale tutte le creature strabiche e di razza troppo pura che hanno popolato il mondo per migliaia di anni. Niles le faceva la gimcana tra le gambe e un paio di volte rischiò anche di farla cadere. L'unica fu allontanarlo con un calcio.

Lui gridò, ma tornò subito alla carica. Dopo un po' però cominciò ad arrabbiarsi. Un altro calcio, pensava, e te la faccio vedere io. Questa volta Virginia lo colpì di taglio con l'esterno del piede, spedendolo sotto il letto.

Dall'oscurità, incuneato tra le molle e il pavimento di legno, Niles rimase in osservazione, la coda che vibrava nervosa. Aspettò che la sua padrona si fosse tolta scarpe e calze, allora saltò fuori come un razzo e le morse quel punto morbido dietro e sotto l'osso della caviglia. Sapeva che le avrebbe fatto male perché l'aveva già sperimentato una volta, e infatti un secondo dopo lei lo stava rincorrendo per la casa e lui se la dava sinceramente a gambe, perché sapeva ancora riconoscere uno sguardo omicida. Alla fine tornò sotto il letto, e lì rimase finché la sua padrona non si fu stancata della caccia e decise di andare a dormire. Finalmente poté sgusciare fuori e andare ad accovacciarsi sul davanzale della cucina, dove il suo gentile e affettuoso sovrano avrebbe vigilato su di lui per il resto della notte.

Il mattino portò con sé la pioggia, e la sveglia costrinse brutalmente Virginia ad aprire gli occhi. Non voleva alzarsi, e gemendo rimase ad ascoltare le pesanti gocce che tamburellavano sul tetto. Un tempo perfetto per continuare a dormire. Perché mai doveva svegliarsi? I ricordi di Brazil e della BMW abbandonata, di Niles e delle oltraggiose provocazioni della sera prima la deprimevano e nel contempo l'agitavano. Tutto ciò non aveva senso. Si tirò le lenzuola fino al mento, sopraffatta da immagini che la turbavano: doveva aver fatto strani sogni. Nell'immobilità assoluta le parve quasi di sentire ancora le mani e la bocca di Brazil che esploravano il suo corpo. Era terrorizzata, e per un po' non seppe fare altro che restarsene a letto.

Nel frattempo Niles era sgattaiolato nel locale della lavanderia. Quella grande scatola bianca piena di vestiti bagnati lo interessava molto. Sopra erano appoggiate parecchie banconote e della moneta. Saltò in cima alla scatola, illuminato da una nuova ispirazione circa il sistema con cui fare arrivare alla sua padrona il messaggio di Re Usbeecee. Naturalmente Niles sapeva che lei poteva fare qualcosa per salvare il sovrano, e la cosa lo riempiva di gioia. Per esempio, poteva presentarsi tutta vestita nei suoi abiti importanti, coperti di pericolosissimi giocattoli di cuoio e metallo. Sì, in questo modo ce l'avrebbe fatta. Il Re gli aveva parlato e voleva che lui riferisse l'informazione alla sua padrona, che a propria volta avrebbe messo al corrente altri valorosi capi. Sarebbe arrivato l'Esercito, e il Re e tutti gli usbeeceei avrebbero avuto salva la vita.

Niles trascorse cinque lunghi e faticosi minuti per aprire il coperchio della lavatrice, quindi allungò una zampa e pescò un indumento piccolo e umido. Con la bocca prese un biglietto da cinque dollari ripiegato e saltò giù, tutto ringalluzzito, per consegnare la lieta sorpresa alla sua padrona. Ma la sorpresa non fu affatto lieta, e lei non parve minimamente entusiasta di rivederlo. Anzi, quando si ritrovò la faccia coperta da un paio di slip umidi che erano stati trascinati per tutta la casa si tirò a sedere di scatto, furibonda. Poi abbassò lo sguardo sul capo di biancheria intima e i cinque dollari che le erano scivolati sul petto, e fu colta da un brivido.

— Ehi, aspetta — disse a Niles, che stava già dandosi alla fuga. — Vieni qui un momento, per favore.

Niles si fermò e si girò a guardarla, riflettendo sull'invito, la coda fremente. No, non si fidava più di lei.

380

— D'accordo. Tregua — promise Virginia. — Sta succedendo qualcosa, giusto? Non ti ha semplicemente dato di volta il cervello. Forza, vieni qua e raccontami tutto.

Stavolta Niles sentì che il suo tono era sincero, forse addirittura un po' contrito. Attraversò la camera da letto e con un balzo agile saltò sul letto, sedendosi a guardarla mentre lei lo accarezzava.

— Dunque, mi porti un paio di slip e dei soldi. Che significato ha?

Un fremito della coda, ma poco convinto.

— C'entrano le mutandine?

La coda si fermò.

— La biancheria intima?

Nessuna reazione.

— Il sesso?

Fermo come una statua.

— Oh, merda — sibilò Virginia. — Cosa, allora? D'accordo, vediamo di ricostruire il tutto come se fosse la scena di un delitto. Tu vai alla lavatrice, apri il coperchio, tiri fuori questi slip, che sono ancora umidi non avendo io inserito il programma di asciugatura. Esattamente, cosa hai voluto portarmi? Dei vestiti in generale?

Niles cominciava ad annoiarsi.

— Ma certo che no. — Virginia si rimproverò come una stupida. Di vestiti avrebbe potuto trovarne ovunque, sulla sedia, sul pavimento, invece aveva faticato proprio per tirare fuori quelle mutandine. — Sei stato nella lavanderia — disse.

Piccola vibrazione della coda.

— Ehi, ci sono! Sporco! Giusto?

Niles fremette tutto e si tirò su per strusciare la testa contro la sua mano. Allora Virginia passò alla banconota, ma questa volta le bastarono due soli tentativi per capire che *denaro* era la parola chiave.

— Denaro sporco — mormorò sconcertata.

Più di così Niles non poteva aiutarla, quindi credette di aver portato a termine la sua missione. Saltò giù dal letto e tornò in cucina, dove l'acqua lavava via i saluti mattutini del sovrano al suo fedele servitore. Niles era deluso, e Virginia era in ritardo. Si precipitò fuori dalla porta, quindi si riprecipitò dentro, essendosi scordata la cosa più importante: la scatoletta da collegare al telefono. Percorse a tutta velocità l'East Boulevard e finalmente svoltò in Woodlawn. Brazil indossava una giacca a vento con cappuccio e la attendeva già nel parcheggio. Mai e poi mai l'avrebbe fatta salire nella sua piccola stanza vuota.

— Ciao — disse salendo in macchina.

— Scusa il ritardo. — Non riusciva a guardarlo in faccia.

— Il mio gatto ha dato i numeri.

Bell'inizio, pensò Brazil con disappunto. Lui pensava a lei, e lei pensava al suo gatto. — Cosa gli succede?

Virginia uscì dal parcheggio, i pneumatici che producevano un fruscio costante sull'asfalto bagnato. Brazil si comportava come se tra loro non fosse successo niente. Questo dimostrava come, in fondo, tutti gli uomini siano uguali. Probabilmente per lui fare un giretto tra le sue parti più intime non era molto diverso dallo sfogliare una rivista di donne nude. Un brivido, niente di più. Un'eccitazione momentanea come stare seduti sulla sella vibrante di una moto o accogliere sulle ginocchia la passeggera giusta su un autobus troppo affollato.

— Semplicemente è pazzo, tutto lì — disse. — Passa il suo tempo a guardare fuori dalla finestra, poi mi tira fuori la roba dalla lavatrice, mi morde e fa dei versi strani.

— Ed è un comportamento insolito? — insistette Andy, lo psicologo.

— Oh, eccome.

— Che genere di versi?

— Mah, dei miagolii intermittenti, tre e poi una pausa, poi altri tre e un'altra pausa... sempre così.

— Mi pare che stia cercando di comunicarti qualcosa e che tu non lo stia ascoltando. Magari si riferisce a qualcosa che hai proprio sotto il naso, ma o tu sei troppo presa da altre preoccupazioni oppure non vuoi sentire quello che ti dice. — La spiegazione che aveva trovato gli piaceva proprio.

— Da quando sei diventato uno strizzacervelli per gatti? — Virginia gli lanciò un'occhiata, sentendosi subito cogliere da una sensazione di vertigine e di rimescolamento al basso ventre.

Brazil si strinse nelle spalle. — È solo una questione di natura umana, o animale, come preferisci. Se ci diamo la pena di osservare la realtà dalla prospettiva altrui, con un po' di compassione, possono cambiare tante cose.

— Senti senti — commentò Virginia superando l'uscita di Sunset East.

— Quella era l'area di ristoro — fece Brazil. — E cosa vuol dire *senti senti*?

— Che l'hai imparato bene il copione, giusto, ragazzino? — Rise in modo non proprio simpatico.

— Se non te ne fossi ancora accorta, non sono un ragazzino — ribatté Andy, e per la prima volta si rese conto con un certo sgomento che Virginia West aveva paura. — Sono maggiorenne e vaccinato, e non imparo a memoria nessun copione. Devi aver incontrato un sacco di brutta gente, là fuori.

Quell'ultima frase la divertì davvero. Cominciò a ridere e accese la radio, mentre la pioggia cadeva più forte. Brazil la guardò con le labbra increspate da un sorriso, senza per questo avere capito cosa l'avesse fatta ridere così.

— *Ho incontrato un sacco di brutta gente, là fuori* — ripeté la West, senza riuscire a trattenersi. — E che cavolo, secondo te come mi guadagno da vivere? Lavorando in panetteria? Facendo gelati o vendendo fiori? — Un'altra risata.

— Ma io non mi riferivo a quello che fai per mantenerti — specificò Andy. — La brutta gente che incontri sul lavoro non è quella che ti ferisce davvero. Sono gli altri, quelli che popolano la vita di tutti i giorni. Gli amici. I parenti.

— Sì, hai ragione. — Virginia si riprese in fretta. — Lo so. Ma posso dirti una cosa? — Gli scoccò un'occhiata. — Quello che *non* sa, sei tu. Non sai niente di me, né della merda con cui ho dovuto fare i conti tutte le volte che meno me l'aspettavo.

— E questo è il motivo per cui non sei sposata né legata a qualcuno.

— No, è il motivo per cui adesso cambiamo argomento. A parte il fatto che dal tuo pulpito è proprio una bella predica... — Alzò il volume della radio, mentre la pioggia si accaniva contro il tetto della macchina.

Judy Hammer osservava le gocce cadere dietro la finestra della stanza del marito, al SICU, mentre Randy e Jude sedevano rigidi sulle sedie accanto al letto, fissando i monitor e seguendo ogni minima anomalia nelle pulsazioni e nel volume di ossigeno inspirato. Il fetore aumentava di ora in ora. I momenti di lucidità di Seth erano come semi trasportati dal vento verso mete improbabili e sconosciute. Era sospeso tra la vita e la morte, e nessuno di loro sapeva se fosse cosciente della loro presenza e del loro affetto. L'esperienza era particolarmente tragica per Jude, che ancora una volta non si sentiva riconosciuto dal padre.

La pioggia disegnava scie lungo i vetri, trasformando il mondo in una massa grigia e acquosa. Il comandante era immobile da ore nella stessa posizione: braccia conserte, la fronte appoggiata alla finestra, i pensieri alternati al vuoto totale, o alle preghiere. Ma le sue comunicazioni col divino non riguardavano esclusivamente il marito, anzi, in verità era molto più preoccupata per se stessa. Sapeva di trovarsi a un crocevia e che qualcosa di nuovo la aspettava, una sfida che sicuramente avrebbe faticato ad affrontare molto di più con Seth che le pesava addosso, come aveva fatto in tutti quegli anni. I figli ormai se ne erano andati, e presto lei sarebbe rimasta sola. Non aveva bisogno di sentirselo dire da nessuno specialista: le bastava osservare il processo inarrestabile che divorava le carni di suo marito.

Farò tutto ciò che mi chiederai, disse all'Onnipotente. *Qualunque cosa. Tanto ormai che importa? Certo, come moglie non sono stata un granché, e non ho difficoltà a confessarlo. Forse anche come madre. Insomma, sono pronta a fare ammenda con tutti, va bene? Dimmi solo in che modo.*

L'Onnipotente, che in realtà le dedicava molto più tempo di quanto lei non credesse e le era molto più vicino di quanto non pensasse, fu contento di sentirla parlare così, perché aveva in serbo per lei un programma di quelli coi fiocchi. Certo, non subito, ma quando per la sua recluta speciale fosse arrivato il momento. Se ne sarebbe accorta da sola. Una cosa stupefacente. Mentre questo scambio proseguiva, Randy e Jude posarono lo sguardo sulla madre; era la prima volta in tutta la mattinata che si accorgevano di lei. E la videro così, appoggiata al vetro, immobile come non era mai stata in vita sua. Sopraffatti dall'amore e dal profondo rispetto che provavano per lei, si alzarono entrambi nello stesso momento, e avvicinatisi da dietro la circondarono in un abbraccio.

— Va tutto bene, mamma — le sussurrò dolcemente Randy.

— Siamo qui con te — aggiunse Jude. — Peccato che io non sia diventato un avvocato o un dottore o un direttore di banca, altrimenti saprei come dimostrarti che mi prendo cura di te.

— Anch'io — disse Randy. — Ma se non ti vergogni troppo di noi, almeno saremo tuoi amici. Vuoi?

Il comandante Hammer si sciolse in lacrime. Tutti e tre restarono ad abbracciarsi, mentre il cuore di Seth rallentava sempre più la sua corsa: forse era inevitabile, o forse una parte di lui sapeva che era venuto il momento di andarsene. Smise di respirare alle undici e undici esatte, e questa volta nessuno sarebbe più riuscito a riportarlo indietro.

24

Virginia aveva deliberatamente mancato l'uscita di Sunset East: il recupero della BMW di Brazil non era la prima cosa di cui intendeva occuparsi. Erano già le undici e un quarto, e a quell'ora la maggior parte della gente sedeva in chiesa augurandosi che il pastore si sbrigasse a concludere il sermone. Il vicecomandante era sprofondato in riflessioni preoccupate e avvertiva un inspiegabile senso di pesantezza che la portava sull'orlo del pianto. Forse era colpa del ciclo, si disse, quando in realtà l'epoca era già passata.

— Stai bene? — chiese Andy.

— Non lo so — rispose lei, depressa.

— Mi sembri molto giù.

— È strano. — Controllò la velocità: guidava la sua auto privata e non era il caso di farsi bloccare da qualche agente appostato. — Di colpo mi ha preso questa sensazione orribile, come se qualcosa stesse andando storto.

— Anche a me certe volte succede — la consolò Andy. — È come se all'improvviso captassi qualcosa che c'è nell'aria, capisci cosa intendo?

Lo capiva perfettamente, ma non sapeva per quale motivo. Virginia West non si era mai considerata una persona particolarmente intuitiva.

— Un tempo mi succedeva spesso con mia madre — riprese lui. — Prima ancora di mettere piede in casa, sapevo già che non stava bene.

— E adesso? Non ti capita più? — Era curiosa di conoscere nuovi particolari di quella storia, e anche quel fatto la stupiva. In genere era molto pragmatica e padrona della situazione, ora invece captava segnali extraterrestri e ne parlava con un cronista di ventidue anni con cui aveva appena avuto un flirt a bordo di una volante della polizia.

— Adesso mia madre non sta mai bene. — La voce di Andy si fece più dura. — E io non ho più tanta voglia di captare cose che la riguardano.

— Be', lascia che ti dica una parolina o due, Andy Brazil — riprese Virginia, che tutto sommato un po' di esperienza ce l'aveva. — Non importa se tu sei uscito di casa: il fatto è che non potrai mai cancellarla completamente dalla lavagna della tua vita, capisci? — Tirò fuori una sigaretta. — Tu devi imparare a fare i conti con tua madre, e se non ti ci metti d'impegno resterai coinvolto fino alla fine dei tuoi giorni.

— Fantastico. Mi ha incasinato la vita fin qui, e adesso me la incasinerà pure per quello che mi resta da vivere? — Lanciò un'occhiata fuori dal finestrino.

— L'unica persona che ha il potere di incasinarti la vita sei tu, Andy. — Emise una boccata di fumo. — Ma se proprio vuoi saperlo, credo che fino a oggi tu abbia fatto un sacco di cose buone.

Brazil taceva e pensava a Webb. Il ricordo di quello che era successo lo investì come una secchiata d'acqua fredda.

— Senti, perché stiamo andando a casa mia? — riuscì a chiedere infine.

— Perché hai troppi messaggi muti sulla segreteria telefonica — rispose Virginia. — Mi spieghi come mai?

— Sarà qualche pervertito.

— Chi?

— Come diavolo faccio a saperlo? — Quell'argomento lo infastidiva e lo annoiava.

— Un gay?

— Una donna, credo. Non so se sia gay.

— Quando è cominciata questa storia? — Virginia iniziava ad arrabbiarsi.

— Non lo so. — Il cuore gli si chiuse in una morsa, mentre imboccavano il vialetto della casa materna e parcheggiavano alle spalle della vecchia Cadillac. — Nello stesso periodo in cui mi hanno assunto al giornale — aggiunse poi sottovoce.

Il vicecomandante lo guardò, commossa dalla tristezza che riempiva i suoi occhi puntati su quella casa spaventosa e le verità orribili che conteneva.

— Andy — gli disse — cosa pensa tua madre? Lo sa che ti sei trasferito?

— Le ho lasciato un biglietto. Quando ho fatto le valigie non era sveglia.

Ormai Virginia aveva capito che, in codice, *sveglia* significava sobria. — E da allora non le hai più parlato?

Andy aprì la portiera e scese. Dal sedile posteriore Virginia prese il dispositivo di identificazione telefonica, quindi lo seguì in casa. Trovarono Muriel in cucina, intenta a spalmare con mano tremante del burro di arachidi su alcuni cracker Ritz. Sentendoli arrivare, aveva avuto il tempo di preparare le sue difese. Non rivolse loro nemmeno una parola.

— Buongiorno — la salutò Virginia.

— Ciao, ma'. Come stai? — Andy fece per abbracciarla, ma lei non ne voleva sapere e lo allontanò brandendo il coltello.

Quando vide che la maniglia della sua porta era stata rimossa, Andy guardò Virginia e accennò un timido sorriso. — Mi ero dimenticato di te e dei tuoi attrezzi.

— Scusa. Avrei dovuto rimontarla. — Si guardò intorno, come se da qualche parte potesse sbucare un cacciavite.

— Non ci pensare.

Entrarono insieme nella camera. Virginia si tolse l'impermeabile, esitante, curiosando con lo sguardo come se non fosse mai stata lì prima di allora. La presenza di Andy in quell'angolo così intimo della sua casa, dove era stato bambino, dove aveva sognato ed era cresciuto trasformandosi in un uomo, la metteva in difficoltà. Si sentì assalire da un'altra vampata di calore, il viso arrossato mentre inseriva la spina del dispositivo di identificazione nell'apparecchio telefonico.

— Ovviamente questo non ti servirà più, quando avrai il telefono nella casa nuova — gli spiegò. — Ma la cosa più importante è scoprire chi ha continuato a chiamarti a questo numero. — Si raddrizzò, l'installazione era terminata. — A parte tua madre e me, qualcun altro sa che ti sei trasferito?

— No — rispose lui, senza staccarle gli occhi di dosso.

Nessuna donna aveva mai varcato la soglia della sua camera, e sua madre non contava. Andy si guardò intorno, sperando di non aver lasciato in giro nulla che potesse procurargli imbarazzo o rivelarle cose che preferiva tenere segrete. In effetti anche Virginia si stava guardando intorno. Né lui né lei avevano fretta di andarsene.

— Hai un sacco di trofei — commentò il vicecomandante.

Andy si strinse nelle spalle e si avvicinò ad alcuni ripiani carichi di ricordi su cui ormai non indugiava più. Le mostrò premi che per lui avevano avuto un valore speciale, spiegandole di cosa si trattava, e le raccontò brevemente di alcuni incontri di tennis particolarmente sofferti. Per un po' rimasero seduti sul letto, mentre lui frugava con la memoria in un lungo periodo della sua giovinezza in cui il suo unico pubblico era stata una folla di estranei. Le parlò di suo padre, e Virginia lo ricambiò raccontandogli quel poco che a propria volta ricordava di Drew Brazil.

— Sapevo solo chi era, non lo conoscevo personalmente — disse lei. — All'epoca ero giovane, una novellina che lavorava in strada e sperava di essere promossa sergente. Ricordo che le donne lo trovavano affascinante. — Sorrise. — Ne parlavano spesso, dicevano che sembrava un tipo a posto.

— Lo era — disse Andy. — Per certi versi credo che fosse addirittura all'antica, ma tant'è. — Si tormentava le unghie, il mento abbassato. — Adorava mia madre, ma lei è sempre stata una donna viziata. È cresciuta così. Io ho sempre pensato che la ragione principale per cui non è riuscita ad accettare la sua morte è che avesse perso la persona più generosa e disponibile nei suoi confronti.

— Credi che non lo amasse davvero? — Virginia era curiosa, ed era anche consapevole di quanto fossero seduti vicini su quel letto. Fortuna che la porta era semiaperta, e che mancava la maniglia.

— Mia madre non sa amare nessuno, se stessa compresa.

Andy la guardò. I suoi occhi erano fuoco su di lei. Fuori dalla finestra i tuoni e i lampi giocavano alla guerra, e la pioggia cadeva con ferocia. Anche lei lo guardò, e si chiese se con il tempo la vita avrebbe rovinato la sua dolcezza. Purtroppo temeva di sì. Si alzò di scatto dal letto.

— Quello che devi fare è chiamare la compagnia telefonica, per prima cosa domattina — lo istruì. — Di' che vuoi il servizio di identificazione del chiamante, perché se non lo fai abilitare, questo congegno da solo non ti sarà di alcun aiuto. Va bene?

Lui continuò a guardarla, senza rispondere. Poi gli venne in mente: — Costa molto? — chiese.

— Puoi permettertelo. Sul lavoro chi ti stava addosso? — volle sapere Virginia, dirigendosi verso la porta.

— Axel e un paio di donne della composizione. — Si strinse nelle spalle. — Non so, non ci faccio tanto caso. — Altra alzata di spalle.

— Qualcuno che potrebbe infilarsi nel tuo computer? — insistette la West, mentre l'ennesimo tuono squassava il cielo.

— Non vedo in che modo.

Virginia lanciò un'occhiata al suo PC.

— Lo porterò a casa mia. L'altro giorno in macchina non avevo più posto — fece lui, prevenendola.

— Forse potresti usare questo per il tuo prossimo articolo.

Andy non smetteva di contemplarla. Si sdraiò sul letto, le mani dietro la nuca. — Non servirebbe — spiegò. — Tanto prima o poi dovrei comunque farlo passare dal computer della redazione.

— E se tu cambiassi la password? — suggerì lei, infilan
do le mani nelle tasche e appoggiandosi alla parete.

— Lo abbiamo già fatto.

Un lampo di luce, poi uno scroscio di pioggia e una fola-
ta di vento che agitò gli alberi.

— Lo *abbiamo*?

Brenda Bond sedeva davanti alla tastiera nella sala dei
mainframe. Era domenica, ma a parte lavorare, in che altro
modo poteva tenersi occupata? La vita non le offriva molto. Portava occhiali da vista con una costosa montatura nera di Modo, la stessa di Tommy Axel. Non era quella l'unica cosa in cui lo imitava, perché lui assomigliava a Matt
Dillon ed era chiaramente un tipo tosto. L'analista informatica Bond stava esaminando chilometri di moduli continui,
ma non vi leggeva nulla di buono.

A dover essere riconfigurata era addirittura l'architettura
complessiva del sistema di posta elettronica del giornale.
Era una richiesta semplice e legittima, e lei era stanca di dover sempre supplicare Panesa sottoponendogli relazioni che
lui non si degnava nemmeno di guardare. L'argomento forte di Brenda era il seguente: quando un utente invia un
messaggio di e-mail all'UA, l'unità sistemica globale, attraverso l'MTA, l'unità locale, questa lo passa alla successiva
MTA, che a sua volta lo indirizza a quella dopo, e poi a quella dopo ancora, finché il messaggio raggiunge l'MTA finale
sul sistema destinatario. Con l'aiuto di un Magic Marker,
Brenda Bond aveva illustrato graficamente il meccanismo
nella figura 5.1, corredandola di linee e frecce di collegamento tra i possibili percorsi dei vari UA e MTA.

Tali rimuginii cessarono di colpo quando, con sua grande
sorpresa, alle tre e un quarto del pomeriggio vide entrare il
vicecomandante della polizia Virginia West, in uniforme. La
West si accorse subito che l'analista era un piccolo verme vi-
gliacco, una donna di mezza età con il classico profilo psico-
logico dei piromani, dei dinamitardi che spediscono bombe

nei pacchi postali, dei maniaci che giocano mescolando analgesici a gocce di collirio, dei molestatori che perseguitano le loro vittime con lettere minatorie e telefonate anonime. Prese una sedia e la girò, sedendosi a cavalcioni, le braccia appoggiate sullo schienale. Come un maschio.

— Lo sa, succede una cosa interessante — esordì in tono pensieroso. — La maggior parte della gente è convinta che le telefonate che partono da un cellulare non possano essere rintracciate. Invece non sanno che ogni chiamata va a una torre, e che ciascuna torre controlla un'area di circa tre chilometri quadrati.

La Bond cominciò a tremare. Il bluff funzionava.

— Un certo cronista lamenta di ricevere da tempo delle telefonate oscene — proseguì — e indovini un po'? — Fece una pausa eloquente. — Pare che arrivino proprio dalla zona dove abita lei, signora Bond.

— Io... i... io... — balbettò l'altra, l'occhio della mente già puntato su visioni di sbarre e di carcere.

— Ma quello che più mi preoccupa sono le incursioni nel suo computer. — La voce di Virginia si fece più tagliente. Si mosse sulla sedia, facendo scricchiolare le dotazioni in cuoio della divisa. — Ora, questo sì che è un reato. Passare i suoi articoli a Channel 3. Provi a pensarci. È come se qualcuno rubasse i programmi che lei mette a punto per venderli alla concorrenza.

— No! — gridò la Bond. — No! Io non ho mai venduto niente!

— Allora a Webb gli articoli *li regalava*?

— No! — Brenda Bond era nel panico. — Non gli ho mai nemmeno parlato. Stavo solo aiutando la polizia.

Per un attimo Virginia West tacque. Quella era una rivelazione inattesa.

— Quale polizia? — chiese poi.

— Il vicecomandante Goode. È stata lei a dirmelo. — Fu così che Brenda Bond, per paura, confessò il suo peccato. — Ha detto che faceva parte di un'operazione segreta del dipartimento.

Virginia si alzò, grattando con la sedia sul pavimento. E chiamò Judy Hammer a casa, venendo a sapere della terribile notizia di Seth.

— Oh, mio Dio — disse, attanagliata dalla nausea. Al telefono c'era Jude. — Io non avevo idea. Non intendevo disturbarla. Senti, c'è niente che posso fare...?

Il comandante Hammer prese la cornetta dalle mani del figlio. — È tutto a posto, Jude, non ti preoccupare — gli disse, dandogli una pacchetta affettuosa sulla spalla. — Virginia? — chiese poi.

Jeannie Goode stava guardando la cassetta di *True Lies*, rilassandosi sul divano con la stufa accesa e con il condizionatore d'aria al massimo. Stava aspettando la telefonata di Webb. Le aveva promesso di fare un salto a trovarla prima del notiziario delle sei, ma ora cominciava a stare in pensiero: se non compariva entro pochi minuti, non avrebbero avuto tempo di fare o di dirsi niente. Quando il telefono squillò, sollevò la cornetta come se si trattasse di una questione di vita o di morte. Ma non pensava proprio di trovare all'altro capo del filo il comandante Hammer. E tanto meno era preparata a sentirsi dire in tono molto contenuto che Seth era morto e che lei, il capo, voleva vedere il vicecomandante Goode nel suo ufficio alle quattro e mezza spaccate. Jeannie saltò giù dal divano, improvvisamente carica ed euforica. Quella comunicazione poteva significare un'unica cosa: che la Hammer si sarebbe presa una lunga aspettativa per risistemare le sue patetiche vicende famigliari. E che avrebbe nominato lei sostituto comandante.

Lo scenario che Judy Hammer aveva in mente per il vicecapo Jeannie Goode era di tutt'altra natura. Nonostante coloro che le erano più vicini non capissero come potesse pensare al lavoro in un momento simile, di fatto nulla avrebbe potuto sortire su di lei effetto più terapeutico. Aveva recuperato tutta la sua lucidità. Si era risvegliata, la collera una fiamma azzurrina che le ardeva nelle vene. Si sentiva capace di vaporizzare chiunque con un semplice sguardo. Scelse un paio di pantaloni di cotone grigio e un blazer, una camicetta di seta grigia e un filo di perle. Quindi si sistemò i capelli e si spruzzò un velo di Hermès sui polsi.

A bordo dell'auto della polizia color blu notte fece partire i tergicristalli per togliere dal parabrezza alcune foglie cadute con la pioggia. Uscì in retromarcia dal vialetto, sbucando in Pine Street proprio mentre il sole faceva capolino tra le nuvole ormai stanche. Si sentiva un groppo in gola. Inghiottì ripetutamente, ma poiché le lacrime le bruciavano gli occhi batté le palpebre e si sforzò di respirare a fondo. Era la prima volta che osservava quella via e il mondo che la circondava senza di lui. Apparentemente non c'era nulla di diverso, invece era tutto cambiato. Continuò a guidare tenendo a bada il respiro, la vendetta che le pulsava già nelle vene, il suo cuore sanguinava ferito. Jeannie Goode non avrebbe potuto scegliere momento migliore per quel giochetto e, soprattutto, per farsi beccare: di questo Judy Hammer era certa.

Il vicecomandante Goode era animato da una grande sicurezza e un grande senso di importanza. Non vide motivo di indossare l'uniforme o un vestito che potesse suggerire un'idea di particolare rispetto o considerazione nei confronti del suo superiore. Si diresse verso il centro in gonna corta color kaki e con la maglietta che aveva portato tutto il giorno aspettando Webb, che invece si dava da fare in giardino sotto lo sguardo rapace e attento della moglie. Parcheggiò la Miata nel suo posto riservato e puntò verso l'ascensore del LEC ostentando con tutti maggiore arroganza del solito. Scese al secondo piano, dove si trovava il suo ufficio. Presto la suite appena voltato l'angolo sarebbe stata sua.

Chiuse la porta e riprovò a comporre il numero di Webb, come sempre pronta a riagganciare se avesse risposto qualcuno di diverso dal suo fantastico amante. Jeannie Goode aveva una linea speciale, da cui i segnali partivano opportunamente disturbati per vanificare eventuali tentativi di identificazione del chiamante. Stava appunto riagganciando in faccia alla moglie di Webb, quando la porta dell'ufficio si spalancò di colpo. Il comandante Hammer entrò, e il primo pensiero di Jeannie fu che il grigio le donava moltissimo. Il secondo, e ultimo, fu che Judy Hammer non sembrava affatto in lutto mentre a passo deciso si avvicinava alla sua scrivania e le strappava dal petto la targa con il nome.

— Lei è licenziata — disse a Jeannie Goode in un tono che non ammetteva repliche. — Voglio il suo distintivo e la sua pistola. E sgombri immediatamente la sua roba. Comincerò io dandole personalmente una mano.

Gettò la targhetta con il suo nome nel cestino dei rifiuti e, senza degnarla più di uno sguardo, uscì dall'ufficio. Percorse i corridoi del dipartimento come una furia, senza tuttavia mancare di rivolgere un saluto agli agenti che incontrava lungo il cammino. La radio aveva già diffuso la notizia della morte di suo marito e molti membri del dipartimento di polizia di Charlotte erano sinceramente addolorati per lei, ma anche pieni di un rinnovato rispetto. Nonostante l'accaduto, lei era lì, accidenti, e non li avrebbe abbandonati. Quando, di lì a poco, un sergente vide la Goode uscire alla chetichella e dirigersi alla macchina con tutte le sue scartoffie pigiate in scatole e borse, le quattro divisioni, così come l'Investigativa e i rinforzi, esplosero in manifestazioni di giubilo. Nel parcheggio e in sala appelli gli agenti si scambiavano il cinque in tutti i modi possibili e immaginabili. Nel suo ufficio interdetto ai fumatori, il capitano in servizio si accese un sigaro al rum.

Brazil lo seppe grazie al suo cercapersone, mentre si trovava nel parcheggio a cambiare l'olio della macchina. Rientrò e compose il numero di casa della West.

— Brenda Bond non ti darà più nessun fastidio. — Virginia cercò di parlare in tono distaccato, ma era molto fiera di sé. — Jeannie Goode ha finito di succhiare a quel verme i tuoi articoli per poi passarli a Webb.

Andy era sconvolto ed estasiato al contempo. — Ma dai!

— Giuro. È tutto finito. La Hammer ha silurato la Goode e la Bond è in uno stato di paralisi.

— Era lei a fare le telefonate? — Gli sembrava talmente pazzesco.

— Proprio così.

In realtà era anche un po' deluso che a rivolgergli quel genere di attenzioni non fosse stata una donna un po' più dinamica e attraente.

Intuendo i suoi pensieri, Virginia gli disse: — Non la stai prendendo nel modo giusto.

— Prendendo che? — Andy faceva il finto tonto.

— Senti, è una vita che vedo succedere di queste cose, a prescindere dal fatto che si tratti di uomini o donne e con l'unica differenza che raramente le donne hanno comportamenti esibizionistici, quindi ringrazia pure il cielo — gli spiegò. — Insomma, non è una questione di sesso o di normale attrazione. È solo un perverso gioco di controllo e di potere, è il piacere della degradazione. Una violenza nel vero senso della parola, capisci?

— Lo so — rispose Andy.

Eppure continuava a dispiacergli che la sua molestatrice verbale non fosse almeno graziosa, e non riusciva a spiegarsi cosa, in lui, attirasse persone come Brenda Bond o quel malato all'autolavaggio. Perché lo sceglievano? Emetteva forse dei segnali che li autorizzavano a credere di potersi approfittare di lui? Di certo nessuno avrebbe osato altrettanto con la West o la Hammer.

— Ora devo andare — disse Virginia, lasciando Andy irritato e scontento.

Tornò a cambiare l'olio perché voleva finire alla svelta. Gli era venuta un'idea.

Anche Virginia West aveva avuto un'idea. In modo del tutto insolito e inatteso chiamò Raines. Non telefonava mai a nessuno, tranne a Brazil, ma quel fatto era ormai accettato da tutti. Raines aveva la serata libera e progettava già di guardarsi il video di papere sportive che aveva acquistato durante il weekend. La West invece pensava a una pizza. Alla fine fecero un compromesso e lui la raggiunse a casa sulla sua Corvette Stingray nera del '73, completamente rifatta, superequipaggiata e munita di headers, fascia superiore di cristallo parasole e adesivi da finestrino. In genere, Virginia lo sentiva arrivare da lontano.

Andy doveva trovare il modo di dimostrare a Virginia tutta la sua gratitudine per averlo tirato fuori da quella situazione incresciosa. Sognava già di festeggiare con lei, perché in fondo era stata una giornata importante per entrambi: lei lo aveva liberato della Bond e di Webb, ma a sua volta era stata liberata, insieme all'intero dipartimento, da Jeannie Goode. Andy si diresse allo Hop-In più vicino e comprò la bottiglia di vino migliore che riuscì a trovare, un Fume Blanc del Dry Creek Vineyard, vendemmia 1992, nove dollari e quarantanove.

Virginia sarebbe rimasta lusingata e sorpresa, e lui magari sarebbe riuscito a fare un po' di coccole a Niles. Forse, finalmente, gli si sarebbe offerta l'occasione di trascorrere qualche ora in casa sua e di conoscerla meglio. Forse l'avrebbe invitato a guardare la TV con lei, o ad ascoltare un po' di musica. Si sarebbero seduti in soggiorno a bere vino, a parlare e a raccontarsi aneddoti e sogni d'infanzia.

Traboccante di contentezza per la soluzione dei suoi problemi privati e professionali e per la nuova amicizia con Virginia, Andy procedeva verso Dilworth pensando a sua madre e chiedendosi come stava, felice di constatare che quel problema aveva cessato di deprimerlo troppo. Finalmente non gli sembrava più che le sue scelte di vita dipendessero interamente da ciò che lui faceva o non faceva per lei.

In casa West le luci erano spente, l'unico bagliore quello della TV accesa in soggiorno. Virginia e Raines erano sul divano e mangiavano pizza, lui appollaiato sul bordo del cuscino con una Coors Light in mano ed entusiasta del suo nuovo video. Senza dubbio era il migliore nel suo genere, e gli sarebbe tanto piaciuto che Virginia glielo lasciasse guardare in pace. Invece gli stava addosso e continuava a baciarlo, a mordicchiarlo, a passargli le dita tra i capelli folti e ricci. Cominciava a dargli veramente sui nervi. E poi quel comportamento non era da lei.

— Ehi, che ti prende stasera? — le chiese con aria distratta.

Cercò di guardare oltre la sua testa, mentre le scompigliava i capelli con lo stesso entusiasmo creativo di quando Niles si faceva le unghie sul tappeto.

— Sì! Sì! Ragazzi che canestro! Tira giù quel tabellone! Oh, merda! Aaahhh! Ma guarda! Cristo! *In pieno anello!* Oh, merda. — Raines tornò a sedersi.

I successivi cinque minuti erano dedicati all'hockey su ghiaccio. Il portiere si prese una bastonata tra le gambe. Un disco rimbalzò contro due maschere e colpì un giudice sulla bocca. Raines era fuori di sé. Al mondo nulla gli piaceva più dello sport e delle ferite, meglio ancora se le due cose arrivavano insieme. A ogni tragedia si immaginava di arrivare di corsa armato di barella e valigetta medica, Raines il salvatore. Virginia si stava sbottonando la camicetta. Gli si gettò addosso, divorandogli la bocca, più che mai vogliosa. Raines mise giù la pizza.

— Un'altra crisi ormonale? — Non l'aveva mai vista così assatanata.

— Non so — rispose lei, scivolando verso nuovi ganci e bottoni.

Quella sera sul divano ce la misero tutta, con Niles accoccolato sul suo davanzale-santuario in cucina. Non gli stava affatto simpatico quella specie di Omino Michelin, come l'aveva soprannominato dopo aver letto un paio di pubblicità di pneumatici sulle pagine del giornale che foderavano la sua cassetta igienica. Era sconvenientemente rumoroso e non gli aveva mai dedicato una carezza o un gesto di attenzione. Più di una volta, anzi, l'aveva scaraventato giù dal divano. E di sicuro avrebbe fatto così anche quella sera, se lui fosse stato tanto stupido da mettere alla prova la sua buona stella.

Ma Niles se ne stava lì ad adorare il suo Re triste e lontano. *Ti aiuterò. Non avere paura. La mia padrona sa del denaro sporco: è molto potente e ti proteggerà e proteggerà tutti gli usbeeceei.* Piegò un orecchio, captando il rombo di un altro motore, questa volta molto più discreto e piacevole. Lo conosceva già: era la macchina del Pianista, quel ragazzo simpatico che gli accarezzava la schiena come se fosse una tastiera, e poi gli faceva i grattini sotto le costole e dietro le orecchie, finché lui non si rotolava di piacere facendo vibrare le veneziane della finestra. Niles si alzò dandosi una bella stirata, felice di sentire l'amico che parcheggiava piano sul retro della casa.

Quando il campanello suonò, Virginia e Raines non si trovavano in una situazione conveniente. Lui era tutto concentrato nelle sue operazioni ed era ormai vicinissimo alla meta finale. Gli parve quindi estremamente sconsiderato che qualcuno osasse presentarsi lì senza alcun preavviso. Nel ritrarsi in fondo al divano, sudato e col fiatone, si sentì montare dentro una vera e propria ondata di furia omicida.

— Maledetto figlio di puttana — gli sfuggì di bocca.

— Ci penso io — disse la West.

Si alzò, rassettandosi e riallacciando i bottoni, e dopo essersi ravviata i capelli con una mano si diresse alla porta. Era in uno stato pietoso, e quando il campanello suonò per la seconda volta si augurò che non fosse la sua vicina Grab-man. Era una vecchietta piuttosto simpatica che spesso le capitava in casa durante il weekend per offrirle qualche verdura del suo orto, usando quella come scusa per lamen-tarsi di qualche personaggio sospetto che si aggirava per il quartiere. Virginia aveva già una bella fila di pomodori in via di maturazione disposti sul ripiano di cucina, due cas-setti pieni di fagioli verdi e il frigorifero straripante di zuc-che e zucchini.

— Chi è? — gridò attraverso la porta il vicecomandante, che non aveva mai trovato il tempo di installare un allarme antifurto.

— Io — rispose Brazil, il quale, preda di un ingenuo en-tusiasmo, se ne stava impalato in cima ai gradini con la sua bella bottiglia di vino in mano. Immaginava che la vecchia Corvette nera parcheggiata in strada appartenesse a qual-che ragazzotto lì vicino. Mai e poi mai gli sarebbe passato per la mente che Raines potesse guidare un mezzo diverso da un'ambulanza. Virginia aprì la porta. Nel vederla, Andy si illuminò d'immenso. Le tese la bottiglia nel sacchetto di carta marrone.

— Pensavo che avremmo dovuto almeno brindare insie-me... — esordì.

Con fare impacciato Virginia prese il vino, dolorosamen-te consapevole della reazione che gli aveva provocato la vi-sta dei capelli arruffati, dei segni rossi sul collo e della ca-micetta abbottonata storta. Il sorriso di Andy svanì, i suoi occhi che si spostavano in direzione della scena del delitto. Ed ecco Raines apparire alle spalle della sua donna, e ab-bassare lo sguardo su di lui.

— Ehi, amico — gli disse con una specie di ghigno. — Lo sai che i tuoi articoli mi piacciono un sacco?

Brazil tornò di corsa alla macchina, come se qualcuno lo stesse inseguendo.

— Andy! — gridò Virginia. — Andy! — e si lanciò giù per i gradini, mentre la BMW di lui si allontanava con un rombo nel tramonto.

Raines tornò con lei in soggiorno e la guardò riallacciarsi la camicetta e lisciarsi nervosamente i capelli. Quindi Virginia appoggiò la bottiglia di vino su un tavolo dove non sarebbe stata costretta a guardarla e a ricordarsi continuamente chi l'aveva portata.

— Che accidenti di problema ha, quello? — volle sapere Raines.

— È uno scrittore — mormorò lei. — Umore instabile.

Ma in verità, quella sera lui aveva interessi diversi. Altri round li aspettavano, così le si avvicinò da dietro, palpandola, stuzzicandola e affondandole la lingua nell'orecchio. Solo che Virginia non gli lasciò il tempo di arrivare in meta, e in men che non si dica si allontanò dal campo portandosi via la palla.

— Sono stanca — disse.

Raines volse gli occhi al cielo. Adesso ne aveva proprio le palle piene.

— Bene — rispose estraendo la cassetta dal videoregistratore. — Però vorrei chiederti una cosa. — A passo rabbioso si diresse verso la porta, fermandosi il tempo sufficiente a lanciarle un ultimo sguardo infuocato. — Quando sei lì che mangi e suona il telefono, dopo che hai messo giù cosa succede? Ti rimetti a mangiare o ti scordi pure di quello? Ti basta un'interruzioncina così banale per piantare lì tutto?

— Dipende da quello che sto mangiando.

Brazil mangiò molto tardi, quella sera, allo Shark Finn's di Old Pineville Road. Dopo essersene andato come una furia da casa di Virginia, aveva girovagato per un po', la rabbia che aumentava di minuto in minuto. E forse non era stata una mossa particolarmente brillante quella di fare un salto da Tommy Axel, nel suo appartamento con la porta color rosa confetto. Già nel parcheggio si rese conto di essere osservato da un certo numero di uomini, verso i quali, come del resto verso Axel stesso, non si sentiva certo amichevole.

Ciò che per Tommy rappresentava una prima uscita galante e per Andy una vendetta iniziò allo Shark Finn's Jaws Raw Bar, dove uno squalo imbalsamato catturato in una rete protestava con la bocca aperta e gli occhi sorpresi. I tavoli di legno erano privi di tovaglie, il pavimento era di assi non lucidate. Intorno, facce intagliate in noci di cocco, stelle marine arricciate e vetri colorati. Brazil centellinava una Red Stripe dubitando della propria sanità mentale, visto e considerato il comportamento impulsivo e insensato che lo aveva portato a sedere lì in quel momento.

Axel lo spogliava con lo sguardo, la sua fantasia finalmente divenuta realtà, timoroso che quel miraggio potesse svanire se solo gli avesse staccato gli occhi di dosso un secondo. Brazil era sicuro che gli altri avventori del locale, intenti a sbronzarsi e a ingoiare ostriche vive, avessero già compreso le intenzioni di Axel e stessero invece fraintendendo le sue. Un caso alquanto sfortunato, quasi tutti là dentro guidavano pickup e nella vita si sentivano investiti della missione suprema di mettere incinte le donne, possedere fucili e sparare ai froci.

— Vieni qui spesso? — Brazil fece girare la birra nella bottiglia scura.

— Di quando in quando. Hai fame? — Axel sorrise, mostrando la sua bella e candida dentatura.

— Un po'.

Si alzarono e passarono nella sala ristorante, uguale al bar tranne che lì le sedie erano scranni da capitano e i ventilatori a soffitto ruotavano con tale foga da sembrare sul punto di decollare. Gli altoparlanti diffondevano le note di Jimmy Buffet. Il tavolo era già apparecchiato con un candela e una boccetta di Tabasco, ma le gambe traballavano e Brazil dovette stabilizzarle con vari spessori di carta. Axel ordinò antipasti di pescecane accompagnati da una dose generosa di Myer's, quindi convinse Brazil ad assaggiare un *rum runner*, così forte da spegnergli subito la luce in metà cervello.

Come se Andy non fosse già abbastanza in difficoltà, Axel ordinò un secchiello di birre Rolling Rock affogate nel ghiaccio: avrebbero funzionato a meraviglia, il critico musicale ne era certo. In fondo Brazil era solo un cucciolo che doveva ancora imparare tutto, e il pensiero che potesse non essersi mai preso una sbronza in vita sua era effettivamente stupefacente. Ma dove diavolo era cresciuto quel ragazzo? In un monastero? Nella chiesa dei mormoni? Indossava un vecchio paio di jeans dei tempi del liceo, decisamente aderenti, e una maglietta da tennis. Axel cercò di non pensare a ciò che avrebbe provato nello spogliarlo.

— Qui cucinano molto bene — disse poi, sporgendosi verso la candela prima ancora di aver dato un'occhiata al menù. — Conchiglie ripiene, tartine di granchio, qualunque cosa. A me piacciono molto le porzioni in cestello, di solito ordino i canestrelli fritti.

— D'accordo — acconsentì Andy, guardando i due Axel che gli sedevano di fronte. — Ma ho la sensazione che tu stia cercando di farmi prendere una sbronza.

— Oh, cosa dici? — ribatté lui, chiamando la cameriera con un cenno della mano. — Se non hai ancora toccato niente?

— È che di solito non bevo. E stamattina ho fatto tredici chilometri di corsa — spiegò Brazil.

— Ragazzi! — fu il commento di Tommy. — Sei proprio messo male. Credo che dovrò educarti un pochino, eh? Portarti al guinzaglio, per così dire.

— Non penso proprio. — Brazil aveva soltanto voglia di andarsene a casa, a letto. Da solo. — Non mi sento bene.

Axel insistette che il cibo lo avrebbe rimesso in sesto, e in parte era vero. Andy si sentì meglio dopo aver rimesso nel bagno degli uomini. In attesa di riprendersi completamente, optò per un tè freddo.

— Devo andare — disse infine, a un Axel sempre più immusonito.

— Non ancora — rispose l'altro, come se toccasse a lui decidere.

— Be', invece sì. Devo proprio — ribadì Andy, opponendogli un'educata resistenza.

— Ma non abbiamo nemmeno parlato un po'.

— Di cosa?

— Lo sai, di cosa.

— Devo tirare a indovinare? — Andy cominciava ad averne piene le scatole, e i suoi pensieri non si erano ancora staccati da Dilworth.

— *Lo sai* — ripeté Axel, lo sguardo penetrante.

— Senti, voglio che noi siamo amici — disse allora Andy.

— Ma è quello che voglio anch'io! — Axel non poteva essere più d'accordo. — Voglio che arriviamo a conoscerci molto bene per essere grandi amici.

Andy sapeva interpretare le allusioni. — No, tu vuoi essere più amico di quanto non lo voglia io. E ti piacerebbe cominciare subito. Puoi raccontarmi quello che vuoi, Tommy, ma io so come funziona. Le tue parole non sono sincere. Se in questo momento io mi dichiarassi disposto a venire a casa tua, ci proveresti in men che non si dica.

— Be', e cosa c'è di male? — A lui l'idea piaceva, e parecchio, e forse non era poi così irrealizzabile.

— Vedi? Ti sei già contraddetto da solo. Questo non significa essere amici. Significa portarsi a letto qualcuno. E io non sono un pezzo di carne, Tommy, né mi interessa fare la parte dell'amante per una notte.

— E chi ha parlato di una notte? Sono un ragazzo serio io — lo rassicurò Axel.

Brazil non poté fare a meno di notare i due tizi muscolosi e tatuati, in tute da lavoro sporche di grasso, che tracannavano Budweiser e li fissavano origliando. La cosa non prometteva affatto bene, ma Axel era talmente preso dal suo delirio che non si accorgeva nemmeno delle dita tozze che tamburellavano sul tavolo, degli stuzzicadenti masticati dalle bocche cattive, degli occhi maligni che sembravano già tramare violenza verso i due froci, i quali, prima o poi, sarebbero dovuti per forza uscire nel parcheggio buio del locale.

— Quello che provo per te è un sentimento molto profondo, Andy — continuò Axel. — Io ti amo, capisci? — Si lasciò ricadere contro lo schienale della sedia, sollevando le mani in un gesto di drammatica disperazione. — Ecco. L'ho detto. Odiami, se vuoi. Disprezzami pure.

— Che vomito — fece Rizzo, che ostentava un tatuaggio di una donnina nuda con due tette enormi.

— Ho bisogno di un po' d'aria — convenne il suo compare Buzz Shifflet.

— Ascolta, Tommy, credo che faremmo meglio ad andarcene da qui alla svelta — dichiarò Brazil sottovoce, ma in tono autoritario. — Ho fatto un errore e me ne scuso, va bene? Non avrei mai dovuto bussare alla tua porta e ora non dovremmo trovarci qui. Ero molto giù e ho scaricato il mio umore su di te. Adesso però dobbiamo rimetterci in carreggiata, o sarà la fine.

— Allora è vero che mi disprezzi. — Axel aveva una lunga esperienza di frasi stile *mi hai fatto tanto male, sai.*

— Senti, tu resta qui. — Andy si alzò. — Verrò a prenderti con la macchina davanti all'uscita, ma tu salta su in un lampo. Mi hai capito bene? — Ripensò a Virginia, e la rabbia tornò a montargli dentro.

Si guardò intorno aspettandosi che da un momento all'altro scoppiasse una sparatoria, pronto ad affrontarla pur cosciente dei propri limiti. Quello era un covo di bifolchi bevitori di birra e mangiatori di pesce fritto con salsa piccante. Sentiva i loro occhi puntati su di sé e su Axel, e anche il critico musicale si rese conto che la proposta di andare da solo a prendere la macchina era saggia.

— D'accordo. Intanto io pago il conto. Offro io.

Brazil sapeva per certo che i due armadi in tuta da lavoro erano già fuori ad aspettare l'arrivo della coppia di froci. Che si fossero fatti un'idea sbagliata di lui non lo preoccupava granché, ma non aveva nessuna voglia di prenderle di santa ragione. Cercò di spremersi le meningi, e quando fu nella sala bar individuò la cameriera seduta a un tavolo, che fumava e scriveva su una lavagna la lista dei piatti del giorno dopo.

— Signorina — le disse — mi chiedevo se per caso non potrebbe aiutarmi a risolvere un grave problema.

Lei lo guardò con aria scettica. Tutte le sere c'era qualcuno che, dopo aver bevuto litri di birra, se ne usciva con una frase del genere. Il grave problema era sempre lo stesso, ma il rimedio era talmente semplice che lei non aveva niente in contrario ad assentarsi dal ristorante per una decina di minuti e a slacciarsi la patta dei jeans.

— E quale sarebbe? — domandò, riprendendo a scrivere e ignorandolo.

— Mi serve uno spillo — disse Brazil.

— Che cosa? — Tornò a guardarlo.

— Uno spillo, un ago... e qualcosa con cui sterilizzarlo.

— Per fare che? — La ragazza aggrottò le sopracciglia, aprendo il grasso portamonete di plastica.

— Devo togliere una scheggia.

— Ah! — Adesso sì che capiva. — È una cosa odiosa, vero? E questo posto è pieno. Eccoti l'ago, bello.

Tirò fuori un piccolo kit da cucito rubato nell'ultimo albergo dove era stata portata da qualche riccone, quindi gli porse un flaconcino di acetone per le unghie. Lui vi intinse l'ago e, armato di coraggio, uscì dal locale. Come previsto, i due selvaggi stazionavano in attesa tra le macchine. Non appena lo videro gli andarono incontro e Andy, con gesto rapidissimo, si punse indice e pollice della mano destra facendone uscire più sangue possibile. Quindi si spalmò la faccia e se la prese tra le mani, come in preda a un forte giramento di testa.

— Oh, Dio — gemette barcollando giù per i gradini della veranda. — Oh, Dio santissimo. — Si accasciò contro il corrimano, lamentandosi e sempre tenendosi la faccia orribile e sanguinolenta.

— Merda. — Rizzo gli era già quasi addosso, ma fu colto di sorpresa. — Che cazzo ti è successo, eh?

— Mio cugino — disse Brazil con voce flebile. — Là dentro...

— Vuoi dire quel frocio che era con te? — intervenne Shifflet.

Brazil annuì. — Proprio. Ha l'Aids, e mi ha imbrattato di sangue! Oh, Dio, e adesso come faccio?

Scese barcollando un altro gradino. Shifflet e Rizzo si scansarono istantaneamente.

— Mi è andato negli occhi! E anche in bocca! Sapete cosa significa, no? Dov'è l'ospedale più vicino, amico? Devo andare in ospedale! Ti prego, amico, accompagnami tu.

Un'ennesima sbandata, e Andy fu lì lì per cadere addosso ai due energumeni. Che invece non persero tempo e se la diedero a gambe, montando di gran lena sulla loro Nissan Hard Body XE con pneumatici a sezione larga.

25

La sera dopo, lunedì, anche Blair Mauney III stava gustando una piacevole cenetta nella Queen City. Il banchiere si trovava al Morton's of Chicago, dove andava ogni volta che gli affari lo chiamavano in città. Era un cliente affezionato della steak house, famosa per le sue vetrate artistiche e situata accanto al Carillon. Dirimpetto sorgeva la Prima Chiesa Presbiteriana, anch'essa provvista di preziose vetrate multicolori, ma più antiche e spettacolari. E particolarmente spettacolari sarebbero parse a Mauney quando fosse uscito nel buio della sera, afflitto dalla solitudine e ansioso di trovare un po' di compagnia.

Non ebbe alcun bisogno di spiegazioni da parte della giovane e graziosa cameriera, che arrivò con il suo carrello di carne cruda e aragoste vive dalle chele legate. Come al solito ordinò una costata New York cotta media, una patata al cartoccio con burro e un'insalata di cipolla rossa e pomodori con il rinomato condimento al formaggio piccante di Morton's. Il tutto innaffiato da abbondante Jack Black con ghiaccio. L'indomani mattina avrebbe fatto colazione con Cahoon, con il responsabile della politica aziendale ad alto rischio, il responsabile del credito e l'amministratore delegato dell'USBank South, più un paio di presidenti. Si sarebbero accomodati intorno a un bel tavolo nel bell'ufficio di Cahoon, sul Monte Olimpo, ma, che Mauney sapesse, non lo aspettava niente di nuovo: sempre e solo la solita zuppa. E ciò lo riempiva più che mai di risentimento.

La banca era stata fondata dai suoi avi nel 1874, dunque sarebbe toccato a lui sedere nella corona e vedere la propria faccia stampata a scadenza regolare sul *Wall Street Journal*. Mauney detestava Cahoon e tutte le volte che poteva disseminava il terreno intorno a lui di bocconi avvelenati, diffondendo pettegolezzi maliziosi sulle sue manie, la sua scarsa capacità di giudizio, la sua idiozia e i motivi che lo avevano spinto a prodursi nei suoi atti benefici per il resto del mondo. Alla fine della cena si fece confezionare gli avanzi da portare via, certo che prima o poi la fame sarebbe tornata ad assalirlo nella sua camera del lussuoso Park Hotel, vicino a Southpark Mall.

Pagò il conto di settantatré dollari e settanta centesimi, lasciando un due per cento in meno del quindici che costituiva la sua mancia abituale, sempre scrupolosamente determinata per mezzo di una sottilissima calcolatrice da portafoglio. La cameriera era stata un po' lenta nel servirgli il quarto drink, e il fatto che avesse molto da fare non era una scusa sufficiente. In West Trade Street, dove gli uscieri si mostrarono come sempre premurosissimi, montò a bordo della Lincoln Continental nera presa a noleggio e decise che non era ancora dell'umore giusto per dirigersi in albergo.

Ripensò brevemente alla moglie, ai suoi infiniti interventi di chirurgia plastica e ai suoi numerosi passatempi medici. Ogni anno gli faceva spendere cifre da capogiro, ma non uno di tutti quei punti di sutura era valso a migliorarla davvero. Ormai era solo una specie di manichino che cucinava e mesceva da bere ai cocktail party. Sepolto da qualche parte nella sua mente imprenditoriale, viveva ancora il ricordo di Polly a Sweetbriar, dove un sabato sera di maggio Mauney si era recato a ballare insieme a un gruppo di amici. Polly era bellissima nel suo abito azzurro, ma non lo aveva degnato della minima considerazione.

Così lui era caduto nella rete del suo incantesimo: doveva assolutamente riuscire ad averla. Ma Polly continuava a essere impegnata, difficile da trovare e, soprattutto, continuava a mostrarsi indifferente. Mauney le telefonava due volte al giorno, e un pomeriggio si era presentato al campus, cotto marcio. Naturalmente lei sapeva perfettamente ciò che stava facendo. Era stata scrupolosamente educata a casa, in collegio e ora anche in quell'università tutta femminile. Sapeva come si comportano gli uomini se una ragazza dà segno di apprezzare le loro attenzioni. Sapeva giocare duro. Polly sapeva che Mauney aveva il pedigree e il curriculum che le erano stati promessi fin da piccola, perché un simile destino le spettava di diritto. Si erano sposati quattordici mesi dopo il primo incontro, o, più esattamente, due settimane dopo che Polly si era laureata a pieni voti in inglese. Cosa che, nell'ottica del suo nuovo e orgoglioso marito, l'avrebbe resa quanto mai abile nel redigere inviti alle feste e biglietti di ringraziamento per gli ospiti.

Mauney non avrebbe saputo più dire quando, di preciso, erano iniziati tutti i problemi fisici della moglie. Fino alla nascita del loro secondo figlio gli sembrava che Polly avesse continuato a giocare a tennis e a essere briosa, godendosi ampiamente la fortuna che, grazie a lui, le era toccata in sorte. Le donne! Mauney non le avrebbe mai capite. Immerso nei suoi pensieri giunse sulla Quinta, e di colpo si ravvivò, spiando la vita notturna del quartiere e pregustando già il viaggio dell'indomani pomeriggio. Sua moglie era convinta che sarebbe rimasto a Charlotte tre giorni. Cahoon and company credevano che sarebbe tornato ad Asheville subito dopo colazione. Ma si sbagliavano tutti.

Mentre le due famiglie arrivavano dai distanti aeroporti di Los Angeles e di New York, il comandante in lutto e i suoi figli passavano in rassegna il contenuto di armadi e cassetti, affrontando il doloroso compito di dividere ed eliminare i vestiti di Seth e il resto dei suoi effetti personali. Judy Hammer non riusciva a guardare il letto del marito, dove l'incubo aveva avuto inizio nel momento in cui lui si era ubriacato cominciando a pensare a un modo esemplare per ferirla. *Be', questa volta ce l'hai fatta, Seth. L'hai proprio trovato, il modo per farmi soffrire*, rifletté piegando magliette, pantaloni corti, canottiere e calzini, tutti taglia XXL, infilandoli in grossi sacchi destinati all'Esercito della Salvezza.

Per quanto riguardava gli oggetti di valore di Seth, non presero alcuna decisione. C'erano quattro Rolex, la vera matrimoniale che non gli entrava più da almeno dieci anni, la collezione di orologi d'oro da ferroviere appartenuta a suo nonno, la Jaguar, le azioni e il contante. Ma nulla di tutto ciò importava a Judy, che anzi si aspettava qualche altra orribile fregatura una volta aperto e letto il testamento. Non era mai stata una materialista, e non avrebbe cominciato a esserlo ora.

— Non so nulla dei suoi affari — disse ai figli, ma nemmeno a loro importava.

— Non mi sorprende — rispose Jude, togliendo un abito da un appendino e cominciando a piegarlo. — Anche se sarebbe stato logico che almeno discutesse il suo testamento con te, mamma.

— In parte è colpa mia. — Chiuse un cassetto, domandandosi come avrebbe fatto ad affrontare quell'impresa senza i suoi figli. — Non gli ho mai chiesto di farlo.

— E perché avresti dovuto? — ribatté Jude in tono risentito. — Vivere insieme a qualcuno significa anche condividere con lui le cose importanti, non lo sai forse? Nel tuo caso, magari avresti potuto pianificare il tuo futuro nel caso di una disgrazia, no? E non sarebbe stata nemmeno un'eventualità così remota, vista il suo pessimo stato di salute.

— Io ho già pianificato il mio futuro. Da sola. — Il comandante si lanciò un'occhiata intorno, consapevole che ogni singola molecola di quella stanza sarebbe dovuta sparire. — E non me la cavo poi così male.

Randy era più giovane e più arrabbiato. Per quanto lo riguardava, suo padre era stato un uomo egoista e nevrotico perché era viziato e non si era mai preso la briga di pensare agli altri, al di là del modo in cui avrebbe potuto servirsi di loro nella sua esistenza inconcludente e rapace. Ciò che più lo mandava in bestia era vedere come aveva trattato sua madre, che invece meritava qualcuno che la ammirasse e amasse per la sua bontà e il suo coraggio. Raggiunse Judy e la strinse in un abbraccio, mentre lei piegava una maglietta di Key West che Seth aveva acquistato durante una delle loro rare vacanze.

— Ti prego. — Allontanò il figlio con dolcezza, gli occhi colmi di lacrime.

— Perché non vieni a stare con noi per un po' a L.A.? — le propose lui sottovoce, senza staccarsi.

Judy scosse la testa e si rimise a piegare, determinata a cancellare da quella casa qualunque segno potesse ancora parlarle di lui. La vita doveva andare avanti.

— La cosa migliore per me è lavorare — rispose. — E ci sono alcuni problemi che devo risolvere.

— Di problemi ce ne saranno sempre, mamma — intervenne Jude. — Saremmo così felici di averti a New York.

— Questa chiave attaccata a una catenina ti dice niente? — Randy le mostrò il suo ultimo ritrovamento. — Era dentro la Bibbia, in fondo al suo cassetto.

Il comandante Hammer guardò la catenina, impietrita. Quella chiave risaliva ai tempi della Boston University, dove lei aveva studiato per quattro stimolanti anni e si era laureata tra i migliori del suo corso con doppia specializzazione in storia e diritto penale, convinta che le due materie fossero inscindibilmente legate. Judy Hammer non era cresciuta tra i privilegi né con la certezza di diventare una persona importante: era l'unica femmina di cinque fratelli, nata in una famiglia modesta e da una madre che non approvava affatto le sue idee spericolate. Quella chiave era stata il simbolo di un trionfo, e l'aveva regalata a Seth il giorno del loro fidanzamento. Lui l'aveva indossata per lungo tempo, fin quando aveva cominciato a ingrassare e a covare solo odio verso il mondo.

— Mi aveva detto di averla persa — mormorò con un filo di voce, mentre il telefono si metteva a squillare.

Virginia West non avrebbe mai voluto tornare a disturbare il suo capo, perciò si produsse in mille scuse, mentre parlava nel cellulare della volante dirigendosi a tutta velocità verso il centro.

— Oh, mio Dio. — Judy Hammer socchiuse gli occhi. — Dove?

— Posso venire a prenderti io — le disse.

— No, no. Dimmi dove.

— Cedar Street, appena superato lo stadio — rispose Virginia passando con un semaforo giallo. — Nella zona di edifici abbandonati. Vicino alla vecchia fornace. Ci vedrai subito.

Il comandante afferrò le chiavi dal tavolo accanto alla porta e si precipitò fuori, senza nemmeno togliersi il completo grigio e il filo di perle.

Quando aveva sentito la notizia diffusa dallo scanner, Brazil era a propria volta in macchina e guidava a casaccio, depresso. Si era diretto senza alcun indugio verso il luogo del delitto e ora sostava dietro il cordone di nastro giallo, impaziente, in jeans e maglietta, frustrato perché nessuno lo lasciava passare. Gli agenti lo trattavano come se fosse un cronista uguale a tutti gli altri, e lui proprio non capiva. Non ricordavano la sua uniforme? Non ricordavano le sue ronde, i suoi inseguimenti e le risse in cui era rimasto coinvolto?

Virginia West precedette Judy Hammer di pochi secondi. Insieme si avviarono verso l'area incolta dove una Lincoln Continental nera sostava senza un motivo nei pressi di un cassonetto dei rifiuti, tra la Cedar e First Street. La fornace era un'incombente sagoma in stile gotico, piena di finestre scure. I lampeggiatori della polizia pulsavano, e in sottofondo si udiva una sirena che correva verso nuove disgrazie. Un treno della Norfolk Southern passò sferragliando sui vicini binari, la scena del disastro sotto gli occhi dei macchinisti curiosi.

Come sempre, si trattava di un'auto a noleggio e la portiera del guidatore era aperta. Come sempre, l'allarme in-

413

terno suonava e i fari erano accesi. La polizia stava setacciando con potenti torce la zona, filmandone ogni particolare. Brazil scorse il comandante e il suo vice che si avvicinavano, subito circondate da giornalisti che sbattevano contro i loro muri invisibili. Fissò Virginia finché lei lo vide, ma non diede alcun segno di averlo notato. Evidentemente non era intenzionata a renderlo partecipe delle indagini. Era come se non si fossero mai conosciuti, e la sua indifferenza lo trafisse come la punta di una baionetta. Judy Hammer non sembrava nemmeno essersi accorta di lui. Offeso e tradito, Brazil continuò a seguirle con lo sguardo. Le due donne apparivano tese e piene di cose più importanti di lui di cui occuparsi.

— Ne siamo sicuri? — stava chiedendo la Hammer a Virginia.

— Sì, al cento per cento. Tutto come al solito — rispose lei in tono cupo mentre oltrepassavano il nastro giallo, verso il cuore della scena del delitto. — Non ho il minimo dubbio, il modus operandi è lo stesso.

La Hammer respirò a fondo, il viso scavato dalla sofferenza e dalla rabbia, quindi lanciò un'occhiata alla macchina e a un cespuglio nei pressi del quale il dottor Odom, in ginocchio, si era già messo al lavoro. Da dove si trovava, il comandante vedeva i guanti insanguinati del medico brillare nella luce dei faretti perimetrali. Alzò lo sguardo. L'elicottero di Channel 3 sorvolava rumorosamente la scena riprendendo immagini che sarebbero state trasmesse al notiziario delle undici. Vetri rotti scricchiolavano sotto i piedi delle due donne che si avvicinavano. Il medico legale stava tastando il cranio devastato della vittima, che indossava un abito scuro di Ralph Lauren, una camicia bianca da cui mancavano i gemelli e una cravatta Countess Mara. Aveva capelli mossi e brizzolati, e un volto abbronzato che, prima di quella violenza, doveva essere stato bello. Judy Hammer non vide gioielli ma immaginò che qualunque cosa fosse appartenuta a un uomo così doveva essere stata di notevole valore. Sapeva riconoscere la vera ricchezza a colpo d'occhio.

— Abbiamo un'identificazione? — chiese al dottor Odom.

— Blair Mauney III, quarantacinque anni, di Asheville — rispose il dottore fotografando la clessidra arancione dipinta con vernice spray sopra i genitali dell'uomo. Quindi lanciò un'occhiata al comandante. — Quanti ancora? — chiese in tono duro, come se quell'ultimo omicidio fosse colpa sua.

— Hanno ritrovato i bossoli? — intervenne Virginia.

L'investigatore Brewster se ne stava carponi per terra, intento a esaminare alcuni rifiuti tra gli arbusti spinosi. — Per ora solo tre — disse al capo. — Sembrano proprio gli stessi.

— Cristo — sibilò Odom.

Ormai il medico proiettava e fantasticava in maniera preoccupante. Continuava a vedere se stesso in città sconosciute nelle quali prendeva parte a riunioni, guidava senza una meta e alla fine si perdeva. Immaginava di venire trascinato giù a forza dalla macchina e condotto in un luogo simile da un mostro che gli faceva saltare le cervella per un orologio, un anello, un portafoglio. Il dottor Odom riusciva davvero a leggere la paura provata da quegli uomini mentre supplicavano il loro assassino di non ammazzarli, sotto il tiro dell'enorme calibro 45 pronta a fare fuoco. Era anche sicuro che le mutande insozzate osservate in tutti quei casi non dovessero la loro condizione a spasmi involontari successivi al decesso. Proprio no. Le vittime massacrate non avevano perso il controllo dello sfintere solo in punto di morte: prima erano state divorate dal terrore, avevano tremato violentemente, le pupille dilatate, l'intestino contratto, mentre il sangue si precipitava verso le estremità per affrontare una lotta o una fuga impossibili. Le vene pulsavano nel collo del medico, mentre apriva il nuovo sacco mortuario.

Virginia West scrutò con attenzione gli interni della Lincoln e subito notò il sacchetto di Morton's e il contenuto della ventiquattrore e della borsa da viaggio sparpagliato in tutta la parte posteriore dell'auto. Il tappetino era coperto di biglietti da visita dell'USBank, e chinandosi Virginia lesse il nome di Blair Mauney III, lo stesso che compariva sulla patente appena mostrata dall'investigatore Brewster. Il vicecomandante estrasse dalla tasca un paio di guanti di plastica.

Li infilò, talmente concentrata in quello che stava facendo da non accorgersi di coloro che le stavano intorno, né del carro attrezzi che lentamente si avvicinava per rimorchiare la Lincoln fino alle rimesse della Scientifica. Erano anni che non lavorava sulla scena di un delitto, ma un tempo ci sapeva fare. Era meticolosa, instancabile, intuitiva. E infatti cominciava a nutrire uno strano sospetto, mentre il suo sguardo continuava a rovistare nel disordine lasciato dall'assassino. Sollevò un biglietto USAir per un angolo, lo appoggiò sul sedile e lo aprì, sforzandosi di toccarlo il meno possibile. La strana sensazione aumentò.

Mauney era arrivato da Asheville quello stesso giorno, atterrando all'aeroporto internazionale di Charlotte-Douglas alle diciassette e trenta. Il ritorno, previsto per il pomeriggio successivo, non era su Asheville ma su Miami, da dove Mauney si sarebbe diretto a Grand Cayman, nelle Antille Britanniche. Con gesti misurati Virginia sfogliò ancora, il battito cardiaco che accelerava, l'adrenalina che le scorreva impetuosa nelle vene. Il rientro da Grand Cayman era fissato per il mercoledì, con scalo intermedio di sei ore a Miami; dopodiché sarebbe tornato a Charlotte e, infine, ad Asheville. Intorno alla figura di Mauney si affollavano segni inquietanti di altri crimini oltre a quello del suo omicidio.

In casi del genere, era sempre un'amara ironia a darle da pensare. La morte si accaniva contro tossici o alcolisti insospettabili, contro chi intratteneva relazioni inconfessabili con l'altro o lo stesso sesso, contro chi amava frustare o essere frustato, o legarsi un cappio intorno al collo e poi masturbarsi. La creatività umana non conosce limiti, e Virginia ne aveva viste di tutti i colori. Adesso aveva tirato fuori una penna e la stava usando per girare le pagine di alcuni documenti. Contabilità e rendimenti, titoli e garanzie, speculazioni e investimenti, attività di collocamento e crediti ordinari non erano esattamente il suo forte, ma il vicecomandante aveva sufficiente esperienza per intuire quali dovevano essere state le intenzioni di Mauney nascoste dietro quel viaggio.

Tanto per cominciare aveva un falso nome, Jack Morgan, ma sul relativo passaporto e sulla patente figurava sempre la stessa faccia. In tutto c'erano otto carte di credito e due libretti di assegni, uno intestato a Mauney e l'altro a Morgan. Entrambe le persone sembravano nutrire un forte interesse per il mercato immobiliare, in particolare per alcuni alberghi di Miami Beach. A quanto pareva, Mauney si stava preparando a investire un centinaio di milioni di dollari in quei vecchi edifici color pastello. Ma perché? Ormai chi andava più a Miami Beach? Virginia esaminò altra documentazione, sudando nell'aria umida. Per quale motivo Mauney intendeva andare a Grand Cayman, capitale del riciclaggio del denaro sporco di mezzo mondo?

— Oh, mio Dio — mormorò tra sé e sé rendendosi improvvisamente conto che il nome Grand Cayman era composto da tre sillabe.

Si alzò, fissando il profilo luminoso della città e l'USBank Corporate Center che lo dominava, la lucina rossa che occhieggiava verso elicotteri e aerei in volo a bassa quota. Guardò quel simbolo di successo economico, di grandezza e di duro lavoro frutto degli sforzi di tante persone, e le montò dentro la rabbia. Come molti cittadini di Charlotte, anche lei aveva un conto presso l'USBank, grazie al quale si era pagata la Ford. Gli impiegati agli sportelli erano sempre gentili e premurosi, e alla fine della giornata rincasavano stanchi. Poi arrivava un avventuriero profittatore che decideva di imbrogliare, di rubare, di raggirare, di darsi alla macchia come un bandito e di infangare il nome di un'impresa onesta e di tutti i suoi dipendenti. Virginia si girò a guardare il comandante e le fece un segno con la mano.

— Da' un'occhiata qui — sussurrò.

Judy si chinò di fianco alla portiera aperta. Senza toccarli, esaminò a propria volta i documenti. Per quasi tutta la vita aveva fatto investimenti e si era impegnata a mettere da parte un po' di risparmi, e le bastava un alito di vento per riconoscere il puzzo di una manovra sporca. Lì per lì rimase sorpresa, scioccata, ma poi una sensazione di profondo disgusto si impossessò di lei mentre la verità faceva capolino. Per quello che ne capiva, e in quel momento non c'era ancora nulla di dimostrabile, Blair Mauney III pareva essere dietro ai prestiti di centinaia di milioni di dollari accordati alla Dominion Tobacco e legati a una società di sviluppo immobiliare di Grand Cayman, la South Corporation. Inoltre comparivano molti numeri di conti correnti bancari apparentemente non legati tra loro. Alcuni dei numeri telefonici di Miami tornavano spesso, accompagnati solo da iniziali prive di senso. E c'erano riferimenti a qualcosa chiamato *USChoice*.

— Allora? Che cosa ne pensi? — le chiese Virginia in un soffio.

— A una frode, tanto per cominciare. Consegneremo tutto all'Fbi e staremo a vedere.

L'elicottero della stampa disegnava cerchi sopra le loro teste, mentre il cadavere nel suo bozzolo veniva caricato sull'ambulanza.

— E Cahoon? — insistette Virginia.

Il comandante inspirò profondamente, provando una punta di compassione. Quante cattive notizie si potevano sopportare nell'arco di una serata? — Lo avviserò io. Gli dirò dei nostri sospetti — rispose con aria cupa.

— Abbiamo intenzione di rivelare l'identità di Mauney stanotte stessa?

— Preferirei aspettare fino a domattina. — La Hammer stava osservando un punto oltre i faretti e il nastro giallo. — Credo tu abbia una visita — disse alla West.

Brazil era fermo a prendere appunti ai margini della scena del delitto. Non indossava l'uniforme, e quando guardò con fermezza Virginia il suo viso era serio. Lei lo raggiunse, e insieme si allontanarono per andarsi a fermare sul lato opposto della barriera gialla.

418

— Per stasera non faremo dichiarazioni — gli comunicò.

— Mi comporterò come sempre — rispose lui, sollevando il nastro e piegandosi per passare.

— No — lo bloccò lei. — Questa volta no. Non si può avvicinare nessuno.

— Perché? — ribatté Andy, punto nel vivo.

— Perché ci sono un sacco di imprevisti e di complicazioni.

— Come sempre. — I suoi occhi lampeggiarono.

— Mi dispiace — disse Virginia.

— Sono già entrato altre volte. Perché oggi no?

— Perché le altre volte eri con me. — Il vicecomandante arretrò di qualche passo.

— Ero? — Il dolore di Andy era incontenibile. — Ma io sono ancora con te!

Virginia si guardò intorno, sperando che lui abbassasse la voce. Non poteva raccontargli cosa aveva trovato nella macchina della vittima e quali erano le conclusioni logiche che si potevano trarre sul conto del non troppo innocente Blair Mauney III. Lanciò un'occhiata alla Hammer. Il comandante era ancora chino all'interno della Lincoln e stava sfogliando delle carte, probabilmente felice di potersi distrarre per un po' dalle proprie tragedie personali. Virginia ripensò al comportamento di Andy fermo sulla soglia di casa sua, mentre Raines guardava la cassetta. Era un gran pasticcio, così non poteva andare avanti. Finalmente prese una decisione, quella giusta, e subito avvertì un cambiamento dentro di sé: il pesante sipario stava calando. Fine dello spettacolo.

— Non puoi farmi questo! — proseguì Andy in preda alla furia. — Non ti ho fatto niente di male!

— Ti prego, niente scenate o sarò costretta a chiederti di allontanarti — dichiarò con fermezza il vicecomandante.

Ferito e rabbioso, Andy improvvisamente capì. — Non mi farai più uscire di ronda con te, vero?

Virginia esitò, cercando un modo per aiutarlo ad accettare la realtà. — Andy, non poteva continuare per sempre — gli disse. — Lo sapevi fin dall'inizio. Oh, Cristo — sbottò, in preda alla frustrazione. — Sono abbastanza vecchia per... potrei essere...

Andy arretrò, lo sguardo fisso su di lei, sulla traditrice, la nemica, il tiranno dal cuore di pietra, l'essere più cattivo che avesse mai conosciuto. Non le importava niente di lui. Non le era mai importato niente.

— Non ho bisogno di te — disse crudelmente.

Poi si girò e corse come un fulmine verso la sua BMW.

— Oh, merda — esclamò Virginia proprio mentre la Hammer la raggiungeva.

— Qualche problema? — Le mani sprofondate nelle tasche, anche il comandante rimase a guardare Brazil.

— Tanto per cambiare. — Virginia avrebbe voluto ucciderlo. — Adesso ne combinerà un'altra delle sue.

— Ottima deduzione. — Gli occhi di Judy erano tristi e stanchi, ma era ancora piena di coraggio e di voglia di aiutare i vivi.

— Sarà meglio che non lo perda di vista — disse Virginia, e si allontanò.

Il comandante rimase immobile dov'era, le luci rosse e azzurrognole dei lampeggiatori che pulsavano sul suo volto. Osservò il suo vice che scansava i giornalisti e a passo sostenuto raggiungeva la macchina. Pensò all'amore che sbocciava e a tutti coloro che si desideravano follemente senza saperlo, che continuavano a lottare, a scappare e a rincorrersi. Mentre la sirena tornava ad accendersi, l'ambulanza si mosse trasportando via i resti di una persona verso la quale, in realtà, a quel punto lei non provava più alcun dispiacere. Certo, non gli avrebbe mai augurato una fine così atroce e violenta, ma che pezzo di merda era stato quel Mauney! Di certo era un ladro, ma con ottime probabilità anche un narcotrafficante. Il comandante si sarebbe occupato personalmente delle indagini. Se necessario, avrebbe trasformato quello di Blair Mauney III in un caso esemplare: il caso di un uomo privo di scrupoli che nella stessa notte avrebbe voluto metterlo nel culo a un altro uomo e a una banca intera.

— La gente muore come è vissuta — commentò rivolta all'investigatore Brewster, dandogli una pacca sulla schiena.

— Comandante Hammer. — Brewster stava cambiando la videocassetta. — Mi dispiace per suo marito.

— Anche a me. E in molti modi che lei non saprà mai. — Si chinò e passò sotto il nastro giallo.

Brazil stava di nuovo giocando alle corse, oppure si era nascosto in qualche vicolo lì intorno. Virginia percorse tutta West Trade Street in cerca della sua vecchia BMW. Non perse mai di vista gli specchietti retrovisori, ma di Andy nessuna traccia. Dallo scanner proveniva la solita e triste sfilza di appelli. Il vicecomandante prese il cellulare e compose il numero di Brazil alla redazione dell'*Observer*, ma riappese dopo il terzo squillo, quando la telefonata venne dirottata verso un'altra scrivania. Quindi armeggiò alla ricerca di una sigaretta e girò sulla Quinta, controllando tutte le auto guidate da uomini interessati al mercato del sesso notturno e facendo di quando in quando partire qualche colpo di fari o di sirena, mentre puttane e travestiti si disperdevano e i potenziali clienti acceleravano allontanandosi.

— Pezzi di idioti — bofonchiava Virginia tra sé e sé. — Vi sembra una cosa per cui valga la pena morire?

Cahoon abitava a Myers Park, in Cherokee Place. Il proprietario, la sua consorte e la loro figlia erano già a letto, e la splendida residenza in mattoni a vista era solo parzialmente illuminata. Quel fatto non intimidì minimamente Judy Hammer: si sarebbe comportata molto civilmente con il banchiere, grande benefattore della città. Suonò alla porta, improvvisamente spossata e provata, oppressa da una sensazione di vuoto e di solitudine di intensità preoccupante. Non sopportava l'idea di tornare a casa, nei luoghi dove Seth si era seduto, si era sdraiato, aveva camminato e aveva messo le mani. Non voleva dover vedere ciò che restava di una vita che non era più. La sua tazzina preferita. La vasca di gelato di Ben e Jerry's che non aveva nemmeno avuto il tempo di toccare. L'antico tagliacarte d'argento che le aveva regalato per il Natale del 1972 e che ancora riposava sulla scrivania dello studio.

Dalla sua suite padronale al primo piano, affacciata su bossi scolpiti e vecchie magnolie, nonché sul suo palazzo incastonato di gioielli e sormontato dalla corona, Cahoon udì il campanello. Scostò le fini lenzuola con le iniziali ricamate, chiedendosi chi diavolo osava presentarsi a casa sua a quell'ora scandalosa. Raggiunse il videocitofono e sollevò il ricevitore. La vista del comandante Hammer lo lasciò di stucco.

— Judy? — disse.

— So che è tardi, Sol. — Fissò la telecamera. — Ma devo assolutamente parlarti.

— Va tutto bene? — rispose lui, allarmato. Il primo pensiero furono i figli. Sapeva per certo che Rachael si trovava nel suo letto, ma i due maschi chissà dov'erano.

— Purtroppo no.

Cahoon afferrò la vestaglia dai piedi del letto e se la buttò sulle spalle. Le sue pantofole scesero con piccoli tonfi attutiti l'infinita passatoia persiana dello scalone. Il dito indice danzò sulla tastiera dell'allarme, disattivando i sensori e i contatti di tutte le porte e le finestre, ma escludendo la camera blindata e l'inestimabile collezione situate in ali separate e protette da sistemi antifurto indipendenti. Finalmente aprì la porta e la fece entrare. Il direttore generale dell'USBank strizzò gli occhi nella luce abbagliante che si accendeva non appena un corpo superiore ai trenta centimetri di altezza cominciava a muoversi entro un raggio di due metri dalla casa. Judy Hammer aveva una brutta cera, e Cahoon non riusciva proprio a immaginare cosa avesse potuto indurla a uscire a quell'ora ingrata subito dopo l'improvvisa morte del marito.

— Prego, accomodati — la invitò, ormai completamente

sveglio e più gentile del solito. — Posso prepararti un drink?

Il comandante lo seguì nella grande sala, e il banchiere si diresse verso il bar. Era stata lì solo una volta, in occasione di un magnifico party con quartetto d'archi ed enormi zuppiere d'argento colme di gamberetti giganti affogati nel ghiaccio. Il direttore era un appassionato di mobili d'epoca inglesi e collezionava libri antichi con splendide rilegature di pelle e pagine marmorizzate.

— Bourbon — gli disse.

Ottima scelta, pensò Cahoon, che stava seguendo una dieta priva di grassi, tabacco e piaceri in generale. Anche lui se ne sarebbe servito uno, doppio e liscio, senza ghiaccio. Stappò una bottiglia di Blanton's Kentucky prodotto da botte unica, senza perdere tempo con i tovaglioni ricamati che sua moglie amava tanto. Sapeva di doversi concedere qualcosa di corroborante perché Judy Hammer non era sicuramente venuta a portargli buone notizie. *Signore, ti prego, fa' che non sia successo nulla ai ragazzi.* Non passava giorno senza che il loro genitore si preoccupasse per i loro bagordi e le loro corse in macchina o in moto.

Ti scongiuro, restituiscimeli vivi e prometto che da domani sarò un uomo migliore, continuò a pregare in silenzio.

— Ho sentito al notiziario di tuo... — esordì quindi.

— Grazie. Aveva subito amputazioni terribili. — Il comandante si schiarì la voce. Il bourbon la rinfrancò con il suo calore. — Non avrebbe più potuto condurre una vita dignitosa, Sol, anche se fossero riusciti a sconfiggere la malattia. Mi consola che le sue sofferenze non si siano protratte a lungo. — Come sempre, si sforzava di guardare al lato positivo della cosa, ma il suo cuore tremava come una creatura ferita e spaventata.

Non aveva ancora accettato l'idea che, da quel mattino in poi, ogni giorno si sarebbe svegliata in una casa silenziosa. Nessuno avrebbe più aperto le credenze o acceso la TV a notte fonda. Nessuno le avrebbe più chiesto di rendere conto e fornire spiegazioni su alcunché, né di farsi viva se il lavoro si protraeva fino a tarda ora e non poteva rincasare per cena. Sapeva di non essere stata una buona moglie. Non era stata nemmeno una buona amica.

La vista di quella donna potente che piangeva lasciò Cahoon senza parole. Era evidente che lei stava cercando con tutte le sue forze di mantenere il controllo di sé, ma il suo spirito era sopraffatto. Il direttore si alzò dalla poltrona di cuoio e andò a spegnere i candelieri sul mobile di mogano scuro recuperato in Inghilterra da una residenza Tudor del sedicesimo secolo. Quindi si avvicinò al comandante e sedette sull'ottomana, prendendole una mano tra le sue.

— Va tutto bene, Judy — mormorò, ma stava per mettersi a piangere anche lui. — Hai tutto il diritto di sentirti a pezzi, e invece resisti. Ma ora in questa stanza ci siamo solo noi, tu e io, due esseri umani. Non importa chi siamo.

— Grazie, Sol — sussurrò lei, e la voce le tremò mentre si asciugava gli occhi e beveva un nuovo sorso di bourbon.

— Ubriacati pure, se ti aiuta. Abbiamo un mucchio di camere per gli ospiti: se non vuoi guidare, puoi fermarti qui.

Il comandante Hammer gli diede una pacchetta sul dorso della mano, quindi incrociò le braccia e tirò un respiro profondo. — Veniamo a te — disse.

Demoralizzato, Cahoon si alzò e tornò alla poltrona. Poi la guardò e si strinse le braccia intorno al petto. — Ti prego, non mi dire che si tratta di Michael o di Jeremy — la supplicò con voce appena udibile. — Rachael sta bene, lo so. È di sopra in camera che dorme. Anche mia moglie sta dormendo. — Fece una pausa per ricomporsi. — I miei figli sono ancora un po' selvaggi, lavorano per me ma non accettano la cosa. So anche che ci vanno giù un po' pesante. Troppo, francamente.

Judy Hammer pensò ai propri figli, e di colpo si sentì una stupida per aver provocato una tale pena a un padre. — Oh, no, no, Solomon — si affrettò a rassicurarlo. — Non si tratta di loro, né di nessuno dei tuoi cari.

— Ti ringrazio, Signore. — Bevve un altro sorso. — Grazie. Grazie, Signore.

Il venerdì successivo, in sinagoga, avrebbe fatto un'offerta più congrua del solito. Magari avrebbe inaugurato un altro centro di assistenza per l'infanzia, avrebbe sovvenzionato altre borse di studio, avrebbe fatto una donazione all'istituto di accoglienza e alla scuola per ragazzi affetti da gravi problemi, magari avrebbe aperto un orfanotrofio. Oh, al diavolo. Cahoon non ne poteva più di storie di infelicità e di sofferenza, e odiava le azioni criminose come se fossero tutte dirette contro di lui.

— Che cosa devo fare? — chiese, sporgendosi in avanti.

— Fare? — La Hammer non capiva. — In che senso?

— Ne ho abbastanza — dichiarò lui.

Ora il comandante era veramente confuso. Possibile che sapesse già ciò che lei era venuta apposta per dirgli? Cahoon si alzò e prese a camminare avanti e indietro per la sala, nelle sue pantofole Gucci di pelle.

— Quando è troppo è troppo — continuò con trasporto.

— Sono d'accordo con te, assolutamente d'accordo con te. Tutta questa gente assassinata, rapinata, stuprata. Le case svaligiate, le auto rubate, i bambini molestati. Proprio qui, nella nostra città. Lo stesso vale per il mondo intero, solo che in questo paese tutti vanno in giro armati. In ogni tasca c'è una pistola. Tutti pronti a nuocere a se stessi e al prossimo, senza nemmeno pensarci sopra. — Si girò, riprendendo a camminare. — Obnubilati dall'alcol e dalle droghe. Suicidi che non avverrebbero mai se non ci fossero tante armi in circolazione. Incid... — Si bloccò di colpo, memore di quanto era appena accaduto al marito del comandante. — Che cosa vuoi che faccia? Che facciamo tutti noi, alla banca? — Si fermò, guardandola con espressione seria.

Sebbene non fosse proprio ciò che aveva in mente quando aveva suonato alla porta di casa sua, Judy Hammer sapeva afferrare le occasioni al volo. — Be', sicuramente tu hai la stoffa del crociato, Sol — rispose con aria assorta.

Un crociato. L'idea gli piaceva, ed era tempo che anche lei si rendesse conto che lui era un uomo di sostanza. Si sedette e prese il bicchiere di bourbon.

— Vuoi dare un aiuto? — proseguì il comandante. — Allora basta con il nascondere la realtà. Basta con queste stronzate del centocinque per cento dei crimini risolti. La gente deve conoscere la verità. E ha bisogno di un esempio e di un'ispirazione come te.

Cahoon annuì, profondamente commosso. — Be', sai che quella cosa del centocinque per cento non è stata un'idea mia ma del sindaco...

— Ma certo. — Non era quello che le importava.

— Anzi — aggiunse, curioso — com'è la percentuale vera?

— Non male. — Il drink funzionava. — Intorno al settantacinque per cento. Molto più bassa di quanto dovrebbe essere, ma in sostanza decisamente superiore a quella di molte altre città. Certo, se conti la risoluzione di casi vecchi dieci anni, o prendi la lista dei nomi al cimitero o decidi che un certo spacciatore appena morto ammazzato era il responsabile di altri tre casi non risolti...

Lui sollevò una mano per interromperla. — Ho afferrato il punto, Judy. Non succederà più. Onestamente, non conoscevo tutti i particolari. Il sindaco Search è un idiota. Forse al suo posto ci vorrebbe qualcun altro. — Cominciò a tamburellare con le dita sul bracciolo, rimuginando.

— Sol. — Il comandante aspettò che gli occhi di Cahoon tornassero a focalizzarsi nei suoi. — Purtroppo devo darti una notizia spiacevole, ma ci tenevo che la sapessi da me prima che dai media.

Di nuovo teso, il direttore generale dell'USBank si alzò per riempire i bicchieri, mentre Judy Hammer gli raccontava di Blair Mauney III e delle scoperte di quella sera. Gli disse dei documenti trovati nell'auto a noleggio. Cahoon ascoltava, scioccato, il volto terreo. Non riusciva a credere che Mauney fosse morto, morto assassinato, il suo corpo deturpato dalla vernice spray abbandonato tra erbacce e rifiuti. Non che gli fosse mai stato particolarmente simpatico, anzi, gli aveva sempre dato la sensazione di una faina debole ma piena di sicumera, e l'idea che potesse essere disonesto non lo sorprendeva affatto. Il pensiero del progetto

USChoice, delle sigarette con la loro magica alchimia e le loro corone intorno al filtro, ora lo umiliava. Come aveva mai potuto prenderlo sul serio?

— Adesso però tocca a me chiedertelo — concluse la Hammer. — Che cosa vuoi che faccia?

— Oh, Dio — mormorò Cahoon mentre il suo instancabile cervello galoppava lungo una pista irta di possibilità, responsabilità, compatibilità e incompatibilità. — Non lo so, non ancora. Ma una cosa la so: ho bisogno di tempo.

— Quanto? — Il comandante fece girare il bourbon nel bicchiere.

— Tre o quattro giorni. Immagino che gran parte del denaro si trovi ancora a Grand Cayman, depositato su una miriade di conti con numeri non collegati. Se una notizia del genere arriva sui giornali, poco ma sicuro che non riusciremo più a recuperarlo. E comunque la si voglia mettere, una perdita simile nuocerà a tutti, ai bambini con un piccolo conto e pochi risparmi, a tutte le coppie che avranno bisogno di un prestito, ai pensionati che fanno affidamento sui sacrifici di una vita.

— Naturalmente — convenne la Hammer, a propria volta cliente affezionato della banca. — È quello che ripeto sempre anch'io. È la collettività che paga. Siamo tutti vittime di tutti i crimini. Per non parlare del prezzo che la tua banca dovrà sostenere in termini di immagine.

Cahoon aveva un'espressione sofferente. — Questa è la perdita peggiore: la reputazione. E poi le penali, le multe che i controllori federali decideranno di comminarci...

— Non è colpa tua, Sol.

— La Dominion Tobacco e la sua ricerca top secret mi avevano sempre dato da pensare, ma forse avevo fondamentalmente bisogno di crederci — rifletté. — Il punto è che una banca non può lasciar succedere cose simili.

— E allora perché è successa lo stesso?

— Perché esiste un vicedirettore generale che ha accesso a tutte le attività del credito commerciale e di cui normalmente il direttore generale *si fida*. Ragion per cui non sempre segui le tue politiche e le procedure personali, ma accogli le eccezioni, aggiri gli ostacoli. E poi ti ritrovi nei guai. — Stava deprimendosi sempre più. — Avrei dovuto tenere d'occhio le sue mosse più da vicino, porca puttana!

— Se fosse vissuto, pensi che ce l'avrebbe fatta? — chiese il comandante.

— Certo. Gli sarebbe bastato garantire il saldo del prestito. Naturalmente i soldi sarebbero venuti dal narcotraffico, e questo a nostra insaputa. Ma nel frattempo lui avrebbe guadagnato un buon dieci per cento su tutte le operazioni di riciclaggio tramite gli alberghi e la banca stessa. E molto probabilmente noi saremmo diventati un punto di riferimento sempre più importante per tutta l'organizzazione, chiunque ci fosse dietro. Ma certe cose prima o poi finiscono sempre per venire a galla, e allora per l'USBank sarebbe stata la rovina completa.

Judy Hammer lo osservava pensierosa. Provava un rinnovato senso di rispetto per quell'uomo che, fino a ventiquattr'ore prima, evidentemente non era stata in grado di comprendere e aveva ingiustamente condannato.

— Dimmi solo che cosa posso fare per aiutarti — ripeté.

— Forse potresti evitare di diffondere la notizia e l'identità di Mauney, lasciandoci il tempo di salvare il salvabile e di chiarire esattamente cosa è successo — rispose Cahoon. — Dopodiché sporgeremo una denuncia per sospetta attività illecita e l'opinione pubblica sarà messa al corrente.

Judy Hammer lanciò un'occhiata all'orologio: erano quasi le tre del mattino. — Coinvolgeremo immediatamente l'Fbi. Credo che anche a loro farà comodo prendersi un po' di tempo. In quanto a Mauney, per il momento la polizia non può pronunciarsi circa l'identità del cadavere e il dottor Odom dovrà attendere gli esiti degli esami sui denti, delle indagini dattiloscopiche eccetera eccetera eccetera, senza contare che, come ben sai, ha molto da fare. — Fece una pausa. — Guadagneremo tempo — gli promise.

Cahoon pensò alla signora Mauney III, conosciuta in modo molto superficiale in occasione di alcuni party. — Qualcuno dovrà avvisare Polly — disse. — La moglie di Mauney. Se non hai nulla in contrario, vorrei essere io a farlo.

Judy Hammer si alzò, sorridendogli. — Sai una cosa, Sol? Non sei affatto l'uomo detestabile che credevo.

— La cosa è reciproca, Judy.

— Non stento a crederlo.

— Hai fame?

— Muoio.

— Cosa ci sarà di aperto a quest'ora? — si chiese Cahoon, alzandosi.

— Sei mai stato al Presto Grill?

— È un club?

— Sì — rispose lei. — E credo sia proprio venuto il momento che tu ti associ.

26

A quell'ora c'era in giro quasi solo gente malintenzionata. La West, sempre più incupita, perlustrava strade losche alla ricerca dell'auto di Brazil. Insieme alla preoccupazione le stava crescendo dentro anche l'irritazione; avrebbe avuto voglia di picchiarlo con il manganello. Era forse impazzito? Da dove arrivavano quegli accessi di furore irrazionale? Se fosse stato una donna gli avrebbe consigliato di rivolgersi al ginecologo per trovare una cura contro la sindrome premestruale. Afferrò il telefono portatile e rifece il numero.

— Redazione — rispose una voce sconosciuta.

— Cerco Andy Brazil.

— Non è qui.

— Ma nelle ultime ore l'avete visto?— chiese, frustrata. — O anche solo sentito?

— Non che io sappia.

Spense il telefono e lo lanciò sul sedile, prendendo a pugni il volante. — Vattene al diavolo, Andy! — esclamò.

Poco dopo il telefono squillò. Era Andy, ne era sicura. Invece no.

— Sono Judy — disse il suo capo. — Sei ancora in giro a quest'ora?

— Non lo trovo.

— Sicura che non sia a casa o al giornale?

— Sicurissima. Sento che è andato in cerca di guai — rispose Virginia, disperata.

— Oh, santo cielo — mormorò la Hammer. — Ascolta, Cahoon e io stiamo andando a fare colazione. Abbiamo deciso l'atteggiamento da tenere: non rilasceremo nessuna informazione sul caso né sull'identità della vittima. Bocca chiusa finche non ti dirò altrimenti. Per adesso è tutto sospeso. Dobbiamo guadagnare tempo per via dell'altro problema, capisci?

— Mi sembra saggio — rispose la West, controllando gli specchietti e continuando a guardarsi intorno.

Aveva mancato Brazil per non più di due minuti, anzi, nelle ultime due ore lo aveva già fatto involontariamente un certo numero di volte. Svoltava in una strada e un minuto dopo lui passava dove lei era prima. In quel momento Andy era davanti al Cadillac Grill, in West Trade Street, e osservava i bassifondi frequentati dai signori della notte. Davanti a sé vide la giovane prostituta china sul finestrino di una Thunderbird a parlare con un uomo che voleva investire bene i suoi soldi. Quella sera non si sentiva particolarmente timido, perciò si avvicinò per guardare meglio. La macchina ripartì di scatto e l'adescatrice si girò puntando gli occhi vitrei e ostili su di lui, indispettita per quell'intrusione. Andy abbassò il vetro.

— Ehi!

Poison fissò il famoso Blondie, come sprezzantemente veniva chiamato dalla gente di strada, e riprese subito a passeggiare. Il grazioso spione che la seguiva ovunque aveva una vera e propria fissa e diventava sempre più sfacciato. Forse era convinto di trovare qualcosa da spifferare alla polizia o al giornale. Era proprio divertente. Andy si slacciò la cintura di sicurezza e abbassò il vetro dalla parte del passeggero. Stavolta la ragazza non gli sarebbe sfuggita, nossignore, pensò, mentre nascondeva la .380 sotto il sedile e si sporgeva per chiamarla.

— Mi scusi! Mi scusi, signora! — ripeté più volte. — Ho bisogno di parlarle!

Proprio allora la Hammer gli passò accanto, tallonata da Cahoon a bordo della Mercedes 600S V-12 nera con gli interni di pelle. Il banchiere controllò un'altra volta che le portiere fossero ben chiuse: in quella parte della città non si sentiva a suo agio. Hammer prese la radio e disse al centralino di lanciare un dieci-cinque all'Unità Settecento. Fu subito messa in contatto con Virginia West.

— Il soggetto che stai cercando si trova all'incrocio tra West Trade e Cedar — le comunicò via radio. — Dirigiti subito da quella parte.

— Affermativo!

Nell'udire per caso la comunicazione tra i due capi, gli agenti di pattuglia nella zona ebbero una reazione di perplessità e confusione. Non avevano ancora scordato la predica del comandante sulle molestie e sulla pratica degli inseguimenti. Forse era meglio se aspettavano un paio di minuti, giusto per capire un po' meglio cosa stava succedendo. La West diede gas e sfrecciò in direzione di West Trade.

Poison si fermò e lentamente si girò, lo sguardo carico di seduzione nonostante stesse rimuginando pensieri che lo spione in BMW non avrebbe mai e poi mai potuto immaginare.

Il comandante Hammer non era più tanto sicuro che quello fosse il momento giusto per far conoscere a Cahoon il Presto Grill. La sensazione di pericolo si sollevava dall'asfalto come ondate di calore estivo, e lei non era certo arrivata al vertice della carriera ignorando il suo istinto. Cosa che invece aveva fatto nella vita privata, guardando sistematicamente dall'altra parte, abbassando il volume, negando l'evidenza. Svoltò nel parcheggio All Right di fronte al grill, sporgendo un braccio dal finestrino per far segno a Cahoon di seguirla. Accostata l'auto civetta del comandante, il banchiere aprì il finestrino.

— Che succede?

— Parcheggia qui e sali con me.

— Che cosa?

Lei esplorò furtivamente i dintorni con gli occhi, sentendo che là fuori c'era qualcosa di malvagio in agguato. Ne percepiva l'abiezione e l'odore ferino. Non c'era tempo da perdere.

— Non posso lasciare qui la macchina — le fece ragionevolmente notare Cahoon. La Mercedes sarebbe stata l'unica automobile nel parcheggio. E con ogni probabilità anche l'unico veicolo del valore di circa centoventimila dollari nel raggio di ottanta chilometri.

Il comandante chiamò il centralino: — Voglio un'unità al parcheggio All Right di West Trade, isolato cinquecento. Dovranno sorvegliare una Mercedes nera ultimo modello, fino a nuovo ordine.

Radar, l'operatore radio, non amava molto la Hammer perché purtroppo era una femmina. Ma lei era anche il capo, e se non altro lui possedeva abbastanza buonsenso da aver paura di quella cagna. Non aveva la minima idea del perché lei si trovasse ancora per la strada a quell'ora di notte, ma eseguì l'ordine e inviò sul posto due unità. Il tutto mentre Poison si avvicinava senza fretta e con un sorriso scaltro al finestrino del passeggero di Andy e, come sempre, infilava dentro la testa. Inventariò l'interno rivestito di pelle, notando subito la borsa, le penne, i taccuini marcati *Charlotte Observer*, il vecchio giubbotto di pelle nera e, soprattutto, lo scanner della polizia e la ricetrasmittente.

— Sei della polizia? — disse in tono strascicato, un po' confusa riguardo alla vera identità di Blondie.

— Sono un cronista dell'*Observer* — rispose Andy, che, come aveva messo in chiaro la West, non era più un poliziotto.

Poison lo soppesò con lo sguardo, ammiccandogli pericolosamente. I soldi di un cronista valevano quanto quelli di chiunque altro, e per di più finalmente sapeva la verità. Blondie non era uno spione: era l'autore degli articoli che mandavano in bestia l'irascibile Punkin Head.

— In che cosa traffichi, piccolo? — volle sapere.

— Informazioni. — Gli batteva forte il cuore. — Sono disposto a pagare.

A Poison luccicarono gli occhi, mentre sorrideva divertita scoprendo i buchi tra un dente e l'altro. Ancheggiando, aggirò la macchina fino al finestrino del guidatore e tornò a infilare dentro la testa. Il suo profumo dava un po' alla testa, come l'incenso.

— E che genere di informazioni ti piacerebbe, ragazzino?

Brazil era allarmato e incuriosito al contempo, non avendo mai affrontato una situazione simile. Immaginò uomini esperti e di mondo, i loro piaceri segreti, e si chiese se non avevano paura a far salire in macchina una come lei. Chissà se le chiedevano come si chiamava, se volevano sapere delle cose di lei?

— Informazioni sulle cose che da un po' di tempo a questa parte succedono qui intorno — rispose. — Sugli omicidi. È un po' che ti vedo bazzicare la zona. Magari sai qualcosa, giusto?

— Magari sì, o magari no — disse lei facendogli scorrere un dito sulla spalla.

La West guidava veloce, superando gli stessi posti malfamati davanti ai quali era appena passato Brazil. La Hammer la seguiva da vicino, Cahoon seduto al suo fianco che contemplava con occhi spalancati una realtà totalmente estranea alla sua.

— Facciamo cinquanta, ragazzino.

Brazil non aveva con sé denaro, ma preferiva non farglielo sapere. — Venticinque — trattò, come se non avesse mai fatto altro in vita sua.

Poison arretrò di qualche passo, valutando la sua offerta. Le venne in mente Punkin Head che li osservava dal furgone. Quella mattina, proprio a causa degli articoli scritti da Blondie sul giornale, le aveva fatto una scenata tremenda e l'aveva picchiata in posti che nessuno poteva vedere. L'odio che iniziava a provare per lui le fece prendere una decisione non molto saggia, soprattutto considerando che quella notte lei e Punkin avevano già massacrato un altro riccone e che c'erano poliziotti dappertutto.

Con l'aria divertita per ragioni che Brazil non conosceva, indicò un punto. — Lo vedi quell'angolo, ragazzino? Il vecchio condominio disabitato? Ci incontreremo laggiù. Qui siamo troppo in vista.

Poison lanciò un'occhiata in direzione del vicolo scuro dalla parte opposta della strada. Là Punkin Head, che aveva già intuito le sue intenzioni, li stava spiando dal furgone privo di finestrini. L'arrivo di Blondie aveva risvegliato in lui l'istinto omicida, quella specie di tensione che ormai lo assaliva a intervalli sempre più ravvicinati. La rabbia incontenibile che il biondino gli provocava era più arrapante di qualunque stimolo sessuale. Non vedeva l'ora di assistere allo spettacolo del fottuto spione che si insozzava i jeans e pregava in ginocchio davanti all'onnipotente Punkin Head. In tutta la sua vita spregevole, oscena, malvagia e piena di odio non aveva mai provato un desiderio di distruzione più forte. La cosa lo eccitava insopportabilmente.

Virginia individuò davanti a sé la macchina di Andy che raggiungeva l'angolo e svoltava a destra, mentre la puttana proseguiva a piedi. Vide anche il furgone nero e senza finestrini scivolare come un'anguilla fuori dall'oscurità del vicolo.

— Cristo! Andy, no! — urlò, colta dal panico.

Agguantò la radio e accelerò al massimo, accendendo i lampeggiatori. — Unità Settecento chiede rinforzi! Isolato duecento, West Trade. Presto!

Anche Judy Hammer udì la sua richiesta di aiuto. — Merda! — mugugnò pigiando a fondo sull'acceleratore.

— Che cosa succede? — Cahoon era in allarme rosso, un soldato pronto all'attacco imminente e determinato a eliminare il nemico.

— Non lo so, ma niente di buono. — Ogni volta che sorpassava qualche macchina, il comandante dava un colpo di sirena.

— Hai un'arma di riserva? — chiese Cahoon.

Gli sembrava di essere tornato ai tempi dei Marines, quando lanciava granate contro i nordcoreani strisciando nel sangue dei suoi compagni. Nessuno attraversava un inferno simile per restare uguale a se stesso. Nessuno pestava i piedi a Cahoon, perché lui sapeva cose che gli altri ignoravano. Ed esistevano cose peggiori della morte. Per esempio la paura di morire, pensò slacciando la cintura di sicurezza.

— Rimettitela — gli ordinò la Hammer mentre filavano a tutta velocità.

Virginia cercò invano un posto dove fare inversione, non lo trovò e ci rinunciò. Non aveva scelta, si disse, così sbandò contro il cordolo di cemento con un gran stridere di copertoni e ripartì in direzione opposta. Ormai aveva perso le tracce di Andy, del furgone e della puttana. Non si era mai sentita così impaurita e disperata.

— Signore ti scongiuro, aiutami! — pregò. — Per favore!

Brazil curvò oltre le rovine di legno ingrigito, oltre le nere finestre che cadevano a pezzi. Si ritrovò completamente solo.

Fermò la macchina e restò seduto a guardarsi intorno nel silenzio: forse non era stata una buona idea. Si frugò in una tasca dei jeans e ne estrasse una manciata di banconote spiegazzate. L'arrivo della giovane prostituta lo colse di sorpresa mentre le stava contando. Poison fumava una sigaretta e in mano stringeva uno strofinaccio da cucina. Il suo sorriso non fece che accentuare i timori di Andy. Prima di allora non aveva mai notato la luce di follia che si annidava nei suoi occhi.

— Scendi dalla macchina — gli disse con un cenno. — Prima voglio vedere i soldi.

Brazil le obbedì. In quel momento sentì il rombo di un motore che sopraggiungeva da dietro. Lo spettacolo del vecchio furgone scuro che piombava su di loro a tutta velocità lo inchiodò per un attimo. Balzò nella BMW innestando la retromarcia, ma ormai era troppo tardi, il furgone l'aveva già bloccato. Davanti a lui c'era solo un denso intrico di vegetazione e una specie di scarpata. Da quella trappola, Brazil vide aprirsi la portiera del furgone e scendere il grosso e brutto energumeno dai capelli arancioni raccolti in file ordinate di treccine aderenti al cranio. Punkin Head gli andò incontro con una pistola di grosso calibro in una mano e nell'altra una bomboletta di vernice spray, un sorriso da serpente stampato sulle labbra.

— Uh, abbiamo trovato uno zuccherino! Vedrai che stavolta ci divertiamo. Gli faremo vedere che fine fanno gli spioni — disse a Poison.

— Non sono uno spione.

— È un cronista — spiegò Poison.

— Un *cronista* — lo sbeffeggiò Punkin Head, in preda a un furore che il ricordo degli articoli sulla Vedova Nera portava al parossismo.

Brazil stava pensando più in fretta che poteva, e dei suoi articoli in quel momento non gliene fregava niente. Poison scoppiò a ridere e fece scattare un coltello a serramanico.

— Scendi dalla macchina e dammi le chiavi. — Punkin Head si avvicinò alla sua preda tenendo una calibro 45 puntata in mezzo agli occhi di Brazil.

— D'accordo, d'accordo. Ma, per favore, non sparare. — Andy aveva intenzione di cooperare.

— Lo zuccherino se la fa sotto — commentò Punkin Head emettendo un suono stridulo e terrificante che avrebbe dovuto essere una risata. — *Per favore, non sparare* — lo scimmiottò.

— Prima tagliamolo un po'. — Poison aspettava davanti alla BMW, vogliosa di straziare il giovane cronista nelle sue parti intime.

Brazil spense il motore, armeggiò con le chiavi, se le lasciò cadere sul pavimento della macchina. Si chinò a raccoglierle proprio mentre Virginia svoltava l'angolo a tutta velocità e superava il condominio abbandonato. Dei colpi di arma da fuoco esplosero nell'aria. La sirena del vicecomandante ululò, una pistola sparò altri quattro colpi. Quattro secondi dopo, anche il comandante Hammer arrivava a sirene spiegate, e con lei rinforzi provenienti da tutte le direzioni. All'improvviso, la notte si trasformò in una zona di guerra rischiarata da bagliori rossi e azzurrognoli.

Virginia West balzò fuori dalla macchina con la pistola spianata, seguita a ruota da un'altrettanto battagliera Judy Hammer. Per prima cosa il loro sguardo si posò sul furgone parcheggiato con il motore acceso, poi sui due corpi sanguinanti e ormai privi di vita, accanto ai quali giacevano un coltello a serramanico aperto e una bomboletta di vernice spray. Infine si fissò su Brazil, che continuava a stringere fra le mani tremanti la .380 di Virginia come se temesse che le sue vittime potessero ancora fargli del male. Cahoon si avvicinò alla scena del delitto guardando prima i due morti, poi il profilo scintillante della Queen City su cui torreggiava il suo imponente palazzo

Virginia raggiunse Brazil per levargli delicatamente la pistola di mano e rinchiuderla in una busta di plastica per gli indizi, insieme ai bossoli esplosi.

— Va tutto bene — gli disse.

Lui sbatté le palpebre. Tremando incontrollabilmente per lo shock, la guardò negli occhi.

— Sei molto traumatizzato, Andy. Lo so perché ci sono passata anch'io, perciò ti aiuterò passo dopo passo, d'accordo? Sono qui per te. Mi capisci?

Lo abbracciò.

Andy le affondò le dita tra i capelli. La strinse forte. E finalmente chiuse gli occhi.